Sylvia Lott

Die Lilie von Bela Vista

Roman

blanvalet

Die Handlung und alle handelnden Personen sind frei erfunden.
Jegliche Ähnlichkeit mit lebenden oder realen Personen
wäre rein zufällig.

MIX
Papier aus verantwortungsvollen Quellen
FSC® C014496

Verlagsgruppe Random House FSC® N001967
Das FSC®-zertifizierte Papier *Holmen Book Cream*
für dieses Buch liefert Holmen Paper, Hallstavik, Schweden.

1. Auflage
Originalausgabe September 2015 bei Blanvalet,
einem Unternehmen der Verlagsgruppe
Random House GmbH, München.

Umschlaggestaltung: www.buerosued.de
Umschlagmotive: Flora Press und www.buerosued.de
Redaktion: Margit von Cossart
ES · Herstellung: sam
Satz: Buch-Werkstatt GmbH, Bad Aibling
Druck und Einband: GGP Media GmbH, Pößneck
Printed in Germany
ISBN: 978-3-7341-0058-1

www.blanvalet.de

Glauben bedeutet, sich bereits im Voraus
auf etwas zu verlassen,
was erst im Nachhinein einen Sinn ergibt.
Philip Yancey

1

Endlich Feierabend!

Josie Wagner griff nach dem kleinen Poststapel auf dem Couchtisch, während sie mit ihren Füßen den Hocker näher ans Sofa zog, um die Beine hochlegen zu können. Viel war es ja nicht mehr, was man abends aus dem Briefkasten holte. Das meiste kam mittlerweile per E-Mail. Edgar saß mit dem Rücken zu ihr am Schreibtisch und brütete noch über einem Schriftsatz für einen Mandanten – wahrscheinlich in Sachen Mietrecht, das war schließlich sein Spezialgebiet. Der Fernseher lief ohne Ton. So konnte Josie den Regen sanft gegen die Scheiben tröpfeln hören.

Ganz oben lag ein Schreiben ihrer Bank. Routiniert schlitzte Josie den Umschlag auf. »Nanu, was soll das denn?« Sie las die Aufforderung ein zweites Mal. »Das kann ja wohl nicht stimmen! Die von der Bank spinnen doch! Ich soll 47,60 Euro für ein Bankschließfach nachzahlen.« Ihre großen graugrünen Augen funkelten. »Phhf!« Empört stieß sie die Luft aus und pustete ihren Pony aus dem Gesicht. Edgar wandte sich um, fragend schaute er sie an. »Angeblich ist die Jahresmiete im Rückstand!« Josie schüttelte mit Nachdruck den Kopf. »Dabei besitze ich überhaupt kein Schließfach!«

»Welche Bank ist es denn?«, wollte Edgar wissen.

»Na, meine Hausbank. Ich dachte eigentlich, die sei seriös! Haben die es etwa auch schon nötig, mit Tricks zu arbeiten, um die Managergehälter zahlen zu können?«

»Es wird sich schon aufklären«, sagte Edgar beruhigend.

»Ja ... Wahrscheinlich hast du recht.«

Josie legte den Brief zur Seite und sah die restliche Post durch. Werbung, die Zeitschrift der Krankenkasse, Urlaubsgrüße ihrer Freundin Tania von Gibraltar, wie versprochen auf einer altmodischen Postkarte. Sie waren auch Kolleginnen in einem Versandhauskonzern und entwarfen gemeinsam Katalogmode fürs Internet, die nur ein bisschen trendy sein, aber nicht anecken durfte und in Stadt und Land alltagstauglich sein musste. Josies Berufsleben war längst nicht so aufregend, wie sie es sich während ihres Modedesignstudiums vorgestellt hatte. Immerhin hatte sie einen relativ gut bezahlten und sicheren Job – im Gegensatz zu so manchen Mitabsolventen, die zehn Jahre nach dem Diplom immer noch am Existenzminimum herumkrebsten.

»Denkst du daran, dass wir mit dem Makler einen Besichtigungstermin ausmachen müssen?«, fragte Edgar beiläufig.

Auch er hatte seine Träume nicht verwirklicht, doch ihm schien das nicht einmal mehr aufzufallen oder zu fehlen. Er pflegte zu sagen: Ich bin Realist, lass uns das Beste aus dem machen, was ist – während Josie immer wieder überfallen wurde von Sehnsuchtsattacken nach etwas, von dem sie selbst nicht wusste, was es eigentlich war. Vielleicht ein Kind? Oder der Entwurf einer wirklich tollen eigenen Kollektion? Ferne Länder bereisen? Irgendetwas fehlte ... Aber was?

Sie überflog Tanias launige Zeilen und lächelte – offenbar hatte die Freundin auf dem großen Felsen zwischen Spanien und Afrika gerade viel Spaß mit einem Engländer.

»Meinst du für das Reihenendhaus in der Nordheide«, fragte sie, ohne hochzublicken, »oder für die Doppelhaushälfte in Henstedt-Ulzburg?«

»Am besten für beides«, brummelte Edgar. Noch lebten sie in einer Mietwohnung mitten in Hamburg zwischen Stadtpark und Alster. Ein Siebzigerjahre-Mietblock, nichts Dolles, wegen der Lage allerdings ziemlich teuer. Und natürlich hatte Edgar recht, sie waren jetzt beide in einem Alter, in dem man Eigentum erwerben sollte. Sonst würden sie die Abzahlung bis zur Rente nicht schaffen. »Bitte vergiss es nicht wieder«, setzte er noch mahnend hinzu.

Josie hatte sich den kommenden Tag freigenommen, und ihre Erledigungsliste war schon ziemlich lang. Vor allem wollte sie mal wieder über den Jungfernstieg bummeln, um Trendrecherche zu betreiben.

Edgar nahm seine Hornbrille ab und massierte sich die Nasenwurzel. Die grauen Augen unter seinen struppigen Brauen wirkten überanstrengt. Eigentlich war er ein gut aussehender Mann, er strahlte Ruhe aus und wirkte vertrauenerweckend. Die ersten grauen Strähnen in den braunen Haaren gaben ihm etwas Seriöses, nur war er in letzter Zeit oft so müde.

Josies Blick fiel wieder auf das Schreiben ihrer Sparkasse. »Bucht die Bank das Geld für dieses rätselhafte Schließfach vielleicht sogar automatisch ab?«, fragte sie und sah dann Edgar irritiert an.

Er schüttelte den Kopf. »Das dürfen die überhaupt nicht, Josie. Du musst gar nichts zahlen.« Da sprach der Jurist aus ihm. »Es ist bestimmt nur ein Irrtum.« Jetzt grinste er selbstironisch, und sein schmales Gesicht wirkte gleich viel jünger, fast jungenhaft. So wie damals, als sie sich kennengelernt hatten. »Soll ich dir eine hieb- und stichfeste Antwort aufsetzen?«

Josie brauste zwar schnell auf, aber sie beruhigte sich auch schnell wieder. »Nöö … Lass mal, Schatz!« Dankbar warf sie ihm einen Luftkuss zu. »Ich muss sowieso morgen in die City. Dann geh ich da vorbei und klär das direkt.«

»Es kann sich nur um ein Missverständnis handeln«, sagte Josie.

»Hm …« In der Hauptgeschäftstelle ihrer Bank vertiefte sich der Kundenberater sogleich in die mitgebrachte Mahnung.

Josie taxierte sich an einem der verspiegelten Pfeiler aus den Augenwinkeln wie eine Fremde. Mittelgroß war sie und brünett. Sie hatte sich schicker und damenhafter als sonst gestylt, meist kleidete sie sich etwas flippiger. Aber sie wollte, dass die Banker gleich einen seriösen Eindruck von ihr bekamen. In ihrem ovalen Gesicht fielen zuerst die Augen unter den dichten dunklen Brauen auf. Meist blickten sie freundlich, neugierig und immer bereit zu einem spitzbübischen Zwinkern, doch hier in der Bank bemühte Josie sich um einen businessmäßigen Ausdruck. Zu einem schmal geschnittenen Rock trug sie Wildlederstiefel mit hohen Absätzen und einen taillierten Trenchcoat. Alles in Schwarz und Camel. Nur das edle Seidentuch schimmerte in Olivtönen und betonte ihre Augenfarbe. Eine elegante Beuteltasche aus Wildleder machte ihren Aufzug perfekt.

In dieser toughen Aufmachung konnte Josie anschließend auch gleich noch durch die Flagship-Stores von Chanel, Gucci & Co rund um den Neuen Wall spazieren und ihre Trendbeobachtung für die eigene Arbeit machen, ohne dass die Verkaufspersönlichkeiten dort sie von oben herab beäugen würden.

Eigentlich mochte Josie ihr sommersprossiges Gesicht am liebsten ungeschminkt. Ihre Wimpern waren von Natur aus dunkel, dicht und schön gebogen. Sie benutzte meist nur Lipgloss für ihren Mund, den sie allerdings für zu groß hielt. Edgar fand ihn zum Glück sexy. Heute betonte ein gekonntes Make-up ihre Augen, die einen Tick schräger standen, als es für eine Norddeutsche typisch war. Sobald sie das unterstrich, verwirrte ihr Blick leicht ihr Gegenüber, meist ohne dass der- oder diejenige auf Anhieb sagen konnte, was der Grund dafür war. Sie hörte dann oft, sie habe so etwas Besonderes.

Josie fand es eher anstrengend, als faszinierend zu gelten. Sie war doch ganz normal und wollte einfach nur sie selbst sein. Angeblich hatte es ja vor langer Zeit einen Franzosen unter ihren Vorfahren gegeben. Ob sie ihm dieses gewisse Etwas zu verdanken hatte? Mochte sein. Es war ihr ziemlich egal, gelegentlich allerdings spielte sie mit diesem Geschenk der Natur. Und so bedachte Josie den jungen Bankangestellten jetzt mit einem ernsten Augenaufschlag.

»Ein Missverständnis«, wiederholte sie, »anders kann ich mir das nicht erklären.«

»Da … da muss ich meinen Vorgesetzten holen«, stammelte der junge Mann verunsichert und nahm ihr Schreiben mit.

Josie sah ihn hinten im Schalterraum mit einem anderen Mann reden. Der telefonierte daraufhin. Und endlich kam ein dritter Herr in einem dunkelblauen Anzug, der ihr vorgestellt wurde als der Verantwortliche für die Kundenschließfachanlage.

»Dürfte ich Sie bitten … Können Sie sich ausweisen?«, fragte er sehr höflich.

Josie schluckte. Irgendwie schien es doch eine Bewandtnis mit dem Schließfach zu haben. Sie fühlte sich ein wenig beklommen, wie zu unrecht angeklagt.

»Ich denke schon, dass ich das kann«, erwiderte sie kühl und kramte in ihrer Tasche. Sie reichte dem Herrn ihren Ausweis.

Er verglich die Angaben mit seinen Unterlagen. Dann nickte er. »Das hat alles seine Richtigkeit, Frau Wagner. Sie besitzen eine Vollmacht für dieses Schließfach. Seit zwanzig Jahren bereits.«

Josie schüttelte ratlos den Kopf. »Aber …«

»Als Besitzerin ist eine Martha Wahring eingetragen.«

»Ach!«, jetzt fiel ihr etwas ein. »Tante Martha! Daran hab ich ja ewig nicht mehr gedacht …« Josie war damals achtzehn gewesen, gerade volljährig geworden und zum Studium von Oldenburg nach Hamburg gezogen, als ihre Großtante sie gebeten hatte, eine Vollmacht für deren Schließfach in der Hansestadt zu unterschreiben. Sie lebte eigentlich in Idar-Oberstein und war nur zu einem Zwischenstopp an der Elbe gewesen. Ihre Ehe galt als turbulent, es gab öfter Streit, und gelegentlich mochte die Tante wohl mit der Idee geliebäugelt haben, sich scheiden zu lassen. Jedenfalls hatte sich Josie das in ihrer jugendlichen Fantasie so zurechtgelegt. Sie hatte vermutet, Martha habe für den Fall der Fälle ein kleines finanzielles Depot anlegen oder vielleicht auch Briefe eines Liebhabers außerhalb des Hunsrücks sichern wollen, und sie, ihre Großnichte, sollte notfalls Zugriff darauf haben. Wenn Josie sich recht erinnerte, hatte die Tante damals von Hamburg-Fuhlsbüttel aus auch eine Reise nach Rom unternommen – ohne ihren Gatten, aber mit einer ihr unbekannten Begleitung, die sie nicht zu Gesicht bekommen hatte. »Dass dieses Schließfach überhaupt noch existiert!«, sagte Josie völlig perplex.

»Ich vermute, Ihre Frau Tante ist verstorben?«, fuhr der Banker fort. Josie nickte stumm. »Denn sonst«, fuhr er fort, »wäre die Jahresmiete wie in all den Jahren zuvor wieder von Martha Wahrings Konto abgebucht worden. Dieses Konto ist vor einigen Monaten aufgelöst worden. Deshalb mussten wir uns an Sie wenden.« Er lächelte konziliant. »Sie sind zwar mehrfach umgezogen seit damals, aber glücklicherweise unsere Kundin geblieben.«

»Ach herrje!«

Am liebsten hätte Josie sich irgendwo hingesetzt. Ihr war ganz flau im Magen, und sie bekam auf einmal ein sehr schlechtes Gewissen. So oft hatte Tante Martha sie gebeten, sie zu besuchen. So oft hatte sie angekündigt, sie habe ihr noch spannende Familiengeschichten zu erzählen. Immer wieder hatte Josie versprochen zu kommen. Sie hatte es ja auch wirklich vorgehabt. Aber … Na ja, wenn sie ehrlich war, interessierte sie sich nun mal nicht besonders für olle Kamellen aus dem Hunsrück.

Josie wusste, dass ihr Großvater, der Bruder von Martha, sich einst im Streit von seinem Elternhaus losgesagt hatte. Er hatte nicht den Betrieb, eine Achatschleiferei, übernehmen, sondern unbedingt Medizin studieren wollen. Josie wusste auch, dass die Familie sich irgendwann später mal ausgesöhnt hatte. Doch die Kontakte zu den Verwandten in Idar-Oberstein waren auf seltene Anlässe wie die großen Familienfeste beschränkt geblieben. Josie fand den Familienzweig »im Heckenland«, wie ihr Vater jene abgelegene Region zu nennen pflegte, ziemlich spießig. Auch ihr Vater war Arzt geworden. Er hatte die väterliche Praxis in Oldenburg übernommen und nicht nur das, auch die Abneigung gegenüber der Verwandtschaft. Für Josies Mutter war Idar-Oberstein ein typisches Ausflugsziel von Kegelvereinen in den Fünfziger- und Sechzigerjahren – »noch schlimmer als das Hermannsdenkmal«. Und das alles hatte dafür gesorgt, dass sich Josies Neugier auf Familienhistorie stark in Grenzen hielt.

Dass die Tante dennoch immer wieder den Kontakt zu ihrer Großnichte suchte, hatte sie selbst mal erklärt. Ich habe mir immer eine Tochter gewünscht, hatte sie gesagt, aber der liebe Gott hat mir nur Söhne und Enkelsöhne geschenkt.

Und Josie? Sie hatte die Großtante durchaus gemocht, ja, letztlich jedoch nicht wirklich gut gekannt. Sie hatte Tante Martha immer vertröstet und ihre Besuche bei ihr auf später verschoben. Nein, rief sie sich nun rasch zur eigenen Verteidigung ins Gedächnis zurück. Einmal, an einem grauen Novembertag vor fünf oder sechs Jahren, war sie, als sie ohnehin in Frankfurt zu tun gehabt hatte, mit einem Leihwagen nach Idar-Oberstein gefahren. Tante Martha war inzwischen in eine Seniorenresidenz umgezogen. Doch da hatte ihre Demenz bereits eingesetzt. Von einer Minute zur nächsten hatte die alte Dame nicht mehr gewusst, wer Josie war. Sie hatte sich peinlich wiederholt. Oder war mitten im Satz plötzlich völlig weggetreten. Es hatte wehgetan, den Verfall der einst klugen, stattlichen Frau zu erleben.

Und danach hatte Josie sich wieder verschanzt hinter Arbeit und Ausreden. Nicht einmal an Tante Marthas Beerdigung hatte sie teilnehmen können, weil sie geschäftlich auf der Modemesse in Paris hatte sein müssen. Immerhin war ihre Mutter stellvertretend für die Wagners nach Idar-Oberstein gereist. Doch sie hatte sich nicht länger als nötig dort aufgehalten und war gleich nach der Trauerfeier wieder nach Hause zurückgefahren.

»Frau Wagner? Ist alles in Ordnung?«, fragte der Banker besorgt.

Josie kehrte aus ihren Erinnerungen zurück in die Gegenwart. »Wie bitte …? Nein … ja … Ich meine, mir dämmert jetzt langsam, wie das alles zusammenhängt.« Der jüngere Angestellte bot ihr ein Glas Wasser an, das sie gern annahm.

»Nur Sie besitzen eine Vollmacht«, erklärte der Ältere nun. »Sie allein haben damit das Recht, das Schließfach zu öffnen und es aufzulösen.«

Josie lächelte. »Sicher nur vorausgesetzt, ich zahle die Jahresmiete nach …«

Er lächelte zurück. »Darum würde ich bitten.«

»Auflösen bedeutet, dass der Inhalt mir gehört?«

»Richtig.« Dem Kundenbetreuer war natürlich nicht entgangen, dass Josie etwas durcheinander war, und er ließ ihr eine Augenblick Zeit. »Sind Sie bereit?«, fragte er dann.

Sie nickte. »Ja.«

Er ging voran. Während Josie ihm folgte, überlegte sie, was sich wohl in dem Schließfach verbergen mochte, aber in ihrem Kopf zog gerade eine Nebelfront auf. Vielleicht war ja gar nichts mehr darin. Obwohl … das ergäbe keinen Sinn. Denn um nichts aufzubewahren, benötigte man kein Schließfach. Der Banker gab neben einer Glastür einen Code ein, der Raum dahinter sah eigentlich eher unspektakulär aus. An den Wänden befanden sich weiß lackierte Schubladen in unterschiedlichen Größen mit Messingschildern, auf denen Nummern standen.

»Sie haben eines der mittelgroßen Fächer«, sagte der Mann.

Er ging zielstrebig auf ihre Nummer zu, öffnete das Schloss, ließ den Schlüssel stecken und zog sich dann diskret zurück. Josie stand nun allein da. Sie holte tief Luft. Was hast du dir nur dabei gedacht, Tante Martha?, dachte sie.

Vorsichtig zog sie das Schubfach heraus. Ein Briefumschlag, auf dem in steiler, altmodischer Schreibschrift »Für Josefine Wagner« geschrieben stand, lag oben auf einer flachen Schatulle. Darunter befand sich noch etwas Größeres, eingeschlagen in festes Leinen.

Josies Herz klopfte schneller, in ihren Ohren rauschte das Blut. Sie schluckte. Als Erstes griff sie nach der Schatulle aus bemaltem Pappmaschee und drückte auf den altertümlichen Schnappverschluss. Auf moosgrünem Samt ruhte ein wunderschönes Collier! Große violette Steine, kunstvoll oval geschliffen, golden eingefasst und miteinander verbunden! Daneben lagen Ohrgehänge aus passenden Edelsteinen in Hell- und Dunkellila mit jeweils einem tropfenförmigen grünen Stein.

»Wow!«, entfuhr es Josie. Ihre Hände zitterten, einen Moment lang bekam sie schwer Luft. Sie konnte sich nicht erinnern, jemals einen bezaubernderen Schmuck gesehen zu haben! Vor Aufregung fuhr sie sich mit einer Hand durchs Haar, stieß gegen die Sonnenbrille, die zu Boden fiel. »Wahnsinn!«, murmelte sie ungläubig, dann lauter: »Das ist ja Waaahnsinn!«

Josie hob die Sonnenbrille auf, warf sie achtlos in ihre Handtasche. Zögernd griff sie dann nach der schweren Kette, und es war, als würden die Steine in diesem Augenblick anfangen zu leben. Sie reflektierten das Licht, funkelten geheimnisvoll. Ab und zu schienen sie kleine rote Blitze auszusenden! Intuitiv hielt Josie sich das Collier an, dabei konnte sie sich nirgendwo in einem Spiegel betrachten. Sie spürte eine Art Energie von der Halskette ausgehen, die ihr fremd, aber nicht unangenehm war. Wie aufregend! Allerdings … fühlte es sich auch irgendwie unbefugt an.

Respektvoll legte Josie den Schmuck zurück in die Samtmulde der Schatulle. Einen Moment versuchte sie, sich zu besinnen. Doch da griff ihre Hand auch schon nach dem Briefumschlag. Sie war ja so neugierig! Was für eine Botschaft enthielt er wohl?

Das Kuvert war nicht zugeklebt. Josie zog eine schlichte Briefkarte heraus. Darauf standen nur wenige Zeilen, wieder in dieser strengen energischen Handschrift, die typisch für Tante Martha gewesen war.

Liebe Josefine,
dieses Collier ist für Dich bestimmt. Es ist Sophies Vermächtnis. Ich werde Dir ihre unglaubliche Geschichte erzählen, wenn Du etwas mehr Lebenserfahrung hast und reif genug bist, alles zu verstehen.
Es grüßt Dich ganz herzlich
Deine Tante Martha

Josies Augen wurden feucht. Ach, jetzt schämte sie sich noch mehr! Warum nur hatte sie Tante Marthas Einladungen nicht ernster genommen? Benommen drehte und wendete sie die Karte in der Hoffnung, mehr zu erfahren. Doch diese mageren Sätze waren alles, was die Großtante ihr geschrieben hatte. Sie hatte wohl fest damit gerechnet, dass ihnen noch genug Zeit für Gespräche bleiben würde.

Josies Blick fiel erneut auf das Schließfach. Sie betastete den leinenumhüllten Gegenstand. Er war flacher als die Schatulle, aber größer. Was mochte das sein? Vielleicht ein Buch? Nein, der Rand fühlte sich erhaben an. Ein Bilderrahmen! Vorsichtig wickelte sie ihn aus und erstarrte. Das Gesicht, das ihr von einem alten Ölgemälde entgegenblickte, erschien ihr seltsam vertraut. Es erinnerte sie an einen Großonkel, den sie als Kind noch erlebt hatte. Doch es zeigte eine Frau …

Josie steckte die Schmuckschatulle und den Brief in ihre Beuteltasche. Das Gemälde schob sie vorsichtig in einen baumwollenen Einkaufsbeutel. Sie kündigte das Schließfach und zahlte die noch ausstehende Gebühr, dann verließ sie die Bank. Sie brauchte jetzt dringend frische Luft.

Draußen herrschte unbeständiges Aprilwetter. Ein frischer Wind blies Josie um die Ohren. Fest umklammerte sie die beiden Taschen, als sie anschließend über den Jungfernstieg ging. An einen Shoppingbummel war nun nicht mehr zu denken. Viel zu viel Angst hätte sie gehabt, die unerwarteten Geschenke würden ihr gestohlen. In der City waren ständig professionelle Taschendiebe unterwegs – erst neulich hatten sie einer Bekannten den Rucksack aus dem Fahrradkorb gerissen. Dennoch erlaubte Josie sich, kurz bei einem bekannten Juwelier ins Schaufenster zu sehen. Ob er etwas anbot, das ihrem Collier ähnelte? Na, zumindest nicht auf den ersten Blick.

Klar, überlegte Josie dann, Schmuck wird ebenso wie Kleidung der Mode unterliegen. Das Alsterhaus stellt ja auch keine Kleider mit Reifröcken mehr aus. Sie hatte sich nie für echten Schmuck interessiert. Weil sie ihn sich ohnehin nicht leisten konnte. Sie hatte sogar immer die Juwelierauslagen gemieden, und selbst wenn Freundinnen sehnsüchtig seufzend davorstanden oder Männer beim Betrachten und Kommentieren teurer Armbanduhren ihre Kennerschaft demonstrierten, hatte Josie möglichst nicht genau hingesehen. Weshalb sollte sie sich Fachwissen über Dinge aneignen, die sie sich doch nie würde leisten können? Sie hatte schließlich schon genug unerfüllte Wünsche!

Ihr Sortiment an echtem Schmuck war recht überschaubar. In dem lederüberzogenen Kästchen, das sie zur Konfirmation bekommen hatte, lagen die goldene Uhr, die ihre Eltern ihr zum Studienabschluss geschenkt hatten, und die Perlenkette von Edgar zu ihrem Dreißigsten. Außerdem Perlenohrringe, ein paar Klimperarmringe aus Silber, von ihrer Großmutter mütterlicherseits eine filigrane ostfriesische Halskette aus Rotgold und eine altmodische Granatbrosche von Edgars Mutter. Hübsche Erinnerungsstücke, doch Josie trug lieber witzigen Modeschmuck.

Während sie die Juwelen im Schaufenster betrachtete, beschlich sie ein Gefühl, das sie seit Langem, eigentlich immer schon kannte. Sie hatte sich das nur nie bewusst gemacht. Das Gefühl sagte ihr: Es steht dir nicht zu. So teurer Schmuck ist für andere Frauen gemacht. Für Gattinnen von Unternehmern, für supererfolgreiche Porschefahrerinnen, für Filmstars – aber nicht für dich.

Wieder begannen ihre Beine zu zittern.

Josie ging in ein Café. Auf den Schock brauchte sie jetzt erst einmal einen starken Kaffee und ein Stück Cheese Cake als Nervennahrung. Immer wieder lugte sie verstohlen in die Schatulle. Sie traute sich nicht, den Schmuck herauszunehmen. Nein, den Bummel durch die Boutiquen am Neuen Wall würde sie heute ganz gewiss nicht mehr machen. Dafür war sie innerlich viel zu aufgewühlt. Während sie an ihrem Kaffee nippte und den

Kuchen genoss, kam ihr in den Sinn, was für ein Jammer es war, dass sie Tania nicht anrufen und schnell mal mit ihr reden konnte. Edgar hatte um diese Zeit meist Termine bei Gericht. Ihre Mutter traf sich mittwochnachmittags mit ihren Kulturkreisfreundinnen in Oldenburg. Sie musste die Neuigkeit noch eine Weile für sich behalten. Josie zahlte. Statt die U-Bahn zu nehmen, würde sie sich an diesem Nachmittag ein Taxi nach Hause leisten.

Als Edgar am frühen Abend aus der Kanzlei kam, blieb Josie anders als sonst am Schreibtisch sitzen. Sie hatte sich inzwischen umgezogen, trug Jeans und ein dunkelblaues ausgeschnittenes T-Shirt, die Haare hatte sie zum Pferdeschwanz gebunden.

Sie war völlig vertieft in den Anblick des kleinen Ölgemäldes. Diese Augen! Sie schienen mehr olivgrün zu sein statt graugrün wie ihre und weniger schräg stehend. Was Josies Aufmerksamkeit fesselte, war der Ausdruck darin. Er hatte so etwas Mildes und Vertrauensvolles. Etwas ewig Gültiges. Und plötzlich wusste sie, was sie berührte. Diese Frau liebte! Gott, das klang so kitschig, aber genau das war es. Alles an ihr strahlte hoffnungsvolle Liebe aus. Josie stieß einen kleinen Seufzer aus.

Wenn man wollte, konnte man Parallelen entdecken, doch eigentlich entsprach die junge Frau auf dem Bild einem anderen, einem sanfteren Typ. Ihre Nase war klassischer, edler als Josies, der schön geschwungene Mund kleiner, das Haar, gescheitelt, geflochten und über den Ohren zu Schnecken gedreht, schimmerte heller als ihres. Goldene Lichter glänzten auf dem dunklen Blond. Kleine Löckchen kringelten sich an den Schläfen. Ob sie wohl auch Sommersprossen gehabt hatte? Der Künstler hatte keine gemalt, aber damals galten ja andere Schönheitsideale. Vielleicht hatte er sie auch weggelassen, um der Porträtierten, sie war vielleicht zwanzig Jahre alt, zu schmeicheln. Ihr Teint wirkte wie aus Porzellan, die Wangen übergoss ein apricotfarbener Hauch. Um ihren Hals schmiegte sich ... das Collier mit den lilafarbenen Steinen, unter den geflochtenen Schnecken baumelten die Ohrgehänge. Aber wie merkwürdig ... Auf dem Gemälde hingen daran keine grünen Steine! Offenbar waren sie nachträglich ausgetauscht worden. Oder hatte der Maler keine grüne Farbe mehr gehabt?

Die Kleidung der jungen Frau wirkte schlicht. Sie trug eine weiße Bluse mit rundem Ausschnitt und bauschigen Ärmeln, darüber ein eng geschnürtes schwarzes Mieder. Unten rechts auf dem Bild stand neben einer Signatur, die Josie nicht entziffern konnte, eine Jahreszahl. 1833.

Ob das die Sophie war, von der Tante Martha in ihrem Brief geschrieben hatte? Wahrscheinlich. Verrückt! Dass ihr eine Fremde so nahekam, das hatte Josie noch nie erlebt.

Edgar betrat mit einem Glas Rotwein das Wohnzimmer, er legte Josie seine Hand auf die Schulter und küsste sie auf die Schläfe.

»Wer ist das?«, fragte er nach einem flüchtigen Blick auf das Gemälde. »Sieht aus wie ein Jugendbildnis von dir, nur aus einer anderen Epoche. Wer hat es gemalt?« Mit einem wohligen Seufzer ließ er sich aufs Sofa sinken.

»Ich weiß nicht, von wem es stammt«, erklärte Josie. »Ich weiß nur, dass diese Frau eine meiner Vorfahrinnen aus Idar-Oberstein ist. Genauer gesagt, ich vermute es.«

Sie erzählte Edgar, was sie in der Bank erlebt hatte. Und auch, dass sie inzwischen im Internet recherchiert hatte. »Meine Verwandten, die Wahrings, betreiben nicht nur eine Achatschleiferei, wie ich immer dachte, sie schleifen auch Edelsteine für angesehene Juweliere.« Auf einmal fand Josie Familiengeschichte sehr spannend. »Als Gründerin des traditionsreichen Unternehmens wird auf der Homepage eine Sophie Kreuzer genannt. Die Gründung ist auf das Jahr 1838 datiert.«

Josie schaltete den Computer wieder ein. »Hier, guck mal! Dieses Foto von ihr wurde gemacht, als sie schon alt war. Aber wenn man sie sich jünger vorstellt … Findest du nicht auch, das könnte gut die Frau auf diesem Ölgemälde sein?«

Edgar stand wieder auf, um zu schauen. Er kratzte sich am Hals. »Ja, das käme hin. Hier hat sie noch so einen jugendlichen Schmelz …« Zärtlich strich er über Josies Wange, legte dann den Kopf schief. »Sie wirkt verträumt und ernsthaft zugleich«, sagte er. »Irgendwie rührend. Erinnert mich etwas an diese Schauspielerin in dem Film *Schlaflos in Seattle.* Wie heißt die noch?«

Josie nickte. »Ja, ich komm grad nicht auf den Namen, aber ich weiß, wen du meinst.«

Dann studierte er das zerfurchte Gesicht der alten Frau, die würdevoll in die Kamera blickte. »Sie muss 'ne Menge mitgemacht haben in ihrem Leben.«

Josie schmiegte ihre Wange an Edgars Hand und küsste sie gedankenverloren. »Ja, was wohl?« Sie sprang auf. »So, und jetzt muss ich dir unbedingt zeigen, was außerdem noch in dem Schließfach lag!« Barfuß lief sie ins Schlafzimmer. Als sie vor dem großen Spiegel das Collier anlegte, das kühl ihre Haut berührte, überlief sie wieder wie vorhin bei ihrer ersten Anprobe ein Schauer – vom Kopf bis in die Zehenspitzen. Josie atmete tief durch und nahm Haltung an. Stolz erhobenen Hauptes betrat sie dann wie eine Königin das Wohnzimmer. »Tädää!«

Edgar, der es sich erneut auf dem Sofa bequem gemacht hatte, schnalzte mit der Zunge. »Uiih! Ist das echt?«, fragte er. Langsam schritt Josie näher. »Auf jeden Fall antik«, sagte er beeindruckt.

Sie setzte sich rittlings auf seinen Schoß. So konnte er das Schmuckstück aus nächster Nähe betrachten. Ehrfürchtig ließ Edgar einen Finger über die Steine und die verschnörkelten Goldfassungen gleiten.

»Es gibt auch noch passende Ohrgehänge, aber ich hab ja keine Löcher, um sie einzustecken.«

»Was mögen das für Juwelen sein?«, fragte er.

Vor Aufregung wippte Josie auf ihm wie auf einem Reitpferd. »Ich vermute … Also, ich hab vorhin gegoogelt … Rubine sind es nicht, die sind ja rot, Saphire sind blau … Also, lilafarbene Steine sind meist Amethyste, und die sind nicht sooo kostbar, jedenfalls im Vergleich dazu.«

»Sehen trotzdem ziemlich bedeutend aus«, fand Edgar. »Vielleicht wegen der Machart. Man müsste mal einen Experten fragen, was das Collier wert ist.«

»Klar, kann man machen«, erwiderte Josie. »Aber eigentlich interessiert mich diese Sophie ja viel mehr … Welche Bedeutung mag dieser Schmuck für sie gehabt haben?«

Josie griff sich an ihren Ausschnitt. Das Collier lag schwer, aber angenehm auf ihrer Haut. Es hatte ihre Körperwärme angenommen und strahlte sie zurück. Erst jetzt realisierte sie richtig, was ihr heute widerfahren war. Eine Woge der Freude überrollte Josie. Was für eine Überraschung!

»Ist das nicht toll?«, rief sie aus und umschlang Edgars Nacken.

Er gab ihr einen herzhaften Schmatzer. »Du bist ja jetzt eine gute Partie, Josie!«, grinste er. »Vielleicht sollten wir doch heiraten!«

Sie streckte ihm die Zunge heraus.

Auf einmal sah Edgar sie mit einem anderen Blick an. »Das ist wirklich unglaublich!«, sagte er, plötzlich kurzatmig.

»Was?«, fragte Josie irritiert. Hatte er den Antrag gerade ernst gemeint? Und wenn ja … Will ich eigentlich, dass er es ernst meint?

»Deine Augen wirken heute unglaublich grün …«, sagte Edgar mit rauer Stimme. »So grün, wie ich sie noch nie gesehen hab.«

»Sexy?«, fragte sie neckisch mit herausfordernd gesenkter Stimme.

»Seehr!« Er umarmte und küsste sie stürmischer, als es sonst seine Art war. Dann sah er sie erneut verzückt an. »Du hast jetzt auch wieder diesen süßen Silberblick …«

»Auf den könnte ich ja gut verzichten«, sagte Josie und verzog das Gesicht.

Schnell küsste er sie noch auf die Nasenspitze. »Bloß nicht!«

Zufrieden lächelnd richtete Josie sich auf. Doch dann kam ihr ein Gedanke. »Meinst du, das liegt an der Kette? An den Steinen?« Sie öffnete den Verschluss im Nacken und ließ das Geschmeide vorsichtig mit einem klackernden Geräusch auf den Couchtisch gleiten. »Immer noch?« Sie sah ihn mit großen Augen an.

»Hm …« Edgar schürzte abwägend die Lippen und kam wie ein Kurzsichtiger näher. »Also, der leichte Silberblick ist noch da …« Doch das bewundernde Leuchten in seinen Augen, so jedenfalls erschien es Josie, war schwächer geworden. »Bin wirklich gespannt, was das Teil bringt«, sagte Edgar. Ein Gedanke ließ seine Augen aufleuchten. »Eine kleine Finanzspritze! Das ist ja ein Geschenk des Himmels!«

Josie rutschte von seinem Schoß und setzte sich neben ihn. »Ich glaube, es liegt einfach daran, dass Lila die Komplementärfarbe von Grün ist«, erklärte sie ernüchtert. »Solche Farben intensivieren sich gegenseitig.« Als Modedesignerin kannte sie sich selbstverständlich mit der Farbenlehre aus. Wenn sie violetten Lidschatten benutzte, wirkte ihre Augenfarbe ja auch zwangsläufig grüner. Mit verschränkten Armen lehnte Josie sich zurück. »Warum wollte Tante Martha, dass ich es erbe?«, überlegte sie laut. »Vielleicht sollte ich mal die Verwandten in Idar-Oberstein fragen … Aber … Ich kann auch schlecht anrufen nach so langer Zeit und sagen: Ach, übrigens, ich hab da gerade ein tolles Collier von eurer verstorbenen Mutter geerbt …« Sie grübelte. »Vielleicht sollte ich hinfahren. Ich könnte ihnen den Schmuck und das Gemälde zeigen. Dann werden sie mir schon sagen, was sie darüber wissen. Was meinst du?«

Edgar antwortete nicht sofort. »Davon würde ich abraten«, sagte er schließlich, wieder ganz der Jurist.

»Wieso das?«, fragte Josie erstaunt.

»Tja, wenn die Erben deiner Großtante davon erfahren, könnten sie das Vermächtnis anfechten«, warnte er.

Josie zog die Augenbrauen zusammen. »Aber ich hab's doch schwarz auf weiß. Es ist eindeutig. Tante Martha wollte, dass ich das Collier bekomme.«

Edgar schüttelte den Kopf. »Na, sei mal lieber vorsichtig! Durch dieses Collier, vielleicht auch durch das Gemälde, könnte sich der prozentuale Anteil der rechtlichen Erbmasse deutlich verändern«, erklärte er.

»Ich verstehe nur Bahnhof«, erwiderte Josie unwillig.

»Angenommen, deine Tante hatte vier Kinder …«

»Hatte sie nicht, nur zwei Jungen«, warf Josie ein.

»Ist doch egal, es geht ums Prinzip«, verwarf Edgar ihren Einwand. Er ließ sich ungern aus einem Gedankengang reißen. »Angenommen, jedes der beiden Kinder erhielte fünfzig Prozent der rechtlichen Erbmasse, dann ergäbe das einen anderen Betrag, wenn man den Wert des Colliers berücksichtigen würde. Da lohnt es sich schon für die Miterben anzufechten, dass du den Schmuck bekommst. Verstehst du?« Nachdenklich nickte Josie. Diese Aussicht dämpfte ihre Freude. »Warum also schlafende Hunde wecken?«, setzte Edgar hinzu.

»Hm«, sagte sie. »Darüber muss ich erst mal in Ruhe nachdenken.«

Josie telefonierte mit ihrer Mutter in Oldenburg. Sie verschwieg ihr das Erbstück vorsichtshalber, versuchte aber, auf unverfängliche Weise mehr über »die Obersteiner« in Erfahrung zu bringen. Doch ihre Mutter war wirklich nie richtig warm geworden mit diesem Zweig der Familie, sie wusste wenig, und ihren Vater konnte Josie leider nicht mehr fragen. Er war schon zwölf Jahre zuvor mit dreiundsechzig völlig überraschend an einem Herzinfarkt gestorben. So kam Josie in den nächsten Tagen mit ihren Nachforschungen nicht viel weiter.

Edgar vertrat die Ansicht, sie solle den Schmuck schnell verkaufen. »Dann hätten wir eine solidere Basis für die Immobilienfinanzierung«, argumentierte er. »Je mehr Eigenkapital wir einbringen können, desto besser.«

Josie hatte völlig vergessen, die Besichtigungstermine mit dem Makler zu vereinbaren, und Edgar war deshalb vergrätzt. Um ihn versöhnlich zu stimmen und weil es sie selbst interessierte, vereinbarte sie einen Termin bei einem renommierten Juwelier, der Gutachten erstellte. Der Schmuckexperte bestätigte ihre Annahme, dass es sich bei den Steinen um Amethyste handelte, und erklärte, dass diese eigentlich nicht so kostbar wie viele andere Farbedelsteine seien.

»Die Exemplare hier sind allerdings ausgesprochen schön, groß und rein«, erklärte er. »Ihre Farbe ist besonders intensiv. Die roten Feuer, die manchmal daraus blitzen, deuten darauf hin, dass sie aus Südamerika stammen, vermutlich aus Uruguay oder einer Grenzregion Uruguays.«

»Wie viel ist das Collier denn ungefähr wert?«, wollte Josie wissen.

»Das ist schwer zu sagen in diesem Fall, wissen Sie. Es könnte aus der Zeit um 1830 stammen, darauf deuten die filigranen Goldverzierungen der Steinfassungen hin. Das entspricht dem Stil und Geschmack einer Epoche, die in England als Georgian bezeichnet wird. Bei uns würde man sagen, es liegt stilistisch zwischen Romantik, Empire und Biedermeier.« Der Experte erwähnte noch, es erhöhe den Wert, dass ein passendes Paar Ohrringe vorhanden sei. »Leider waren Amethyste damals um ein Vielfaches kostbarer als heute, selbst die kleinen hellen Kristalle waren früher mehr wert. Mit den großen Amethystlieferungen, die im 19. Jahrhundert aus Südamerika nach Europa kamen, sank der Preis für diese Edelsteine im Verhältnis zu anderen enorm.«

»Ist der Amethyst denn ein Edelstein oder nur ein …«, Josie erinnerte sich dunkel an den abwertend klingenden Begriff, »… nur ein Halbedelstein?«

»Halbedelstein sagt man heute nicht mehr«, belehrte sie der Experte. »Wir sprechen von Farbedelsteinen. Unter Amethysten gibt es nur wenige von solcher Qualität, dass es sich lohnen würde, sie für kostbare Schmuckstücke zu schleifen. Das meiste ist einfach Massenware.« Sein Blick hing mit echter Bewunderung an Josies Collier.

»Alle Päpste trugen und tragen bis heute übrigens einen Amethystring!«, schob er ein.«

»Also, wie viel ist das Collier wert?«, hakte Josie nach. Sie hatte so gar keine Vorstellung, was man dafür verlangen könnte.

»Wirklich schwierig«, wand sich der Schätzer. »Die Steine allein … vielleicht fünfzehntausend. Aber es ist natürlich ein Liebhaberstück mit historischem Wert. Wenn jemand genau so etwas gesucht hat, und er entdeckt es bei einer Versteigerung, dann könnte es auch dreißig bis vierzigtausend Euro bringen … oder mehr …«

»Aha …« Josie ließ sich ihre Freude nicht anmerken.

»Erwägen Sie den Verkauf?«, fragte der Mann gespannt. Er hatte offenbar Interesse.

Josie schüttelte nachdenklich den Kopf. »Ach nein, eher nicht. Jedenfalls im Moment nicht.«

Der Mann räusperte sich. »Und die grünen Steine, ich weiß nicht, ob Ihnen das klar ist, sind Smaragde von hervorragender Qualität …«

»Aber sie haben doch so kleine Einschlüsse«, sagte Josie ungläubig. »Das sehe ja sogar ich als Laie, dass die nicht vollkommen rein sind. Das senkt den Wert doch sicher ziemlich …«

»Tja, beim Smaragd nennt man diese Einschlüsse Jardins, Gärten, und sie gelten gerade als Beweis für seine Echtheit und Güte.«

»Ach.« Mehr fiel Josie nicht ein.

»Dieser hat sogar einen feinen Riss. Aber das macht nichts.« Der Experte lächelte milde. »Die beiden Smaragde dürften pro Stück locker so viel bringen wie das Collier.«

»Oh … Vielen Dank …«

Josie verabschiedete sich höflich. Erst auf dem Bürgersteig vor dem Geschäft machte sie einen Hüpfer vor Freude.

Nach der ersten Euphorie überlegte Josie hin und her, ob sie Edgars Rat folgen sollte. Sie rechnete. Auf hunderttausend Euro könnte sie also kommen. Wahnsinn! So viel Geld! Wie hoch mochte das Risiko sein, dass die Obersteiner anfochten, was Tante Martha ihr vermacht hatte? Sie brauchte die Verwandten aber, denn sie würde das Rätsel um Sophie und ihren Schmuck kaum lösen können, wenn sie nicht tiefer in die Familiengeschichte eintauchte. Andererseits konnte man für so viel Geld verschmerzen, eine Geschichte nicht zu kennen, die einen vorher auch nicht interessiert hatte, oder? Vielleicht existierte ja nicht einmal eine Geschichte.

Oder?

»So langsam könntest du dich mal wieder beruhigen«, murrte Edgar, als Josie eine Woche nach der Schließfachauflösung am Abend wieder einmal das kleine Ölbild anstarrte, statt mit ihm gemeinsam Schach zu spielen oder etwas zu kochen.

»Lass mich doch«, sagte sie nur.

Es war merkwürdig. Josie registrierte, dass etwas mit ihr geschah. Sie konnte es allerdings kaum in Worte fassen. Edgar würde sie nicht verstehen, deshalb versuchte sie gar nicht erst, es ihm zu beschreiben.

Sophies Porträt versetzte sie in eine sirrende unterschwellige Aufregung. Josie spürte, sie war einer spannenden Entdeckung auf der Spur! Und doch schwang ein »Zu spät« in diese leise brausende Empfindung hinein. Es war zu spät, die Vorfahrin noch kennenzulernen. Sie würde sie nie hören, berühren, sich mit ihr unterhalten oder sie verstehen können. Was sollte also die Aufregung, woher kam dieses sehnsüchtige Ziehen in ihrer Brust? Josie versuchte, das irritierende Gefühl klein zu halten. Ihr plötzlich erwachtes Interesse an der Familiengeschichte war nur eine Spielerei, etwas Interessantes, das am Rande ihres Lebens geschah. Mehr sollte es nicht sein dürfen. Wozu denn auch? Wem nützte es, in die Vergangenheit abzutauchen?

Edgar brachte ihr ein Glas Wein und sah sie bittend an. Josie seufzte tief. Sie legte das Gemälde in den Wohnzimmerschrank und setzte sich zu ihm. Doch als sie am kommenden Morgen erwachte, stand als Erstes wieder das Sophies Bild vor ihrem geistigen Auge. Und dazu fiel ihr ein altmodischer Begriff ein. Sophie strahlte etwas Liebreizendes aus. Ihr Gesicht, die weichen Züge, das sanft gerundete Kinn, die jugendliche Anmut – ja, die hatte sie selbst auch einmal gehabt. Sie war im Laufe der Erwachsenenjahre geschwunden.

Josie öffnete den Schrank. Nachdenklich betrachtete sie erneut das kleine Gemälde. So jung und zuversichtlich sah diese Sophie aus! So fest im Glauben, dass ihr ein gutes Leben bevorstünde und sie es schon meistern würde. Josie merkte, wie sich ihre Augen mit Tränen füllten, im Hals spürte sie einen Kloß. Geradezu zärtlich betrachtete sie das Bild, das nun vor ihren Augen zu verschwimmen begann.

Verbindet uns ein geheimes Band? Oder bin ich nur rührselig? Ist das nicht furchtbar kitschig? Aber es berührt mich. Bin ich ihr zu irgendetwas verpflichtet? Kann ich, muss ich, sollte ich noch etwas für sie tun?

Das alles verwirrte sie. Josie sah auf die Uhr. So spät schon! Zeit für die Arbeit, sie musste sich beeilen, wenn sie noch pünktlich im Atelier sein wollte. Entschieden wischte sie sich die Tränen von den Wangen.

Tania war aus dem Urlaub zurück. Die Freundin und Kollegin begrüßte Josie gut gelaunt, braun gebrannt, ein wenig molliger als zuvor und mit einem schicken neuen Kurzhaarschnitt. In der Mittagspause schwärmte sie von der Natur und von ihrer Eroberung auf Gibraltar. Ein attraktiver Engländer hatte sie öfter zu Ausflügen auf seiner Jacht mitgenommen.

»Und was gab's hier Aufregendes?«, schloss Tania beim Nachtisch den Bericht über ihre Abenteuer, wohl ohne ernsthaft eine Antwort zu erwarten. »Hat Edgar dir endlich einen Heiratsantrag gemacht?«

Josie verdrehte die Augen. »Du weißt doch, dass er ein gebranntes Kind ist. Er sagt, noch eine Scheidung übersteht er nicht.«

»Oh, das ist hart.« Tanja seufzte. »Meint er eigentlich seelisch oder finanziell?«, fragte sie dann mit ironischem Lächeln.

»Vermutlich beides.«

Josie zuckte mit den Achseln. Sie verstand Edgar ja auch. Der Unterhalt für seine Exfrau und seine beiden Söhne schmerzte ihn jeden Monat. Sie auch, wenn sie ehrlich war. Aber das gehörte nun mal zum Schicksal von Zweitfrauen. Wegen der Alimente mussten Edgar und sie deutlich bescheidener leben. Wie viel großzügiger könnte ihr Lebensstil ohne diese Verpflichtungen sein!

Edgar wollte auch keine Kinder mehr. Josie hatte das irgendwann schweren Herzens akzeptiert. Doch sie wünschte sich schon manchmal, dass er ihr trotzdem einen Antrag machte. Es ging doch um mehr als Steuerklassen und Steuerersparnis. Es ging um Emotionen, um das Zusammengehörigkeitsgefühl, darum, es der ganzen Welt mitzuteilen … Sie wollte endlich angekommen sein. Und, na ja, sie war inzwischen achtunddreißig. Was sollte da in Sachen Liebe noch großartig passieren?

Seit dem Tod ihres Vaters verspürte Josie zudem ein verstärktes Sicherheitsbedürfnis. Es war der Schock ihres Lebens gewesen, so aus heiterem Himmel einen geliebten Menschen zu verlieren. Während sie vorher von Ferne und Abenteuern geträumt hatte, sogar einmal auch ein halbes Jahr mit dem Rucksack durch Australien gezogen war, suchte sie, seit sie eine Halbwaise war, Sicherheit, wo immer es ging. Vielleicht hatte sie sich nur deshalb in Edgar verliebt, weil er so unglaublich solide und verlässlich wirkte.

Tania durchbrach das Schweigen. »Also alles beim Alten«, sagte sie dann, zwar mit einem Seufzer, aber es klang doch irgendwie befriedigt. »Ich sag's ja, hier passiert nie was Aufregendes.«

Nun platzte es aus Josie heraus. In wenigen Sätzen erzählte sie von Tante Marthas Vermächtnis. »Ich bin so froh, dass ich endlich mit jemand anders als mit Edgar darüber sprechen kann«, gestand sie der Freundin, die sie ungläubig anstarrte.

»Das ist ja eine irre Geschichte!«, sagte Tania und strubbelte sich durch die kurzen dunkelbraunen Haare. »Oh ... Ich möchte auch überraschend Schmuck erben! Wieso passiert mir so was nicht?«

»Sei nicht undankbar!« Josie grinste. »Du hast gerade einen Urlaubsflirt hinter dir mit Jachttrips zwischen Europa und Afrika.«

Tania blinzelte verschmitzt. »Du hast recht. Und jetzt? Was willst du tun?«

»Tja«, seufzte Josie. »Was würdest du denn an meiner Stelle tun? Ich will natürlich nicht riskieren, dass ich das Collier wieder abgeben muss ...«

Tania überlegte nur kurz. »Hinfahren und mit den Leuten reden. Du brauchst ihnen ja nicht von dem Schließfach zu erzählen. Du könntest doch einfach mal so zu Besuch kommen.«

Josie machte sich also auf nach Idar-Oberstein. Während der siebenstündigen Fahrt von Hamburg in den Hunsrück hatte sie viel Zeit nachzudenken. Tante Marthas ältester Sohn Reinhard Wahring hatte schon am Telefon überaus liebenswürdig reagiert, als sie ihren Besuch ankündigte, und nun nahmen er und seine Familie sie herzlich auf.

Reinhard, der Josie das »Onkel« in der Anrede gleich scherzhaft verbot, war ein selbstbewusster, bodenständiger Mann Ende fünfzig, jovial und mit gemütlichem Bauch. Er leitete das Unternehmen schon seit vielen Jahren, sein Bruder Thomas hatte sich mit der Herstellung von Schleifmaschinen selbstständig gemacht. Als Reinhards Frau Gisela erfuhr, dass Josie eine Woche im Hotel übernachten wollte, um die Heimat ihrer Vorfahren näher kennenzulernen, protestierte sie.

»Das kommt ja überhaupt nicht infrage! Du wohnst selbstverständlich bei uns!«

Die Wahrings hatten ein Gästeapartment mit eigenem Eingang in ihrem großen, weiß gestrichenen Haus. Es war etwas spießig, aber wohnlich und sehr solide eingerichtet wie das gesamte Haus, das jede Protzerei nach außen peinlichst vermied. Beim Interieur stieß man allerdings nur auf beste Qualität – Möbel aus Massivholz, Polster mit Springfedern, teuer und nach Josis Empfinden ein bisschen geschmacklos bezogen. Anfangs hatte sie sich gewundert, dass Reinhards Familie so eine komfortable Gästeunterkunft besaß, doch schon nach kurzer Zeit verstand sie, weshalb. Es war ein ständiges Kommen und Gehen bei den Wahrings.

Das in den Sechzigerjahren erbaute und in den Achtzigern modernisierte Wohnhaus mit Swimmingpool lag hinter der Werkstatt. Dort arbeiteten nicht nur zwei Dutzend einheimische Schleifer und Polierer, oft schon seit ihrer Lehrzeit und auch bereits in zweiter oder dritter Generation, es klingelten auch ständig Besucher aus aller Welt an der Tür. Darunter Händler aus Afrika, Asien oder Südamerika, die mit Rohedelsteinen nach Idar-Oberstein reisten und sie dort eben auch dem Hause Wahring zum Kauf anboten. Manchmal sah man sehr elegante Menschen, Männer, die Josie eher in der Pariser Designerszene vermutet hätte, oder schicke Frauen, die aus internationalen Metropolen kamen. Irgendwie schien das alles nicht zusammenzupassen.

»Interessiert es dich, was wir hier machen? Magst du mal mit in mein Büro kommen?«, fragte Reinhard sie am nächsten Tag beim Frühstück. Josie nickte. »Dann komm doch heute Nachmittag so gegen halb drei rüber.«

Josie vertrieb sich den Vormittag mit einem Spaziergang durch das Städtchen, ortete schon mal seine Sehenswürdigkeiten, das Edelsteinmuseum, die Felsenkirche und eine alte Schleifmühle. Vielleicht würde sie in den nächsten Tagen noch Zeit finden, sie in Ruhe zu besichtigen. Sie bummelte durch die Fußgängerzone, wo massenweise billiger Schmuck in Souvenirläden unter die Touristen gebracht wurde. Der Fluss namens Nahe, der durch Oberstein floss, war von einer breiten Schnellstraße überbaut worden. Wie viel charmanter musste Idar-Oberstein vorher ausgesehen haben! Aber offenbar hatten die Stadtväter keine andere Möglichkeit gesehen, den modernen Straßenverkehr durch die Stadt zu lenken, die in einer Enge zwischen steilen Felsenhängen und eben am Ufer der Nahe lag.

Mittags besuchte Josie ein Industriemuseum, in dem man einst Art-déco-Schmuck hergestellt hatte. Ihr kamen gleich Ideen für neue Kleider, und so setzte sie sich am Marktplatz von Oberstein in ein Straßencafé und machte sich Notizen für ihre nächsten Modeentwürfe. Das Plätschern eines Brunnens mischte sich angenehm in die Geräuschkulisse. Als sie fertig war, beobachtete sie die Leute ringsum. Josie zeichnete unterwegs gern mal interessante Gesichter, dafür hatte sie immer einen Skizzenblock dabei. Das war ein wenig, wie Postkarten zur Erinnerung an eine Situation oder Atmosphäre an sich selbst zu schicken.

In einem Prospekt las sie, dass ungefähr jeder zehnte Einwohner beruflich irgendetwas mit Edelsteinen zu tun hatte und dass die Stadt sich rühmte, neben Rio de Janeiro das Weltzentrum für Edelsteinhandel und -schleiferei zu sein. Sicher hatte da irgendein Marketing- oder PR-Mensch ganz gewaltig übertrieben. Das kannte man ja – je tiefer die Provinz, desto größer der Superlativ! Und mit welchem Eifer die Einheimischen immer noch zwischen Idar und Oberstein unterschieden! Josie hatte schon gemerkt, dass ihre Verwandten Wert darauf legten, in Idar zu leben, und dass ihnen die in Josies Familie übliche Benennung als »die Obersteiner« nicht gefallen würde.

Sie schaute sich wieder die Passanten an. Unter all den typischen Touristengruppen fiel ein einzelner Mann auf. Er überquerte den Platz mit zügigen, federnden Schritten, dann blieb er am Brunnen stehen, holte sein Handy aus der Jackentasche und gab knappe Anweisungen. Josie stutzte. Meine Güte, sah der gut aus! Groß, gute Figur, um die vierzig, schwarze Haare, gebräunt, irgendwie weltläufig, lässig mit südländischem Einschlag, aber vielleicht täuschte das auch. Den konnte sie sich als Begleiter von Columbus bei der Entdeckung Amerikas ebenso gut vorstellen wie als Meistertenor auf einer großen Bühne. Die markante Nase saß etwas schief im Gesicht. Dichte schwarze Brauen, hohe breite Stirn. Sein grauer Anzug saß perfekt, das blütenweiße Hemd war am Kragen geöffnet. Und obwohl der Mann glatt rasiert war, erahnte man einen starken Bartwuchs. Hui! So hatte sie sich als Teenager einen Traummann vorgestellt. So einen hatte sie hier nun gerade gar nicht erwartet.

Josie wurde bewusst, dass sie den Mann schon länger anstarrte, und sie zwang sich, woandershin zu schauen. Als sie wieder hochblickte, war er verschwunden. Ach, wie schade.

Sie seufzte innerlich. Gedankenverloren skizzierte sie sein Porträt. Dann telefonierte sie kurz mit Edgar, der nicht hatte mitkommen wollen und können, weil diese Woche wichtige Gerichtstermine anstanden. Sie versicherten sich gegenseitig, dass alles in Ordnung war.

Pünktlich kurz vor halb drei parkte Josie ihren Golf auf dem Hof der Firma Wahring. Sie nahm ihren Skizzenblock mit, vielleicht würde sie ja auch die kleine Betriebsbesichtigung mit Reinhard inspirieren. An der Drehtür zum Empfang stieß sie mit einem Mann zusammen, der gerade herauskam. Der Notizblock rutschte ihr aus der Hand, fiel zu Boden. Sie beugten sich gleichzeitig hinunter, stießen sich die Köpfe. Wie peinlich, dachte Josie und wurde knallrot. Denn gleichzeitig mit ihr ging soeben der gut aussehende Mann vom Marktplatz in die Knie.

»Entschuldigung«, sagte sie hastig und schnupperte unauffällig.

Mmh, wie gut er duftete. Es war eine Mischung aus Sandelholz und Zeder mit Moos oder Farn und einer frischen Meeresbrise.

»*Desculpe!*«, erwiderte der Mann mit einem höflichen, aber unverbindlichen Lächeln, das urplötzlich erstarb.

Josie folgte seinem Blick. Ihr Notizblock hatte sich ausgerechnet auf der Seite aufgeschlagen, auf der sie seine Gesichtszüge skizziert hatte. Seine kräftigen Augenbrauen schoben sich fragend zusammen. O Gott, peinlicher ging es ja wohl nicht! Josie sagte nichts. Sie griff nur rasch nach ihrem Block und klappte ihn zu. Dann erhob sie sich mit Schwung – und stieß noch einmal gegen seinen Kopf.

Er unterdrückte einen Schmerzensruf. Während er sich an die Stirn griff, sah er sie unfreundlich an.

»Tut … tut mir wirklich leid!«, stammelte Josie und verschwand schnell in der Drehtür.

Auch ihr Schädel brummte von dem Zusammenstoß. Hoffentlich war der Mann kein wichtiger Kunde ihres Onkels!

Die Empfangsdame brachte Josie zu Reinhard ins Chefzimmer. Er bot ihr einen Platz vor seinem Schreibtisch an. Josie rieb sich noch mal die Stelle, an der ihr sicher, zum Glück unter den Haaren, eine Beule wachsen würde.

»Ich habe gerade einen Herrn angerempelt«, gestand sie. »Aus Versehen natürlich. Ich hoffe, das bedeutet nicht das Ende eurer Geschäftsbeziehungen.«

Reinhard lachte. »Das wird wohl Rico da Silva gewesen sein. Mach dir keine Sorgen. Er ist Deutschbrasilianer, ein harter Brocken. Der kann was ab. Und unsere Familien arbeiten schon seit einer Ewigkeit zusammen.«

»Da bin ich ja erleichtert.«

Reinhard öffnete einen Tresor, der hinter seinem Schreibtisch in die Wand eingebaut war. Er entnahm ihm eines von vielen kleinen Päckchen, die alle aus einem schlichten weißen Blatt Papier zusammengefaltet waren und sich etwas wölbten. Geübt öffnete er es und legte es vor Josie auf den Schreibtisch – auf dem weißen Untergrund rieselten hell türkisblau leuchtende Edelsteine auseinander.

»Neue Paraíba-Funde aus Mosambik«, sagte er. »Der Händler überlässt uns die Partie einen Tag lang zur Prüfung. Das ist so üblich. Innerhalb von vierundzwanzig Stunden müssen wir uns entscheiden.«

»Mosambik liegt doch in Afrika, wenn ich mich nicht irre«, bemerkte Josie. »Warum bietet ein Händler aus Brasilien dir diese Steine an?«

»Die hat nicht Rico da Silva gebracht. Heute Vormittag waren afrikanische Händler hier.«

»Lassen die wirklich einfach so ihre Steine hier? Wie können sie sicher sein, dass sie genau die zurückbekommen?« Vorsichtig berührte Josie mit den Fingerspitzen die Kostbarkeiten. »Ich meine … Also, ich könnte die nicht von weniger schönen oder Fälschungen unterscheiden …«

»Wir wiegen sie«, erwiderte Reinhard trocken. »Vorher und nachher.« Josie wusste nicht recht, ob er scherzte. »Doch, doch«, bekräftigte ihr Onkel. »Vertrauen gegen Vertrauen.«

»Aber ihr könntet doch einfach mal etwas Echtes gegen einen künstlichen Stein austauschen.«

»Tun wir nicht. Das würde unseren Ruf ruinieren.« Mit festem Blick sah er sie an.

Josie hatte keine Ahnung, was Paraíbas waren, aber sie sahen überirdisch schön aus. So etwas kam in der Natur vor? Sie wagte nicht, nach dem Preis zu fragen.

»Eine halbe Million Euro für so eine Partie ist nix«, fuhr Reinhard auch schon fort. »Man muss kaufen, wenn das Angebot da ist. Manchmal kommt man jahre- oder jahrzehntelang nicht mehr an bestimmte Edelsteine.«

»Wieso das?«, fragte Josie. Sie versuchte, sich wegen der gerade genannten Summe ganz unbeeindruckt zu geben.

»Na ja, manchmal ist eine Mine plötzlich leer geschürft. Oder in einem Land bricht ein Bürgerkrieg aus, und der Handel kommt zum Erliegen.«

»Verstehe.« Josie nickte. Über solche Zusammenhänge hatte sie noch nie nachgedacht. »Welche sind denn zurzeit besonders rar? Hast du mal ein Beispiel?«

»Die begehrten blauen Saphire aus Kaschmir!«, erwiderte Reinhard wie aus der Pistole geschossen. »Wegen der unsicheren politischen Verhältnisse dort hat es seit 1969 keine einzige öffentliche Versteigung dieser Saphire als Rohware mehr gegeben.«

»Warum sind sie so begehrt?«, fragte Josie.

»Sie sind einzigartig. Kornblumenblau – ein warmes, intensives seidiges Blau, sehr selten. Sie liegen in fünftausend Metern Höhe, wo es so kalt ist, dass man, selbst wenn alles friedlich ist, nur acht Wochen im Jahr nach ihnen suchen kann.«

Das klang spannend. Josie überlegte. »Wenn man vor 1969 welche gekauft und in den Tresor gelegt hätte, wäre ihr Wert seitdem sicher enorm gestiegen.«

Reinhard grinste breit. »Du hast das Prinzip erfasst.«

Josie lächelte zurück. Sie mochte ihn. Er war gar nicht so langweilig, wie sie bisher immer geglaubt hatte.

Ihr Blick wanderte durch das Büro. An der Wand neben der gepolsterten Tür hing das vergrößerte und gerahmte Foto der alten Frau, das sie von der Homepage des Unternehmens kannte.

»Das ist Sophie, eure Firmengründerin, nicht?« Josie wies auf das Bild. »Habt ihr eigentlich noch mehr Bilder von ihr?«

Reinhard schüttelte den Kopf. »Nicht dass ich wüsste. Wir haben für eine Jubiläumsbroschüre gesucht, 2013 hatten wir ja unsere 175-Jahr-Feier, aber wir sind nicht fündig geworden.«

»Schade.«

Josie hatte auf einmal ein schlechtes Gewissen Reinhard und seiner Familie gegenüber. Noch immer war sie nicht mit dem eigentlichen Grund ihres Besuches herausgerückt.

Das Telefon klingelte. »Ja, Gisela?« Reinhard sprach kurz mit seiner Frau, dann legte er auf. »Gisela kündigt an, dass sie gleich ihren berühmten Apfelkuchen in den Backofen schiebt. Sie erwartet uns in einer Stunde zum Kaffee im Wohnhaus. Ich soll auch unserem Sohn und der Schwiegertochter Bescheid geben.« Josie wusste inzwischen, dass die beiden ebenfalls im Betrieb arbeiteten. »Gisela sagt, die ganze Bagage soll gegen vier kommen.« Reinhard schien jetzt schon das Wasser im Mund zusammenlaufen. »Du musst unbedingt ihren Apfelkuchen probieren, der ist legendär. Sie macht ihn heute extra für dich!«

Erneut fühlte Josie sich beschämt. Wie wahnsinnig nett sie alle zu ihr waren!

»Reinhard …«, setzte sie an. »Es gibt einen besonderen Grund für meinen Besuch …« Sie verstummte, weil sie innerlich Edgars warnende Stimme hörte. *Du willst doch wohl nicht für einen Apfelkuchen ein solches Risiko eingehen?* Aber dann vertraute sie doch ihrem Bauchgefühl und erzählte ihrem Onkel, weshalb sie wirklich in Idar-Oberstein war.

Reinhard machte große Augen. »Ein Collier?«, wiederholte er erstaunt. »Von meiner Mutter? Und ein altes Gemälde?«

Josie schluckte aufgeregt. »Ich hab beides mitgebracht und würde es gern holen … Übrigens auch, damit du den Schmuck und das Bild dann vielleicht in den Tresor legst. Ich zittere nämlich schon seit ich hier bin vor Angst, dass sie mir abhandenkommen könnten …«

»Jetzt bin ich aber neugierig!«, dröhnte Reinhard mit seiner sonoren Stimme. »Na, dann hol mal die Schätze!«

Josie flitzte los und kehrte nach wenigen Minuten zurück. Außer Atem deponierte sie die Schmuckschatulle und das kleine Ölbild auf Reinhards Schreibtischunterlage. Und dann legte sie auch noch den Brief seiner Mutter daneben.

Wortlos besah Reinhard das, was Martha Wahring ohne sein Wissen einer entfernten Verwandten vermacht hatte. Josie konnte nicht erkennen, was er dachte. Kein Wunder, ging es ihr durch den Kopf, in seinem Job hat er gelernt, ein Pokerface aufzusetzen.

Ihr Onkel begutachtete den Schmuck durch eine spezielle Lupe. »Schöne Stücke«, sagte er schließlich. »Um 1830/40 schätze ich, Amethyste aus Südbrasilien oder Uruguay, besonders prächtige Smaragde im Ohrgehänge, einer mit Riss, wohl auch aus Brasilien.« Routiniert prüfte er die Steine. »Gerunderter brauner Glimmer als Einschlussmaterial, vermutlich aus Minas Gerais, könnte aus Itabira stammen.« Reinhard schaute hoch. »Ich sehe das zum allerersten Mal.«

War er zornig? Enttäuscht? Josie versuchte, seine Gefühle zu ergründen. Seine Stimme klang erregt, doch eher anerkennend. Nein, verärgert schien er nicht zu sein.

»Und die Frau auf dem Bild?«, fragte sie gespannt. »Ob das eure Sophie ist?«

»Ja, ich glaube schon«, erwiderte Reinhard versunken. »Seltsam übrigens, dass in den Ohrgehängen auf dem Porträt keine Smaragde zu sehen sind.«

»Ist mir auch schon aufgefallen«, sagte Josie eifrig. »Deine Mutter hat mich ja öfter gebeten, sie zu besuchen. Sie machte immer Andeutungen über irgendwelche Familiengeschichten, die ich leider nicht ernst genug genommen habe.« Josie holte tief Luft. »Weißt du Näheres darüber? Was könnte sie damit gemeint haben?«

Reinhard las nun die Briefkarte seiner Mutter, zwanzig Jahre zuvor geschrieben. Die charakteristische Handschrift bewegte ihn. Er wischte mit den Daumen über seine Augen.

»Tja …«, sagte er.

Josie rutschte unbehaglich auf dem lederbezogenen Besucherstuhl hin und her.

»Onkel Reinhard … äh … Reinhard«, korrigierte sie sich bedrückt, »ich wollte dich nicht betrüben …«

Er schenkte ihr einen offenen Blick, und dann lächelte er auch schon wieder. »Ist schon in Ordnung … Es ist nur so, sie fehlt uns. Fehlt mir. Es ist ja noch nicht so lange her, seit sie uns verlassen hat …« Josie spürte, wie auch ihre Augen feucht wurden. Sie presste die Lippen aufeinander. »Unsere Firmengründerin ist als junge Frau ein paar Jahre in Brasilien gewesen und hat dort geheiratet«, fuhr Reinhard fort. »So viel weiß ich. Sie kehrte als Witwe mit ihrem kleinen Sohn Carlos zurück und baute dann ab 1838 eine Achatschleiferei auf.«

»Was war denn mit ihrem Mann? Woran ist er gestorben? Und warum ist sie nicht drübengeblieben?«

»Keine Ahnung. Er kam wohl auch aus Idar oder Oberstein. Es sind damals viele Hunsrücker nach Brasilien ausgewandert, hauptsächlich in den Süden, nach Rio Grande do Sul.«

»Ja, davon hab ich schon im Museum erfahren.« Josie lächelte ironisch. »Außerdem liest man ja auf so ziemlich jeder Speisekarte in Idar-Oberstein etwas über die Historie.«

Reinhard lächelte zurück. Beide schwiegen eine Weile. Offenbar musste er die Neuigkeiten doch erst einmal sacken lassen. Er starrte wieder auf das Gemälde.

»Warum hast du das denn nicht gleich am Telefon gesagt?«, fragte er schließlich vorwurfsvoll.

Josie wand sich. »Also, um ehrlich zu sein, … äh … Ich hatte die Befürchtung, dass ihr es nicht in Ordnung finden könntet, dass ich diesen wertvollen Schmuck erbe und nicht ihr …«

»Wenn sie das so gewollt hat …« Er zuckte mit den Schultern. »Hieraus geht eindeutig hervor, dass es der Wunsch meiner Mutter war.« Damit erübrigte sich für ihn offenbar jede weitere Diskussion über die Rechtmäßigkeit. Er kratze sich am Kopf. »Aber mich interessiert natürlich, wieso das alles? Warum hat sie uns nicht eingeweiht? Was steckt dahinter?«

Aha, dachte Josie, auch der nüchterne Geschäftsmann geht davon aus, dass sich eine Geschichte dahinter verbirgt. Bilde ich mir also nicht ein. Edgar hatte ihr in den vergangenen Tagen nämlich das Gefühl gegeben, dass ihre Vermutung reine Fantasterei war.

»Ich hab's!«, rief Reinhard. »Du bist ihre einzige lebende weibliche Blutsverwandte, Josie! Meine Mutter hatte nur mich und meinen Bruder, und wir haben beide nur Söhne. Das wird für sie der Grund gewesen sein.«

»Ja, so etwas in der Art hat sie mal erwähnt!«

Josie nickte dankbar. Familienschmuck wurde ja meist in der weiblichen Linie weitergegeben.

»Wir hoffen natürlich auf Enkeltöchter eines Tages …«, fügte Reinhard schnell noch hinzu.

»Klar«, lächelte Josie erleichtert. »Das wird schon …« Sein ältester Sohn Max war erst Mitte zwanzig und frisch verheiratet. Josie atmete hörbar auf. »Ach, und ich hatte solche Angst, dass ihr mir den Schmuck streitig machen wollt! Schließlich sind es besonders schöne und kostbare Steine, das hat mir ein Schätzer in Hamburg versichert. Ich meine, wer möchte die nicht besitzen?«

Auf einmal begann Reinhard schallend zu lachen, sein Bauch bebte. Es gab noch einige Nachbeben, dann konnte er endlich wieder normal sprechen.

»Och, weißt du«, sagte er endlich, »Steine haben wir auch ein paar … Möchtest du mal sehen?«

»Ja natürlich!«, erwiderte Josie gespannt.

»Na, dann komm mit!«

Reinhard informierte kurz seine Sekretärin, bat sie noch, Sohn und Schwiegertochter wegen des Apfelkuchens zu informieren, und dann marschierte er voran auf eine Panzertür zu. Er tippte einen Code in eine kleine Tastatur an der Wand daneben, worauf sich die Tür öffnete. Dahinter führte eine Treppe in einen unterirdischen Lagerraum.

Es roch ölig, salzig und nach Geröll wie in einem Stollen. Reinhard knipste das Neonlicht an. Unten erklärte er Josie, was da in und vor den einfachen Regalen ruhte. Während sie seinen knappen Erklärungen lauschte, fühlte sie sich zunehmend wie in einem Märchen von Tausendundeiner Nacht – leibhaftig in der Schatzhöhle des Berges Sesam, der sich völlig überraschend vor ihr geöffnet hatte. Unwillkürlich hielt Josie Ausschau nach Aladins

Wunderlampe. Versteckte die sich hier auch in den Regalen? Aber wozu brauchte sie noch eine Zauberlampe, wenn schon direkt vor ihrer Nase solche Schätze lagen!

Reinhard zeigte ihr Eisensteinmeteorite, unglaubliche schwere Klumpen. »Die sind direkt aus dem All geflogen gekommen, die hat man in der Wüste Namib gefunden. Es gibt Sammler, die dafür ein Vermögen bezahlen.« Josie betastete riesige filigrane Korallenblätter, die laut Reinhard unter Wasser nur zwei Millimeter pro Jahr heranwuchsen. Sie folgte seiner Aufforderung und griff mit beiden Händen in einen Jutesack, der randvoll war mit pinkfarbenen Opalen aus Peru. Josie bewunderte Anhäufungen von lilafarben glitzernden Amethystkristallen und umfasste einen der danebenliegenden glatten mattgrünen Turmalinstängel, dick wie eine Weinflasche. »Schau«, sagte Reinhard, »man nennt ihn auch den Regenbogenstein, weil er in nahezu allen Farben vorkommt und weil er zwei- oder auch mehrfarbig sein kann. Wenn du dieses Exemplar so betrachtest, hat es eine ganz andere Farbe …«, er demonstrierte es, »… als so herum.«

Josie drehte den Stängel, der dadurch mal grün, mal rosafarben erschien. Und nicht nur die Farbe, auch die Helligkeit dieses Edelsteinchamäleons veränderte sich.

»Wahnsinn!«, rief sie mit heller Stimme. »Das ist ja ein Wunder!«

Reinhard freute sich über ihre Reaktion und öffnete für sie der Reihe nach kleine Säckchen. Sie stammten aus Brasilien, Kolumbien, Mosambik, Sambia, Südafrika und Pakistan, und was Josie in anderer Umgebung vielleicht für Kandisstücke oder gebrochene Glasstifte gehalten hätte, waren in Wirklichkeit, wie Reinhard ihr versicherte, noch ungeschliffene Rubine, Smaragde, Saphire, Aquamarine, Topase … Überall um Josie herum, sogar aufgeschichtet in verbeulten Fässern lagerten unbearbeitete Edelsteinkristalle, viele davon noch verwachsen mit ihren unscheinbaren Nebengesteinen. Sie kam aus dem Staunen nicht heraus. Was für Kontraste von Profanem und schon aufblitzendem Glanz der Ewigkeit!

»Wie will man das noch übertreffen?«, japste Josie überwältigt.

Der Hausherr lächelte stolz. Nach Jahrzehnten in seinem Beruf war ihm immer noch Leidenschaft für das Material anzumerken, mit dem er handelte.

»Woll'n wir doch mal sehen«, sagte Reinhard, als freue er sich schon diebisch auf den nächsten Streich. Er ging ein paar Schritte weiter und tippte in eine Tastatur neben einer zweiten Panzertür wieder einen Code. »Das war die Rohware, Josie – hier sind die geschliffenen Steine.«

Sie betraten einen wohnzimmergroßen begehbaren Tresor. In der Mitte des Raumes befand ein überdimensionaler Tisch. Ringsum an den Wänden standen Vitrinen, in denen es glitzerte und funkelte. Hier waren die märchenhaften Schönheiten, die man im Rohmaterial der Farbsteine hatte erahnen können, schon mit viel Handwerkskunst, Erfahrung und Gespür in die sichtbare Wirklichkeit geholt worden.

Ehrfürchtig bestaunte Josie die indirekt beleuchteten, noch ungefassten Steine hinter Glas. Saphire, Berylle, Rubine, Topase, Opale … Ihr schwirrte der Kopf von all den Namen, die Reinhard nannte, und sie fühlte sich nicht in der Lage, deren Einzigartigkeit wirklich gebührend zu würdigen. Geradezu erschlagen blieb sie vor einer der Vitrinen stehen, in der durchsichtige blaue Steine in allen erdenklichen Schliffen und unterschiedlichen Größen schimmerten.

Reinhard nahm einen aus dem Schaukasten und stellte

ihn auf den Tisch. »Unsere Geschäftsfreunde dürfen die Steine natürlich herausnehmen und begutachten«, sagte er. »Das hier sind Aquamarine.« Er reichte Josie eine Lupe. »Nichts ist ja so anschaulich wie der direkte Vergleich.«

Nicht nur die Größen und Farbnuancen variierten, auch die Durchsichtigkeit und der Glanz, die Formen und Facettierungen …

»So eine Vielfalt!«, stieß Josie hervor. »Sagenhaft!«

»Ja«, bestätigte Reinhard, »jeder, der hier das Angebot prüft, kriegt leuchtende Augen. Auch wenn er lange schon im Geschäft ist.« Er korrigierte sich. »Gerade dann, wenn er schon viel Erfahrung hat …«

»Und dies sind alles Aquamarine?«, fragte Josie schließlich. »Die Blautöne sind ja ganz unterschiedlich!«

»Stimmt«, bestätigte Reinhard. »Ein Fachmann erkennt am Farbton den Fundort und sogar die Mine.« Josie hatte auf einmal tausend Fragen. Zu gern hätte sie jetzt auch das Gespräch noch auf Amethyste und Smaragde gebracht. Doch Reinhard schaute auf seine Uhr. »Oh, ich glaube, der Apfelkuchen erwartet uns. Ich mag ihn am liebsten, wenn er noch warm ist.« Er ließ Josie kurz noch in einen kleinen Raum blicken. »Hier haben wir unseren Schmuck aus dem Meer – Perlenschnüre, Korallen, Bernsteine …«

Wie betäubt folgte sie ihm ins Wohnzimmer der Familie, wo sie bereits erwartet wurden von Gisela, ihrem Sohn Max und seiner Frau Martina. Der jüngere Sohn Alexander studierte in Frankfurt Betriebswirtschaft und konnte deshalb nicht dabei sein. Ihn hatte Josie das letzte Mal gesehen, als er noch Schwertkämpfer werden wollte.

Die Nachricht von Marthas Vermächtnis sorgte für einige Aufregung im Familienkreis. Alle bestaunten das

Collier, die Ohrgehänge, die altertümliche Schatulle und das Ölgemälde. Aber auch hier, registrierte Josie mit einem inneren Aufatmen, kam offenbar niemand auf die Idee, ihr etwas zu neiden. Nur rätselten sie alle über das Warum. Jeder witterte eine spannende Geschichte und steuerte bei, was er über Sophie wusste. Maximilian, meist Max genannt, hatte sich vor einigen Jahren für die Firmenchronik ausführlicher mit der Geschichte der Familie und der des Unternehmens beschäftigt.

»Unsere Firmengründerin hat später in Deutschland ein zweites Mal geheiratet. Und sie hat relativ spät noch zwei Kinder bekommen.«

»Geerbt hat das Unternehmen der Sohn aus erster Ehe, Carlos«, warf Reinhard ein. »Sein in Brasilien gestorbener Vater hieß Karl Kreuzer.«

Max nickte. »Und die Nachfolger in der Firma bis heute stammen aus seiner Linie. Wir haben alle als zweiten Vornamen Karl. Das wäre dann … äh … die wievielte Generation?« Die Männer verhedderten sich in Spekulationen, verwechselten Nichten mit Cousinen und Großväter mit Großonkeln, bis alle lachen mussten. Max, der eine jugendliche Ausgabe seines Vaters war, grinste breit. »Mit der Nummer können wir glatt als Comedians auftreten!«

Wie in den meisten Familien kannte sich am Ende die Mutter am besten mit den Verwandtschaftsverhältnissen und -graden aus. »Macht es doch nicht so kompliziert«, sagte Gisela. »Martha Wahring war die Enkeltochter von Sophies Enkelin.« Nun hatten sie's. »Und wisst ihr, wer sich am besten mit den historischen Hintergründen auskennen müsste?«, fügte Gisela hinzu. »Ada, Marthas beste Freundin seit der Schulzeit!«

Reinhard pflichtete ihr bei. »Stimmt. Dass ich nicht gleich auf sie gekommen bin! Die beiden gluckten ewig zusammen, sie waren ja sogar in der Seniorenresidenz noch Nachbarinnen ... bis Mutter auf die Pflegestation kam.« Er nahm sich noch ein großes Stück Apfelkuchen. »Schmeckt wieder einmal vorzüglich, Gila!«

Alle anderen, auch Josie, beeilten sich, ebenfalls den Kuchen zu loben. Gisela lächelte geschmeichelt. Sie kümmerte sich um die Buchhaltung der Firma, besaß aber auch hausfraulichen Ehrgeiz.

»Ich bin ja der Meinung, jede Frau braucht einen ganz besonderen Kuchen, den sie aus dem Effeff backen kann. Ein guter Apfel- oder Käsekuchen hält die ganze Familie zusammen. Unsere lieben diesen gedeckten Blechkuchen.« Sie sah Josie an, als wolle sie sie nach ihrer Backspezialität fragen, doch offenbar fiel ihr gerade noch rechtzeitig ein, dass Josie keine eigene Familie hatte. »Schade, dass dein Freund nicht mitkommen konnte«, sagte sie dann.

»Ja«, erwiderte Josie mit Bedauern. »Beim nächsten Mal hoffentlich. Aber ... Wer ist denn diese Ada?«

»Sie hat auch nie geheiratet«, antwortete Gisela.

Zum ersten Mal tat eine Formulierung dieser Art Josie weh. Was ihr sonst modern vorkam – offiziell noch ein Single und unabhängig zu sein, erschien ihr plötzlich armselig.

»Ada hat ihren Verlobten durch einen Unfall verloren«, erzählte Reinhard. »Sie war dann als Lehrerin voll ausgelastet. In der Grundschule hat sie mich auch unterrichtet.« Er lachte. »Sie hat sich in verschiedenen Kulturvereinen betätigt und im Heimatkundearbeitskreis, war ehrenamtlich in der Bücherei tätig und solche Sachen.«

»Ist sie denn noch ansprechbar?«, fragte Martina, die sich bislang zurückgehalten hatte. »Als ich sie das letzte Mal traf, wirkte sie etwas durcheinander.«

Gisela ließ die Schlagsahne noch einmal herumgehen. »Ich glaube, sie ist für ihr Alter insgesamt recht fit. Das hängt aber sicher auch von der Tagesform ab. Ich rufe nachher einmal an und erkundige mich, wie es ihr geht.«

Josie konnte es kaum abwarten. Doch sie übte sich höflich in Konversation. Und als sie auf ihren Besuch im begehbaren Tresor zu sprechen kamen, vergaß sie sogar für eine Weile alles andere.

»Allein diese Aquamarine!«, schwärmte sie. »Wirklich … mir fehlen die Worte … Ich fühle mich direkt verzaubert!«

Martina, die fast noch mädchenhaft wirkte, gestand, dass es ihr bei ihrem ersten Besuch ebenso ergangen sei. »Ich bin ja als Mitarbeiterin für die Werbung eingestellt worden und hab hier erst Max kennengelernt.« Der Juniorchef schenkte seiner jungen Frau ein verliebtes Lächeln. »Max prüft vor allem die angebotenen Steine. Er und mein Schwiegervater kennen sich super mit Härtegraden, Graduierregeln, Preisen und so weiter aus. Ich darf mich auch mit der poetischen Seite beschäftigen.« Martina lächelte. »Aquamarin heißt ›Wasser des Meeres‹. Die Legende sagt, dass Seepferdchen einst die Aquamarine aus den Schatztruhen von Nymphen holten.« Josie lauschte fasziniert. Max' Frau erzählte so ausdrucksstark. Groß, schlank und zartgliedrig war sie. Mit ihrem langen rotblonden Haar und den verträumten Augen sah sie zum Verlieben aus. Kein Wunder, dass Max Martina schon ein halbes Jahr nach ihrem Kennenlernen geheiratet hatte. »Und die Zauberspiegel, durch die man im Mittelalter in die Zukunft zu blicken versuchte«, fuhr Martina fort, »waren stets geschliffene Scheiben aus Beryll. Du musst wissen, Aquamarin gehört zu den Beryllen. Smaragd übrigens auch.« Stolz hielt sie Josie einen

Ring mit einem großen tiefblauen Stein hin. »Den hat mir mein Mann geschenkt. Ein Aquamarin ist das Symbol für Treue. Und je tiefer das Blau, desto kostbarer. Diesen Ring trage ich täglich, die anderen wechsle ich nach Lust und Laune.«

»Ach, wie schön! Das klingt ja echt spannend«, sagte Josie. Ihr fiel auf, dass der Aquamarin auch genau zu Martinas Augenfarbe passte. »Ich wüsste gern viel mehr über das alles. Gibt es auch eine Legende zum Amethysten?«

»Natürlich«, antwortete Martina, »die gibt's zu jedem Edelstein. Aber ich werde mich noch mal extra schlaumachen.«

Reinhard nahm das Collier und das Bild an sich, um beides im Tresor einzuschließen. Dann bot er Josie an, wann immer sie Lust habe, im Betrieb vorbeizuschauen. »Du kannst dir die diversen Abteilungen ansehen und einmal von A bis Z verfolgen, wie ein Stein bearbeitet wird, wenn du magst.«

»Wunderbar, nur zu gern!« Josie strahlte. »Vielen Dank!«

Abends teilte Gisela Josie mit, dass sie Ada erzählt habe, Josie würde sie gern kennenlernen und sich mit ihr über Martha unterhalten.

»Sie erwartet dich morgen zum Tee«, sagte sie.

Vor dem Schlafengehen telefonierte Josie lange mit Edgar. Sein wichtigster Prozess in dieser Woche war gut für ihn verlaufen, und er war glänzender Laune.

»So ertrage ich deine Abwesenheit wenigstens etwas besser«, sagte er. »Wie ist es dir ergangen?« Sie schilderte ihm ihre Erlebnisse und Empfindungen in der Schatzkammer. »Wenn deine Verwandten so steinreich sind, dann können die dir doch den Schmuck abkaufen«, schlug Edgar daraufhin vor. »Damit bleibt er in der Familie, und wir haben trotzdem ein viel besseres Startkapital für unsere Immobilie.«

Josie fühlte sich unbehaglich. »Ach, ich weiß nicht. Erst einmal will ich mit dieser Ada sprechen …«

»Verrenn dich nicht in längst vergessene Geschichten, Josie. Was zählt, ist die Zukunft«, mahnte er. »Die ollen Kamellen haben dich früher auch nicht interessiert.«

»Stimmt. Es geht aber nicht nur um Verpflichtung in der Ahnenreihe oder so was …« Sie überlegte, wie sie ihre Gefühle in Worte fassen konnte. »Es hat irgendwie noch eine andere Dimension. Weißt du, neulich vor dem Juwelierschaufenster am Jungfernstieg wurde mir bewusst, dass ich immer gedacht habe, solcher Schmuck steht mir nicht zu.«

»Was ist denn das für ein Ansatz?«, erwiderte Edgar beinahe empört. »Du *brauchst* so was nicht, das ist es.«

»Ja, vielleicht hast du recht. Das dachte ich ja bislang auch immer. Aber jetzt frage ich mich, ob es nicht ein Fehler ist, wenn das Leben mir ein Geschenk macht und ich mich nicht traue, es anzunehmen.«

»Mach es bitte nicht so kompliziert, meine Süße.« Edgars Stimme klang ungeduldig. »Du sollst doch gern das Geschenk annehmen! Du wandelst es nur in etwas Zeitgemäßes, Nützliches um. Sprich morgen noch mit der alten Dame und dann komm zurück, ja? Ich vermisse dich.«

»Ich dich auch«, antwortete Josie mechanisch. »Gute Nacht, mein Schatz, schlaf schön.«

»Gute Nacht, Josilein.«

Vor dem Einschlafen blätterte Josie noch einmal durch ihre Notizen, und ihr Blick fiel erneut auf das Porträt von Rico da Silva. Er sah aus wie … der Mann ihrer Teenagerträume. Wild, stark und sexy, ein bisschen gegen die Norm und geheimnisvoll. Sicher war er vergeben … Und wenn nicht, dann stimmte etwas mit ihm nicht. Also konnte sie getrost auf ihn verzichten. Coole Männer bescherten nur Ärger. Gut, dass sie inzwischen einiges an Lebenserfahrung besaß.

O Gott, war das eine peinliche Begegnung gewesen! Wenn er wenigstens gelächelt hätte! Aber nein, er hatte sie nur verärgert gemustert. Hoffentlich lief sie ihm morgen, wenn er seine Steine abholte, nicht wieder über den Weg. Josie klappte ihren Block zu und beschloss, sich von der Drehtür der Firma Wahring fernzuhalten.

Gisela war so freundlich und brachte Josie zu Ada in die Seniorenresidenz. Sie stellte die beiden einander vor, musste aber gleich weiter zu einer anderen Verabredung, was Josie ganz recht war.

»Vielen Dank, Gisela, zurück nehme ich mir ein Taxi.«

Bevor Reinhard den Schmuck und das Porträt in den Safe mitgenommen hatte, hatte Josie Aufnahmen mit ihrem iPad gemacht, um beides Ada zeigen zu können.

Ada bot ihr einen Platz auf dem Sofa an, das einen gewagten lila-gelb-gestreiften Bezug hatte. Es roch nach frischer Zitrone und Lavendelsäckchen. Die alte Dame in grauer Tuchhose und fliederfarbener Strickjacke machte gleich einen Scherz.

»Ich bin sechsundachtzig, aber ich könnte glatt noch für vierundachtzig durchgehen, oder?« Früher musste sie einmal ein sportlicher Typ gewesen sein. Sie war schlank, ihre Lederhaut verriet jahrzehntelanges Sonnenbaden, und ihr weißes Haar trug sie zu einem flotten, im Nacken ausrasierten Bob. »Ich hatte einen Schlaganfall«, sagte sie mit Blick auf ihren gelähmten rechten Arm. »Würdest du bitte den Tee für uns einschenken? Ich darf doch Du sagen, oder?« Sie lächelte entwaffnend.

»Selbstverständlich«, versicherte Josie.

Sie war auf eine trutschige ältere Dame mit Silberlöckchen und engen moralischen Vorstellungen gefasst gewesen, aber dieser munteren, jung gebliebenen Seniorin merkte man noch den Aufbruchsgeist der Nachkriegsgeneration an. Angenehm überrascht schenkte Josie duftenden kupferfarbenen Ceylon-Tee ein, gab geschnittene Zitronenscheibchen und Zucker dazu. Gisela hatte ihr die letzten Stücke vom Apfelkuchen mitgegeben, und Ada stürzte sich mit Begeisterung darauf.

Die Einrichtung des großzügigen Einzimmerapartments bestand aus gepflegten Möbeln im skandinavischen Design der Sechzigerjahre, die gerade wieder trendy waren.

»Das nennt man heutzutage Vintage«, erklärte Ada stolz, Josies Kennerblick war ihr nicht entgangen. »Die jungen Leute versuchen immer, mir meine Möbel abzuschwatzen. Aber die behalte ich.«

Josie musste lachen. »Entschuldigen Sie bitte, wie möchten Sie, dass ich Sie anspreche?«, fragte sie, weil sie den Nachnamen nicht richtig verstanden hatte.

Ada saß in einem sonnengelben Ohrensessel. Sie musterte Josie, die sich augenblicklich wie eine Schülerin in der mündlichen Prüfung fühlte, plötzlich streng. »Du bist also Marthas Großnichte Josefine«, sagte die pensionierte Lehrerin, statt ihr zu antworten. Josie überlegte, ob es besser gewesen wäre, statt Jeans, Stiefeletten und geblümter Bluse etwas weniger Lässiges anzuziehen. Auch der Pferdeschwanz machte sie immer noch ein paar Jahre jünger, was ihr im Allgemeinen natürlich ganz lieb war, aber unter den Augen einer älteren Dame, die eine solche Autorität ausstrahlte … »Weißt du eigentlich«, unterbrach Ada ihre Gedanken, »wie sehr meine Freundin sich gewünscht hat, dass du sie besuchst?«

Josie schluckte. »Nein«, erwiderte sie kleinlaut. »Sonst … sonst wäre ich ja schon früher gekommen …« Sie spürte einen Kloß im Hals. »Es tut mir leid.«

Ada ließ sie noch eine Weile zappeln. Endlich entspannten sich ihre Züge, und sie lächelte. »Ist doch schön, dass wir uns wenigstens noch kennenlernen. Das wird Martha freuen. Dann erzähl mir mal, was dich zu mir führt.«

»Ich würde gern mehr über Sophie erfahren.« Josie klappte ihr iPad auf. Wortlos zeigte sie Ada die Aufnahmen von Schmuck und Gemälde.

»Ach, das hab ich alles vor langer Zeit schon einmal gesehen.« Jetzt verriet Adas Stimme doch Rührung. Sie hielt einen Moment inne, bevor sie weitersprach. »Wir waren ja auch mal jung. Ich hab sogar Marthas Großmutter Emma noch gekannt. Eine würdige Erscheinung mit hochgesteckten grauen Haaren …« Ada zog ein Papiertaschentuch aus dem Ärmel und schnäuzte sich. »Ich will versuchen, dir Sophies Geschichte zu erzählen, soweit ich mich daran erinnere. Kann sein, dass die Reihenfolge nicht immer stimmt.«

Josie nickte erleichtert. »Ach, das wäre wirklich schön!«

»Es kann auch sein, dass es mich anstrengt und du noch einmal wiederkommen musst«, warnte Ada.

»Ja natürlich. Gern. Sagen Sie, wenn es Ihnen zu viel wird.«

»Und an manchen Tagen geht's gar nicht. Ist einfach so.«

»Sie sagen einfach immer ehrlich, was geht …«

»Gut.« Ada nickte. »Dann wäre das ja auch geklärt.« Sie

zeigte auf eine schwarze Schale, die einen verschnörkelten Metallrand und zwei kleine Griffe hatte. Sie stand auf einem Regal in ihrem Wohnzimmerschrank. »Kannst du die bitte mal herausnehmen und mir geben?«

Josie reichte sie ihr. Die ovale Schale war recht schwer, ihre Oberfläche fühlte sich angenehm glatt an. Sie hatte eine schlierenartige Maserung. Ada nahm sie in Empfang, setzte sie auf ihren Schoß und streichelte die Mulde.

»Also, Martha hat die Geschichte von ihrer Großmutter Emma erzählt bekommen, kurz bevor Emma das Zeitliche segnete. Und Emma selbst sagte ihr, dass sie die Geschichte von ihrer Großmutter Sophie auf deren Sterbebett anvertraut bekommen habe. Ich denke, außer mir kennt sie niemand mehr.«

Josie presste vorsichtig einige Tropfen Zitronensaft in ihren Tee und beobachtete, wie die Farbe heller wurde. Sie hörte einfach nur zu, weil sie befürchtete, dass ein falscher Kommentar die Stimmung umschlagen lassen konnte.

»Du erfährst die Geschichte – wahrscheinlich nicht die ganze, denn ich habe immer den Eindruck gehabt, dass uns ein letztes Puzzleteil fehlt, aber ich verfranse mich … Also, du hörst die Geschichte quasi aus dritter Hand.« Ada geriet ins Dozieren. »Das ist nicht schlecht, wenn man bedenkt, wie lange das alles schon zurückliegt. So manches Gerücht von gestern ist längst durch mehr Münder verbreitet – und verfälscht worden.«

Josie platzte fast vor Neugier. »Warum haben Sie die Geschichte nicht Reinhard erzählt?«, wollte sie wissen.

»Wenn Martha das nicht für angebracht hielt, weshalb hätte ich es dann tun sollen?«, antwortete Ada knapp. Josie schwieg eingeschüchtert. Sie betrachtete erneut die glänzende Schale. Was hatte sie damit zu tun? Hatte sie überhaupt etwas damit zu tun? Ada sah sie taxierend an. »Weißt du, was das für ein Material ist, Josefine?«

Jetzt musste Josie doch innerlich grinsen. Einmal Lehrerin, immer Lehrerin. Aber sie war ja nun zum Glück keine Schülerin mehr, sondern eine erwachsene Frau Ende dreißig.

»Ich würde mich freuen, wenn Sie mich Josie nennen könnten«, sagte sie freundlich lächelnd.

Ada lächelte verschmitzt zurück. »In Ordnung. Und ich glaube, das Einfachste für dich wird sein, wenn du zu mir ›Tante Ada‹ und Du sagst.«

»Vielen Dank, Tante Ada«, sagte Josie. Dann zeigte sie auf die Schale. »Es ist Marmor, oder?«

»Nein«, widersprach die alte Dame. »Es ist Achat, schwarz gefärbter Achat. Es gab zu jener Zeit, in der unsere Geschichte beginnt, in ganz Deutschland nur einen einzigen Menschen, der Achat schwarz färben konnte. Und man machte es nur mit den besten Stücken, denn nur wenige Leute konnten sich so schöne Dinge für ihre Tafel leisten. Meist Fürstenhöfe oder die Kirche. Eines Tages im Frühling 1827 sollte die junge Sophie eine Schale, die ihr Vater geschliffen hatte, nach Oberstein zum Schwarzfärben bringen …«

2

Idar-Oberstein
April – Juli 1827

Als Sophie Keller an diesem Aprilmorgen erwachte, spürte sie schon mit geschlossenen Augen, dass es ein besonderer Tag werden würde. Sie hatte keine Ahnung, weshalb sie das glaubte. Sie wurde einfach durchströmt von der Gewissheit, dass etwas Wunderschönes, noch nie Erlebtes auf sie zukäme. Durch das halb geöffnete Fenster hörte sie Vögel zwitschern, sie roch den Fliederbusch davor, der dieses Jahr früher als sonst blühte. Tief sog sie den frühlingshaften Duft ein. Er vermischte sich mit dem Stroh- und Leinengeruch ihres Lagers. Als sie die Augen aufschlug, sah sie an der lehmverputzten Fachwerkwand das Morgenrot glühen. Noch beim Schlafengehen war Sophie traurig gewesen und hatte zum Herrn gebetet, er möge dafür sorgen, dass ihr Vater freundlicher zu ihr wäre und ihr ebenso viel zutraute wie ihren Brüdern. Danke, Gott!, dachte sie, der Tag fängt gut an.

Sie sprang aus dem Bett, machte Katzenwäsche, kämmte das wellige dunkelblonde Haar, flocht es zu zwei Zöpfen und lief nach unten in die Küche, wo sie ihre Mutter mit den Töpfen klappern hörte. Das regelmäßige Klackklack aus der Eckkammer verriet ihr, dass der Großvater bereits an seinem Webstuhl saß.

»Guten Morgen, Großvater!«, rief sie um die Ecke.

»Gott mit dir, Sophie!«, hörte sie seine vertraute Stimme.

»Morgen allerseits!«

Ihre fünf jüngeren Geschwister hockten der Größe nach um den Küchentisch – Erich, Jakob, Anna, Elisabeth und Georg. Drei von ihnen besuchten schon wie sie selbst auch die Volksschule, doch an diesem Tag waren noch Osterferien. Die Kleinen löffelten ihre knapp bemessene Portion Mehlklößesuppe im Takt aus dem eisernen Kochtopf, der in der Mitte stand. Schon wieder Mehlklöße …

»Vater ist längst in der Schleifmühle«, sagte die Mutter besorgt. »Die Achatschale muss fertig werden. Aber ich weiß nicht, ob wir deinen Bruder damit schicken können. Er hustet so stark.« Wilhelm, der Älteste, hatte sich von einer schweren Erkältung im Winter noch immer nicht erholt. »Es ist besser, wenn er das Bett hütet.«

»Ich bringe die Schale!«, rief Sophie. »Schließlich hab ich Willi schon oft genug zu Meister Severin begleitet.«

Bei Meister Severin arbeitete auch ein tüchtiger Geselle namens Karl. Er war fünf Jahre älter als sie, schon achtzehn. Und er sah nicht nur gut aus, er war außerdem noch klug. Karl wusste eine Menge über ferne Länder, besonders über Brasilien, und hielt immer ein gutes Wort oder einen Scherz für sie bereit.

Sophie wünschte sich den Karl insgeheim als Onkel. Sie hatte schon einen Onkel, Hannes, den Bruder ihrer Mutter, den sie sehr mochte. Er verdiente sein Brot damit, dass er Löcher in Achatperlen bohrte, die später zu Schmuckketten aufgereiht wurden. Onkel Hannes war der lebende Beweis dafür, dass erwachsene Männer auch gut gelaunt sein konnten. Er zauberte mit den Händen für sie und ihre Geschwister Schattenfiguren an die Wand. Auf seinen Knien hatte sie als kleines Mädchen Hoppe, hoppe Reiter gespielt, und er konnte sogar bauchreden. Sie wünschte sich, dass auch Karl mit ihr spielte oder sich von ihr necken ließe. In seiner Nähe spürte sie immer ein aufregendes, angenehmes Kribbeln.

»Geh, frag deinen Vater, ob du ganz allein nach Oberstein darfst«, erwiderte die Mutter zögernd. »Aber zuerst frühstückst du mit uns.«

Brav löffelte Sophie ihre Suppe. Anschließend lief sie gleich zum Idarbach, wo die Schleifmühle ihres Vaters stand. Einen Moment blieb sie am Ufer stehen, tätschelte den Hund, der ihr freudig entgegensprang. Sie liebte es zuzusehen, wie das Wasser des Baches durch das große Holzrad strömte und aufgeschäumt wurde! Wie schön die Wasserspitzer im Sonnenlicht glitzerten, und wie frisch es hier roch!

Aus der kleinen Hütte drangen Rattern und Klackern. Als Sophie die Mühle betrat, lag ihr Vater wie meistens auf dem Bauch in seinem Schleifstuhl und drückte einen schweren Achat gegen den rotierenden Sandstein, über den fortwährend Wasser lief. Es kühlte das durch die Reibung erhitzte Material. Sophie wusste, es war wichtig, damit die kostbaren Stücke aus Achat, Jaspis, Bergkristall, Rauchquarz oder Amethyst nicht überhitzt wurden und Schäden davontrugen. Aber für den Vater war es nicht angenehm.

»Was willst du denn hier?«, brummte er ungehalten.

Er unterbrach seine Arbeit und erhob sich mit steifen Gliedern. Auch ihr Vater hustete öfter, als es gesund sein konnte. Fast alle Schleifer waren krank. Kein Wunder bei der Kälte und ewigen Feuchtigkeit. Zudem legte sich der feine Schleifstaub auf die Lunge. Ihn Tag für Tag einzuatmen schadete den Menschen. Sophie hatte ihrem Vater einmal vorgeschlagen, sich ein Tuch vor Mund und Nase zu binden, doch darüber hatte er nur gelacht. Die Fensterscheiben waren schon wieder zugestaubt, obwohl Sophie ihrer Mutter erst kürzlich beim großen Frühjahrsputz geholfen hatte, sie zu säubern.

»Ich soll für Willi die Schale zum Färben bringen. Er ist noch zu krank«, erklärte Sophie. »Es ist heut schönes Wetter, Vater«, fügte sie hinzu. »Ich kann den Weg gut schaffen.«

Missmutig ging er hin und her. »Na gut«, stimmte er schließlich zu. »Aber pass darauf auf wie ein Luchs! Diese Schale ist für den Oberkammerherrn des Herzogs von Oldenburg bestimmt. Wenn sie kaputtgeht, kriegen wir nicht nur viel Ärger«, er blieb stehen und sah sie finster an, »wir werden dann lange Zeit noch weniger zu beißen haben als jetzt schon.« Er nahm eine runde Schale aus schimmerndem beige- und orangefarbenem Achat von der Fensterbank. »Ich hab sie vorhin erst fertig poliert«, sagte er und fuhr noch einmal mit einem sauberen Lappen über die Kostbarkeit. »Komm, hilf mir beim Verpacken.« Der Vater hüllte die Schale in verschiedene alte Lumpen ein, wickelte einen Bindfaden darum, verknotete ihn mehrfach und verstaute das Paket dann in einem Ranzen, den er Sophie behutsam umschnallte. Er sah sie an, rieb sich an der Nase. Ihr Anblick entlockte ihm ein kleines Lächeln. »Na dann … grüß Meister Severin von mir. Und lass dir von der Mutter noch etwas Wegzehrung mitgeben.«

Das kleine Lächeln war Sophie Ermutigung genug. Weil sie keinen Hunger verspürte, machte sie sich direkt auf den Weg. Wenn sie nicht bummelte, würde sie in spätestens zwei Stunden da sein. Verlaufen konnte man sich nicht, man musste einfach immer nur dem Weg am Idarbach entlang folgen. Und dort, wo er mit dem Fluss Nahe zusammenfloss, begann dann auch schon Oberstein.

Sophie ging gern, am liebsten barfuß. Denn in den Holzpantinen mit dem aufgenagelten Oberleder konnte sie nicht hüpfen und springen. Darauf musste sie allerdings an diesem Tag sowieso verzichten, um die wertvolle Lieferung nicht zu gefährden. So kam sie sich schon recht erwachsen vor, als sie mit zügigen, regelmäßigen Schritten durchs Tal wanderte. Es war noch frisch, ein kühles Lüftchen wehte, doch der Tag versprach, schön zu werden. Am Horizont überzog ein hellgrüner Flaum die Wälder. Sie erstreckten sich über sanft geschwungene Hügel, zwischen denen hier und da schroffe Felsen emporragten. Sophie hatte im Unterricht gut aufgepasst und wusste, dass unter ihnen Vulkane schliefen, die vor langer Zeit aus den Tiefen der Erde auch Edelsteine hochgespuckt hatten.

Sophie freute sich über den Anblick der von gelben Löwenzahnblüten gesprenkelten Wiesen ringsum, am Wegesrand standen Obstbäume in voller Blüte. Sie zählte die Schleifmühlen am Idarbach. Ihre schiefergedeckten Fachwerkhütten fügten sich malerisch in das idyllische Bild ein. Manchmal spielten Kinder davor, mal mähte ein alter Mann mit der Sense Gras, Frauen schlugen am Waschplatz nasse Kleidung auf Felsbrocken, singend oder tratschend. Doch nur wenige Mühlräder sprühten glitzernde Tröpfchen in die Lüfte. Die meisten standen still. Da klapperte nichts am rauschenden Bach. Und wenn man genauer hinsah, erkannte man, dass die Kinder mager und blass waren, der alte Mann wenig zu lachen hatte und die Frauen am Waschplatz schwer aufpassen mussten, die schon arg zerschlissene, mehrfach geflickte Kleidung nicht ganz zu ruinieren.

Es waren schlechte Zeiten, das wusste auch Sophie schon. Die Eltern redeten fast jeden Abend darüber. Die Vorräte an Achaten und anderen Bodenschätzen galten als beinahe erschöpft. Was seit Jahrhunderten der Bevölkerung gute Verdienste eingebracht hatte, die Förderung und Bearbeitung von Edelsteinen, drohte zum Erliegen zu kommen.

Ein Stück des Weges begleitete Sophie den Hausierer Lehmkuhl, der Kurzwaren für ein paar Heller anbot. Im Winter trug er all seine Jacken übereinander. Sophie kannte ihn von klein auf. Heute hatte er nur zwei dünne an.

»Ist wieder 'ne Jacke wärmer geworden!«, brummelte er.

Sophie lächelte freundlich. Sie grüßte jeden, der ihnen begegnete. Einmal überholte sie ein Bauer mit seinem Pferdekarren, einmal kam ihnen die Kutsche eines wohlhabenden Obersteiner Goldschmieds entgegen.

»Hast du keine Angst, allein zu gehen?«, fragte der Hausierer. In seiner Stimme lag etwas Lauerndes, das Sophie nicht recht zu deuten wusste. »Bist ein hübsches junges Ding geworden ...«

»Nein«, erwiderte Sophie erstaunt mit offenem Blick. »Hast du denn Angst?«, fragte sie zurück.

Der alte Mann lachte, aber es klang nicht froh. »Na ja, den Schinderhannes und seine Kumpane müssen wir wohl nicht mehr fürchten«, knurrte er dann. »Die sind schon vor Jahren erwischt worden und ... Kopf ab!«

»Hm ...«

Sophie gruselte sich ein bisschen. Sie kannte alle Geschichten um den berühmtesten Räuber des Hunsrücks. Das einfache Volk hegte große Sympathie für ihn, denn der Schinderhannes galt trotz seiner Verbrechen als Wohltäter der Armen, und außerdem beschäftigte eine sehr romantische Geschichte die Fantasie der Menschen.

Der Schinderhannes hatte sich nämlich mit dreiunddreißig Jahren in das achtzehnjährige Julchen verliebt, das mit seinem Vater auf den Märkten als Bänkelsängerin auftrat, Geige spielte und tanzte. Julchen erwiderte bald seine Gefühle. Die beiden blieben zusammen, sie lebten immer auf der Flucht, oft im Wald versteckt, und liebten sich bis zu seinem Tode – noch nach seiner Hinrichtung gebar Julchen dem Schinderhannes ein Kind.

»Ich hab mit eigenen Augen gesehen, wie sein Kopf vom Schafott gefallen ist«, sagte Lehmkuhl wichtig. Ausführlich beschrieb er den großen Schauprozess damals. »Also, sei immer schön auf der Hut, Sophie«, schloss er schließlich und bog zu einem Haus ab, um dort seine Waren feilzubieten. Viel Hoffnung auf ein gutes Geschäft schien er nicht zu haben. »Die Leut werden immer knausriger«, klagte er. »Wenn ich jung wär, würde ich auch auswandern!«

Die Sonne wärmte Sophies Gesicht, doch die Riemen des Ranzens drückten sich mittlerweile schmerzhaft in ihre Schultern. Sie nahm ihn ab und trug ihn auf dem Arm wie eines ihrer kleinen Geschwister. Hoffentlich stolperte sie jetzt nicht. Ihr ging durch den Kopf, was der Vater vor einigen Wochen einmal gesagt hatte. *Seit Sophies Geburt geht alles schief.* Das hatte sie sehr gekränkt. Wie konnte er nur so etwas sagen? Schnell verscheuchte sie die Erinnerung daran, es machte sie nur traurig. Sie würde es dem Vater schon zeigen, dass Verlass auf sie war und dass er stolz auf sie sein konnte!

Noch zeitig am Vormittag, gegen zehn Uhr, erreichte Sophie Oberstein. Einunddreißig Schleifmühlen hatte sie bis hierhergezählt. Die Nahe floss breit mitten durch den Flecken, der offiziell keine Stadt war, Sophie aber schon überaus städtisch vorkam. Den Fluss befuhren richtig große Schiffe. Fischer prüften ihre Reusen. Auf der einen Uferseite schmiegten sich mehrstöckige, auf Felsen sockelnde Häuser aneinander. Gegenüber lagen die Bleichwiesen. Auf der Brücke musste Sophie aufpassen und mehrfach zur Seite springen, weil starker Verkehr herrschte. Holzkarren ratterten über das Pflaster, schlecht geschmierte Räder quietschten, Hunde bellten, und Handwerker fluchten. Irgendwo kreischten Frauen. Es war Markttag.

Sophies Herz klopfte schneller, als sie in die Hauptstraße mit den schönen großen Geschäften einbog. Von hier aus sah sie direkt auf die Felsenkirche, die in einen mächtigen Felsen hineingebaut worden war und ganz Oberstein überragte. Es schien ihr wie ein Wunder, dass ein solches Bauwerk hatte gelingen können. Durch seine außergewöhnliche Lage wirkte es, als beschützte das Gotteshaus den darunterliegenden Ort.

Lautstark priesen die Marktleute ihre Waren an. So viel Betriebsamkeit und Lärm war Sophie aus Obertiefenbach nicht gewohnt. Sie drückte den Ranzen mit der kostbaren Schale enger an sich, als sie sich durch die Fußgängerscharen schob. Was es rund um den Markt für interessante Läden gab! Viele Goldschmiede, die vor allem Achatwaren fassten, hatten hier ihre Ateliers. Kurz vor der Werkstatt von Meister Severin, die sie schon am Geruch von heißem Honigwasser und Schwefel erkannte, fesselten die Auslagen eines Schaufensters Sophies Aufmerksamkeit. Hübsche bunte Bänder, Schleifen, Hauben und ein kunstvoll besticktes Tuch waren darin dekoriert. Sophie stellte sich vor, wie ihr wohl das eine oder andere stehen würde, und so bemerkte sie nicht, wie eine Kutsche mit zwei Pferden heranpreschte. Plötzlich gab es einen fürchterlichen Knall. Sophie fuhr herum, doch es war zu spät. Die Kutsche war mit einem Fuhrwerk kollidiert. Die Pferde scheuten, eines bäumte sich wiehernd auf. Es verriss die Kutsche, deren hinterer Teil auf den Gehweg sprang und gegen Sophie prallte. Sie hörte noch Menschen aufschreien, dann spürte sie einen dumpfen Schlag gegen den Rücken. Im selben Moment stürzte sie, ihr Hinterkopf schlug hart gegen die Hausmauer. Die Schale!, war ihr letzter Gedanke. Danach verlor sie das Bewusstsein.

»Mädchen, wach auf! Komm zu dir!«

Ein Mann rüttelte an ihrer Schulter. Sophie öffnete die Augen. Wo war sie, und wer sprach sie an? Sie fühlte die harten Pflastersteine unter sich und erkannte jetzt, dass es ein Kutscher war, der sie besorgt ansah. Sie versuchte, etwas zu sagen und öffnete den Mund, aber der Aufprall hatte ihr anscheinend die Luft geraubt, auch ihre Stimme gehorchte ihr nicht mehr. Es war ein ganz schrecklich dumpfes Gefühl, so als wäre sie eingeschlossen in sich selbst.

Sophie spürte Panik aufsteigen. Im nächsten Augenblick stürzten Meister Severin und sein Geselle Karl auf sie zu. Der Lärm und der Auflauf von Gaffern mussten sie aus der Werkstatt gelockt haben. Karl legte seinen Arm unter ihren Rücken und zog sie vorsichtig hoch, bis sie auf den Stufen zur Eingangstür des nächsten Hauses sitzen konnte. Und auf einmal konnte sie wieder atmen. Jetzt merkte sie auch, dass sie Schürfverletzungen an ihren Knien und an der Stirn hatte. Karl versuchte, ihr den Ranzen abzunehmen. Sie hielt ihn immer noch krampfhaft fest.

»Lass doch locker, Mädchen!«, sagte Karl.

Sophie blickte auf das Bündel in ihrem Arm. O Gott! Hoffentlich war die Schale noch heil! Erschreckt und besorgt sah sie zu Karl hoch.

Die Herrschaften stiegen aus der eleganten Kutsche aus und näherten sich. Vom Ansehen kannte Sophie sie. Es handelte sich um einen reichen Obersteiner Edelsteinhändler, der auch Geschäfte im Ausland machte, und seine Familie.

»Wir kommen soeben aus Paris«, tönte der Mann wichtig.

Er vergewisserte sich mit einem Blick, dass auf dem Gehsteig nichts Schlimmeres geschehen war, und überließ das Kümmern anderen. Die unvorhergesehene Unterbrechung nutzte er, um sich mit einem Bekannten, der ebenfalls angehalten hatte, über seine Reise zu unterhalten. Seine Tochter, die etwas jünger war als Sophie, und deren Freundin stellten sich neugierig vor die Verletzte. Sophie kannte ihre Namen, hatte aber noch nie mit ihnen gesprochen. Die Tochter hieß Anna-Klara, sie hatte goldblonde Korkenzieherlocken, ein meist hochmütig blickendes rundes Gesicht mit blauen Augen und einem herzförmigen Mund. Sie trug stets bestickte seidene Kleider, satinbezogene Schühchen und weiße Strümpfe. Im Arm hielt sie eine Puppe. Ihre Freundin hieß Christine. Sie war trotz ihrer großen Nase hübsch, weil sie so sanfte braune Augen hatte, was gut zu ihren braunen Locken passte. Auch sie kam aus einer wohlhabenden Händlerfamilie und erschien Sophie wie eine Fürstentochter – makellos bis auf die Farbflecken an ihren Händen. Eine Frau schalt Christine.

»Ich hab dir doch gesagt, du sollst nicht während der Fahrt mit dem Malkasten hantieren! Durch den Ruck ist … alles …« Die Dame kämpfte um ihre Fassung. Ihre helle Stola war farbverkleckst.

Sophie fühlte sich noch halb betäubt von dem Sturz. Sie sah, dass ihre Knie bluteten, aber sie spürte den Schmerz nicht. Sie konnte auch nicht klar denken. Es tat wohl, dass Karl ihr ein sauberes Tuch gegen die Stirn hielt und die Frau von Meister Severin ihr ein Glas Wasser reichte.

»Tut es sehr weh?«, fragte Christine schüchtern.

Anna-Klara hielt Sophie ihre Puppe entgegen. Diese Locken, das Porzellangesicht, die himmelblauen Augen! Noch nie hatte Sophie etwas so Niedliches und Verblüffendes gesehen!

»Sie ist aus Paris«, sagte Anna-Klara affektiert. »*Maman* hat sie nach meinem Vorbild fertigen lassen. Möchtest du sie einmal nehmen?«

Jetzt ließ sich Sophie gern von Karl ihren Ranzen abnehmen. Sie stand auf und streckte ihre Hände nach der Puppe aus. Zu gern wollte sie das kleine Wunderwesen einmal im Arm halten!

Doch in diesem Augenblick riss Anna-Klara ihr Spielzeug wieder an sich und sagte voller Abscheu: »Igitt! Du bist schmutzig! Du ruinierst mir mit deinen dreckigen Fingern noch die teure Puppe!« Sie betrachtete Sophie abschätzig von oben bis unten. »Außerdem geht's dir ja schon wieder gut!« Christine, offensichtlich peinlich bewegt vom brüsken Verhalten ihrer Freundin, flüsterte ihr etwas zu. Anna-Klara wickelte langsam einen Finger um ihre dickste Locke. »Ach, siehst du denn nicht, wie schmuddlig sie ist?«, sagte sie hochmütig. »Guck dir doch nur mal ihre Kleider und ihre Fingernägel an! Iih, bäh!«

Da spürte Sophie jäh Zorn in sich aufsteigen. Sie blickte an sich hinunter. Ja, ihre Kleidung war alt und ein Dutzend

Mal ausgebessert, dafür konnte sie nichts, aber sie war sauber! Nur mit den Fingernägeln, nun ja ... das mochte stimmen. Sie verbarg sie rasch auf ihrem Rücken. Und dann fixierte sie Anna-Klara mit einem Blick, der ihr schon das Grinsen austreiben würde.

»Erstens bin ich viel zu alt, um noch mit Puppen zu spielen«, sagte Sophie nun mindestens ebenso hochmütig, »und zweitens, wenn ich einmal Kinder habe, dann werde ich ihnen Puppen schenken, die noch viel, viel schöner sind als deine!«

Karl hatte den Wortwechsel verfolgt. Er zwinkerte Sophie zu. »Und bestimmt werden sie Augen haben, die so grün funkeln wie deine!«

Die Schürfwunden begannen höllisch zu brennen. Wortlos nahm Sophie Karl ihren Ranzen wieder ab und stakste mit schmerzenden Knien durch den Toreingang in die Werkstatt von Meister Severin. Dort wickelte sie mit angehaltenem Atem ihr Lumpenbündel aus. Was für ein Glück – die Schale war noch ganz! Sie hatte weder einen Sprung noch einen einzigen Kratzer. Vor Erleichterung kamen Sophie die Tränen.

Meister Severin lobte die vorzügliche Arbeit ihres Vaters und bot ihr an, sich auf einem Stuhl in der Werkstatt noch ein wenig von dem Schrecken zu erholen. Die Meisterin brachte ihr zur Stärkung ein mit selbst gemachtem Pflaumenmus bestrichenes Roggenbrot. So viel Aufmerksamkeit war Sophie nicht gewohnt, sie ließ sie ihre Schmerzen schnell vergessen. Wie köstlich das Mus mit Anis, Nelken, Ingwer und Zimt abgeschmeckt war!

Karl bereitete unterdessen mit einem anderen Gesellen alles fürs Schwarzfärben der Schale vor. Meister Severin hatte diese Kunst zehn Jahre zuvor bei einem römischen Steinschneider erlernt, er hielt die Rezeptur für das Romanen, wie man diese Fertigkeit in Fachkreisen nannte, streng geheim. Die Männer holten auch einige Kameen, die in einem speziellen Sud gefärbt und anschließend gebrannt werden sollten. Aus zwei- und dreilagigen Achaten hatte ein Graveur wunderbare Motive nach antiken Vorbildern geschnitten. Vielleicht, überlegte Sophie, entsteht daraus ja einmal eine Brosche, die von der Frau des Herzogs beim Tanz in einem Ballsaal getragen wird.

Karl und Meister Severin unterhielten sich über Brasilien und darüber, dass am Nachmittag wieder ein Treck von Auswanderern aus dem Hunsrück aufbrechen sollte.

»In der Mittagspause geh ich zur Felsenkirche hoch«, sagte Karl. »Bestimmt kann man sie von dort aus sehen.«

Sophie beobachtete Karl. Wenn er lächelte, freute sie sich. Wie sicher, wie selbstverständlich er seine Arbeit ausführte! Und wie gut er aussah! Es waren nicht nur die blaugrauen Augen, die hohe breite Stirn und das kastanienbraune kräftige Haar, was ihr an ihm gefiel. Er hatte etwas Handfestes, Zupackendes und zugleich etwas Feines. Wie jemand, der Bücher las und über manche Dummheit einfach lächeln konnte, weil er es besser wusste. Ihre Handflächen wurden feucht, in Fingerspitzen und Lippen kribbelte es. Und auf einmal wurde ihr bewusst, dass sie sich den Karl gar nicht mehr als Onkel wünschte, sondern als ihren zukünftigen Mann.

Der Weg zur Felsenkirche war steil und schweißtreibend. Als Sophie oben angekommen war, labte sie sich erst einmal an der Quelle, die hier seit jeher aus einem Felsen in einen kleinen Brunnen sprudelte. Sie sprach ein stilles Gebet, dann ging sie wieder nach draußen. Obwohl jetzt nicht die Zeit für einen Gottesdienst war, hatten sich etliche Menschen auf den Stufen hier oben versammelt.

Sie alle wollten den Auswanderern ein letztes Lebewohl zuwinken. Einige kletterten weiter bis zum Homerfelsen, von wo aus man eine noch bessere Rundumsicht hatte.

Aus den belauschten Gesprächen in Meister Severins Werkstatt wusste Sophie, dass Brasilien sich erst vor Kurzem als Kolonie von Portugal losgesagt und als das Kaiserreich Brasilien selbstständig gemacht hatte. Sie spitzte immer gleich die Ohren, wenn andere sich über das ferne Land unterhielten, um mehr darüber zu erfahren. Jetzt bekam sie mit, wie zwei Männer in ihrer Nähe, ein Dicker und ein Kleiner, darüber diskutierten, ob es wohl ratsam wäre, auch nach Südamerika zu gehen. Der Kleine meinte, er halte es mit dem Sprichwort »Bleibe im Lande und nähre dich redlich!« Er holte einen Brief aus seiner Jackentasche.

»Den hat der Michel aus Kirchberg geschickt. Ich hab's mir bei seinen Eltern abgeschrieben, um die Leute zu warnen«, sagte er. *»Was man nach Deutschland so Schönes aus diesem Lande geschrieben hat, sind lauter Lügen.* Das schreibt er wörtlich! Und er würde, wenn er die Wahl hätte, nicht noch einmal reisen. Den Lehrer aus Nannhausen habe er übrigens auch in Rio getroffen. Und der hätte weder Köchin noch Kammerjungfer, obwohl er es doch in seinen Briefen in die Heimat berichtet habe. Und überhaupt, schreibt Michel, er habe sich auf See mehrmals den Tod gewünscht!«

»Ach, der Michel war immer schon ein Jammerlappen!«, tönte ein dritter Mann, ein bekannter Gerber, der nun zu ihnen stieß. »Ich war vor vier Jahren in Frankfurt, als der Sekretär der brasilianischen Kaiserin, Major von Schäfer aus dem Frankenland, mit der Anwerbung begonnen hat. Das klang alles vollkommen überzeugend!«

»Was hat Euch überzeugt?«, wollte der Kleine wissen.

»Der Major sagte, dass die Kaiserin Leopoldine aus Wien stammt, und deshalb schätzt sie alles Deutsche sehr und wünscht, dass ihr Land von deutschen Wissenschaftlern, Künstlern und Bauern besiedelt und bereichert wird.«

»Sie schätzen unsere Qualitäten eben überall auf der Welt!«, sagte der Kleine geschmeichelt.

»Das Land ist vierzigmal größer als Deutschland, aber sie haben viel zu wenig Einwohner«, erklärte der Gerber. »Unter uns … Zu wenig fleißige Einwohner! Nur eingewanderte Abenteurer aus aller Welt, besonders Portugiesen von den Azoren und deren Nachkommen, einheimische Indianer und die aus Afrika verschleppten Negersklaven.« Er klopfte sich auf die Brust. »Sie brauchen Leute wie uns, die planvoll und aus eigenem Antrieb anpacken können!«

Nun erzählte der Dicke, was er über die verlockenden Angebote gehört hatte. »Sie versprechen ja allerhand. Wenn das stimmt und wenn man das Klima vertragen tät …« Er kratzte sich nachdenklich am Hinterkopf. »Drei Ernten im Jahr sollen möglich sein. Und jeder, der in die südliche Provinz geht …«

»Rio Grande do Sul heißt sie«, wusste der Kleine, »das bedeutet großer Fluss des Südens …«

»… der bekommt ein ordentlich großes Stück Land geschenkt. Noch dazu so viele Rinder, Pferde, Maultiere und Schweine wie Personen in seiner Familie sind, und Setzlinge und Samen für den Anfang.«

»Und vergesst nicht, er braucht die ersten zehn Jahre keine Steuern zu zahlen!«, ergänzte der Gerber. »Außerdem schenkt ihm der Kaiser die Unterhaltskosten für die ersten zwei Jahre.«

»Jaja, das ist schon allerhand …«

»Religionsfreiheit hat er auch zugesagt. Und die Kolonisten können sofort brasilianische Staatsbürger werden.«

»Tja.« Der Dicke rieb sich den Bart, »wenn man nur wüsste, was stimmt und was richtig ist.«

Das war die große Frage, die alle Menschen im Hunsrück beschäftigte. Sophie lief am Sockel entlang von einer zur anderen Seite der Felsenkirche und schaute nach oben. Sie konnte das Schloss sehen, aber nicht die alte Burgruine auf dem schroffen Felsen, die fast direkt über ihnen thronte. Die beiden Bauwerke inmitten grüner Laubwälder verliehen der Landschaft etwas Märchenhaftes.

»Sophie!«, hörte sie die überraschte Stimme Karls, der gerade die letzten Stufen erklomm. »Na, dass wir uns so schnell wiedersehen, hätte ich nicht erwartet.« Er kam näher. »Wie geht's dir denn? Ist alles wieder in Ordnung?«

Sie nickte befangen. Er brauchte ja nicht zu erfahren, dass sie seinetwegen hier war. »Wo müssen sie denn entlang, die Auswanderer?«, fragte sie schüchtern.

»Komm, setzen wir uns da vorn auf den Felsvorsprung«, schlug Karl vor und legte seine Jacke auf den Stein. »Von hier aus müssten wir einen guten Blick haben.« Er holte zwei Butterbrote aus einem Tornister und gab ihr eines ab. »Mit Leberwurst.«

»Oh danke.« Sophie spürte, dass sie errötete. »So viel wie heute hab ich schon lange nicht mehr gegessen.«

Er sah sie von der Seite an. »Na, ein bisschen mehr Speck auf den Rippen könntest du allerdings vertragen.«

Sie ließ den Kopf hängen. »Willi zieht mich auch immer damit auf, dass ich wie eine Vogelscheuche aussehe …«

Offenbar merkte Karl jetzt, dass er sie mit seiner Bemerkung getroffen hatte. »Ach, Willi ist ein Doofmann. Aber das sind Brüder meist ihren Schwestern gegenüber. Sie erkennen nicht, wie sie wirklich aussehen!« Er lachte.

Zaghaft lächelte Sophie zurück. »Wie sehe ich denn aus?«, fragte sie ebenso verlegen wie erwartungsvoll.

Karl drehte sich zu ihr. »Süß!« Er betrachtete sie eingehender und grinste. »Außer natürlich, wenn du wütend bist!«

In diesem Augenblick drang aus weiter Entfernung ein Lied zu ihnen herüber. Männer, Frauen und Kinder sangen zur Melodie von *Frisch auf zum fröhlichen Jagen* das *Brasilienlied.* Jeder kannte es, auch der Leierkastenmann, der hier durch die Gegend zog, spielte es immer auf seiner Drehorgel. Und nun bog auch ein Treck ins Blickfeld – er wurde länger und länger. Planwagen für Planwagen zog dahin und wirbelte Sand auf, viele schwarz gekleidete Menschen liefen daneben – die Männer mit hohen Hüten, die Frauen mit Hauben, alle bereit für das große Abenteuer. Zuerst würde es sie über Mosel und Rhein in den Hafen von Antwerpen führen, bevor es an Bord eines großen Seglers nach Übersee ging. Hinten an den Wagen waren Kisten und Gerätschaften für den Ackerbau festgezurrt.

»*Gott schütz Brasiliens Kaiser in seinem Lebenslauf.*« Karl fiel mit kräftiger klarer Tenorstimme ein. Er kannte alle zwölf Strophen auswendig. »*Und kröne ihn mit Segen, er nimmt uns willig auf. Er will uns auch beschützen mit gnadenreicher Hand. So gehen wir mit Freuden in das Brasilienland.*« Eine verheißungsvolle Aufbruchstimmung lag in der Luft. Sophie beschlich wie wohl alle Zuschauer – bis auf den Mahner mit dem Brief aus Rio – das Gefühl, eine Chance zu verpassen. Karls Augen glänzten. »Eines Tages …«, sagte er nur und sah sie an, »eines Tages …«

Und dann: »Sophie, die Schürfwunde an deiner Wange blutet ja wieder … Warte!«

Er sprang auf und lief in die Kirche. Zurück kehrte er mit einem feuchten Taschentuch. Er hockte sich ihr gegenüber und tupfte ganz vorsichtig auf die verletzte Stelle.

Karl kam Sophie so nahe, dass sie ihn riechen konnte. Obwohl Honigwasser, Schweiß und Schwefel hineinspielten, hatte sein Duft auch etwas Eigenes. Sophie mochte ihn. Sehr sogar. Sie schloss kurz die Augen, um ihn besser wahrnehmen zu können, und als sie die Lider wieder öffnete, sah sie direkt in Karls Augen. Interessant, dachte sie, wenn man genauer hineinschaut, dann sind sie am Rand schiefergrau. Und sie haben Schluchten, in denen Silberschätze blinken, und der Rest leuchtet wie ein klarer Bach, in dessen hellblaues Wasser die Frühlingssonne scheint, bis auf den Grund, wo gelbgraue Edelsteine das Licht reflektieren …

Karl sah sie auf einmal anders an als zuvor. Irritiert und verunsichert. Abrupt wandte er sich ab. Er fixierte wieder den Treck am Horizont, die Staubwolke über dem geschwungenen Landweg, so lange, bis die Menschen und Wagen hinter Bäumen verschwanden und man auch nichts mehr von ihnen hörte.

Die meisten Neugierigen waren schon wieder hinunter nach Oberstein gegangen. Aber weder Karl noch Sophie machten Anstalten aufzubrechen.

»Wie alt bist du?«, fragte Karl mit rauer Stimme.

»Dreizehn«, antwortete Sophie. »Aber ich werd bald vierzehn.«

Karl stieß einen kurzen tiefen Seufzer aus. »Wann?«

»Im … äh … im Dezember.«

»Also praktisch übermorgen!« Er grinste.

»Das Julchen war fünfzehn Jahre jünger als der Schinderhannes«, rutschte es Sophie heraus, und dann wurde sie puterrot, weil ihr aufging, wie verräterisch dieser Gedankensprung war.

Karl lachte. »Man weiß ja, wohin das geführt hat!« Jetzt schmunzelte er. Als er ihr enttäuschtes Gesicht sah, legte er kurz seine Hand auf ihre. »Der Mann, der dich mal abkriegt, hat großes Glück!«, sagte er. »Das meine ich ganz ehrlich.«

»Hm …« Verlegen zupfte Sophie an ihren Zöpfen. Sie kämpfte mit sich, ob sie ehrlich mit Karl sprechen konnte. Schließlich wagte sie es. »Mein Vater sagt aber, mit meiner Geburt hätte das ganze Unglück angefangen.« Sie zog die Knie an, die dabei wieder schmerzten, und umschlang sie mit beiden Armen. Unglücklich blickte sie zur Seite. »Kann es denn sein, dass man, ohne es zu wollen, anderen Menschen Pech bringt?«

Karl antwortete nicht gleich. Er dachte nach. »Wenn du im Dezember vierzehn wirst«, sagte er dann, »bist du 1813 geboren, nicht?« Sophie nickte. »Es ist gut möglich, dass dein Vater einfach nur die Ereignisse der Jahre seit 1813 gemeint hat.« Sie verstand nicht, worauf Karl hinauswollte. »Also, wenn ich mich recht erinnere«, sagte er, »hat dein Vater auch unter Napoleon in der französischen Armee gedient und war beim Russlandfeldzug dabei, oder?«

»Ja, das stimmt.« Erneut nickte Sophie.

Der Vater erzählte nicht oft davon. Napoleon und seine Truppen waren damals von Väterchen Frost besiegt worden und als jämmerlicher Haufen zurückgekehrt. Ihre Mutter hatte während seiner Militärzeit im Haushalt bei einem leitenden französischen Verwaltungsbeamten in der Stadt Birkenfeld gearbeitet. Willi war damals schon geboren. Die Mutter erinnerte sich gern an diese Zeit. Hach, das war eine Eleganz und eine Lebensart bei den Franzosen, sagte sie manchmal sehnsüchtig. Sophies Vater schien das allerdings immer als Vorwurf zu verstehen. Ihre Mutter hatte die Franzosen bis dahin nur als Sieger und Herren gekannt. Solange sie sich erinnern konnte, gehörte ihre Heimat als Arrondissement Birkenfeld im Département de la Sarre zu Frankreich. Ihre Hauptstadt war Paris, die Geschäftsleute schätzten die Handels- und Gewerbefreiheiten und die guten Exportmöglichkeiten.

»Ja, denk mal nach«, erklärte Karl. »1813 war also die Niederlage, das Ende Napoleons und der Franzosenherrschaft in den linksrheinischen Gebieten. 1815 gab es schon mal eine schreckliche Missernte, und 1816 nennen die Alten heute noch …«

»… das Jahr ohne Sommer!«, platzte es aus Sophie heraus.

»Genau«, fuhr er fort. »Du bist ein kluges Mädchen. Danach kamen weitere Missernten. Die Weizenpreise stiegen gewaltig, aber die Leute verdienten immer weniger. Damals gab's bereits die erste Auswanderungswelle! Und die Achatvorkommen sind allmählich erschöpft, das weißt du ja.«

Sophie nickte. Jetzt verstand sie. Die Schleifer leckten sich die Finger nach jedem guten Auftrag, und durch den Wettbewerb waren sie auch noch gezwungen, ihre Preise zu senken.

»Was meinst du wohl«, sagte Karl vertraulich, »wie der Oberkammerherr des Herzogs von Oldenburg meinen Meister unter Druck setzt! Er hat ihm fürs Schwarzfärben einen Gegenkostenvoranschlag von einer Werkstatt aus Italien vorgelegt, die nur halb so viel verlangte wie er!«

»Ach!«

Sophie begann zu begreifen, wie eines aus dem anderen folgte. Seit zehn Jahren gehörte Idar-Oberstein zum Großherzogtum Oldenburg. Das lag irgendwo hoch im Norden Deutschlands, nahe an der ewig kalten Nordsee, und die Menschen sprachen dort einen Dialekt, der breit und schmucklos klang. Anfangs hatten sich viele Obersteiner, die international Geschäfte in der Schmuckbranche machten, sehr darüber aufgeregt. Jetzt zieht wieder die Kleinstaaterei ein, hatte auch Meister Severin oft geflucht. Doch mittlerweile gab es nicht wenige Stimmen, die sagten, eigentlich sei die Oldenburger Verwaltung sogar gut, klug und uneigennützig. Sophies Vater fand allerdings nur zweierlei gut, nämlich dass der Herzog sich weigerte, den ihm zustehenden Titel Großherzog anzunehmen, und dass er aus seinem Fürstentum Birkenfeld, wozu sie gehörten, keine Soldaten rekrutierte.

»Oder guck dir meine Familie an!«, sagte Karl. Sophie wusste lediglich, dass Karls Vater und Onkel als Landwirte kleine Ackerflächen und Felder in Idar bestellten. Sie sah ihn fragend an. »Napoleon hat doch das Gesetz aufgehoben, nach dem der Älteste alles erbt«, erklärte Karl. »Das war nicht gut. Weil alle gleich viel erben sollten, hat man die Höfe und Ländereien so zerteilt, dass es heute für keinen mehr ausreicht.«

»Bist du deshalb nicht Landwirt geworden?«, fragte Sophie.

»Auch deshalb«, antwortete Karl nachdenklich. »Aber eigentlich auch, weil ich sehr gern mit Edelsteinen arbeite. Weißt du, manchmal hab ich das Gefühl, wenn ich genau hinhöre, sprechen sie mit mir.«

»Willst du mich auf den Arm nehmen?«

»Nein, wirklich, wenn du einen Stein schleifst, kannst du am Geräusch erkennen, ob er es mag oder ob er bald springen wird, weil ihm der Druck nicht gefällt. Er gibt dann einen anderen Ton von sich ...«

Seit diesem Apriltag trafen Karl und Sophie sich häufiger. Sie sprachen beide mit anderen nicht darüber. Es war ihr Geheimnis, das niemanden sonst etwas anging. Sophie durfte jetzt häufiger für ihren Vater die geschliffenen Achate nach Oberstein bringen. Gelegentlich hatte sie den Eindruck, dass Meister Severin über Karl und sie schmunzelte. Doch er sagte nie etwas.

Wenn Karl Feierabend hatte, trafen sie sich zwischen Idar und Obertiefenbach. Manchmal nahm er das Arbeitspferd seiner Familie, und Sophie schwang sich hinter ihn auf den ungesattelten Rücken des Ackergauls. Sie durchstreiften den Wald. Karl erzählte Neues über Brasilien, und sie vergaßen die Sorgen und die Armut ihrer Familien. Zwischen den knorrigen Bäumen spielten sie manchmal, sie wären im Regenwald. Da wurden Wildkatzen und Luchse zu Jaguaren, Farne zu Palmen, Feuersalamander zu Krokodilen, Spechte zu Papageien und der Dachs zum Tapir.

»Es ist erstaunlich«, sagte Karl eines Tages.

»Was?«

»Wie du dich von einem Augenblick zum anderen verändern kannst! Gerade noch hast du melancholisch und traurig ausgesehen, und dann lächelst du auch schon wieder spitzbübisch.«

»Für einen jungen Mann aus dem Hunsrück bist du ganz schön wortgewandt!«

»Oho ... Was soll aus dir noch werden, wenn du mit dreizehn schon so ... bist?«

Lachend drehte Sophie sich nach ihm um. »So was?«, neckte sie ihn. »So schlau? So frech?«

Er machte einen großen Schritt auf sie zu und packte sie um die Taille. Sein Gesicht kam näher. Er starrte auf ihren Mund, und ihr Herz begann zu rasen. »So … so …«, er ließ sie wieder los. »So verdammt jung!«, stieß er ärgerlich hervor.

Als sie wieder einmal über die Auswanderer sprachen, erklärte Karl, dass man am besten in den Süden Brasiliens gehen solle, weil das Klima dort für Deutsche verträglicher sei. »Es ist nicht so heiß und feucht wie am Amazonas oder in Rio de Janeiro. Es gibt dort vier Jahreszeiten wie bei uns, nur genau umgekehrt. Der Sommer ist während unserer Wintermonate und der Winter in unserem Sommer.« Sophie musste lachen. »Ja, stell dir vor«, sagte Karl, »auch der Mond verhält sich dort anders. Wenn er zunimmt, dann tut er das spiegelverkehrt.«

Ungläubig schüttelte Sophie den Kopf. »Erzähl mir von den Frauen dort. Wie leben sie?«

»Die vornehmen Frauen in den Städten werden von Negersklaven auf Sänften getragen.«

»Ich lauf viel lieber selbst!«, rief sie aus.

Zum Glück gab es in ihrer Familie keine vornehmen Frauen, und wenn das der Preis dafür wäre, wollte sie lieber auch nie eine werden.

Jetzt lachte Karl. »Dich könnte doch bequem ein Mann allein auf Händen tragen!«, neckte er sie. »Soll ich es mal ausprobieren?«

Sophie streckte ihm nur die Zunge raus. Aber sie wollte noch viel mehr erfahren. Wie es in Brasilien aussah, wie die Natur war, wie die Menschen lebten, und Karl antwortete ihr so gut er konnte. Er musste allerdings zugeben, dass seine Informationsquellen – Bücher, Reiseberichte aus Zeitschriften und Briefe, von denen er häufig nur über Dritte erfahren hatte – recht widersprüchlich waren. Dennoch ließen seine Schilderungen in Sophie nach und nach bunte Bilder einer warmen paradiesischen Welt entstehen, in der zwar Gefahren und harte Arbeit warteten, aber auch das Glück. Manchmal versuchte sie, mit ihren Eltern oder anderen Leuten darüber zu sprechen.

»Verschone mich mit deinen Fantastereien«, sagte der Vater. »Ich habe Russland gesehen. Das reicht mir bis ans Lebensende.«

Und die Mutter mahnte sie, nicht zu träumen, sondern lieber anzupacken. »Du solltest üben, die Weißstickereien sorgfältiger zu machen, und beim Flachsspinnen musst du noch schneller werden. Damit könntest du uns helfen, mehr Zubrot für die Familie zu verdienen.«

Sophie verstand nicht, weshalb das eine das andere ausschließen sollte. Sie konnte doch ihre Aufgaben im Haushalt erfüllen oder Handarbeiten für Obersteiner Bürger übernehmen und trotzdem etwas über ferne Länder und Menschen lernen! Aufgebracht berichtete sie Karl von den Reaktionen auf ihre Wissbegierde.

»Sieh es als gutes Zeichen«, versuchte Karl, sie aufzumuntern. »Du bist wenigstens nicht borniert! Dir fehlt die Beschränktheit der Leute, die es sich nur gemütlich machen wollen und nicht in der Lage sind, über den eigenen Tellerrand hinauszublicken. Diese Charaktere ahnen keine weite Welt, sie haben weder Fantasie, noch vermissen sie sie überhaupt. Sie vermuten anderswo nur irgendetwas Graues, Dumpfes, für das sie sich keinesfalls interessieren.«

Welches Glück! Karl verstand sie, ihm ging es so wie ihr. Diese Gewissheit tröstete und stärkte Sophie. Zuweilen, wenn sie nachts wach im Bett lag, während alle anderen im Haus schon schliefen, und sie die funkelnden Sterne am Himmel wandern sah, überkam sie eine schmerzlich-süße Ahnung.

»Da muss es doch noch mehr geben im Leben«, vertraute sie Karl ihre geheimen Empfindungen an. »Wer weiß etwas davon? Selbst mein Onkel Hannes konnte mir nur den Rat geben, in die Kirche zu gehen und zu beten. Aber das hilft nicht …«

Karl sah ihr lange in die Augen. Ihr Herz schlug schneller. Offenbar rang er mit sich. Sophie hatte den Eindruck, dass er eine Antwort wusste, sie jedoch für sich behielt. Sie spürte ein Prickeln und Pulsieren an seltsamen Stellen im Körper.

Karl räusperte sich. »Das wirst du schon noch herausfinden, was es ist, Sophie«, sagte er heiser. »Hab Geduld. Du musst erst etwas älter werden …«

Sie schwieg und gab sich damit zufrieden, versuchte, geduldig zu sein. Allerdings fand sie es sehr anstrengend. Das Einzige, was gegen diese Sehnsucht half, auch wenn sie sie zugleich noch mehr entfachten, waren ihre Begegnungen mit Karl. Schon wenn sie ihn von Weitem an der Waldlichtung, ihrem üblichen Treffpunkt, erblickte, hatte sie ein Gefühl, als ginge in ihrem Herzen die Sonne auf. Alles wurde weit und hell und warm.

Einmal brachte Karl ihr eine rötliche, besonders interessant gemaserte Achatscheibe mit. Sophie hielt sie blinzelnd gegen das Licht.

»Vielleicht sieht so die Erde aus, wenn man sie vom Himmel aus betrachtet«, sagte sie nach einer Weile und reichte sie Karl zurück.

Er schaute auch, drehte die Scheibe hin und her. »Ich glaube, so könnte es auf dem Meeresgrund bei den Nixen aussehen. Ihre Haare verfangen sich in den Unterwasserpflanzen.«

»Woher willst du das wissen?«, fragte sie scherzhaft. »Warst du schon mal da?«

»Warst du denn schon mal im Himmel?«, konterte er.

»Na klar!«, antwortete Sophie mit einem breiten Lächeln. »Nichts einfacher als das.« Sie lief zu einer Wiese gleich in der Nähe und legte sich mit ihrem verwaschenen Sommerkleid auf den Rücken mitten hinein ins weiche Gras zwischen Glocken- und Kuckucksblumen, Hornklee und Malven. Sophie schaute nach oben in das Blau und die weißen Wolken des warmen Juniabends. »In der Mitte ist das Blau am blausten«, rief sie. »Du musst an den Wolken vorbeigucken, immer noch höher, an den ganz hoch fliegenden Vögeln vorbei und noch höher, und dann glaubst du irgendwann, dass du selbst dort oben bist.«

Karl legte sich neben sie. Er kaute auf einem Stängel Sauerampfer. »Hm …«, seufzte er genießerisch. »Jetzt schwebe ich gerade mit den Wolken in die Höhe.«

»Was siehst du?« Ein angenehmes, leicht schwindliges Gefühl ergriff Besitz von ihr.

»Ich sehe ein Paar auf einer Wiese liegen … Einen jungen Mann und ein junges Mädchen.« Er seufzte. »Ein sehr junges Mädchen, es ist viel zu jung …«

»Ach, und was tun sie?«

»Sie liegen einfach nur nebeneinander, gucken in den Himmel …«

… und lauschen …«

Insekten summten, der Wind trug vom Waldrand aus den Kronen der Laubbäume ein Rascheln herüber, ihr eigener Atem war zu hören, in der Nähe flötete eine Amsel ihr Abendlied.

Sophie verschränkte die Arme hinter ihrem Kopf, um noch besser den Duft aromatischer Heilkräuter ringsum erschnuppern zu können. Karl drehte sich zu ihr hin, stützte sich auf seinen Ellbogen. Er warf den Sauerampfer fort, knickte einen trockenen Grashalm ab und kitzelte Sophie damit am Hals und hinter den Ohren. Ihre Hand schlug nach dem vermeintlichen Insekt. Sie lachte leise, natürlich wusste sie, dass es Karl war. Der Halm wanderte zart mit kleinen Hüpfern über ihre Schulter ihren nackten Arm entlang bis zum Handgelenk und an der Innenseite wieder nach oben. Sophie spürte, wie ihr eine Gänsehaut über den Körper lief. Sie schloss die Augen und hoffte inbrünstig, Karl möge nicht aufhören. Er hörte nicht auf. Sondern kam näher, beugte sich hinunter. Es kitzelte, als er ihr etwas ins Ohr raunte.

»Soweit ich das sehen kann, sind die beiden still vergnügt und einfach glücklich.«

»Mmh …« Sophie atmete mit einem kleinen wohligen Seufzer aus und ganz tief wieder ein. Sie konnte jetzt in dem würzigen Duft wilden Thymian, Heu, Kamille und Wiesensalbei unterscheiden. Langsam wandte sie Karl das Gesicht zu. »Einfach glücklich«, sagte sie lächelnd. »Wie schön!«

Ihre Blicke versanken wieder ineinander, verfingen sich wie in der Achatscheibe das Nixenhaar in den Unterwasserpflanzen. Sophies Mundwinkel begannen zu zittern, sie bekam solches Herzklopfen, dass sie nicht mehr lächeln konnte. Karl strich mit den Fingerspitzen über ihre Wangen, ihr Kinn, die Lippen.

»Wie schön glatt und weich deine Haut ist …«

Sophie schloss die Augen erneut. Plötzlich fühlte sie sich innerlich angespannt, ganz kribbelig und erwartungsvoll. Auch ohne etwas zu sehen, konnte sie spüren, wie Karl noch näher kam, sein Atem streifte ihre Schläfe, seine Lippen berührten ihre … und dann endlich küsste er sie.

In den folgenden Tagen hatte Sophie das Gefühl zu schweben. Sie war selig. Was machte es noch aus, dass ihr Vater sie weiter unfreundlicher behandelte als ihre Geschwister? Sie hatte einen Menschen gefunden, der sie mochte, wie sie war. Mit dem sie reden konnte. Der sie verstand. Und der zärtlich zu ihr war. Insgeheim machte sie schon Pläne. Wenn sie erst alt genug sein würde, sechzehn, würden sie heiraten. Zusammen würden sie nach Brasilien gehen und sich eine Existenz aufbauen …

3

»Ach, wie schön«, wiederholte Josie wohlig seufzend, als Ada an dieser Stelle ihre Erzählung unterbrach. »Die erste große Liebe …«

Ada lehnte sich in ihrem gelben Lehnstuhl zurück. Gedankenverloren strich sie über die schwarze Schale, die immer noch auf ihrem Schoß ruhte. »Ja, dieser Zauber ist wohl zu allen Zeiten der Gleiche …«

Die alte Dame sah erschöpft aus. Josie wollte sie nicht überstrapazieren. Zumal sie bereits einen Schlaganfall erlitten hatte.

»Vielleicht sollte ich jetzt besser gehen«, schlug Josie vor.

Ada nickte. »Vielleicht ist das besser. Aber du kommst wieder, oder?«

»Natürlich! Ich brenne darauf, die ganze Geschichte zu hören.«

Josie ahnte, dass es nicht beim ungetrübten Glück des jungen Paares bleiben würde. Doch zumindest für heute wollte sie darüber noch nichts Näheres wissen. So konnte sie mit einem Abglanz der zarten Gefühle aus einer fernen Epoche durch den Abend gehen und bestimmt wunderbar schlafen.

»Gut«, sagte Ada. »Ich erwarte dich morgen Nachmittag wieder zum Tee.«

»Sehr gern! Vielen Dank für heute und bis morgen!« Sie umarmte die alte Lehrerin. Sie war ihr in diesen

Nachmittagsstunden bereits vertraut und lieb geworden. »Bleib sitzen, Tante Ada, ich finde den Weg allein.«

Verträumt bummelte Josie durch das abendliche Idar-Oberstein. Sie sah die Gassen, die schiefen weißen, ineinander verschachtelten Fachwerkhäuser aus dem Mittelalter und die Villen aus dem 19. Jahrhundert nun mit anderen Augen. Erst recht die Felsenkirche, die zwar immer mal restauriert worden, aber letztlich noch jene alte war, vor der Sophie vor fast zweihundert Jahren mit Karl gesessen und das *Brasilienlied* gehört hatte. Auf der Bergspitze über der Kirche erhob sich immer noch die Ruine von Burg Bosselstein.

In einigen Schaufenstern in der Fußgängerzone blinkten aufgeschnittene Amethystdrusen – wohl von solcher Qualität, dass sich das Schleifen nicht lohnte. Sie besaßen dennoch eine besondere Ausstrahlung. Einige der funkelnden Grotten waren mit Bewässerungs- oder Benebelungsgeräten kombiniert, die Josie ziemlich kitschig fand. Dass sie von einigen Menschen als wohltuend und die Raumatmosphäre reinigend empfunden wurden, konnte sie aber durchaus nachvollziehen. Sie kaufte sich zwei Bücher, eines über die Geschichte des Hunsrücks und eines über Quarze und Achate und beschloss, an diesem Abend nach einem kleinen Imbiss früh schlafen zu gehen.

Vermutlich umgab sie immer noch etwas von dieser Stimmung, als sie auf dem Parkplatz neben dem Wohnhaus der Wahrings ausstieg. Josie machte bewusst einen Umweg, um nicht an der Drehtür des Betriebes vorbeizumüssen. Doch als sie die Eingangstür des Wohnhauses passierte, wurde die von innen geöffnet, und Reinhard und Gisela verabschiedeten herzlich einen Gast – Rico da Silva. Er lächelte die Tante umwerfend charmant an, gab ihr Küsschen auf die Wangen und drückte noch einmal mit beiden Händen ihre Hand. Reinhard klopfte ihm auf die Schulter. In diesem Moment bemerkte der Händler sie. Josie erstarrte. Weshalb zum Teufel hatte sie einen Bogen um die Drehtür gemacht, wenn sie ihm jetzt hier begegnete? Und wieso brachte sein Anblick ihr Herz zum Rasen? Verdammt … Sein Lächeln erlosch, als er sie erkannte.

»Ah, da ist ja unsere Großcousine Josie, Rico. Darf ich bekannt machen?« Reinhard stellte sie einander vor.

»Hallo«, war alles, was Josie herausbrachte.

Ihre Gefühle spielten verrückt. Einerseits wäre sie diesem wildfremden Mann am liebsten um den Hals gefallen, um zu spüren, wie er sich anfühlte, und um seinen Duft zu schnuppern. Andererseits machte er sie wahnsinnig aggressiv. Wie er aussah, das war irgendwie eine Unverschämtheit! Sie so durcheinanderzubringen sowieso. Was bildete er sich wohl auf sein Äußeres und seinen Charme ein? Wahrscheinlich liefen ihm die Frauen scharenweise nach. Aber sie nicht! Ganz gewiss nicht!

Eigentlich hätten sie sich nun die Hände geben müssen, jedenfalls nach allen Regeln des mitteleuropäischen Anstandes. Doch nichts dergleichen geschah. Rico sah sie ebenso ernst wie verärgert an. Eine peinliche Pause entstand, die auch ihren Verwandten nicht entgehen konnte. Reinhard wurde sichtlich unruhig, Gisela zupfte an den Geranien im Blumenkübel vor dem Eingang. Endlich rang sich auch Rico da Silva ein Wort ab.

»Hallo!«, antwortete er wenig originell auf ihre Begrüßung. Seine tiefe Stimme klang … einfach sexy. Jetzt blitzte ein spöttischer Ausdruck in seinen Augen auf. »Wir hatten schon das Vergnügen.«

Josie holte tief Luft und versuchte, hanseatische Gelassenheit an den Tag zu legen. »Ja, das hatten wir«, bestätigte sie, ohne eine Miene zu verziehen.

»Wir kennen Rico schon ewig«, ergänzte Gisela. »Immer wenn er ein paar Tage hier gewesen ist, lädt er zum Abschied zum Spießbratenessen ein. Das ist einc alte Sitte. Du bist doch am Samstag noch hier, Josie?«

Ihr Onkel schlug in die gleiche Kerbe. »Das musst du unbedingt mal erlebt haben! Unser Spießbraten ist weltberühmt!«

Josie wäre am liebsten schon wieder vor Scham versunken. Auf diesen Wink mit dem Zaunpfahl hin blieb da Silva nichts anderes übrig, als sie auch zum Essen einzuladen.

»Ja«, antwortete sie und versuchte ein unverbindliches Lächeln, »ich komme gern.«

Natürlich würde sie sich eine Ausrede einfallen lassen und nicht hingehen. Weiteren Peinlichkeiten wollte Josie keine Chance geben.

Am nächsten Vormittag rief Ada an und fragte Josie, ob sie vielleicht doch früher kommen könne. »Ich habe am Nachmittag meine Anwendungen. Lymphdrainage, Krankengymnastik und so weiter, daran hab ich gestern gar nicht gedacht.«

»Kein Problem«, antwortete Josie. »Ich habe ja Urlaub und bin flexibel. Ich kann gleich kommen, wenn du möchtest.«

Sie machte sich auf den Weg, hielt aber unterwegs noch bei einem Blumenhändler und kaufte einen großen Strauß lilablauer Schwertlilien mit gelbem Schlund. Ada strahlte, als Josie ihr die Blumen überreichte. »Wie prächtig! Ich liebe diese Irisart! Sie erinnern mich an den Jugendstil, den mag ich besonders. Und sie passen farblich wunderbar zu meiner Einrichtung.«

Josie lächelte. »Ja, das hab ich mir auch gedacht.«

Ada hatte den Tee schon aufgebrüht. »Leider haben wir heute nicht so viel Zeit«, sagte sie bedauernd. »Ich fühle mich auch nicht so …«

Sie zeigte auf eine Glasvase. Josie begriff, sie füllte Wasser hinein, arrangierte die Blumen darin und stellte sie auf den Tisch neben eine Obstschale und eine Fotografie in einem Silberrahmen, die ein Stilleben mit Pfirsichen zeigte.

»Das tut mir leid. Ach, ich bin froh über jede Kleinigkeit, die du mir weitergeben kannst«, beteuerte Josie aufrichtig. »Hoffentlich liegt es nicht am Erzählen, dass du dich heute nicht so fit fühlst.«

»Nein, nein! Es liegt am Wetter. Und am Alter.« Ada tätschelte ihre Hand. Sie nahm wieder in ihrem Lehnsessel Platz. »Ich bin wirklich glücklich, dass die Erinnerungen von Martha – beziehungsweise von ihrer Großmutter Emma und von Sophie – nicht mit mir ins Grab wandern«, sagte sie betont salopp. »Wo waren wir stehen geblieben?«

Josie schenkte Tee ein. »Es endete gestern mit dem ersten Kuss. Sophie hatte das Gefühl zu schweben …« Erwartungsvoll setzte sie sich aufs Sofa.

»Ja richtig«, Adas Stirn umwölkte sich. »Du kannst dir vorstellen, dass Sophie es kaum erwarten konnte, Karl wiederzusehen. Es war ein lauer Sommerabend …«

4

Idar-Oberstein
Juli 1827

Sophie sagte ihrer Mutter, sie wolle besonders gutes Kaninchenfutter suchen – eine ihrer fantasievollen Ausreden – und machte sich auf den Weg zu ihrem üblichen Treffpunkt. Doch schon von Weitem merkte sie, dass etwas anders war als sonst. Karl empfing sie ohne ein Lächeln.

Sie setzte sich auf einen gefällten Baumstamm am Wegesrand. »Was ist los?«, fragte sie.

Karl setzte sich nicht neben sie. »Ich hätte es dir schon früher sagen sollen«, begann er zögernd. »Ich wollte ja auch, aber irgendwie … Und dann ist alles so schnell gegangen … Und jetzt …« Eine eiskalte Hand schien nach Sophies Herz zu greifen und es langsam immer fester zu umschließen. Karl scharrte mit dem Fuß im Sand, er holte tief Luft. »Unsere gesamte Familie wandert nach Brasilien aus. Mein Vater hat die Anträge schon vor einiger Zeit gestellt. Und jetzt ist es so weit …«

Er biss sich auf die Lippen, den Tränen nahe. »Was soll ich denn machen, Sophie? Hier werde ich nie mein Auskommen haben! Meister Severin hat angekündigt, dass er mich bald entlassen muss, weil er nicht genug Aufträge erhält. Den ledigen Mitarbeitern wird zuerst gekündigt. Und von der Landwirtschaft kann eine Familie hier einfach nicht mehr existieren!«

Sophie sprach kein Wort. Sie merkte nicht, wie ihr plötzlich dicke Tränen die Wangen hinunterrollten. Karl würde nicht hierbleiben und warten, bis sie ihn heiraten konnte. Er würde ohne sie fortgehen. Das war alles, was sie in diesem Augenblick begriff.

Karl sank vor ihr auf die Knie. »Wein doch nicht, meine süße Sophie! Es bricht mir das Herz, dich unglücklich zu sehen.« Er suchte nach Worten, versuchte, seine Arme um sie legen, um sie zu trösten, doch sie stieß ihn zurück. Wie konnte er sie so enttäuschen! »Sophie! Sei vernünftig …« Wie versteinert saß sie da. Die Tränen strömten unablässig über ihre Wangen. »Du bist ja auch noch viel zu jung«, sagte er leise. »Ach, ich hätte dich nicht küssen dürfen …«

»Wann … wann reist ihr ab?«, stammelte Sophie schließlich tonlos.

Karl sprang wieder auf, nervös lief er vor ihr hin und her. »Nächste Woche«, sagte er dann.

»Nein!« Sophie schlug die Hände vors Gesicht. Sie hatte das Gefühl, gleich sterben zu müssen. »Geh weg!«, schluchzte sie. »Geh einfach weg!«

Was sage ich da?, dachte sie im nächsten Augenblick. Mit aller Kraft riss sie sich zusammen. Sie erhob sich und wischte mit dem Handrücken die Tränen ab.

Karl blieb vor ihr stehen. Seine Augen schimmerten feucht. »Wenn ich hierbliebe«, sagte er leise, »könnte ich nie und nimmer eine Frau und Kinder ernähren …«

Verstehst du es denn nicht?, fragte sein Blick verzweifelt.

Nein, Sophie verstand nicht! Ü-ber-haupt nicht! Karl behauptete, er könne hören, ob ein Edelstein Risse bekomme. Wieso hörte er dann nicht, dass gerade eben ihr Herz brach? Wieso ließ er das zu?

»Gute Reise, Karl!«, presste Sophie mit letzter Kraft hervor.

Sie wusste, dass sie jeden Augenblick wieder weinen musste – weinen wie noch nie in ihrem Leben. So schnell sie konnte, rannte sie fort.

5

Ada sprach nicht weiter. Josie, die gerade noch in Gedanken mit Sophie gelitten hatte, betrachtete besorgt das Gesicht der alten Dame. Es war bleich geworden und wirkte eingefallen. Ada kniff die Augen zusammen, sie atmete schwer. O Gott, dachte Josie, sie wird doch nicht wieder einen Schlaganfall haben?

»Ist alles in Ordnung?«, fragte sie vorsichtig.

Ada schlug die Augen auf, einen Moment lang schien sie ohne Orientierung zu sein. Dann sah sie Josie.

»Ach … Ja … ja …«, stammelte sie.

»Geht's dir nicht gut?« Josie war besorgt. »Soll ich jemanden holen? Brauchst du etwas? Medikamente oder Wasser?«

Ada griff nach Josies Hand. »Nein, nein, es ist nichts«, sagte sie. »Fühle mich nur gerade ein wenig matt.«

Vielleicht nahm die alte Geschichte sie doch mehr mit, als sie zugab. Was sollte man noch mal tun, wenn der Verdacht auf Schlaganfall bestand?

»Tante Ada, kannst du bitte mal beide Arme heben?«, bat Josie.

Ada verstand, was Josie antrieb, und sie lächelte müde. Doch es war ein normales Lächeln. Das beruhigte Josie schon einmal. Und nun hob die alte Dame auch beide Arme. Sie grinste sogar und streckte Josie die Zunge heraus.

»Es ist heute sehr schön«, sagte sie akzentuiert.

Josie lächelte erleichtert. Damit hatte Ada von sich aus die anderen Testaufgaben erfüllt. Sie kannte sie offenbar auch. Wer noch die Zunge gerade herausstrecken und diesen Satz klar sagen konnte, hatte aller Wahrscheinlichkeit nach keinen Schlaganfall erlitten.

»Uff! Bin ich froh!«, rief Josie.

»Ich auch«, erwiderte Ada mit einem warmen Blick. »Oh … Da fällt mir ein … Ich hab meine Tablette vergessen.«

Sie wies auf ein Döschen. Josie holte Mineralwasser aus der Küche, schenkte ein Glas ein und reichte es ihr mit den Tabletten.

»Möchtest du jetzt gern allein sein?«

Ada schluckte ihre Medizin. »Nein! Vielleicht könntest du die Balkontür öffnen und frische Luft hereinlassen …«

Josie machte die Tür auf und trat auf den mit Geranien und Petunien bepflanzten Balkon. Sie hielt ihr Gesicht in die Sonne. Dann ließ sie den Blick über die Stadt und die begrünte hügelige Landschaft des südlichen Hunsrücks schweifen.

»Du hast eine schöne Aussicht«, sagte sie.

»Ja, das finde ich auch«, antwortete Ada. Ihre Stimme klang schon fester. »Das da hinten rechts ist übrigens der Homerfelsen. Warst du schon dort?«

Josie kam wieder ins Apartement, sie stellte die Tür auf Kipp. »Nein, sollte ich ihn besichtigen?«

Ada sah jetzt deutlich besser aus. »Unbedingt! Von dort aus sah Sophie Karl das letzte Mal vor seiner Auswanderung.«

»Warum weißt du eigentlich so vieles so genau?«, wollte Josie wissen.

»Martha hat mir die Geschichte gleich erzählt, nachdem sie sie von ihrer Großmutter Emma gehört hatte.

Ich bin wohl der einzige Mensch, mit dem sie je darüber gesprochen hat. Und mein Langzeitgedächnis ist noch topfit.« Sie lächelte selbstironisch. »Uns beide hat die Geschichte immer sehr fasziniert, und ich habe mich nicht zuletzt ihretwegen mein Leben lang intensiv mit Heimatforschung beschäftigt.«

»Hm …« Josie sagte eine Weile nichts. »Meinst du mit ›ihretwegen‹ Sophies Geschichte oder Tante Martha?«, fragte sie dann einer plötzlichen Eingebung folgend.

Ada wirkte ertappt. Sie warf Josie einen strengen Blick zu. So hat sie sicher früher immer unartige Schüler gestraft, dachte Josie und unterdrückte ein Schmunzeln. Täuschte sie ihr Gespür, oder schwang da nicht noch irgendetwas Unausgesprochenes in der Luft?

»Sowohl als auch«, erwiderte Ada knapp.

»Ihr wart besonders enge Freundinnen, was?«

Josie versuchte, der alten Dame mit dieser Frage noch mehr über ihr Verhältnis zu ihrer Großtante Martha zu entlocken. Doch Ada hielt sich bedeckt.

»Auf jeden Fall.« Damit war das Thema für sie offenbar erledigt. Mit ihrer gesunden Hand zeigte sie nach draußen. »Damals war diese Gegend natürlich noch nicht verbaut«, lenkte sie wieder das Gespräch auf Sophie, »die Nahe floss noch offen durch Oberstein. Alle Durchreisenden kletterten auf den Homerfelsen, um den wunderbaren Rundumblick zu genießen.«

6

Idar-Oberstein
August 1827 – Dezember 1832

Sophie hatte dem Treck, mit dem Karl und seine Familie nach Brasilien aufbrachen, vom Homerfelsen aus nachgesehen und wehmütig hinterhergewunken.

In den folgenden Wochen magerte sie stark ab, war fahrig und unglücklich, sodass sogar ihr Vater begann, sich Sorgen um sie zu machen. Einmal teilte er ihr beim Essen einen halben Fisch mehr zu als den anderen. Doch nichts konnte sie freuen. Sie reagierte im Gegenteil gereizt und gab Widerworte, wenn jemand versuchte, sie aufzuheitern.

»Sophie, ich kenne dich nicht wieder«, schalt ihre Mutter sie.

Nicht einmal ihrem Onkel Hannes gelang es, sie zum Lachen zu bringen. Allerdings schaffte er es schließlich, sie kurz auf andere Gedanken zu bringen, indem er versprach, ihr das Geheimnis des Bauchredens zu verraten und mit ihr zu üben.

Dann erfuhr Sophie, dass ihre Mutter wieder schwanger war. Sie musste ihr, je unförmiger sie wurde, immer mehr zur Hand gehen. So nahm der Alltag sie in Anspruch, und sie versuchte, Karl zu vergessen.

Im April des folgenden Jahres beendete Sophie die Schule, und sie wurde konfirmiert. Im selben Monat gebar die

Mutter zu Hause das achte Kind. Sophie half der Hebamme. Es war wieder ein Brüderchen, das den Namen Jasper erhielt. Die Geburt, die Schreie der Mutter und der Anblick des blut- und schleimverschmierten Babys beeindruckten Sophie stark. Seit diesem Erlebnis fühlte sie sich endlich erwachsen.

Nach und nach begann sie, Karls Argumente zu verstehen. Sie bereute sehr, dass sie Karl nicht noch ein versöhnliches Wort mit auf den weiten, gefährlichen Weg gegeben hatte. Jeden Abend betete sie, dass es ihm gut gehen möge.

Durch ihre häufigen Gänge zur Werkstatt nach Oberstein hatte sie inzwischen ein freundschaftliches, wenn auch nach wie vor sehr respektvolles Verhältnis zu Meister Severin, der mit seiner Halbglatze und dem blauen Kittel aussah wie ein fröhlicher Winzer vom Rhein, wo er auch tatsächlich Verwandtschaft hatte. Er und seine Frau bedauerten, dass sie selbst keine Kinder hatten. Bevor Sophie den Rückweg von seiner Werkstatt antrat, gab es traditionell ein Glas Most oder auch ein Brot mit Pflaumenmus. Im Sommer saßen sie draußen in einer von Wein berankten Laube und in der kalten Jahreszeit in einer Stube für Besucher, die sich neben der Werkstatt befand. Dabei unterhielten sie sich über Neuigkeiten. Sophie blätterte auch gern ein wenig in dem Modejournal, das die Meisterin sich mit mehreren Bürgerinnen der Stadt teilte, oder in den Zeitungen, die Meister Severin abonniert hatte, und man ließ sie gewähren. Schließlich war sie inzwischen konfirmiert und würde dieses Jahr zum ersten Mal auf der Kerb, dem Kirmesfest, mit langem Rock und Haube mittanzen dürfen. Gelegentlich begegnete ihr Anna-Klara. Sie maßen sich gegenseitig mit verächtlichen Blicken oder wechselten schon frühzeitig die Straßenseite. Sie grüßten einander nicht.

Einen Monat nach Jaspers Geburt musste Sophie einen Kelch zum Schwarzfärben bringen. »Hast du es schon gehört?«, begrüßte Meister Severin sie an diesem schönen Maitag.

»Was soll ich gehört haben?«, fragte sie ahnungslos.

»Die Unsrigen haben in Brasilien Achate entdeckt!«

»Aha.«

So sensationell fand Sophie die Nachricht nun nicht. Weshalb sollte es in Brasilien nicht auch Achate geben, wo dort doch sogar Gold und Diamanten gefunden wurden?

»Danke fürs Bringen«, sagte Meister Severin, als er ihr das schwere Paket abnahm und an einen Mitarbeiter weiterreichte. Bedächtig strich er sich über die langen Strähnen, die er über seine Halbglatze zu kämmen pflegte. »Nimm schon mal in der Laube Platz«, forderte er Sophie auf.

Seine Frau brachte gesüßten Rhabarbersaft und sagte, sie müsse gleich wieder in die Küche, weil sie mit ihrer Magd Fliederbeeren für eine knusprige Spezialität vorbereite. »Heute Mittag gibt's die Dolden in Teig ausgebacken«, verriet sie.

Zwei Stück brachte die Magd auf einem Teller mit Zuckerrübensirup als Kostprobe in die Laube. Sophie bedankte sich artig, das Wasser lief ihr im Mund zusammen. Etwas derartig Leckeres hatte sie lange nicht mehr gegessen. Sie berichtete rasch noch, dass es ihrer Familie und dem neuen Brüderchen gut gehe und auch ihr großer Bruder Willi endlich den schlimmen Husten losgeworden sei.

»Er hilft jetzt wieder dem Vater in der Schleifmühle. Er schneidet die großen Steine.«

»Das ist schön zu hören«, sagte die Meisterin freundlich. »Und du hast dich auch wieder erholt, wie ich sehe.« Sophie errötete. »Doch, doch, bist nicht mehr so mager und trägst dein Haar jetzt zu Schnecken gedreht. Fein, bist eine hübsche Jungfer geworden.« Auf einmal roch es nach angebranntem Teig. »Ach herrje! Wenn man sich nicht um alles selbst kümmert!«, rief die Meisterin und entschwand schimpfend ins Haus.

Dafür nahm ihr Mann nun bei Sophie am Laubentisch Platz, holte aus einem Briefumschlag einen mit brauner Tinte eng beschriebenen Bogen und räusperte sich.

»Sitzt du gut, Sophie?«, fragte er mit einem aufmerksamen Blick über den Rand seiner Lesebrille.

Sie lehnte sich unsicher lächelnd zurück, die Hände im Schoß verschränkt. »Ja?«

»Der Brief ist von Karl.« Sophies Herz setzte einen Schlag aus. Das Blut schoss ihr heiß in die Schläfen, in ihren Ohren pulsierte es. »Geschrieben vor viereinhalb Monaten in der deutschen Kolonie São Leopoldo in der südbrasilianischen Provinz Rio Grande do Sul.«

»Oh!« Karl lebte! Er hatte die Reise überstanden! »Was schreibt er?«, fragte Sophie aufgeregt.

»Hör gut zu, ich lese dir den Brief vor«, kündigte der Meister an.

»Lieber Meister Severin und all ihr anderen Lieben daheim!

Es gibt so vieles zu berichten, dass ich kaum weiß, wo ich anfangen soll. Verzeiht bitte, meine Schrift ist ungelenk, denn vom Bäumeroden bekommt man dicke Schwielen an den Fingern.

Ich will Euch nichts verschweigen. Wir fanden alles so vor, wie wir es gehört hatten, das Gute ebenso wie das Schlechte. Am Ende sind es aber doch mehr gute Nachrichten, die ich vermelden kann, auf die beste komme ich zum Schluss. Zunächst einmal:

Unsere Familie ist heil angekommen. Dieses Glück war nicht allen Auswanderern vergönnt. Während der sechzig Tage dauernden Überfahrt von Antwerpen bis nach Rio de Janeiro sind achtundvierzig von dreihundert Passagieren gestorben. Darüber möchte ich nicht mehr sagen, denn für manches fehlen einem die Worte. Nur als Rat an all jene, die sich auch mit dem Gedanken tragen, nach Brasilien zu gehen: Nehmt ausreichend Proviant mit! Es stimmt nämlich nicht, dass die Verpflegung in der Passage inbegriffen ist. Einige Leute sind schlicht und einfach verhungert, andere dagegen an Ruhr oder einem Fieber verschieden. Es gab jedoch auch schöne Augenblicke, in denen wir alle zusammen Volkslieder sangen oder von der Heimat erzählten. Während der Überfahrt habe ich gelernt, die Mundharmonika zu spielen, die Ihr, lieber Meister, mir zum Abschied geschenkt habt.«
Meister Severin sah kurz auf. »Na, dann war es ja wohl das richtige Geschenk!«, sagte er zufrieden und fuhr mit dem Lesen fort. »*Wir blieben ein paar Tage in Rio de Janeiro bei sehr großer Schwüle im Hafen. Das Wasser hat eine wunderbare Farbe, Flora und Fauna sind sehr exotisch. Es riecht intensiver und ist bunter als bei uns, aber auch dreckig und lärmig. Nie zuvor habe ich so viele Menschenrassen und Hautfarben gesehen. Die Neger hat man aus Afrika geholt, weil sie gut die körperliche Arbeit verrichten können. Sie werden, wie ich inzwischen weiß, oft in Viehställen untergebracht und auch nicht viel besser als Vieh behandelt. Allerdings gibt es selbst unter ihnen noch Rangordnungen. So dünken sich Haussklaven besser als Feldsklaven. Aber jetzt schweife ich doch ein wenig ab.*

Die Indios, sagte uns ein brasilianischer Offizier, würden nicht viel vertragen und stürben wie die Fliegen, wenn sie die Arbeit für Weiße tun sollten. Wer Vermögen hat und einigermaßen vornehm ist, scheut jede körperliche Arbeit, abgesehen von der Jagd. Selbst sie ist ungleich anstrengender bei der Hitze und der hohen Luftfeuchtigkeit. Es gilt als unfein, zu Fuß zu gehen. Vielleicht sind die meisten Frauen hier deshalb so aus der Form geraten, schon in jungen Jahren.«

Sophie, die fast atemlos lauschte, verschluckte sich und musste husten. Sie dachte an ihr Gespräch mit Karl damals.

Meister Severin schmunzelte. Sophie trank einen Schluck Rhabarbersaft. Dann fuhr er fort.

»Von uns Kolonisten jedoch wird nun genau das Gegenteil des landesüblichen Verhaltens erwartet. Die Regierung verspricht sich von ihren Geschenken an die deutschen Familien, dass wir alle ordentlich anpacken und unermüdlich mit vereinten Kräften Landwirtschaft und Zivilisation in den Urwald bringen, und das tun auch die meisten. Aber zurück zur Ankunft hier. Von Rio aus, wo wir einige Kranke zurücklassen mussten, wurden wir mit kleineren Schiffen weitergebracht in den Süden des Landes nach Porto Alegre, das bedeutet ›Fröhlicher Hafen‹ und ist die Hauptstadt der Provinz Rio Grande do Sul. Das dauerte noch einmal drei Wochen. Wären wir nicht so erschöpft gewesen, hätte man es als ein ergötzliches Segelabenteuer betrachten können, denn die pflanzenreichen Küsten mit den breiten sandigen

Stränden und die zwischen Blau, Türkis, Hell- und Dunkelgrün wechselnden Farben des Meeres, die wir dabei sahen, sprengten mit ihrer Schönheit unser Vorstellungsvermögen.

Porto Alegre liegt ungefähr siebzig Kilometer landeinwärts, einige Flüsse münden von hier in den Rio Guaíba und weiter in eine riesige Brackwasserlagune mit vielen Sandbänken. Die Stadt ist schon fünfzig Jahre alt und bietet alles, was man zum Leben braucht (abgesehen von gutem deutschem Brot). Sie begrüßt den Ankömmling mit Palmen, Hügelketten und Straßenzügen, die von gelben und weißen Häusern gesäumt werden. Darunter sind Geschäfte, Verwaltungsgebäude und katholische Kirchen, meist im portugiesischen Baustil gehalten. Auch Advocati haben hier ihre Amtsstuben. Sogar ein Caféhaus und einen Juwelierladen habe ich gesehen! In Porto Alegre stiegen wir abermals in kleinere Schiffe um, die uns über den breiten Rio dos Sinos, das bedeutet Glockenfluss, weiter durch den Urwald in das abgeschiedene Tal von São Leopoldo brachten.

In diesem kleinen Ort steht ein Gebäude, das früher einmal eine staatliche Hanfseilfabrik war, in der Taue für die Seefahrt hergestellt wurden. Die ersten deutschen Einwanderer, die Kaiserin Leopoldines und Kaiser Dom Pedros verlockenden Angeboten gefolgt sind, kamen hier vor knapp vier Jahren an. Viele hausten zunächst in der alten Fabrik, die sie Feitoria Velha nennen. Jetzt sind darin noch ein paar schwarze Arbeitssklaven untergebracht. Es gab einmal ein noch älteres Staatsgut, das aber nicht mehr intakt ist, die Estância Velha.

Die meisten Deutschen haben ihr versprochenes

Land erhalten, einen Teil bereits urbar gemacht und eine Hütte oder ein kleines Fachwerkhäuschen daraufgebaut. Den Kolonien von São Leopoldo fehlt ein Ortskern. Es ist nämlich so, dass ein amtlicher Vermesser stets eine Schneise in den Urwald schlagen lässt, sechs Meter und sechzig Zentimeter breit. Sie endet dann irgendwo in der Wildnis mit einem runden Platz zum Wenden. Und rechts und links von einer solchen Schneise teilt er jeder Siedlerfamilie ihr Grundstück zu, 77 Hektar groß, rechteckig geschnitten in der Form eines riesigen Handtuchs. Mittlerweile existieren drei Schneisen, die Baumschneise, Portugieserschneise und die Sommerschneise, die alle zu São Leopoldo gehören. Einige Leute nennen sie auch Pikaden, aber das ist dasselbe.«

Sophie atmete tief durch. »Ganz schön mutig, oder?«, sagte sie beeindruckt. »Das klingt fast wie das Ende der Welt.«

Meister Severin nickte. »Umso glücklicher ist man wohl, wenn man seinesgleichen begegnet«, bemerkte er nachdenklich, bevor er weiterlas.

»Mit großem Jubel wurden wir am Anleger begrüßt. Einige Leute aus Idar-Oberstein erkannte ich gleich wieder! Darunter die Oberhäupter dreier Schleiferfamilien aus Idar, die schon zwei Jahre vor uns ausgewandert sind: Karl Veeck, Jacob Purper und Friedrich Bohrer. Meister, Ihr erinnert Euch gewiss, Karl Veeck unterhielt einen Achathandel. Die Männer sind jetzt sonnenverbrannt und wirken zäher als früher. Sie alle freuten sich über die Abwechslung und den Zuwachs der Gemeinde, denn sie schuften sonst in ziemlicher

Einöde Tag für Tag und sehen immer dieselben Gesichter. Das mit den drei Ernten im Jahr stimmt übrigens.

Der Arzt Dr. Johann Daniel Hillebrand, ein Zweimeterkerl und wahrer Menschenfreund, gebürtig aus Hamburg, der die unangefochtene Autorität als Anführer der deutschen Kolonisten genießt, machte sich gleich nach den medizinischen Untersuchungen daran, eine Liste mit den Namen der Neuankömmlinge zu erstellen. Da wir die Letzten waren, die in dem Jahr ankamen, weiß er nun, dass im Jahre 1827 genau eintausendundachtundachtzig Deutsche nach São Leopoldo eingewandert sind. Ungefähr zweitausend Landsleute kamen in den drei Jahren davor. Eigentlich braucht man die Landessprache Portugiesisch überhaupt nicht zu erlernen, weil jeder hier Deutsch spricht beziehungsweise Hunsrückisch babbelt. Natürlich nicht die Indios, die am Fluss und im Urwald leben, der an die Plantagen angrenzt. Aber die sind sowieso scheu wie die wilden Tiere.«

Der Mund des Meisters war trocken geworden. Er unterbrach sich kurz, um einen großen Schluck Saft zu trinken.

»Beim Fest zu unserer Begrüßung spielte eine Kapelle unter der Leitung von David Crusius, den ihr vielleicht noch als Musiklehrer aus Idar kennt. Er harmoniert auf das Schönste mit einer Tochter von Karl Veeck. Als ich mit Gesang und Mundharmonika einfiel, waren sie sehr erfreut und fragten mich, ob ich nicht ab und zu mitmachen wollte, wenn sie einmal irgendwo wieder bei einem Fest zum Tanze aufspielen sollten. Natürlich habe ich sofort Ja gesagt. Da

wusste ich noch nicht, dass unser Grundstück dreißig Kilometer von São Leopoldo entfernt mitten im Urwald liegt und dass es zur Regenzeit keinen passierbaren Weg gibt. Aber diesen Teil überspringe ich jetzt, um Euch endlich die gute Nachricht mitzuteilen.

Eines Tages hörte ich, dass die Musikkapelle von einem wohlhabenden Gutsbesitzer namens José Leao gegen Bezahlung zu einem großen Fest angefordert worden war, welches er alljährlich auf seinem Gut zu veranstalten pflegt. Ich stieß also in São Leopoldo auf die anderen, und wir reisten gemeinsam zu Pferd und per Schiff zu dem Gut, das sich auf der rechten Seite eines Flusses, des Rio Jacuí, befindet. Da wir zeitig ankamen, vertrieb ich mir mit ein paar Jungen am Fluss die Zeit. Mitgekommen war unter anderem auch ein Sohn von Karl Veeck, der schon in Idar bei Crusius Musikunterricht genommen hatte – damals sicherlich nur für den Salon. Aber so kann es kommen. Man weiß nie, wozu etwas Erlerntes einmal gut sein wird. Jetzt bessert er die Familienkasse mit dem Musizieren auf. (Das ist sicherlich angenehmer, als im Wald Holzkohle herzustellen und zu verkaufen. Auf diese Weise verdienen sich viele Knaben ein wenig Kupfergeld, andere Möglichkeiten gibt es nicht.)

Am Ufer des Jacuí-Flusses lag allerlei abgelagertes Geröll. Wir stromerten herum, die Jungen schauten unter den Steinen nach Getier, und plötzlich fiel uns etwas auf: Es lagen dort jede Menge hellgelber Brocken, die aussahen wie Achat! Bei näherer Betrachtung war ich mir sicher, dass wir Achat entdeckt hatten. Durch Wind und Wetter korrodierte Achatmandeln ließen im Innern eine schöne streifige, manchmal gebänderte Zeichnung erkennen. Der junge Veeck brachte seinem Vater einige Steine mit, kopf- und faustgroße Achatknollen, die jener dann aufsägte, und auch er sowie die Kenner Purper und Bohrer bestätigten mein Urteil.

Es gibt in Brasilien Achat! Jede Menge! Er ist zwar farblich nicht so interessant wie der heimische Achat aus dem Steinkaulenberg, nämlich eher gräulich als rötlich, doch er zeichnet sich durch besonders regelmäßige Schichten aus. Man könnte daraus besonders gut Gemmen und Cameen schneiden. Dass diese kostbaren Steine in unserer neuen Heimat nur so herumliegen, ist doch ein Wink des Schicksals! Wenn man erst einmal den Blick dafür geschärft hat, sieht man auch, dass die Portugiesen Achate, ohne deren Wert zu kennen, schon seit Längerem als Pflasterbeläge für ihre Höfe und für Begrenzungsmauern nutzen.«

»Ist das die Möglichkeit!«, entfuhr es Sophie. Sie stellte sich eine derart kostbare Mauer bildlich vor. Meister Severin unterdrückte ein Lächeln.

»Nicht nur setze ich nunmehr große Hoffnung in den Bau einer Schleifmühle, die Veeck an einem Bache in der deutschen Kolonie plant und für die er, wie er mir sagte, tüchtige Fachleute braucht. Etwas anderes beschäftigt mich noch viel mehr. Ihr wisst ja, lieber Meister Severin, wo Achat liegt, da sind auch andere Quarzarten wie Citrine, Jaspis, Amethyste und Rauchquarze nicht fern. Danach werde ich suchen, sobald ich mir etwas Startkapital für solche Unternehmungen erarbeitet habe! Vorerst fühle ich mich gegenüber meiner Familie in der Pflicht, beim Roden des Grundstücks sowie beim Aussäen und den ers-

ten Ernten zu helfen. Doch habe ich mit meinem Vater eine Absprache, dass ich hernach meinen eigenen Weg gehen kann. Ich spüre, dass die Edelsteine dieses Landes nur auf mich warten. Ich bin einfach nicht zum Bauern geboren!

Nun habe ich doch eine Menge berichtet. Über drei Abende habe ich an diesem Brief gesessen und ein ganzes Fässchen Tinte aufgebraucht. Ich hoffe von Herzen, dass Ihr, die Frau Meisterin, all Eure Lieben und Mitarbeiter wohlauf seid und schicke mit meinen auch die herzlichsten Grüße meiner Familie.

Euer treu ergebener Karl«

Meister Severin hört auf zu lesen, er hatte wieder einen trockenen Mund und schenkte sich vom Saft nach. Sophie saß regungslos mit den gefalteten Händen im Schoß da. Sie versuchte, alle Schilderungen und Eindrücke in sich aufzunehmen, spürte jetzt aber eine heftige Enttäuschung in sich aufwallen. Dass Karl sie nicht mit einem einzigen Wort bedacht hatte!

Ach, weshalb hätte er das in einem Brief an seinen früheren Vorgesetzten denn tun sollen?, fragte sie sich im nächsten Moment und überlegte dann doch, dass Meister Severin beinahe wie ein Vater für Karl gewesen war. Karl konnte sich denken, dass sie, Sophie, immer noch regelmäßig Arbeiten in die Werkstatt brachte und hier von allen Neuigkeiten hörte. Da hätte er ruhig … Aber, schimpfte sie wiederum mit sich selbst, sie war doch sehr abweisend gegen ihn gewesen und einfach weggelaufen und brauchte sich nicht zu wundern, wenn er sie längst vergessen hatte in dem aufregenden fernen Land, in dem er nun bald auf Edelsteinsuche gehen würde.

Die Enttäuschung blieb trotzdem. Sie krallte sich richtig

fest und schmerzte Sophie mehr als eine zu eng gebundene Halskrause, denn sie schnürte nicht nur ihre Kehle ab, sondern schnitt tief ins Herz. Stockend holte sie Luft. In diesem Moment las Meister Severin weiter.

»PS. Bitte grüßt Sophie von mir!« Meister Severin registrierte wohl den Ruck, der das junge Mädchen durchfuhr. »Mit einem Ausrufezeichen hat er das geschrieben, Sophie«, fügte er gutmütig lächelnd hinzu.

»Oh!«, sagte sie aufgewühlt. Am liebsten hätte sie einfach geweint. Aber sie beherrschte sich. »Bitte grüßt Karl von mir zurück, wenn Ihr ihm schreibt.«

Auf dem Heimweg fühlte Sophie sich einerseits beschwingt, andererseits überkam sie ein bittersüßer Schmerz. Sie vermisste Karl. Als sie wusste, dass kein Mensch sie beobachten konnte, ließ Sophie ihren Tränen freien Lauf, und zugleich lächelte sie vor sich hin.

Karl hatte sie nicht vergessen!

Sophie konnte nicht aufhören, an Karl zu denken. Manchmal dachte sie öfter an ihn, manchmal seltener. Aber irgendwie begleitete er sie immer. Alles Mögliche erinnerte sie an ihn, und wenn es etwas Interessantes gab, das sie nicht mit Karl in Verbindung bringen konnte, dann wünschte sie sich, mit ihm darüber zu reden. Ihre Freundinnen ermunterten sie, sich doch wie sie auch einmal zu verlieben oder wenigstens ein bisschen mit den Dorfjungen zu kokettieren, doch Sophie verspürte keine Lust dazu. Natürlich, wenn einer freundlich zu ihr war, dann war sie es auch. Mehr kam ihr allerdings nicht in den Sinn. Auf der Kerb trank sie zum ersten Mal etwas Wein und tanzte anschließend ausgelassen. Als es schon spät war, versuchte ein Jüngling namens Lothar, sie hinter den Linden zu küssen. Zuerst wehrte Sophie ab. Dann fuhr ihr durch den Kopf, dass sie ja auch nicht immer allein bleiben wollte, nur weil Karl nicht mehr in ihrer Nähe sein konnte ... Sie ließ Lothar gewähren. Aber als sie seine nasskalten Lippen auf ihrem Mund spürte und seinen alkoholisierten Atem roch, ekelte es sie, und sie stieß ihn zurück. Lothar war natürlich gekränkt. Sophie lief eilig davon.

Dann plötzlich blieb sie stehen. Was war das dort hinter dem Gebüsch? Jemand stöhnte und keuchte. Vorsichtig ging Sophie näher. Ein Paar lag im Gras, der Rock der Frau war hochgeschoben. Brauchte sie Hilfe? Sophie wollte gerade fragen, ob sie etwas tun konnte, als ihr auf einmal bewusst wurde, dass hier etwas vor sich ging, was nur im Schlafzimmer von Eheleuten stattfinden sollte. Ihre Freundinnen redeten oft über das Unglaubliche, das Erwachsenen miteinander trieben, wenn sie allein waren. Die Frau kicherte jetzt, der Mann schien sehr betrunken. Er stieß ordinäre Worte aus. Angewidert lief Sophie weiter. Wie die Tiere hatten sie sich im Dreck gebalgt. Was sollte daran schön sein?

So verging Monat um Monat. Karl befand sich nun schon fast zwei Jahre lang in Brasilien. Das Schlimmste war, dass der Vater immer kränker wurde. An manchen Tagen konnte er gar nicht in die Schleifmühle gehen. Zum Glück waren inzwischen neben Willi auch zwei ihrer jüngeren Brüder so weit, dass sie in der Werkstatt helfen konnten. Willi übernahm nun die schwierigeren Schleifarbeiten. Aber sie erreichten nicht die Qualität, die Meister Severin vom Vater gewohnt war.

Die Not wurde dadurch noch größer. Sie verhungerten zwar nicht, doch an manchen Tagen gingen sie mit knurrenden Mägen ins Bett. Sophie half ihrer Mutter, den Vater zu pflegen, den Haushalt und den Garten zu versorgen und die kleineren Geschwister morgens für die Schule fertig zu machen. Da blieb kaum mal Zeit für ein Vergnügen außer Haus.

Es gab eigentlich nur zwei Dinge, die Sophie in dieser schwierigen Zeit wirklich Freude bereiteten. Das eine waren die Briefe von Karl, die Meister Severin ihr immer vorlas und in denen stets mindestens ein Satz nur für sie bestimmt war. Einmal schrieb Karl: *Grüßt die Sophie. Ein Mädchen wie sie gibt es in ganz Südamerika nicht.* Das andere, das ihr Abwechslung bescherte und sie zum Lachen brachte, waren die Späße von Onkel Hannes.

Mittlerweile hatte Sophie es zu einiger Fertigkeit im Puppenspielen mit aus Lehm und Stoffresten gebastelten Figuren gebracht. Auch Bauchreden konnte sie schon so gut, dass zumindest ihre kleineren Geschwister glaubten, die Handpuppen würden zu ihnen sprechen und nicht Sophie.

Eines Tages, kurz vor dem sechsten Geburtstag ihrer Schwester Elisabeth, durchstreifte Sophie die Wiesen am Idarbach und übte heimlich ein kleines Stück ein, das sie für die Kleine aufführen wollte. Sie wollte sich mit einem Kasper unterhalten, der sollte laute lustige Sachen sagen. Sophie setzte sich auf einen schattigen Felsbrocken und sprach in das Plätschern des Baches hinein mit wechselnden Stimmen. Einmal in höherer Stimmlage und mit starkem Dialekt, dem Hunsrücker Platt, und einmal ganz normal. Sie öffnete den Mund nur ein wenig, wobei sie die Schneidezähne auf der Unterlippe ruhen ließ, wie Onkel Hannes es ihr beigebracht hatte. Es kitzelte etwas an den Lippen beim Sprechen. Wenn sie einen guten Satz gefunden hatte, schrieb Sophie ihn auf. Sie musste selbst über die Witze lachen.

»Was amüsiert dich denn so?«, hörte sie plötzlich eine weibliche Stimme hinter sich.

Erschrocken fuhr Sophie herum. Im Schatten einer großen Eiche baute ein junges Mädchen eine Staffelei auf. Ein großer Strohhut schützte das Gesicht vor der Sonne, deshalb sah Sophie zunächst nur einen lachenden Mund. Sie stand auf und ging näher heran.

Jetzt erkannte sie die junge Malerin. »Du bist doch die Christine!«, rief sie aus, »Christine Schneider!«

»Und du bist das Mädchen, das vor Meister Severins Werkstatt angefahren wurde!«

»Ja, ich bin Sophie. Willst du die Landschaft malen?« Neugierig sah Sophie auf einen Zeichenblock, den Christine auf ihre Staffelei stellte.

»Eigentlich hatte ich das vor«, antwortete Christine. »Aber viel lieber würde ich dich malen. Darf ich?«

»Warum nicht?«, Sophie zuckte mit den Schultern. »Was muss ich denn dazu tun?«

»Ach, bitte setz dich einfach hier vorn ins Gras und beweg dich möglichst nicht.«

Während Christine konzentriert malte, sprachen sie kaum. Doch nach einer Weile legte die junge Malerin eine Pause ein und zauberte aus einem Picknickkorb allerlei Köstlichkeiten hervor, von denen sie auch Sophie anbot. So kamen sie ins Gespräch. Sie verstanden sich auf Anhieb gut.

»Führst du häufiger Selbstgespräche?«, fragte Christine schelmisch.

»Ich übe Bauchreden mit der Puppe«, erwiderte Sophie nicht ohne Stolz. »Es soll eine Geburtstagsüberraschung für meine Schwester werden.«

»Oh«, sagte Christine, »das würde ich auch gern können. Ist es schwer?«

Sophie schüttelte den Kopf. »Es kommt eigentlich nur darauf an, alle Wörter zu vermeiden, bei deren Aussprache man die Lippen bewegen muss. Also keine B, M, P,

W oder F.« Unwillkürlich sprachen sie beide diese Buchstaben nach. »Dafür muss man andere Wörter finden und mit den Bewegungen der Puppe für Ablenkung sorgen«, verriet Sophie dann noch.

Christine lachte. »Das werde ich mal zu Hause im stillen Kämmerlein üben!«

Sophie zeigte auf die Staffelei. »Darf ich jetzt gucken?«, fragte sie gespannt.

»Nein, erst zum Schluss. Ich bin noch nicht fertig mit dem Bild.«

»Ich muss aber bald nach Hause«, sagte Sophie. »Meine Mutter erwartet mich, ich muss helfen, den Vater für die Nacht bereit zu machen.«

»Ist er krank?«

Sophie nickte nur.

»Das ist traurig.«

»Ja!« Sophie seufzte.

»Können wir uns nicht wieder treffen?«, bat Christine.

»Gern«, antwortete Sophie. Sie war etwas erstaunt, dass sich eine Tochter aus gutem Hause mit ihr treffen wollte. Und dass Christine sich ganz allein ohne Begleitung in die Natur begeben durfte. »In Brasilien müsstest du dich immer von Negersklaven in einer Sänfte tragen lassen«, sagte Sophie nachdenklich. »Vornehme Damen laufen dort nicht einfach frei herum.«

Christine lachte. Sie beichtete, dass eigentlich ihr zwei Jahre jüngerer Bruder Lorenz auf sie hätte aufpassen sollen. »Aber er streunt zu gern im Wald herum und sammelt Käfer. So habe ich ihn fortgeschickt, damit ich in Ruhe meine Malstudien treiben kann.« Sie schaute nach dem Sonnenstand. »Lorenz wird sicher bald zurück sein, um mich abzuholen.«

Wenig später kam auch schon ein schmaler Jüngling

mit braunen Haaren aus dem Wald und lief auf sie zu. Sophie fand ihn gleich sympathisch. Lorenz begrüßte sie ganz natürlich, aber sehr höflich, so als wäre sie eine junge Dame aus besserem Hause. Sophie fielen seine schlanken Hände auf, die gewiss noch nie eine Schwiele entstellt hatte. Manche Menschen hatten eben ein einfacheres Leben als andere.

Elisabeth hüpfte vor Freude, als Sophie sie wenige Tage später an ihrem Geburtstag in der Küche mit der kleinen Puppenvorführung überraschte. Auch die anderen Geschwister, die Mutter und der Großvater lachten von Herzen über die harmlosen kleinen Späße. Der Vater hatte zwar keine Zeit zuzuschauen, aber dass die Familie einmal für kurze Zeit alle Sorgen vergaß, war für Sophie selbst das größte Geschenk.

Seit ihrer zufälligen Begegnung am Bach entwickelte sich zwischen Sophie und Christine eine Freundschaft, die weder von der einen noch von der anderen Familie gern gesehen wurde. Sie wurden immer wieder auf den Standesunterschied hingewiesen, doch die beiden ließen sich davon nicht abhalten.

»Ich glaube, wir sind stark genug, um darüberzustehen, nicht wahr?«, sagte Christine einmal, und Sophie pflichtete ihr bei.

Christine erzählte, ihr Vater habe als junger Mann sehr von den Idealen der Französischen Revolution geschwärmt und sie auch ihr bei der Erziehung vermittelt.

»Davon weiß ich nicht viel«, gab Sophie zu. »Mein Vater sagt, alle Ideale sind Lüge, um Menschen als Kanonenfutter zu verbrauchen. War dein Vater im Krieg?«

Christine schüttelte den Kopf. »Er hat sich freigekauft. Das haben damals ja viele gemacht.«

»Glaubt er noch an die Ideale?«

»Na ja«, Christine grinste, »sagen wir mal so, er ist Geschäftsmann, und ab und zu hat er seine republikanischen Momente.«

»Kannst du mir das so erklären, dass ich es verstehe?«

»Das Wichtigste ist: Vor dem Gesetz sind alle gleich«, erklärte Christine, »und außerdem verlangt man Freiheit, Gleichheit, Brüderlichkeit für alle Menschen, ganz gleich, welcher Herkunft sie sind!«

»Das klingt gut. Das gefällt mir!« Sophie lächelte schelmisch. »Aus der Brüderlichkeit machen wir dann eben Schwesterlichkeit.«

Sosehr nun Sophie und Christine diese Ideale auch schätzten und zu ihren eigenen erklärten – ihnen war doch klar, dass zwischen der reinen Lehre und dem wahren Leben erhebliche Differenzen bestanden. Deshalb mieden sie es, sich bei gesellschaftlichen Ereignissen zu treffen, die ihre sozialen Unterschiede hervorgehoben hätten. Lieber verabredeten sie sich in der Natur und unternahmen gemeinsame Spaziergänge. Meist brachte der Kutscher ihres Vaters Christine und ihren Bruder ein Stück, und Lorenz musste dann den Aufpasser geben. Der Kutscher wartete oder holte sie zu einer verabredeten Zeit wieder ab.

Lorenz, ein ruhiger, in sich gekehrter junger Mann, profitierte von diesem Arrangement, weil seine Schwester ihm Auslauf in den Wald gewährte, damit sie ungestört mit ihrer Freundin plaudern konnte. Sophie lernte eine Menge von Christine wie auch sie von ihr. Vor allem Sophies Brasilienkenntnisse beeindruckten Christine tief. Und Sophie freute sich, dass sie endlich ihre Gedanken und Gefühle über die Neuigkeiten in Karls Briefen mit jemandem teilen konnte. Meister Severin gegenüber hielt sie sich sehr zurück, wie es sich eben für ein sittsames junges Mädchen gehörte.

Ungefähr alle drei Monate schickte Karl Post. Nachdem Meister Severin den Brief vorgelesen hatte, pflegte er noch eine Weile darüber zu sinnieren, wie ungerecht doch alles verteilt war im Leben. »Da drüben haben sie Achate in rauen Mengen und können sie nicht schleifen!«, schimpfte er. »Und hier verfügen wir über die besten Werkstätten und Fachleute, aber haben nicht ausreichend Material!« Wie Karl berichtete, machte das Handwerk in Rio Grande do Sul zwar Fortschritte, allerdings nicht ohne Rückschläge.

»Die Schleifmühle in São Leopoldo ist von der Flut zerstört worden!«, musste Sophie Christine eines Tages betrübt berichten. »Der Bach, an dem sie gebaut wurde, ist über die Ufer getreten. Er hat sich in einen wilden Strom verwandelt, alles überflutet und die Mühle mitgerissen. Das wirft Karls Zukunftspläne um einiges zurück.«

»Ich erinnere mich noch gut an den feschen Gesellen von Meister Severin«, versuchte Christine ihre Freundin zu trösten. »Ich bin mir sicher, er wird seinen Weg machen, auch wenn es etwas länger dauert.« Längst wusste sie, dass Sophie immer noch verliebt war in Karl. Christine las französische Liebesromane und ermutigte Sophie indirekt, die Hoffnung nicht aufzugeben. »Wenn zwei Menschen füreinander bestimmt sind, wird das Schicksal sie auch zusammenführen. Ganz egal, wie weit voneinander entfernt sie leben.«

»Glaubst du das wirklich?«, fragte Sophie auf angenehme Art beunruhigt.

Ihr war, als hätte jemand in einem stickigen Haus ein Fenster geöffnet. Sie konnte die frische Luft schon wahrnehmen, doch sie traute sich noch nicht, sie tief einzuatmen.

Christine nickte nachdrücklich.

Sophie hätte sich nie erlaubt, so zu denken. Sie gehörte zum einfachen Volk, und da musste man vernünftig und praktisch sein, manchmal sogar berechnend, um zu überleben. Aber insgeheim klammerte sie sich doch an Christines Worte. Sie waren wie ein Saatkorn, aus dem die schönsten Hoffnungen emporrankten. Wenn Sophie nun nachts, während alle anderen im Haus schliefen, wach lag und dem Lauf der funkelnden Sterne am Himmelszelt folgte, träumte sie von einem Wiedersehen mit Karl.

Christine malte Sophie nun immer wieder. Meist wählte sie ein Motiv, auf dem sie inmitten der Landschaft nur von hinten zu sehen war, das verlieh dem Bild etwa Romantisches. Aber eigentlich bevorzugte Christine solche Kompositionen nur, weil sie noch nicht so gut porträtieren konnte. Ihr fehlte die Technik, das Wissen. Sie übte es mit Rötel- oder Pastellkreide, doch die Skizzen vernichtete sie meist. Für ihre Landschaftsaquarelle dagegen erhielt sie viel Lob, die verschenkte sie auch gern im Freundes- und Verwandtenkreis. Und sie steckte Sophie ab und an etwas Geld zu.

»Richtige Maler müssen ihren Modellen ja auch Honorar bezahlen«, sagte Christine als Begründung. »Ach, was gäbe ich darum«, seufzte sie oft, »bei einem Meister lernen zu können so wie die Kunststudenten an einer Hochschule.« Aber das war weiblichen Talenten ja untersagt, sie durften nur ein wenig zum eigenen Vergnügen malen.

Von ihrem Honorar konnte Sophie Medizin sowie kräftigende Nahrungsmittel für ihren Vater kaufen. Deshalb duldeten die Eltern inzwischen Sophies Kontakt zu der Bürgerstochter Christine, auch wenn sie nie darüber sprachen. Der Vater erholte sich. Kaum ging es ihm etwas besser, ließ er sich nicht davon abbringen, wieder an die Arbeit zu gehen. Dadurch kam es immer öfter zu Missmut und Streit zwischen ihm und Willi, der sich mittlerweile schon als Herr der Schleifmühle gefühlt hatte und nun wieder des Vaters Anweisungen folgen musste. Eines Tages starb dann auch noch der Großvater. Er hatte gelegentlich ein ausgleichendes Wort gesprochen.

Die Stimmung daheim war nicht so, dass Sophie sich gern dort aufhielt. Eine Zuflucht wurden für sie die Romane, die Christine ihr auslieh und die sie heimlich las. Sie spielten in einer anderen Welt, in der ritterliche Helden anmutige junge Frauen entführten und die Liebe immer siegte.

Sophie versuchte auch, Willi zu trösten. »Das Schleifen hat dir doch nie besondere Befriedigung verschafft«, erinnerte sie ihren großen Bruder. »Ich weiß, dass du aber ein Talent hast, die großen Steine so zu zerteilen, dass man das Beste aus ihnen herausholen kann. Sei doch froh, dass du das jetzt wieder machen kannst!«

Willi, der anders als seine Schwester einen kräftigen Körperbau und graue Augen hatte, legte mit düsterer Miene seine Pranke auf Sophies Schulter. »Lass gut sein, Schwesterherz. Ich weiß, du meinst es gut. Aber da redet der Alte mir ja auch rein! Ich muss es wohl noch eine Weile mit ihm aushalten.«

Je launischer und ungerechter ihr Vater sich aufführte, desto mehr hielten Willi und Sophie zusammen. Sie waren dann »die Unartigen«, während die jüngeren Geschwister noch allesamt brav auf der Seite des Familienoberhauptes blieben. Die Mutter stimmte entweder ihrem Ehemann zu oder verhielt sich neutral. Wenn sie allein mit Sophie war, zeigte sie Verständnis für ihre Großen. Doch sie betonte immer, dass dieser furchtbare Russlandfeldzug schuld an allem sei. Ihr Vater habe Schreckliches durchmachen müssen, was ja an der Fußkrankheit, die er sich durch den Frost zugezogen hatte, zu sehen sei, aber er habe eben auch seelischen Schaden genommen. Nur deshalb sei er manchmal so grob und ungerecht.

Einige Wochen bevor Christine siebzehn Jahre alt wurde, wünschte sie sich von Sophie, dass sie auch zu ihrer Geburtstagsfeier kommen möge.

»Meine Eltern geben ein Fest mit Musik, wir räumen den Salon, um einen kleinen Ballsaal zu haben. Es wird bestimmt himmlisch!«

Sophie äußerte Bedenken. »Aber Christine, ich weiß doch gar nicht, wie man sich in Bürgerkreisen bei Tisch benimmt. Und die vornehmen Tänze beherrsche ich auch nicht. Außerdem fehlt es mir an passender Garderobe!«

Doch Christine hatte sich längst für jedes Problem eine Lösung überlegt. Sie übte mit Sophie Konversation und Tischmanieren. In einem Picknickkorb brachte sie zu einem ihrer nächsten Treffen ein vollständiges Gedeck mit.

»Aber wahrscheinlich reicht der Platz gar nicht, um alle Gäste an einer langen weißen Tafel zu bewirten, wenn wir den Salon zum Ballsaal umfunktionieren«, beruhigte sie Sophie, die angesichts der unterschiedlichen Besteckteile und Gläser und ihrer jeweiligen Bestimmung ganz konfus wurde. »Meine Mutter meint, ein Büfett sei die beste Lösung. Dabei geht es recht leger zu. Sorg dich nicht! Und wenn du nicht weiterweißt, lächle und schau einfach, wie es die anderen machen.«

Christine lehrte sie auch die Tänze. Sie und ihr Bruder sangen den Rhythmus vor, und Lorenz musste auf dem gepflasterten Platz bei einer alten Ruine im Wald den Tänzer geben – was ihm offenbar ebenso viel Spaß bereitete wie Käfer im Wald zu sammeln. Einige Pickel verunzierten sein Gesicht, doch er hatte gerade wieder einen Wachstumsschub gemacht und überragte Sophie, was ihr gefiel. Und er konnte wirklich gut Polka und Walzer tanzen.

Zu guter Letzt schenkte Christine Sophie ein Ballkleid, das ihr selbst zu eng war. Sie trafen sich zur Anprobe in einer stillgelegten Schleifmühle.

»Dieser Fliederton steht mir auch längst nicht so gut, wie ich dachte, als ich den Stoff ausgesucht habe«, versicherte Christine. Sie merkte wohl, dass Sophie zögerte und lächelte ihr ermutigend zu. »Du kannst es wirklich ruhig annehmen. Ich würde das Kleid ohnehin nicht mehr tragen.« Es war aus Seidentaft, knöchelfrei, mit einem weiten Rock. Zwei gefältelte Stofflagen überkreuzten sich von den Schultern über die Brust bis zur engen Taille, ausladende Keulenärmel setzten weit an der äußersten Schulterpartie an und ließen die Mitte noch schmaler erscheinen. »Es sitzt sogar noch ein wenig zu locker«, befand Christine. »Nimm den Schal hier und binde ihn als Schärpe um die Taille!« Sie reichte der Freundin ein schmales weißes Seidentuch, das mit pastellfarbenen Blüten bestickt war. Dann zupfte sie ein wenig am Dekolleté, bis es den Brustansatz und Sophies schöne weiße glatte Haut zeigte – reizvoll, doch noch sittsam genug für ein unverheiratetes Mädchen.

»Meinst du wirklich?« Sophie war hin- und hergerissen zwischen Freude und Zweifel.

»Aber sicher. Mon dieu! Du siehst bezaubernd aus, glaub mir!« Christine hüpfte im Kreis um Sophie herum und klatschte vor Begeisterung in die Hände. »Dein Schwanenhals kommt jetzt erst richtig zur Geltung! So muss ich dich unbedingt einmal malen.« In der Luft zeichnete sie mit beiden Händen die Formen der Freundin nach. »Bis hinunter zum schlanken Fuß! Dazu brauchst du noch passende Schuhe. Die bringe ich beim nächsten Mal mit.«

»Und du bist sicher, dass deine Eltern nichts dagegen haben?«, fragte Sophie mit einem mulmigen Gefühl im Bauch. Sie blickte ehrfürchtig an sich hinab.

»Natürlich nicht!«, beteuerte Christine im Brustton der Überzeugung. »Es wäre nur gut, wenn du nach dem Fest von jemandem abgeholt werden könntest. Meine Eltern würden dich nicht allein in die Nacht hinauslassen.«

Sophie überlegte. »Ich werde Willi bitten. Er leiht sich manchmal Pferd und Wagen von einem Freund.«

»Wie schade, dass es hier keinen Spiegel gibt!«, plapperte Christine schon weiter. »Kannst du dich in den Fensterscheiben sehen?«

Doch die waren staubig, und so huschten sie nach draußen. Sophie wollte versuchen, sich in der Oberfläche des Baches zu spiegeln. Lorenz, der vor der Mühle auf einem Schemel hockte und an einer kleinen Holzfigur schnitzte, hörte mitten in der Bewegung auf. Sein Mund stand offen. Er starrte Sophie an.

»Heirate mich, Sophie!«, sagte er.

Sie warf den Kopf in den Nacken und lachte schallend. Der Junge konnte manchmal so witzig sein! Sie mochte ihn wirklich.

Das verschwommene Bild, das sie im Bach von sich erblickte, ähnelte eher einer Illustration aus einem der Modejournale von Meisterin Severin als ihr selbst.

»Uih!« Mehr sagte sie nicht. Aber sie hatte sich schon lange nicht mehr so gut gefühlt.

Willi erklärte sich bereit, Sophie hin und zurückzufahren. Offenbar war das Opfer, das Willi für seine Schwester brachte, nicht allzu groß. Er hatte noch zwei Gäste auf dem nach Rüben und frischer Erde riechenden Ackerwagen dabei: Grete Böhmer, eine junge Frau, auf die er ein Auge geworfen hatte, und deren Bruder Richard. Ihre Eltern betrieben Landwirtschaft und nebenbei noch eine kleine Gärtnerei. Sie hatten sich vorgenommen, einen schönen Abend in Oberstein zu verbringen.

Schon auf der Hintour waren alle vier bester Stimmung. Grete und ihr Bruder hatten viel Ähnlichkeit miteinander. Beide waren sie brünett, mittelgroß und stämmig, typisch für den Menschenschlag hier, der wohl auch manchen römischen Soldaten zu seinen Vorfahren zählen durfte. Richard, der eigentlich eher ernst war, gab eine Anekdote nach der anderen zum Besten, und aus Gretes dunkelbraunen Augen sprühte die Lebenslust. Stolz erzählte sie Sophie von den Hortensien in der elterlichen Gärtnerei, die ihr persönliches Steckenpferd waren und die in diesem Jahr besonders üppig geblüht hatten. Immer wieder neckte sie Willi, der sich das, etwas verlegen, doch nur zu gern gefallen ließ.

Kurz vor dem Ziel wurde Sophie nervös. Die feinen Satinschuhe von Christine drückten jetzt schon, weil sie vom vielen Barfußgehen kräftigere Füße hatte als die Freundin. Aber sie ließ sich nichts anmerken.

Vor Aufregung hatte sie feuchte Hände, als sie das Bürgerhaus der Schneiders zum ersten Mal betrat. Duftende Bienenwachskerzen erleuchteten die Eingangshalle und den Salon. Überall standen Rosenpotpourris in Schalen und verbreiteten ihren Wohlgeruch.

Christine sah hinreißend aus in einem altrosafarbenen Seidenkleid mit Stoffblumen am Saum. Das in der Mitte gescheitelte Haar trug sie geflochten zu einem Knoten, der hoch am Hinterkopf aufgesteckt war, gerahmt wurde ihr Gesicht von langen Korkenzieherlocken. Das Geburtstagskind löste sich aus einer Traube von Gratulanten und Bewunderern, um Sophie zu begrüßen. Sie stellte sie ihren Eltern vor und ging dann mit ihr von einer Gruppe zur nächsten. Sophie spürte ihr Herz im Halse schlagen. Sie bemühte sich, alle Verhaltensregeln zu beachten, mit denen Christine sie vertraut gemacht hatte.

»Später, wenn das Büfett eröffnet wird«, flüsterte Christine ihr zu, »setzt du dich einfach an ein Tischchen, und Lorenz als dein Tischherr bringt dir einen Teller mit Köstlichkeiten deiner Wahl.«

Als die Musik zu spielen begann, forderte Lorenz sie auf. Mit ihm, das wusste Sophie, konnte sie sich auf der Tanzfläche bewegen. Sie waren vertraut miteinander und scherzten. Lorenz machte ihr sogar Komplimente. Nach und nach verlor Sophie ihre Scheu. Schließlich tanzte sie auch mit anderen jungen Männern. Es lief alles deutlich gesitteter ab als auf der Kerb, und das gefiel ihr sehr gut.

Als endlich das Büfett eröffnet wurde, flanierte sie zunächst mit Lorenz wie alle Paare einmal daran vorbei. Die Köche, die, wie Lorenz sagte, zum Teil für diesen Abend von anderen Obersteiner Haushalten entliehen waren, erklärten ihnen, welche Leckereien zur Auswahl standen. Sophie versuchte, sich nicht anmerken zu lassen, wie überwältigend sie dieses Angebot fand. Es gab gefüllte Klöße, Wildbret, das am Rand mit geschälten und in Zucker eingelegten Zitronenscheiben bedeckt war, gekochtes Rindfleisch mit gelber Meerrettichtunke und weißen Bohnen, Forellen, Crêpes mit Holunderbeeren, Honigküchlein und Pflaumenkuchen. Überall war man verschwenderisch mit dem kostbaren Zucker umgegangen, indem man ihn in Form von Blumen durch ausgeschnittene Pappdeckel auf allerlei Speisen gestreut hatte. Ach, wenn ihre Geschwister doch nur einmal daran naschen dürften! Und dann das edle Geschirr! Es war so fein und weiß, und es hatte einen breiten Goldrand, die Terrinen zierten vergoldete Pinienzapfen, eine Sauciere hatte Henkel, die wie Vogelköpfe aussahen.

»Nun, Sophie«, fragte Lorenz, »worauf hast du Appetit?« Er sah ihren ratlosen Blick. »Möchtest du, dass ich dir einen bunten Teller zusammenstelle?«

»Ja bitte, tu das, Lorenz«, erwiderte sie dankbar und fächelte sich Luft zu. Sie war immer noch erhitzt vom Tanzen.

»Es kann einen Moment dauern«, sagte er. Höflich geleitete er sie an ein Tischchen und reichte ihr ein Glas Wein, bevor er sich wieder umwandte. »Der Andrang ist groß«, sagte er noch. »Wenn du möchtest, kannst du auch draußen noch einen Moment frische Luft schnappen.«

Erleichtert und beschwingt trat Sophie auf die Terrasse. Die frische, würzige Septemberluft tat ihr gut. Zwischen Büschen hörte sie hier und da Wispern und Kichern. Pärchen lustwandelten im Mondschein. Sophie musste wieder an Karl denken. Wo er jetzt wohl steckte? Ob er mit einer anderen Frau tanzte? Ob er eine so küsste, wie er damals sie geküsst hatte?

Sie atmete tief durch. Nach einer Weile wandte sie sich wieder der Terrassentür zu, um zurück ins Haus zu gehen. An der Tür stand eine kleine Gruppe, in der Anna-Klara den Ton angab. Sie sprach immer noch so affektiert wie schon als kleines Mädchen. Ihr hellblaues Ballkleid war übersät mit Rüschen und Borten, dazu trug sie Kämme und Zierrat im Haar und kostbaren Schmuck. Sophie musste an ihr vorbei, um in den Salon zu gelangen. Jetzt drehte Anna-Klara sich um und erkannte Sophie.

»Wie bist du denn hier hereingekommen?«, fragte sie höhnisch. »Hat dich wieder ein Pferd getreten?«

Ihr rundes Gesicht mit dem Herzchenmund verzog sich zu einem hämischen Lachen, und die anderen in ihrer Runde fielen ein.

Sophie spürte in ihrem Bauch vor Zorn eine Feuersäule emporschießen. Was bildete sich diese dumme Gans ein?

»Und du?«, erwiderte sie spitz. Scharf sog sie Luft durch ihre Nase. »Spielst du immer noch mit Puppen?« Anna-Klara hatte offenbar nicht mit einer selbstbewussten Antwort gerechnet. Fassungslos starrte sie Sophie an, die noch eine Bemerkung hinterherschickte. »Oder staffierst du dich jetzt lieber gleich selbst wie ein Püppchen aus?«

Sophie hob eine Augenbraue und schob sich elegant an Anna-Klara vorbei, die sich abrupt umdrehte.

»Ich verstehe nicht, wie Christine diese primitive Person einladen konnte«, hörte sie sie zischen. Und alle tuschelten hinter ihrem Rücken. »Ha! Ich bin ja zu gespannt auf ihre Gegeneinladung«, lästerte Anna-Klara.

Damit war Sophie der Rest des Abends verdorben, auch wenn sie sich Mühe gab, sich nichts anmerken zu lassen. Sogar der Appetit auf die herrlichen Speisen, die Lorenz brachte, war ihr vergangen. Sie kostete nur höflich. Anschließend hielt sie sich in den Nebenräumen des Salons auf und hoffte, dass die Zeit möglichst schnell verging.

Auf einmal begriff sie, es reichte nicht, wenn man sich zu benehmen verstand, man musste auch angemessene Gegeneinladungen bieten können. Darüber hatte sie vorher nie nachgedacht. Sie gehörte eben doch nicht in diese Kreise.

Willi und die beiden Böhmers standen wie verabredet pünktlich um elf Uhr mit dem Ackerfuhrwerk vor der Tür – zwischen zwei eleganten Kutschen. Obwohl es dunkel war, schämte Sophie sich. Sie spürte geradezu körperlich, wie Anna-Klara und ihresgleichen sahen, dass sie unstandesgemäß abgeholt wurde. Bedrückt bedankte Sophie sich bei ihrer Freundin Christine und deren Eltern für den schönen Abend. Christine und ihr Vater kamen mit hinaus. Anna-Klara und ihre Freundinnen und Verehrer folgten ihnen.

»Oh, welch edle Karosse!«, rief Anna-Klara, die anderen, schon reichlich alkoholisiert, giggelten oder grunzten vor Lachen.

»Ein wohlerzogenes hübsches junges Mädchen ist in unserem Hause immer willkommen«, sagte darauf Christines Vater laut. Er stand vor den Stufen zum Eingang im Laternenschein. »Man mag über die Franzosen sagen, was man will. Aber sie haben gleiches Recht für alle proklamiert, den Adel und alte Privilegien abgeschafft. Ohne sie gäbe es das Obersteiner Bürgertum von heute nicht.« Es war nicht ungefährlich, was Christines Vater da von sich gab. Schließlich hatte der Adel nach Napoleons Niederlage seine Macht zurückerlangt. Wer solche Reden schwang, riskierte Ärger. Doch offenbar hatte Herr Schneider gerade seine republikanischen Minuten. »Sophie, bitte doch deinen Bruder und seine Freunde auf ein Gläschen Wein ins Haus«, sagte er demonstrativ. »Sie sind uns herzlich willkommen.«

Anna-Klara und ihr Gefolge verstummten. Christines Vater lud dieses einfache Volk in sein Haus ein? Hochmütig gingen sie in den Ballsaal zurück.

Die noble Geste hatte sich in ganz Oberstein herumgesprochen. Als Sophie das nächste Mal eine Achatschale in Meister Severins Werkstatt brachte, sprach er sie darauf an. Ihn amüsierte die Geschichte.

»Das tut der eingebildeten Pute, dieser Anna-Klara,

ganz gut«, sagte er, und Sophie widersprach ihm nicht. »Ach übrigens … Man munkelt, dass dein Bruder sich mit der jungen Böhmer verloben möchte. Stimmt das?«

Sophie zuckte mit den Achseln. Vorstellen konnte sie es sich. Man erlebte Willi selten so aufgedreht wie in Gretes Gegenwart. Aber gesagt hatte er noch nichts. Ihn beschäftigten derzeit auch neue Sorgen. Der Nachfolger des verstorbenen Herzogs von Oldenburg, der den Titel Großherzog trug, hatte nämlich in diesem Jahr nach der Julirevolution in Frankreich verfügt, dass von nun an doch Soldaten aus seinem Fürstentum Birkenfeld rekrutiert werden mussten. In Frankreich wehrte sich das Bürgertum gegen das Wiedererstarken des Adels, und der oldenburgische Regent befürchtete, dass diese Bewegung auf sein Herrschaftsgebiet überschwappen könnte. Dagegen sollten seine Soldaten im Falle eines Falles kämpfen. Zum ersten Mal war Sophie froh darüber, dass Karl nicht mehr hier lebte. Denn mochten die Oberen auch noch so viele heldenhafte Geschichten verbreiten – von den Albträumen ihres Vaters hatte sie genug gelernt, um sicher zu wissen, dass Krieg das Schlimmste war, was den Menschen widerfahren konnte.

»Oh, beinahe hätte ich es vergessen, Sophie. Es ist neue Post aus Brasilien gekommen.« Meister Severin schenkte Sophie frischen Most ein. Doch statt zu trinken, schaute sie ihn nur mit angehaltenem Atem erwartungsvoll an. »Sie haben sich zusammengetan, schreibt Karl, und eine Schiffsladung Achate losgeschickt. Sie sollen hier bei uns versteigert und verarbeitet werden.«

»Das ist ja grandios!«, rief Sophie. »Das wäre die Lösung!«

Die Nachricht verbreitete sich schnell. Dieser Silberschimmer am Horizont ließ die Menschen in Idar, Oberstein und Umgebung aufatmen. Vor allem die Achathändler und Schleifer schöpften endlich wieder Hoffnung.

Es mangelte Sophie nicht an Verehrern. Doch es war keiner unter ihnen, dessen Gegenwart ihr einen Sonnenaufgang ins Herz zaubern konnte. Und so verstrich die Zeit ohne besondere Höhepunkte. Sophies Vater wurde erneut krank und immer unausstehlicher. Lorenz ging nach Paris, um dort eine Lehre bei einem angesehenen Gemmenschneider zu machen. Willi poussierte weiter mit Grete Böhmer, von einer Verlobung war jedoch noch keine Rede. Christine unternahm mit ihrer Mutter eine ausgedehnte Bildungsreise durch die Schweiz, wie es gerade sehr in Mode war. Sie lernte viele interessante Leute kennen – kultivierte Menschen, die ihre Grand Tour mit Wanderungen und dem Besichtigen von Kunstausstellungen verbrachten. Anna-Klaras Vater hatte glänzende Geschäfte gemacht und ließ eine der modernsten Villen in Oberstein erbauen. Aber immer mehr Menschen verzweifelten und hungerten, viele versteigerten schließlich ihr letztes Hab und Gut, um auszuwandern.

Monat für Monat ging ins Land – und keine Schiffsladung mit südamerikanischen Achaten erreichte den Hunsrück. Nicht einmal bis Rio de Janeiro war sie gekommen, wie die Nachforschungen schließlich mehrere Briefwechsel später ergaben.

»Da es keine direkte Verbindung von Porto Alegre nach Hamburg gibt, haben wir die Ladung mit unseren Achaten zuerst in die Hafenstadt Rio Grande in den Süden von Rio Grande do Sul verschifft. Dort wurde sie in einen größeren Segelfrachter umgeladen, doch haben wir seitdem nichts über den Verbleib derselben erfahren. Die Sendung wurde nie irgendwo offiziell in Empfang

genommen«, las Meister Severin aus Karls Brief vor. *»Bis heute fehlt uns jede Spur, und wir wissen nicht, ob sich irgendein Schurke daran bereichert hat oder ob die Fracht schlicht und einfach untergegangen ist.«* Als Postskriptum unter diesen Brief hatte Karl nicht nur seine üblichen Grüße an Sophie geschrieben. Sophie konnte erkennen, dass dort mehr Text stand als sonst, aber Meister Severin las seltsamerweise nicht weiter. Als er kurz in die Werkstatt musste, weil ein Lehrling nach ihm rief, konnte sie sich nicht zurückhalten. Sie schaute selbst auf die letzte Seite. *Vielen Dank für das Bild von Sophie. Ist sie wirklich so schön geworden?*, stand dort. Der Meister kehrte zurück und erkannte an Sophies Gesicht, dass sie das Postskriptum gelesen hatte. »Ja«, sagte er mit einem verschmitzten kleinen Lächeln. »Die Christine malt doch immer so schöne Bilder von dir. Da hab ich gedacht, schicke ich dem Karl mal einen besonderen Gruß aus der Heimat mit.«

»Also wirklich, Meister Severin!« Sophie schnappte nach Luft.

Ihr fiel nichts ein, was sie darauf sonst erwidern konnte.

Jetzt, da sie wusste, dass Karl in Brasilien ihr Bild betrachtete, schien es Sophie, als wäre die Verbindung zu ihm wieder enger und intensiver geworden. Und sie fragte sich, wohin das führen sollte.

»Es wird Zeit, dass du dir einen Bräutigam auswählst«, mahnte ihre Mutter eines Tages. »Du bleibst nicht ewig jung und hübsch. Am Ende will dich niemand mehr.«

»Aber ich finde keinen, den ich richtig lieb haben könnte«, erwiderte Sophie.

»Ach, du Dummerchen … lieb haben …« Ihre Mutter fuhr sich mit ihren abgearbeiteten Händen über das verhärmte Gesicht. In ihrem Blick lagen die ganze Enttäuschung und Mühsal ihres Lebens. »Glaub mir, Sophie, die Liebe ist schnell verflogen, wenn du nicht genug zu beißen hast und Tag für Tag schuften musst. Hingegen gibt es eine reelle Chance, dass Liebe entsteht, wenn das Drumherum gesichert ist und gepflegt wird. So wie damals bei den Franzosen in Birkenfeld …«

Und dann kam über ein halbes Jahr lang kein einziger Brief von Karl. Die Severins und Sophie machten sich große Sorgen. Ob Karl etwas zugestoßen war? Andere Auswanderer berichteten in ihren Briefen in die Heimat von politischen Aufständen. Deutsche Soldaten, die für Brasilien im Krieg um Uruguay gegen Argentinien gekämpft hatten, wurden nicht entlohnt wie versprochen. Der Staat erfüllte offenbar auch seine Zusagen den neuen Siedlern in São Leopoldo gegenüber nicht wie vereinbart. Außerdem überfielen immer häufiger Indios die Plantagen der Deutschen. Angeblich hatte es bereits Tote gegeben.

Doch auch daheim waren die Zeiten unruhig. Es gärte unter der Oberfläche. Das Volk war unzufrieden mit den Regierenden. Viele Versprechungen auf mehr Freiheit wurden nicht eingelöst. Die Kleinstaaterei diente vor allem den Fürsten.

Endlich, an einem schönen Frühlingstag, kam wieder ein Brief von Karl. Er berichtete nur knapp, dass er sich für längere Zeit auf Reisen durchs Hinterland und durch die Nachbarprovinzen befinde. Danach brachte der jeden Tag sehnlichst erwartete Postbote erneut monatelang keine Nachricht von ihm.

Die Zeit verging. Kartoffelfäule, Missernten und Preiserhöhungen machten den Menschen im Hunsrück das Leben schwer. Um kochen und heizen zu können, mussten sie Holz aus dem Wald holen, doch der gehörte der

Obrigkeit, und Tausende wurden wegen »Holzfrevels« zu schweren Strafen verurteilt. Das Auswandern schien die letzte Rettung zu sein.

Man hörte, dass sich bereits über fünftausend Deutsche in São Leopoldo niedergelassen hatten. Doch nun hatte die brasilianische Regierung aufgrund der Proteste und aus Geldmangel die Unterstützung neuer Kolonisten gestrichen. Es gab kein Land, kein Vieh, kein Saatgut, keinen Steuererlass mehr für Neuankömmlinge aus Deutschland. Viele Menschen, die schon auf gepackten Kisten saßen, gingen in sich und blieben dann doch – traurig, dass sie ihre Träume nicht verwirklichen konnten, aber zugleich erleichtert, dass sie von den veränderten Bedingungen nicht erst erfuhren, als sie schon unterwegs waren.

Nach Sophies Empfinden schlich die Zeit dahin wie eine müde Weinbergschnecke, während sie ungeduldig darauf wartete, dass endlich das richtige Leben begann. Doch auch das Jahr 1831 ging zu Ende, ohne dass etwas Aufregendes passierte.

Über Christine, die ihren Vater hatte begleiten dürfen, und über die Zeitungen bei Meister Severin erfuhr Sophie von dem großen Fest, das im Mai des Jahres 1832 auf dem über hundert Kilometer entfernten Hambacher Schloss an der Weinstraße stattfand. Es befand sich bereits auf dem Gebiet der bayrischen Pfalz. Ein kleiner Kreis liberal und national gesinnter Männer hatte den Gedenktag zur Einführung der bayrischen Verfassung als Anlass genommen, Gleichgesinnte zu einer Versammlung einzuladen. In der Einladung hatten sie geschrieben, sie wollten sich gemeinsam Gedanken darüber machen, wie man es anstellen könnte, »den Grundstein zur Wiedergeburt Deutschlands zu legen«.

»Sophie, es ist bestimmt nicht übertrieben, wenn ich dir sage, es war ein historisches Ereignis!«, berichtete Christine lebhaft. »So viele Menschen hab ich noch nie auf einmal gesehen!«

»In der Zeitung stand, dass es zwischen zwanzig- und dreißigtausend waren«, wusste Sophie. »Nicht nur Deutsche, auch viele Polen und Franzosen.«

Christine nickte mit geröteten Wangen. »Und man hatte ja wohl nur mit höchstens eintausend Teilnehmern gerechnet!«

Sophie dachte zuerst ganz praktisch. »Wie hat man die Menschen denn alle satt gekriegt? Ich hoffe, die haben sich ihre Verpflegung selbst mitgebracht.«

»Ja, das schon, es kamen außerdem viele fahrende Händler, die wahrscheinlich das Geschäft ihres Lebens machen konnten. Aber ich glaube, viele Teilnehmer haben sich auch nur von Wein und Begeisterung ernährt.« Christine verdrehte vielsagend die Augen, bevor sie weitererzählte. »Die Deutschen trugen Kokarden, runde Stoffabzeichnen, in den Farben Schwarz-Rot-Gold. Es war unglaublich aufregend! Am Abend sind alle mit Fackeln zum Schloss hochmarschiert. Und was für große Reden dort gehalten wurden!« Christine strich sich über ihre Oberarme. »Ich krieg jetzt noch Gänsehaut, wenn ich daran denke.«

»Waren denn viele Frauen dort?«, fragte Sophie.

»Nee, eigentlich nicht«, gab Christine zu. »Ich fühlte mich manchmal etwas fehl am Platze. Ein paar der Herren schienen mich auch mit einer … na, du weißt schon, was zu verwechseln.« Sie kicherte schamhaft. »Dennoch, es war eine beeindruckende Ansammlung von Studenten, Anwälten, Redakteuren, Burschenschaftlern, Kaufleuten, Bauern, Handwerkern – wirklich Menschen aller

Stände! Und aus allen Himmelsrichtungen sind sie herbeigeströmt!«

»Erzähl mir von den Reden«, bat Sophie.

»Also, kurz zusammengefasst …« Christine richtete sich gerade auf, um der Wichtigkeit und Ernsthaftigkeit der Forderungen gerecht zu werden. »Sie verlangen ein freies deutsches Vaterland und ein freies republikanisches Europa. Freie Wahlen durch das Volk, eine freie Presse, freien Handel und – stell dir das mal vor, Sophie, für Frauen die gleichen Rechte wie für Männer!«

Sophie sah die Freundin ungläubig an. »Mensch, das wär was«, überlegte sie, »wenn Frauen selbst über ihr Leben bestimmen dürften!«

Aber natürlich war das nur Zukunftsmusik wie auch die Forderungen nach Freiheit, und ob sie jemals gespielt werden würde, schien mehr als zweifelhaft. Schließlich würden sich die Mächtigen nicht einfach so ihre Vorrechte nehmen lassen.

Das musste wenig später auch Christines Vater erfahren. Irgendjemand hatte ihn angezeigt. Er wurde wegen hochverräterischer Verbindungen verdächtigt, einige Tage lang vernommen und sogar in ein Gefängnis gesteckt. Zum Glück fand er viele Fürsprecher unter den angesehenen Bürgern, die sonst ins Private zurückgezogen brav und bieder lebten, um sich eben nicht mit der Obrigkeit anzulegen. Dadurch und weil man ihm nichts Konkretes nachzuweisen vermochte, kam er noch einmal davon.

In diesem Jahr begann der Winter schon früh mit Eiseskälte und viel Schnee. Im Dezember 1832, kurz vor ihrem neunzehnten Geburtstag, wanderte Sophie durch tiefen Schnee nach Oberstein. Dieses Mal konnte sie ihre Last auf einem Schlitten ziehen. Der Hausierer Lehmkuhl, dem sie unterwegs begegnete, trug über all seinen Jacken noch eine Wolldecke, die er mit einer großen Sicherheitsnadel befestigt hatte. Sophie dagegen fror fürchterlich. Sie überlegte, dass allein die Aussicht, nie wieder Frost erdulden zu müssen, schon Grund genug wäre, nach Brasilien auszuwandern. An die Schwierigkeiten, mit denen die Auswanderer dort unten fertigwerden mussten, mochte sie jetzt gar nicht denken, so kalt war ihr.

Meister Severin, mit dickem Mantel und einer wollenen Zipfelmütze bekleidet, schippte gerade den Schnee vor seinem Haus und begrüßte sie strahlend.

»Ich habe dich schon erwartet, Sophie! Es gibt gute Nachrichten. Eine neue Fracht mit Achaten ist auf dem Weg zu uns. Und diesmal wird sie von zwei Männern begleitet.« Er putzte sich die Nase.

»Nun sagt schon!« Sophie hüpfte auf und ab, sie rieb ihre Hände nicht vor Kälte, sondern vor Aufregung aneinander. »Was wisst Ihr noch?«

Umständlich steckte Meister Severin sein Tuch weg. »Sie werden im Frühling hier sein!«, verkündete er dann. »Und … einer der beiden Männer ist Karl!«

7

Als Josie von der Seniorenresidenz zurückkehrte, musste sie immer noch an Sophie denken. Wie hibbelig war sie wohl in den Monaten bis zur Ankunft Karls gewesen! Adas Kommentar klang ihr im Ohr – was die jungen Musikanten damals am Flussufer in Rio Grande do Sul entdeckten, erwies sich als das größte Achatvorkommen der Welt!

Während Josie den Apartmentschlüssel aus ihrer Handtasche kramte, sah sie Martina, die ihr aus dem Büro zuwinkte. Sie öffnete das Fenster.

»Magst du gleich rüberkommen?«, rief sie. »Dann mach ich mit dir die Führung!«

»Ja gern!«

Eigentlich hätte Josie lieber noch ein wenig in Ruhe über Sophie sinniert, aber sie wollte nicht unhöflich sein, außerdem war sie neugierig. So lief sie gleich zum Firmengebäude hinüber.

Martinas sonniges Arbeitszimmer war ganz sachlich in Weiß und Hellgrau gehalten, für Auflockerung sorgten ein paar in unterschiedlicher Höhe von der Decke hängende Töpfe mit hellgrünen Zimmerlilien.

»Erst mal einen Cappuccino?«, fragte Reinhards reizende Schwiegertochter.

Josie nickte. Martina setzte eine Espressomaschine in Gang, dabei wies sie auf den runden Besuchertisch. »Kannst ja schon mal gucken!«

Opulente Bildbände lagen dort aufgeschlagen, sie zeigten historischen Amethystschmuck.

»Unglaublich!«, sagte Josie bewundernd. Sie nahm Platz, um besser blättern zu können.

»Katharina die Große schwärmte sehr für diesen Stein.« Martina stellte die dampfenden Tassen auf den Tisch. »Sie schickte sogar eigens Suchtrupps in den Ural, an die Grenze zu Sibirien, wo besonders schöne Stücke gefunden wurden.«

Josie sah auf den Abbildungen, wie sehr die Farbintensität schwanken konnte. »Echt der Wahnsinn!«

Martina setzte sich neben sie. »Wie empfindest du denn eigentlich den Amethyst?«, fragte sie feinsinnig lächelnd. »Wie wirkt der Stein an sich auf dich?« Versonnen streichelte sie über ihren Aquamarinring.

Josie lehnte sich zurück. Sie schloss die Augen, um besser in sich hineinhorchen zu können.

»Ich finde ihn extravagant«, antwortete sie langsam, öffnete die Augen wieder und blinzelte in die Ferne. »Er vermittelt mir … Stärke. Wenn er diese klare, kräftig violette Färbung hat, dann erscheint er mir auch sehr modern.«

»Interessant«, sagte Martina anerkennend, »und nicht schlecht! Der Amethyst, heißt es seit alters her, soll die Konzentration, den Willen und die Intuition stärken. Er steht für Vernunft und Ausgeglichenheit. Ihm werden auch allerlei Heilwirkungen nachgesagt. Davon wollen unsere Experten hier im Haus natürlich nichts wissen. Hokuspokus, sagen sie. Aber mich interessiert das.«

»Gegen was soll er denn helfen?«

Martina schmunzelte. »Beinahe gegen alles, vom Schlangenbiss über Schlafstörungen und innere Unruhe bis zu Kopfschmerzen, Hautkrankheiten und -allergien, sofern sie durch Energieblockaden verursacht werden.

Er schützt angeblich auch vor Heuschrecken, Heimweh und Zauberei.«

»Prima, dann kann mir ja nichts mehr passieren«, sagte Josie leichthin.

»Ich seh schon, du bist auch skeptisch. Na, macht nix.« Martina trank ihren Cappuccino. »Hab gehört, dass du auch mit zum Spießbratenessen kommst. Super!«

»Oh … Ich weiß noch nicht so recht …«

»Doch, du musst unbedingt kommen, das darfst du dir nicht entgehen lassen. Wird bestimmt lustig. Es geht immer hoch her, wenn da Silva seine Kunden einlädt!«

»Aber ich hab gar nichts Besonders zum Anziehen dabei …«

Martina verzog das Gesicht. »Also, erstens ist alles très chic, was du trägst. Ganz ehrlich, man merkt, dass du Designerin bist. Ich finde, egal, ob du diesen sachlichen Stil in Schwarz-Weiß oder den Ibiza-Look mit Glitzertasche und leichten Shirts trägst, an dir sieht alles toll aus.«

Josie hob die Schultern. »Na ja … Danke, lieb von dir.«

»Und zweitens kann ich dir auch eine gute Boutique im Ort zeigen.« Martina lächelte entwaffnend. »Wollte mir selbst auch was Neues kaufen. Vielleicht gehen wir zusammen? Du darfst auch mein Modecoach sein.«

»Na dann!« Josie grinste. »Gucken können wir ja mal. Aber weißt du, wenn bei diesem Grillfest viel Alkohol fließt, das ist eigentlich nicht so mein Ding. Ich krieg immer fürchterliche Migräne, schon ein halbes Glas Sekt und …«

»Ha!«, trumpfte Martina auf. »Da gibt's eine ganz einfache Lösung. Du legst dein Amethystcollier an, das schützt nämlich vor einem Rausch!«

»Das hast du jetzt gerade erfunden!«, sagte Josie amüsiert.

»Nein, pass auf«, Martina griff nach einem Buch, um daraus vorzulesen. »Die Legende um den Amethyst: *Bacchus, der Gott des Weines, war verliebt in die schöne Nymphe Amethys. Betrunken stellte er ihr nach, sie floh entsetzt und flehte Diana, die Göttin der Keuschheit, an, ihr zu helfen. Die verwandelte die Jungfrau im letzten Augenblick in ein funkelndes Juwel. Als Bacchus wieder nüchtern wurde, bereute er seine Tat. Um Diana milde zu stimmen, übergoss er als Opfergabe den Edelstein mit seinem liebsten Rotwein. So erhielt der Stein seine Farbe. Das griechische Wort* ›methuein‹ *heißt betrunken, das a davor macht daraus das Gegenteil. Amethyst bedeutet ›nicht betrunken‹, und seit damals schützt der Stein die Menschen vor Trunkenheit, verhilft ihnen zu einem klaren Kopf.*«

»Besonders romantisch ist das nicht, oder?«, sagte Josie. »Aber ein klarer Kopf ist natürlich viel wert.«

Martina lächelte. »Na, du bist ja ein ziemlich harter Brocken.« Sie stand auf und nahm eine Plastikhülle mit schriftlichen Unterlagen von ihrem Schreibtisch. »Das ist für eine Expertise, an der Max arbeitet. Die bringen wir ihm eben noch schnell vorbei.«

Während sie durch einen langen Flur gingen, erkundigte Josie sich so beiläufig wie möglich nach Rico da Silva. »Kennst du diesen da Silva eigentlich näher?«

Martina lächelte verschwörerisch. »Ein heißer Typ, oder?«

Josie gab ihrer Stimme einen gelangweilten Ton. »Könnte man sagen … Wenn man auf solche Männer steht.«

Martina stieß sie im Gehen mit dem Ellbogen in die Seite. »Doch, komm, nach dem drehen sich schon die Frauen um«, sagte sie leise. »Aber für mich persönlich wär das nix. Der hat so was …«, sie suchte nach den richtigen Worten, »… Wildes, Gefährliches, Unberechenbares finde ich.«

»Leidenschaftlich und männlich … Ist doch nicht übel«, warf Josie ein, um bloß nicht den Verdacht aufkommen zu lassen, sie hätte etwas gegen den Brasilianer oder gegen Männer mit erotischer Ausstrahlung. Am Ende hielt man sie sonst noch für verklemmt.

Martina kicherte. »Ich bin Vegetarierin, trenne meinen Hausmüll und hab gern alles in Pastellfarben. Außerdem bin ich glücklich verheiratet.«

Josie lachte. »Max hat echt Glück mit dir!«

»Und du bist glücklich mit deinem Edgar!«, sprach Martina weiter. Josie hatte ihr ein Foto von ihm gezeigt. »Der ist vom Typ her auch ganz anders. Edgar könnte doch glatt mal Bundespräsident werden.«

Sie hatten das Zimmer erreicht, in dem Max arbeitete. Er begrüßte sie und schob ein seltsames Gerät zur Seite, das Josie an ihren letzten Termin beim Augenoptiker erinnerte. Martina gab ihm die Unterlagen für seine Expertise.

»Rico da Silva ist doch schon ewig ein Geschäftsfreund, nicht?«, fragte sie ihren Mann. »Ich bin ja erst seit zwei Jahren im Haus«, sagte sie zu Josie.

»Rico kenn ich, seit ich mit dem Bobby-Car über den Hof gefahren bin! Er kam schon als junger Mann ein- bis zweimal im Jahr mit seinem Vater.« Max grinste. »Er hat mit mir Fußball gespielt.«

»Und heute?«, setzte Martina nach.

»Absolut verlässlich. Trickst nicht. Bietet sehr gute Qualität. Ist aber ein knallharter Verhandlungspartner.«

Martina schüttelte den Kopf. »Nein, ich meine … Hat er Kinder? Ist er verheiratet?«

»Soweit ich weiß, hat er einen Sohn und eine Tochter«,

erwiderte Max, während er ein paar kleine rote Steine auf der Arbeitsunterlage hin und her schob. »Seine Frau hab ich vor Jahren mal kennengelernt – eine Schönheit. Sie hat vor ihrer Ehe auch irgendeine Miss-Wahl gewonnen und als Schauspielerin erste Meriten verdient.« Max blickte auf. »Schön, dass du mit zum Spießbratenfest kommst, Josie! Das darfst du dir ...«

»... nicht entgehen lassen!« Josie vollendete den Satz, zog eine Grimasse und gab sich geschlagen.

Max grinste. »Genau!« Dann wechselte er das Thema. »Willst du mal sehen? Ich prüfe gerade, ob es sich bei diesen Steinen hier um Rubellite oder um normale rote Turmaline handelt.« Josie kam näher. Für sie sahen alle Steinchen gleich aus. »Rubellite sind auch Turmaline, aber besondere«, erklärte Max.

Er hatte einige aussortiert und forderte Josie auf, sie mit der Lupe zu betrachten. »Was für eine hinreißende Farbe!«, sagte sie. »Die wäre ideal für ein Abendkleid. Aber wo ist denn der Unterschied zu den anderen Steinen?«

»Wart's ab!« Max drückte auf einen Schalter, die Jalousie fuhr automatisch herunter. Nur die Glühbirne seiner Schreibtischlampe erhellte jetzt den Raum. »Vergleich noch einmal!«

»Ach, ist ja doll!«, staunte Josie. »Diese hier haben noch die gleiche Farbe wie vorhin im Tageslicht, und die sind plötzlich bräunlich.«

»Sehr gut«, lobte Max. »Du kannst morgen bei uns anfangen.«

Alle drei lachten. Josie dachte an Reinhards Ausführungen bei der Besichtigung des begehbaren Safes. »Dein Vater sagte mir, wenn ihr eine Partie für vierundzwanzig Stunden zur Prüfung bekämt, dann gelte der Grundsatz: Vertrauen gegen Vertrauen.«

Max schmunzelte. »Ja richtig. Der Satz geht allerdings noch weiter. Es heißt: Vertrauen gegen Vertrauen – plus Kontrolle.«

»Ja klar, ich verstehe.« Josie lächelte. »Kann also doch mal was sein …«

»Natürlich«, sagte Max. »Es ist schon vorgekommen, dass Anbieter Glasstücke unter Quarze gemischt haben oder rote Spinelle unter Rubine. Auch Verwechslungen sind möglich.«

Josie nickte gebannt. »Man muss erst einmal wissen, was sich ausgebuffte Betrüger überhaupt alles so einfallen lassen, oder?«

»Ja, es ist allerdings nicht unbedingt böse Absicht der Aufkäufer, die mit der Ware zu uns kommen«, betonte Martina. »Die sind manchmal selbst ahnungslos.«

»Was würde denn passieren, wenn ein Händler wirklich versuchte, euch mit Fälschungen übers Ohr zu hauen?«

Max ähnelte stark seinem Vater, wie er nun cool eine Augenbraue hochzog. »Der wäre ein für alle Mal erledigt«, antwortete er nonchalant. »Wenn es um Diamanten geht, dann kommt er in Antwerpen an der Diamantenbörse ans Schwarze Brett wie eh und je.«

»Ehrlich?« Josie staunte nicht schlecht. »Mit vollem Namen?«

»Yep. Er ist damit für immer ausgeschlossen aus der globalen Glitzergemeinde«, bekräftigte Martina.

»Ganz schön hart!«

»Tja, lieber ein schwerer Ring als ein schweres Schicksal!« Martina seufzte übertrieben.

»Die Branche ist dann letztlich doch klein«, sagte Max. »Jedes Vergehen spricht sich herum.«

Josie lernte nicht nur, dass immer noch ein strenger

Ehrenkodex galt, sondern auch, dass studierte Edelsteinexperten, Gemmologen wie Max, wenn sie mithilfe von Spezialgeräten wie dem Refraktometer Rohsteine begutachteten, die technischen Werte wie Wuchsrichtung und Lichtbrechung maßen.

»Mittlerweile lassen sich ja auch fast alle Farbsteine künstlich herstellen«, erklärte Maximilian.

»Wie lange brauchst du denn, um einen Stein zu prüfen?«, wollte Josie wissen.

»Kommt drauf an. Manchmal eine Dreiviertelstunde.«

»Ganz schön aufwendig!« Wenn selbst Experten so lange prüfen mussten – wie viele synthetische Farbsteine mochten dann wohl unerkannt an den Fingern reicher Damen funkeln? Nun hatte Josies Fantasie neue Nahrung erhalten. »Es müsste einem ja auch nur ein einziges Mal ein Coup gelingen«, überlegte sie laut. »Dann wäre man aus dem Schneider.«

»Max, wusstest du, dass in deiner Familie so viel kriminelle Energie steckt?«, sagte Martina mit gespielter Entrüstung.

Josie grinste. »Zählt mal lieber gut eure Steinchen«, scherzte sie, um dann doch wieder ernst zu werden. »Also, ich würde ja kein Auge zumachen, wenn ich hier verantwortlich wäre. Ich müsste immer daran denken, dass jederzeit einer einfach nur mal 'ne Handvoll Juwelen klauen und wegfahren könnte …«

»Wir haben hier schon unsere Sicherungssysteme«, versicherte Martina gelassen.

Max hörte solche Bedenken offenbar auch nicht zum ersten Mal. »Ach, weißt du«, sagte er, »Idar-Oberstein liegt zwischen steilen Felshängen und ist ellenlang, da geht's bestimmt fünfundzwanzig Kilometer immer nur durchs Tal, und rechts und links führt keine Straße heraus. Wenn hier einer auf der Flucht wäre, würde die Polizei einfach hinten und vorn absperren. Der Dieb säße ruck, zuck in der Falle.«

»Wie beruhigend«, sagte Josie, doch sie war nicht ganz überzeugt.

»Ich glaube, jetzt machst du dir langsam ein falsches Bild«, befürchtete Martina. »In erster Linie geht's hier doch immer um die Beurteilung der Qualität. Max schaut, ob die Steine feine Risse haben, wie ihre Größe und Brillanz einzustufen sind, ihre Farbintensität und ihr Seltenheitswert.«

Max erklärte, ihm stünden in der Firma noch zwei Spezialisten zur Seite. Auch sie prüften und trafen Entscheidungen über die weitere Verwertung der Steine. »Sie sagen zum Beispiel, ob die Steine facettiert werden können, oder ob sie sich wegen geringer Transparenz oder zu vieler Einschlüsse eher für Cabochons eignen.«

»Entschuldige bitte … Was ist ein Cabochon?«, fragte Josie.

Martina hob ihre linke Hand, an der sie heute einen Ring mit einem großen undurchsichtigen, sanft schimmernden Stein trug. »Das ist die abgerundete ovale Form.«

»Wunderschön!«, sagte Josie fasziniert. Sie nahm Martinas Hand und bewegte sie vor der Glühlampe leicht hin und her. Dieser geheimnisvolle Stein wirkte wie Poesie. »Als hätte jemand das Mondlicht darin eingefangen …«, murmelte sie.

»Hey! Hast du das gehört, Max? Du hast wirklich Gespür, Josie!«, rief Martina begeistert. »Dies hier ist ein Mondstein!«

Ein Anruf beendete ihr Gespräch. Max antwortete auf Französisch in geschäftsmäßigem Ton und winkte ihnen entschuldigend zu. Die beiden Frauen winkten zurück und gingen hinaus.

»Dann würde ich als Juwelendieb vielleicht einen Hubschrauber nehmen«, meinte Josie, während sie die Schleiferei ansteuerten.

»Das dürfte schon im Anflug etwas zu auffällig sein«, wandte Martina ein. »In Hamburg fällt ein Hubschrauber vielleicht nicht so auf, bei uns schon.«

»Hm …«

»Sag mal, wegen unserer Shoppingtour«, meinte Martina plötzlich, »passt es dir morgen Nachmittag?«

»Da hab ich schon eine Verabredung mit Tante Ada.«

»Ach, wie läuft's denn mit euch beiden?«, fragte Martina neugierig. »Hast du schon des Rätsels Lösung gefunden?«

»Nicht wirklich, wir sind noch dabei. Sie erzählt mir nach und nach Sophies Leben …« Josie war sich nicht sicher, ob sie mehr sagen wollte. »Es dauert halt. Aber Tante Ada hat nachmittags ihre beste Zeit, vom Biorhytmus her, deshalb würde ich den Termin ungern verschieben.«

»Verstehe.« Martina blieb stehen. »Was hältst du davon, wenn wir jetzt gleich zur Boutique fahren?«, schlug sie unternehmungslustig vor. »Die Werkstatt kann ich dir ja auch ein anderes Mal zeigen.«

Josie lächelte zustimmend. »Okay, auf geht's!«

»Wir brauchen etwas sommerlich Festliches, aber es darf nicht zu elegant sein«, verkündete Martina. »Dazu ein Pashmina-Tuch oder Ähnliches. Im April ist es ja noch ziemlich frisch.«

Sie probierten sich durch die halbe Boutique. Die Besitzerin kannte Martina und legte eine Engelsgeduld an den Tag.

»Sicher wollt ihr zum Spießbratenfest von da Silva.« Sie lächelte. »Es waren schon mehrere Damen deswegen hier.«

Josie wunderte sich still. »Meinst du wirklich«, fragte sie Martina, »ich könnte das Collier tragen, ohne aufgebrezelt zu wirken?«

Sie hatte da noch ihre Zweifel. Die Ohrgehänge würde sie auf jeden Fall in Reinhards Tresor lassen. Erstens, weil sie zu kostbar waren und zweitens, weil sie bislang nie den Mut aufgebracht hatte, ihre Ohren durchstechen zu lassen, und sie deshalb gar nicht tragen konnte.

»Aber sicher«, beteuerte Martina. »Was meinst du, wie die anderen Frauen seiner Geschäftsfreunde um die Wette blitzen und blinken werden, da wird nicht gekleckert! Es ist schließlich ein Branchenereignis von Edelsteinexperten.«

»Na gut!« Josie begann, sich darauf zu freuen, dass sie Gelegenheit haben würde, ihr Geschenk endlich einmal in der Öffentlichkeit zu tragen. »Was legst du denn an?«, fragte sie Martina. »Als dein Coach sollte ich das wissen, um dich optimal beraten zu können.«

»Ach, du kennst doch den Aquamarinring«, erwiderte Martina. »Dazu passend hat Max mir eine wunderschöne Kette geschenkt – einen Aquamarinanhänger, in Baguetteform geschliffen, mit Weißgold und Diamanten kombiniert. Ein Traum!«

Es war schon eine Weile nach Geschäftsschluss, als die beiden Frauen endlich ihre Garderobe für das Fest ausgewählt hatten. Zufrieden verließen sie mit ihren Einkaufstüten die Boutique und versprachen einander, bis zum Samstagabend niemandem ihre neuen Kleider zu zeigen.

»Hast du Tante Martha eigentlich mal mit dem ererbten Schmuck gesehen?«, fragte Josie am Nachmittag des folgenden Tages, bevor Ada begann, mit ihrer Erzählung fortzufahren.

»Sie hat ihn nie öffentlich getragen«, sagte Ada, und wieder beschlich Josie das Gefühl, dass sie ihr etwas verschwieg. »Sonst hätte die Familie ihn ja sicherlich auch wiedererkannt.«

»Ach, stimmt!« Josie schlug sich gegen die Stirn. »Selbst ihr Sohn Reinhard kannte ja weder das Collier noch die Ohrgehänge.«

Ada schniefte diskret. »Ich allerdings habe sie ein paarmal in privatem Rahmen damit sehen dürfen … Als junge Frau hatte sie sehr kräftiges kastanienbraunes Haar, das sie zum Schmuck elegant hochgesteckt trug …«

Adas Stimme kiekste, sie machte sich an einem Besteckkasten zu schaffen, um von ihrer Rührung abzulenken.

»Löffel und Kuchengabeln sind bereits auf dem Tisch, Tante Ada«, sagte Josie. »Tee ist auch schon eingeschenkt. Komm, setz dich.«

»Gut, dann kann's losgehen.« Die alte Dame ließ sich in ihren Lehnstuhl sinken. »Die Achatvorkommen in Rio Grande do Sul waren also gigantisch. Das Problem bestand aber nun darin, dieses Material heil nach Idar-Oberstein zu verfrachten. Die erste Ladung ging ja verschütt, die zweite wurde deshalb von zwei Männern begleitet. Der eine war Dörnte, ein Schwiegersohn von Jacob Purper, und der andere war Karl. Als sie nun endlich mitsamt der Sendung ihre alte Heimat erreichten, offenbarte sich ein neues Problem …«

8

Idar-Oberstein
April – Mai 1833

Die Leute sprachen kaum von etwas anderem in diesem April. »Die Brasilianer« Dörnte und Karl waren gesund eingetroffen und mit ihnen die Achatsendung, doch die war während der langen Überfahrt in den Fässern im Schiffsbauch zur Hälfte zerbröselt. Dennoch riss man ihnen die Steine, die frei an verschiedene Schleifer verkauft wurden, nur so aus der Hand. Einige Leute beschwerten sich, dass sie keine Möglichkeit zum Erwerb bekommen hatten. Ihnen versprach man, die nächsten Lieferungen, zumindest zum Teil, öffentlich zu versteigern. Der Erlös blieb nach Gegenrechnung der Spesen gering. Einige Leute munkelten sogar, das ganze Geschäft würde am Ende allenfalls plus minus null ausgehen. Trotzdem hofierten die führenden Familien der Region die beiden jungen Männer aus Rio Grande do Sul. Man versprach sich auf längere Sicht eben doch hervorragende Geschäfte mit den Achaten aus Übersee. Eine gute Verbindung, am besten eine persönliche, erschien sehr wünschenswert.

Während Dörnte ja bereits drüben die Tochter vom alten Purper geheiratet hatte, war Karl war noch Junggeselle. Mittlerweile vierundzwanzig Jahre alt und ein, wie es allgemein hieß, vielversprechender junger Unternehmer, der gewiss seinen Weg machen würde. Und gut aussehend war er auch noch! So hagelte es nun Einladungen zum Mittagessen, zum Abendessen, zur Jagd, zu Spazierfahrten mit fein ausstaffierten Töchtern im heiratsfähigen Alter, und plötzlich wurden mehr Feste in Idar, Oberstein und Umgebung veranstaltet beziehungsweise angekündigt als sonst im ganzen Jahr.

Ausgerechnet jetzt war auch Christine nicht da. Sie musste ihrer Mutter bei einer Trinkkur in Bad Kissingen Gesellschaft leisten, was sie wohl nicht ungern tat, denn sie hatte in der Schweiz nähere Bekanntschaft mit einem Maler geschlossen, der ihretwegen nun sogar in das fränkische Kurbad gereist war.

Sophie wusste von Meister Severin, dass die bessere Gesellschaft Karl rund um die Uhr mit Beschlag belegte und dass auch Anna-Klaras Eltern zu einem Fest mit Musik und Tanz eingeladen hatten.

»Er hat sich nach dir erkundigt, Sophie«, sagte Meister Severin augenzwinkernd.

»Ach ja?«

Es gelang Sophie kaum, ihre Enttäuschung zu verbergen. Wieso kam er nicht auch einmal an ihrem Elternhaus vorbei? Was, wenn eine der wohlhabenden, herausgeputzten Bürgerstöchter Karl nun gefiel? Es waren ja tatsächlich ganz reizende Mädchen darunter. Oder was, wenn allein die Aussicht auf eine satte Mitgift ihn dazu bewog, eine von ihnen zu heiraten? Ob sie vielleicht einfach rein zufällig in der Nähe der Villa spazieren gehen sollte, in der Anna-Klaras Eltern das Fest geben würden? Nein, beantwortete Sophie sich selbst die Frage, dazu war sie zu stolz. Wenn er nicht von sich aus auf sie zukam …

Nach mehr als zwei Wochen hatte Sophie Karl immer noch nicht zu Gesicht bekommen. Es war Sonntagnachmittag, und ihr Vater lag wie so häufig geschwächt in seinem Bett, sie hörte die Eltern wieder lautstark streiten.

Warum schickte Karl ihr nicht wenigstens eine Nachricht? Während sie in der Küche das Essen für die Familie vorbereitete, brachte Jasper ihr stolz ein selbst gepflücktes Sträußchen Löwenzahnblumen. Sophie blickte auf.

»Oh, danke schön!«, sagte sie mit ihrer Bauchrednerstimme, die den Bruder immer wieder entzückte. »Das ist aber lieb von dir.«

Sie arrangierte die Blümchen in einem Becher und stellte ihn auf die Fensterbank. Dabei lächelte sie ihrem Spiegelbild in der Scheibe zu. Sie hatte ihr Haar seitlich eingerollt und dann im Nacken locker zu einem Knoten geschlungen. Der leicht geöffnete Mund zeigte gesunde weiße Zähne, ihre Lippen glänzten rot. Goldblonde Strähnen hellten das dunkle Blond ihrer Haare auf. Ein paar feine Strähnchen ringelten sich und fielen ihr in Stirn und Schläfen. Sie trug noch vom Kirchgang ihre Sonntagstracht – eine frische weiße Bluse mit rundem Ausschnitt und weiten gebauschten Ärmeln unter einem eng geschnürten schwarzen Mieder und den weiten, knöchellangen Rock, den sie im Winter selbst genäht und am Saum bestickt hatte.

Sophies Blick fiel wieder auf den Löwenzahn. Die Blümchen erinnerten sie an etwas …

Sie ging hinaus, vor das Haus. Es war das gleiche Licht wie damals im April sechs Jahre zuvor, als sie sich zum ersten Mal mit Karl auf der Lichtung am Idarbach getroffen hatte. Der gleiche zartgrüne Flaum überzog die Baumkronen in der Ferne, das gleiche Versprechen der Natur lag in der Luft …

Und auf einmal hielt sie nichts mehr. Sophie lief mit entschlossenem Schritt am Bach entlang zu ihrem alten

Treffpunkt. Seit Jahren war sie nicht mehr dort gewesen, und jetzt …

Warum quälst du dich?, fragte sie sich, als sie die Lichtung erreicht hatte. Sie wusste keine Antwort

Der Himmel begann, sich zuzuziehen, er sah aus wie ein altes verwaschenes Leintuch. Ein leichter Wind kühlte Sophies vom Gehen erhitzte Wangen. Sie sog tief die frische Aprilluft ein. Der Baumstamm, auf dem sie und Karl früher so oft gesessen hatten, war verschwunden. Es gab keine Sitzmöglichkeit mehr. Sophie stand da, schaute über die Wiese, auf der sie damals neben Karl gelegen und in den höchsten Himmel geschaut hatte … still vergnügt und einfach glücklich … Auch jetzt zwitscherten die Vögel. Der süße Schmerz war kaum auszuhalten. Sie schloss die Augen.

Du musst endlich damit aufhören …

In diesem Moment bemerkte sie, dass sie nicht allein war. Jemand näherte sich ihr von hinten. Kein Gruß verriet, wer es war. Sie hätte vielleicht Angst bekommen sollen. Sie hätte sich umdrehen sollen. Aber das tat sie nicht. Sophie spürte, wer es war. Denn in ihrem Herzen ging die Sonne auf.

»Du bist es«, sagte sie leise.

Er umfasste ihre Schultern und drehte sie zu sich um.

»Karl …« Ihre Stimme versagte.

»Sophie!« Ein zärtliches Lächeln lag auf seinem gebräunten Gesicht, doch seine Augen blickten ernst. Er war so erwachsen geworden. Gegangen, als er fast noch ein Junge gewesen war, heimgekehrt als Mann. Das verriet nicht nur sein breiter gewordenes Kreuz, sondern seine ganze Ausstrahlung. Langsam atmete er tief durch.

Sophie räusperte sich, sie neigte etwas den Kopf. »Du hast dir ganz schön viel Zeit gelassen«, sagte sie.

Er sah sie unverwandt an. Dieser Blick würde auch den Mittelpunkt der Erde erreichen, er ging ihr durch und durch. Ihr Herz raste.

»Du bist noch viel schöner als auf dem Bild«, sagte Karl heiser. »Wie geht es dir?«

Je länger Sophie in seine blaugrauen Augen sah, desto benommener fühlte sie sich. Auf dem Grund glitzerten immer noch in tiefen Schluchten silbrige Schätze. Sophie zwang sich wegzuschauen.

»Danke gut. Und dir?«

»Wir haben keine Zeit für konventionelles Geplänkel, Sophie.« Seine Stimme klang tiefer, entschiedener als früher. »Du glaubst nicht, wie mir dieses feine Gerede bei den Einladungen und Empfängen auf die Nerven geht! Lass uns gleich offen miteinander sprechen.«

Karl war ihr fremd und zugleich unglaublich vertraut. Das verwirrte Sophie. Sie begann zu gehen. Das half sonst immer – sobald sie ging, ging es ihr besser. Wie selbstverständlich schritt Karl an ihrer Seite den Feldweg entlang.

»Dann fang du doch an«, erwiderte sie ausweichend.

Sie wollte nicht den Fehler begehen, ihm zu viel von ihren Gefühlen zu offenbaren. Denn vielleicht bewegte ihn jetzt nur eine kurze sentimentale Erinnerung, die ihn aber nicht davon abhalten würde, sie erneut zu verlassen.

Karls körperliche Nähe machte es Sophie fast unmöglich, einen klaren Gedanken zu fassen. Sie hielt Abstand.

Er erzählte ihr, dass man ihm und Dörnte seit ihrer Ankunft kaum eine freie Minute gegönnt habe. Auch all seine Verwandten hatten ihn sehen wollen.

»Aber ich habe immer Ausschau nach dir gehalten, und ich war jeden Abend um diese Zeit hier, an unserem alten Treffpunkt …« Sophie schluckte. Sie wagte nicht, ihn anzusehen. Es begann zu nieseln, doch sie ignorierten es beide. Karl berichtete weiter. »Außerdem habe ich Ausrüstung und Werkzeug eingekauft. Schleifräder, Schaufeln, Spitzhacken, Polierscheiben – alles, was man zum Schürfen und für die Verarbeitung der Steine braucht.«

Sophie sagte nichts. Auch Karl schwieg eine Weile. Sie gingen einfach nur nebeneinanderher. Als es zu regnen begann, wechselten sie vom Feldweg in den angrenzenden Laubwald. Der Regen prasselte immer stärker auf die Blätter. Sie erreichten einen Unterstand mit einfach gezimmertem Mobiliar für Wanderer und Durchreisende, die eine Rast machen wollten. Es roch harzig-würzig und nach ausgrünenden Buchen. Sophie fröstelte. Sie rieb sich die Oberarme.

Karl wischte ihr sanft ein paar Regentröpfchen, die in den Haarkringeln hingen, aus dem Gesicht. Mit geschlossenen Augen schmiegte sie ihre Wange in seine warme raue Handfläche.

»Sophie!«, hörte sie ihn flüstern. »Ich habe jeden Tag an dich gedacht …« Seine andere Hand legte sich tief auf ihren Rücken, er drückte sie langsam immer enger an sich. »Jeden Tag … und jede Nacht!«

Danke, lieber Gott!, dachte sie. Danke, dass du mich erhört hast …

Karl küsste ihre Stirn, küsste ihre Wangen. Sophie hielt ganz still, sie spürte, dass ihr Tränen in die geschlossenen Augen stiegen. Behutsam berührten Karls Lippen ihre Augenlider, und dieser Druck reichte aus, die Tränen zum Fließen zu bringen. Jetzt küsste Karl ihren Mund. Warme, weiche Lippen pressten sich auf ihre, sie spürte seine Bartstoppeln auf ihrer Wange, feucht, kratzig, und nahm diesen typischen männlichen Duft wahr, an den sie sich sechs Jahre lang vergeblich zu erinnern versucht hatte. Plötzlich war er wieder da und verband sich mit Herzklopfen, Trommelwirbel in den Ohren, Rauschen im Kopf zu einem neuen heißen, leidenschaftlichen Gefühl, das ihr Denken ausschaltete. Sie küssten sich und küssten sich. Jeder Kuss dauerte eine Ewigkeit. Sophie schmolz in Karls Armen dahin, war nur Gefühl, mal feurig, mal schwebend und ohne jedes Zeitempfinden.

In den folgenden Tagen trafen sie sich heimlich im Unterstand oder unternahmen ausgedehnte Wanderungen durch Feld und Wald, möglichst dort, wo sie keinen anderen Menschen zu Gesicht bekamen. Wenn sie sich irgendwo setzten, auf die Bank im Unterstand oder unterwegs auf einen Baumstumpf, hob Karl Sophie meist auf seinen Schoß. Es brachte sie stets aufs Neue durcheinander, wie ihr Körper mit bislang ungekannten Lustgefühlen auf diesen Mann reagierte und wie sie doch auch Angst davor hatte, ihnen nachzugeben. Immer wenn die Emotionen zu stark wurden und sie zu überwältigen drohten, wehrte Sophie ab. Sie spannte den Rücken an, ihre Linke umfasste fest den Daumen der rechten Hand. Karl atmete dann ein paarmal tief durch, strich sich energisch das Haar aus der Stirn und zügelte sich ebenfalls. Hab keine Angst, Sophie, sagte er dann, du kannst mir vertrauen. In der Regel sprachen sie in solch einer Situation über sachliche Themen.

Eines Tages beschrieb Karl Mineralien, die er in Brasilien gesehen hatte. »Die verrücktesten Kristalle hat die Natur dort wachsen lassen, manchmal zwei oder drei auf- und ineinander!«, sagte Karl begeistert. »Diese Gebilde sehen aus, als hätten Sterne und Blumen gemeinsam Kinder gezeugt. Es sind strahlenförmige glitzernde, sogar im Dunkeln leuchtende Wunderwerke, die man nicht schleifen oder sonst irgendwie bearbeiten muss. Jeder König wäre stolz, so etwas in seine Schatzkammer stellen zu können.«

Sophie, dankbar für die poetische Beschreibung, berührte zärtlich seine Wangen, die gerade noch gerötet gewesen waren von der Glut. Er küsste ihre Fingerspitzen. Das allein reichte schon aus, in ihr ein wohlig-kitzeliges Rieseln auszulösen, das bis in die Fußspitzen lief. Zwischen Liebkosungen und staunenden Blicken bat Sophie Karl, mehr von Brasilien zu erzählen. Sie konnte nicht genug von diesem aufregenden fremden Land erfahren.

»Was hast du gemacht, als so lange keine Post von dir kam? Wo hast du gesteckt?«

»Ich brauchte Geld, um weiterschürfen zu können«, erzählte er. »Deshalb und aus reiner Neugier habe ich mich als Gaucho für einen Viehtrieb nach Minas Gerais anheuern lassen.« Er grinste jungenhaft.

»Was ist ein Gaucho?«

»So nennt man in Südamerika die Viehhirten. In Nordamerika heißen sie Cowboys.«

»Aha.« Sophie fragte sich, was daran aufregend sein sollte. Kuhjungen gab's im Hunsrück auch.

Karl imitierte den Gesichtsausdruck eines wortkargen, wettergegerbten Gauchos. »Es ist schon ein Unterschied, ob man mal nach Feierabend auf einem Ackergaul durch den Soonwald schaukelt oder von morgens bis abends auf einem Pferd Tausende von Rindern eintausendsiebenhundert Kilometer durch mehrere Provinzen treibt. Man lernt zum Beispiel, Kühe im Galopp mit dem Lasso einzufangen.«

»Deshalb warst du neugierig darauf?« Sophie kannte Karl gut genug, um zu ahnen, dass noch mehr dahintersteckte.

Er lächelte breit. »Die Provinz Minas Gerais ist berühmt

für gigantische Goldfunde. Ich wollte einfach gucken, ob da noch was zu holen ist. Gold ist mehr wert als Achat. Dass ich für meine Reise über die Estrada dos Tropeiros …«

»Die was?«

»… die Straße der Viehtreiber. Also, dass ich dafür auch noch bezahlt wurde, machte das Ganze doppelt reizvoll.«

»Und wie war es dort?«

Sophie hatte ihre Arme schon wieder zutraulich um seinen Hals geschlungen. Sie fand es herrlich, so Karls Geschichten lauschen zu können.

»Also, ehrlich gesagt, man hätte viel früher dort sein müssen!« Karl streichelte ihr zärtlich übers Haar. »Wir haben Dörrfleisch gebracht und Vieh aus der Pampa hochgetrieben, damit die Minenarbeiter ausreichend Fleisch zwischen die Zähne kriegten. Alle buddeln sie da in der Erde herum, aber kein Mensch weit und breit pflanzt etwas an oder züchtet Vieh für die Verpflegung. Heute sind in Minas Gerais sechstausend Goldsucher zugange. Vor siebzig Jahren waren es noch achtzigtausend!«

»Das ist ja unglaublich!« Sophie versuchte, sich das Land vorzustellen.

»Herrlich, wie abenteuerlustig deine schönen Augen funkeln!«, bemerkte Karl verliebt.

Sophies Neugier war noch nicht befriedigt. »Bedeutet das, es lohnt sich nicht mehr, nach Gold zu suchen?«

»Die besten Seifen sind längst durchwühlt, die reichsten Goldminen zumindest an den Oberflächen ausgebeutet. Jetzt muss man tiefer schürfen, also richtig tief, und das können sich nur wenige, gut geleitete Werke leisten, die großen Unternehmen gehören. Die Regierung kontrolliert das. Natürlich trifft man immer noch Abenteurer, die einzeln oder in kleinen Grüppchen durchs Land ziehen. Sie stehen den ganzen Tag mit den Füßen im kalten Wasser großer Flüsse und sieben nach Gold. Überall hinterlassen sie ihre Spuren.«

»Was für Spuren?«, wollte Sophie wissen.

»Na ja, an den Ufern sieht man so ein bis drei Meter hohe Schutthügel«, antwortete Karl. »Das sind die durchgearbeiteten Haufen, alle sorgfältigst durchsiebt. Nachdem ich das gesehen hatte, wusste ich, dass ich zurück nach Rio Grande do Sul musste.« Sophie knabberte vor Aufregung an ihren Fingernägeln, denn irgendetwas in Karls Augen verriet ihr, dass er noch einen Trumpf ausspielen würde. »Liebe Sophie«, sagte er mit gesenkter Stimme. »Ich vertraue dir jetzt ein großes Geheimnis an. Deine und meine Zukunft hängt davon ab, dass niemand sonst zu früh davon erfährt. Bitte versprich mir, dass du es nicht verraten wirst.«

Sophie legte beide Hände auf ihr Herz. »Ich verspreche es«, sagte sie ernst. Er hatte soeben von ihrer und seiner Zukunft gesprochen … Meinte er damit eine gemeinsame Zukunft?

Karl strich sich das Haar zurück. »Auf meinem Rückweg habe ich ab Santa Catarina eine andere Strecke gewählt. Ich bin über das Gebirge im Hinterland, durch die Serra Gaúcha geritten. Zum Teil musste ich mich auf Wasserwegen durchschlagen, weil der Urwald mit dem Pferd nicht zu durchqueren war. Und auf diesem Weg, Sophie, habe ich ein Tal gefunden, das durchsetzt ist von riesigen Amethystdrusen!« Sie hielt den Atem an. Wie abenteuerlich! Das übertraf ja alle Erwartungen! Karl fuhr fort. »Und die enthalten so große, klare, kräftig lilafarbene Kristalle, wie sie in Idar-Oberstein nie vorgekommen sind. Ich denke, sie reichen in ihrer Qualität an das, was Zarinnen und Könige in ihrem Schmuck und ihren Kronen tragen!«

Er strahlte vor Begeisterung, das Graublau seiner Augen schimmerte heller als sonst. Karl schien vor Tatkraft beinahe zu bersten.

»Aber wenn sie so groß sind, dann müssen sie ja auch sehr schwer sein!«, wusste Sophie. »Das kann ein Mann allein nicht schaffen!«

»Das stimmt. Deshalb brauche ich eine bessere Ausrüstung. Ein Freund ist schon dort. Wir wollen Arbeiter anheuern. Einige Steine habe ich bereits mitgebracht. Dörnte weiß nichts davon, keiner von den Achathändlern weiß davon. Ich habe mir die Schürfrechte bereits in Porto Alegre gesichert. Aber je länger ich den Fundort geheim halten kann, desto besser.«

»Wie heißt er?«

»Er hatte keinen Namen, weil er mitten in der Wildnis liegt. Ich habe ihn ›Tal der Hoffnung‹ getauft – Vale da Esperança. Es gibt dort einen kleinen Hügel am Fluss, von dem aus man eine herrliche Aussicht hat. Dort will ich eine Hütte bauen, und sie soll Bela Vista heißen.«

»Und dieser Freund … Wer ist das?«

»Ein guter Kumpel, Juan. Er ist Portugiese, ein verrückter Hund, schon älter. Er lebt dort mit einer Österreicherin zusammen, Mitzi. Sie war mal Zofe bei der Kaiserin von Brasilien. Er schmunzelte. »Mitzi ist sehr tierlieb. Meist hat sie ein verletztes Wildtier in Pflege und zähmt es.«

»Nein!«

Sophie hätte nicht für möglich gehalten, dass an diesem so unfassbar weit entfernten Ort europäische Frauen lebten. Wenn das aber so war, dann könnte ja auch sie … Sie traute sich kaum, den Gedanken zu Ende zu denken.

Karl begann zu lächeln, dann grinste er breit. »Nein, Sophie, das schlag dir aus dem Kopf!«

Beleidigt verschränkte sie die Arme vor der Brust. Er legte den Kopf zurück und lachte.

»Phh! Du weißt ja überhaupt nicht, was ich gedacht habe«, sagte sie schnippisch.

Er zog sie an seine starke Brust. Sein Mund berührte ihr Ohr. »Doch, das weiß ich genau … Ich habe sechs Jahre damit verbracht, mir vorzustellen, was du wohl hierzu und dazu sagen würdest. Wie es wohl wäre, wenn die süße kleine Sophie aus Obertiefenbach jetzt an meiner Seite den Wasserfall sähe, die Orangenblüten, die Mangobäume bei Sonnenaufgang, die Papageien oder das türkisblaue Meer. Wie du wohl auf die bemalten Indios reagieren würdest. Und wie es wäre, nach einem arbeitsreichen Tag mit dir in der Hängematte zu liegen und noch einmal alle Erlebnisse durchzusprechen.«

»Wenn du so viel an mich gedacht hast, warum hast du mir nie geschrieben?«

Sophie bebte vor Aufregung. Wieso hatte er ihr dann immer nur einen kurzen Gruß unter seine Briefe an Meister Severin gegönnt?

»Weil ich dir keine falschen Hoffnungen machen wollte. Mir gehörten doch lange Zeit nicht viel mehr als die Kleider am Leib und die Mundharmonika!« Sophies Gedanken überschlugen sich. Wenn er so oft an sie gedacht hatte wie sie an ihn, bedeutete das ja noch lange nicht, dass sie sich das richtige Bild vom jeweils anderen gemacht hatten. Vielleicht hatten sie sich in ihrer Einsamkeit und Sehnsucht einfach nur Ideale erschaffen … »Sieh mich an, Sophie!«

Sie sah ihn an, spürte seinen Körper, flatternde Aufruhr und die Vorfreude, die sie beide durchströmte …

»Liebste Sophie«, sagte Karl ernst, »ich will dich heiraten, und ich weiß, dass du mich auch willst.«

Sie schnappte nach Luft, schwankte zwischen Glück und Empörung über die Selbstsicherheit, mit der er seinen Antrag, der eigentlich mehr eine Feststellung als eine Frage war, aussprach.

»Wie kannst du dir so sicher sein?«, rief sie entrüstet.

Doch sie wurde von einer Glückswoge überrollt, die sie berauschte. Sophie empfand eine nie zuvor erlebte Seligkeit.

»Meine süße Sophie, ich fühle es doch!« Karl küsste sie erst zärtlich, dann leidenschaftlich. Im Nu gab sie jede Gegenwehr auf und erwiderte seinen Kuss inbrünstig. Endlich, endlich! Karl war noch außer Atem, als er wieder zu sprechen begann. »Du … wirst … mit Sicherheit nicht in dieser Urwaldeinöde leben! Das möchte ich meiner Frau und später meinen Kindern nicht zumuten.« Wie? Enttäuscht musterte Sophie ihn. Was dachte er sich? Warum schickte er sie erst in den Himmel und warf sie dann zurück auf die Erde? Seine Lippen berührten zärtlich ihre Wange. »Ich will zuerst die Mine richtig in Gang bringen. Juan würde später dort vor Ort bleiben und als Geschäftsführer alles beaufsichtigen.«

»Kannst du ihm denn vertrauen?«

»Auf jeden Fall«, antwortete Karl. »Wir haben uns gegenseitig schon mehr als einmal das Leben gerettet.« Sophie wollte nachfragen, was für gefährliche Situationen das denn gewesen seien, doch er sprach längst weiter von der Zukunft. »Mein Plan ist, in Porto Alegre eine Schleiferei und Färberwerkstatt zu eröffnen. Einige Amethyste aus dem Vale da Esperança werden dann für Kunden in Brasilien verarbeitet, den Rest verkaufen wir nach Idar und Oberstein.« Sophie schwieg beeindruckt. Das klang alles einleuchtend. Mit zwei Fingern hob Karl ihr Kinn. »Sophie, in einem Jahr bin ich wieder hier. Ich bitte dich, warte so lange als meine Verlobte auf mich. Ich werde uns inzwischen in Porto Alegre ein Häuschen bauen.«

»Aber wie willst du das alles bezahlen?«, flüsterte Sophie.

Diese rasanten Pläne und ihre Finanzierbarkeit überschritten ihren Erfahrungshorizont. War das realistisch? Ihr blieb nur eine Möglichkeit – sie musste Karl vertrauen.

»Ich hatte Glück in Minas Gerais, Sophie«, eröffnete er ihr schließlich stolz. »Es klingt vielleicht unglaublich, aber ich habe auf einem weiten Geröllfeld nordöstlich von Belo Horizonte eine Handvoll Rohsmaragde gefunden! Im Übrigen bin ich sicher, dass in der Provinz noch sagenhafte Edelsteinvorkommen liegen. Jede Wette, dort sind Turmaline, Aquamarine, Imperialtopase, Diamanten, Smaragde und Opale verborgen! Sie werden allerdings sehr tief liegen, das erfordert großen Aufwand. Zudem sind das Gebiet und die Schürflizenzen bereits vom Staat vergeben – da läuft viel über Schmiergelder. Das regeln die großen Unternehmen unter sich. Ein Neuankömmling wie ich hat dort keine Chance.«

»Und du hast die Smaragde einfach eingesteckt?«

»Natürlich! Man muss zugreifen, wenn einem das Glück hold ist. Sie lagen da einfach zwischen Schieferbruch herum.«

»Hatte sie denn dort jemand verloren?«

»Wohl kaum«, Karl unterdrückte ein Schmunzeln. »Ich nehme an, dass durch das feuchtwarme Klima über viele Tausende Jahre hinweg das Ausgangsgestein so sehr verwittert ist, dass eben manchmal einige Mineralien einfach ausgewaschen werden und an die Oberfläche kommen. Durch Regen und Schlammlawinen oder durch die Strömung in einem Fluss, dessen Bett auch mal wieder austrocknen kann …«

»Meine Güte!« Sophie schlug die Hände vor den Mund. Wie spannend das alles war! »Erzähl mir doch noch mehr von deinem Tal der Hoffnung!«

Karl zog sie wieder an sich. Ihm schien der Sinn nach etwas anderem zu stehen. »Wir haben nur wenig Zeit, Sophie. Ich bin so froh, dass wir uns immer noch gut verstehen! Ich habe es mir also nicht eingebildet, dass da mehr ist als nur Freundschaft! Und es ist noch da …« Er sah ihr tief in die Augen und senkte seine Stimme. »Und ganz besonders glücklich bin ich darüber, dass du jetzt nicht mehr zu jung bist …«

Er küsste sie wieder zärtlich, dann voller Verlangen, als wollte er sich für eine lange Durststrecke an ihr satt trinken.

Irgendwann, Sophie hatte sich mit ihrem Kopf gegen Karls Brust gelehnt und träumte vor sich hin, strich er ihr mit einem Finger über den Nacken und dann um den Hals herum.

»Hier fehlt etwas«, sagte er geheimnisvoll. Verspielt zupfte er an ihren Ohrläppchen.

Sie sah zu ihm hoch. »Wie meinst du das?«

Karl lächelte vielversprechend. In seinen Mundwinkeln bildeten sich neckische Grübchen, die sie am liebsten sofort geküsst hätte.

»Ich habe dir ein Verlobungsgeschenk mitgebracht. Mach die Augen zu!«

Er holte etwas aus einem Lederbeutel. Brav schloss Sophie die Augen. Sie hörte ein klackendes Geräusch wie man es vom Verschließen einer Zigarrenkiste kannte, dann spürte sie, dass Karl ihr etwas Kühles, Schweres um den Hals legte. Sie tastete danach, fühlte unter den Fingerspitzen oval facettierte Steine aneinandergereiht … Ein Collier!

»Oh!« Mit einem leisen Ausruf öffnete Sophie die Augen. Sie blickte auf ihr Dekolleté, konnte den unteren Teil von großen tiefvioletten Amethysten erkennen, die mit verschnörkeltem Gold eingefasst und miteinander verbunden waren. »Mein Gott, Karl!« Sophie befühlte den prachtvollen Schmuck bis zum Verschluss hinten an ihrem Hals. Dann sah sie, dass in einer Schatulle auf dem groben Holztisch des Unterstandes noch zwei passende Ohrgehänge lagen. »Du lieber Himmel!«, rief sie aus. »Sind die etwa auch für mich?«

Karl nickte. Er glühte vor Freude – wie es eben nur jemand konnte, der sich eine Situation tausendmal erträumt hatte, bevor er sie nun wirklich erleben durfte. Sophie versuchte, alles gleichzeitig zu machen. Karl zu umarmen, ihm mit Worten zu danken, die Achatperlen, die Onkel Hannes ihr zur Konfirmation geschenkt hatte, aus den Ohrläppchen zu nehmen, die Häkchen der Amethystgehänge hindurchzuschieben, zu lachen und zu weinen.

»Oh Karl!«, rief sie immer wieder. Sophie griff nach seiner Hand. »Sind diese Amethyste aus dem Vale da Esperança?«

»Ja«, sagte er stolz. »Die ersten, die geschliffen und zu Schmuck verarbeitet wurden. Die Steine sind mit Gold hinterlegt, damit sie im Kerzenlicht noch schöner funkeln.«

Er stand auf und trat einen Schritt zurück, um den Anblick ganz in sich aufzunehmen. »Sie passen noch besser zu dir, als ich erwartet hatte. Das Grün deiner Augen …« Er konnte den Satz nicht beenden, weil Sophie sich auf die Zehenspitzen stellte und ihn innig küsste.

Nach der ersten Begeisterung jedoch trat bei ihr Ernüchterung ein. »Ich kann das Collier unmöglich tragen«, sagte sie. »Das passt nicht zu meinem Stand. Der Schmuck würde mir auch bald gestohlen werden. Und wenn mein Vater ihn sieht, wird er mich bestimmt zwingen, alles zu verkaufen.« Natürlich würde sie niemals verkaufen wollen. Sie saß da und überlegte. »Ich könnte es ihm noch nicht einmal verdenken. Er ist krank, und wir alle müssen sehr einfach leben.«

Karl atmete schwer. »Erinnerst du dich an die Märchen, die wir früher als Kinder an langen Winterabenden gehört haben, Sophie?«, fragte er leise.

»Ja. Natürlich.«

»Darin kam oft etwas vor, das ›Unterpfand der Liebe‹ genannt wurde.«

Sophie nickte. Sie verstand, was Karl meinte. Es ging nur sie beide etwas an. Karl würde bald wieder in den Urwald gehen, er würde lebensgefährliche Unternehmungen wagen. Sie musste nun noch ein ganzes langes Jahr ausharren, was ihr wie eine Ewigkeit vorkam. Gewiss würde ihnen beiden ein Symbol, das sie verband, helfen, diese Zeit zu überstehen.

»Ich behalte den Schmuck«, erwiderte Sophie und drückte sanft Karls Arm. »Für mich. Für uns. Und eines Tages werde ich ihn bestimmt auch in aller Öffentlichkeit tragen können.«

Karl besuchte sie zu Hause. Er hielt bei ihrem Vater offiziell um ihre Hand an. Die Eltern konnten schwerlich ernsthafte Einwände gegen ihn erheben. Sie vermochten ihrer Tochter jedoch, außer ein paar Ballen selbst gewebten Leinenstoffs, keine Mitgift zu geben.

»Dass nun auf unsere alten Tage doch noch einmal das Glück hier anklopft …«, sagte die Mutter gerührt.

Der Vater fand dann aber trotzdem etwas auszusetzen. »Ein ganzes Jahr lang will er mit der Hochzeit warten!«

Die Mutter konnte ihn schließlich überzeugen, dass

diese Frist auch ihr Gutes hatte. »Das ist schön, so kann Sophie uns noch ein Jahr lang unterstützen«, sagte sie. »Sonst müsste sie jetzt bald nach Brasilien aufbrechen. Und wer weiß, wie es ihr im Urwald ergehen würde. Es ist vernünftig, dass Karl zuerst ein Haus bauen will.«

Von den Amethystfunden wussten die Eltern natürlich nichts, sie dachten an den beginnenden Achathandel.

Willi mochte seinen zukünftigen Schwager auf Anhieb und löcherte ihn mit Fragen zu Rio Grande do Sul.

»Der Staat schenkt Einwanderern zwar kein Land mehr«, erklärte Karl. »Aber tüchtige Handwerker werden überall gebraucht. Und gerade jetzt, da wir das Geschäft mit den Achaten aufbauen wollen … Magst du nicht mit mir kommen?«

»Ich kann mir nicht einmal die Überfahrt leisten«, wandte Willi ein.

»Ich würde dir das Geld vorschießen«, schlug Karl vor, »und du arbeitest es als Steinschneider in der Kolonie ab.«

Sophie konnte förmlich sehen, wie sich der Gedanke ans Auswandern in Willis Kopf einnistete. Die Streitigkeiten mit dem Vater waren nicht besser geworden, und er wollte endlich seine Grete heiraten. Weitere Nahrung erhielt sein Wunsch von Gretes Bruder Richard, der seit Kindertagen von jenem fernen Land träumte, in dem es drei Ernten im Jahr geben sollte. Er liebte Valentina, die Tochter eines wohlhabenden Gutsbesitzers, der ihn als Schwiegersohn nicht akzeptieren würde. Deshalb dachte auch Richard ans Auswandern.

Endlich kehrte Christine aus Bad Kissingen zurück. Sie sah blendend aus. So als hätte sie die Kur gemacht und nicht ihre Mutter.

»Es ist ja, als hätte alle ein Liebesfieber ergriffen«, jubilierte sie, nachdem Sophie sie in ihre noch geheimen Heiratspläne eingeweiht hatte. »Auch ich habe mich nämlich verlobt!«

»Mit dem Maler aus der Schweiz?«, fragte Sophie aufgeregt.

Soweit sie sich erinnerte, war er fünfzehn Jahre älter als ihre Freundin. Christines Vater hatte mehrfach sein Missfallen geäußert, sogar einmal den Verdacht anklingen lassen, bei diesem »Schweizer Pinsel« könne es sich um einen Mitgiftjäger handeln. Doch Christine hatte offenbar wie immer ihren Willen durchgesetzt.

»Ja, Julius von Ruetz. Er ist himmlisch! Und er malt die großartigsten Landschaftspanoramen, die du dir nur denken kannst – transparente Bilder. Wenn man sie von hinten beleuchtet, gibt es eine sagenhaft romantische Stimmung. Sie sind in den Zürcher Salons der letzte Schrei! Und Julius unterrichtet mich in Ölmalerei. Papa ist auch endlich einverstanden. Ach, ich bin so glücklich, Sophie!« Christine ergriff ihre Freundin über Kreuz bei den Händen und drehte sich mit ihr wie beim Blinde-Kuh-Spiel. Außer Atem und schwindlig fielen sie sich schließlich in die Arme. »Aber«, das schoss Christine offenbar erst jetzt durch den Kopf, »dann werden sich unsere Wege für immer trennen ... Ich werde Julius nach Zürich folgen, und du gehst in einem Jahr nach Südamerika ...«

Nun mussten sie beide weinen bei der Vorstellung, die beste Freundin zu verlieren. Nach einer Weile überwog jedoch die Vorfreude auf ihr neues Leben an der Seite eines geliebten Mannes, und sie übertrafen einander damit, sich gegenseitig die Zukunft auszumalen.

Die Abreise von Karl und Dörnte stand kurz bevor. Sie waren beide in den vergangenen sechs Wochen so oft eingeladen und fürstlich bewirtet worden, dass sie sich lange Gedanken darüber gemacht hatten, wie sie sich dafür bedanken könnten. Schließlich kamen sie auf die Idee, ein großes Churrasco zu veranstalten – ein Spießbratenfest, wie er es bei den Gauchos in der Pampa Südbrasiliens kennengelernt hatten.

»Das Fleisch wird für alle reichen!«, sagte Karl zufrieden. »Und niemand soll sich ausgeschlossen fühlen. Denn wir laden alle ein, die uns hier so herzlich aufgenommen haben.«

Ein großer Ochse wurde vorbereitet, zerteilt und in mit Salz eingeriebenen Stücken auf dem geschmückten Festplatz auf Rosten überm Feuer geschwenkt. Zum Tanzen hatten Handwerker eigens einen Holzboden gezimmert, am Abend musizierte eine Kapelle auf einer provisorisch errichteten Bühne. Karl ließ sich hinreißen, auf seiner Mundharmonika ein Lied als Gruß und Dank zu spielen. Alle Gäste fanden die Idee originell, selbst den vornehmsten gefiel es, draußen mit dem abenteuerlichen Flair Südamerikas zu feiern.

Einige Damen wie Anna-Klara wirkten in der langen Dämmerung auf dem Feld in ihren berüschten Abendkleidern und aufwendigen Hauben etwas fehl am Platze, doch niemand scherte sich darum. Es war ein gesellschaftliches Ereignis, von dem man, das zeichnete sich schon zu Beginn des Festes ab, noch lange sprechen würde.

Sophie kam mit Willi und Grete, als das Fest schon in vollem Gang war. Sie hatte erst ihre Scheu überwinden müssen, denn ihr war klar, wer dort alles in größter Eleganz und Selbstgerechtigkeit erscheinen würde. Es roch nach Buchenholz und Starkbier, leckerem Grillfleisch, Holunderblüten und feuchter Wiese.

Sophie trug ihre Sonntagstracht. Eine sehr hübsche

blaue Hortensie schmückte ihr Mieder. Grete hatte ihr neulich eine Pflanze aus eigener Aufzucht geschenkt, die jetzt bei den Eltern im Garten stand und durch die Zugabe von Alaun besonders schön himmelblau blühte.

Karl hatte wohl schon des Öfteren Ausschau nach Sophie gehalten. Jedenfalls leuchteten seine Augen auf, als er sie endlich erblickte. Sie zögerte noch, zu ihm zu gehen, denn er stand bei den Honoratioren mit ihren Gehröcken und hohen Hüten, und sie alle parlierten miteinander.

Natürlich erspähte Anna-Klara, die sich in Karls Nähe aufhielt und wie einige andere junge Frauen aufdringlich um seine Aufmerksamkeit buhlte, Sophie als eine der Ersten. Sie schickte ihr giftige Blicke, während Sophie tat, als sähe sie ihre Feindin nicht. Karl entgingen diese kleinen feinen Gemeinheiten, er eilte ihr freudig entgegen.

»Sophie! Da bist du ja endlich!«

Die Musiker auf der erhöhten Bühne unterbrachen gerade das Spiel, um sich ein wenig zu stärken, als Karl Sophie an die Hand nahm und sie in den Kreis der Obersteiner Händler nebst deren Gattinnen und Töchter zog. Ein leichtes Augenbrauenheben hier, ein Zucken um die Mundwinkel dort verrieten, dass seine Geste zumindest als ungewöhnlich eingestuft wurde. Sophie blickte schüchtern zu Boden. Anna-Klara zischte hinter einem Fächer halblaut, doch deutlich vernehmbar eine Bemerkung, die wohl für ihre Schwester bestimmt war.

»Dass die sich traut, hier aufzutauchen! In so grobem Aufzug!«

Alle im Kreis hatten es gehört. Zornig sah Karl zu Anna-Klara hinüber. Sophie fürchtete schon, er könnte ausfallend werden. Doch er beherrschte sich, schnell zeigte er wieder eine liebeswürdige Miene.

»Ihr, als Tochter eines Edelsteinexperten solltet es

doch besser wissen, liebe Anna-Klara.« Er lächelte charmant. »In manchem Rohgestein versteckt sich ein Juwel, es braucht nur etwas Schliff. Dagegen kann man einen Kiesel noch so lange schleifen und polieren, er bleibt doch stumpf.« Dann wandte er sich an Sophie. »Komm!«

Während es den Umstehenden noch die Sprache verschlagen hatte, stürmte Karl mit wenigen Schritten die Bühne. Er hob die sich sträubende Sophie zu sich hoch, dann klatschte er kurz in die Hände. Alle Aufmerksamkeit galt nun ihnen.

»Liebe Leute, an diesem schönen Maiabend möchte ich die Gelegenheit ergreifen und Euch Sophie vorstellen – meine bezaubernde Verlobte!«

9

»Alle Achtung! Starker Auftritt«, kommentierte Josie das Erzählte. Sie reckte wohlig die Arme.

»Wollen wir uns ein wenig auf dem Balkon die Beine vertreten?«, fragte Ada.

Sie gingen auf und ab. Hier konnte sich die alte Dame noch gut ohne Gehhilfe bewegen. Sie überblickten die Stadt und die Hügel dahinter.

»Der Satz mit dem Schliff hat sich in meinem Leben immer wieder bewahrheitet«, sinnierte Ada. »Als Lehrerin war es mir ein Anliegen, die ungeschliffenen Edelsteine unter den Schülern zu entdecken und zu fördern. Andererseits musste ich leider auch oft genug erkennen, dass alle Anstrengungen nichts nützten. Man kann höchstens ein bisschen die äußere Fassade polieren, wenn im Kern nichts Brillantes steckt.«

»Und jeder braucht einen anderen Schliff, nicht wahr?« Josie lächelte. »Sicher ist das die große Kunst.«

»Du sagst es«, seufzte Ada. »Der eine braucht richtig Druck, der andere verträgt nur wenig. Man darf die Kinder ja auch nicht brechen.«

Josie nickte versonnen. »Wie ist es Sophie damit ergangen?«, fragte sie. »Ich meine, nachdem Karl wieder fort war?«

»Soweit ich mich an die von Großmutter Emma und Martha überlieferte Schilderung erinnere, war es so, dass Sophie zunächst gehörig in der Achtung der Leute stieg.«

»Aha, die spekulierten schon auf den künftigen guten Draht zum Achatgeschäft!« Josie grinste. »Aber wieso sagst du ›zunächst‹?«

»Weil«, sagte Ada und hielt sich am Balkongeländer fest. »Tja …« Sie seufzte erschöpft, ihre Beine zitterten vor Schwäche.

Josie sah auf die Uhr. Es war schon recht spät. Sie konnte Ada unmöglich noch länger strapazieren. »Na, ich kann mich auch noch einen Tag gedulden«, sagte sie, obwohl sie vor Neugier beinahe platzte.

Die alte Lehrerin ging mit wackligen Schritten an ihr Bücherregal und zog zwei Heimatkunde- und den Jubiläumsband zum 175-jährigen Bestehen der Firma Wahring heraus.

»Die leihe ich dir, Josie«, sagte sie. »vielleicht findest du dort schon die eine oder andere Antwort auf deine Fragen.« Sie lächelte. »Bis morgen also. Und bitte bring nichts mit. Den vielen Kuchen diese Woche spüre ich schon auf den Hüften, und deine Blumen blühen noch so schön, da brauche ich keine neuen.«

»Möchtest du denn vielleicht mal die Unterhaltung woanders führen?«, fragte Josie. »Oder möchtest du einen Ausflug mit mir unternehmen?«

»Danke für das Angebot«, erwiderte Ada. »Im Moment bin ich froh, wenn ich hier sein kann. Aber ich denke darüber nach. Vielleicht wäre ein Besuch im Stadtarchiv noch interessant, um etwas zu klären. Davon erzähle ich dir morgen mehr, mein Kind.«

Josie verabschiedete sich liebevoll. Als sie schon an der Tür war, fiel Ada noch etwas ein. »Womit du mir wirklich eine große Freude machen könntest, Josie …« Sie zögerte.

»Ja?«, Josie lächelte. »Bitte, sag was es ist …«

»Würdest du das Gemälde von Sophie mitbringen? Ich möchte es furchtbar gern noch einmal sehen.«

»Aber natürlich, Tante Ada. Das bring ich dir gern mit.«

Josie unternahm einen längeren Spaziergang in der Abendstimmung am Idarbach entlang und fragte sich, ob Sophie und Karl sich wohl an dieser oder jener Stelle getroffen hatten. Ihre Gedanken kreisten um Karls Vergleiche von Menschen mit Edelsteinen oder Kieseln. Wer verlieh denn Menschen ihren Schliff – die Eltern, die Lehrer, das Leben, Schicksalsschläge, Zufälle? Und was vermochte der Einzelne selbst zu leisten? Hatte sie eigentlich in ihrem Leben genug unternommen, um als Mensch den richtigen, den optimalen Schliff zu erhalten? Bemühte sie sich noch darum, das, was in ihr angelegt war, in allen möglichen Facetten zum Strahlen zu bringen? Oder hatte sie nicht längst angefangen, es sich ein wenig zu bequem zu machen?

Sie telefonierte mit Edgar. Er sagte, dass er sie sehr vermisse.

»Es ist schön hier, Edgar«, sagte Josie. »Du solltest beim nächsten Besuch wirklich mitkommen. Hörst du die Vögel zwitschern und das Bächlein plätschern?«

Er konnte es nicht hören. »Bei mir rauscht der Verkehr im Hintergrund zu laut.«

»Ich finde es wirklich alles wahnsinnig faszinierend«, sagte Josie. »Die Edelsteine, das Handwerk, die alten Geschichten und …«

»Na, dann wünsch ich dir noch viel Spaß. Auch bei diesem Spießbratenfest, Josie.« Edgar ließ sie nicht ausreden. »Das ist übermorgen, oder?«

»Ja genau. Und Sonntagvormittag fahre ich wieder nach Hamburg.«

»Okay, Sweatheart, bis dahin! Ich bin morgen mit den Jungs vom Segelclub verabredet. Amüsier dich gut, aber küss keine fremden Männer!«

»Du auch, mein Schatz! Mach's gut.«

»Ich küsse grundsätzlich nie Männer«, witzelte Edgar. »Tschüs!«

Mit einem kleinen Schmunzeln steckte Josie ihr Handy in die Tasche.

Am nächsten Vormittag tauchte eine außerordentlich elegante junge Blondine im Betrieb der Wahrings auf. Sämtliche männlichen Betriebsangehörigen kämpften gegen akute Schnappatmung an. Reinhard und Alex ließen es sich nicht nehmen, sie zu zweit in den begehbaren Tresor zu begleiten. Josie fragte sich, wie die Besucherin mit der Bienenkorbfrisur in diesem Aufzug überhaupt gehen konnte. Sie war sicher noch keine dreißig und hatte eine perfekte Figur. Ihr knallenger schwarzer Midibleistiftrock reichte bis zu den Waden. Der hohe Bund reichte von der Wespentaille fast bis an den schön geformten Busen, der sich unter einer weißen zugeknöpften Bluse abzeichnete. Sie stolzierte gekonnt auf ihren High Heels als wären es Ballerinas.

»Wer ist das denn?«, fragte Josie Martina, die ihr gerade die Arbeit des Steinschneiders erklärte.

»Das muss die Farbsteinexpertin aus New York sein, Mrs. Schulz«, sagte sie in verschwörerischem Ton. »Sie arbeitet für einen berühmten Juwelier an der Fifth Avenue, ist aber eine Deutsche.«

»Die hat's ja echt drauf!« Josie erkannte einen kleinen Schlitz hinten im Rock, der Mrs. Schulz das Gehen offenbar erst ermöglichte. »Perfekter Vintage-Style!«

»Sie sucht Inspiration für ein bestimmtes Schmuckstück für eine ganz besondere Kundin …«, fügte Martina hinzu. »Sie hat sich vor ein paar Tagen angemeldet. Normalerweise halten die Farbsteinexperten nobler Schmuckfirmen den Kontakt zu uns ja über die Messen.«

»Ach so«, nun dämmerte es Josie. »Dann seid ihr regelmäßig auf solchen Spezialschmuckmessen mit euren Edelsteinen vertreten?«

»Ja genau«, bestätigte Martina. »Manchmal schicken wir auch schnell über Nacht eine Auswahl an eine Juwelierfiliale zur Ansicht, wenn sie dort individuelle Kundenwünsche erfüllen möchten.«

»Du meinst«, Josie sprach mit übertriebener Blasiertheit, »wenn der Farbton des Saphirs exakt zur Augenfarbe der Kundin passen soll? Oder der Smaragd zur Lackierung ihres Jaguar-Oldtimers?«

»Zum Beispiel. Das Beste ist gerade gut genug.«

Martina lächelte, aber sie schien das kein bisschen lächerlich zu finden, sondern als echte Herausforderung zu betrachten.

Irgendwie ist es das ja auch, dachte Josie dann, und ihr Respekt stieg. Es war doch auch großartig, wenn jemand versuchte, die absolut beste Qualität und den denkbar besten Service zu bieten.

»Die Dame aus New York befindet sich ohnehin gerade auf einer Deutschlandreise zu einem Treffen von Schmuckexperten, und deshalb stattet sie uns hier persönlich einen Besuch ab.«

Josie musste an etwas denken, das sie am Abend zuvor noch in den Büchern von Ada gelesen hatte. »Stimmt es wirklich, dass aus Idar-Oberstein schon seit Jahrzehnten Firmen wie Cartier, Tiffany & Co., Harry Winston, Van Cleef & Arpels oder Wempe das Material für ihren Schmuck beziehen?«

Jetzt reckte Martina ihre Nase doch ein wenig höher. »Selbstverständlich«, sagte sie stolz.

»Aber warum sieht man in der Fußgängerzone dann nur diesen Billigschmuck?«

»Ach, das meiste ist sogar Made in China, das ist nur für die Touristen. Tatsächlich haben wir es hier geschafft, uns in der Branche mit immer besserer Qualität gegen die Globalisierung zu behaupten.«

»Meine Güte, ich hatte wirklich keine Ahnung …«

Vertraulich beugte Martina sich zu Josie hin. »Es wäre schlicht dumm, einen kostbaren Rohstein von mittelmäßigen Schleifern facettieren zu lassen. Wir haben schon jede Menge Steine nachgeschliffen, die in Sri Lanka viel zu schlampig bearbeitet worden sind.«

Josie seufzte innerlich. Sie würde ja ihre Modekollektionen auch lieber in Deutschland nähen lassen, aber das war ihrem Chef zu teuer.

»Wenn ein Schmuckexperte aus Brasilien einen besonders geschliffenen Stein aus seinem eigenen Land haben will«, sagte Martina, »dann sucht er ihn nicht dort, sondern hier. Aber jetzt muss ich noch ein bisschen was tun. Wir sehen uns dann heute Abend beim Essen.«

Josie rief in Hamburg an. Sie sprach mit Tania. »Wie ist die Lage im Atelier? Ich überlege, ob ich nicht einfach noch ein paar Tag in Idar-Oberstein dranhänge …«

»Nee, Süße«, erwiderte Tania, »das kannst du dir abschminken. Unser lieber Boss hat die Hälfte der Mode für Mollige gekippt. Ist ihm zu gewagt, zu trendy.«

»Och nein!« Josie stöhnte. »Ich versteh's einfach nicht! Warum muss man ab Größe 44 nur immer so 'n trutschiges Zeug tragen? Ich bin sicher, dass unsere Ideen auf Begeisterung gestoßen wären!« Sie ärgerte sich über so viel Unverstand.

Auch Tania fand die Entscheidung ihres Chefs daneben. »Tja, es ist, wie es ist. Und wir müssen nun alles schleunigst bis vorgestern umstylen.«

Josie verspürte keine große Lust darauf, ihre besten Ideen wieder mal bis zur Durchschnittlichkeit und Austauschbarkeit umzuändern.

»Schade, schade, schade«, sagte sie und seufzte. Aber das gehörte nun mal zu ihrem Job. Jammern nützte da nichts.

»Du sagst es. Und jetzt kann ich auch nicht länger reden. Muss mich ranhalten, denn die nächste Testkollektion wartet schon. Die Teeniesachen fand er übrigens nicht flippig genug. Wir sollten mehr am Puls der Zeit arbeiten!«

»Dann will ich dich jetzt nicht länger aufhalten.« Josie verkniff sich einen bissigen Kommentar. »Mach's gut, Tania. Hab dir viel zu erzählen, wenn ich wiederkomme …«

»Tschüs, Josie, bis Montag! Wir erwarten dich sehnsüchtig!«

Ada hatte zwei Stühle auf den Balkon stellen lassen, als Josie an diesem Nachmittag zu ihr kam. »Das Wetter ist so schön«, begrüßte die Seniorin sie, »da dachte ich, ein bisschen Sonne wird uns guttun.«

Sie schaute prüfend auf die Nachbarbalkone, doch in der Nähe saß niemand, der ihrem Gespräch hätte lauschen können.

Josie überreichte Ada eine Tüte mit besonders leckeren duftenden Pfirsichen, die ein kleiner Obstladen trotz der Jahreszeit schon angeboten hatte. »Statt Kuchen!«

»Oh, vielen Dank, ich liebe Pfirsiche!«

»Hattest du mal erwähnt …« Josie grinste. Sie wickelte das Gemälde aus und legte es auf den Wohnzimmertisch. »Hier ist Sophie«, sagte sie, »im Glanz ihrer Jugend.«

Ehrfürchtig stand Ada davor. Dann zeigte sie auf das Bild. »Ich darf es mir doch näher ansehen?«

»Natürlich!«, erwiderte Josie. »Wer, wenn nicht du?«

Langsam ließ die alte Dame zwei Fingerspitzen über die Gesichtskonturen gleiten. »Weißt du, ich hab sie ja nicht persönlich gekannt, aber Sophies Geschichte hat mein Leben begleitet. Und sie erinnert mich immer an Martha …« Mit einem tapferen Lächeln legte sie das Bild zurück auf den Tisch.

»So, lass uns an die frische Luft gehen. Tee ist schon fertig. Das Bild lassen wir lieber drinnen liegen, sonst passiert noch was damit.«

Sie nahmen auf dem Balkon Platz, auf dem Primeln, Narzissen und Tulpen ringsum eine heitere Stimmung verbreiteten.

»Ach, was sollte schon passieren …«, sagte Josie, während sie den Windschutz noch in die richtige Position brachte. »Außer vielleicht, dass es hinunterfallen könnte …«

»Ha!« Ada träufelte Zitronensaft in ihren Tee. »Vorsicht ist die Mutter der Porzellankiste. Beinahe wäre dieses schöne Porträt durch eine kleine Unvorsichtigkeit ruiniert worden! Ist dir denn die Delle oberhalb von Sophies Taille noch nicht aufgefallen?«

10

Idar-Oberstein
Oktober 1833–Juli 1834

Sophie hatte die Augen geschlossen, es roch nach Ölfarben und Lösungsmitteln. Sie stellte sich ihr Wiedersehen mit Karl in Brasilien vor. Ach, sie würden sich in die Arme fliegen!

»Wunderbar!«, rief Christine, die sie in dem kleinen Gartenhäuschen hinter der Villa der Familie Schneider porträtierte, »jetzt hab ich das Lächeln!«

Das Ölbild war fast fertig. Nur das Kleid musste noch ausgemalt werden – das fliederfarbene Abendkleid, das Sophie Christine nach deren siebzehntem Geburtstag zurückgegeben hatte. Die hatte es aufbewahrt. Es passte einfach wunderbar zu dem Amethystschmuck, den Sophie sonst nie vor anderen Menschen anlegte.

Eines Tages hatte sie Christine von dem Collier erzählt, und die hatte nicht abwarten können, es auch einmal zu sehen. Sophie hielt die Schatulle zu Hause in ihrer Strohmatratze versteckt, an diesem Tag hatte sie sie heimlich herausgeholt. Das Porträt, das Christine von ihr malen wollte, sollte ihr Hochzeitsgeschenk für Karl werden.

Sophie sah nun versonnen aus dem Fenster auf die Kletterrosen. Sie versuchte, sich nicht zu bewegen, obwohl sie es allmählich etwas unbequem auf dem hohen Hocker fand.

Plötzlich wurde die Tür aufgerissen, und ein junger Mann stürmte in das kleine Atelier. Lorenz … Sofort fiel sein Blick auf die herausgeputzte Sophie, und er strahlte sie an wie verzaubert. Seine Schwester, die gleich hinter der Tür an ihrer Staffelei stand, nahm er gar nicht wahr. Und da ließ sich das Malheur auch schon nicht mehr aufhalten. Das Beistelltischchen, auf dem die angerührten Ölfarben standen, stürzte um, Schälchen und Pinsel flogen durch die Luft, auch die Staffelei kippte. Das Bild landete, von dunklen Flecken übersät, inmitten der Malutensilien auf dem Steinfußboden. Es sah aus, als wäre es ein für alle Mal verdorben.

»Lorenz! Verflixt!« Christine stampfte wütend mit dem Fuß auf. »Weißt du, wie lange ich daran schon arbeite?« Aber einen Augenblick später überwog doch die Freude, den Bruder nach so langer Zeit endlich wiederzusehen. *»Quelle surprise!«,* rief sie. »Bleibst du etwa bis nächste Woche, bis zur Hochzeit?«

»Natürlich, Schwesterherz, deshalb bin ich doch extra aus Paris angereist. Ich habe all meinen Urlaub genommen.« Lorenz war sichtlich betroffen. »Ach, Tinchen, es tut mir so leid, was ich hier vor lauter Überraschungsfreude angerichtet habe! Guten Tag, Sophie, du Schöne!«

Wie seine Schwester kniete Lorenz nieder, um die Bescherung vom Fußboden einzusammeln und Tisch und Staffelei wieder aufzurichten. Christine hatte zum Glück einen Kittel über ihr hübsches gelbes Tageskleid gestreift. Sie nahm das Bild hoch, besah es sich genauer.

»Ein Jammer! Der Gesichtsausdruck war so gut getroffen!« Geschickt wischte sie mit einem terpentingetränkten Schwämmchen die Kleckse weg, was an manchen Stellen sogar ganz gut gelang, und drückte von hinten gegen eine lädierte Stelle oberhalb von Sophies Taille.

»Merde, diese dunkle Farbe hier krieg ich nicht mehr richtig weg! Dein Kleid muss eine andere Farbe bekommen, Sophie!«, rief sie aus. »Aber sonst, denke ich, kann man das Werk noch retten.«

Sophie kam näher, um Lorenz zu begrüßen. Sie küssten sich auf die Wangen. Er war erwachsener geworden, hatte keine unreine Haut mehr, aber natürlich war er immer noch ein schmächtiger Jüngling mit Backenbart. »Ich freue mich auch, dich wiederzusehen, Lorenz«, sagte Sophie. »Paris bekommt dir. Dein Anzug ist sehr schick. Trägt man das jetzt so in der Stadt der Mode?« Dann sah sie sich den Schaden an. »Ach, was soll's, Christine …«, sagte sie dann. »Mal mich doch einfach in meiner Sonntagstracht mit dem schwarzen Mieder. Das wird Karl bestimmt auch gefallen.« Genau die hatte sie schließlich getragen, als er offiziell ihre Verlobung bekannt gegeben hatte.

Als das Bild einen Tag später so wie besprochen fertig war, gefiel es Christine und Sophie sogar noch besser als alle vorherigen Porträts.

»Man sieht dir einfach an, dass du eine glückliche, erwartungsvolle Braut bist«, bemerkte Christine.

»Nur deshalb, weil eine andere glückliche Braut das richtige Gespür dafür hatte«, erwiderte Sophie vergnügt.

»Na ja, und weil Julius mir Unterricht im Porträtmalen erteilt«, ergänzte Christine.

Sophie mochte den Bräutigam ihrer Freundin nicht besonders. Sie fand ihn zu alt und zu eitel, doch das sagte sie der Freundin nicht.

Und dann war endlich der Tag der Hochzeit. Lorenz übernahm zu gern wieder die Aufgaben als Sophies Tischherr und Tanzpartner. Sophie genoss es, dass ihr gesellschaftliches Ansehen als Verlobte von Karl gestiegen war. Sie wurde respektvoll behandelt wie eine Bürgerstochter.

Und sie merkte, dass sie sich dadurch veränderte. Ihr ganzes Leben lang war alles zu knapp gewesen. Nie hatte es genug zu essen gegeben, genug hiervon oder davon, Kleidung, ordentliches Schuhwerk, Feuerholz, Geld, nie genug Liebe, nie genug Anerkennung – jetzt gab es einen Menschen, der sie liebte und den sie lieben durfte. Und sie besaß das Collier. Manchmal konnte sie es kaum fassen. Wenn alle anderen schliefen, holte sie den Schmuck aus ihrer Matratze und betastete liebevoll die lilafarbenen Steine und das Gold. Oder sie legte ihn an und fühlte sich sicherer, stärker, beruhigt. Das Collier und die Ohrgehänge ließen sie im wahren Wortsinn besser begreifen, dass Karl es ernst meinte mit ihr. Er war zwar ganz weit weg, aber er würde kommen und sie holen. Und dann hatte sie wirklich endlich alles, was sie brauchte. Oh, wie sie seiner Wiederkehr entgegenfieberte!

Nach ihrer Hochzeit im Oktober zog Christine zu Julius in die Schweiz. Inzwischen hatten sich auch Willi und seine Grete fest entschlossen auszuwandern. Sie planten, im kommenden Jahr mit Sophie und Karl zu reisen. Gretes Bruder Richard und dessen Braut Valentina wollten gegen den Willen ihrer Eltern heiraten und ebenfalls in Rio Grande do Sul ihr Glück suchen. Sophie konnte gut verstehen, weshalb Richard sich in die kräftige blonde Valentina verliebt hatte. Sie ruhte in sich. Sie war sich in allem, was sie tat und dachte, sicher. Zu jeder Angelegenheit unter Gottes weitem Himmel hatte Valentina eine Meinung, an der sie nicht ein bisschen zweifelte. Dabei blieb sie stets freundlich und hilfsbereit, sie versuchte nicht, andere zu belehren. Sophie dagegen glaubte, dass es viele Möglichkeiten gab, die Dinge des Lebens zu beurteilen oder sich zu verhalten, und dass sie viele nur noch nicht kannte. Deshalb war sie sich oft unsicher.

Im November spürte Sophie erstmals eine eigenartige Beklemmung, sie schob es auf das Grau in Grau der Jahreszeit. Im Dezember war ihr zwanzigster Geburtstag, doch sie mochte ihn nicht feiern. Ganz langsam kippte die freudige Erwartung in eine ihr völlig fremde Ängstlichkeit um. Es kamen keine Briefe mehr von Karl. Das hatte sie schon zweimal erlebt, und irgendwann war schließlich doch immer wieder Post gekommen. Damit versuchte sie sich zu trösten. Aber tief in ihrem Innern spürte Sophie, dass etwas nicht stimmte. Sie versuchte, das Gefühl zu verdrängen, nähte weiter an ihrer Aussteuer und traf Vorbereitungen für eine schöne Hochzeit in kleinem Rahmen. Denn dass sie und Karl vor der Überfahrt heiraten wollten, war fest vereinbart. Es wurde Frühling, April, Mai, Juni … Sie hatte seit über einem halben Jahr keine Nachricht mehr von ihm erhalten.

»Na, wann kommt denn nun der Karl?«, wurde sie immer häufiger gefragt.

Zuerst von ihrem Vater, dann von Verwandten, Nachbarn und sogar von Leuten, die sie kaum kannte. Immer häufiger glaubte sie, einen hämischen Unterton herauszuhören.

Auch Anna-Klara spottete wieder. »Oh, die verlassene Braut«, lästerte ihre Feindin, als sie beide zufällig auf dem Markt an einem Stand aufeinandertrafen. »Er hat sicher längst eine andere gefunden! Und die Ärmste hofft immer noch …«

Gerade hatte Sophie mit der Gemüsefrau über das Aussehen einer Rübe gescherzt, die durch putzige Verwachsungen wirkte, als hätte sie ein Gesicht. Sie griff nach der verknubbelten Rübe, drehte sich damit schwungvoll um, hielt sie wie eine Puppe in der Hand und sprach mit ihr.

»Meinst du, wir sollten auf so dummes Gewäsch antworten?«

Daraufhin ließ sie die Rübe zu Anna-Klara schauen und mit hoher Bauchrednerstimme antworten. »Nö! Die ist ja nur neidisch!«

Alle umstehenden Leute brachen in schallendes Gelächter aus. Anna-Klara raffte die Röcke, warf den Kopf in den Nacken und rauschte mit einer Magd, die ihre Körbe tragen musste, beleidigt davon.

Aber auf dem Heimweg fühlte sich Sophie den Tränen nahe. Warum schrieb Karl denn nicht? Sie zweifelte nicht an seiner Liebe. Es musste ihm etwas zugestoßen sein. Auch andere Auswanderer, die Briefe in die Heimat schickten, erwähnten Karl nicht. Offenbar war er im Hinterland verschollen.

Sophie arbeitete im Garten zwischen den Kletterbohnen. Sie wand deren Ranken um die Holzgerüste, während drei ihrer kleinen Geschwister auf dem angrenzenden Acker Käfer von den Kartoffelpflanzen sammelten, als endlich der Postbote kam.

»Ein Brief aus Brasilien!«, rief er schon von Weitem.

Sophie lief ihm entgegen, riss ihm den Umschlag aus der Hand und öffnete ihn mit zittrigen Fingern. Der Brief war von Karl geschrieben. Das war seine Handschrift. Aber sie sah anders aus als sonst, irgendwie unruhig. Und der Brief war viel kürzer als üblich.

Noch im Garten ließ Sophie sich auf einen Findling sinken und las. Die Geschwister kamen neugierig mit ihren Krügen voller Kartoffelkäfer näher, hockten sich neben sie auf den geharkten Sandweg.

Geliebte Sophie!
Hoffe, Du bist wohlauf! Hatte einen Unfall, bin jedoch auf dem Wege der Besserung. Es war ein Beinbruch in der Serra. Außerdem hat mich das Wechselfieber erwischt, wahrscheinlich hab ich mich in Rio angesteckt. Die Fieberschübe werden erträglicher, das Bein heilt. Bin wieder in Esperança. Es tut mir so leid. Denke immer an Dich. Lege Dir einen Gruß aus dem Urwald bei. Es dauert noch. Weiß nicht genau, wie lange. Bitte warte auf mich. Du bist mein Grund zu überleben. Wir dürfen die Hoffnung nicht aufgeben, wir müssen kämpfen.
In Liebe
Dein Karl

PS. Du weißt ja – die inneren Werte zählen.

Sophie ließ den Brief auf ihre Knie sinken. Die widersprüchlichsten Gedanken und Gefühle lähmten sie. Karl lebte! Welche Erleichterung, was für ein Glück! Aber er war krank, er litt … Er konnte nicht kommen. Sie würde ihn nicht bald heiraten und nicht bald nach Brasilien reisen. O Gott, das Wechselfieber verlief doch oft tödlich! Hoffentlich starb er nicht! Vielleicht war er ja längst gestorben?

»Nein!«, schrie sie gellend und sprang auf. Ihre Geschwister erschraken, Jasper fing an zu weinen, und die Mutter kam aus dem Haus.

»Was ist los?«

Sophie steckte hastig den Brief in den Umschlag zurück, stopfte ihn in ihre Schützentasche und rannte fort.

»Sophie! So warte doch! Was …«, rief ihre Mutter.

Die Geschwister liefen hinter Sophie her und brüllten. »Sophie! Was ist denn los?«

Sie wandte im Laufen den Kopf. »Karl lebt! Aber er kann nicht kommen! … Lasst mich in Ruhe! Lasst mich alle in Ruhe!« Und dann rannte sie so schnell, dass die Kleinen ihre Verfolgung aufgeben mussten.

Keuchend und mit Seitenstichen erreichte Sophie den Unterstand im Wald, in dem sie mit Karl glücklich gewesen war. Sie setzte sich auf die Bank und weinte hemmungslos. Das Schicksal hatte sie an der Nase herumgeführt! Sie konnte noch so rackern und sich bemühen – offenbar gab es für sie keine Chance, ihrem ärmlichen, mühevollen Leben zu entkommen! Wie freudig hatte sie ihre Hochzeit vorbereitet, ach, und sie hatte sich doch nur wieder lächerlich gemacht. Sophie empfand maßlose Enttäuschung, hilflosen Zorn – und die allergrößte Sorge um Karl. Hinzu kam ein schier unerträgliches Gefühl von Ausweglosigkeit. Wahrscheinlich würde er nicht kommen. Ihr Vater würde sie zwingen, irgendeinen Mann zu heiraten, der etwas Wohlstand versprach. Und sie würde enden wie ihre Mutter, als eine enttäuschte, abgearbeitete, unglückliche Frau.

Sophie weinte, wie sie noch nie geweint hatte, sie hatte kein Taschentuch, musste immerzu die Nase hochziehen, konnte kaum noch atmen. Endlich hatte sie keine Tränen mehr. Sie ging an ein Bächlein, das in der Nähe durch den Wald plätscherte und spritzte sich mit der hohlen Hand klares Wasser ins Gesicht. Das kühle Nass weckte ihre Lebensgeister.

Nein!, sagte sie nun zu sich selbst. Das kommt gar nicht infrage. Es ist niemals hoffnungslos, solange man am Leben ist. Alles kann sich auch immer noch zum Guten wenden. Karl hat recht, wir müssen kämpfen. Ich werde kämpfen!

Sophie marschierte mit zügigen Schritten in Richtung

Oberstein. Sie wollte sich mit Meister Severin beraten. Er war ein kluger, weit gereister Mann. Ihm würde vielleicht eine Lösung einfallen. Wie immer half es ihr auch dieses Mal, sich zu bewegen, zu gehen. Immerhin lebte Karl noch. Schrieb er nicht selbst, dass er auf dem Weg der Besserung sei? Und er liebte sie noch. Ach, daran hatte sie sowieso nie gezweifelt.

»Ich liebe dich auch, Karl«, murmelte Sophie in den Wind. Sie lächelte in den Himmel hinein. »Hörst du mich? Ich liebe dich.«

Das hatte sie ihm nie direkt gesagt. Er ihr auch nicht. Sie wussten es auch so.

Als Sophie Oberstein fast erreicht hatte, fiel ihr die Beigabe aus dem Urwald ein. Sie blieb stehen und holte den Umschlag aus ihrer Schürzentasche. Darin befand sich ein Zweiglein, ungefähr so lang und dick wie ihr kleiner Finger. Filigrane Schnitzereien von Blüten und zwei Figuren, die sich die Hände reichten, schmückten ihn. Vielleicht hatte Karl sich mit solchen Arbeiten die Genesungszeit vertrieben. Sophie streichelte gerührt das kleine Kunstwerk. Sie hielt inne. Täuschte sie sich, oder machte es dabei leise Klicker- und Knistergeräusche? Vielleicht steckten getrocknete Samenkörner oder Ähnliches darinnen? Sie bewegte den Zweig dicht an ihrem Ohr hin und her. Ja, er enthielt etwas. Jetzt fiel ihr auf, dass er oben einen Pfropfen hatte, ähnlich einem kleinen Korken. Vorsichtig zog sie ihn heraus. Der Zweig war ausgehöhlt. Was sich darin befand, konnte sie im Dunkel des Röhrchens nicht richtig erkennen. Sie schüttelte den Inhalt vorsichtig in ihre linke Handfläche. Es waren kleine helle Steinchen, unregelmäßig geformt. Einige schimmerten klar und transparent und erinnerten an Splitter von Bergkristall, andere halb durchsichtig wie Milchzähnchen. Rasch holte sie den

Brief hervor, um noch einmal das Postskriptum zu lesen. *Du weißt ja – die inneren Werte zählen,* hatte Karl geschrieben. Natürlich! Das war nicht nur eine Anspielung auf seinen Affront gegen Anna-Klara, sondern ein versteckter Hinweis auf diese Steine. Wahrscheinlich waren es wertvolle Steine. Sorgfältig ließ Sophie sie zurück in das Behältnis rieseln. Beschwingter ging sie weiter, und als sie bei Meister Severin angekommen war, stand ihr Plan eigentlich schon fest.

Es war eine der besten Ideen ihres Lebens gewesen, Meister Severin zu konsultieren, denn er riet ihr, mit den Steinchen zu Christines Vater zu gehen.

»Ich will dir ja keine falschen Hoffnungen machen, Sophie«, sagte er, »aber es könnte sich um Rohdiamanten handeln.«

Noch nie war Sophie ohne Christine in der Villa der Familie Schneider gewesen, in der sich auch das Firmenkontor befand. Es kostete sie einige Überwindung, mit dem schweren Löwenkopf am Eingangsportal anzuklopfen. Ein Sekretär öffnete Sophie und bat sie sichtlich befremdet hinein.

»Ich möchte gern Herrn Schneider sprechen«, sagte Sophie so ruhig und selbstbewusst, wie es ihr möglich war.

»Worum geht es?«, fragte der Sekretär von oben herab.

»Um eine Privatangelegenheit. Ich bin eine Freundin seiner Tochter.«

Der Sekretär ging durch die Eingangshalle ins Kontor des Edelsteingroßhändlers. Kurz darauf wurde Sophie vorgelassen. Christines Vater stand auf. Er lief um seinen mit eindrucksvollen Schnitzereien versehenen Schreibtisch herum und begrüßte sie.

»Guten Tag, Sophie. Wie schön, dass du mich einmal

besuchst. Gerade jetzt, da Christine fort ist und uns allen so sehr fehlt. Nimm Platz!«

Er bot ihr den Besucherstuhl vor seinem Schreibtisch an. Seine Tochter hatte kürzlich geschrieben, es gehe ihr gut, sagte er, ihr Mann habe jetzt einige Malschüler angenommen, was für ein regelmäßiges Einkommen sorge.

»Ach, das freut mich«, sagte Sophie. »Ich freue mich auch immer, wenn sie mir schreibt.« Damit war das unverbindliche Vorgeplänkel abgeschlossen.

»Nun, was kann ich für dich tun?«

Sophie war schon mal erleichtert, dass Herr Schneider so selbstverständlich und freundlich auf ihren Besuch reagierte. Sie räusperte sich aufgeregt, dann schilderte sie ihm, weshalb sie gekommen war.

»Lass mal sehen!«, forderte er sie auf.

Sophie reichte ihm den verschlossenen, ausgehöhlten Zweig. »Er hat einen kleinen Korken«, sagte sie nur.

Christines Vater verstand. Er öffnete das Röhrchen, ließ die kleinen Steine auf ein weißes Blatt Papier rieseln und besah sie sich eine Weile mit einer Lupe. Sein Gesichtsausdruck ließ kein Gefühl erkennen.

Das lange Schweigen wurde Sophie unangenehm. »Meister Severin hat mir geraten, Euch die Steine zu zeigen«, sagte sie halb entschuldigend. »Er meinte … es könnten Rohdiamanten sein.«

Der Händler ließ die Lupe sinken und sah Sophie an. Nun endlich lächelte er. »Meister Severin hat sich nicht getäuscht.«

»Ehrlich?« Sophie musste sich beherrschen, nicht aufzuspringen. Am liebsten hätte sie einen Freudentanz aufgeführt. »Und … und würdet Ihr mir die Diamanten abkaufen?«

»Sophie, so einfach geht das nicht«, dämpfte er ihr

Glücksgefühl. »Normalerweise gibt es Regeln, Zollbestimmungen, es werden Herkunftsnachweise verlangt et cetera ... Wenn du die Steine offiziell deklarierst, gibt es gewiss Nachfragen. Wegen der Rechtmäßigkeit.«

So genau wollte Sophie das alles gar nicht wissen. »Oh«, sagte sie nur kleinlaut.

»Aber«, Herr Schneider lächelte breit, »wenn Meister Severin, den ich ja als vertrauenwürdigen Menschen kenne, du und ich Stillschweigen über unser Geschäft bewahren, dann kaufe ich dir diese Partie unter der Hand ab.«

Sophie brach der Schweiß aus. Sie hatte keine Ahnung, was die Steine wert waren, und mit amtlichen Bestimmungen kannte sie sich schon gar nicht aus. Christines Vater konnte sie leicht betrügen. Doch an wen sollte sie sich sonst wenden? Wohl kaum an den Vater von Anna-Klara. Der galt allgemein als arglistig, um nicht zu sagen unaufrichtig, und insgeheim hoffte Sophie, dass Herr Schneider sich ihr gegenüber schon wegen ihrer Freundschaft mit seiner Tochter fair verhalten würde.

»Ja«, sagte sie und musste schlucken. »Sicher. Es wäre auch in meinem Interesse, wenn niemand Bescheid wüsste ...«

»Gut.« Herr Schneider nannte eine Summe. Sophie hatte plötzlich einen ganz trockenen Mund und konnte vor Aufregung nicht sprechen. Daraufhin erhöhte er die Summe. »So, nun aber, Mädchen!« Er reichte ihr die Hand, und sie schlug ein.

Herr Schneider kaufte Sophie die Steinchen zu einem derart hohen Betrag ab, dass ihr ganz schwindlig wurde, als er ihr das Geld, zum Teil in Golddukaten, vorzählte und aushändigte. Einen kleinen Lederbeutel für den Transport schenkte er ihr noch dazu. Sophie war sich nicht sicher, ob sie den üblichen Marktpreis erzielt hatte, aber das war ihr egal. Falls Christines Vater daran gut verdiente, sollte es ihr recht sein. Die Hauptsache war, dass diese Summe für die Schiffspassagen reichen und sie trotzdem noch eine Menge übrig behalten würde.

Es gab dann noch eine zweite Sache, zu der Meister Severin Sophie einen wichtigen Ratschlag geben konnte. Vielleicht lag es daran, dass er Verwandtschaft am Rhein hatte. Jedenfalls wusste er, dass in Oppenheim ein Apotheker namens Koch, der selbst als junger Mann am Wechselfieber erkrankt gewesen war, seit ein paar Jahren ein Medikament gegen diese Krankheit herstellte.

»Wenn Karl bereits einige Fieberschübe überstanden hat«, sagte Meister Severin, »dann stirbt er nicht mehr daran. Was ich damit sagen will, ist: Die Krankheit, man nennt sie woanders auch Sumpffieber oder Malaria oder Quartanfieber, kann sehr unterschiedlich verlaufen. Viele Menschen sterben gleich am Anfang, wenn sie von ihr befallen werden, andere überleben. Überall auf der Welt gibt es verschiedene Untergruppen des Fiebers.«

Sophie begann, Hoffnung zu schöpfen. »Und es existiert ein Medikament?«, fragte sie. »Das muss ich besorgen!«

»Immer wieder grassiert die Krankheit in den Rheinniederungen«, wusste Meister Severin. »Ich habe irgendwo gelesen, dass dieses China oder Chinin genannte Mittel den Leidenden hilft.« Er stand auf und wühlte einen Zeitungsstapel durch. »Ich glaube, es war in den *Vaterländischen Berichten* aus Hessen …« Nach einer Weile gab er die Suche wieder auf. »Dieses fiebersenkende Arzneimittel wird aus der Rinde des Chinabaumes gewonnen, der ausgerechnet in Südamerika wächst. Der Apotheker lässt es sich über die großen Seehäfen schicken.«

»Werden die Kranken wieder ganz gesund?«, fragte Sophie bang.

»Ich bin kein Arzt«, sagte Meister Severin. »Aber allein dass es hilft und die Schübe mildert, ist doch schon was.«

Sophie nickte. »Wie weit ist es von uns bis nach Oppenheim?«

»Ungefähr hundert Kilometer«, erwiderte Meister Severin. Er überlegte eine Weile schweigend. »Ganz in der Nähe leben Onkel und Tanten von mir, die wir sowieso schon seit Langem einmal wieder besuchen wollten«, sagte er dann. »Es ist eine schöne Tour mit malerischen Abschnitten, wenn man auf dem Fluss reist. Erst auf der Nahe und dann ab Bingen auf dem Rhein.« Er kratzte sich am Nacken. »Weißt du was, Sophie? Ich werde mit meiner Meisterin einen Ausflug unternehmen und dir bei der Gelegenheit von diesem Chinin mitbringen.«

»Das würdet Ihr tun?« Sophie sprang auf und umarmte den Steinfärber überschwänglich. »Ach, ich wäre Euch so dankbar!«

Verlegen wehrte Meister Severin ab. »Das geht schon in Ordnung ... Früher war ich viel mehr unterwegs, wird mal wieder Zeit ...«, brummelte er.

Sophie bat ihn, so viel wie möglich von dem Mittel mitzubringen und den Apotheker um genaueste Instruktionen für die Behandlung zu bitten.

»Es gibt in Brasilien sicher viele Menschen, denen es helfen kann. Auch wenn im Süden des Landes angeblich keine Tropenkrankheiten vorkommen. Aber so mancher hat sich wohl wie Karl auf dem Weg dorthin etwas eingefangen.«

Auch für Willi und Grete sowie für Richard und Valentina war die Nachricht, dass Karl nicht kommen konnte, ein Schlag. Sie hatten doch fest damit gerechnet, dass er ihnen wie besprochen mit einem Vorschuss für die Überfahrtskosten unter die Arme greifen würde. Sie hätten es ihm dann in Brasilien durch fleißige Arbeit zurückerstatten wollen.

»Lasst uns trotzdem gemeinsam aufbrechen!«, forderte Sophie bei einem Treffen.

Valentina war als Einzige nicht dabei, weil ihr Vater sie einsperrte, damit sie Richard nicht treffen konnte.

»Ich will dir ja nicht wehtun, Sophie«, gab Willi zu bedenken, »aber hast du schon mal darüber nachgedacht … Ich meine, es könnte doch sein, dass Karl es sich wirklich anders überlegt hat. Der Beinbruch ist vielleicht nur ein Vorwand. Er will sich elegant aus der Affäre ziehen.«

»Ach, glaubst du etwa auch, dass er eine andere gefunden hat?«, fragte sie hitzig.

»Na ja …« Willi wand sich verlegen.

»Nein, darüber habe ich noch nicht nachgedacht«, erwiderte sie schnippisch. »Und ich werde es auch nicht tun!« Sie sah den Mienen von Grete und Richard an, dass sie unentschieden waren. Sophie fühlte sich in die Enge getrieben. Was sollte sie nur machen, wenn die anderen nun doch zu Hause bleiben wollten? Allein konnte sie kaum reisen. Frauen, und erst recht unverheiratete junge Frauen ohne Begleitung, unternahmen keine Reisen in solch exotische Länder. Sie musste sich etwas einfallen lassen. »Karl hat mir geschrieben, dass er die Passagen für uns bereits bei der Reederei bezahlt hat«, flunkerte sie kurz entschlossen. Irgendwie stimmte es ja auch, jedenfalls im übertragenen Sinn. »Wir brauchen uns nur noch den Reisetermin auszusuchen.« Ihr Geld würde für die fünf Passagen auf jeden Fall reichen.

»Aber was willst du dort allein?«, fragte Grete mit großen Augen.

»Ich könnte die erste Zeit dir und Willi helfen«, schlug Sophie vor. »Ich werde euch gewiss nicht zur Last fallen. Und sobald ich weiß, wo ich Karl suchen muss, werde ich eine Möglichkeit finden, zu ihm zu gelangen.« Sie sprach, als gäbe es überhaupt keinen Zweifel daran, dass alles so möglich wäre.

Nach nicht allzu langer Beratungszeit hatten sich Willi und die Geschwister Böhmer entschieden.

»Wenn ich Ja sage, ist auch Valentina einverstanden«, versprach Richard.

Sophie atmete auf. »Es ist bestimmt richtig so!«

Schließlich hatten sie alle sich ja auch bereits seit Wochen auf die Ausreise vorbereitet. Sie hatten Leumundszeugnisse vom Bürgermeister eingeholt und den Bürgermeister bekniet, das Amtsgeheimnis zu wahren. Sie hatten sich in Birkenfeld Reisepässe fürs Ausland ausstellen lassen und Erkundigungen nach der besten Reiseroute und den Konditionen auf den Schiffen eingeholt.

»Wenn Karl nicht zu mir kommen kann, dann muss ich eben zu ihm kommen«, eröffnete Sophie an einem Juniabend nach dem Abendessen ihren Eltern.

Ihr Vater lief rot an. »Du spinnst wohl! Dem Kerl, der dich sitzen lässt, auch noch hinterherzureisen. Schon schlimm genug, dass du Willi diesen Floh mit dem Auswandern ins Ohr gesetzt hast! Du bleibst hier!«

Ihre Mutter versuchte, schlichtend einzugreifen, doch es nützte nichts.

»Ich bleibe nicht«, verkündete Sophie trotzig und verließ die Küche.

Sie hörte, wie ihr Vater die Mutter anklagte. »Ich hab immer gesagt, dieser Franzosenbankert macht uns nichts als Ärger. Mit ihr hat unser Unglück angefangen.«

»Sophie war immer fleißig und freundlich«, verteidigte die Mutter sie. »Ohne sie hätte ich die Arbeit in Haus und Garten gar nicht schaffen können.« Sophie stutzte. Sie blieb oben auf den Treppenstufen stehen, eine Hand umklammerte das schlichte Geländer. »Du hast ihr immer verübelt, wofür sie nichts kann!«, brach es dann aus ihrer Mutter heraus. »Nicht ein einziges Mal hattest du ein gutes Wort für sie! Nicht mal damals, als sie die schwere Achatschale nach Oberstein geschleppt hat, weil Willi so krank war. Noch ein Kind ist sie gewesen, aber doch schon pflichtbewusst und pünktlich. Ohne einen Kratzer hat sie die Schale abgeliefert, und du konntest dir hinterher nur abringen: Wehe, wenn doch eine Schramme drangekommen wäre!«

»Sie ist auffahrend und hält sich für etwas Besseres«, brüllte ihr Vater. »Das hat sie von ihrem Erzeuger. Das steckt ihr im Blut. Dieses vornehmtuende Franzosenpack!«

»Das Kind kann doch nichts dafür!« Die Mutter schluchzte. »Wenn, dann war es meine Schuld. Es ist doch nun schon so lange her, und ich habe dafür gebüßt. Habe jahrelang deine Vorwürfe und Krankheiten ertragen und dir nach Sophie noch sechs Kinder geschenkt.«

»Ich hab geschuftet mein Leben lang! Erst für den Franzosenkaiser, dann für die Familie!« Ein Hustenanfall unterbrach seine Tirade. Wie erstarrt lauschte Sophie. Sie war gar nicht die Tochter des Vaters, sondern die eines Franzosen? »Da rackert man sich ab für diese Bälger, und wenn's darangeht, dass sie uns unterstützen und etwas zurückgeben sollen, dann nehmen sie Reißaus!«

»Aber hier reicht es nicht für alle!«, rief die Mutter nun empört. »Sei doch nicht ungerecht …«

Sophie hielt sich die Ohren zu. Sie wollte nichts mehr

hören. Zwanzig Jahre lang hatte er sie nur geduldet und durchgefüttert. Zwanzig Jahre lang hatte sie sich um seine Aufmerksamkeit und Zuneigung bemüht, ohne je eine Chance zu haben. Jetzt wusste sie endlich, weshalb ihr Wunsch, dem Vater zu gefallen, nie erfüllt worden war. Aus diesem Grund also besaß sie mehr Temperament als ihre Geschwister! Deshalb hatte sie als Einzige in der Familie grüne Augen! Ihr Vater war nicht ihr Vater, und er hatte sie nie geliebt! Es war nicht die viele Arbeit gewesen, nicht seine Erschöpfung oder Krankheit, weshalb er ihr seine Zuneigung nicht hatte zeigen können – alle Erklärungsversuche, die sie sich von klein auf zurechtgelegt hatte, waren verkehrt gewesen. Er hatte sie nie gemocht.

Sophie fühlte sich wie nach einem Schlag in die Magengrube. Übelkeit stieg in ihr auf, in ihrem Mund machte sich ein bitterer Geschmack breit. Aber wenigstens ein Gutes hatte die neue Erkenntnis – sie erleichterte ihr das Fortgehen.

Vier Wochen später verabschiedete Sophie sich tränenreich von der Mutter und den Geschwistern, die ja in Wirklichkeit ihre Halbgeschwister waren. Sie hatte mit keinem Menschen über das gesprochen, was sie da kürzlich erfahren hatte. Wozu auch? Sollte sie ihrer Mutter Vorwürfe machen? Und ihr wahrer Erzeuger? Phh! Er hatte sich zwanzig Jahre lang nicht um sie geschert, wenn er überhaupt von ihrer Existenz wusste. Weshalb also sollte sie sich nun für ihn interessieren? Sie würde jetzt ihren eigenen Weg gehen.

Sophie startete früh am Morgen, nicht ohne heimlich einige Taler für ihre Mutter in deren Geheimversteck im Küchenschrank zu hinterlassen, mit Willi und Grete, Richard und Valentina auf einem Pferdefuhrwerk. Valentina war mit Richards Hilfe nachts durch ihr Fenster geklettert und über eine Leiter ins Freie gelangt. Onkel Hannes kutschierte sie bis zum Schiffsanleger nach Bingen, von wo aus sie über den Rhein bis Antwerpen reisen würden, um von dort aus mit einem großen Schiff nach Rio de Janeiro zu segeln.

Willi winkte der Familie vergnügt zu. Ihm schien der Abschied nicht schwerzufallen. Der Vater stand mit grimmiger Miene und verschränkten Armen abseits von den anderen vor seiner Schleifmühle. Ganz zum Schluss hob er doch die Hand ein wenig zum Abschiedsgruß. Aber vielleicht musste er auch nur wieder husten.

11

»Wie mutig!«, sagte Josie voller Bewunderung. »Manchmal denke ich, die Menschen müssen früher doch wohl aus einem anderen Holz geschnitzt gewesen sein als wir heute. Oder sollte ich sagen: aus einem anderen Gestein? Ich trau mich ja noch nicht mal im Urlaub nach Brasilien …«

»Das ist dumm von dir«, sagte Ada trocken. »Wenn du etwas willst, dann tu es. Das Leben ist kurz.«

»Hm …« Josie grummelte ein wenig vor sich hin. »Aber so richtig hab ich immer noch nicht verstanden, weshalb die ganze Geschichte geheim gehalten wurde. Was ist denn so schlimm daran?«

»Na ja«, sagte Ada. Josie wartete. Sie sah Ada auffordernd an. Die schaute abwesend in die Ferne, wo sich die Berge und Täler in grüngrauen Schattierungen gegen den Horizont abhoben. »Sophies Leben und Wirken ist für mich wie ein Stein, den man in einen See geworfen hat«, sagte sie schließlich. »Die Energiewellen, die das auslöste, sind bis heute spürbar.«

Das kam Josie noch rätselhafter vor. Sie hatte in der Chronik und in den Heimatkundebüchern geblättert und begriffen, dass Auswanderer aus dem Hunsrück Achate, Amethyste und später von Minas Gerais aus auch kostbarere Edelsteine nach Idar-Oberstein geschickt hatten. Seit Ankunft der ersten Achatfracht aus Rio Grande do Sul war die Anzahl der Schleifmühlen am Idarbach um das Fünffache gestiegen. Es hatte einen wahren Boom gegeben. Die Funde hatten die Region damals wirtschaftlich gerettet. Ohne sie wäre Idar-Oberstein niemals eines der Weltzentren für Edelsteine geworden. Insofern konnte Josie schon nachvollziehen, dass ein Ereignis aus der Vergangenheit bis heute Wellen schlug.

»Das beantwortet aber nicht meine Frage«, sagte Josie vorsichtig.

»Ach herrje, da gibt es so vieles«, antwortete Ada. »Zum Beispiel Sophies Einstellung zum Geld. Damit hat sie ihre Kinder und Enkelkinder geprägt. Großmutter Emma, also Sophies älteste Enkeltochter, hat Martha immer eine Weisheit gepredigt: Jedes Unglück birgt auch stets einen kleinen Vorteil in sich, und du wärst dumm, wenn du ihn nicht nutzen würdest.«

Josie musste leise lachen, aber sie fühlte sich ganz wehmütig. »Genau das hat mein Vater immer gesagt!«

»Und dann«, fuhr Ada fort, »vertrat sie eine etwas andere Ansicht über Liebe, Macht und Geld, als es damals – vielleicht sogar heute noch – von Frauen erwartet wurde. Damit eckte sie des Öfteren an.«

Die alte Dame fröstelte. Josie stand auf, holte ihr unaufgefordert ein Wollplaid vom Sofa und legte es ihr über die Beine.

»Danke, mein Kind!« Ada lächelte dankbar.

»Auf dem Foto in der Chronik sieht Sophie aus wie eine durch das Leben hart gewordene alte Frau.«

»Ja, das war sie wohl auch. Sie selbst hat Emma auf dem Sterbebett gesagt: Mein Herz hat damals in Brasilien einen Riss bekommen.«

Josie seufzte. »Und inwiefern waren ihre Ansichten über Liebe und Geld unkonventionell?«

»Sie sagte: Geld bedeutet sehr viel! Geld ist nichts

Negatives, es ist weder gut noch schlecht, sondern nur ein Tauschmittel. Eine Energie, die verwandelt werden kann. Und es ist besser, du kannst darüber verfügen, als nicht.«

»Wer würde das ernsthaft bestreiten?«, fragte Josie belustigt.

»Oh«, erwiderte Ada, »ich habe oft genau das Gegenteil erlebt. Emma war damals eine junge Frau und in einen Dichter verliebt, der ihr nichts außer Liebe versprach. Das fand sie sehr romantisch, was wohl daran lag, dass sie im Wohlstand aufgewachsen war. Sie wollte mit ihm gehen, doch ihre Großmutter Sophie hielt sie davon ab. Sie sagte: Dichter tun so, als schlösse das eine das andere aus – als gäbe es nur Geld oder Liebe. Als gäbe es echtere Liebe und mehr gute Dinge im Leben, wenn man Geld nicht wichtig fände, es nicht begehrte oder vielleicht sogar verachtete. Als müsste einer, der Geld mochte, zwangsläufig zur Strafe ein weniger gutes Leben, weniger Liebe erfahren. Als könnte man ein Tauschgeschäft mit dem Schicksal machen: Wenn schon kein Geld, dann aber wenigstens viel Liebe.« Gegen ihren Willen musste Josie wieder lächeln, sie kam jedoch nicht dazu, etwas zu sagen. Ada hatte sich in Rage geredet. »Sophie sagte ihrer Enkelin Emma: Das stimmt so nicht. Das ist ein dummer Pakt, den manch romantisch gesinnter Mensch insgeheim mit sich selbst eingeht. Doch er stellt sich damit nur selbst ein Bein.«

»Das sind ja richtig moderne tiefenpsychologische Erkenntnisse«, staunte Josie. »Was hat Sophie erlebt, das sie zu dieser Ansicht brachte?«

Ada sah sie nachdenklich an. »Die Erklärung liegt irgendwo in Rio Grande do Sul … Genau kann ich es dir auch nicht sagen. Aber ich weiß, dass sie sich in der

Firma, auch nach ihrer späten zweiten Heirat, nie das Heft aus der Hand hat nehmen lassen.«

»Und ihr zweiter Mann?«

»Der leitete die Werkstatt, vorher schon. Er war ihr Angestellter gewesen. Und diese Arbeitsteilung behielten sie bei. Das war sehr fortschrittlich«, sagte Ada mit feiner Ironie. »Auch Martha hat es übrigens so gehalten. Sie übernahm das Credo von Sophie und Emma: Nur Geld und Macht helfen, sich gegen Gier und Ausbeutung zu schützen.«

»Und waren sie damit glücklich?«, fragte Sophie.

Ada schnaubte leise durch die Nase. »Das ist hier die Frage!« Sie schien kurz davor zu sein, noch etwas zu erzählen, doch dann lehnte sie sich nur wieder zurück. »Holst du uns etwas Mineralwasser aus der Küche, Josie?«, bat sie.

Josie ging und kehrte mit einer Flasche und zwei Gläsern zurück. Nun gut, offenbar gab es etwas, das Ada absichtlich zurückhielt. Dann wollte sie die alte Dame nicht drängen. Sie schenkte ein.

»Du meintest neulich, dass ein Besuch im Archiv der Stadt oder der Zeitung uns vielleicht weiterbringen könnte«, sagte Josie. »Aus welchem Grund?«

Ada trank mit großen Schlucken. »Einige Leute haben es Sophie nicht leicht gemacht, als sie verwitwet aus Brasilien mit ihrem kleinen Sohn zurückkehrte«, erzählte sie. »Der Erfolg ihres Unternehmens erregte bald viel Neid, und es kursierten wohl ziemlich üble Gerüchte. Sie wurden unter anderem von Anna-Klara in die Welt gesetzt.«

»Ach, das ist ja interessant. Und was waren das für Gerüchte?«

»Tja, darüber habe ich verschiedene Versionen gehört«, sagte Ada. »Ich bin mir nicht sicher, was davon stimmte. Also, einmal hieß es, sie habe ihre Firma mit unrechtmäßig erworbenem Kapital gegründet.«

»Autsch!«

»Die schlimmsten und verletzendsten Gerüchte aber betrafen Sophie persönlich. Mal hieß es, sie könne die Heirat mit Karl nicht nachweisen. Dann wurde gemunkelt, gar nicht Karl sei der Vater von Carlos, sondern … Tja, entweder ein Indio, der sie im Urwald vergewaltigt habe, oder ein Gaucho, von dem sie orientierungslos in der Pampa aufgegriffen worden sei, dann wieder ein portugiesischer Soldat, mit dem sie in wilder Ehe gelebt habe.«

Josie blies die Backen auf, hörbar ließ sie Luft ab. »Ach, du meine Güte! Da fehlt ja gar nichts!« Sie legte zwei Finger vor den Mund und dachte nach. Kein Wunder, dass Sophie es in einer solchen Situation begrüßt hatte, über Geld und Einfluss zu verfügen. »Was glaubst du denn, Tante Ada, was entsprach der Wahrheit?«

Die alte Lehrerin zuckte mit den Schultern. »Ich kann es dir wirklich nicht sagen. Jahrelang haben Martha und ich gerätselt. Ich denke, es waren wohl überwiegend schlichte Gehässigkeiten. Dass ihr Startkapital nicht ganz koscher war, glaube ich am ehesten. Das ist nach meiner Überzeugung der Grund, weshalb sie über ihre Zeit in Brasilien schwieg.«

»Aber sie unterhielt doch Geschäftsbeziehungen dorthin«, wandte Josie ein.

»Das schon, über ihre Erlebnisse während der drei Jahre in Südamerika sprach sie allerdings kaum.« Ada beugte sich vor und legte ihre Hand auf Josies. »Ich bin ja erst kürzlich, als ich die Kleist-Novelle *Die Marquise von* O wieder las, auf die Idee mit dem Archiv gekommen«, sagte sie. »Mir fiel nämlich ein, dass die Leute früher mehr als heute in der Zeitung Anzeigen aufgaben, wenn sie Gerüchte stoppen wollten.«

Josie lachte auf. »Du meinst so was wie: Wer noch einmal behauptet, dass ich meine Frau jeden Mittwoch auf dem Balkon verprügle, der wird von mir angezeigt?«

»Ja genau. Und vielleicht hat Sophie das auch gemacht.«

»Gab es denn damals hier schon eine Lokalzeitung?«

»Ja, sie wurde um diese Zeit herum gegründet.«

»Na dann«, sagte Josie unternehmungslustig, »verspreche ich dir hiermit, dass ich, sobald es geht, wiederkomme und im Archiv Nachforschungen anstelle. Aber am Sonntag, bevor ich fahre, werde ich mich noch von dir verabschieden.«

Josies Sorge, dass sie beim Spießbratenfest am Tag darauf mit dem Schmuck von Tante Martha overdressed sein könnte, erwies sich als überflüssig. Das zeichnete sich bereits bei dem kleinen Stau ab, den es vor dem Eingang des Lokals gab. Wie Martina vorhergesagt hatte, funkelten und glitzerten die Damen an diesem Abend um die Wette. Selbst die älteren, die ihr Dekolleté nicht mehr zeigten, präsentierten wie Gisela, die einen schicken Hosenanzug trug, eine auffallende Brosche am Revers oder ein kostbares Armband.

Josie fühlte sich aufgeregter als sonst vor einer Abendeinladung. Es lag ganz gewiss nicht am Gastgeber, denn seit sie wusste, dass Rico da Silva verheiratet war, verbot sie sich jeden weiteren Gedanken an diesen Mann. Es lag daran, dass sie das Amethystcollier zum ersten Mal in der Öffentlichkeit trug. Jetzt, da sie ahnte, wie viele Gefühle die Steine schon ausgelöst und begleitet hatten, war es noch mehr etwas Besonderes, sie auf der Haut spüren zu dürfen.

Josies neues hellgrünes Kleid aus doppelt gelegter Waschseide fiel sehr schön. Es war in Trapezform geschnitten – kurz, schlicht und doch raffiniert. Sie fühlte sich wohl darin, das entsprach ihrer Regel Nummer eins beim Modemachen, die da lautete: Es ist wichtiger, dass es sich ganz selbstverständlich trägt, als dass es toll aussieht, weil du dann dein Wohlgefühl ausstrahlst. Die Farbe bildete einen hübschen Kontrast zu ihrer leicht gebräunten Haut und den hochgesteckten brünetten Haaren. Was für ein Glück, dass sie noch die metallicfarbenen Plateau-Sandaletten im Kofferraum gehabt hatte, darin wirkten ihre Beine länger. Und der tiefe V-Ausschnitt war ein perfekter Rahmen für das Collier.

»Wie schade, dass du die Ohrgehänge nicht anlegen kannst«, bemerkte Martina, »die Smaragde wären jetzt das Tüpfelchen auf dem i.«

Sie selbst hatte auf Josies Rat hin ihr langes rotblondes Haar in große Hollywoodwellen gelegt. Ein Reif hielt es zurück, was ihr klassisches Profil betonte. Ihr Aquamarinschmuck leuchtete auf der hellen Haut und passte wunderbar zum neuen Einteiler im Gucci-Stil mit psychedelisch ineinander verlaufenden Wasserfarben. Als Josie und Martina das Lokal betraten, ging ein Raunen durch die Reihen.

Rico da Silva, wieder im hellgrauen Maßanzug, begrüßte seine weiblichen Gäste mit *»Minha senhora,* gnädige Frau …« Er hatte für jede Dame ein Kompliment. »Sie sehen bezaubernd aus. Wie schön, dass Sie kommen konnten.« Mit dem offenen rosafarbenen Hemd hätte wahrscheinlich jeder andere Mann schwul ausgesehen, er nicht. Gisela küsste er die Hand. *»Dona* Gisela, du wirst immer jünger«, sagte er charmant. Er gab Martina Küsschen auf die Wange. »Hinreißend, wie ein Nixe!«

Dann stand Josie vor ihm. Und Rico da Silva sagte nichts. Gar nichts. Er sah sie nur an, sie fühlte sich nackt unter diesem Blick. Für Sekunden flackerte darin ein Erkennen auf wie aus uralten Zeiten, doch gleich darauf trat eine steile Falte zwischen seine Augenbrauen. Immer noch Schweigen. Es war schon beinahe unhöflich.

»Vielen Dank für die Einladung«, sagte Josie steif, um überhaupt irgendwas zu sagen. Aber ungehalten gucken so wie er, phh, das konnte sie auch!

Er lächelte unverbindlich. »Was für ein außergewöhnliches Collier …«

»Danke«, sagte Josie, »ein Familienerbstück.«

»Ich wünsche Ihnen einen angenehmen Abend.«

Hinter Josie drängelten sich die Gäste, und sie ging einfach weiter. Die Wahrings hatten schon einen Platz für sie an einem Tisch neben der Tanzfläche reserviert. Es roch appetitanregend. Das Lokal hatte sowohl draußen auf der Terrasse als auch drinnen einen Kamingrill, über dessen Glut auf einem hängenden Rost knuspriges Fleisch in großen Portionen brutzelte.

Das Grillfleisch schmeckte Josie hervorragend. Martina kam ebenfalls auf ihre Kosten, denn ein Büfett bot auch Köstliches für Vegetarier. Die Gäste unterhielten sich angeregt. Josie hörte belustigt zu und staunte, mit welcher Leidenschaft und Ausdauer die Einheimischen an ihrem Tisch darüber diskutierten, wie sich der Schwenkbraten in Idar traditionsgemäß vom gerollten Spießbraten in Oberstein zu unterscheiden habe. Gemeinsam war offenbar beiden Varianten, dass sie von Brasilienauswanderern beim Besuch der alten Heimat mitgebracht worden waren. Und dass man das Fleisch – früher nur Rind, heute auch Schwein – vorher über Nacht in eine spezielle Mixtur aus Zwiebeln, Salz und Pfeffer einlegte. Zwei Leute stritten über ein Detail. Josie musste an einen Werbespot für Geschirrspülmittel aus ihrer Jugendzeit denken.

»Das ist ja wie der Wettbewerb zwischen Villarriba und Villabajo«, scherzte sie.

»Ja genau!«, stimmte Reinhard lachend zu. »Und hier gewinnt immer Idar.«

Eine Band spielte südamerikanische Rhythmen, während des Essens noch zurückhaltend, damit sich die Gesellschaft unterhalten konnte. Josie war froh, dass ihr neues Kleid einen lockeren Schnitt hatte. So brauchte sie nach dem opulenten Mahl nicht den Bauch einzuziehen. Die Angst, das Collier zu verlieren, hatte sich zu ihrer eigenen Überraschung inzwischen verflüchtigt. Vielleicht war ja doch etwas Wahres daran, dass Amethyste beruhigten und die Nerven stärkten?

»Wie müsste man Edelsteine, denen eine Heilwirkung nachgesagt wird, denn eigentlich richtig einsetzen?«, erkundigte Josie sich bei Martina, als mal wieder das Gespräch auf ihr Collier kam. »Ich meine, damit sie dann auch wirken …«

»Es gibt drei Möglichkeiten«, erhielt sie zur Antwort. »Manchmal reicht die reine Anwesenheit, also zum Beispiel, dass du sie trägst oder in deiner Nähe hast. Manchmal soll man sie auf die erkrankte Stelle legen. Und manchmal müssen sie pulverisiert und eingenommen werden.«

»Die dritte Möglichkeit scheint ja nichts für Kassenpatienten zu sein.« Josie lächelte verschmitzt. »Ich glaub, damit warte ich noch.« Da blieb sie doch lieber erst mal beim Tragen.

Die Band spielte inzwischen lauter, abwechselnd internationale Popsongs und Samba-Hits. Die ersten Paare wagten sich auf die Tanzfläche. Darunter auch Reinhard mit seiner Frau, was Josie erstaunte. Gisela strahlte, ihr Bauch-Beine-Po-Kurs, den sie im Winterhalbjahr besucht hatte, machte sich bezahlt.

Rico da Silva forderte nacheinander die Gattinnen seiner Geschäftspartner beziehungsweise die Geschäftspartnerinnen und andere Schmuckspezialistinnen auf. Er bewegte sich gut, das Tanzen schien ihm richtig Spaß zu machen. Dabei ging er systematisch vor, Tisch für Tisch. Josie dachte an Edgar. Für ihn war das Betanzen, wie er es nannte, immer eine Pflichtübung, über die er zu stöhnen pflegte. Rico da Silva ließ die Damen jede Menge Drehungen machen, was ihnen hörbar gefiel und vermutlich seine Kräfte schonte. Josie setzte sich woandershin, damit sie ihn nicht immer ansehen musste. Insgeheim spielte sie ein neues Spiel. Sie betrachtete die Menschen und fragte sich, wenn er oder sie ein Edelstein wäre, was wäre er dann? Aber sie merkte schnell, dass sie noch nicht genug über Edelsteine wusste.

»Wo bleibt denn bloß Mrs. Schulz?«, wunderte sich Martina, während Max mit einer Bekannten tanzte.

Josie schenkte ihr und sich Wein nach. »Ich wette, dass Mrs. Schulz uns ein Wahnsinnsdekolleté präsentieren wird.«

Martina kicherte. »Um was wetten wir?«

»Um eine Flasche Champagner.«

»Super!« Martina sah zur Eingangtür und juchzte. »Die Wette hab ich gewonnen!« Josie drehte den Kopf. Mrs. Schulz betrat soeben das Lokal. Sie trug zwar eine Jacke über ihrem kirschroten Kleid, aber man konnte bereits erkennen, dass es hochgeschlossen war. »Es hat sogar einen Stehkragen!«, prustete Martina.

Josie zog einen Flunsch. Dass sie sich so getäuscht hatte! Mrs. Schulz zog ihre Jacke aus … und jetzt musste Josie lachen. Glucksend hielt sie die Hand vor den Mund.

»Herrlich!«, sagte sie, als sie sich wieder beruhigt hatte. »Das toppt ja alles! Den Champagner zahlst du, liebe Martina!«

Mrs. Schulz trug ein bauchfreies, knöchellanges, eng anliegendes Kleid mit Ärmeln bis über die Ellbogen. Der Ausschnitt begann kurz oberhalb der Scham und reichte über den brillantgeschmückten Nabel bis unter die Brust.

»Wow!« Martinas Stimme klang beeindruckt. »Das hat was! Sieht supersexy aus!«

Auch Josie musste zugeben, dass der extravagante Look sehr sexy wirkte, aber gerade dadurch war es nach ihrem Geschmack eine Spur zu viel. Mrs. Schulz hatte es offenbar darauf angelegt, einen großen Fisch an Land zu ziehen. Mit einem Gang, den Josie nur von Stummfilmdiven kannte, glitt die Deutsche aus New York geschmeidig durch den Raum. Schon sprangen von allen Seiten hilfsbereite Männer auf, darunter auch Max und Reinhard, um ihr die kulinarischen Höhepunkte der Region vorzustellen und sie zu bespaßen.

Ein Bauchausschnitt, notierte Josie im Geiste. Vielleicht ist das ja der gewünschte Thrill für die nächste Teeniemodenkollektion.

Dann wurde sie wieder abgelenkt. Sie kam mit einem Schmuckdesigner aus Pforzheim ins Gespräch und wurde ein paarmal zum Tanzen aufgefordert. Die Band schien zur Höchstform aufzulaufen. Die Gäste bewegten sich immer ungehemmter. Josie amüsierte sich prächtig. Als Rico da Silva anfing, die Damen ihres Tisches zu betanzen, suchte sie Fluchtwege, stellte sich mal an die Theke, holte mal einen Nachtisch vom Büfett. Gisela hatte er schon mehrfach aufgefordert, dann Martina … Josie drehte ihm den Rücken zu. Er brauchte sie nun wirklich nicht aus Höflichkeit … Darauf konnte sie gut verzichten. Allmählich hatte sie auch einen kleinen Schwips, Amethystcollier hin oder her.

»Darf ich bitten?«

Schöne tiefe Stimme, dachte sie, angenehme Vibration. Sie bereitete ihr eine leichte Gänsehaut auf den Unterarmen und im Nacken.

Josie wandte sich um. Erstaunlich, wie frisch Rico da Silva noch aussah. Wenn ich mich jetzt ziere oder behaupte, ich hätte ein steifes Bein, kommt es auch blöd rüber, überlegte sie. Am besten folgte sie der Devise »Augen zu und durch«. Also nickte sie. Er nahm ihre Hand, legte seine Rechte auf ihr Schulterblatt und begann, sich mit dem Grundschritt im Sambarhythmus zu wiegen. Josie schaute starr an seiner Wange vorbei. Sie hatte mal einen Merengue-Kurs gemacht. Samba ging aber offenbar doch irgendwie anders.

Rico da Silva verzog keine Miene, als sie ihm das erste Mal auf die Füße trat. Josie fand nicht in den Takt, dabei war sie eigentlich musikalisch, zumindest innerlich. Sie hatte das Gefühl, dass sie irgendwie nur so dahinstolperte. Wie peinlich! Als sie ihm zum zweiten Mal auf den Fuß trat, vergrößerte er den Abstand. Sie schickte einen genervten Blick gen Himmel, den er blöderweise auch noch mitbekam. Was nicht dazu beitrug, dass sie sich nun entspannter auf die Musik einlassen konnte. Er hielt inne und begann von Neuem. Diesmal gelang es ihr auf Anhieb, ihn anzurempeln.

»Sie lassen sich nicht gern führen, was?«, fragte da Silva mit leichtem Akzent.

Das kleine amüsierte Lächeln in seinen Augen brachte Josie auf hundertachtzig.

»Och«, erwiderte sie patziger, als es sonst ihre Art war, »wenn einer gut führen kann, ist das eigentlich kein Problem.«

Arrogant hob er eine Augenbraue und sah sie kurz scharf an, dann zog er sie mit einem Ruck, der eher zum Tango gepasst hätte, enger an sich und bestimmte den Tanzrhythmus. Er hielt sie so fest, dass sie gar nicht anders konnte, als sich mit ihm zu bewegen. Und auf einmal passte es. Josie spürte die Musik in ihren Beinen, im ganzen Körper! Ja, das machte Spaß!

Sie musste lachen, warf den Kopf nach hinten, ließ sich mitreißen und improvisierte. Plötzlich harmonierten sie. Auch gleich noch das nächste Stück und noch einen Samba oder Lambada, vielleicht war's auch ein Mambo, bis sie beide erhitzt und außer Atem waren. Ach, es hatte ihr schon lange nicht mehr so viel Vergnügen bereitet zu tanzen.

»Geht doch!« Spontan sprach sie aus, was sie dachte.

»Genau das wollte ich auch gerade sagen.«

Er lächelte breit und sah einfach sympathisch aus. Josie war bereit, ihm die bisherigen Zänkereien zu vergeben. Sie lächelte ihn versöhnlich an.

»Ich brauch erst mal was zu trinken.«

Rico da Silva machte Anstalten, sie an ihren Tisch zurückzubegleiten, als ihn Mrs. Schulz von hinten antippte.

»Rico!«, hauchte sie und lächelte wie ein Reptil. »Gleich kommt unser Tanz. Ich habe mit der Band gesprochen.«

»*Olá*, Sandra!« Er sah Josie bedauernd an.

Sie winkte großzügig ab, wünschte viel Spaß und ging zu Max und Martina, die mit Reinhard und ein paar Bekannten an der Bar standen.

»Hey, super getanzt, Josie!«, sagte Max. »Du hast ja richtig Feuer im Blut!«

Josie freute sich. Ja, sie hatte gut getanzt!

»Wir Nordlichter werden in dieser Hinsicht völlig unterschätzt«, sagte sie euphorisch und bestellte sich noch ein Glas Wein.

Die Band spielte nun einen anderen Rhythmus, der auch nicht übel klang. Josie konnte diese südländischen Tänze nicht auseinanderhalten, aber sie swingte mit.

Plötzlich registrierte sie, wie das Reden und Gelächter der Gäste erstarb. Alle starrten auf die Tanzfläche, wo Mrs. Schulz mit dem Gastgeber eine Nummer hinlegte, mit der sie bei jedem Lateinamerika-Tanzwettbewerb hätten auftreten können.

»Hat die eine Körperspannung!«, sagte Max voller Bewunderung. »Sie tanzt auf Turnieren in ihrer Freizeit, hat sie mir erzählt.«

»Absolut perfekt«, murmelte Martina.

Einfach gemein, dachte Josie, so viel Perfektion. Kein Gramm zu viel oder zu wenig und dann auch noch Ende zwanzig und völlig faltenfrei sein.

Der hohe seitliche Rockschlitz von Sandra Schulz tat ein Übriges, das Publikum zu faszinieren. Rico da Silva tanzte souverän, aber zurückhaltend.

»Rico lässt sie die Hauptarbeit machen«, lästerte Reinhard. »Wenigstens macht er sich nicht zum Latin-Lover-Gockel.«

Am Ende applaudierten alle. Josie ging auf die Toilette, um sich frisch zu machen und die Lippen nachzuziehen. Als sie wieder ins Lokal kam, spielte die Band Pophits ihrer Jugend. Sie tanzte noch eine Runde mit Max.

Rico da Silva war verschwunden. Die Gäste amüsierten sich auch ohne ihn. Einige Männer versuchten, sich gegenseitig zu imponieren, indem sie rohe Zwiebeln aßen wie Äpfel.

»Tja«, sagte Josie, als sie mit Martina auf die Terrasse trat, um in der klaren Nachtluft durchzuatmen, »die müssen heute wohl alle ungeküsst ins Bett gehen.«

Sie sah zum Himmel. Wolken verdeckten den Vollmond, den man aber erahnen konnte.

Martina stubste Josie an und zeigte in den Garten. Unter einem Apfelbaum stand ein Paar, das leidenschaftlich knutschte. Jetzt lugte der Mond durch die Wolkenberge, sein silbriges Licht fiel wie ein Theaterscheinwerfer auf die Küssenden – Mrs. Schulz und Rico da Silva. Josie spürte eine scharfe, schmerzhafte Enttäuschung. Wie konnte er nur! Er war doch verheiratet! Voller Verachtung sah sie ihn an, genau in der Sekunde, als er den Kopf hob. Erkannte er sie, konnte er ihre Empörung spüren? Josie schämte sich nicht. Wenn sich hier einer schämen sollte, dann ja wohl er. Sie schnaubte noch einmal verächtlich, dann drehte sie sich auf dem Absatz um und ging zurück ins Lokal.

Verkatert wachte Josie auf. Ein Allheilmittel waren die Amethyste also doch nicht. Dass dieser da Silva einfach so mit der Schulz rummachte, bereitete ihr immer noch ein ungutes Gefühl in der Magengegend. Aber vielleicht kam es auch einfach daher, dass sie zu viel gegessen hatte. Immerhin spürte sie keine Anzeichen von Migräne, die Alkohol sonst oft bei ihr auslöste. Noch im Bett legte Josie sich das Collier auf die schmerzende Stirn und versuchte, sich zu entspannen. Wenigstens hatte sie mal wieder richtig gut getanzt, und nette Leute hatte sie auch kennengelernt! Sie ließ den Atem fließen. War es nun Einbildung oder nicht? Jedenfalls ging es ihr nach einer Weile besser.

Sie packte ihre Sachen, verstaute sie in ihrem Auto

und klingelte bei den Verwandten, um sich zu verabschieden. »Willst du denn nicht noch mit uns frühstücken?«, fragte Gisela, die wie ihr Mann auch nicht ganz fit war. »Nein, herzlichen Dank«, lehnte Josie ab. »ich frühstücke später irgendwo unterwegs.«

Reinhard und Gisela umarmten sie. »Versprich uns, dass du bald wiederkommst!«

»Ja, schneller, als euch vielleicht lieb ist«, scherzte Josie.

Martina und Max hatte sie in der Nacht schon für ihre Gastfreundschaft gedankt und Tschüs gesagt. Das junge Paar wohnte ein paar Kilometer entfernt, sicher wollte es heute auch ausschlafen.

Josie stieg ins Auto und fuhr los. Reinhard und Gisela winkten ihr hinterher. Jetzt musste sie nur noch in der Seniorenresidenz vorbeischauen, um sich wie versprochen zu verabschieden. Bei der Gelegenheit konnte sie auch gleich die Bücher abgeben, die Ada ihr geliehen hatte. Es war sicher besser, sie nicht mit nach Hamburg zu nehmen.

Sie klopfte an Adas Zimmertür, wollte nur rasch Tschüs sagen und gleich weiter.

»Guten Morgen, Josie! »Wie schön, dass du noch mal vorbeikommst.« Ada freute sich. Aber sie hatte nicht viel Zeit, weil sie half, einen bunten Nachmittag für die Senioren vorzubereiten. »Natürlich kannst du die Bücher mit nach Hamburg nehmen«, sagte sie großzügig. »Bring sie mir einfach bei deinem nächsten Besuch wieder. Hast du vielleicht Lust, dir ab drei Uhr noch unser Varieté anzugucken?« Adas ironisches Lächeln verriet, dass sie es sich eigentlich kaum vorstellen konnte. Josie machte auch schon vorsorglich ein bedauerndes Gesicht. Es würde zu spät werden, sie musste noch bis nach Hamburg und am nächsten Morgen früh zur Arbeit. »Es gibt einen Topf Buntes«, pries Ada trotzdem weiter die Veranstaltung an, »Gesang, Instrumente, Spiele, Quiz und eine kleine Marionettenaufführung. Übrigens mit historischen Marionetten.«

»Du, ich würde gern, aber die Zeit …«

»Na klar«, versicherte Ada verständnisvoll, »ich kann's mir schon vorstellen.« Sie täschelte Josies Arm. »Möchtest du vielleicht noch mit mir zu Mittag essen?«

Josies Kopfschmerzen hatten sich zwar gelegt, aber essen mochte sie noch nichts. »Nein, vielen Dank, gestern war ja meine Einführung in die Riten rund um den Idarer Schwenkbraten. Ich glaub, ich brauche für die nächsten vier bis fünf Jahre keine feste Nahrung mehr.«

Ada schmunzelte verständnisvoll. Dann fiel ihr etwas ein. »Weißt du eigentlich, dass eine dieser Marionetten aus Sophies Sammlung stammt? Martha hat sie mir schon vor Jahren für meinen Schulunterricht geschenkt.«

»Das ist ja interessant«, sagte Sophie. »Die würde ich gern einmal sehen.«

Ada ging zu ihrem Teakholzschrank und öffnete ihn. Auf dem obersten Regal saß in sich zusammen gesunken eine schon arg bespielte Königinnenmarionette.

»Sophie muss später eine ziemlich umfangreiche Puppensammlung gehabt haben«, erklärte sie, während sie die Figur vorsichtig herausnahm und an den langen Fäden eine paar Schritte über den Couchtisch tapsen ließ. »Aber bis auf diese Königin sind alle im Laufe der Zeit verloren gegangen oder auch verkauft worden. Ich weiß es nicht genau.«

Fasziniert sah Josie zu. »Toll, wie du damit umgehen kannst!«

»Ach, vor meinem Schlaganfall ging es viel besser«, seufzte Ada. »Jetzt kann ich ja nur die eine Hand richtig bewegen. Ich will trotzdem nicht jammern. Komm, Kind, einen starken Kaffee kannst du doch vor deiner Heimfahrt sicher noch vertragen!«

Josie gab sich geschlagen. »Ja, einen Kaffee würde ich wirklich gern trinken«, sagte sie. »Aber setz du dich, ich bereite ihn zu.«

Sie kannte sich ja inzwischen in der kleinen Küche aus. War ihr erster Besuch hier wirklich nicht mal eine Woche her?

Ada stellte Kaffeetassen auf den Tisch, sie öffnete eine Packung mit Butterkeksen, die sie in eine Achatschale umfüllte, und ließ sich in den Ohrensessel sinken.

»Man sollte nicht ohne was im Magen auf Reisen gehen«, sagte sie kopfschüttelnd. »Du hast ja wahrscheinlich noch nicht einmal Proviant dabei!«

»Doch«, murmelte Sophie, »irgendwo hab ich noch einen Müsliriegel. Und sonst halte ich eben an einer Raststätte.«

Ada lachte kurz auf. »Pass auf, ich erzähl dir noch von Sophies Überfahrt«, kündigte sie an und wartete, bis auch Josie bequem saß.

»Auf dem Segelschiff unterwegs nach Rio de Janeiro müssen unvorstellbare Zustände geherrscht haben, da konnte man nicht einfach zwischendurch einen Müsliriegel kaufen. Besonders bei dem Sturm, der sie auf der Überfahrt überraschte …«

12

An Bord des Auswandererschiffes
Oktober 1834

Das Schiff schaukelte nicht mehr, es schoss meterhoch und setzte krachend im Wellental wieder auf. Wieder und wieder und wieder. Und wieder und wieder. Die Menschen an Bord schrien sich heiser. Sophie spürte nur noch Panik. Es war, als würden die Wogen durch ihren Kopf donnern. Ihr Magen drehte sich, sie wurde hin und her geschleudert, stürzte …

Valentina half ihr auf die Pritsche. Holzsplitter bohrten sich in Sophies Hand. Finsternis ringsum. Alles fühlte sich heiß und klamm an. Wer sich nicht festklammerte oder festgebunden war, rutschte, stieß gegen Balken, prallte gegen Geschirr- und Proviantkisten. Alles bewegliche Gut wurde durcheinandergeworfen. Und nicht nur die Passagiere schrien. In dem Stall, der nur durch eine Bretterwand von ihnen getrennt war, flogen Tiere und Käfige umher. Kaninchen, Enten, Gänse, zwei Schweine, sechs Hammel, eine Kuh und hundert Hühner – sie kreischten, quiekten, blökten, brüllten und krähten um ihr Leben. Dieses Konzert würde Sophie nie vergessen!

Sie suchte die Seitentasche ihres weiten Rocks, riss sich ein Loch hinein und griff nach dem Lederbeutel, der innen an einem Taillengurt befestigt war. Sophie umklammerte ihn, hielt sich daran fest, als könnte er sie retten. Er barg ihren Amethystschmuck. Er war ihr Anker. Karls Steine bewahrten sie davor, aus Angst wahnsinnig zu werden. Sie weinte nicht hysterisch, sondern vertraute sich ihrem Schicksal an.

Dein Wille geschehe …

Drei Tage und zwei Nächte lang tobte das Meer. Endlich wurde es ruhiger. Außer den Splittern in ihrer Hand hatte Sophie nur Prellungen davongetragen.

»Valentina? Willi und Grete? Richard?«, fragte sie irgendwann matt, aus einem ruhelosen Schlaf erwachend. Sie versuchte, die Umrisse zu deuten. »Lebt ihr noch?« Einer nach dem anderen gab Laut. Offenbar waren sie alle noch einmal glimpflich davongekommen.

Sophie schloss die Augen erneut. Sie lag zusammengerollt auf der oberen von je zwei übereinander angebrachten Pritschen, unter ihr kauerte Grete. Diese fürchterliche Enge! Eingepfercht im Zwischendeck mit dreihundert anderen Menschen zu sein machte allen zu schaffen. Sophies Schlafplatz war nicht lang genug, sie konnte sich nicht ganz ausstrecken. Aber auch aufrecht sitzen ging nicht richtig. Sie suchte eine Haltung, die halbwegs erträglich war. Die Leute im Dunkeln redeten, fluchten oder weinten, sie untersuchten ihre Verletzungen, stöhnten. Familien gifteten sich an, Kinder wimmerten oder brüllten, Kranke übergaben sich. Doch die meisten Passagiere dämmerten nun erschöpft vor sich hin.

Vorbei die Aufbruchstimmung der ersten Tage, als viele noch sangen:

Leb wohl, du undankbares Vaterland,
Wir ziehen in ein anderes Land,
Wir wandern nach Brasilia,
Nur die Schulden lassen wir da.

Wir suchen einen neuen Strand,
Da finden wir das Gold wie Sand.
Hurra, hurra,
Bald sind wir in Brasilia!

Der Kapitän hatte gleich in der ersten Woche auf See acht Paare getraut, darunter Willi und Grete sowie Richard und Valentina. Die vier taten Sophie leid, denn hier im Zwischendeck gab es kein ungestörtes Plätzchen. Jeder sah oder hörte vom anderen alles. Und er roch es. Die Enge war schon schlimm, aber den Gestank empfand Sophie als höllisch, geradezu bestialisch. Ihre Übelkeit, die sich mal steigerte, mal erträglicher wurde, verschwand nie ganz.

Einziger Lichtblick war die morgendliche Waschprozedur, wenn sie nach dem Wecken um fünf Uhr in Gruppen zu zwanzig, natürlich nach Geschlechtern getrennt, ans Oberdeck durften. War das Meer ruhig, blieben die Luken geöffnet. Aber schon vor diesem Sturm hatten sie ein paarmal heikle Situationen erlebt. Die Luken waren zu spät geschlossen worden, und das Meerwasser hatte sich in kräftigem Schwall über ihre Köpfe, Kleidung, Schlafstellen und Vorräte ergossen. Sobald alles dicht war, begann es jedoch wieder heiß und stickig zu werden – je näher sie dem Äquator gekommen waren, desto unerträglicher war es geworden. Die Frauen trugen ihre Korsetts nicht mehr oder wenn, dann nur lose geschnürt.

In die Kombüse durften immer nur sechs Personen, darum gab es täglich ein Gerangel. Es war ausdrücklich verboten, sich an Deck über den Bereich der Küche hinauszubegeben. Abends um acht wurden Wachen aufgestellt. Dann mussten sie alle in ihre Kojen, und die durften sie offiziell während der Nacht nicht verlassen.

Doch tatsächlich lagen nachts ungezählte Menschen

an Deck. Sie versuchten, unter dem Kreuz des Südens bei erträglicheren Temperaturen ein paar Stunden Schlaf zu finden.

Ein dicker Mann schleppte sich durch die engen Reihen, er sank vor Sophies und Gretes Pritschen zu Boden und blieb einfach liegen.

»Wäre ich doch daheimgeblieben!«, ächzte er. »Ach, was gäbe ich drum, wenn ich jetzt in meinem Schweinestall liegen könnt!«

Sophie versuchte, an etwas Schönes zu denken. Sie rief sich die Eindrücke von ihrer Rheinfahrt ins Gedächnis zurück. Schon der große Fluss mit den Weinbergen und die Stadt Antwerpen hatten sie, die sie ja in ihrem Leben nie aus ihrem engeren Heimatkreis herausgekommen war, ungeheuer beeindruckt. Wie gewaltig mochte dann erst die Natur in Brasilien sein?

Sie dachte an Karl. An seine Zärtlichkeiten. Sie betete darum, dass er noch lebte und dass es ihm besser ging. Mochte sie auch manchmal bezweifeln, dass man eine solche Seefahrt überstehen konnte, an einer Sache hatte sie nie Zweifel – dass sie Karl, wenn er noch lebte, finden würde.

Grete litt besonders unter der Seekrankheit. Sie erbrach sich manchmal tage- und nächtelang. Während die anderen sich irgendwann an das Schwanken gewöhnt hatten, begann bei Grete nach kurzen Phasen der Besserung das Elend von Neuem. Willi kümmerte sich hingebungsvoll um sie. Er wässerte auch regelmäßig den kleinen Hortensientopf, den Grete unter ihrer Pritsche hortete, und nahm ihn morgens mit an Deck, damit die Pflanze Licht bekam. Sophie staunte über ihren Bruder. Denn das Kümmern hatte er von niemandem gelernt.

Richard schimpfte immer wieder, sie hätten doch über

Bremerhaven reisen sollen, auch wenn sie bis dorthin drei Wochen mit dem Ochsenkarren gebraucht hätten. Dort gebe es seit Kurzem schärfere Gesetze und bessere Bestimmungen, um die Auswanderer auf den Schiffen zu schützen. Valentina beruhigte ihn jeden Tag aufs Neue. Sie hatte sich auf der Reise als Glücksfall erwiesen. Die kräftige junge Frau jammerte nie, sie hatte ein Kreuz wie ein Kerl, aber feine Manieren, die nicht aufgesetzt wirkten, und ein mitfühlendes Herz. Sie half, wo sie konnte. Am Tag der Abreise hatte sie begonnen, ein Journal zu führen. Das Tagebuchschreiben war wohl Valentinas Art, mit der Belastung fertigzuwerden.

Als sie im August zu fünft in der belgischen Hafenstadt Antwerpen eingetroffen waren, hatten sie feststellen müssen, dass wegen der radikal geschrumpften Zahl Auswanderungswilliger viel seltener Passagierschiffe nach Rio de Janeiro fuhren als in den Jahren zuvor. Deshalb hatten sich bereits seit Wochen Menschen angesammelt, die in Antwerpen festsaßen. Kaum einer von ihnen hatte einkalkuliert, dass er hier eine längere Wartezeit verbringen musste, die finanziell zu überbrücken war. Die Leute schliefen in provisorischen Unterkünften oder unter freiem Himmel. Viele zogen bettelnd durch die Straßen der Hafenstadt und brachten die Einheimischen gegen sich auf. Es war erbärmlich. Erst wenn genug Volk zusammen war, ging es los. Sophie gestand den anderen nun ihre Notlüge wegen der angeblich bereits von Karl bezahlten Überfahrt. Aber sie besaß ja das Geld dafür, und das allein zählte.

Doch Sophie und die Ihren hatten noch Glück gehabt. Einige Tage nachdem sie eingetroffen waren, legte ein Schiff nach Brasilien ab. Sie hatten nicht lange warten müssen – gerade lange genug, um die Schiffspassagen erwerben und noch ein wenig Proviant für die lange Überfahrt besorgen zu können. Im Hochsommer gen Süden zu segeln und die meiste Zeit unter Deck verbringen zu müssen war dennoch eine harte Prüfung.

Benommen mäanderten Sophies Gedanken zwischen Gegenwart und Vergangenheit. Unter den Passagieren befanden sich auch recht unangenehme Gesellen. Einige waren Armenhäusler, denen ihre Gemeinde die Überfahrt spendiert hatte, um sie endlich loszuwerden. Doch auch einige Spaßvögel reisten mit. Wie der Alleinunterhalter Otto, der seinem possierlichen Hund immer kleine Seemannsanzüge anzog und ihn Kunststücke aufführen ließ. Und mit seinem Marionettenspiel hatte er ihnen manche vergnügte Stunde beschert. Mit ihm zusammen hatte Sophie ein paarmal die Kinder an Bord abgelenkt und mit etwas Bauchrednerei amüsiert. Schöne Augenblicke hatten sie also durchaus auch erlebt. Unvergesslich, auf dem Dreimaster unter vollen Segeln über das blaue Meer zu gleiten, die wundervollen Sonnenaufgänge zu beobachten, das gemeinschaftliche Singen von Volksliedern zu erleben, den Anblick der Kanarischen Inseln am Horizont zu bestaunen …

Nur die Hitze war von Tag zu Tag unerträglicher geworden. Die Zeit kroch dahin. Statt Trauungen gab es immer öfter Seebestattungen. Der Kapitän zitierte einen Bibelspruch, und die Matrosen übergaben den in ein Tuch eingewickelten Leichnam dem Meer. Viele Kinder starben. Sophie konnte es kaum ertragen, die Mütter trauern zu sehen.

Jetzt plötzlich erschütterte ein lautes Krachen das Schiff. Sophie fuhr zusammen. Offenbar war der Sturm noch nicht am Ende seiner Kräfte. Das unheimliche Jaulen wurde wieder lauter. »O nein!«, stöhnte Sophie. Sie waren schon so nahe am Ziel. Sie würden doch nicht jetzt noch sinken?

»Der Mast!«, hörte sie Männer rufen, »ein Mast ist gebrochen!«

Grete schrie auf, stöhnte unter Krämpfen. Willi redete beruhigend auf sie ein. Er schluchzte trocken, während er sie in seinen Armen hielt.

Sophie drehte sich auf die andere Seite, rollte sich erneut zusammen wie ein kleines Kind.

Lieber Gott, ich ergebe mich. Aber wenn du uns schon nimmst, dann mach wenigstens Karl wieder ganz gesund.

War sie weggedämmert? Wie viel Zeit war vergangen? Das Schiff lag wieder ruhiger. Sophie vernahm Hämmern und Klopfen. Offenbar reparierten die Seeleute an Deck etwas. Alle Knochen taten ihr weh. Im Mund spürte sie einen ekligen Geschmack, ihre Zunge fühlte sich verbrannt an von den scharf gesalzenen Speisen. Sie hatte Durst, und ihr Magen knurrte.

Ein großer Teil der Vorräte wie Butter oder Schmalz war gleich zu Beginn der Reise verdorben. Nur was stark gepökelt und gesalzen war, hielt sich einigermaßen. Das wiederum steigerte den Durst, aber auch die Wasserversorgung war unzureichend. Das Trinkwasser roch faulig. Mittlerweile mussten sie aus dem Räucherschinken zuerst Maden herauspulen, bevor sie davon essen konnten. Die Stockfischsuppe mit Nudeln, die fast jeden Mittag als Verpflegung ausgegeben wurde, löste bei Sophie Würgereize aus. Manches Fleisch im Proviant von Mitreisenden stank so grauenvoll, dass es ganz bestimmt nicht mehr genießbar war. Einige Menschen ließen sich trotzdem nicht abhalten, es zu verzehren, ihr Hunger war einfach zu groß. Und so häuften sich Krankheiten, von denen Kopfweh,

Bauchkrämpfe und Verstopfung noch die harmlosesten waren. Geschwulste, Mundfäule, Skorbut und Ruhr quälten immer mehr Mitreisende. Sophie aß jeden Tag einen Apfel. Sie hatte darauf bestanden, einen Sack voller Äpfel mitzunehmen. Von wem stammte noch gleich der Rat? Von Meister Severin? Oder vom Apotheker aus Oppenheim? Er hatte Meister Severin neben dem Chinin noch einen Sack guter Ratschläge für Sophies Reise mit auf den Weg gegeben.

»Schnupper mal!« Valentina hielt Sophie ihr Riechfläschchen unter die Nase. Es duftete nach Rosen und Lavendel. Sie schlug die Augen wieder auf.

»Ist es endlich vorbei?«, fragte sie schwach.

»Scheint so«, sagte Valentina. Sie sprach halblaut ein Dankgebet.

In diesem Moment öffneten Seeleute die Luken, um den Schiffsarzt herunterzulassen. Frische Luft drang ein. Welche Erleichterung! Zwischen den abziehenden Wolken konnten sie ein Stück blauen Himmel sehen. Und Seevögel – was bedeutete, dass Land in Sicht war!

13

Josie kam schlecht gelaunt in Hamburg an. Edgar begrüßte sie liebevoll, er hatte den Kühlschrank gefüllt, und sie freute sich auch, ihn wiederzusehen. Doch selbst in den nächsten Tagen besserte sich ihre Stimmung nicht wesentlich.

»Ich verstehe nicht, weshalb du so muffig bist«, sagte Tania während der Arbeit. Josie hatte ihr lang und breit von ihren Erlebnissen berichtet. »Wenn ich das richtig verstanden habe, bist du auf rasend nette Verwandte gestoßen und entdeckst gerade die Faszination der Edelsteine. Das ist doch alles ganz toll!«

»Ja, ist es auch«, erwiderte Josie, während sie in ihrer Skizze an der Form des Bauchausschnitts für die Teenymode herumradierte. »Ich hätte nur gern mehr Zeit, um mich weiter damit zu beschäftigen.«

Die neuen Kollektionen und die Änderungswünsche ihres Chefs machten jeden Tag Überstunden erforderlich.

Tania sah auf. »Oder liegt es an diesem Deutschbrasilianer, der Frauen knutscht, die wie Rubellite sind?«, fragte sie mit neckischem Unterton.

»Ach, so 'n Quatsch!«, fuhr Josie sie an. »Was ist denn mit dem Jachtbesitzer von Gibraltar? Hast du von ihm mal wieder was gehört?«

»Ja«, Tania machte ihr Smiley-Gesicht, »er kommt demnächst zu einer Jachtausstellung nach Hamburg und will mich in der HafenCity ganz fein zum Essen ausführen.«

»Das klingt ja aufregend!«

Josie fand in letzter Zeit ihr eigenes Leben langweilig. Was wagte sie denn schon? Wenn sie da an Sophie dachte! Wie unglaublich mutig war sie gewesen!

Am Abend ging sie in die Stadt, um sich mit weiterer Fachlektüre über Edelsteine einzudecken. Sie verschlang alle Informationen und Geschichten, noch im Bett las sie.

»Das ist ja 'ne irre Story, Edgar, hör mal …«, sagte sie, als Edgar schon im Halbschlaf lag, »im Ural hat es anno 1831 mal ein fürchterliches Gewitter gegeben. Dabei sind Bäume entwurzelt worden. Und zwischen den Wurzeln eines umgekipptes Baumes haben durchreisende Händler am nächsten Morgen massenhaft kostbare Smaragde gefunden.«

»Sagenhaft …«, murmelte Edgar.

»Smaragde behalten übrigens ihr natürliches Leuchten und Funkeln im Gegensatz zu den meisten anderen Farbsteinen auch nachts bei Lampenschein und Kerzenlicht!« Josie überlegte. »Vielleicht ist das der Grund, weshalb meine Amesthyste mit Gold hinterlegt sind …«

»Komm, mein Goldstück«, murmelte Edgar und zog sie an sich. »Ich hab morgen früh einen Termin bei Gericht. Hör auf zu funkeln, mach das Licht aus.«

Eigentlich konnte sie Edgar keinen Vorwurf machen. Er hatte ihr Zeit gelassen. Doch als er Josie am kommenden Morgen beim Frühstück mitteilte, dass er sich in Sachen Immobilienfinanzierung weiter schlaugemacht hatte, nahm sie es ihm irgendwie übel.

»Ich hab mich erkundigt«, verkündete er. »Wenn man ein Wertgutachten über den Schmuck vorlegen kann, würde das vom Kreditgeber mit in die Sicherheiten eingerechnet. Wir müssten also nicht abwarten, bis du die Klunker verkauft hast, sondern könnten jetzt schon unseren Finanzierungsplan erweitern.«

»Ich weiß doch noch gar nicht, ob ich die Amethyste überhaupt verkaufen will!«, fuhr Josie ihn aufgebracht an. »Hast du mir denn nicht zugehört? All diese Geschichten von Sophie, die damit verbunden sind …«

Edgar spürte wohl, dass Josie gereizt war. »Ich meine ja nur«, lenkte er ein. »Ist doch gut zu wissen.« Er streichelte ihr besänftigend übers Haar. »Es kommt ja auf ein paar Wochen auch nicht an. Jetzt beginnt sowieso erstmal die Urlaubszeit. Ergründe du deine Geschichte bis zu Ende, wir machen schön Urlaub, und dann sehen wir weiter.« Er drückte ihr einen Kuss auf die Stirn.

Josie tat es schon wieder leid, dass sie so heftig reagiert hatte. Sie lächelte Edgar halb entschuldigend an und seufzte. »O ja, Urlaub wäre klasse …«

Vor ihrem geistigen Auge tauchten brasilianische Strände auf, brodelnde Städte und exotische Tropenwälder.

Sie schmiegte sich an Edgar, er umarmte und küsste sie sanft. »Genau«, auch er seufzte urlaubsreif, »endlich Ruhe und Erholung, ein bisschen Bewegung, Land und Leute kennenlernen.«

Josie lächelte ihn dankbar an.

Die neue Teeniekollektion war der Hit. Ihr Chef lobte Josie, was alle Jubeljahre einmal vorkam. »Aber uns fehlt noch eine zündende Idee für die neue Kollektion«, trieb er sie weiter an. »Wir brauchen ein Thema, einen roten Faden.«

Das bedeutete: Josie konnte so schnell nicht schon wieder freibekommen. Sie telefonierte mit Ada, doch sie sprachen nicht über Sophie und ihre Geschichte, sondern nur über Alltägliches und wie es ihnen ging.

»Lass dir nicht so lange Zeit bis zu deinem Besuch«, mahnte Ada.

»Nein, ich versuche alles, was ich kann«, versicherte Josie, »aber derzeit ist im Atelier einfach wahnsinnig viel zu tun.«

Beim Abendessen las Josie in einem neuen Buch, das auch die Kristallformen näher erklärte, die typisch für bestimmte Edelsteine waren. »Du, das ist ja unglaublich«, sagte sie, während sie ihr Schinkenbrot aß und Edgar noch auf seinem Handy die Mails checkte. »Hast du das gewusst? Ich dachte immer, so ein Edelstein ist wie aus buntem Glas, nur härter, und das schleift man sich hübsch zurecht. In Wirklichkeit wachsen die Steine von Natur aus in bestimmten Strukturen, in geometrischen, zum Teil ganz komplizierten und kunstvollen Formen – oder wie soll man das sagen? Sie haben so was wie ein Skelett, Wuchsrichtungen …« Sie hielt Edgar Abbildungen von Kristallen unter die Nase. »Diese Turmaline zum Beispiel wachsen immer dreieckig, trigonal heißt das, und ihr Farbspiel fällt unterschiedlich aus, je nachdem, von wo man guckt und wie man sie schleift.«

»Josie!«, mahnte Edgar sie. »Merkst du eigentlich noch was? Ich checke hier gerade meine Mails. Und dieser Edelsteinkram geht mir wirklich langsam auf die Nerven.«

Gekränkt mampfte sie ihr Brot, ohne noch ein Wort zu sagen. Sie blätterte weiter und fand Geschichten über Bauern in China, die einst beim Pflügen auf dem Acker Rubine ans Tageslicht befördert und einfach nur hatten aufsammeln müssen. Fasziniert las sie die Geschichte der einzigen bedeutenden Fundstelle von Imperialtopasen in Deutschland im vogtländischen Schneckenstein. Der Entdecker hatte lange Zeit sein Wissen geheim gehalten, dann war etwas durchgesickert, und er hatte August den Starken für dessen Grünes Gewölbe in Dresden mit den besonders seltenen Topasen beliefern müssen. Es hieß, sie schimmerten golden wie ein Glas Gewürztraminer, in das die Sonne schien. Noch zu DDR-Zeiten, als der normalen Bevölkerung dort das Suchen offiziell verboten war, hatten Hobbysammler beim »intensiven Spazierengehen« einen Imperialtopas gefunden. Gerade wollte Josie Edgar begeistert davon erzählen, doch nun biss sie sich auf die Zunge. Wenn er es nicht hören wollte, dann würde sie eben Tania an ihrem neuen Wissen teilhaben lassen.

»Weißt du«, plapperte Josie, als sie am nächsten Tag der Freundin gegenüber an ihren Modeentwürfen arbeitete, »der Stein allein bringt's nicht. Es kommt auf den Schliff an.« Sie rief eine Seite im Internet auf, die Schliffstile zeigte – für Diamanten zum Beispiel den Brillant-, Sechzehnkant-, Stern- oder Netzschliff. Und daneben noch viel mehr Varianten für Farbsteine. Sie hießen unter anderem Antik, Pendeloque, Navette, Briolett, Pampel, Oval, einfache Rose, Baguette, Treppen- oder Smaragdschliff, Herz oder Achteck.

»Das ist fantastisch!«, rief Tania aus. »Lass uns eine Stoffkollektion mit aufgedruckten Edelsteinen machen, mit so richtig protzigen Colliers! Für T-Shirts und Kleider!«

»Super!«, Josie schlug sich mit der Hand vor die Stirn. »Wieso bin ich nicht selbst auf die Idee gekommen?«

»Hey, wir sind doch ein tolles Team!« Tania umarmte sie. »Wir machen das zusammen!«

Sie bestellten bei einer Bildagentur Fotos von atemberaubenden Schmucksteinen und ließen sie probeweise auf Seide und schwer fallende Synthetikstoffe drucken. Das Ergebnis fand das Wohlwollen ihres Chefs.

»Das ist es«, sagte er. »Genau so etwas hatte ich erwartet.«

An diesem Abend war Edgar vor Josie zu Hause. Er hatte Spaghetti Bolognese gemacht und erwartete sie freudig. »Ich habe eine Überraschung für dich«, kündigte er an.

»Oh, was kann das nur sein?« Josie witzelte. »Ein Klavier? Ein Klavier!« Edgar schüttelte den Kopf. »Reizwäsche aus Paris?«

»Auch nicht, wäre aber mal 'ne Idee. Die nehm ich auf Wiedervorlage.«

Sie überlegte, weshalb er ihr gerade jetzt etwas schenkte. »Haben wir heute irgendeinen Jahrestag? Oder gibt's einfach so etwas?«

Edgar lächelte, als wäre ihm ein besonderer Coup gelungen. »Es ist für unseren Urlaub.« Er überreichte ihr ein Paket, das nicht leicht war. »Und es ist nützlich und hübsch.«

Die Verpackung trug den Schriftzug eines Sportgeschäfts. Gespannt öffnete Josie. Auf dem Karton sah sie eine Abbildung des Inhalts. Ach herrje, dachte sie im gleichen Moment. Jetzt musst du tun als wäre Weihnachten. Sie setzte schon mal ihr freudig dankbar überraschtes Lächeln auf.

»Ein Fahrradhelm!«, rief sie. Er hatte ein auffallendes Margaritenmuster. »So was fehlte mir ja immer noch!«

»Sieht doch sehr fröhlich aus, oder?«, kommentierte Edgar stolz.

Es gelang ihr, ihn anzustrahlen. »Super! Vielen Dank! Es soll ja wirklich viel sicherer sein, damit zu radeln …« Sie setzte den Helm probehalber auf. Es war ein schweres, unbequemes Ding, das ihr bei einem Sturz wahrscheinlich sofort den Hals brechen würde. »Aber wieso brauch ich den für den Urlaub?«, wunderte sich Josie laut.

An einem Strand würde sie einen Helm ebenso wenig benötigen wie bei einem Bummel durch eine aufregende Stadt. Na ja, vielleicht im Regenwald, als Schutz vor herabfallenden Früchten. Die Vorstellung belustigte sie.

Edgar strahlte zurück. »Na, ich dachte, wir nehmen uns dieses Jahr mal mit dem Fahrrad die Fehnroute durch Ostfriesland vor.«

Josie holte tief Luft. Sie wusste, sie war manchmal zu impulsiv und stieß andere Menschen mit ihrer Art vor den Kopf. Sie zählte bis fünf.

»Nöö!«, sagte sie dann entschieden. »Ich will keine Radtour durch die norddeutsche Tiefebene machen!« Edgar starrte sie entgeistert an. »Ich will raus«, sagte Josie. »Ich will mal eine richtige Fernreise unternehmen. Am liebsten nach Brasilien, in den Süden, nach Rio Grande do Sul, wohin damals so viele Deutsche ausgewandert sind.«

»Das ist doch viel zu teuer!«, entgegnete Edgar verständnislos, »und gefährlich. Und überhaupt, was soll das? Erholsam wäre das sicher nicht.«

»Darum geht's doch gar nicht!«, erwiderte Josie gereizt. Wieso verstand er sie nicht? »Man muss doch mal seinen Horizont erweitern … Jetzt können wir es noch, wenn wir erst alt sind …«

»… und kein eigenes Dach überm Kopf haben …« Jetzt war Edgars Geduld erschöpft. »Erst die Pflicht und dann die Kür, Josie. Man muss doch zuerst sehen, dass man sich ein sicheres Nest schafft«, sagte er barsch.

Sie holt ganz tief Luft. Seine Argumente waren ja wirklich nicht verkehrt. »Aber … aber …« Ihr kamen fast die Tränen vor Angestrengtheit, sie spürte, dass sie nicht richtig in Worte fassen konnte, was sie im tiefsten Innern bewegte und antrieb. »Das Leben ist doch so viel mehr …« Dieses Bedürfnis, etwas zu erleben, das über das Berechenbare und über das Mittelmaß hinausging … Kannte er das denn überhaupt nicht? Und wenn es ihm fremd war, wie sollte sie ihm dann je ihre Sehnsucht deutlich machen? Wie wichtig war es für ihre gemeinsame Zukunft, dass er sie verstand? »Ach!«, stieß sie dann nur hervor und wandte Edgar den Rücken zu.

Ein scheußliches Gefühl beschlich sie. Denn ihre Antwort auf diese Frage lautete: Es ist lebenswichtig.

Josie versuchte sofort reflexartig, sich das Problem kleinzureden. Sie wollte keinen Streit, erst recht kein Zerwürfnis mit Edgar. Es gab doch Paare, da interessierte sich der eine für Kunst und der andere für Fußball, keiner versuchte, beim anderen Leidenschaft für sein Hobby zu wecken, und es war völlig okay. Man konnte sich in vielen anderen Lebensbereichen treffen und eine glückliche Beziehung führen.

Nein, sagte ihre innere Stimme. Dies ist etwas anderes. Es handelt sich um eine grundsätzliche Einstellung zum Leben. Und mit einem Mann, der sie so gar nicht teilt, wirst du dein Leben nur halb leben können.

»Wir könnten ja auch Badeurlaub an der Ostsee machen«, schlug Edgar hilflos vor.

Josie drehte sich um. Ihr verdammtes Temperament ging wieder mit ihr durch. Sie funkelte Edgar an. »Nein!«, sagte sie heftig.

»Warum unternimmst du in Sachen Haus nichts mehr?« Nun eröffnete Edgar die Anklage. »Warum verkaufst du nicht endlich den Schmuck? Für wen willst du ihn denn aufheben?«, fragte er mit seiner unbezwingbaren Logik. »Du hast keine Kinder, denen du was vererben könntest.«

»Danke für den Hinweis, aber ich weiß selbst, dass ich keine Kinder habe!«, brüllte Josie. In ihr brodelte es. Seinetwegen hatte sie keine, und mit ihm zusammen würde sie auch nie welche bekommen. Doch das war nicht wirklich der Punkt. »Du kapierst nichts, wirklich gar nichts!«

»Da hast du recht.« Edgars Augen wurden schmal. Strafend sah er sie an wie ein sehr unartiges Kind. »Ich bin im Segelclub.«

Er knallte die Tür zu, was für seine Verhältnisse einem mittleren Erdbeben gleichkam. Josie rannte aufgebracht durch die Wohnung, dann brach sie in Tränen aus.

Warum war denn plötzlich alles so kompliziert?

»Ich fühl mich ganz mies«, gestand Josie, als Edgar später am Abend zurückkam.

»Und ich will mich nicht mit dir zanken«, sagte Edgar zerknirscht.

Doch das grundsätzliche Problem blieb bestehen, das spürten beide. Josie erbat sich am folgenden Vormittag ein paar Tage Urlaub. Das Beste würde sein, sie fuhr erst einmal wieder nach Idar-Oberstein und recherchierte Sophies Geschichte zu Ende. Ihr Chef war nicht begeistert, aber als sie andeutete, dass sie vielleicht noch einige Fotos von Weltklasseedelsteinen machen könnte, die ihnen eine Menge Lizenzgebühren für Agenturbilder ersparen würden, sah er ihren neuerlichen Ausflug entspannter.

Edgar hielt sich zurück, wohl weil er langsam verstand, dass Widerspruch die Fronten nur noch mehr verhärtet hätte.

Die Verwandten nahmen Josie erneut freudig auf. Sie hatten allerdings wegen einer bevorstehenden Messe mehr als sonst zu tun, und deshalb konnten sie sich, was Josie sehr recht war, nicht viel um sie kümmern.

»Es ist prima, dass ich hier einfach so bei euch leben darf«, sagte sie dankbar.

Als Gastgeschenk hatte sie Gisela und Martina je einen schön bedruckten Pashmina-Schal aus der Exklusivkollektion ihrer Firma mitgebracht.

Sie durfte im begehbaren Tresor ihre Aufnahmen machen. Reinhard und Martina begleiteten sie. Josie kombinierte ungewöhnliche Schmuckpartner. Sie legte eine kupferfarbene Tahitikette mal neben einen grünbraunen Turmalin, mal neben einen knallblauen Tansanit. Und sie begeisterte sich für orangefarbene Mandaringranate aus Afrika.

»Wahnsinn, so was hab ich ja noch nie gesehen! Die sind echt?«

»Diese Steine kommen aus Namibia und Nigeria«, sagte Reinhard. »Sie müssen sich vor Millionen von Jahren gebildet haben, vor ungefähr zwanzig Jahren wurden sie entdeckt.«

»Vorher hat nie ein Mensch so was gesehen?« Josie sah ihn staunend an. »Das bedeutet ja, es könnten in der Erde immer noch Edelsteinsorten oder wie man das nennt verborgen sein, von denen wir bis heute nichts wissen?«

Reinhard nickte. »So ist es.«

»Irre!« Und sie konnte hier aus dem Vollen schöpfen!

Josie fotografierte, veränderte das Licht, und sie fand ein rauschhaftes Vergnügen darin, unkonventionelle Schmuckstücke zu komponieren – facettierte Steine legte sie zu Colliers, Broschen, Ringen, Ohrgehängen oder Krönchen, so wie Moderedakteurinnen vor Fotoshootings die Outfits vom Halstuch bis zu den Schuhen auf dem Fußboden arrangierten.

»Du hast echt Talent!«, rief Martina bewundernd aus. »Das sieht alles so unkonventionell aus, so gewagt und gekonnt!«

In diesem Augenblick wurde Josie klar, dass es genau das war, was sie am allerliebsten tun würde – als Schmuckdesignerin arbeiten! Nach wenigen Stunden hatte sie eine unbezahlbare, einzigartige Fotoausbeute in der Kamera. Und in ihrem Innern die Überzeugung gewonnen, dass sie sich ganz bestimmt weiter intensiv mit dieser Materie befassen würde.

Die nächsten beiden Tage verbrachte Josie im Archiv. Sie hatte sich vorher angemeldet, die alten Zeitungsbestände der Jahre 1838 bis 1840 lagen schon für sie bereit. Bevor sie sich erneut mit Ada traf, wollte sie noch einiges mehr in Erfahrung bringen. Sie blätterte systematisch Ausgabe um Ausgabe durch – zum Glück hatte das Lokalblatt früher nur wenige Seiten Umfang gehabt. Immer wieder blieb sie an Meldungen hängen, besah sich die Illustrationen, die sie oft gleich wieder für T-Shirt-Motive inspirierten. Aber sie zwang sich, möglichst zügig zu arbeiten.

Am ersten Tag entdeckte sie nichts. Am zweiten Tag endlich, kurz vor Feierabend, stieß sie auf eine dick gerahmte Anzeige im redaktionellen Teil.

Bekanntmachung – jedermann zur Kenntnis!
Wer über mich, meinen Sohn Carlos oder meinen in Brasilien verstorbenen Ehemann Karl Kreuzer weiterhin oder in Zukunft auch nur ein einziges Mal eine Verleumdung ausspricht, wer Lügen über uns verbreitet und/oder sich geschäftsschädigender übler Nachrede

strafbar macht, wird von meinem Advocatus verklagt und vor Gericht gebracht werden. Ich werde erst ruhen, wenn diese Gemeinheiten ein Ende haben.

gez. Sophie Kreuzer, Idar, den 13. Oktober anno 1839

Josie stieß heftig die Luft aus. »Unglaublich!«, entfuhr es ihr.

»Na, fündig geworden?«, fragte ein alter Herr, der zwei Tische entfernt ebenfalls seit Stunden in alten Zeitungen forschte.

»Tja …«, sagt Josie zögernd, »einerseits ja. Andererseits …«

Sie war fast genauso weit wie zuvor. Eigentlich hätte sie es sich auch denken können. Eine so kluge Frau wie Sophie hätte nicht das böse Gerücht, das sie auszumerzen versuchte, weiterverbreitet, indem sie es auch noch in der Zeitung erwähnte. Aber immerhin bestätigte ihr die Anzeige die Vermutung, dass es in Sophies Biografie ein dunkles Geheimnis gegeben hatte. Nur mehr wusste Josie jetzt immer noch nicht.

Sie blätterte den Jahresband bis zum Ende durch und stieß auf einen interessanten Artikel. Leise pfiff Josie vor sich hin. Das war ja typisch für Sophie! Das musste sie Ada erzählen.

Josie fuhr zurück in das kleine Apartment, machte sich frisch und telefonierte dann gleich mit Ada, die sie zum Abendessen einlud. Sie besuchten zum ersten Mal gemeinsam ein Restaurant außerhalb des Seniorenheimes, eine Trattoria.

Josie konnte es kaum erwarten, Ada von der Anzeige zu berichten. Sie hatte mit ihrem iPad Aufnahmen gemacht und zeigte sie ihr.

»Es scheinen ja doch mehr böse Gerüchte gewesen zu sein«, kombinierte die alte Lehrerin, »schließlich nennt Sophie sich, Carlos und Karl.«

Sie bestellten in der Landessprache. Ada sprach sehr gut Italienisch.

»Vielleicht hing das Problem mit der Religion zusammen«, mutmaßte sie. »In Brasilien war die Staatsreligion katholisch. Ich habe einmal gelesen, dass alle Kinder aus evangelisch geschlossenen Ehen in Brasilien nach der Staatgründung noch fünfundsechzig Jahre lang als unehelich galten.«

»Oha.« Josie begann, die Kalamata-Oliven aus ihrem Salat herauszupicken, die mochte sie nämlich am liebsten. »Mag sein. Zum Glück können wir uns heute ja kaum noch vorstellen, wie wichtig solche Dinge früher genommen wurden. Das wäre natürlich eine Möglichkeit.« Sie spuckte einen Olivenkern aus. »Übrigens hab ich nur wenige Ausgaben nach dieser Anzeige noch einen Artikel gefunden, in dem Sophie Kreuzer vorkam. Er war der Aufmacher im Lokalteil.«

»Das sagst du jetzt erst?« Ada knuffte sie. »Da bin ich aber neugierig!«

»Sophie wird mir immer sympathischer.« Josie grinste. »Sie hat ihren Verstand eingesetzt, um sich nicht unterkriegen zu lassen.«

»Spann mich nicht länger auf die Folter!«

»Also, Sophie hat einen großen Betrag gespendet, damit Schäden repariert werden konnten, die durch den immer mal wieder auftretenden Steinschlag auf die Felsenkirche entstanden waren. Sie wurde daraufhin als großzügige Gönnerin der Gemeinde gefeiert.«

»Ha! Das passt zu ihr! Sie muss einen ziemlichen Sinn dafür entwickelt haben, wie man Macht ausübt.«

»Findest du das schlimm?«, fragte Josie ehrlich interessiert. Sie selbst hielt sich für eine moderne Frau und fand es in Ordnung, wenn Frauen Macht hatten, um Dinge bestimmen und gestalten zu können. »Ist das mit der Macht nicht das Gleiche wie mit dem Geld?«

Adas Mundwinkel zuckten. »Du meinst, dass es an sich neutral ist und dass es darauf ankommt, was man damit anstellt?«

»Ja genau.«

»Ach!« Ada schnaubte heftig. »Macht ist aber doch mehr. Machtbewusstsein ist ein Charakterzug, der andere Menschen in Mitleidenschaft zieht.«

»Das ist mir jetzt zu hoch«, gestand Josie.

Das Hauptmenü wurde aufgetischt. Der Kellner warnte sie, die Teller seien heiß. Sie nickte nur abwesend.

»Mille grazie, mio bello!«, sagte Ada zum Kellner.

»Wieso sprichst du eigentlich so gut Italienisch?« Die Frage konnte Josie sich jetzt doch nicht verkneifen.

»Ich habe es gelernt«, erwiderte Ada ernst. Sie machte eine kleine Pause. »Hab jahrelang Sprachkurse besucht«, begann sie zu erzählen, »und war dann in Italien, um dort alles für einen längeren Aufenthalt vorzubereiten … Weißt du Josie, ich habe einmal einen Menschen sehr geliebt und wollte mit ihm dort leben …« Tränen füllten die Augen der alten Frau. Josie dachte an den verunglückten Verlobten. Arme Ada! »Beinahe hätte es geklappt. Wir waren dort, und wir haben einige unvergessliche Tage in Rom verlebt.« Sie schluckte. »Das ist jetzt ziemlich genau zwanzig Jahren her.«

Unvergessliche Tage in Rom? Auf einmal beschlich Josie ein unglaublicher Verdacht. Aber noch traute sie sich nicht, ihn auszusprechen. Sie beobachtete nur fasziniert, welche Gefühlsregungen sich in Adas Gesicht spiegelten. Eine Träne rollte über ihre faltige Wange, sie schien es selbst nicht zu bemerken.

»Zwanzig Jahre?«, fragte Josie. »Tante Martha! Vor zwanzig Jahren war sie auch in Rom!«

Sie sah Ada an. Deren Augen schimmerten hell, und ein Ausdruck voll zärtlicher Liebe verriet endlich das Geheimnis.

»Nein … Doch? Ach!«, rief Josie aus. Natürlich! Das also war es, was in ihren Gesprächen immer unausgesprochen zwischen ihnen schwebte. »Ihr habt euch geliebt … Mehr als normale Freundinnen …«

»Ja!« Stolz richtete Ada sich auf. »Und immerhin haben wir unser Alter Tür an Tür gemeinsam verbracht.«

Josie schüttelte verblüfft den Kopf. »Und keiner hat's gemerkt?«

»Vielleicht einige wenige.« Ada hob die schmalen Schultern. »Natürlich, ihr Mann, irgendwann … Als sie ihn verlassen wollte. Damals … als Reinhard in die Firma eingetreten und die Nachfolge gesichert war.«

»Sie wollte sich scheiden lassen?« Josie beugte sich vor. »Etwa damals, als sie mich in Hamburg besucht und das Schließfach bei der Bank eingerichtet hat?«

»Ja genau. Uns war es nicht so wichtig, ob er in die Scheidung einwilligt. Wir hätten auch einfach so in *bella Italia* leben können«, seufzte Ada. »Aber ihr Mann machte einen Riesenaufstand. Er drohte und sagte voraus, dass der Skandal der Firma immensen Schaden zufügen würde. Alles, was seit Sophies Tagen von der Familie aufgebaut worden war, würde sie in den Schmutz ziehen und gefährden …«

»Ach, du meine Güte. Und sie hatte den Betrieb von ihren Eltern übernommen …«

Ada sah Josie ungehalten an. »Ja, sie musste. Sie wollte nicht.«

»Wart ihr damals schon … äh … ich meine …«

»Ja, wir haben uns damals schon geliebt«, sagte Ada. »Doch es waren die Fünfzigerjahre. In Idar-Oberstein. Eine lesbische Beziehung – das ging gar nicht! Damals haben wir beide davon geträumt, Lehrerin zu werden und irgendwo in Italien zu unterrichten und zusammenzuleben. Wir wollten einen Garten mit Pfirsichbäumen …«

»Ob es da einfacher gewesen wäre?«, bezweifelte Josie.

Wieder zuckte Ada mit den Schultern. »Es war unser Traum. Wir kamen ja nicht dazu, ihn zu leben. Denn dein Großvater hatte sich bereits geweigert, die Schleiferei zu übernehmen, und einfach Medizin studiert. Wenn Martha sich der Verantwortung nicht gestellt hätte … das hätte ihre Eltern vernichtet, das konnte sie ihnen einfach nicht antun.«

»Oje!« Josie lehnte sich zurück. »Und ihr Mann?« Sie hatte nur undeutliche Erinnerungen an ihn.

»Er war vom Fach. Und er hat dann die Geschäfte geführt.«

»Er muss doch gemerkt haben, dass …«

»Hat er wohl auch«, sagte Ada und zog eine Grimasse. »Ihm ist ja letztlich auch Unrecht geschehen. Er hatte später immer viel Nebenwind.«

»Nebenwind?« Josie verstand nicht, was Ada meinte.

»Na ja, so sagte man damals, wenn einer nicht nur eine Frau …«

»Ach so.« Josie schwieg eine Weile. Diese Nachricht haute sie glatt um. Ob ihr Vater das alles gewusst hatte?

»Und irgendwie, denke ich, hatte Sophie auch mit Schuld an allem«, sagte Ada unvermittelt.

»Wieso das denn?«

»Sie hat doch ihren Kindern und ihrer Enkeltochter Emma eingebläut, dass Geld und Macht extrem wichtig sind«, sagte Ada vorwurfsvoll. Gleich darauf milderten sich ihre Gesichtszüge. »Das war eben ihre Erfahrung, die sie entsprechend weitergegeben hat.«

»Du meinst wirklich, das wirkt bis heute nach?« Josie war skeptisch. »Tante Martha hat sich also nie getraut, zu ihrer Liebe zu stehen …«, sinnierte sie.

Ada atmete tief ein. »Martha legte, genau wie ihre Großmutter Emma, großen Wert auf ihr Ansehen. Sie hatte Angst, das zu tun, was sie wirklich wollte. Sie tat, was von ihr erwartet wurde. Sie hatte einen Riesenrespekt davor, ohne finanzielles Polster und ohne Einfluss dazustehen und aus der Gesellschaft, die sie zeit ihres Lebens geachtet hatte, ausgestoßen zu werden.«

»Aber die Liebe blieb?«

»Bis zum Schluss«, sagte Ada mit fester Stimme. »Du kannst dir ja deine Liebe nicht aussuchen. Sie sucht dich aus. Und dann musst du sehen, wie du damit klarkommst.«

Schweigend widmete Josie sich ihrem Pastagericht. Viel bekam sie nicht herunter. Zu sehr beschäftigte sie die Enthüllung. Eine Liebe wie eine Naturgewalt … Das hatte sie selbst nie wirklich erlebt. Verliebtheit ja, tiefe Freundschaft, Sympathie, sich-Wohlfühlen, auch Lust und Begehren. Aber diese Art von Liebe, die einem den Boden unter den Füßen wegriss, die kannte sie nur aus Romanen oder Spielfilmen, und sie war sich auch nicht sicher, ob sie die jemals am eigenen Leib erfahren wollte. Lieber mochte sie es berechenbarer, vernünftiger, sicherer – wie mit Edgar eben. Oder?

Später, als sie mit dem Dessert fertig waren, ging Josie wieder Sophies abenteuerliche Seereise durch den Sinn.

»Weißt du, wie es ihr danach weiter ergangen ist?«, fragte sie. »Was passierte, nachdem sie den Sturm überstanden hatten?«

»Sie hatten zwar den Sturm überstanden«, sagte Ada, »aber sie waren noch lange nicht am Ziel. Es stellte sich heraus, dass es nicht die Seekrankheit war, die Grete quälte …«

14

An Bord des Auswandererschiffes
Rio de Janeiro, Rio Grande, Porto Alegre, São Leopoldo
Oktober – November 1834

»Wir sind gerettet!«, rief Sophie erleichtert aus und atmete tief die frische Luft ein, die durch die geöffnete Luke zu ihnen ins Zwischendeck strömte. »Jetzt wird alles gut, Grete!«

Sie sah hinunter und ... schrie auf. Grete lag auf der unteren Pritsche in einer Blutlache! Ihr Rock war blutgetränkt. Sie schlief oder war bewusstlos. Willi, der seinen Arm um sie gelegt hatte und auf den Planken davor kauerte, war eingenickt.

»Grete!«, rief Sophie entsetzt aus.

So schnell sie es mit den schmerzenden, steifen Gliedern konnte, kletterte sie von ihrer Pritsche. Körbe und Kisten lagen überall verstreut, sie fand kaum Tritt für die Füße. Sophie beugte sich zur Schwägerin hinunter. Gretes Gesicht war weiß und wächsern wie das einer Toten, aber sie atmete noch. Sophie ergriff ihre Hand. Eiskalt fühlte sie sich an. Willi schreckte hoch. Auch Valentina und Richard begriffen jetzt, dass während des Sturms etwas Schreckliches mit Grete geschehen sein musste. Richard sprang auf, er packte Willi an der Kehle.

»Was hast du mit meiner Schwester gemacht?«, brüllte er.

Willi schreckte zusammen. »Was? Wie? Sie … sie …« Er stammelte nur wirres Zeug.

Valentina ging dazwischen, sie schob die Männer auseinander und hängte ein Laken vor die Pritsche, um Grete vor neugierigen Blicken zu schützen.

»Holt den Schiffsarzt!«, forderte Sophie die Männer auf.

Sie und Valentina untersuchten Grete vorsichtig. Sie war nicht ansprechbar. Grete hatte offenbar eine Fehlgeburt gehabt.

Wenige Minuten später kam der Schiffsarzt und bestätigte ihren Verdacht. »Die Frau ist schwanger gewesen«, sagte er. »Sie hat viel zu viel Blut verloren.« Der Arzt senkte seine Stimme. »Ich habe wenig Hoffnung.«

Geschockt schwiegen alle, bis Sophie ihren Bruder schließlich leise fragte, ob er gewusst habe, dass Grete ein Kind erwartet habe.

»Sie … sie war sich nicht sicher«, antwortete er mit tränenerstickter Stimme.

Einen halben Tag, bevor sie den Hafen von Rio de Janeiro erreichten, erlangte Grete das Bewusstsein wieder.

»Wie weit ist es noch bis Brasilien?«, flüsterte sie.

»Nicht mehr weit, Liebste«, sagte Willi, der ihre Hand hielt, voller Hoffnung. »Halte durch.«

Sophie gab Grete mit Wein vermischtes Wasser zu trinken. »In Rio kaufen wir dir etwas Gutes zu essen, dann kommst du schnell wieder zu Kräften.«

Gretes Lider senkten sich, als wollte sie sagen: Macht mir nichts vor. Ich weiß, dass es zu Ende geht. Sie zitterte.

»Man kann schon die Küste sehen«, versuchte Valentina, ihr Mut zu machen. Sie wischte Grete mit einem feuchten Tuch, auf das sie einige Tropfen Pfefferminzöl geträufelt hatte, über die Stirn.

Richard kniete auf der anderen Seite der Pritsche und strich seiner Schwester wieder und wieder über den Kopf. »Wird schon, Gretl, wird schon.«

Sophie deckte sie mit einer Wolldecke zu.

Grete schluchzte auf. »Ich … ich … möchte Brasilien … wenigstens … einmal sehen«, flüsterte sie mit bläulichen Lippen.

Die beiden Männer sahen sich an. Sophie überlegte, ob die Anstrengung nicht zu viel für Grete sei. Aber wenn der Arzt ohnehin keine Hoffnung mehr hatte …

»Ihr könntet sie hochtragen.« Valentina sprach aus, was sie alle dachten.

Willi hob Grete auf seine Arme. Richard ging voran und stieg die Leiter hinauf an Deck.

»Halt, ihr dürft um diese Zeit nicht hoch!« Oben an der Luke wollte ein Mann von der Besatzung ihnen das Betreten verwehren.

Richard packte ihn am Schlafittchen. »Jetzt hör mal zu, Sailor!«, zischte er und wies mit dem Kopf zum Aufstieg. »Das da ist meine Schwester. Sie liegt im Sterben. Und wenn du nicht augenblicklich den Weg freimachst, wird es dir ruck, zuck ebenso ergehen.«

Sophie kletterte als Nächste hoch. Der Seemann schien noch zu überlegen.

»Bitte …« Sie sah ihm fest in die Augen. »Sie hat ihr Kind verloren und wird es nicht überleben.«

Da wandte er seinen Blick ab, drehte sich um und verzog sich ohne ein weiteres Wort auf die andere Seite des Decks.

Willi stieg mit Grete auf den Armen vorsichtig ans Tageslicht. Von oben half Richard, Valentina stützte von hinten. Sie gingen schwankend über die Planken, kletterten über Körbe und Kisten, die der Sturm durcheinandergeworfen und die noch niemand zur Seite geräumt hatte, weil es wohl Wichtigeres zu tun gab. Nahe beieinander stellten sie sich an die Reling. Die Segel waren schon zum Teil eingeholt worden. Der Wind wehte vom Land zu ihnen herüber.

»Hm …« Valentina schnupperte.

Jetzt fiel es auch Sophie auf. In der Luft lagen die Wohlgerüche tropischer Vegetation, fruchtig und erdig. Sie hob den Blick in die Ferne. Vor ihnen lag die Küste Brasiliens! Eine Landschaft, so wild und schön, dass kein Gemälde ihren Eindruck je treffend wiedergeben könnte. Die Küste war durchsetzt von begrünten Felseninselchen, von Halbinseln und Buchten, an denen weißgelbe Sandstrände schimmerten. Auf ihnen lief das blaue Meer in türkisfarbenen schaumgekrönten Wellen aus. Und dahinter erhob sich eine große Stadt. Sie ragte mit blendend weißen Häusern und Kirchen auf einer Halbinsel weit in die Bucht hinein – das musste Rio de Janeiro sein! Rings umgeben von großen Felsen, deren Form Sophie an den Kegel mit der Felsenkirche über Oberstein erinnerte, nur reckten sie sich viel, viel mächtiger und zahlreicher in den Himmel – teils überzogen von üppigen dunkelgrünen Wäldern, teils von gelbgrünen Weiden, dazwischen schroffe graue Granitwände. Sophie erkannte den Zuckerhut, von dem Karl ihr Bilder gezeigt hatte. Nahe der Einfahrt in den Hafen kreuzten einige Segelfrachter. Männer ruderten in Beibooten Richtung Küste, Kriegsschiffe vieler Nationen lagen vor Anker. Auf den Anhöhen rechts und links der Einfahrt konnte man zwischen Palmen vereinzelt Kastelle und Klöster ausmachen.

Für Augenblicke vergaßen sie alles andere. Willi hielt Grete noch immer auf seinen Armen. Er drehte sich so, dass sie den Anblick ganz in sich aufnehmen konnte.

Doch sie schien schon wieder bewusstlos zu sein. Immer klarer wurden die Konturen. Die Nachmittagssonne ließ die Stadt in rotgoldenem Licht erstrahlen.

»Grete, sieht du?«, sagte Willi aufgeregt mit bebender Stimme. »Siehst du es?«

Sie schlug die Augen auf. Der Ausdruck in ihrem Gesicht wechselte von Erschöpfung zu Erstaunen zu Glückseligkeit.

»Das Paradies …«, hauchte sie. Und dann fielen ihr die Augen auch schon wieder zu.

Grete hörte auf zu atmen.

Willi verstummte. Er sprach einfach nicht mehr. Er drückte Grete an sich und wollte sie gar nicht mehr loslassen. Doch nach einer Weile wurde sie ihm von zwei Seeleuten abgenommen. So war es üblich, wenn ein Passagier für die Seebestattung vorbereitet werden musste. In seiner Trauer bewegte Willi sich wie eine der neumodischen Automatenfiguren, von denen die Zeitungen berichteten.

»Es ist direkt unheimlich«, flüsterte Valentina.

Ihr Mann Richard rannte übers Deck und schrie seinen Schmerz über den Verlust seiner Schwester Grete aufs Meer hinaus.

Sophie fühlte sich leer, ausgebrannt, traurig. Sie weinte um ihre Schwägerin, aber mehr noch aus Mitleid mit ihrem Bruder Willi. Wie konnte sie ihm nur helfen?

Gretes Seebestattung war die letzte vor ihrer Ankunft.

Im Hafen von Rio, der sie mit Lärm, fremdartigen Gerüchen und schwülwarmer Luft empfing, mussten sie ärztliche Untersuchungen und verschiedene Einreise- und Zollkontrollen über sich ergehen lassen. Sie alle durften das Hafengebiet nicht verlassen. Wer unter dem Verdacht stand, eine ansteckende Krankheit zu haben, kam in Quarantäne. Viel besser als an Bord war die ärztliche Versorgung jetzt auch nicht. Und ohne ein Bestechungsgeld funktionierten die einfachsten Dinge nicht.

Aber endlich gab es wieder frisches Wasser. Zwischen zwei Landungsplätzen entströmte es einem viereckigen Obelisken, an dem ständig Wasserfässer gefüllt und abtransportiert wurden. Die Fuhrwerke von den Kriegsschiffen hatten dabei Vorrang vor denen der Kauffahrer. Es handelte sich um das Wasser einer Quelle, die man per Aquädukt hierher umgeleitet hatte. Nie wieder mundete Sophie irgendetwas, nicht der edelste Wein oder Champagner, besser als die ersten Schlucke von diesem Wasser.

Und es gab wieder frische Früchte! Die Besatzung ebenso wie viele Passagiere stürzten sich am Kai auf Berge von Obst, die in Frachtschiffe verladen werden sollten. Darunter waren seltsame Früchte, die Sophie noch nie gesehen hatte. Sie schmeckten köstlich! Ihr süßsaurer klebriger Saft lief den Ausgemergelten aus den Mundwinkeln. Auch Sophie konnte sich nicht beherrschen. Sie saugte das Fruchtfleisch in sich hinein – bis ihr Mund brannte, und sich auf ihren Lippen und drumherum von der Säure kleine Bläschen bildeten. Wenigstens bekam sie nicht wie viele Leute Durchfall.

Die meisten Passagiere hatten in Rio de Janeiro ihr Ziel erreicht oder planten, in andere Richtungen als den Süden weiterzuziehen. Die wenigen, die nach Rio Grande do Sul wollten, bestiegen nach ein paar Tagen einen Zweimaster.

Das Schiff würde gut drei Wochen lang an der Küste entlang südwärts bis zur Hafenstadt Rio Grande segeln. Während dieser Fahrt hatten sie zumindest mehr Platz unter Deck, weil nicht alles ausgebucht war. Es gab keine Einwanderer mehr, offiziell jedenfalls, nur Geschäftsleute, Händler, nachreisende Familienangehörige oder vereinzelt Ausländer, die vom Staat Brasilien keine Geschenke erwarteten und trotzdem hier ein neues Leben anfangen wollten. »Aus eigenem Anlass gekommen, um sich im Lande niederzulassen« wurde in deren Papieren vermerkt. Der Kapitän nahm es nicht so genau mit dem Verbot für Passagiere, sich frei an Deck zu bewegen. Die hygienischen Verhältnisse waren nicht besser als die während der Atlantiküberquerung. Im Gegenteil, einige Reisende hatten sich im Hafen von Rio mit Krankheiten angesteckt, die nach einigen Tagen auf See ausbrachen. Auch Willi hatte es erwischt. Er litt unter heftigem Durchfall, der erst wässrig war, dann blutig und schleimig-eitrig wurde.

Sophie wollte sich um ihn kümmern, doch er stieß sie zurück, weil er sie nicht anstecken wollte.

»Nach einer Woche ist diese Erkrankung meist überstanden!«, beruhigte der Schiffsarzt Sophie. »Lassen Sie ihn einfach in Ruhe.«

Eines Nachts wurde das Schiff völlig unerwartet seitlich von einer heftigen Welle erfasst und hin und her geworfen. So etwas passierte ab und zu bei einem Strömungswechsel. Der Ruck schleuderte etliche Passagiere von ihren Pritschen. Sophie konnte nicht wieder einschlafen. Nach einer Weile wurde sie unruhig. Willi lag nicht auf seiner Schlafstatt. Ob er schon lange fort war?

Sie schlich an Deck, wohin er sich manchmal zwischen den Bauchkrämpfen schleppte, um ein wenig frische Luft zu bekommen. Es war November und bald Sommer in Brasilien, und auch jetzt, lange nach Mitternacht, herrschten noch warme Temperaturen. Viele Passagiere schliefen unterm Sternenzelt. Sophie fragte eine Wache nach ihrem Bruder. Der Mann wies auf das Achterdeck, wo er Willi nach einer Dauersitzung auf dem Abort für die Männer zuletzt gesehen hatte. Doch Sophie konnte ihren Bruder nirgends entdecken. Sie weckte Leute, die in der Nähe ein improvisiertes Nachtlager aufgeschlagen hatten.

»Não entendo!«, schimpfte einer. »Kann man hier nicht in Ruhe schlafen?«

Dann erinnerte sich eine Frau, die Deutsch sprach. »Ich hab ihn gesehen, wie er Neptun geopfert hat. Das war kurz vor dem plötzlichen Wellenschlag.«

In höchster Aufregung lief Sophie übers Deck, sie schaute nach unten aufs Meer und in die Rettungsboote, nach oben in die Segel und zum Ausguck, sie suchte schließlich sogar im Mannschaftstrakt nach Willi, wo sie mit Gebrüll wieder hinausbefördert wurde. Schließlich stand sie verzweifelt an der Luke zum Zwischendeck und wusste nicht mehr weiter. Der Morgen kündigte sich bereits an.

»Willi!«, schrie Sophie in die aufgehende Sonne. Ihre Stimme überschlug sich. »Willi! Wo steckst du denn?« Er konnte doch nicht spurlos verschwunden sein, er konnte sie doch nicht einfach allein lassen! »Wii...lliii!«

Sie wehrte sich gegen den Gedanken, aber es gab nur eine Erklärung: Willi musste über Bord gegangen sein. Wahrscheinlich hatte er, während er sich übergab, die Balance verloren.

»Wir müssen zurück!« Sophie lief zum Steuermann. »Anhalten, umdrehen!«

Ein diensthabender Offizier kam ihr entgegen. Er sprach Portugiesisch. Doch sie verstand trotzdem, was er sagte. Das Schiff würde nicht umkehren. Die Chance, den Vermissten wiederzufinden, war zu gering. Sie wussten ja nicht einmal annähernd, wo sie ihn suchen sollten. Außerdem war Willi krank und geschwächt und würde sich nicht lange über Wasser halten können. Der Offizier fragte Sophie etwas, das sie nicht zu deuten wusste. Er machte eine Schwimmbewegung.

Ob Willi schwimmen konnte? Sophie kämpfte mit den Tränen, sie begriff, was ihre Antwort bedeutete. Sie kniff die Augen zu, senkte den Kopf und schüttelte ihn langsam. Nein, schwimmen konnte er nicht, natürlich nicht, sie alle konnten nicht schwimmen, sie hatten immer nur geplantscht im Idarbach. Der Offizier sagte noch ein paar Worte, dann ließ er sie einfach stehen. Sophie wagte kaum zu atmen, als könnte sie dadurch den Schmerz noch etwas länger fernhalten.

Nun hatte sie ihren einzigen Verwandten verloren. Auch wenn er nur ihr Halbbruder war, sie waren doch zusammen aufgewachsen, und er hatte immer zu ihr gehalten. Sie liebte ihn, er würde ihr fehlen. Sie hatte auf diesem neuen Kontinent keine Familie.

Valentina und Richard fanden Sophie zu einem Häufchen Elend zusammengesunken. Leise schluchzend hielt sie einen Mast umklammert. Valentina kniete sich zu ihr hinunter und nahm sie in ihre Arme.

»Wer weiß, Sophiechen«, flüsterte sie, »vielleicht ist es viel besser so. Jetzt ist er doch wieder bei seiner Grete.« Sie strich ihr tröstend über den Rücken.

»Nein, es ist nicht besser!«, begehrte Sophie auf. Wie konnte man so was Dummes sagen! »Besser wäre, er lebte!«

Die folgenden Tage verkroch Sophie sich tagsüber in eines der Rettungsboote. Sie ertrug keine anderen Menschen um sich herum. Stundenlang konnte sie nichts anderes tun, als weinen. Dann wieder starrte sie einfach nur weit aufs Meer hinaus, ohne es wirklich zu sehen.

Wir müssen kämpfen.

Einzig dieser Satz von Karl bewahrte sie davor, sich aufzugeben und ganz den Mut zu verlieren.

Irgendwann begann Sophie zu überlegen. Wie sollte es nun ohne Willi und Grete weitergehen? Sie hatten ja geplant, dass sie zunächst bei ihnen wohnen würde. Konnte sie das Leben im neuen Land auf eigene Faust bewältigen? Das traute sie sich nicht zu, aber sie wollte sich auch nicht als drittes Rad am Wagen in das Leben der frisch vermählten Böhmers drängen.

Sophie rechnete. Ihr Geld, der Erlös aus dem Rohdiamantenverkauf, war durch die fünf Passagen – von denen ja nun auch zwei nie zurückgezahlt werden konnten –, sowie für die Chininvorräte zu zwei Dritteln aufgebraucht. Sie musste folglich sehr sparsam mit dem Rest umgehen. Denn gewiss würde sie noch die Hilfe von Ortskundigen benötigen, und die wollten entlohnt werden. Sophie grübelte, wie sie ihre Suche nach Karl am besten anfangen könnte.

Karl, ach Karl! Die Sehnsucht überwältigte sie manchmal so heftig und ohne jede Vorwarnung, dass sie glaubte, ihr Herz würde gleich zerspringen wie ein falsch geschliffener Stein. Andererseits lag in diesem schmerzhaften Gefühl aber auch viel Süße, es hielt sie lebendig. Denn es versprach, dass doch irgendwo das Glück auf sie wartete. Und sie wollte, sie musste es finden, musste ihren Karl finden! Hoffentlich litt er nicht zu sehr. Je früher sie ihm die Medikamente bringen konnte, desto besser.

Zunächst wollte Sophie möglichst unauffällig in Erfahrung bringen, wo sich das Tal der Hoffnung, das Vale da Esperança, befand. Karl hatte einmal erwähnt, dass in der Nähe ein Nebenfluss des Rio Jacuí entsprang, der Rio Mistico. Und dass dort die von Urwäldern überzogene

Serra, das zum Teil schroffe Gebirge, in eine sanfter geschwungene und offenere Hügellandschaft überging. Wo das sein konnte, würde sie sicher am besten in der Kolonie der Deutschen herausfinden.

Valentina und Richard kamen von sich aus auf Sophie zu. »Es ist ja wohl klar, dass du nun mit uns gehst, Sophie«, sagte Richard.

»Bitte schließ dich uns an, Sophie«, bekräftigte Valentina.

»Danke.« Sophie war gerührt und verlegen. »Ich bleibe auch wirklich nur so lange wie nötig.« Auch sie mochte nicht gern viele Worte machen.

Bei der Hafenstadt Rio Grande lag die Einfahrt in eine flache Lagune, die einem riesengroßen länglichen See glich. Hier wechselten sie mit ihrem Gepäck erneut das Schiff, das sie nun über die Lagoa dos Patos, die Lagune der Enten, bis nach Porto Alegre brachte. Vier Tage und drei Nächte verbrachten Sophie, Valentina und Richard mit den anderen Passagieren an Deck unter freiem Himmel.

In der Stadt Porto Alegre, die so malerisch auf einer Anhöhe lag, hatten sie drei Tage Aufenthalt. Endlich wieder Land unter den Füßen! Bei den ersten paar Schritten schien der feste Boden zu schwanken wie schon einige Wochen zuvor beim Verlassen des großen Seglers in Rio de Janeiro, aber sie gewöhnten sich schnell wieder an das Landgefühl.

Sie quartierten sich in einer einfachen Pension ein. Und erst hier fiel ihnen auf, wie heruntergekommen, abgemagert und erschöpft sie alle drei waren. Sie aßen sich satt an frischen Lebensmitteln, die sie auf dem Markt kauften, und an äußerst großzügig bemessenen Fleisch- und Fischportionen, die man in kleinen Garküchen am Straßenrand erstehen konnte.

Die Eindrücke, die nach der langen Seereise auf Sophie einstürmten, ließen sie für kurze Zeit ihre Sorgen und ihre Trauer um Willi und Grete vergessen. Dieses Land war schön! Karl hatte völlig recht gehabt. Das türkisblau schimmernde Wasser, die Sandstrände und das Städtchen selbst mit seinen hübschen Häusern bezauberten sie. Und dann erst die Natur! Wie wunderbar die Palmen aussahen, die Bananenstauden, die hohen lilafarben blühenden Büsche, wie bunt die Menschen aller Hautfarben gekleidet waren. Und welche Lebensfreude sie ausstrahlten! Sogar die armen Leute! Manche tanzten einfach auf offener Straße, wenn ihnen danach war oder weil gerade einer ein Instrument anstimmte! Die schwarzen Sklaven mussten hart arbeiten, aber auch sie sangen und tanzten. Es gab mehr Geschäfte als in Idar und Oberstein zusammen. Sophie empfand zum ersten Mal, seit sie in Brasilien war, etwas wie Freude.

Hier würde sie also eines Tages, hoffentlich schon recht bald, mit Karl in einem eigenen Häuschen leben. Ja, das konnte sie sich gut vorstellen! Es würde ihr Vergnügen bereiten, auf den Markt zu gehen und aus den duftenden exotischen Zutaten für Karl und sich die herrlichsten Speisen zuzubereiten. Sie würden Brasilianer werden! Auch wenn sie versuchen wollten, ihren Kindern das deutsche Kulturgut weiterzugeben, die Sprache und die Lieder, die alten Märchen und Geschichten. Sie sollten beides lernen, das Deutsche und das Brasilianische, und es in sich vereinen. Das nahm Sophie sich vor, als sie mit Richard und Valentina durch die Geschäftsstraßen von Porto Alegre spazierte.

Es war sehr heiß, und tatsächlich sah man kaum eine Dame ohne Begleitung oder zu Fuß, sondern nur in einer Sänfte oder Kutsche – außer beim Promenieren, wobei die jungen Mädchen vorneweg gingen, die Herrschaften in der Mitte stolzierten und hinten die Sklaven folgten. Die anderen Frauen, denen weit ausgeschnittene Blusen über die nackten Schultern rutschten, die ihre Haare offen trugen und barfuß auf der Straße tanzten, erinnerten Sophie an Zigeunerinnen.

Die Sonne brannte unbarmherzig. Sophie und Valentina kauften sich von dem in die brasilianische Währung Real eingewechselten Geld hübsche Sonnenschirme. Keineswegs aus Eitelkeit, sondern um ihre Haut vor Verbrennungen zu schützen.

Für die letzten fünfunddreißig Kilometer auf dem Rio dos Sinos von Porto Alegre bis nach São Leopoldo benötigten sie noch mal drei Tage. Der Wasserweg durch den Dschungel war fast ausgetrocknet. Sie bestiegen mit sechs weiteren Reisenden ein kleines Boot, das von finster blickenden Männern mit Rudern und langen Rohrstangen mühsam um Sandbänke herum vorangebracht wurde. Rechts und links wucherten Rankpflanzen und Lianen an Urwaldriesen empor. Je tiefer sie ins Land vordrangen, desto schwüler wurde es, weil die frische Brise vom Meer fehlte. Es roch mal süßlich-lieblich, mal modrig und mal nach Aas. Doch das grünlich gefilterte Licht flirrte wunderschön. Immer wieder nahm Sophie trotz ihrer Erschöpfung bunte Vögel und andere fremdartige Tiere wahr.

Ein mitreisender Deutscher berichtete, dass er schon seit sechs Jahren als Kolonist in der Portugieserschneis lebe und gut zurechtkomme. Zur Kolonie der Deutschen in São Leopoldo, so berichtete er, zählten außerdem die Schneisen Hamburger Berg, Baumschneis, Berghanerschneis und Leoner Hof. Als er hörte, dass Sophie unbedingt weiter ins Hinterland wollte, um ihrem kranken Verlobten beizustehen, blickte er sie mitleidig an.

»Jetzt? Zum Frühlingsende, junges Fräulein? Unmöglich!« Er schlug ein Insekt auf seinem Arm tot. »Es gibt hinter unseren Schneisen keine Landwege mehr. Und die Flüsse führen im Sommer zu wenig Wasser, die sind nicht schiffbar.« Er schüttelte leise lachend den Kopf. »Hat man so was schon gehört? Außerdem, ein so zartes zerbrechliches Persönchen wie Ihr ... Ihr würdet doch gleich von den Bugres geschnappt werden, und dann Gnade Euch Gott! Nee, Fräuleinchen, das schlagt Euch mal aus dem Kopf.«

Sophie setzte eine trotzige Miene auf. »Ich bin schon so weit gekommen ...«, sagte sie. Doch sie fühlte sich beklommen und zu matt, sich weiter zu verteidigen.

Richard hatte auch zugehört. »Was sind Bugres?«, wollte er wissen.

»Indios, das Ungeziefer des Waldes«, antwortete der Mann verächtlich. »Seit ein paar Jahren überfallen sie weiße Siedler, am liebsten schwache Frauen, die sich nicht wehren können. Sie haben schon welche verschleppt.«

»Oh!«, entfuhr es Sophie.

Der Kolonist musterte sie aufmerksam. »Aber wenn Ihr ein bisschen Speck auf die Rippen bekommt, dann habt Ihr hier gute Aussichten, einen ordentlichen Ehemann unter den deutschen Einwanderern zu finden.« Er meinte es wohl wirklich gut und merkte nicht, wie unverschämt sein Vorschlag in Sophies Ohren klingen musste. »Viele heranwachsende Söhne suchen eine Frau, die zu ihnen passt«, erklärte er, »und es gibt hier so wenig Weibsbilder mit gutem Blut.«

Sophie wandte sich ab. Sie versuchte einfach, an nichts zu denken.

Von Mücken zerstochen und zum Umfallen müde, erreichten sie die Furt der deutschen Kolonie. Der Urwald öffnete sich bei der Ansiedlung zu einer Landschaft mit Wiesen und Bächen, im Hintergrund waren bewaldete Gebirgszüge zu sehen. Offenbar befand sich genau hier im Tal die Stelle, wo man den Glockenfluss am besten überqueren konnte, und deshalb war der Pass auch ein beliebter Treffpunkt. Jedenfalls standen an der Anlandestelle einige Männer, die sich auf Hunsrücker Platt unterhielten. Sie sprachen die Neuankömmlinge ebenso hilfsbereit wie neugierig an. Sophie freute sich, die vertraute Sprache zu hören. Bei anderen deutschen Dialekten musste sie sich immer sehr anstrengen, sie zu verstehen.

Von den Männern erfuhren sie, dass es in der Nähe ein Gasthaus mit Fremdenzimmern im ersten Stockwerk gab. Im Erdgeschoss neben der Schankwirtschaft bot ein Laden alles Mögliche an – von Haushaltwaren über Krimskram bis hin zu Lebensmitteln. Sophie war zu erschöpft, um sich weiter umzuschauen. Sie nahm sich, ebenso wie die Böhmers, ein Zimmer und schaffte es nicht einmal mehr, ihre Reisekleider auszuziehen. Sie konnte gerade noch die Zimmertür verschließen, bevor sie aufs Lager sank.

»Und ich werde doch einen Weg finden!«, Das war das Letzte, was sie dachte, bevor sie in einen tiefen Schlaf fiel.

15

Eine Woche nach ihrer Rückkehr aus Idar-Oberstein rief Gisela Josie in Hamburg an. »Ada hatte wieder einen Schlaganfall.«

»Ach, du Schreck! Die Ärmste! Wie schlimm ist es?«, fragte Josie betroffen.

»Mittelschlimm«, erwiderte Gisela. »Sie ist bei Bewusstsein, die Lähmung auf einer Seite ist wieder stärker geworden. Die Ärzte meinen jedoch, in der Reha und mit viel Geduld könnte es wieder hinkommen.«

»Meinst du, ich sollte sie besuchen?«

»Nein. Ich glaube, im Moment eher nicht. Ich ruf dich in ein paar Tagen wieder an.«

Josie hatte in der kurzen, aber intensiven Zeit ihrer Gespräche ein so inniges Verhältnis zu Ada bekommen, dass sie am Wochenende trotzdem kurz entschlossen mit dem Auto nach Idar-Oberstein fuhr. Auch wenn sie Ada nicht sprechen konnte, sie würde ihr doch zumindest im Krankenhaus eine Weile die Hand halten und einfach bei ihr sein können. Josie legte zu Jeans und T-Shirt das Amethystcollier an. Es war vielleicht etwas übertrieben für einen Krankenbesuch, aber die Schwestern hielten es bestimmt für Modeschmuck, für eine der jetzt angesagten Statementketten, und die Kranke würde es erfreuen.

Ada erkannte sie. Und natürlich das Collier. Die Augen der alten Dame leuchteten auf. Josie rückte einen Stuhl näher ans Bett.

»Wie geht es dir heute?«, fragte sie.

Ada sagte etwas, das sie nicht auf Anhieb verstand. Doch nach dem dritten Versuch konnte Josie es sich zusammenreimen.

»Wird jeden Tag besser?«

Ada nickte, und nach einer Weile gelang die Verständigung.

»Hab mich gefragt, ob ich ganz gehen soll«, sprach Ada mühsam. »Aber dann hatte ich im Traum einen so leckeren Pfirsich …«

Eine Hälfte ihres Gesichtes lächelte. Josie drückte ihr die Hand.

»Wie schön!«, sagte sie bewegt.

Wer für den Geschmack eines saftigen Pfirsichs am Leben bleiben wollte, der war noch nicht verloren.

Ada gab den Händedruck zurück. »Sei mutig«, brachte sie mühsam hervor. »Verschiebe nichts auf morgen.«

Josie legte auf ihrer Rücktour einen Zwischenstopp in Trier ein. Es war zwar ein kleiner Umweg, aber sie hatte die älteste Stadt Deutschlands schon lange einmal besuchen wollen. Hier studierten junge Leute aus aller Welt, die sich zu Edelsteinspezialisten ausbilden lassen wollten. Josie sah sich die Hochschulgebäude und die Seminarangebote im Fachbereich Gestaltung an – der Studiengang »Edelstein und Schmuck« war ausgegliedert nach Idar-Oberstein. Anschließend schlenderte sie durch die historische Innenstadt, wo ihr Busladungen von Chinesen begegneten, die alle zum Geburtshaus von Karl Marx pilgerten. Vor einem Juweliergeschäft blieb sie stehen. Auf einer Klapptafel auf dem Gehweg wurden Ohrlochstechen und Piercings nach höchsten hygienischen Standards angeboten. Kurz entschlossen betrat Josie den Laden.

»Guten Tag! Können Sie mir bitte Löcher in die Ohren stechen?«

»Aber natürlich!« Die Angestellte lächelte. Sie bat Josie, sich vorläufige Stecker auszusuchen. »Die sind alle ausdrücklich nicht allergieauslösend«, betonte sie. »Man braucht sie für die ersten Wochen, bis der Heilungsprozess abgeschlossen ist.« Josie entschied sich für ein neutrales schlichtes Paar mit winzigen Metallperlen. Sie wurde aufgefordert, in einem Nebenzimmer Platz zu nehmen. Mit einem alkoholgetränkten Pad reinigte die Frau Josies Ohrläppchen, dann markierte sie mit einem Stift die Stellen. »Gefallen Ihnen die Punkte da?« Sie hielt ihr einen Handspiegel vor.

Josie spürte, wie ihr der kalte Schweiß ausbrach. Mutprobe, Mutprobe!, dröhnte es in ihr. Meine Güte, andere Leute reisten ohne Rückticket und Reisezusatzversicherung in den Dschungel, und sie kippte hier fast schon beim Ohrlochstechen aus den Latschen!

»Ja, das ist gut«, sagte sie.

Die Frau wischte über den Punkt, nur eine dezente Markierung blieb sichtbar. Nun kam sie mit einer kleinen Durchschussmaschine näher, die aussah wie ein Mitteldding zwischen Pistole und Büroklammerntacker, und nahm ihr Ohrläppchen in die Zange. Josie schloss die Augen und hielt die Luft an. Ihr wurde flau im Magen. Sie hörte es klacken, spürte kaum den Schuss, aber dann doch einen durch die Wucht ziemlich unangenehmen Nachschmerz. Sie presste die Lippen zusammen. Klack machte es auf der anderen Seite. Josie atmete stoßweise aus. Da war die Prozedur allerdings auch schon überstanden. Josie schlug ihre Augen wieder auf und warf einen Blick in den Spiegel.

»Geschafft!« Die Frau lächelte sie an. Sie tupfte noch

etwas kühlendes Desinfektionsmittel auf. »Ja, fertig«, sagte sie. »Am besten lassen Sie die Stecker erstmal sechs Wochen drin. Kühlen können Sie mit Gelpads. Gehen Sie die nächsten zwei Wochen besser nicht schwimmen. Und immer schön die Hände waschen, bevor Sie an die Stellen fassen.«

Josie verließ das Geschäft mit einem Gefühl, das sie von früher kannte, wenn sie nämlich einen Zahnarztbesuch mit Bohren heroisch ohne Betäubung überstanden hatte. Sie ging selbstbewusst und fast ein wenig stolz durch die Fußgängerzone. Seht ihr alle, wie mutig ich bin? Sie hatte ihren eigenen kleinen Initiationsritus überstanden. Der Adrenalinschub versetzte sie in Hochstimmung. Jetzt war sie bereit für die nächste Herausforderung – worin auch immer sie bestehen mochte.

Als sie spät am Abend in Hamburg ankam, leuchteten ihre Ohrläppchen rosarot. Josie ging ins Bad und frisierte sich die Haare anders als sonst. Statt Pferdeschwanz flocht sie sich einen Mozartzopf, bei dem die Haare weich über die Ohren fielen.

Edgar schaute im Wohnzimmer fern und begrüßte sie reservierter als sonst. Auch er hatte wohl gespürt, dass sich zwischen ihnen etwas veränderte. Sie konnten es einfach nicht länger ignorieren.

Immerhin stand er auf, sie umarmten sich, und Edgar strich ihr über die ungewohnte Frisur. Dabei entdeckte er dann doch ihre Ohrläppchen. Einen Augenblick lang starrte er irritiert auf die Stecker, als verstünde er nicht richtig, dann erkannte Josie an seinem Blick, dass er begriff. Und eigentlich begriff sie selbst es auch erst in dieser Sekunde richtig.

»Du willst deinen Familienschmuck behalten«, sagte

Edgar betont sachlich. »Du willst diese Ohrringe tragen. Das heißt, du verkaufst nicht. Ein gemeinsames Haus ist für dich nicht mehr das Allerwichtigste.«

Josie fühlte sich schlagartig ganz elend. »Nein … Ich meine … ja, ich will die Amethyste nicht verkaufen, das stimmt … aber … Ach, ich weiß nicht …« Doch ihr dämmerte, dass sie es sehr wohl wusste. Ihr Unterbewusstsein hatte sie schon seit längerer Zeit darauf zusteuern lassen. Jetzt feige alles abzustreiten, nein, das ging auch nicht. »Also … also ja«, stammelte sie, »ich überlege tatsächlich … Mir fehlt irgendwas, und das kann ich dir anscheinend nicht verständlich machen. Du hast ja keinen Nerv dafür …«

Edgar atmete hörbar ein und wieder aus. »Du willst offenbar etwas anderes als ich …« Seine Stimme klang ärgerlich, beinahe angriffslustig. Josie schwieg. »Hättest du das nicht ein bisschen früher herausfinden können?« Zum ersten Mal, seit sie sich kannten, brüllte Edgar sie an. Sein Gesicht rötete sich. »Ich habe mich darauf eingestellt! Ich mache Pläne!«

»Ich, ich, ich!«, fuhr Josie ihn an. »Hörst du deine Argumente?« Wenn er jetzt von Liebe gesprochen hätte, von ihren Gemeinsamkeiten, von den schönen Zeiten, dann wäre sie vielleicht schwach geworden. Doch so erleichterte er es ihr, endlich die Dinge beim Namen zu nennen.

Edgar sah plötzlich sehr müde und traurig aus. »Ich habe mich in letzter Zeit schon öfter gefragt, ob wir vom Leben eigentlich das Gleiche erwarten, ob wir noch gemeinsam in die Zukunft marschieren …«

»Es tut mir so leid«, flüsterte Josie. »Die … die … Wahrheit ist wohl, dass ich mich schon länger einfach … furchtbar langweile.«

»Hätte sie dir doch bloß nicht diesen verdammten Schmuck vermacht!«, fluchte Edgar.

Josie schüttelte den Kopf. Der Schmuck war Auslöser, aber nicht Ursache, er hatte es lediglich deutlich gemacht.

»Nein, gelangweilt hab ich mich schon vorher«, gestand Josie ihm und sich selbst ein. »Ich hatte nur Angst, es zuzugeben. Doch es ist die Wahrheit. Ich hatte Angst, meine Sicherheiten zu verlieren.«

Sie wollte nicht den gleichen Fehler machen wie Tante Martha. Immer nur den Erwartungen anderer entsprechen. Sich nicht trauen, das zu leben, was man sich wirklich wünschte.

Edgar schob seine Unterlippe vor. »Was willst du denn?«, fragte er herausfordernd. »Hätte ich dir doch ein paar Kinder machen sollen?«

Selbstherrlicher Macho, dachte Josie empört. Aber sie ging darauf nicht weiter ein. »Leidenschaft!«, rief sie aus. »Ich will mehr Leidenschaft in meinem Leben!«

»Josie, jeder Mensch weiß, dass so was nach den ersten paar Wochen und Monaten weniger wird, das ist ganz normal …«

Er verstand sie einfach nicht! Zornig stampfte sie mit dem Fuß auf. »Ich meine nicht nur den Sex! Da magst du ja vielleicht sogar recht haben. Ich meine das Leben an sich. Dass man sich für etwas begeistert, sich mit aller Freude und Kraft für etwas einsetzt!«

Edgar sah sie an wie ein fremdartiges Wesen, dessen Sprache noch nicht entschlüsselt war. »Für etwas? Was meinst du damit?«

»So wie wir leben, nutzen wir unsere Energie hauptsächlich dafür, Dinge zu vermeiden, die wir nicht wollen …« Während sie den Satz formulierte, wurde ihr schon klar, dass ihm diese Erklärung zu abstrakt war. Sie brauchte ein praktisches Beispiel. »Ich will zum Beispiel mehr über Gemmologie lernen«, sagte sie mit leuchtenden Augen. »Vielleicht wechsle ich sogar noch den Beruf! Ich möchte mich verändern. Reisen, ferne Länder kennenlernen ... Das wollte ich immer schon, nur ... Ich glaube, der plötzliche Tod meines Vaters hat mich auf Jahre hin eingeschüchtert.«

Ihr Credo seitdem hatte gelautet: Glück ist schon, wenn keine Katastrophe passiert. Aber es musste doch auch ein richtiges glückliches Glück geben!

»Reisen kannst du später immer noch«, wandte Edgar ein.

Josie schüttelte den Kopf. »Nein! Jetzt, nicht irgendwann später. Jetzt! Und ich werde mit Brasilien anfangen.«

Sie brachte es kaum über sich, ihn ansehen. Rasch kniff sie die Augen zusammen. Sie wusste, dass sie Edgar sehr verletzte, es tat ihr selbst weh, dass sie ihm mit ihren Worten Schmerzen zufügte. Aber es wäre nicht in Ordnung gewesen, ihm weiter etwas vorzumachen.

Plötzlich flackerte eine kleine Hoffnung in Josie auf. »Oder könntest du dir vorstellen mitzukommen?«, fragte sie. »Willst du auch etwas Neues kennenlernen?«

Edgar überlegte nur kurz. »Nein. Ehrlich gesagt, mein Bedarf ist gedeckt. Ich suche genau das Gegenteil. Ich will endlich Ruhe, Erholung und meinen sicheren Hafen.«

Josie war zum Heulen zumute, ihre Augen füllten sich mit Tränen. »Es tut mir so leid ...«

Irgendwie wollte sie das ja auch, aber wenn beides gleichzeitig nicht ging, dann wählte sie doch lieber den Aufbruch.

Edgar nahm ihren Kopf und drückte ihn gegen seine Brust. Sie hörte sein Herz schlagen, spürte seine Wärme und begann zu weinen. Es war also klar, dass sie künftig getrennte Wege gehen würden.

»Mir tut es auch sehr leid«, sagte er bitter.

Obwohl Josie ihren Entschluss nicht eine Minute bereute, fühlte sie sich in den nächsten Tagen, ja Wochen, deprimiert. Auf die vierzig zuzugehen und eine langjährige, gut eingewohnte Beziehung aufzugeben, das war nicht einfach. Routine konnte schließlich auch ein Korsett sein. Und das engte nicht nur ein, sondern stützte auch. Manchmal bekam Josie es mit der Angst zu tun. Was, wenn das neue Leben ohne Aussicht auf Doppelhaushälfte in einem Vorort, doch dafür mit allen neuen Möglichkeiten am Ende auch nicht glücklich machte? Na, dann habe ich es wenigstens versucht!, redete Josie sich Mut zu. Hieß es nicht immer, dass Menschen am Lebensende am meisten das bereuten, was sie *nicht* getan hatten?

Manchmal fühlte sich ihr Alltag jetzt leerer an. Etwas fehlte, aber das Neue war noch nicht richtig da. Josie besuchte ein privates Gemmologie-Seminar in Hamburg und arbeitete im Atelier mehr als sonst.

Tania schwebte im Gegensatz zu ihr wie auf rosa Wolken. Der Jachtbesitzer hatte ihr angeboten, mit ihm zu leben.

»Wie?«, fragte Josie. »Du sollst all deine Sicherheiten aufgeben?«

»Ha!« Tania sah sie spöttisch an. »Das sagst ausgerechnet du? Wo du doch selbst gerade deine alten Sicherheiten aufgibst?«

Josie fühlte sich ertappt. »Na ja, ich denke schließlich als Freundin für dich mit«, versuchte sie, ihre Bedenken zu rechtfertigen. »Wenn es nicht klappt mit euch beiden, dann bist du ja nicht nur deinen Job los, sondern hast auch keine Wohnung mehr.«

»Er hat mir ein festes monatliches Gehalt angeboten«, trumpfte Tania auf.

»Das ist ja noch schöner!«, sagte Josie empört. »Will er dich aushalten als seine Mätresse oder was?«

»Quatsch!« Tania schien der Vorschlag sehr gut zu gefallen. »Er bietet doch ab und an Charterfahrten für reiche Leute an. Und die wollen bekocht werden. Das soll meine Aufgabe sein. Und dafür werde ich dann eben entsprechend entlohnt.«

»Hm …« Josie überlegte. Eigentlich klang das wirklich nicht übel. »Tja dann«, ihre Augen blitzten unternehmungslustig, »brechen wir eben beide auf zu neuen Ufern!« Plötzlich kam ihr eine Idee. »Du, sag mal, wenn du nach Gibraltar umziehst …«

»… sein Heimathafen liegt in Marbella«, korrigierte Tania.

»Ist ja egal. Also dann wird doch deine Wohnung frei, oder?« Tania hatte eine schnuckelige Wohnung in einem Eppendorfer Altbau, zwar ohne Fahrstuhl, aber mit einem kleinen Balkon und Ausblick in einen idyllischen Hinterhof. »Willst du sie nicht mir überlassen? Edgar wäre nämlich bereit, unsere alte Wohnung allein zu übernehmen.«

»Das ist eine super Idee!«, stimmte Tania zu. Sie blinzelte verschmitzt. »Allerdings nur, wenn ich ein paar Sachen im Keller lassen darf.«

»Okay, ist gebongt!« Josie streckte der Freundin ihre Hand hin, und die schlug ein.

Tania veranstaltete sechs Wochen später eine Haushaltsauflösung mit Wohnungsflohmarkt und entschwand nach Marbella. Josies Umzug verlief einigermaßen reibungslos.

Die Möbelpacker fluchten natürlich, dass sie alles ohne Aufzug in den fünften Stock tragen mussten, doch Josie hatte großzügig manches Möbelstück, das ihr halb oder ganz gehörte, Edgar überlassen, und so waren es nicht allzu viele schwere Teile. Sie wollte die neue Wohnung nicht vollstellen. Sie wollte flexibel sein.

Mit dem Einzug in die eigenen vier Wände fiel auch plötzlich alles Traurige, das Josie seit dem Trennungsgespräch mit Edgar belastet hatte, von ihr ab. Sie freute sich ganz einfach. Ihr neues Leben begann! Es fühlte sich alles viel weiter und bunter an.

Josie machte auf einmal mehr neue Bekanntenschaften als zuvor. Irgendwo unterwegs im Bus oder im Supermarkt. Sie kam ganz leicht mit Leuten ins Gespräch, auch mit solchen, die sie vorher überhaupt nicht zur Kenntnis genommen hätte. Wie würde Edgar das oder den finden? So etwas hatte sie immer unwillkürlich gedacht, und es hatte ihren Radius eingeschränkt. Doch jetzt war es, als hätte sie unsichtbare Antennen in neue Richtungen ausgefahren. Sie empfing ungewohnte Signale und sendete vermutlich auch selbst andere. Endlich durfte sie ihrer Neugier auf andere Menschen nachgeben. Wie aufregend!

Kaum hatte Josie sich einigermaßen eingerichtet, begann sie konkretere Pläne für ihre Brasilienreise zu machen. Auf jeden Fall wollte sie auch Edelsteinschürfstätten in Minas Gerais und den Amethystabbau in Rio Grande do Sul kennenlernen. Sie telefonierte immer wieder mit den Verwandten in Idar-Oberstein, die den Kontakt zu Ada in der Rehabilitationsklinik hielten. Als Reinhard von Josies Reiseplänen erfuhr, meinte er, sie bräuchte unbedingt kenntnisreiche einheimische Führer, und bot an, für sie seine Kontakte spielen zu lassen.

Anfangs wollte Josie abwehren, doch dann dachte sie an die Episode aus Sophies Leben, die Ada ihr am Tag nach ihrem Trattoria-Besuch erzählt hatte – ihrem letzten Gespräch vor dem Schlaganfall. Sophie wäre damals, anno 1834, ohne einen Führer hoffnungslos verloren gewesen. Und wie sie dann tatsächlich eine geeignete Person gefunden hatte, das war ein so unglaublicher Zufall gewesen, dass man fast schon anfangen konnte, an Bestimmung oder Fügung zu glauben.

16

Rio Grande do Sul
Dezember 1834 – April 1835

Sophie befand sich seit ihrer Ankunft in São Leopoldo in einem seltsamen Zustand. Unruhig, getrieben, kaum zu halten und zugleich todtraurig. In Aufbruchstimmung und müde, kraftlos, ratlos. Einerseits wollte sie unbedingt los, um Karl zu suchen, am liebsten sofort ein paar Männer anheuern und losmarschieren. Aber wohin genau sollte sie sich aufmachen? Sie kam sich vor wie eine Katze, die ihren eigenen Schwanz jagte, und sie merkte, dass sie auf ihre Seele aufpassen musste. Gewiss, sie war jung, gesund und verfügte über einen starken Willen. Der Tod von Grete und von Willi, die Entbehrungen und Anstrengungen auf See, das ungewohnte Klima in Südamerika – all das hatte ihr doch stark zugesetzt. Sie musste sich eingestehen, dass es eben nicht so einfach ging, wie sie es sich daheim und während der langen Reise ausgemalt hatte. Sie brauchte mehr Informationen, bevor sie sich ins Hinterland wagen konnte. Und sie musste erst wieder zu Kräften kommen. Sie schrieb nach Hause, damit die Familie von Willis Tod nicht durch andere erfuhr. Und sie schickte Christine einen langen Brief in die Schweiz.

Manchmal hatte Sophie insgeheim Angst, verrückt zu werden. Schließlich war sie fast ganz allein in dieser fremden Welt, in der viele unbekannte Gefahren lauerten! Dann betete sie. Sie stellte sich vor, dass sie sich, wie der Pastor es ihnen ja oft genug gepredigt hatte, in Gottes Hand befand. Vor ihrem inneren Auge sah sie sich selbst, wie sie sich in eine riesengroße, angenehm warme, leicht gewölbte Handinnenfläche kuschelte und sagte: Ich ergebe mich. Sorg du nun für mich. Danach fühlte sie sich wieder beschützt und getröstet.

Oft vor dem Schlafengehen packte Sophie ihren Schmuck aus, den sie in ein weiches Baumwolltuch gewickelt immer im versteckten Lederbeutel bei sich trug und nur nachts abnahm, um ihn unter der Matratze zu verstecken. Sie betrachtete das tiefgründige Glitzern der Amethyste. Wie war es nur möglich, dass solch eine Farbe aus einem so kleinen Gebilde derart rein und klar erstrahlte! Wenn sie den Schmuck im Licht hin und her bewegte, schossen rot leuchtende Blitze aus den Edelsteinen heraus. Und Sophie betrachtete sie als Liebesbotschaften von Karl.

Manchmal legte sie das Collier an und schloss die Augen. Sie spürte die Energie der Steine. Ihr Kopf wurde klarer, ihre Panik schwand, ihre Zuversicht wuchs. In besonders guten Augenblicken empfand Sophie für Sekunden die Liebe, die auf eine geheimnisvolle Weise zwischen ihr und Karl schwebte, egal, wo er jetzt sein mochte. Sie war lebendig. Dann musste er es auch sein.

Valentina und Richard hatten Glück. Sie konnten in einer der ältesten Schneisen außerhalb der kleinen Ortschaft ein gut siebzig Hektar großes Stück Land mit einem fertigen Kolonistenhäuschen zu Mietkaufbedingungen übernehmen. Das Fachwerkhäuschen verfügte über einen mittelgroßen Wohnraum mit Küche und eine Schlafkammer. Es gab Maniok- und Tabakpflanzungen, einen kleinen Orangenhain und Gemüse für den Eigenbedarf.

Die Witwe eines an Wundbrand verstorbenen Einwanderers mit fünf Kindern schaffte es nicht, dies alles allein zu bewirtschaften. Aber sie hatte einen neuen Mann gefunden, der als Müller arbeitete, und wollte zu ihm nach São Leopoldo ziehen, in ein Haus neben der Getreidemühle, wo es schon allein durch die Anlieferungen und Abholungen auch viel mehr Abwechslung gab als hier draußen.

Erst nach ihrem Einzug bemerkten Richard und Valentina, dass Grenzstreitigkeiten mit dem einen Tagesritt entfernten Nachbarn schwelten. Und auch wenn die eisenharten Urwaldriesen bereits gerodet waren, mussten die Böhmers mit dem Freischlagen praktisch von Neuem beginnen. Denn wenn eine Plantage nicht fortlaufend beackert wurde, dann wucherte sie wieder zu. Der Urwald, der hinten an ihr Grundstück grenzte, holte sich das Land, das ihm durch Bäumefällen und Brandrodung geraubt worden war, so schnell zurück, dass man beinahe zusehen konnte. Über Nacht wuchsen Schlinggewächse manchmal einen halben Meter.

Sophie sah sich die Verhältnisse an und wusste sofort, dass sie nicht mit Richard und Valentina zusammenziehen konnte. Es wäre nicht gegangen zu dritt. Außerdem war es hier draußen sehr einsam. Bei aller Freundschaft, dachte Sophie, wir werden uns gewiss schnell fürchterlich auf die Nerven gehen. Und an neue Informationen gelangte man in der Einöde sicher auch nicht. Da blieb sie lieber in ihrem Fremdenzimmer wohnen. Sie handelte einen günstigeren Preis für die Dauerbelegung aus. Sie musste eben Geduld haben und auf ihre Chance warten. Auch wenn das auf das Unverständnis und die Missbilligung mancher Leute stieß.

Um nicht völlig nutzlos in den Tag hineinzuleben, begann Sophie, der Wirtin unter die Arme zu greifen. Elsa

Martin, eine resolute Frau von Anfang fünfzig mit kräftigem Knochenbau und karottenroten Haaren, war auch die Besitzerin des kleinen Kaufhauses nebenan.

»Ich habe gerade wieder Ware angenommen, die in kleinere Portionen verpackt werden muss«, erzählte sie, während sie im Gasthaus das Mittagessen auftischte, ein Gericht, das Sophie als landestypisch angepriesen wurde, ein schmackhafter Eintopf mit schwarzen Bohnen.

»Ich helfe gern dabei«, bot Sophie an. Die Vende, wie das Kaufhaus genannt wurde, war der Treffpunkt und die Neuigkeitenbörse von São Leopoldo. Jeder Einheimische und jeder Durchreisende kam ins Geschäft, um etwas loszuwerden oder zu kaufen oder beides. Denn die meisten Kolonisten tauschten den Teil ihrer Erzeugnisse, den sie nicht für den Eigenbedarf benötigten, gegen einen Kredit in der Vende.

Nach dem Mittagessen hielt Sophie wie alle anderen wegen der schwülen Hitze eine Siesta, anschließend ging sie in den Laden und füllte zwei Säcke Mehl aus Maniokwurzeln in kleinere Leinenbeutel um. Hoffentlich machte sie es richtig. Sie spürte, wie Elsa Martin sie aus den Augenwinkeln bei der Arbeit beobachtete.

»Du stellst dich gar nicht so dumm an«, sagte die Besitzerin. »Willst du nicht regelmäßig für mich arbeiten? Du kannst umsonst wohnen, kriegst freie Kost im Wirtshaus und noch etwas Lohn.«

Elsas erwachsener Sohn schien ihr keine große Hilfe zu sein, sondern seine Zeit am liebsten redend und trinkend am Pass zu verbringen.

»Einverstanden«, sagte Sophie, ohne lange zu zögern.

Sie gaben sich die Hand darauf. Es ging Sophie nicht ums Geld. Sie hoffte, dass sie hier am schnellsten Nachrichten erfuhr, die sie zu Karl führten.

So werkelte sie nun im Koloniekaufhaus, das durch eine Tür mit der Gaststube verbunden war, zwischen Ballen von Woll-, Leinen- und Baumwollstoffen, Spaten, Messern, Äxten, Haken, Lampen, gebrauchtem Sattelzeug, Branntwein, Mehl, Obst und Gemüse, Eiern, lebenden Hühnern, Speck, Mais, Tabak, Töpfen, Kannen, Kisten und Körben. Kaffee und Zuckerrohr wurden in anderen Regionen des Landes angebaut. Deshalb gehörten ausgerechnet diese Kolonialwaren zu den wenigen Dingen, für die ein Kolonist in Südbrasilien neben Salz, Werkzeug, Munition und Wein tatsächlich Geld benötigte.

In der Gaststube nebenan hörte Sophie die neuesten Gerüchte von Reisenden. Und nach der Arbeit kehrten viele Männer auf einen Feierabendtrunk ein. Nicht nur Landwirte, die in der Nähe rackerten, sondern auch Arbeiter aus der Seifenfabrik, Gerber, Werkzeugmacher, Schuster und Zimmerleute. Dann wurden am Schanktisch zu einem Gläschen Bier, Branntwein oder selbst gemachtem Likör politische Reden geschwungen. Die einen waren der Meinung, die Provinz solle sich vom Kaiserreich lossagen und eine eigene Republik gründen, weil viele Versprechungen nicht erfüllt worden seien. Die anderen wetterten dagegen. Die einen sprachen sich gegen die Sklaverei aus, die anderen dafür. Die einen fürchteten, nur als menschliche Puffer in den Grenzstreitigkeiten zwischen Brasilien, Uruguay und Argentinien herhalten zu müssen. Die anderen waren vor allem dankbar, dass dieses Land ihnen eine neue Heimat bot.

»Wenn du hier was werden willst«, schärfte Elsa Sophie gleich am Anfang ein, »dann hältst du dich aus politischen Diskussionen heraus.«

Das fiel Sophie nicht schwer. Aber sie fragte jeden nach Karl Kreuzer. Viele hatten ihn gekannt, er war beliebt, doch hatte ihn seit Monaten keiner mehr gesehen. Auch Dörnte, der damals mit Karl zusammen die erste Achatladung nach Oberstein begleitet hatte und den Josie in São Leopoldo wiedertraf, wusste nicht mehr als sie. Es kursierten Gerüchte über Edelsteinfunde, doch sie waren ungenau und widersprüchlich. Dennoch musste Sophie manchmal lächeln. Denn übereinstimmend war das Urteil aller, die Karl kannten, dass er der ideale deutsche Einwanderer war – mutig, bescheiden und dickköpfig.

Eines Tages, Sophie arbeitete gerade in der Vende, betrat ein Mann mit einem Papagei auf der Schulter den Verkaufsraum. Dass er der Leiter der Kolonie war, der Arzt Dr. Hillebrand, wusste Sophie sofort. Der Hüne mit der Nickelbrille strahlte eine natürliche Autorität aus, und trotzdem wirkte er nicht einschüchternd. Seine hohe, breite Stirn war weich gerundet, sein kleiner Mund unter dem kurzen Schnauzbart schien sich in ständiger Bereitschaft für ein Lächeln zu halten.

»Herzlich willkommen in der neuen Heimat«, sagte er mit norddeutschem Zungenschlag. »Ich bin Dr. Hillebrand. Und dieser bunte Vogel hier begleitet mich schon seit Jahren.«

»Vielen Dank. Guten Tag, Herr Dr. Hillebrand! Ich bin die Sophie Keller aus der Nähe von Idar.«

Sie hatte schon viel vom Vorsteher der Kolonie gehört, der jetzt erst von einer kleinen Reise zurückgekehrt war. Andernfalls hätte er sie wohl längst wie alle Neuankömmlinge zur Erstuntersuchung gebeten und begrüßt.

Der Ara krächzte laut. Sophie konnte es sich nicht verkneifen, darauf mit ihrer Bauchrednerstimme zu antworten.

»Freut mich, dich kennenzulernen.«

Dr. Hillebrand lachte. »Ich sehe schon, Ihr seid wahrlich eine Bereicherung für unsere Kolonie!«

»Bitte nennt mich einfach Sophie!«, bat sie.

In diesem Moment stürmten Kinder in den Laden. »Er ist da, er ist da!«, riefen sie.

Sie umringten den Arzt, himmelten ihn erwartungsvoll an, und er griff in seine Hosentaschen, wo er für jeden ein Bonbon fand. Mit jedem Jungen und jedem Mädchen wechselte er ein paar Worte. Dann fegte die Bande auch schon wieder nach draußen.

»Genau«, sagte er. »Jetzt weiß ich auch wieder, weshalb ich gekommen bin. Ich brauche neue Bonbonvorräte. Und ich möchte dich und deine Freunde Richard und Valentina Böhmer am Sonntag zum Mittagessen zu mir nach Hause einladen. Ich bitte immer alle neuen deutschen Bürger, mich zu besuchen, um sie kennenzulernen.« Er lächelte verschmitzt. »Und um Neuigkeiten aus der Heimat zu erfahren.«

Sophie errötete. So viel Freundlichkeit hatte sie nicht erwartet. »Danke. Ich komme sehr gern«, erwiderte sie. »Richard und Valentina wohnen ja zwei Stunden zu Pferd von hier entfernt, und ich besitze weder Pferd noch Esel, um ihnen Bescheid zu geben. Aber ich weiß, dass sie am Sonntag wieder zum Gottesdienst kommen werden.«

»Bring sie einfach nach dem Gottesdienst mit.«

Sophie nickte. »Ja gern.«

»Leider dürfen wir Protestanten in Brasilien ja keine Kirchen bauen«, brummte Hillebrand, »sonst hätte São Leopoldo längst eine.«

Davon hatte sie gehört. So richtig schien ihr diese Einschränkung nicht zur versprochenen Religionsfreiheit zu passen. Aber wenigstens wurde geduldet, dass evangelische Bürger sich in Gebäuden, die nach außen hin nicht als Kirchen zu erkennen waren, zum Gottesdienst versammelten. Er fand regelmäßig sonntags in privaten Räumlichkeiten statt, und Pastor Klingelhöfer hatte sie bereits herzlich in die Gemeinschaft seiner Schäfchen aufgenommen.

Sophie war heilfroh, dass Valentina und Richard regelmäßig zu den Gottesdiensten kamen. So sahen sie sich wenigstens einmal in der Woche. Viele Kolonisten scheuten die Mühen der oft stundenlangen Anreise über die nach starken Regenfällen oft matschigen Wege.

Dr. Hillebrand und seine Familie hatten außer ihnen am Sonntag noch einige andere Gäste eingeladen. So lernten Sophie, Richard und Valentina Deutsche kennen, die wie sie nach Brasilien ausgewandert waren. Nach dem Mittagessen bat der Arzt die Neubürger noch zu bleiben. Er nahm für das Familienregister, das er seit seiner Ankunft sorgfältig führte, ihre persönlichen Daten auf und erkundigte sich nach ihren Plänen. Sophie vertraute ihm an, dass sie ihren Verlobten Karl Kreuzer suche, der am Wechselfieber erkrankt sei. Dr. Hillebrand erinnerte sich gut und voller Sympathie an ihn.

»Ich kenne seine Familie. Fleißige Leute, verstehen was von Landwirtschaft. Die Plantage der Kreuzers wirft schon Gewinn ab.«

»Und gibt es Nachricht von Karl?«

»Leider nein, seit Monaten nicht. Die Mutter ist natürlich in Sorge, der Vater dagegen gibt sich überzeugt, dass schon alles seine Richtigkeit haben und Karl seinen Weg machen wird.« Dr. Hillebrand senkte seine Stimme. »Der Junge hat ja schon die ersten Achate hier entdeckt. Sein Vater machte mir gegenüber nebulöse Andeutungen, dass Karl jetzt vielleicht noch Wertvolleres … Na, jedenfalls könnte es sein, dass er gegenwärtig seinen Aufenthaltsort geheim halten will und deshalb nichts von sich hören lässt.« Sophies Idee, auf eigene Faust ins Hinterland vorzudringen, hielt der Kolonievorsteher für ganz und gar abwegig. »Sosehr ich Verständnis für eine junge Liebe habe«, sagte er missbilligend, »aber das ist ein Ding der Unmöglichkeit!«

Normalerweise widersprach Sophie Respektspersonen nicht, nun jedoch konnte sie sich nicht zurückhalten. »Ihr werdet schon sehen«, rutschte es ihr heraus.

Der Doktor schüttelte nur ernst den Kopf. Dann fragte sie ihn nach den Verläufen und Behandlungsmethoden der ihm bekannten Wechselfiebererkrankung.

»Meist ist es so, dass der Patient eine Weile furchtbares Fieber hat und unter Krämpfen leidet«, erklärte Dr. Hillebrand, »darauf folgen Tage, an denen er sich ganz normal und gesund fühlt. Immer wenn er hofft, es sei überstanden, geht's von vorn los.«

Sophies Augen verengten sich. »Wie lang sind denn die Abstände dazwischen?«

Der Arzt hob die Schultern. »Das lässt sich nicht zuverlässig vorhersagen. Bei manchen kommt der Wechsel alle paar Tage, bei anderen liegen unregelmäßige Abstände dazwischen, manchmal Wochen oder sogar Monate.« Dr. Hillebrand sah Sophie offenbar an, dass sie an Karl dachte. »Entscheidend ist, ob er die Anfangsfieberschübe überlebt hat. Über Tod oder Leben entscheiden die ersten zwei Wochen, falls ihn die tropische Malaria erwischt hat. Sie ist zu Recht am meisten gefürchtet.«

»Und wenn er sie überlebt hat, was dann?«, fragte Sophie betont sachlich. Wenn sie erst ihrer Sorge um Karl nachgab, würde sie ihre Tränen nicht länger zurückhalten können.

»Dann werden ihn immer wieder Fieberschübe quälen und schwächen. Es kommt ganz auf die weiteren Umstände an … Es soll ja ein neues Medikament geben«, der Arzt seufzte, »aber leider müssen wir uns hier mit den alten Mitteln behelfen. Am besten hilft noch ein Sud aus dem Pulver des Jesuitenbaumes, der in den Anden wächst.«

Einen Moment lang überlegte Sophie, ob sie von ihren Chininvorräten erzählen sollte. Dann hielt sie es doch für klüger, diese Information für sich zu behalten.

»Ich erwarte demnächst einen Forschungsreisenden, Antonius von Melior«, sagte Dr. Hillebrand. »Er ist schon seit Jahren in Brasilien unterwegs, um Land und Leute, Flora und Fauna zu erkunden. Ich weiß, dass er immer wieder unter Malariaanfällen zu leiden hat. Er könnte sicher noch einiges aus eigener Erfahrung berichten. Ich erinnere mich, dass er einmal schrieb, seine Methode sei das Aushalten und Durchhalten.«

Bedauerlicherweise ließ der Forschungsreisende auf sich warten. Sophie hörte, er sei ein Baron und verkehre bei Hofe ebenso wie in den Hütten primitiver Indianer. Sophie hätte beinahe gelacht, als sie Antonius von Melior dann das erste Mal sah. Es war schon April, brasilianischer Herbst, als er mit seinem Tross vor dem Gasthof haltmachte und sich den getrockneten Flussschlamm abklopfte. Von Melior war in Porto Alegre gewesen, von wo er Pflanzen nach Europa hatte verschiffen lassen. Das hatte längere Zeit in Anspruch genommen als erwartet, wie er nun erzählte. Die meisten seiner gut zwei Dutzend Begleiter waren Schwarze, die Gepäck und Kisten tragen mussten. Sie gingen fast nackt. Auch die drei Indios, die als Übersetzer arbeiteten, hatten kaum etwas an. Doch der oberste Forschungsreisende trug mitten im Dschungel einen Zylinder, Gehrock, Weste und Gamaschen. Vier junge Europäer waren ebenfalls zivilisiert gekleidet.

Antonius von Melior stellte sie als seine Assistenten vor. Er sprach mit weichem österreichischem Dialekt. Er ließ sich im Gasthaus bewirten und ein Bad in einem Zuber vorbereiten. Obwohl er unterwegs in einem Zelt zu schlafen pflegte, bezog er ein Zimmer im Haus, um bequemer schreiben zu können. Er wollte seine letzten Kurznotizen aus den Reisetagebüchern in Forschungsberichte für seine Mäzene umformulieren. Elsa, die Wirtin, ließ eigens für ihn einen Schreibtisch in ihr bestes Logierzimmer bringen.

Sophie sprach den Baron beim Abendessen an – etwas, das sich nicht geziemte und was sie sich normalerweise nie erlaubt hätte. Doch irgendwie verhielt es sich mit den Konventionen in der Einöde anders als zu Hause in Oberstein, und außerdem ging es schließlich um Karl. Sie erwähnte Dr. Hillebrand, und bald waren sie in ein anregendes Gespräch vertieft.

Der Baron berichtete freimütig von seinen Reisen, Expeditionen und Geldgebern. Er war als junger Mann von Alexander von Humboldt gefördert worden und stand in Korrespondenz mit Charles Darwin.

»Seit siebzehn Jahren erforsche ich nun schon Brasilien. Meine Reisenotizen und Skizzen füllen über sechzig Tagebücher«, sagte er, an Selbstdarstellung sichtlich gewöhnt. »Ich habe Tausende von Kisten mit getrockneten und lebenden Pflanzen, mit Tieren, Mineralien und völkerkundlichen Fundstücken an Museen und naturwissenschaftliche Institutionen nach Europa geschickt – dieses soll meine vorletzte Forschungsreise sein. Danach werde ich nach Wien zurückkehren und meine Sammlungen auswerten.«

Sophie empfand aufrichtige Bewunderung. »Das ist

eine unglaubliche Leistung«, sagte sie. »Dass Ihr Euch nicht verirrt …«

Er genoss ihr Interesse und zeigte ihr eine kleine Sonnenuhr in seinem aufklappbaren Ring. »Nun, verirrt habe ich mich wohl manches Mal, aber was ist für einen Forscher schon ein Irrweg? Alles bringt unsereins ja auf irgendeine Art weiter!«

»Und was nützt dabei dieser Ring?«, fragte Sophie verwundert.

»Oh, er dient mir als Kompass.« Der Baron schmunzelte. »Ein Erbstück. Selbstverständlich führen wir außerdem die neuesten und modernsten Vermessungsinstrumente mit uns.«

»Auch für Landkarten?«

»Ja, gewiss.«

»Wohin soll denn diese Eure Expedition gehen?« Sophie hoffte, dass ihre Frage unverfänglich klang.

»Wir wollen ins Gebiet der sieben alten Jesuitenmissionen und zu den Wasserfällen von Iguazú hinter der argentinischen Grenze«, erklärte Antonius von Melior. »Außerdem möchte einer meiner Mäzene, dass ich nach einer bestimmten Person von Stand, einer weiblichen Verwandten, Ausschau halte.«

Sophie kombinierte. »Ihr sucht eine Adlige in der Wildnis?«, fragte sie verblüfft.

Der Baron schmunzelte. »Ja, es ist eine fürwahr unglaubliche Geschichte. Aber so wie viele Wissenschaftler kamen mit und durch Kaiserin Leopoldine auch etliche Hofdamen und anderes Gefolge aus Wien nach Brasilien. Die Schwester meines Mäzens war einst Zofe der Kaiserin. Das Mädel entlief jedoch nach Leopoldines Tod angesichts der Zustände, die bei Hofe in Rio de Janeiro herrschten.«

»Eine Zofe der Kaiserin? Aus Wien?«

Sophies Herz setzte einen Schlag aus. Von einer Zofe aus Wien hatte doch Karl gesprochen! Sie lebte mit seinem Freund Juan im Tal der Hoffnung! Wie viele österreichische Zofen mochten im Hinterland von Rio Grande do Sul leben? Es konnte sich nur um diese eine handeln! Sophie hielt den Atem an. Ihr wurde klar, dass dies jetzt die Chance war, auf die sie gewartet hatte!

»Unter uns«, fuhr von Melior unbekümmert fort, »ich denke, sie hatte sich nur verliebt in einen nicht standesgemäßen Mann. Wie die Weiber halt so sind. Na, jedenfalls soll sie irgendwo in der Nähe des Rio Jacuí leben, und ihr Bruder möchte sie vor seinem Tode unbedingt noch einmal sehen.«

»Heißt sie etwa ... Mitzi?«, fragte Sophie erwartungsvoll.

Antonius von Melior sah sie verblüfft an. »Ja richtig!«, sagte er. »Aber woher ...?«

Sophie erzählte ihm nun alles, was sie über das Vale da Esperança wusste. Nur die dort entdeckten Amethystvorkommen verschwieg sie.

»Bitte nehmt mich mit!«, bat sie zum Schluss. »Ich suche meinen Verlobten Karl Kreuzer. Er ist es, der mir von Mitzi berichtet hat.«

Der Baron lachte herzhaft, als hätte sie einen guten Scherz gemacht. »Völlig unmöglich. Noch nie hat eine Frau an einer meiner Expeditionen ...«

»Ich bezahle auch dafür«, setzte Sophie entschlossen hinzu. »Wie viel verlangt Ihr?«

Von Melior wurde ernst. »Ihr wollt wirklich mitkommen?« Leise schüttelte er den Kopf. Er wies nach draußen. Vor dem Fenster füllten seine Begleiter Schießpulver in ihre Pulverhörner. »Das sind alles Männer. Eine Frau würde nur stören. Es geht einfach nicht.«

Sophie rang sich ein Lächeln ab, doch ihre Augen funkelten zornig ob der herablassenden Art, die er ihr entgegenbrachte. »Was für ein Wissenschaftler seid Ihr, wenn Ihr so sprecht? Ich denke, für Euch gibt es keine Irrwege?« Er wandte sein aristokratisches, für einen Mann etwas zu schönes Gesicht gekränkt ab und aß weiter – auf eine Art und Weise, die Sophie wohl bedeuten sollte, dass er das Gespräch nun für beendet hielt. »Bitte«, sagte Sophie leise, aber eindringlich. »Denkt noch einmal darüber nach. Im Übrigen ist die Mitzi auch eine Frau. Wie ich es verstanden habe, soll sie Euch ja wohl zurückbegleiten. Dann könnt Ihr mich ebenfalls mitnehmen. Vielleicht ist es sogar von Vorteil …«

Er sah sie durch halb geschlossene Lider erst scharf, dann eher nachdenklich an, aber er antwortete nicht.

In den folgenden Tagen regnete es stark. Sophie sah den Forscher kaum. Er stattete nicht nur Dr. Hillebrand einen Besuch ab, sondern war auch sonst viel unterwegs. Sophie zermarterte sich das Hirn, wie sie ihn doch noch überzeugen konnte, sie mitzunehmen. Die Zeit wurde knapp. Der Aufbruch der Expedition stand nun kurz bevor, noch immer hatte von Melior seine Meinung nicht geändert.

Und dann wurde die Expedition erst einmal verschoben – eine Malariaattacke hatte den Baron über Nacht aufs Lager geworfen.

Es gelang Sophie, sich an seinem hübschen Assistenten, einem blonden Grafen, vorbei ans Krankenlager zu schleichen. Antonius von Melior lag gekrümmt unter einem Laken und klapperte mit den Zähnen, doch er erkannte sie.

»Was wollt Ihr an meinem Krankenlager?«, fragte er unwirsch.

»Ich habe aus Deutschland Chinin mitgebracht. Es hilft, das Wechselfieber zu heilen«, sagte Sophie. »Ich gebe Euch dieses Medikament jetzt. Schluckt es alle acht Stunden. Wenn es Euch hilft, nehmt Ihr mich mit. Versprochen?«

»Mündliche Verträge mit Menschen im Fieberwahn sind ungültig«, stieß er unwirsch hervor. Doch er griff mit zittriger Hand nach dem Glas Quellwasser, das Sophie ihm zur Medizin reichte, und schluckte sie. »Bäh, bitter!«, murmelte er und machte eine Handbewegung, die Sophie bedeutete, dass sie sich entfernen sollte.

In der Tür wandte sie sich um und lächelte. »Ich weiß, Ihr seid ein Ehrenmann.«

17

Trotz ihrer neu erwachten Abenteuerlust hatte Josie sich von Deutschland aus doch nicht zugetraut, Brasilien auf eigene Faust zu erkunden. Die ersten zwei Wochen reiste sie deshalb mit einer Gruppe. Wahrscheinlich hätte sie sonst auch die Sehenswürdigkeiten im Norden des Landes rund um Salvador da Bahia, die endlos langen Sandstrände und die Stadt selbst mit ihren fantastisch renovierten pastellfarbenen Häusern ohne die professionelle Organisation des Reiseveranstalters längst nicht so gut kennengelernt. Auch in Rio de Janeiro machte sie das typische Touristenprogramm mit, das von der Christusstatue über die Copa Cabana und den Besuch einer Sambaschule bis zur alternativen Führung durch eine Favela zu den Ärmsten der Armen reichte. Inzwischen war Josie braun gebrannt und entspannt, hatte sich dem Rhythmus des Landes angepasst. Die schwüle Septemberwärme vertrug sie wesentlich besser als viele ihrer Mitreisenden, und sie genoss die intensiven Düfte vor allem in der freien Natur.

Manchmal spürte sie ein Streicheln durch die Luft, in der winzigste Partikelchen von tropischen Blüten und würzigen Aromen schwebten. Es berührte sie wie eine zärtliche Reibung durch allerfeinstes Sandpapier. Josie wurde geradezu süchtig nach dem brasilianischen Flair, das sich so schwer in Worte fassen ließ. Und besonders wenn Sonnencreme, Schweiß und Salzwasser sich auf ihrer Haut vermischten, vermochte ein Windhauch sie auf eine ganz eigene erotische Art zu umschmeicheln. Auch die portugiesische Sprache, die sie rings um sich herum hörte, passte mit ihren weichen Klängen perfekt in die allgegenwärtige sinnliche Atmosphäre.

Nach dieser Einstimmung fühlte Josie sich bereit, die restliche Zeit allein durchs Land zu reisen. Jetzt standen Minas Gerais und Rio Grande do Sul auf ihrem Programm. Sie checkte in einem Internetcafé in Rio de Janeiro ihre E-Mails, prüfte günstige Verbindungen zu ihrem nächsten Ziel. Weite Strecken per Bus zu reisen, das hatte sie schon gelernt, war in Brasilien üblich. Sie beschloss, zunächst mit dem Bus in die gut fünfhundert Kilometer nördlich von Rio de Janeiro gelegene Hafenstadt Vitória zu fahren und von dort mit dem legendären Edelsteinexpress, einer Schmalspurbahn, bis in die Hauptstadt von Minas Gerais, Belo Horizonte, zu reisen.

Sie wollte sich gerade ausloggen, als noch eine E-Mail eintraf. Sie war von Reinhard. Es ginge allen gut, auch Ada befinde sich auf dem Wege der Besserung, schrieb er, und er habe mit Rico da Silva telefoniert. *Habe ihm von Deinem Interesse für Fundorte von Edelsteinen erzählt,* las sie. *Bitte setz Dich kurz mit ihm in Verbindung, gib ihm am besten Deine Reisedaten durch. Er hat derzeit in Minas Gerais zu tun und würde Dich zu den Minen mitnehmen. So erhältst Du Einblicke, die normale Touristen nicht bekommen. Wünsch Dir viel Spaß! LG von uns allen, Reinhard & Co.*

Josie atmete scharf aus. Puh! Das hatte ihr gerade noch gefehlt! Ausgerechnet da Silva! Dieser unverschämt gut ausehende, eingebildete, fremdgehende Frauenheld. Mit ihm durch die Minen … Das musste sie nicht haben, oder? Nun, andererseits stimmte es – das hatte ihr tatsächlich gerade noch gefehlt. Sie überlegte. Es wäre schlicht dumm, diese Chance nicht zu nutzen, nur weil sie ein paar peinliche Situationen mit ihm erlebt hatte.

Kurz entschlossen rief sie Rico da Silva an. Er war freundlich, notierte sich ihre Ankunftszeit mit dem Edelsteinexpress und kündigte ganz sachlich an, er werde sie am Bahnhof abholen lassen. Arroganter Kerl, dachte Josie, als sie das Gespräch beendete. *Ich lasse Sie abholen …*

Während der Bustour nach Vitória schlief Josie die meiste Zeit. Sie verbrachte eine Nacht in einem kleinen Hotel. Am nächsten Morgen ging es früh weiter. Die dreizehnstündige Bahnfahrt nach Belo Horionte führte von der Atlantikküste durch faszinierende Landschaften ins Landesinnere am Rio Doce entlang, dem süßen Fluss, in dem Granitsteine und kleine Sandinseln lagen, durch üppige grüne Urwälder und über schmale, hohe Eisenbahnbrücken, auf denen Josie beim Blick aus dem Fenster schwindlig wurde. Sie fuhren auch an der größten Tagebaumine Brasiliens vorüber.

Offenbar hatte man diesen Bundesstaat geopfert, um dessen Bodenschätze auszubeuten. Die Minen, die Josie während der Fahrt sah, wirkten auf sie wie offene Wunden der Erde. Inmitten grüner Natur fraßen sie sich einem antiken Amphitheater ähnlich treppenartig tief in den gelbroten Untergrund hinein.

Im Zug, der kurioserweise überwiegend aus rumänischen Eisenbahnwaggons der Achtzigerjahre bestand, ging zwar öfter mal das Licht aus, auch klebte Josie bei der Hitze auf den braunen Kunstledersitzen fest, doch sie lernte jede Menge interessanter Leute kennen. Eine Sambakönigin aus der Provinz, zwei Nachfahren pommerscher Einwanderer, die mit Vornamen Weber und Wagner hießen, einen nordamerikanischen Vogelkundler und ein Paar, das durch einen gebirgigen Nationalpark wandern wollte und hoffte, den scheuen Ozelot zu erspähen. Zufrieden lehnte Josie sich zurück. Das waren doch ganz andere Eindrücke als die üblichen, die man in der Hamburger S-Bahn auf der Strecke vom Borgweg in die City-Nord gewann.

Senhora Josefine Wagner stand auf einem Schild, das ein Mitarbeiter da Silvas am Bahnsteig von Belo Horizonte in die Höhe hielt. Der Mann trug eine Chauffeursuniform und begrüßte sie höflich auf Englisch. Er fuhr sie durch die Metropole, die im Schachbrettmuster angelegt war, auf einer Allee an überwiegend schmucklosen Hochhäusern vorüber bis zu einem erstklassigen Hotel. Josie wollte protestieren. Das sprengte ihr Reisebudget! Doch man machte ihr diskret deutlich, dass sie Gast von da Silvas Unternehmen sei.

»Senhor da Silva holt Sie morgen früh um sieben Uhr zur Minentour ab«, richtete der Chauffeur aus. »Bitte nehmen Sie kleines Gepäck für zwei Übernachtungen mit. Ihr übriges Gepäck können Sie hierlassen.«

Der Mann bemerkte offenbar, dass Josie noch mit sich kämpfte, ob sie die edle Unterkunft akzeptieren konnte. Er erwähnte beiläufig, dass da Silvas Firma ohnehin stets ein bestimmtes Kontingent an Zimmern fest gebucht habe. Na, wenn das so ist, dachte Josie, dann lasse ich es mir eben mal ein paar Tage richtig gut gehen.

Sie schwamm ein paar Runden im Hotelpool, bevor sie die Sehenswürdigkeiten im Stadtzentrum erkundete, und überlegte dann, was sie für die Minenbesichtigungen am besten anziehen sollte. Hosen und T-Shirts hatte sie genug dabei. Bestimmt waren aber auch trittfeste Schuhe wichtig.

Sie kaufte sich ein paar leuchtend gelbe Joggingschuhe. Dieses Land stimmte sie einfach farbenfroh. Und zur gebräunten Haut sahen gewagte Farbkombinationen gut aus.

Am nächsten Morgen stand Josie pünktlich um sieben in der Hotellobby, mit türkisfarbener Caprihose und sonnengelbem T-Shirt, die Haare zum Pferdeschwanz gebunden.

Rico da Silva hielt mit seinem geschlossenen Jeep direkt vor dem Hoteleingang. Er sprang heraus und begrüßte Josie nach einem kurzen Zögern mit Küsschen auf die Wange. Er duftete wieder so gut. Unwillkürlich fragte Josie sich, wie viel davon der Mann und wie viel Eau de Toilette sein mochte.

»*Bom dia!* Guten Tag und willkommen, Frau Wagner!«, sagte er mit einem Lächeln, das er sicher für gute Kunden reservierte.

Und Josie schenkte ihm das genau dazu passende unverbindliche Lächeln zurück. Wie gut, dass sie vorgewarnt war. In diesen Kerl konnte man sich wirklich leicht verlieben. Eine Frau ohne Menschenkenntnis wäre ein leichtes Opfer. Rico da Silva bewegte sich wie ein elegantes Raubtier. Josie konnte ihn nicht ansehen, ohne Herzklopfen zu bekommen. Wahrscheinlich arbeitete er sich regelmäßig körperlich aus. Sie überlegte, welche Sportart er wohl bevorzugte. Vielleicht Schwimmen? Oder Tennis? Für Golf war er noch zu jung. Die helle Baumwollhose saß zwar eine Spur zu weit – er schien der Bequemlichkeit den Vorzug gegenüber der Eitelkeit zu geben –, unter dem frisch gebügelten Baumwollhemd mit aufgekrempelten Ärmeln jedoch zeichnete sich ein durchtrainierter Körper ab. Rico da Silva hielt Josie die Beifahrertür auf. Sie warf ihre kleine Reisetasche auf den Rücksitz und kletterte in den Geländewagen.

»Danke!«, sagte sie. »Vielen Dank, dass Sie mich mitnehmen.« Immerhin kostete es seine Zeit und Mühe.

»Oh, kein Problem«, erwiderte er, während er den Motor startete. »Ich freue mich doch, wenn ich Reinhard auch mal einen Gefallen tun kann.«

Hätte man jetzt auch charmanter sagen können, dachte Josie. Andererseits war es ihr nur recht, wenn er nicht den Charmeur herauskehrte. Beide ließen sie mit keiner Andeutung erkennen, wie weit sie sich an ihre letzte Begegnung erinnerten – an jene späte Abendstunde im Garten, als er den Reizen von Mrs. Schulz die erwünschte Aufmerksamkeit hatte zukommen lassen. Josie war sich nach wie vor nicht sicher, ob er überhaupt gemerkt hatte, dass sie ihn und diese Rubellit-Lady hatte knutschen sehen. Ob es wohl das erste Mal gewesen war? Oder hielt er sich Mrs. Schulz vielleicht als Geliebte für seine Auslandstrips? Ach, ist doch völlig egal, dachte sie dann, was geht mich das Liebesleben dieses Südamerikaners an? Nur seine Frau, die konnte einem ja wirklich leidtun.

»Wir werden heute und morgen einige Minen aufsuchen«, erklärte da Silva. »Aquamarin, Smaragd, Wassermelonen-Turmalin, Imperial-Topas. Heute übernachten wir am Rande des Naturparks do Caraça und morgen in der Stadt Ouro Preto, unserer früheren Hauptstadt. Sie wird Ihnen gefallen. Ich habe dort in unserem Prüflabor zu tun.«

»Großartig«, sagte Josie, »das klingt spannend.« Nur schade, dass keine Amethyste auf dem Programm standen.

Rico da Silva berichtete, dass er am Vortag im nordöstlich gelegenen Teófilo Otoni zu tun gehabt habe.

»Unsere Edelsteinhauptstadt, Brasiliens Idar-Oberstein sozusagen.« Er lachte. »Aber längst nicht so alt und so hübsch, kein Fachwerk.«

Sie versuchten sich ein wenig in Small Talk. Er erkundigte sich artig nach ihren bisherigen Reisestationen, und sie antwortete höflich, doch die Fragen und Antworten klangen auf beiden Seiten bemüht, und so schwiegen sie bald. Sie verließen die autobahnähnliche Stadtumgehungsstraße und wechselten auf eine Landstraße, die nach einer Weile in einen staubigen roten Sandweg überging. Josie musste sich festhalten, so holprig wurde die Strecke. Sie konzentrierte sich auf die Eindrücke am Wegesrand. Holzhütten, Hühner, Hähne, Kinder.

»Da, ein *garimpeiro*!«, machte Rico da Silva sie auf einen einsamen Edelsteinsucher aufmerksam, der ihnen auf einem Maulesel entgegenritt. »Gleich kommen noch mehr.«

Tatsächlich erblickte sie an einem seichten Fluss, an dessen Ufer es nur spärlich grünte, Männer, die bis zu den Waden im türkisfarbenen milchig-aufgeschäumten Wasser standen und Waschschalen schwenkten. Im Gebüsch untersuchte ein Mann mit einer Pinzette den durchgesiebten Kies. Er gab etwas in ein durchsichtiges Röhrchen.

»Was hofft er denn zu finden?«, fragte Josie.

»Rohdiamanten«, antwortete Rico da Silva.

Josie schwieg beeindruckt. Sie fragte sich, weshalb hier eigentlich nicht mehr Menschen auf der Suche waren, wenn es doch offenbar echte Chancen auf Entdeckungen gab. Wenig später kam ihnen ein Mann mit einem Ferkel im Arm auf einem Moped entgegen. »Auch ein *garimpeiro*?«, fragte Josie scherzhaft.

»Klar.«, da Silva nickte. »Jeder in dieser Gegend ist ein kleiner Bergmann. Jeder träumt davon, mit einem einzigen Fund seinen Jahresverdienst hereinzuholen.«

Eine Stunde später stießen sie auf fünf Frauen. Sie kletterten auf einer Abraumhalde herum und wühlten darin.

»Selbst die Frauen sind vom Edelsteinfieber infiziert«, kommentierte der Deutschbrasilianer.

»Ah«, erwiderte Josie spöttisch, »sie suchen nach dem, was übrig bleibt?«

»Wenn Gestein gesprengt worden ist«, erklärte Rico da Silva betont sachlich, »dann wird zunächst innerhalb der Mine von Fachleuten gesiebt, gewaschen und aussortiert. Der Rest kommt auf die Abraumhalde.«

»Und darin entdecken die Frauen noch etwas?«

»Manchmal«, sagte er. »Selten. Auf eigene Faust zu suchen, nur mit Spitzhacke und mit den eigenen Händen, lohnt sich nicht wirklich.« Er verzog den Mund. »Das sind alles arme Teufel. Aber gelegentlich findet jemand einen Stein, und das motiviert ihn wieder für eine Weile.«

Josie fragte, ob das denn erlaubt sei oder ob die großen Minenbetreiber nicht Rechtsanwälte einschalten würden, um gegen Leute vorzugehen, die einfach so schürften.

Rico da Silva lachte. »Ihr Lebensgefährte ist Jurist, nicht?«, fragte er belustigt.

Josie sah nicht ein, weshalb sie ihm unter die Nase reiben sollte, dass sie und Edgar sich vor Kurzem getrennt hatten. Deshalb nickte sie und sagte, was sie früher immer voller Stolz auf die Frage nach dem Beruf ihres Lebensgefährten geantwortet hatte.

»Er arbeitet in einer renommierten Hamburger Gemeinschaftskanzlei.«

Rico da Silva nickte anerkennend. Doch er ließ sie spüren, dass in seiner Heimat andere Maßstäbe galten. »Tja, dieses Land ist groß, wissen Sie. Unkontrollierten Abbau hat es immer schon gegeben …«

Inzwischen kurvten sie über staubige Pisten durch eine Mondlandschaft. Josie ertappte sich bei dem Gedanken daran, was man hier machte, wenn ein Reifen platzte …

Hoffentlich hatten sie genug Wasser dabei! Und ihr wurde bewusst, dass sie ihr jahrelang geübtes Sicherheitsdenken nicht über Nacht aus dem Kopf bekommen würde.

Die Holperstrecke spürte sie allmählich auch mehr, als ihr lieb war, im Gesäß und im Rücken. Als sie endlich ausstiegen, um eine Smaragdmine zu besichtigen, reckte und streckte sie sich wie eine Katze – bis sie bemerkte, dass Rico da Silva ihr zusah. Sein Blick bereitete ihr trotz der Hitze eine Gänsehaut. Rasch beendet Josie die improvisierte Yogaübung und setzte ihre Sonnenbrille auf.

»Gehören die Minen eigentlich Ihrer Firma?«, fragte sie mit möglichst neutraler Stimme.

Rico da Silva hob eine Augenbraue. »In Brasilien ist niemand der Eigentümer einer Mine«, antwortete er. »Diese Gebiete gelten als öffentliches Eigentum. Nach unseren Gesetzen ist der Abbau des Gesteins nur mit einer Konzession erlaubt. Dafür werden Claims vergeben.« Er sah ihr enttäuschtes Gesicht. Nun schmunzelte er verhalten. »Und, ja, wir besitzen die Abbaulizenzen für ein paar Claims.« Er warf einen Blick auf ihre neuen gelben Joggingschuhe. »Damit wollen Sie in die Grube?«

Josie hob einen Fuß hoch. »Ja … Warum nicht …«, sagte sie verunsichert. Die waren doch schön flach, gut zum Klettern …

Rico da Silva lächelte mitleidig und öffnete den Kofferraum des Jeeps. »Hier sind noch ein Paar Gummistiefel. Ziehen Sie die an, es kann nass werden.«

Es waren Damenstiefel. Josie fühlte sich wie ein Greenhorn. Sicher gehörten die Stiefel seiner Frau. Sie waren ihr etwas zu eng, aber es ging so gerade.

Sie wurden von einem Aufseher begrüßt. Ein junger, intelligent aussehender Ingenieur, der Englisch sprach. Josie musste wie alle anderen einen orangefarbenen

Schutzhelm aufsetzen, bevor sie in den Schacht abgeseilt wurden. Es war feucht im Stollen.

»Nach der letzten Sprengung ist Grundwasser hereingelaufen«, erklärte der Aufseher. Die Stimmen und Geräusche klangen hier unten ganz dumpf.

Josie sah sich im Schein der Lampen um. »Da!«, rief sie voller Freude. Aus stumpfem grauem Gestein blitzten hellgrün und klar wie Glasstifte echte Smaragde hervor! »Wie toll! Ist es nicht ein Wunder?«

Rico da Silva sah sie merkwürdig an. Oje … Blamierte sie sich schon wieder? Aber es war doch ein Wunder! Dass von der Natur Smaragde ins Schiefergestein eingebacken worden waren wie Zitronat- oder Orangeatstückchen in einen Dresdner Weihnachtsstollen! Die Wände wurden absichtlich feucht gehalten, erfuhr sie, weil der grüne Edelstein so leichter zu erkennen war. Spezialisten suchten sie mit Lupen ab.

»Wenn wir eine Ader entdeckt haben, verfolgen wir sie konsequent«, betonte der Aufseher, wohl auch um seinem Boss zu imponieren. Als sie wieder oben waren, zeigte er ihnen die aktuelle Ausbeute.

Rico da Silva prüfte die Qualität mit einer Lupe. Er schien zufrieden zu sein und wies Josie auf die Einschlüsse von Glimmer hin.

»Smaragde hat man erst vor wenigen Jahrzehnten in Brasilien entdeckt«, sagte er.

»Aber gelegentlich wurden auch schon früher welche gefunden, oder?«, fragte Josie. Sie dachte an die Smaragde in Sophies Ohrgehängen.

»Möglich«, erwiderte da Silva knapp. »Meist hielt man allerdings grünen Turmalin aus Brasilien fälschlicherweise für Smaragd.« Wahrscheinlich betrachtete er sie als eine unwissende Wichtigtuerin. Sie hielt einen Smaragd, der auch ungeschliffen bereits eine unglaubliche Brillanz besaß, gegen das Licht. Rico da Silva beobachtete sie dabei. »Smaragde stehen Ihnen«, sagte er. War da ein leicht spöttischer Unterton in seiner Stimme, oder bildete sie sich das nur ein? »Sie müssen zu den Augen und zum Hautton passen«, ergänzte da Silva sachlich.

»Oh, vielen Dank!« Josie lächelte. »Ich dachte eigentlich, ich wäre der Amethysttyp.«

»Das eine schließt das andere ja nicht aus.«

»Man kann ja auch beides kombinieren«, sagte Josie. »Ich habe mal ein antikes Ohrgehänge mit Amethysten und Smaragden gesehen.«

»Die würde man heute wohl eher nicht mehr kombinieren«, erwiderte da Silva mit einer Spur von Zurechtweisung in der Stimme. »Die führenden Juweliere verarbeiten die beiden Edelsteine zumindest nicht zusammen. Man bleibt preislich möglichst innerhalb einer Kategorie.«

Josie hatte Lust, ein wenig zu provozieren. »Warum?«, fragte sie. »Sind das nicht einfach nur dumme Konventionen? Sollte es nicht ausschließlich danach gehen, ob es gut zusammen aussieht?«

Rico da Silva sah sie ironisch an. »Jetzt sagen Sie bloß nicht, dass Sie Schmuckdesignerin werden wollen!«

Der Minenaufseher lachte übertrieben. »Nein, bitte nicht!«

Josie blickte die beiden Männer entrüstet an. »Wieso denn nicht?«

»Desculpe«, platzte es aus dem Aufseher heraus. Er grinste. »Aber jede zweite Dame der Gesellschaft, die sich langweilt, und jede blonde Zweitfrau irgendeines Promis nennt sich heutzutage Schmuckdesignerin.«

»Das ist ein Running Gag«, erklärte da Silva. Seine Mundwinkel zuckten.

»Aha.«

Josie hielt es nicht für angebracht, die Männer jetzt über ihre Zukunftspläne aufzuklären. Aber was glaubten sie denn eigentlich, weshalb sie sich für Minen interessierte?

»Na, wenigstens bin ich nicht blond.« Sie sah sich um. Nur Kerle. Das hier war wirklich noch eine Machowelt.

Nach einem Imbiss fuhren sie weiter. Die Holperstrecke durch roten Sand kam Josie endlos lang vor, und da Silva war nicht gerade ein unkomplizierter Gesprächspartner. Die meiste Zeit schwieg er einfach.

»Darf ich?«, fragte Josie, als sie ein paar CDs auf der Ablage entdeckte.

Sie sah sie durch und schob eine ein, als Silva nickte. Eine Mischung aus Jazz und Blues mit viel Saxophon erklang. Als Hintergrundsound zu ihrer südamerikanischen Reise fand Josie diese Musik sehr passend, aber dass der Mann neben ihr solche getragenen Melodien und Rhythmen mochte, überraschte sie. Denn sie klangen melancholisch, samtig, sinnlich, sehnsüchtig … Das erlaubte überraschende Einblicke in sein Innenleben. Hoffentlich, dachte Josie, hab ich nicht schon wieder einen Fauxpas begangen, indem ich ausgerechnet diese CD ausgewählt habe. Rico da Silva verunsicherte sie fortlaufend. Sein Gesichtsausdruck ließ allerdings keine Regung erkennen.

In der nächsten Mine, die sie besuchten, arbeiteten sich Männer mit freiem Oberkörper in Gängen durch helles Gestein. Erstmals zeigte nun auch Rico da Silva bei einer Besichtigung Begeisterung.

»Sie werden jeden, aber wirklich jeden Blauton, den es an den Küsten Brasiliens gibt, in unseren Aquamarinen wiederfinden können!«, sagte er. Josie lernte, dass Aquamarine in grobkörnigen Pegmatitadern gefunden wurden und mehrere Dezimeter lang und breit sein konnten. »Im Grunde ist es so«, erklärte da Silva, »man hofft, einen Hohlraum zu entdecken, und wenn man ihn entdeckt hat, dann hofft man, dass er Kristalle enthält.«

Als sie aus dem Stollen wieder ans Tageslicht gelangten, hatten sie einen grandiosen Ausblick in eine hügelige grüne Landschaft. Diese Weite! Dieser Horizont! Josie fiel ein, dass Rico da Silva gesagt hatte, sie würden am Rande eines Naturparks übernachten, und sie fragte sich beklommen, ob sie etwa da draußen irgendwo zelten musste …

Zum Schluss, Josie war schon völlig erschöpft, statteten sie auch noch einer Turmalinmine einen Besuch ab. Sie erinnerte an einen tiefen breiten Canyon. Auch hier gab es einen Aufseher, der sie herumführte. Dieser war dicker, älter und nicht so sympathisch wie der Ingenieur in der Smaragdmine. Rico da Silva, der auch hier alle Männer mit Namen kannte, schien es großen Spaß zu bereiten, Josie den steilen Abhang hinunterzuscheuchen. Oder kam es ihr nur so vor? Jedenfalls stapfte er zügig voran. Josie wollte sich keine Blöße geben und bemühte sich mitzuhalten.

Irgendwann drehte er sich um. »Sagen Sie ruhig Bescheid, wenn es Ihnen zu viel wird!«

»Alles prima!«, antwortete sie außer Atem.

In diesem Moment rutschte sie aus, verlor das Gleichgewicht und stolperte nach vorn. Rico da Silva breitete reflexartig seine Arme aus. Sie stürzte hinein. Er fing sie auf und hielt sie fest. Ein paar Schrecksekunden lang verharrte Josie regungslos, den Kopf an seiner Schulter. Mit geschlossenen Augen nahm sie wieder seinen Duft wahr. Sein Körper hatte eine Präsenz, die sie verwirrte. Musste nicht jeder diese Ausstrahlung spüren? Ihr war, als fände zwischen seinen und ihren Körperzellen eine Art Kommunikation statt, als gäbe es unter Umgehung ihres Verstandes einen Funkkontakt von Atom zu Atom, der zu einem Brizzeln unter der Haut führte.

»Hoppla!«, hörte sie seine tiefe Stimme und spürte deren Vibrationen an seinem Brustkorb.

»Upps! Sorry!« Josie hob den Kopf und sah Rico da Silva an.

Seine braunen Augen waren jetzt ganz nahe, dunkel, mit einem Ausdruck von Verwunderung. Statt sie loszulassen, zog er sie noch eine Spur enger an sich heran. Josie starrte auf seinen Mund. Was für schöne, sinnliche Lippen, dachte sie. Und wie gut es sich anfühlte, von ihm gehalten zu werden …

»Senhor! Senhora!«, rief der Minenaufseher besorgt, »ist alles in Ordnung?«

Sie lösten sich voneinander. Josie strich sich eine Strähne aus dem Gesicht. »Ja, alles okay, danke!« Verlegen blickte sie kurz zu Rico da Silva. »Danke«, sagte sie mit zusammengezogenen Augenbrauen und rutschte vorsichtig vor ihm weiter nach unten.

Tief in der Mine konnten sie zweifarbige Wassermelonenturmaline bewundern, die dick wie Zigarren waren. Der Aufseher schabte mit einem Meißel vorsichtig an der Stollenwand entlang. Geröll und krümeliger Sand kam ihm entgegen. Seine Hand glitt in eine Höhlung, und er streichelte das Gestein. Was für eine rührende Geste, dachte Josie.

»Wollen Sie sich beim Gestein bedanken?«, fragte sie.

»Romantikerin, was?«, entgegnete der Aufseher. »Nee. So kann ich fühlen, ob sich dort Gestein oder glatter Turmalin befindet.«

Wie peinlich! Josie spürte, dass sie rot wurde.

Rico da Silva begann nun, einen kleinen Vortrag über das bekannteste Turmalin-Becken Brasiliens zu halten. Dabei erfuhr sie auch die Geschichte von Heitor, dem Tor, der so genannt worden war, weil er jahrelang all sein Geld investiert hatte, um in einem bestimmten Berg im Nordosten Brasiliens zu schürfen. Josie wurde das Gefühl nicht los, dass da Silva mit seiner plötzlichen Beredsamkeit etwas überspielen wollte, doch sie hörte gebannt zu.

»Heitor Dimas Barbosa war überzeugt, dass in der Gegend von Paraíba ganz besondere Turmaline darauf warteten, von ihm entdeckt zu werden«, erzählte da Silva. »Er grub ein Loch neben dem anderen. Und er ließ sich durch den Spott der Leute nicht von seiner Suche abbringen.«

»Ist er fündig geworden?«, fragte Josie neugierig.

»Ja, er entdeckte die Paraíbas, sie sind heute schon eine Legende!« Die Art, wie er diese Geschichte erzählte, verriet, dass im nüchternen Geschäftsmann Rico da Silva doch auch das Feuer eines Edelsteinliebhabers glomm. »Paraíbas sind Turmaline in leuchtenden Ozeanfarben von Hellblau bis Grün –Swimmingpoolblau, Karibikblau, Neon und Electric Blue. Sie strahlen geradezu überirdisch! Die Fachwelt stand kopf, alle waren verrückt nach diesen Steinen!«

»Wahnsinn!«, rief Josie begeistert. »Wie konnte dieser Heitor das nur wissen? Und was geschah dann?«

Rico da Silvas Augen blitzten. »Die Preise erreichten neue Rekorde. Ein Paraíba kostete bald so viel wie ein luxuriöses Einfamilienhaus. Allerdings musste die Mine 1993, nach nur vier Jahren, geschlossen werden. Die Ader war erschöpft.«

»Ach, wie schade!«

Josie dachte an Reinhards begehbaren Tresor. Hoffentlich hatte er sich rechtzeitig ein paar Paraíbas gesichert. Bestimmt waren die Preise nach der Minenschließung noch weiter gestiegen. Dann fiel ihr ein, dass Reinhard wenige Monate zuvor von Paraíbas aus Afrika gesprochen hatte, die ihm gerade erst angeboten worden waren. Und sie fragte da Silva, wie das sein könnte.

»Das hat schon seine Richtigkeit«, sagte er. »Zu Beginn unseres Jahrtausends hat man in Afrika ganz ähnliche Steine entdeckt, die deshalb jetzt auch Paraíbas genannt werden. Und zwar in Nigeria. Bevor die Erdteile vor Urzeiten auseinanderdrifteten, war das nämlich der Nachbar, genau der Anschluss an den Nordosten Brasiliens.«

»Sagenhaft!« Josie war fasziniert. »Wie da eines ins andere greift und alles irgendwie miteinander zusammenhängt. Finden Sie nicht auch?«

Rico da Silva sah sie nachdenklich an. Dann lächelte er sie an, und zum ersten Mal war es ein warmes, anerkennendes Lächeln. »Ja«, sagte er, »eigentlich haben Sie recht. Man sieht manchmal den Wald vor lauter Bäumen nicht mehr.«

Nach diesem Gespräch war die Stimmung zwischen ihnen seltsam verändert – als herrschte nun eine Art Waffenstillstand. Sie fuhren weiter durch eine Landschaft, die grün und gebirgig war. Kurz vor Einbruch der Dunkelheit erreichten sie ein vor bewaldeten Bergen liegendes imposantes einsames Kloster.

»Hier werden wir übernachten«, kündigte Rico da Silva an. »Es ist ein altes Lazaristenkloster aus dem 18. Jahrhundert. Einer der Patres ist ein Freund von mir. Ich habe für uns zwei Zimmer reserviert.« Er sah auf seine Armbanduhr. »In einer Stunde gibt es Abendessen im Refektorium.«

Josie stieg aus. Sie staunte nicht schlecht.

Schon nach wenigen Schritten spürte sie einen ganz eigenen Zauber, der das Kloster umgab. Die Zeit schien hier stehen geblieben zu sein. Die intakte Natur ringsum vermittelte den Eindruck, die Welt wäre noch in Ordnung. Josie spürte eine Atmosphäre, die versprach, dass jeder, wenn er sich hier nur lange genug aufhielt, innerlich genesen würde.

Da Silvas Zimmer lag im Hauptgebäude mit den Mönchszellen. Einer der Mönche führte Josie zu ihrer Unterkunft. Sie hatte eine karge Kammer erwartet, doch sie wurde in eine der umliegenden *pousadas* gebracht, eine der im traditionellen Stil erbauten Gästeunterkünfte, die über modernen Komfort verfügten. Für sie stand sogar eine Suite bereit.

»Oh, vielen Dank!« Josie wusste nicht, ob sie dem Mönch ein Trinkgeld geben sollte. Wohl eher nicht. Gottes Lohn ließ sich nicht übertreffen. Also lächelte sie herzlich. »Es ist hinreißend, vielen Dank.«

Frisch geduscht erschien sie pünktlich in Jeans und einer weißen Tunika, die am V-Ausschnitt mit Silberpailletten bestickt war, im Speisesaal. Es gab noch andere Gäste, Wanderer, internationale Touristen, doch es herrschte eine eher private Atmosphäre.

Josie nahm an einem schweren abgeschubberten Holztisch gegenüber von Rico da Silva Platz. Sie hatte den Eindruck, dass unter den vielleicht ein Dutzend Gästen eine erwartungsvolle Spannung herrschte.

»Die Patres sind bekannt dafür, dass sie einen besonders guten Draht zu den letzten Mähnenwölfen des Naturparks haben«, begann Rico da Silva das Gespräch. Auch er hatte die Kleidung gewechselt, trug zu einer Jeans ein dunkelblaues Polohemd und ein helles Leinensakko. Seine blauschwarzen Haare glänzten noch feucht vom Duschen. »Vielleicht werden wir heute Abend eines dieser äußerst scheuen Tiere zu Gesicht bekommen.«

»Mähnenwölfe? Haben Sie die schon mal gesehen?«, fragte Josie, die keine Vorstellung von diesen Tieren hatte.

»O ja, schon öfter«, anwortete er. »Ich habe sie auch schon mit angelockt. Es ist immer wieder ein Erlebnis.« Er erzählte, dass er an den Wochenenden häufig durch den Naturpark Caraça wandere und auf den zweitausend Meter hohen Pico da Carapuça und andere Gipfel der Serra do Espinhaço klettere. »Das Kloster ist sozusagen mein Basislager. Ich mag die Kletterpartien durchs Bergland, die sauberen Flüsse und Wasserfälle. Es gibt dort auch herrliche Naturschwimmbecken.«

»Wie schade, dass die Minen dieses schöne Land so aufwühlen und verschandeln. Sie …«, sagte Josie.

»Ja, Sie haben völlig recht«, nahm Rico da Silva ihr den Wind aus den Segeln. »Aber wenn wir die Edelsteine nicht schürfen, würde es eine andere Firma tun. Unser Unternehmen unterstützt jedes Jahr großzügig und erfolgreich ein Wiederaufforstungsprojekt. Man kann den Regenwald nämlich nicht nur abholzen, man kann und muss ihn auch wieder neu pflanzen. Mir liegt persönlich sehr viel daran.«

»Oh«, erwiderte Josie verlegen. »Wie lobenswert!« Ihr schwante, dass sie ihr Bild von Rico da Silva überdenken musste. »Geht Ihre Frau auch so gern klettern?«, fragte sie dann.

»Nein.« Er sah sie kurz an, die Offenheit seines Blicks schwand. »Eher nicht.« Eine peinliche Pause entstand.

»Welchen Sport treiben Sie denn am liebsten?«, fragte er dann höflich.

»Ach, ich schwimme sehr gern«, sagte Josie spontan. »Beim Schwimmen kann ich am besten den ganzen Stress hinter mir lassen.«

Einer der Mönche brachte eine Karaffe mit Wasser und eine Flasche Wein. Rico da Silva schenkte ihnen ein.

»Ich finde, wir sollten auf diesen Tag anstoßen … und uns bei dieser Gelegenheit auch endlich duzen, oder? Also, auf eine abenteuerliche Brasilienreise!«

»Oh … danke. Und ja, gern können wir uns duzen.«

Josie schwankte zwischen Unsicherheit und etwas, das sich wie Freude anfühlte, aber sie wollte jetzt nicht weiter darüber nachdenken. Sie erhoben ihre Gläser und stießen an.

Bald darauf wurde das Essen serviert. Es gab gefüllte Schweinekeule.

Sie hatten gerade einen köstlichen Kompott aus kleinen grünen Pfirsichen ausgelöffelt, da kam ein Mönch an ihren Tisch und flüsterte Rico etwas ins Ohr. Er lauschte, fragte etwas auf Portugiesisch, erhielt eine Antwort und nickte dann.

»Es tut mir leid«, sagte er zu Josie, »ich muss dich eine Weile allein lassen. Der Padre, der sonst immer den Wolf herbeiruft, ist heute gesundheitlich nicht ganz auf dem Damm. Er bittet mich, seinen Part zu übernehmen.«

»Kann das nicht einer der anderen Mönche machen?«, fragte Josie verwundert.

Rico da Silva zuckte mit den Schultern. »Der Padre meint, meine Stimme gleiche seiner am meisten.«

Fragend sah Josie ihn an. Was sollte sie jetzt tun? Hier allein sitzen bleiben?

»Geh doch mit den anderen auf den Platz vors Klosterportal. Ich muss schnell in die Küche, um das Wolfsfutter zu holen.«

Er verschwand mit dem Mönch. Nach und nach erhoben sich die anderen Gäste und begaben sich in die dunkle Nacht hinaus. Josie folgte ihnen. Die Leute setzten sich auf Stufen und auf gusseiserne Bänke, die auf einem halbrunden Vorplatz standen. Eine grandiose Freitreppe führte vom Klostergarten zur Terrasse des Portals empor. Der Mond beleuchtete die Szenerie, den Kirchturm und einen Gebirgszug, dessen Umrisse an ein menschliches Profil erinnerten. Alle Gäste starrten auf die Freitreppe, einige flüsterten, hier und da klirrten Gläser. In der Ferne schrien Nachtvögel.

Josie konnte es kaum glauben, dass sie wirklich im Landesinneren Brasiliens war – in einem uralten Kloster am Rande des Urwalds, wo sie gleich eine Wolfsshow erleben sollte.

Ein Scheppern ließ sie zusammenfahren. Rico zog ein mit Fleischbrocken und Früchten beladenes Backblech über die Steinfliesen der Terrasse. Er zerrte es hin und her. Das Klappern musste bis weit in die Wildnis hinein hörbar sein. Jetzt blieb er stehen, richtete sich auf und rief etwas mit tiefer, lockender Stimme.

»*Guará! Guará, vem!*« Ein sanfter Wind trug den Ruf hinaus in die Dunkelheit von Caraca. Josie lief eine Gänsehaut über Arme und Rücken. Sie hatte keine Ahnung, was diese Worte bedeuteten. Aber sie klangen magisch. Ein Mann nahm Kontakt zur wilden Kreatur auf, das hatte etwas zutiefst Archaisches. »*Guará, vem, vem!*«

Es folgte atemlose Stille. Doch nichts geschah. Ein Mann flüsterte, der Mähnenwolf komme nicht jeden Abend, er sei eben ein Tier, das völlig ungezähmt sei. Ein paar Gäste wurden ungeduldig. Sie tuschelten auf Englisch. So begriff Josie nun, was die Worte bedeuteten.

Wolf, komm, komm!

Erst nach einigen Minuten wiederholte Rico seinen Ruf. Und diesmal sträubten sich Josies Körperhärchen von Kopf bis Fuß. Die dunkle, samtige Stimme war schon lange verhallt – da schlich lautlos ein Tier die Stufen hinauf. Es witterte vorsichtig, blieb immer wieder stehen, prüfte den Fluchtweg, stieg geduckt weiter hoch, bis es oben angelangt war und sich dorthin wandte, wo nun wieder das Futterblech tönte.

Es war ein ausnehmend schönes Tier, so viel konnte man im Mondlicht erkennen. Elegant, mit kleinem Kopf, großen, spitz zulaufenden Ohren und spitzer Schnauze. Es bewegte sich auf schlanken, hohen Beinen, die fast schwarz waren, während das Fell fuchsrot glänzte und der buschige Schwanz ins Blonde ging. Noch nie hatte Josie einen Mähnenwolf gesehen.

»Es ist das Männchen«, flüsterte einer der Mönche. Er lächelte stolz. »Unser *lobo-guará*, der größte Wildhund Südamerikas!«

In hohem Bogen warf Rico dem Tier ein Stück Fleisch zu. Der Wolf schnappte danach, lief mit seiner Beute über die Treppe nach unten ins Gebüsch. Wenig später kehrte er jedoch zurück, und erneut warf Rico ihm saftige Leckerbissen zu.

Ein Mann und ein Wolf. Im Mondschein vor einem Klosterportal. Josie wusste, dass sie diesen Anblick nie vergessen würde.

Am nächsten Tag stand, bevor sie ihr Ziel, Ouro Preto, erreichen sollten, nur noch eine Mine auf dem Programm. In einer kargen Landschaft konnte Josie aus nächster Nähe beobachten, wie auf Förderbändern aus Geröll Topase sortiert wurden. Weiße, durchsichtige und honigfarbene, die als Imperialtopase besonders begehrt waren.

»Es gibt auch ganz seltene Exemplare in Sherryrot, die landen fast immer bei Sammlern«, erklärte ihr der Minenaufseher. »*Senhora,* Sie befinden sich hier in der einzigen Region auf der Welt, die noch Imperialtopas liefert. Alle anderen bekannten Lagerstätten, auch die in Russland, sind heutzutage erschöpft.«

Ehrfürchtig hielt Josie einen länglichen Einzelkristall gegen das Licht. Tatsächlich schimmerte er wie ein Gewürztraminer im Glas. Satt, zufrieden und klar. Wie meine Mutter, dachte Josie. Sie musste schmunzeln. Ob sie das verstehen wird, wenn ich ihr demnächst erzähle, dass sie einem Imperialtopas gleicht? Wenn ich Geld genug hätte, würde ich ihr einen solchen Stein als Anhänger für ihre lange Goldkette schenken.

Seit dem Essen am Abend zuvor war die Atmosphäre zwischen Rico und ihr viel friedlicher. Josie hörte ihm gern zu, manchmal nur, weil der Klang seiner Stimme ihr ein wohliges Behagen schenkte. Doch es lohnte sich, darauf zu achten, was er erzählte, denn er kannte interessante Geschichten über die ersten Goldfunde in Minas Gerais vor gut dreihundert Jahren.

»Die alten Goldminen sind inzwischen weitgehend ausgeschöpft«, erklärte er, als sie der früheren Hauptstadt von Minas Gerais entgegenfuhren.

»Wie schade!«, bedauerte Josie.

Er schmunzelte. »Das muss dir nicht leidtun. In den alten Goldminen werden heute nämlich große Diamantvorkommen ausgebeutet.«

»Na, dann ist es ja halb so schlimm!«, erwiderte sie friedlich und lächelte.

Er lächelte zurück. »Du interessierst dich wirklich für Edelsteine.« Es war keine Frage, sondern eine Feststellung. »Hast du denn jetzt gesehen, was du sehen wolltest?«

In diesem Moment tauchte Ouro Preto vor ihnen auf – wie eine Fata Morgana aus einem alten Geschichtsbuch. Josie verschlug es die Sprache. Vor der geschwungenen

Berglandschaft erhoben sich barocke Kolonialbauten, eine Kathedrale mit zwei Türmen, prächtige Kirchen und Kapellen, Häuser mit weiß gekalkten Fassaden, andersfarbig umrandeten Türen und Fenstern und rötlichen Ziegeldächern. Zwischen eleganten Palästen und Reihen farbig bemalter Stadthäuser verliefen steile Gassen mit altmodischem Kopfsteinplaster, und sogar Pferdekutschen konnte sie ausmachen. Unternahmen sie etwa soeben eine Zeitreise?

»Weltkulturerbe«, bemerkte Rico trocken, doch ein kleines Lächeln in seinen Mundwinkeln verriet, dass er sich über Josies Reaktion freute.

»Wie schön!«, sagte sie nur. Josie wusste, dass Rico da Silva an diesem Tag noch im Prüflabor seiner Firma zu tun hatte. Doch sie spürte den Impuls, sich bei ihm für die unvergesslichen Eindrücke zu bedanken. »Darf ich dich heute Abend zum Dank für die Tour und die Führung zum Essen einladen?«, fragte sie. »Dann verrate ich dir auch, ob ich alles gesehen habe, was ich sehen wollte.«

Er wandte ihr das Gesicht zu. Wieder konnte sie seiner Miene nicht entnehmen, was er wirklich empfand.

»Ich würde heute Abend gern mit dir essen«, erwiderte er höflich. »Aber natürlich bist du mein Gast.«

Sie zankten und feilschten eine Weile hin und her, einigten sich schließlich darauf, dass er das Essen und sie den anschließenden Absacker spendieren würde.

»Es sollte allerdings nicht ein zu schickes Restaurant sein«, sagte Josie etwas verlegen. »Ich hab nur lässige Sachen für die Minentour eingepackt.«

»Kein Problem«, erwiderte Rico. »Ich weiß schon was Nettes.«

Er hatte für sie beide im selben Hotel reserviert, einem zauberhaften historischen Gebäude in einer ruhigen Seitenstraße des Stadtzentrums. Es war Nachmittag, als sie eincheckten. Sie verabredeten sich für sieben Uhr in der Lobby.

Josie liebte die portugiesische Küche, in Hamburg ging sie gern ins Portugiesenviertel am Hafen, wenn sie mit Freunden auswärts essen wollte. Deshalb war sie erfreut, dass Rico sie in ein portugiesisches Restaurant führte, wo sie draußen vor dem Haus bei Kerzenlicht mit Blick auf das Treiben in der Altstadt sitzen konnten. Sie tranken eisgekühlten Weißwein, einen leicht moussierenden *vinho verde*, schlemmten *empanadas* mit Füllungen von Krabben und Hack, teilten sich gegrillten Tintenfisch, um Platz für das in Rotwein marinierte Rindfleisch und den Nachtisch zu haben, der völlig zutreffend *toucinho céu*, Himmelsspeck, hieß – ein süßer Traum aus Mandeln, Zucker und Eigelb. Nach kurzer Zeit plauderten sie entspannt über Gott und die Welt. Josie verdrängte das unterschwellig ständig vorhandene Gefühl, dass sie mit dem Feuer spielte.

»So, und nun gesteh!«, forderte Rico sie nach dem Dessert auf.

Josie erschrak. Was sollte sie gestehen? Dass sie nicht mehr mit Edgar zusammen war? Dass sie drauf und dran war, sich in Rico da Silva zu verlieben? Obwohl sie wusste, dass er verheiratet und ein notorischer Fremdgeher war?

Sie schaute ihn an. Es waren nur winzige Nuancen in Sekundenbruchteilen, die etwas zwischen ihnen veränderten. Josie erkannte, dass er seine Frage nur scherzhaft gestellt hatte, er hatte nur wissen wollen, was sie sich denn noch zu sehen wünschte. Ihrem erschrockenen Blick jedoch entnahm er, dass sie etwas ganz anderes bewegte. Und diese Erkenntnis wiederum legte bei ihm etwas frei, dieses Staunen, das Josie schon einmal in seinen Augen gesehen hatte. Ein Ausdruck, der fragte: Könnte es sein, dass du der Mensch bist, der mich versteht, der mich lieben könnte und den ich lieben könnte, der Mensch, auf den ich immer gewartet habe – oder würden wir vielleicht nur eine wahnsinnig aufregende Nacht miteinander verbringen, was ja auch nicht das Schlechteste wäre, wenn es nicht so gegen alle Regeln des Anstands verstieße und andere Menschen verletzen und damit auch uns über kurz oder lang nur Kummer bringen würde? Denkst du dasselbe, oder täusche ich mich?

Josie sah weg.

Ihr Hals war plötzlich ganz trocken. Sie schluckte. Ihr Herz raste. Mit zittriger Hand griff sie nach dem Weinglas und trank einen Schluck. Scheu blickte sie hoch. Doch da hatte sich auch schon wieder ein Vorhang vor das Innerste gesenkt, in das Rico ihr kurz Einblick gewährt hatte. Sie stellte das Glas ab.

»Ja, also …« Sie räusperte sich. »Der wahre Grund meines Interesses für Edelsteine liegt darin, dass ich vor einigen Monaten ein Amethystcollier geerbt habe.« Josie erzählte ihm nun in kurzen Zügen, was sie über Sophies Leben wusste. »Es scheint da noch ein Geheimnis zu geben, das womöglich nur hier in Brasilien gelüftet werden kann. Um genau zu sein, in Rio Grande do Sul. Und natürlich hätte ich auch sehr gern einmal gesehen, wie dort Amethyste aus der Erde geholt werden …«

»Hm«, sagte Rico da Silva nachdenklich. »Verstehe …« Er trank sein Glas leer, schwieg und überlegte. Viel zu lange, fand Josie. Er konnte doch mal was sagen, verdammt! Langsam schenkte er ihr und sich Wein nach. »Wir beuten in Rio Grande do Sul auch Amethystvorkommen aus«, fuhr er schließlich fort. »Diese Mine habe ich schon eine

Weile nicht mehr kontrolliert. Nicht dass es dringend erforderlich wäre …« Gespannt wartete Josie, wie er den Satz beendete. Doch er führte ihn nicht zu Ende, sondern begann einen neuen. »Meine deutschen Vorfahren haben auch in São Leopoldo angefangen. Ich weiß eigentlich nicht viel über sie. Wir sind heute schließlich alle Brasilianer oder Weltbürger.« Rico lächelte, seine weißen Zähne schimmerten im Kerzenlicht. »Aber meine Tochter fragte neulich nach ihren deutschen Vorfahren …« Josies ansteigende Vorfreude erhielt jäh einen erheblichen Dämpfer. Er hatte doch Familie, Frau und Kinder! Das durfte sie nicht vergessen. Dennoch hoffte sie, dass er sie bei ihrer Recherche irgendwie weiter unterstützen würde. »Weißt du was?«, sagte er kurz entschlossen. »Ich zeig dir unsere Amethystmine. Zurzeit kann ich es einrichten, ein paar Tage in Rio Grande do Sul zu verbringen. Es stehen gerade keine Auslandsreisen oder Messen an.«

Josie sah ihn zunächst ungläubig an. »Ach, das wäre wunderbar!« Sie strahlte.

Rico griff zu seinem Handy und telefonierte – er sprach Portugiesisch, und sie verstand nichts. Ob er wohl mit seiner Frau redete? Wahrscheinlich nicht, denn sein Ton war ziemlich geschäftsmäßig. Wenn ich seine Frau wäre, würde ich jedenfalls nicht wollen, dass er so mit mir spricht, dachte Josie.

An diesem Abend fiel sie todmüde ins Bett, aber mit dem aufregenden Gefühl, dass die Reise jetzt erst richtig begann.

Am folgenden Tag während der Autofahrt von Ouro Preto zurück nach Belo Horizonte erklärte Josie Rico das Wichtigste für ihre weitere Spurensuche.

»Es gab da auch einen Naturforscher aus Österreich«,

fiel ihr plötzlich ein. »Antonius von Melior. Mit dem hatte Sophie um das Jahr 1835 Kontakt. Sie wollte unbedingt seine Expedition ins Hinterland begleiten, weil sie hoffte, so Karl zu finden.«

»Und dieser Forscher könnte uns vielleicht weiterbringen, meinst du? Hat er Berichte über seine Expedition hinterlassen?«, fragte Rico, der Gefallen an der Detektivarbeit zu finden schien.

»Vermutlich«, sagte Josie. »Ich hoffe es. Er soll jedenfalls immer sehr fleißig Reisetagebuch geführt haben.«

Rico telefonierte erneut. Wieder verstand Josie kein Wort. Nach einer halben Stunde erhielt er einen Rückruf.

»Wir werden im historischen Museum in Porto Alegre anfangen«, verkündete er, nachdem er das Gespräch beendet hatte. »Und wir nehmen mein Flugzeug.«

In Belo Horizonte holte Josie ihr Gepäck aus dem Hotel, und Rico ließ seinen Privatflieger startklar machen. Er flog den Viersitzer selbst. Josie hatte genug damit zu tun, ihre Angst vor Luftlöchern zu bekämpfen. Doch bis auf eine etwas unsanfte Landung verlief der Flug angenehm.

Sie verließen den Flughafen kurz vor Sonnenuntergang. Es war sehr warm in der Millionenstadt Porto Alegre. Eine kühle Ästhetik prägte die Hochhäuser und die zum Teil gewagte moderne Architektur, doch es ging sehr hektisch zu. Das öffentliche Leben, so erfuhr Josie, spielte sich hier zum größten Teil in klimatisierten Räumen ab. In einem modernen Hotel waren zwei Zimmer reserviert. Josie schwamm noch ein paar Runden im Innenpool des Hotels, bevor sie sich schlafen legte. Vorher nahm sie ihr kurzes kornblumenblaues Leinenkleid aus der Reisetasche und hängte es ins Bad, damit es über Nacht entknittern konnte. Dazu stellte sie bequeme Sandalen bereit. Der kommende Tag würde spannend, aber sicher auch sehr anstrengend werden.

Am nächsten Vormittag betraten sie und Rico da Silva unternehmungslustig das in einem historischen Gebäude untergebrachte Museum. Rico da Silva verlangte nach dem Chef. Er erklärte ihm sein Anliegen, und der zog sogleich zwei Mitarbeiterinnen zurate. Josie war heilfroh, dass Rico sie begleitete, weil sie sich auf Englisch niemals so präzise mit den Geschichtsforschern hätte austauschen können.

Der Museumschef strahlte vor Freude. Endlich einmal zeigten Besucher von außerhalb Interesse für den ganz in Vergessenheit geratenen Antonius von Melior. Der Historiker sprach zwar ein paar Brocken Hunsrücker Platt, war aber natürlich nicht in der Lage, das österreichisch gefärbte Journaldeutsch eines Naturforschers, der vor fast zweihundert Jahren gelebt hatte, zu entziffern. Das Museum verwahrte drei Notizhefte.

»Es sind die letzten, die von Melior vor seinem Tod geschrieben hat«, übersetzte Rico. »Er ist nach seiner Expedition zu den Wasserfällen von Iguazú bei der Überquerung eines Flusses mit seinem Boot gekentert und ertrunken. Die anderen mehr als sechzig Reisetagebücher sind heute in Museen in Wien und Berlin archiviert. Diese befanden sich bei den Unterlagen des Barons am Flussufer und kamen mit seinen letzten Zeichnungen und Sammelstücken in unser Museum.«

Die schlichten, in Grau marmorierte Pappe gebundenen querformatigen Journale sahen fleckig aus, als hätten sie Wasserschäden erlitten. Sie waren vergilbt und rochen modrig. Im Leseraum der Museumsbibliothek, wo einige Studenten recherchierten, schlug Josie mit klopfendem

Herzen das erste Journal auf. Gott sei Dank! Sie konnte die Schrift lesen! Manches schien in Kürzeln verfasst zu sein, manchmal waren Ergänzungen darübergeschrieben.

Rico setzte sich neben sie, seine braunen Augen sprühten vor Neugier. »Jetzt bin ich aber gespannt!«, sagte er und wirkte auf einmal sehr jungenhaft. »Dies hier ist für mich eine ganz neue Welt.«

»Lass mich erst vertraut damit werden«, bat Josie. »Ich muss mich ein wenig einlesen.«

Er nickte. »Einverstanden, dann stelle ich inzwischen Nachforschungen in eigener Sache an.«

Er wollte im Heimatmuseum alte Kirchenbücher einsehen, um herauszufinden, wer die Vorfahren seiner deutschstämmigen Großeltern waren, woher sie kamen, wo genau sie gelebt und womit sie ihren Lebensunterhalt verdient hatten. Josie war froh, dass sie sich ungestört in die Lektüre vertiefen konnte. Sie vergaß dabei die Zeit. Zwischendurch ging sie nur kurz in ein Café in der Nähe, um eine Kleinigkeit zu essen.

Als Rico zurückkehrte, waren zu ihrer Verwunderung Stunden vergangen. »Ich hab jetzt einige Namen von Vorfahren und Jahreszahlen, aber ich muss unbedingt nach São Leopoldo ins Heimatmuseum«, sagte da Silva. »Dort soll es ein altes Familienregister geben, das ein Kolonievorsteher namens Dr. Hillebrand geführt hat.«

Josie horchte auf. Den Arzt kannte sie ja schon aus Adas Erzählungen.

»Aber die Amethystmine besuchen wir auch noch, oder?«

»Natürlich.« Er nickte. »Und, was verrät der Baron in seinen Aufzeichnungen?«

Josie hatte vor Aufregung ganz heiße Ohren. »Es ist wahnsinnig spannend! Einen Teil kannte ich ja schon von

Ada, aber in diesen Journalen beschreibt von Melior tatsächlich die Expedition, an der Sophie teilgenommen hat. Ich hab noch nicht alles durchgelesen. Auf jeden Fall geht es schon mal super los.«

Ein Museumsmitarbeiter machte sie darauf aufmerksam, dass die Bibliothek gleich schloss.

»Halt, bevor du beginnst, mir zu erzählen, was du herausgefunden hast …«, unterbrach Rico, »… sollten wir aufbrechen und uns ein schöneres Plätzchen suchen.«

Er wandte sich an die weibliche Aufsichtsperson am Schreibtisch und besprach etwas mit ihr, schob ihr einen Geldschein hinüber und bedankte sich.

»So, morgen bekommen wir die Kopien von allen drei Reisetagebüchern.«

Die wissenschaftliche Hilfskraft begab sich an den Kopierer. »Oh, könnten wir die letzten drei Doppelseiten des ersten Heftes vielleicht heute schon bekommen?«, bat Josie. »Damit hätte ich das erste Journal ganz durch.«

»Bestimmt, ich frag gleich nach. Dann fliegen wir morgen Vormittag weiter«, fuhr Rico fort, »und du kannst unterwegs die Fortsetzung lesen.«

Er schlug vor, einen klimatisierten Raum aufzusuchen, doch Josie betonte, wie angenehm ihr die Temperaturen seien, und so ließen sie sich in einem Beach Club Café inmitten von Grünanlagen nieder. Sie bestellten etwas zu trinken. Viele Gäste sogen an silbrigen Trinkhalmen aus kalebassenähnlichen Gefäßen Matetee. Auch Rico verlangte Chimarrão. Josie hatte das Gefühl, etwas feiern zu dürfen, und gönnte sich einen eisgekühlten Cocktail.

Sie war so aufgekratzt durch ihre Entdeckung, dass es sie auch nicht lange im Liegestuhl hielt. Spontan sprang sie auf, zog ihre Schuhe aus und lief ein paar Runden über den Rasen. Außer Atem kehrte sie zu Rico da Silva zurück. Er sprang auf, und fast schien es ihr, als würde er gleich seine Arme ausbreiten, um sie wieder aufzufangen, doch er rückte nur seinen Loungestuhl zurecht und setzte sich wieder.

»Entschuldigung!«, sagte Josie lachend. »Das musste jetzt einfach sein!«

Er versteckte seine Augen hinter einer Sonnenbrille. »Jetzt möchte ich aber endlich hören, was geschehen ist!«, sagte er.

Sie nahm noch einen Schluck von ihrem erfrischenden Mojito. Mit Blick auf den schönen Fluss, der die Stadt durchzog, gab Josie dann wieder, was sie bereits gelesen hatte.

»Dieser Antonius litt unter wiederkehrenden Malariaanfällen verbunden mit Fieberschüben«, begann sie. »So auch in São Leopoldo. Doch Sophie gab ihm Chinin, das sie aus Deutschland mitgebracht hatte. Nach kurzer Zeit fühlte er sich wieder gesund, die schnelle Genesung erschien ihm wie ein Wunder. Er wollte unbedingt mehr von diesem Medikament. Und Sophie versprach es ihm unter der Bedingung, dass er sie mit auf seine Expedition nahm.« Josie lächelte. »Sie war nicht dumm …«

Rico hielt blinzelnd die Hand über seine Sonnenbrille. »Das war ein Angebot, das er nicht ablehnen konnte, richtig?« Seine Stimme klang vergnügt.

»Genau! Der Baron mokiert sich in seiner ersten Eintragung darüber, dass Sophie offenbar am Morgen ihrer Abreise zum ersten Mal einen Tukan gesehen hat. Du weißt schon, dieser auffallend schöne Vogel, der so geschickt mit seinem langen gebogenen orangefarbenen Schnabel umgehen kann …« Josie unterbrach sich. »Ach natürlich, den kennst du ja bestimmt besser als ich!« Sie zwirbelte sich eine Strähne um den Pferdeschwanz.

Wahrscheinlich wäre es ihr ganz ähnlich wie Sophie gegangen. Welche Frau interessierte sich schon für Ornithologie, wenn sie um ihren Liebsten bangte? »Dieser Antonius von Melior verfügte, wie mir scheint, über eine hervorragende Beobachtungsgabe und sehr scharfe Ohren.« Josie lachte leise auf. »Er hat nach seiner Rückkehr von dieser Expedition Ergänzungen zu seinen Texten geschrieben. Dinge, die er wohl erst nachträglich erfahren hat. Zum Glück verfügt er über einen so lebhaften Schreibstil, dass ich fast das Gefühl habe, ich wäre damals dabei gewesen …«

18

Rio Grande do Sul
Mai – Juni 1835

»Valentina, bin ich verrückt?«, flüsterte Sophie, als sie ihre Freundin an diesem frühen Maimorgen ein letztes Mal umarmte.

Die Böhmers waren extra den weiten Weg von ihrer Plantage zur Furt gekommen, um ihr wie viele andere Kolonisten zum Start der Expedition Glück zu wünschen – obwohl Valentina schwanger war. Doch es ging ihr gut, sie sah rundum glücklich aus.

»Du kannst ja nicht anders, Sophie«, sagte Valentina freundlich. »Dann ist es auch richtig. Folge deinem Herzen!« Sie nahm Sophies Hand und legte sie auf ihren gerundeten Bauch. »Wir alle haben uns doch längst schon unserem Schicksal anvertraut, als wir die alte Heimat verließen, um eine neue zu suchen.«

»Ja!«, sagte Sophie. Valentina hatte recht. Eine Träne lief ihr über die Wange, als sie zum Abschied noch einmal über den Bauch der Freundin streichelte. »Leb wohl!«

Valentina zwinkerte ihr zu und verfiel ins Flüstern. »Und ich verspreche dir, dass ich gut auf deinen Schatz aufpassen werde.« Mit einem Blick auf ihren Mann Richard fügte sie hinzu: »Was er nicht weiß, macht ihn nicht heiß.«

»Danke!«, flüsterte Sophie ihr ins Ohr. Sie war bewegt

und aufgeregt. Vielleicht würde sie schon in wenigen Tagen Karl wiedersehen! »Macht's gut, ihr Lieben!«, rief sie, als sie allen, die ihnen viel Glück wünschten, noch einmal zuwinkte.

Sophie ging als Letzte an Bord des Flussschiffes, auf dem Antonius von Melior und seine vierundzwanzigköpfige Expeditionsmannschaft samt Pferden, Mulis, Proviant und anderen Lasten bereits die besten Plätze belegt hatten. Eines der Mulis gehörte Sophie, sie hatte es als Lasttier für ihr Gepäck gekauft, nicht zum Reiten. Das Geld für ein Pferd wollte sie lieber sparen, schließlich konnte man im Urwald sowieso nicht reiten, und das Gehen machte ihr nichts aus, das war sie gewohnt.

Als sie ablegten, fiel Sophies Blick auf einen außergewöhnlichen Vogel. Er saß auf einem Baum, dessen Äste sich tief über den Rio dos Sinos bogen, und hielt eine blaue Beere in seinem langen gebogenen Schnabel. Das Orange bildete einen malerischen Kontrast zu der Beere.

»Oh, wie schön!«, rief Sophie begeistert. »Schaut doch nur! Das muss ein Tukan sein.« Sie kannte den Vogel von Zeichnungen. »Ich sehe ihn zum ersten Mal in freier Natur! Ist das nicht ein gutes Zeichen?«

Antonius von Melior schüttelte verständnislos den Kopf. »Ich fasse es nicht, Gnädigste. Ihr seid seit Monaten an diesem Ort und seht diesen Vogel zum ersten Mal? Wo habt Ihr denn nur Eure Augen gehabt?«

Seit ihrer Vereinbarung, sie nun doch im Austausch gegen das so begehrte Chinin mitzunehmen, sprach er höflicher zu ihr, wie um seinen Respekt vor der in gewisser Weise zahlenden und damit in den Status einer Mäzenin erhobenen Gastteilnehmerin zu bezeugen und gleichzeitig auch eine dem Anstand zuträgliche Distanz auszudrücken. Sophie musste lächeln. So viel Hoffart im Urwald!

Aber sie nahm die Veränderung auch mit Genugtuung zur Kenntnis.

Nach der schlimmen Zeit der Trauer, der Schwäche und des Abwartenmüssens weitete sich Sophies Blick mit diesem Aufbruch. Sie näherte sich ihrem Ziel, die Welt öffnete sich, und auf einmal nahm sie die Schönheit der Natur um sich herum wahr – die üppige Vegetation, die Bäume und Pflanzen am Fluss. Sie sah Steinmarder und Kaimane, Wasserschweine und Vogelschwärme in den prächtigsten Farben. Endlich ging es weiter!

Die Besatzung ruderte, von Männern mit langen Stangen stakend unterstützt, den Fluss aufwärts. Das Plätschern vermischte sich mit dem vielsprachigen Singsang der Unterhaltungen an Deck, das ab und zu von rauem Gelächter unterbrochen wurde. Noch war es angenehm, nicht zu heiß, auch noch nicht kalt. Sophie hatte auf Rat des Expeditionsleiters allerdings vorsorglich auch wärmere Kleidung und einen wollenen Überwurf eingepackt. In der Serra Gaúcha, dem Gebirge im Nordosten von Rio Grande do Sul, konnte es in der Nacht empfindlich kalt werden und sogar schneien.

Wenn Sophie es richtig verstanden hatte, dann würde ihre Reise zuerst ein Stück auf dem Fluss ins Landesinnere führen, dann über den Campo, die weite Prärie in Richtung Westen gehen, bis sie erst ganz am Schluss einen Schwenk in das von Urwald überzogene Bergland machen wollten – dorthin, wo sie das Tal der Hoffnung, das Vale da Esperança, vermuteten. Gemeinsam hatten Sophie und der Baron über seinem Kartenmaterial gebrütet und anhand ihrer und seiner Informationen versucht, den wahrscheinlichsten Standort einzukreisen. Weit und breit existierte kein richtiges Dorf, allenfalls gab es Siedlungen nomadisierender Indiostämme, die aber möglicherweise verlassen waren.

»Und Ihr haltet Euch an Euer Versprechen!«, wiederholte Antonius von Melior streng, als Sophie neben ihm an Deck auf einer Bank saß und versonnen ihren Rock in ordentliche Falten legte. »Ihr fügt Euch meinen Anweisungen, Ihr moniert keine Route, Wegstrecke oder Zwischenstation. Wenn ich sage, wir übernachten hier, dann übernachten wir dort. Ich will nicht ein einziges Wehklagen hören!«

Sophie nickte gehorsam. »Andere Länder, andere Sitten!«, sagte sie gleichzeitig mit ihm, denn dieses war sein oft zitierter Wahlspruch.

Mit einem feinen Lächeln bestätigte sie dann, was er schon mehrfach gefordert hatte – »und keine Zimperlichkeiten«.

»Hm.« Der Wissenschaftler blickte auf ihre geschnürten Lederstiefelchen. »Meine Liebe, so geht das nicht«, bemängelte er. »Die Gnädigste benötigt Ledergamaschen.« Sophie verstand das nicht. Insgeheim hatte sie sich ja oft über seine affigen Gamaschen lustig gemacht. Verlangte er jetzt von ihr ebensolche Eitelkeit? »Die Gamaschen schützen vor Schlangenbissen«, erklärte er nun von oben herab. »Dieses Jahr wird es mehr Kobras als sonst geben.«

»Ach, woher wollt Ihr das wissen?«, fragte Sophie, während sie ein paar Moskitos erschlug, die sich auf ihren Arm setzten, obwohl sie sich mit einer intensiv riechenden Zitruspomade eingerieben hatte.

»Weil der Bambus, der nur alle zwanzig Jahre blüht, im vergangenen Jahr überall geblüht hat.«

»Ja und?« Wollte er sie necken?

»Nach der Blüte stirbt der Bambus ab, auch überall gleichzeitig. Die freigesetzten Samen ernähren die Ratten, und mehr Ratten bedeutet, dass mehr Kobras groß und stark werden.«

Sophie studierte aufmerksam das Gesicht des Barons. Offenbar stimmte es, was er sagte. Aber sie spürte auch, dass er seinen Wissensvorsprung genoss und versuchte, ihr damit Angst einzujagen. Den Gefallen würde sie ihm gewiss nicht tun. Also zuckte sie nur gleichmütig mit den Schultern.

Immerhin war er fein genug, ihr ein Paar Ledergamaschen anzubieten. Sie nahm sie großzügig an. »Ich möchte Euch ja Scherereien ersparen«, bemerkte sie mit einem kleinen Schmunzeln.

»Im Übrigen … Habt Ihr eigentlich keine Angst, dass ich oder einer meiner Männer Euch das Chinin entwenden könnte?«

Sophie schüttelte den Kopf. »Nein. Zum einen führe ich nicht die gesamte versprochene Menge bei mir, einen Teil habe ich sicher bei einer Freundin in São Leopoldo deponiert. Und zudem weiß niemand außer mir, welche Dosis die Richtige ist. Nur etwas zu viel kann schon zur Atemlähmung führen«, gab sie zu bedenken. »Außerdem bin ich mir nach wie vor sicher, dass Ihr ein Ehrenmann seid.«

Antonius von Melior gab sich geschlagen. »Nun denn«, er lächelte, »so bleibt uns beiden wohl nur die Wahl, Vertrauen gegen Vertrauen zu setzen.«

Sie hielt ihm die Hand hin. Eine gleichberechtigte Geste, die ihn stutzen ließ, doch dann schlug er ein. Sophie war froh, dass sie nun keine Energie mehr mit kleinen Streitigkeiten oder Rechthabereien verschwenden musste. Sie fühlte den vertrauten Lederbeutel, der versteckt unter ihrem Rock an der Taille hing. Darin befand sich das Chinin. Es beruhigte sie nicht so sehr wie ihre Amethyste. Aber die Medizin war jetzt wichtiger, um Karl zu helfen. Hoffentlich …

Sophie war sich nicht sicher, ob der Fluss, über den sie glitten, noch Rio dos Sinos genannt wurde. Auf jeden Fall veränderte sich die Uferlandschaft. Zu beiden Seiten ging es steil hinauf. Und plötzlich erschrak sie fast zu Tode. Aus dem Gebüsch heraus funkelten sie menschliche Augen an! Sie erkannte ein bemaltes Indiogesicht mit den typischen schräg stehenden Augen und hohen, hervorstehenden Backenknochen. Eine Gruppe kleiner nackter Männer mit einem seltsamen, tonsurartigen Haarschnitt beobachtete sie. Auch der Baron und seine Männer hatten die Indios bemerkt.

»Sieht aus, als trügen sie Kronen statt Haare«, flüsterte Sophie zugleich fasziniert wie beunruhigt. Die stämmigen Männer hielten Pfeil und Bogen in den Händen, nur ihre Scham war verhüllt, verkrusteter brauner Schlamm überzog große Partien ihrer Körper. Die Indios hoben drohend ihre Pfeile, feindselig fletschten sie ihre Zähne.

»Das sind Coroades. Sie leben in den Wäldern, die offene Landschaft meiden sie«, sagte Antonius von Melior. »Ich hoffe, wir können noch Kontakt zu ihnen aufnehmen.«

Nein, bitte nicht!, dachte Sophie. Jetzt bekam sie es doch mit der Angst zu tun. Langsam stand sie auf und hockte sich hinter die festgezurrte Ladung, um nicht die beste Angriffsfläche für Pfeile zu bieten. Auf eine nähere Begegnung mit diesen Wilden wollte sie gern verzichten. Dr. Hillebrand hatte ihr und den Böhmers neulich erst ausführlich geschildert, wie Coroades seit einigen Jahren immer häufiger und brutaler weiße Siedler auf deren eigenen Grundstücken überfielen. Rosental, einen Vorposten der Portugieserschneis, hatte man vor drei Jahren wieder aufgegeben, nachdem sie dort elf Angehörige von Siedlerfamilien ermordet hatten. Seitdem wagte sich erst recht kaum noch jemand über den ersten Gebirgskamm hinter der Ebene von São Leopoldo hinaus.

Der Baron allerdings blieb mit größter Gelassenheit sitzen.

Ein Schuss ließ Sophie jäh zusammenschrecken. Der Kapitän des Schiffes hatte ihn abgefeuert. Sofort flohen die Indios, und der Kapitän grinste zufrieden.

»Das war überflüssig«, sagte der Baron. »Sie hätten uns nicht angegriffen.«

Die meiste Zeit kam das Schiff gut voran. Sie übernachteten zweimal an Deck. Nach drei Tagen gingen sie von Bord. Am Anfang hatte Sophie die Expeditionsteilnehmer für einen bunt zusammengewürfelten Haufen gehalten. Allmählich lernte sie die Männer besser kennen. Da waren die drei Indiomischlinge unterschiedlicher Stämme, die als Übersetzer arbeiteten, und die Träger. Unter den vier Europäern befanden sich zwei deutschsprachige junge Wissenschaftler – wohl die wichtigsten Mitarbeiter des Barons. Der hochgewachsene blonde Graf Franzl aus München, der Antonus von Melior während des Maleriaschubs gepflegt hatte, konnte hervorragend zeichnen. Er half vor allem dabei, die botanischen Fundstücke zu erfassen, also Pflanzen, Blumen, Früchte zu konservieren und zu katalogisieren. Baumann dagegen war ein untersetzter rothaariger Mann aus dem Münsterland, Spezialist für Völkerkunde. Die ausgeprägten Pockennarben in seinem Gesicht ließen ihn grob wirken. Doch nach dem ersten Schrecken vergaß man sein beängstigendes Aussehen, weil er gütige Augen und viel Humor hatte.

»Gleich gibt's Blutegel«, warnte Baumann Sophie. Er lächelte auf eine Art, die wohl beruhigend wirken sollte. »Sie fallen aber von ganz allein wieder ab, wenn sie sich erst vollgesogen haben.«

Sophie raffte ihre Röcke und reihte sich in den Tross ein. Eine Vorhut aus drei bis fünf Männern, je nach Dichte des Urwalds, bahnte ihnen den Weg durch üppiges Gestrüpp in einen Wald voller Lianen und Baumwürger. Sie kämpften sich vorbei an mannshohen Farnen, dicken moosbewachsenen Stämmen und dunkelgrünen Palmen. Die schwüle Luft schien zu stehen, kein Windhauch durchdrang das Dickicht. Es roch pfeffrig-faulig nach Schlamm und Moder, dann wieder süßlich nach Blüten und exotischen Hölzern.

Rechts und links sah Sophie Kakteen und Orchideen mit gelben und roten Blüten. Ihre Füße versanken bis weit über die Knöchel im sumpfigen Untergrund. Manchmal mussten die Männer Bretter auf Steine oder umgestürzte Baumstämme legen, damit sie den Morast überwinden konnten. Das Kleid klebte Sophie bald auf Rücken und Brust, sie schwitzte heftig und spürte einen zunehmenden Druck um ihren Kopf, als befände er sich in einer eisernen Umklammerung. Trotz ihrer Benommenheit musste sie sich sehr konzentrieren, um ja nicht den Anschluss zu verpassen. Denn nur wenige Meter Abstand reichten, und sie konnte die Männer im Dickicht schon nicht mehr ausmachen.

Sie versuchte, die immer wieder aufsteigende Angst niederzudrücken. Schauten von dort nicht fremde Augen auf die Kolonne? Was raschelte hinter dem seltsam geformten Baum da vorn? Belauerten und verfolgten diese Waldmenschen sie? Einmal scheuchten sie einen Tapir auf. Erst zuckte Sophie zusammen, dann musste sie lächeln. Das putzige Tier trollte sich schnell davon.

»Achtung!«

Baumann machte Sophie auf eine Schlange aufmerksam, die sich über ihrem Kopf um einen Ast wand und begann, sich neugierig züngelnd hinunterzuschlängeln. Erschauernd beschleunigte Sophie ihr Tempo. Überall am Körper spürte sie Bisse von Insekten und Kratzer vom dornigen Gestrüpp.

Es ärgerte sie, dass der Trupp immer wieder anhielt, weil Antonius von Melior irgendeine Blüte oder Pflanze oder ein Insekt entdeckte, das er vielleicht noch nicht kannte. Oft wünschte er, etwas in Ruhe zu begutachten, sogar zu zeichnen oder zumindest zu pressen, aufzuspießen oder auf irgendeine seltsame Weise zu konservieren. Bei diesen Unterbrechungen, die Sophie ewig lang erschienen, musste sie sich sehr zusammenreißen. Sie wollte doch endlich weiter! Jeder Halt, jeder Umweg kostete Zeit.

Karl, ich komme, flehte sie im Stillen, als sie nun tatsächlich Blutegel an ihren Beinen entdeckte, vor denen sie sich so ekelte, dass sie nicht hinsehen mochte. Wir dürfen nicht aufgeben. Du nicht und ich sowieso nicht. Halte durch, Liebster, ich bin auf dem Weg zu dir!

Endlich erreichten sie eine Lichtung. »Die ist durch Brandrodung entstanden«, bemerkte der Baron. »Hier haben Indios gelebt, hier schlagen wir unsere Zelte für die Nacht auf.« Erschöpft ließ Sophie sich zu Boden sinken. Wenigstens stimmte es, die Egel fielen von allein ab. Aber die Bissstellen bluteten noch längere Zeit.

Am nächsten Morgen ging die Tortur weiter. Am Nachmittag dann öffnete sich der Wald, und vor ihnen lag unter einem hohen blauen Himmel der Campo – eine unendlich scheinende, sanft geschwungene grüne Weidelandschaft.

»Das ist die Pampa, die Prärie Südamerikas!«, sagte der Baron.

»Großer Gott!«, entfuhr es Sophie.

Ein Land so weit wie das Meer! Hier und da wuchs etwas Gebüsch, sonst war die Erde nur mit hohem Steppengras überzogen, das im Wind wogte wie ein zotteliges grünes Fell. In der Ferne erhoben sich dunstverhangene Gebirgszüge – irgendwo dort hinten musste das Tal der Hoffnung liegen. Sophie atmete tief durch. Es konnte sich nur noch um ein paar Tage handeln …

Von dem Anblick der Weite gestärkt, zogen sie weiter. Wo immer sich auf dem Campo Wasserlachen gebildet hatten, dienten sie als Tränke – sie zogen ganze Vogelschwärme an. Ab und zu scheuchte der Expeditionstrupp Kiebitze, Rebhühner oder Falken auf. In der Nachmittagssonne blinkten die Pfützen und kleinen Seen wie Silberspiegel. Einmal sah Sophie Tausende von Flamingos auffliegen. Die Harmonie dieses Schauspiels überwältigte sie. Der ganze Himmel färbte sich rosaorange! Sophie dachte wieder an Karl, sie wünschte sich, einen solchen Anblick einmal mit ihm zusammen zu erleben.

Auf dem Campo waren lehmige Trampelpfade zu erkennen und Spuren, die von Ochsenkarren stammen mussten. Sie legten eine kurze Rast ein und zogen dann weiter. Sophies Füße schmerzten, sie setzte sich auf ihr Muli. Das Reiten fand sie jedoch bald anstrengender als das Gehen neben dem Tier.

Nach einer Weile vernahmen sie aus der Ferne ein fürchterliches Quietschen. Es musste von einer *carreta* stammen. Diese zweirädrigen Karren wurden wohl nie vernünftig geschmiert! Sie waren Sophie schon in Porto Alegre aufgefallen. Carretas wurden von mindestens vier, manchmal sogar von bis zu zehn Ochsen gezogen. Tatsächlich kam ihnen jetzt ein solches Gefährt entgegen. Vorneweg ein schwarzer Sklave, der die Ochsen führte, rechts und links liefen Sklaven, die den Tieren ab und zu mit Nägeln gespickte Bambusstangen in die Flanken stießen, um sie anzutreiben. Sophie verstand nicht, weshalb nicht alle Leute die viel praktischeren Fuhrwerke der Deutschen übernahmen. Bei den Siedlern in und um São Leopoldo konnte sich doch jedermann von deren Nützlichkeit überzeugen. Sie hatten vier Räder, waren gefedert, und man brauchte nur zwei Pferde, um die gleiche Last zu transportieren.

Trotz des entsetzlichen Geräusches fühlte sich Sophie enorm erleichtert. Denn es bedeutete, dass es halbwegs zivilisierte Menschen in der Gegend gab. Und überhaupt empfand sie auf dem freien Feld alles heller, weniger bedrohlich. Sie zogen immer am Waldsaum entlang auf dem Campo weiter. Zweimal kamen sie an einem schwarzen Kreuz vorbei, jedes Mal blieben sie stehen, um ein stilles Vaterunser zu sprechen.

Nach einer Weile gelangte die Expedition zu einer kleinen Ansiedlung, die aus wenigen einfachen Wohnhäusern bestand. Neben den von Gras bedeckten Lehmhütten quiekten Schweine in primitiven Pferchen, hinter den Zäunen wuchsen Kakteen und Ananas. Caboclos, Mischlinge aus Europäern und Indios, unterbrachen ihre Arbeit im Maisfeld, ein paar Männer waren damit beschäftigt, Zuckerrohr zu schneiden, andere gaben sich weiter dem Müßiggang hin. Mehrere Frauen mit gelblicher Haut, niedriger Stirn und schlechten Zähnen eilten beflissen herbei und boten ihnen für Mensch und Tier Verpflegung an.

»Hier werden wir heute unser Lager aufschlagen«, ordnete Antonius von Melior an. Die Sonne senkte sich bereits dem Horizont entgegen. Einige der Frauen versorgten sie nicht nur mit Maisfladen, Kürbis mit Milch und Branntwein aus Zuckerrohr. Sie versuchten auch, die Männer in eindeutiger Absicht zu animieren. Der Baron verwies sie mit donnernder Stimme. Seinen Männern drohte er, sie gefesselt in den nächsten Ameisenhaufen werfen zu lassen, falls sie sich seinen Anweisungen widersetzten. »Diese Weiber stehen auf einer moralisch sehr niedrigen Stufe«, erklärte der Baron Sophie kurz. Verlegen wandte sie sich ab und schaute zu, wie die anderen ihr Nachtlager bereiteten, um es ihnen dann gleichzutun. Die Männer legten im Kreis um ein Lagerfeuer herum ihr Sattelzeug auf die Erde. »Das Wetter sieht noch gut aus«, befand der Baron, »wir brauchen die Zelte nicht aufzuschlagen.« Mit leichtem Spott fragte er Sophie, ob es ihr recht sei. »Oder verlangt Ihr eine Sonderbehandlung?«

»Nein, nein«, beeilte sich Sophie zu erwidern.

Sie suchte sich eine ebene, trockene Stelle. Probeweise lehnte sie ihren Nacken auf den Sattelbock und stellte fest, dass er perfekt in die Ausbuchtung passte, wenn sie ihren Haarknoten löste.

Die Dämmerungsphase dauerte nur kurz, und nach Sonnenuntergang wurde es schnell merklich kühler. Das Lagerfeuer aus harzigen, duftenden Hölzern des Gebüschs spendete etwas Wärme. Während die meisten Männer sich mit einem wollenen Poncho zudeckten, kroch Sophie zum Schlafen unter den großen gewebten Umhang, den sie zuvor ganz unten aus ihrem Gepäck hervorgekramt hatte. Die ungewohnte körperliche Anstrengung hatte sie so ermüdet, dass sie sofort wegnickte.

Sophie erwachte mitten in der Nacht. Ein paar Pferde scharrten. Das Schnarchen um sie herum beruhigte sie eher, als dass es sie störte. Sie roch das zur Glut heruntergebrannte Lagerfeuer, feuchtes Gras und das vom Mulischweiß durchtränkte Lederzeug. Der Mond schien auf einen der Männer, der mit gekreuzten Beinen auf dem Boden saß und Wache hielt. Sie sah ihn von der Seite. In seinem Mundwinkel steckte ein Zigarillo, es glomm in regelmäßigen Abständen rötlich auf. Alles war friedlich, sogar die Natur. Die Rauchwölkchen stiegen senkrecht in die Luft.

Sophie drehte sich auf den Rücken. Die Sterne am Himmel über ihr blinkten in Rot und Gelb und Gold und Pink, ja sogar in Blau und Grün. Sie erkannte, dass sie nicht alle auf einer Höhe schwebten, sondern in einem großen Raum in unendlichen Abständen zueinander. Wie Karl und ich, dachte sie. Hoffentlich lebte er noch. Hoffentlich ist er noch derselbe Mann, in den ich mich verliebt habe. Und hoffentlich freut er sich, wenn er mich sieht.

Aus dem nahen Wald drangen ab und an unheimliche Laute. Schreie von Tieren, die nur nachts auf die Pirsch gingen. Sophie konnte nicht wieder einschlafen. Eigentlich verspürte sie ein dringendes Bedürfnis, doch die nächste Stelle, um dem ungestört nachgehen zu können, lag mindestens zweihundert Meter entfernt in der Finsternis hinter einem Gebüsch. Was, wenn ihr ein Jaguar, ein Puma oder auch nur ein Wildschwein über den Weg lief? Oder ein Indio? Sophie wog ab. Der Baron hatte gesagt, die Indios blieben meistens in den Wäldern. Herrje, sie musste so dringend! Meistens … Sophie wollte doch lieber bis zum Morgen aushalten und kniff die Beine zusammen. Sie drehte sich wieder auf die Seite.

Und da erblickte sie etwas Verdächtiges. Aus Richtung der Hütten schlich jemand geduckt näher. Ein zweiter Schatten folgte ihm. Im Mondlicht blinkte etwas auf – eine Messerklinge? Mit angehaltenem Atem verfolgte Sophie die huschenden Gestalten. Sollte sie schreien, um Hilfe rufen? Für Sekunden fühlte sie sich wie gelähmt.

Aber dann griff sie nach einem Steinchen und warf es gegen den Mann, der Wache hielt. Er drehte sich reflexartig um, das Gewehr im Anschlag und spähte in die richtige Richtung.

»Wer da?«, rief er laut. Alle Schlafenden schreckten hoch, nahmen ihre Waffen und sprangen auf. »Halt, stehen bleiben!«

Die Gestalten versuchten zu fliehen, Schüsse fielen. Sophie fuhr zusammen, sie roch verbranntes Schießpulver und hörte, wie ein Mensch vor Schmerz aufschrie. Einer der Eindringlinge sank zu Boden, der andere konnte entkommen.

Drei Männer näherten sich nun vorsichtig dem Getroffenen. Sie untersuchten ihn. Wenig später kehrten sie in lässigem Gang zurück.

»Der tut nix mehr«, sagte einer verächtlich. »Es waren diese dreckigen Caboclos.« Er spie aus und legte sich wie die anderen Männer wieder hin. »Abknallen«, sagte der Baron von seinem Nachtlager aus wenig vornehm an Sophie gerichtet, »ist manchmal das Beste. Man muss kurzen Prozess machen. Wir oder die.«

Sophie staunte über sich selbst. Gerade war vor ihren Augen ein Mensch getötet worden. Niemand rief die Polizei. Dass sie sich nicht schockierter fühlte! Doch sie fing sich rasch wieder. In der Wildnis galten andere Gesetze! Erleichtert atmete sie auf und entspannte. Die Gefahr war vorüber, jedenfalls für diese Nacht. Der zweite Mann würde es so bald gewiss nicht wagen, sich anzuschleichen. Sophie zog ihren Umhang bis übers Kinn hoch und sank bald darauf wieder in einen tiefen Schlaf.

Am nächsten Morgen weckte sie das Wehklagen einer Frau. Die Wachen hielten sie und die anderen in den Hütten lebenden Menschen auf Abstand. So trauten die mit einer Schubkarre wartenden Caboclos sich noch nicht, den Toten zu bergen.

Nach dem Frühstück, das aus einem Eintopf mit schwarzen Bohnen und süßem Mais sowie Kaffee bestand, setzte sich die Expedition wieder in Bewegung. Antonius von Melior blickte prüfend zum Himmel.

»Eine Regenfront naht«, brummte er besorgt.

Sophie machte sich darüber keine Gedanken. Sie hatte nur Augen für die Tiere, die sie in der Ferne ausmachte. Es wurden immer mehr. Am Horizont graste die größte Rinderherde, die sie jemals gesehen hatte! Und weit und breit gab es kein Gatter, keinen Zaun.

»Lebt das Vieh hier wild?«, fragte sie verwundert.

Der Baron erklärte ihr, dass diese Tiere von Herden abstammten, die vor mehr als hundert Jahren zu den Jesuitenmissionen gehört hatten.

»Die Jesuiten beherrschten einhundertfünfzig Jahre lang ein riesiges Gebiet innerhalb Südamerikas«, sagte er, »so groß wie ein Staat! Es lag in Uruguay und reichte weit in die heutigen Länder Argentinien und Brasilien hinein.«

»Davon höre ich zum ersten Mal«, gab Sophie zu. Sie wusste nicht einmal genau, was eigentlich Jesuiten waren.

»Jesuiten sind Mitglieder einer katholischen Ordensgemeinschaft«, erklärte der Baron, ohne dass sie ihn darum bitten musste. Manchmal war es ihr fast unheimlich, wie genau er wusste, was sie dachte. »Sie gründeten hier vor über zweihundert Jahren ihre erste Siedlung. Die Jesuiten errichteten Missionen, die man auch Reduktionen nannte. Das waren richtige kleine Städte, durchgeplante Ansiedlungen für Indios.«

»Ja, aber warum?«, fragte Sophie. Sie hielt die Zügel von Antonius von Meliors Pferd, dem ihr Muli folgte. Auch an diesem Tag ging sie lieber auf ihren eigenen Beinen.

»Warum? Weil die Missionare sie zum christlichen Glauben bringen wollten, meine Holde. Die Indios lebten unter ihrer Leitung und ihrem Schutz wie die ersten Christen – in Gemeinschaften, die alles teilten.«

Mit großen Augen hörte Sophie ihm zu. Sie dachte an die Ideale der Französischen Revolution und an Christines Vater.

Alle Menschen werden Brüder …

Der Baron erklärte ihr, dass sämtliche Missionen nach dem gleichen Schema aufgebaut gewesen waren. Mit der Kirche als Mittelpunkt an einem zentralen Platz, verschiedenen Werkstätten, Häusern für diverse Zwecke, einem Hospital, Obst- und Gemüsegärten, dem Kolleg und den Wohnungen der Patres, einem Friedhof und einem Witwenhaus. Hunderttausende von Indios hatten so in den rund einhundert Reduktionen auch Schutz vor portugiesischen und spanischen Sklavenhändlern gefunden.

»Lebten dort nur Indios mit den Jesuiten?«, fragte Sophie.

»Ja«, erwiderte von Melior. »Es gab zwar ein Besucherhaus am Dorfrand, aber normalerweise hatten weiße Siedler keinen Zutritt. Dass die Jesuitenmissionen es zu Wohlstand brachten, machte sie allerdings im Laufe der Zeit ziemlich neidisch.«

»Sie brachten es zu Wohlstand? Mitten in der Wildnis?«

Sophie hatte Schwierigkeiten, das alles so schnell zu verstehen. Ausgerechnet hier war eine Art von Revolution tatsächlich geglückt? Unglaublich! Davon wusste daheim in Idar oder Oberstein gewiss kein Mensch. Und wie schade, dass es keiner wusste! So was war doch wichtig!

»Es war ein heiliges Experiment«, fuhr der Baron fort. »Die Patres führten ihre Missionen nicht wie Unternehmen. Sie glaubten, das Glück der Menschen sei wichtiger als Geld.« Antonius von Melior kam regelrecht ins Schwärmen. Sein Gesicht verklärte sich. »Die Indios in diesen Gemeinschaften sollen wunderschöne Musik gemacht haben. Die Männer lernten ja nicht nur alle landwirtschaftlichen Fertigkeiten, sie arbeiteten nicht nur als Viehzüchter und Bauern, sondern schafften unter Anleitung der Patres auch Kunstwerke von hohem Wert. Sie schnitzten Skulpturen für die Kirchen und bauten komplizierte Instrumente wie Geigen. Die Frauen erlernten das Handarbeiten und sangen engelsgleich christliche Choräle. Alle Kinder konnten lesen, schreiben und rechnen. Die Jesuiten selbst lernten auch einiges von den Indios, zum Beispiel über das Leben in diesem Klima und über Heilpflanzen aus dem Urwald.« Der Baron sah Sophie an, als wollte er prüfen, ob sie ihn überhaupt verstand.

»Bitte erzählt weiter!«, bat sie fasziniert.

»Nun, dieses fast paradiesische Leben dauerte einige Generationen lang«, wusste der Baron zu erzählen. »Besonders die Indios vom Stamme der Guarani ließen sich bekehren. Doch dann wurden die Missionen aus politischen und kirchenpolitischen Gründen von Truppen im Auftrag der spanischen Krone zerstört.«

Aufgewühlt lauschte Sophie, um nur kein Detail zu versäumen, das ihr Auskunft über ein so außergewöhnliches Experiment des Zusammenlebens von Menschen geben konnte.

»Und was hat das mit der Rinderherde dort drüben zu tun?«, fragte sie schließlich.

»Tja«, der Baron schob sich mit einer bedauernden Geste den Hut aus der Stirn. »Als die Jesuiten verjagt wurden und Südamerika verlassen mussten, flohen die Indios wieder in die Urwälder. Niemand kümmerte sich mehr um die Viehbestände der Missionen, sie verwilderten. Die Tiere konnten sich aber hier auf dem Grasland ungehindert ernähren und fortpflanzen.«

Sophie staunte nicht schlecht. »Das sind wirklich alles frei lebende Rinder?«, fragte sie ungläubig.

»Na ja, heute nicht mehr direkt«, erwiderte Antonius von Melior. »Sie haben bestimmt alle ein Brandzeichen.«

Sophie wollte noch mehr wissen. Sie wusste zwar, dass ein Brandzeichen ein Besitzstempel war, aber nicht, wer das Recht hatte, ein Tier damit zu markieren, wenn es ihm gar nicht gehörte.

»Wer hat ihnen das denn eingebrannt, wenn die Tiere hier wild lebten?«

Der Baron genoss es, sein Wissen nur Stück für Stück preiszugeben und auf diese Weise auf seine privilegierte Stellung hinzuweisen. »Nun«, sagte er von seinem Pferd auf Sophie hinunterblickend, »das waren wohl die Gauchos.«

Es folgte ein längerer Vortrag über die ersten weißen Siedler auf dem Campo. »Das waren meist adlige Portugiesen von den Azoren. Sie erhielten, als sie um die Mitte des 18. Jahrhunderts kamen, von der Kolonialregierung Land geschenkt.« Er lächelt ironisch. »Eintausend Hektar. Dagegen sind die siebenundsiebzig Hektar, mit denen sich die Deutschen locken ließen, ein Klacks.«

»So viel Land? Für einen einzigen Siedler?«, fragte Sophie nach.

»Ja, für eine Familie«, bestätigte der Baron. »Eigentlich sollten sie Landwirtschaft betreiben. Doch sie fanden hier die verwilderten, weit verstreut weidenden Rinderherden der Missionen vor – ein Geschenk Gottes sozusagen – und machten damit ihr Geschäft. Bis heute züchten sie Vieh.«

»Wir hatten zu Hause auch einmal eine Kuh, wegen der Milch und für die Butter«, sagte Sophie nachdenklich. »Aber wer kann denn hier all diese Kühe melken?«

»Niemand, meine Vortreffliche!« Der Baron lachte. »Die Großgrundbesitzer, die Estancieros, beliefern Ledergerbereien und Schuhfabriken! Sie verkaufen das Fell, das Fett und die Hörner. Und das Fleisch, aber das betrachten sie eher als Nebenprodukt.«

Am Horizont waren jetzt Männer auf Pferden zu erkennen. Das mussten Gauchos sein. Die südamerikanischen Viehhüter trugen Ponchos, flache Hüte und weite schwarze Hosen, an ihren Stiefeln blinkten silbrige Sporen. Mehr war auf die Entfernung nicht auszumachen. Offenbar beobachteten sie nun auch den Expeditionstrupp. Sie kamen jedoch nicht näher.

»Sind die gefährlich?«, wollte Sophie wissen. Immerhin hatte auch Karl schon als Gaucho gearbeitet, es gab also bestimmt anständige Kerle unter ihnen.

»Das werden wir sehen«, antwortete der Baron. »Ich vermute, sie erstatten zunächst ihrem Herrn Bericht.«

Ihr Gespräch wurde unterbrochen. Der Boden unter ihren Füßen begann zu vibrieren, zu dröhnen, sie hörten Getrappel, doch es klang nicht schwer genug, um von Rindern oder anderen schweren Vierbeinern zu kommen. Alarmiert schauten sie um sich. Über eine sanfte Bodenwelle rannte eine Herde riesiger manngroßer graubrauner Vögel in einem enormen Tempo auf sie zu, machte dann einen Schwenk und galoppierte an ihnen vorüber über die grünen Weiden.

»Hilfe! Was ist das?«, rief Sophie aus. Fantasierte sie etwa schon?

»Nandus!«, erklärte der Baron begeistert. »Das sind Straußenvögel!«

Er schickte zwei seiner Männer zu Pferd los, ihm mit einem Lasso ein Exemplar zu fangen. Gleich preschten sie begeistert davon. Der gejagte Vogel rannte fort, seinen Körper flach über den Boden gedrückt, die Flügel ausgebreitet. Mehrfach schlug er Haken.

»Wieso fliegt er denn nicht einfach weg?«, wollte Sophie wissen.

»Strauße können nur laufen«, erwiderte Antonius von Melior.

Der Vogel stieß laute Rufe aus, die wie Nan-duu! klangen. Endlich hatten die Männer ihn gefangen. Sie brachten das Tier am Lasso herbei und pflockten es an. Antonius von Melior wartete, bis es sich beruhigt hatte. Dann setzte er sich dem Nandu mit einem Skizzenblock auf einem Klapphocker mit ausreichendem Sicherheitsabstand gegenüber.

Aufmerksam studierte Sophie, wie er seine Forschung betrieb. Geschickt zeichnete der Baron den kleinen Kopf, die großen bewimperten Augen, die feinen Federn und die kräftigen Füße mit drei spitzen Zehen, deren Tritt, wie er Sophie erklärte, auch einen Menschen töten konnte. Sie fand das alles hochinteressant. In einem anderen Leben, dachte Sophie, wenn Männer und Frauen tatsächlich einmal die gleichen Rechte und Möglichkeiten haben, könnte dies eine Beschäftigung für mich sein – Naturforscherin.

Jetzt wurde der Vogel auf Geheiß des Barons getötet und für die Wissenschaft zerlegt, teilweise auch präpariert. Dabei sah Sophie allerdings nicht hin, das wollte sie dann doch nicht so genau wissen.

Weil der Baron fortlaufend irgendetwas in der Natur

entdeckte und untersuchte, kamen sie nur sehr langsam voran. So zogen sie einige Tage gemächlich weiter, nur dass es zu regnen begann und dieser Regen, obgleich er noch nicht strömte, doch allmählich alles aufweichte. Es wurde unangenehm. Ein kalter Wind pfiff über den Campo. Sophie war bis auf die Haut durchnässt. Mit ihrem gewebten Überwurf befand sie sich im Vergleich zu den Männern mit ihren gewalkten Ponchos eindeutig im Nachteil. Ihre Nase begann zu laufen, ihr Hals schmerzte, alle Glieder taten ihr weh. Dann verkündete der Baron, dass sie nun einen Abstecher zu den Indios unternehmen würden.

»Aber sie könnten uns etwas antun«, sagte Sophie entsetzt und nieste.

»Ach was! Ich bin seit siebzehn Jahren auf Expedition durch Brasilien«, erwiderte der Baron. »Ich war schon bei vielen Indiostämmen, man muss sie nur zu nehmen wissen. Außerdem haben wir gute Übersetzer.«

Er ging mit einer kleinen Abordnung vor in den Urwald und befahl allen anderen, so lange in Zelten am Waldrand zu lagern, bis er ihnen eine Botschaft schickte. Sophie zitterte nicht nur wegen der Kälte. Zu diesen unheimlichen Wilden wollte sie lieber nicht.

Es war ihr ein Rätsel, wie der Baron es angestellt hatte, aber nach ein paar Stunden kehrte er in Begleitung einiger neugieriger Indios zurück, um die restlichen Expeditionsteilnehmer in den Urwald zu holen. Und als sie wenig später unter dem Blätterdach einer offenen Indiohütte am Lagerfeuer saß, wirkten die feindlichen Ureinwohner fast wie höfliche Gastgeber, die nichts unversucht ließen, damit sie sich bei ihnen wohlfühlten. Es mochten an die vierzig Indios sein, die in einem Hüttendorf zusammenlebten. Sie aßen mit ihnen und tranken eine Art Tee.

Nach einer Weile boten die Indios den weißen Männern ihre Frauen als Gastgeschenk für eine Nacht an. Diese Frauen sahen freundlich, gesund und kräftig aus. Es gab auch durchaus Expeditionsteilnehmer, die sofort bereit waren, sich voll und ganz der Forschung zu verschreiben.

Sophie zog eine Augenbraue hoch. »Wie war das mit der Moral auf niedrigster Stufe?«, murmelte sie.

Der Baron hatte sie verstanden. Er lächelte, offenbar maß er mit zweierlei Maß. »Sie wärmen die durchgefrorenen Leiber meiner Männer. Und wir können ethnologische Erkenntnisse gewinnen. Ein Völkerkundler muss vor allem offen sein. Außerdem wäre es eine Kränkung für die Indios, ihr Geschenk abzulehnen.«

Der Häuptling, den man unschwer an der Hochachtung der übrigen Indios und an seinem Federschmuck erkannte, brachte eine seiner Frauen für den Baron. Mithilfe des Übersetzers wechselten sie ein paar Sätze, wobei erst der Häuptling, dann von Melior auf Sophie zeigte.

Sophie wurde starr vor Schreck. Der Baron wollte doch wohl nicht sie dem Häuptling als Gegengeschenk anbieten? Scharf sog sie Luft ein.

Der Häuptling äußerte Zustimmung, Verständnis für das, was der Wissenschaftler ihm mitteilen ließ. Sophie sah die Männer feindselig an. Wehe, wenn einer es wagte, sie anzurühren! Sie hatte zwar versprochen, nicht herumzumäkeln. Aber das ginge ja wohl eindeutig zu weit!

Auf einmal zog der Häuptling sich wieder zurück, die Indiofrau folgte ihm.

»Keine Sorge!«, schmunzelte der Baron, der Sophie ihre Befürchtung ansah. »Ich habe das großzügige Angebot auf einen Tausch ablehnt. Mit dem Hinweis, dass wir beide erst kurz verheiratet seien. Ich hoffe, Ihr verzeiht mir diese Notlüge.«

»Puh!«

Sophie atmete heftig aus. Sie versuchte, sich zu beruhigen. Sollten die Männer sich doch erwärmen, an wem sie wollten. Was ging es sie an? Hauptsache, sie blieb außen vor. Wie sagte der Baron noch immer? Andere Länder, andere Sitten.

Auf jeden Fall taten das stark rauchende Lagerfeuer, das Insekten fernhielt und wärmte, und der Schutz vor Wind und Regen auch ihr gut. Sie nieste erneut. Eine ältere Indiofrau brachte ihr wenig später einen Sud zu trinken. Sie imitierte Sophies Niesen und wies auf das Getränk in einer runden Schale. Sophie verstand. Seltsamerweise hatte sie keine Angst, dass die Wilde sie vergiften könnte. Die Indiofrau nahm selbst einen kleinen Schluck. Der Baron nickte Sophie aufmunternd zu.

»Die Indios wissen genau, was sie aus ihrer grünen Apotheke gegen welche Beschwerden verwenden können. Für jede Krankheit gibt es nach ihrer Überzeugung auch einen Gegenzauber. Also trinkt ruhig!«

So nahm Sophie die Schale und nippte. Der Sud schmeckte bitter und grasig, aber sie trank alles.

Es war schon spät am nächsten Tag, als Sophie wie aus einer Betäubung erwachte. Sie lag in einem Hängenetz in einer offenen Hütte, die an einem Fluss stand. Als Erstes tastete sie nach ihrem Lederbeutel, er war noch da, gottlob. Dunkelhäutige Kinder spielten lachend um sie herum. Als sie sahen, dass sie erwacht war, kamen sie näher und zupften an Sophies Haaren. Durch die Sonnenstrahlen, die schräg darauf fielen, schimmerten einige Strähnen wie Gold. Sophie schüttelte benommen den Kopf, doch sie fühlte sich deutlich besser als am Vortag. Sie horchte in sich hinein. Ihre Kopfschmerzen waren weg, die Halsschmerzen und auch der Niesreiz verschwunden.

»Na, endlich wieder wach?«, rief ihr der Baron von der gegenüberliegenden Flussseite aus zu. »Wir waren mit den Indios auf der Jagd, teilen jetzt unsere Beute. Der Regen hat auch aufgehört. Morgen früh geht's weiter!«

Für den Rest des Tages ruhte Sophie. Sie beobachtete die Indiofrauen, die am Fluss Wasser für die Mahlzeiten holten, kochten, redeten, lachten, ihre Kinder stillten und sich gegenseitig mit Schlamm einschmierten, wobei sie bestimmte Schönheitsregeln zu befolgen schienen.

Wie schamlos diese Frauen waren! Sie gingen fast nackt. Und sie halfen sich gegenseitig bei der Körperpflege, auch an intimsten Stellen, die Sophie noch nicht einmal bei sich selbst anzuschauen wagte. Die Frauen entfernten sich mit einem Schaber die Körperhaare, überall. Wie unanständig! Selbst die Wimpern zupften sie sich aus. Das tat doch sicher höllisch weh! Und schön war das nun wirklich nicht. Sophie schwankte zwischen Entsetzen und Neugier. Sie musste sich aber eingestehen, dass es weit weniger schlimm wirkte, als sie es sich wahrscheinlich vorgestellt hätte, wenn man ihr davon nur berichtet hätte. Denn dadurch, dass alles mit einer kindlichen Selbstverständlichkeit geschah, haftete dem Tun der Frauen eigentlich überhaupt nichts Sündiges an.

Gegen Abend stieß ein junger Indio auf dem Dorfplatz in ein Horn. Der Baron zeigte großes Interesse an dem Instrument. Er handelte es dem Indio gegen eine Spitze aus Glas ab, die dieser gleich zum Anritzen seiner Haut benutzte. Stolz und zufrieden begutachtete Antonius von Melior sein neuestes Sammelstück – ebenso wie der Hornbläser das seine – und hielt es dann Sophie entgegen. Sie nahm es, drehte und wendete es ratlos. Der

Indio lenkte ihre Aufmerksamkeit ab, denn er ritzte sich weiter.

»Was macht er nur?«, fragte sie und starrte hinüber. Einige Blutstropfen quollen schon aus der braunen Haut.

»Verzierungen«, antwortete der Baron lakonisch.

Sein Assistent Baumann, der auf der anderen Seite neben Sophie auf einem Baumstamm saß, wusste zu erzählen, dass diese Glasspitzen von den Indios auch gern benutzt wurden, um Kranke zu schröpfen.

Von Melior tippte wieder erfreut mit den Fingerspitzen auf das hohle Horn in Sophies Hand. »Genau das fehlte mir noch!«, sagte er zufrieden. »Das ist der Armknochen eines Puri-Indio!«

Baumann nickte bestätigend. »Die Coroades kämpfen seit Urzeiten gegen die Puris – da besteht eine uralte Feindschaft.«

Sofort reichte Sophie ihm das Teil zurück. Schauderhaft! Und darauf waren die Wissenschaftler versessen? Warum musste man so etwas nach Europa in die Museen schicken? Hatte denn keiner hier eine Ahnung davon, was wirklich wichtig war?

»Ich will endlich zu Karl!«, brach es aus ihr heraus. Ihre Nerven waren überstrapaziert. Abrupt stand sie auf. Immer sollte sie geduldig sein, geduldig sein! Sie konnte nicht mehr, sie wollte nicht mehr. »Er liegt da vielleicht irgendwo im Urwald und braucht meine Hilfe. Jeder Tag zählt!«

Tränen schossen ihr in die Augen, sie wandte sich ab und ging an den Fluss, um am Ufer unbeobachtet weinen zu können. Sie würden sie sonst noch als hysterisches Frauenzimmer schmähen. Insgeheim fürchtete sie ja selbst, dass sie bald durchdrehte. Manchmal sprang sie die Panik an wie eine Wildkatze aus dem Gebüsch. Sie musste all ihre Kraft dagegen aufbieten. Das Warten, die

Verzögerungen und die damit verbundene seelische Anspannung waren schwerer zu ertragen als die körperlichen Strapazen. Und in ihrem Lederbeutel befanden sich keine Amethyste, die sie beruhigen konnten.

Der Baron machte Sophie am nächsten Morgen keine Vorwürfe. Sie zogen weiter. Er schwieg die meiste Zeit, legte aber seltener und nur jeweils kurz Rast ein, als sie ihren Weg unter schweren grauen Wolken fortsetzten.

»Ich schätze noch zwei Tage …«, sagte er am späten Nachmittag. Die untergehende Sonne brach durch die Wolkenungetüme, sie übergoss die Prärie mit goldenem Licht. »Lager aufschlagen!«, befahl Antonius von Melior. »Mit Zelten!« Sophie atmete insgeheim auf. Denn wahrscheinlich würde es in der Nacht wieder regnen. Wie gewohnt campierten sie um das Lagerfeuer herum. Sophie spannte in der Nähe ihren Umhang über ein Gestrüpp in der Hoffnung, dass er wenigstens etwas trocknete. Mit seinen Instrumenten und der Landkarte vermaß der Baron ihre Position wie ein Kapitän auf dem Meer. »Ja«, bestätigte er noch einmal, »ich denke, übermorgen erreichen wir das Vale da Esperança – falls es sich dort befindet, wo wir es vermuten.«

Sophie nickte, sie spürte einen dicken Kloß im Hals. Noch zwei Tage … Gut. Das würde sie schaffen. Natürlich hielt sie durch.

19

»Meine Güte«, stieß Josie aus, »was für eine Geduldsprobe! Ich wäre waaahnsinnig geworden!«

Sie sog lautstark mit dem Trinkhalm die letzten Tropfen Mojito aus dem Cocktailglas.

Rico lächelte. »Geduld gehört wohl nicht gerade zu deinen Stärken …«

»Ich fürchte, du hast recht«, gab Josie zu und schnipste mit den Fingernägeln gegen die Kopien aus von Meliors Reisejournal. »Bin ich froh, dass der Baron Wert auf eine gute Schreibschrift legte!« Sie stellte ihr Glas ab. »O nein! Hier steht gleich zu Beginn: *»Wie hätten wir denn ahnen sollen, dass an diesem Abend noch die Gauchos der Estancia Braga eine Einladung ihres Herrn überbringen würden?«* Josie schnappte nach Luft. »Nun kommt wieder was dazwischen!«

Sie musste jetzt unbedingt bis zum Ende lesen. Rico verstand.

»Ich werde dann mal noch ein paar geschäftliche Telefonate führen«, sagte er und entfernte sich ein Stück, um ungestört reden zu können.

Josie bestellte sich noch einen Cocktail. Sie las die letzten drei Doppelseiten der Aufzeichnungen und trank, ohne ein einziges Mal aufzublicken, bekam nicht einmal mit, dass Rico zurückkehrte. Erst als auch er noch einen Drink serviert bekam, tauchte sie wieder auf aus Sophies Welt.

»Weißt du, was hier steht?«, fragte sie. Rico guckte nur fragend. Sie zitierte: *»Baumann kehrte allein aus dem Tal der Hoffnung zurück und erstattete mir ausführlich Bericht.«* Sie sprang händeringend auf. »Und ausgerechnet an dieser Stelle endet das erste der Reisejournale, die das Museum besitzt! Das halte ich nicht aus!«

Auch Rico erhob sich. In seinen Augenwinkeln kräuselten sich Lachfältchen. Er umfasste Josies Handgelenke. »Es scheint dich ganz schön aufzuregen, meine Liebe.«

Bei der Berührung zuckte Josie zusammen, als hätte sie einen Stromschlag bekommen. Ihre Brust hob und senkte sich schneller. Rico ließ sie abrupt los. Hatte er es auch gespürt, oder hielt er sie nur für hypernervös? Sie setzten sich wieder.

Rico räusperte sich. »Was hältst du davon, wenn wir austrinken und dann noch eine Runde schwimmen gehen, um die Anspannung wegzuspülen … die … *vibrations?«* Seine hochgezogenen Brauen signalisierten Frage und Aufforderung zugleich.

Josie rieb ihre Handflächen aneinander. Es hätte sie nicht gewundert, wenn Funken aufgestoben wären, so geladen fühlte sie sich. Sie holte tief Luft.

»Schwimmen? Ja, warum nicht!«, sagte sie dann. »Und wo, denkst du? Im Hotelpool?«

Er überlegte. »Am besten ist immer das Meer, finde ich.«

»Stimmt, finde ich auch«, erwiderte Josie spontan. Warum sollte sie sich zieren? Sie dachte an die Wellen der Nordsee und, ach, verspürte plötzlich eine unbändige Lust, sich ins Meer zu werfen. »Ja! Es ist doch toll, wenn's richtig schäumt und prickelt!«

Kaum war ihr dieser Satz rausgerutscht, hätte sie sich auch schon am liebsten auf die Zunge gebissen. Dass Rico diese Bemerkung nur nicht falsch verstand! Sie hatte auch schon einen leichten Glimmer vom Cocktail.

»Tja, wenn's mit Prickeln sein soll, wirst du vermutlich enttäuscht sein von der Lagune des Rio Guaíba«, meinte er, »da dümpelt es nur, und die Belastung durch Industrieabwässer hat bedenkliche Ausmaße angenommen.«

Rico telefonierte noch zweimal kurz, dann brachen sie auf. »Es passt mir ganz gut«, erklärte er, als sie schon auf dem Weg zur Straße waren. »Ein Kunde, der gerade in Torres an der Atlantikküste Urlaub macht, will mir eine Partie Turmaline zeigen. Ich hatte ihn schon vertröstet. Aber wir können zwei Fliegen mit einer Klappe schlagen. Du hast die Möglichkeit zu schwimmen, ich kann die Steine prüfen. Torres liegt nur vierzig Minuten von hier entfernt.«

Er hielt ein Taxi an und nannte auf Portugiesisch ihr Ziel. Josie verstand das Wort *aeroporto*.

»Zum Flughafen?«, fragte sie ungläubig. Ihre Gedanken wirbelten durcheinander.

»Ja, sicher, in vierzig Minuten schaffen wir es nur mit dem Flugzeug«, erwiderte Rico ungerührt. Sie saßen nebeneinander im Fond des Taxis, seine Nähe war ihr sehr bewusst. »Ich habe noch für beide Flüge, hin und zurück, einen Slot bekommen.«

»Einen was?«

»Wie sagt man?« Ganz selten fiel ihm so wie jetzt das passende deutsche Wort nicht sofort ein. »Ein Zeitfenster …? Eine Startgenehmigung.«

»Oh«, sagte Josie perplex. »Na dann …«

Er war wirklich ein Mann schneller Entschlüsse. Jetzt fiel ihr ein, dass sie keinen Bikini dabeihatte. Ob sie unterwegs noch einen kaufen konnte? Und wo denn? Welche Unterwäsche trug sie eigentlich heute? Josie musste überlegen. Ach ja, etwas Sportliches in Dunkelblau.

Verrückt, dachte sie und unterdrückte ein nervöses Kichern. Edgar hatte auf Partys gern behauptet, ein Alsterwasser reiche schon aus, um sie in eine leichtsinnige Stimmung zu versetzen. Wahrscheinlich verdankte sie ihre aufgekratzte Verfassung schlicht der Wärme und der Tatsache, dass sie noch nichts zu Abend gegessen hatte.

»Ja«, antwortete Rico da Silva vergnügt. »Mit dem Flieger sind wir schnell am Meer. Ich weiß auch eine Stelle, an der es richtig schön schäumt.«

Die kleine Sportmaschine, mit der sie schon von Belo Horizonte gekommen waren, stand startklar auf der Bahn. Rico da Silva machte seine Sicherheitschecks, und dann hoben sie ab. Hinein in einen samtig blauen Himmel, der im Westen noch die untergegangene Sonne spiegelte und ganz oben am Firmament bereits die ersten Sterne funkeln ließ. Josie drückte ihr Kreuz gegen den Sitz und genoss den Startschub im Rücken. Sie liebte diese Sekunden beim Abheben, die ihr immer das Gefühl gaben, endlos Kraft zu haben.

Rico da Silva sprach routiniert mit dem Tower. Die fliegen hier so selbstverständlich ans Meer wie unsereiner mal eben mit dem Auto an die Elbe fährt, dachte Josie. Verstohlen betrachtete sie sein Profil.

Und plötzlich fragte sie sich: Was mache ich hier eigentlich? Ihr Herz schlug schneller. Ach egal, du wolltest Freiheit und Abenteuer, sei mal locker, mahnte sie sich dann selbst. Lass das Leben auf dich regnen!

Josie räusperte sich. »Hast du jetzt ein Ohr für das Ende der Geschichte? Ich meine den Teil, den ich gerade gelesen habe?«, fragte sie.

Ihr Pilot nickte. »Spann mich nicht länger auf die Folter.«

Nun schilderte sie, was Antonius von Melior in seinem

Reisejournal für die Nachwelt festgehalten hatte. »Er äußert sich übrigens zunehmend respektvoll über Sophie«, sagte sie. »Hier zum Beispiel, als er über die Einladung der Gauchos auf die Ranch von diesem Braga schreibt. ›*Selten ist mir ein so aufgewecktes und couragiertes Frauenzimmer begegnet. Manches Mal bewies sie mehr Mut als drei Männer zusammen.*‹«

20

Rio Grande do Sul
Juni 1835

Der Wasserkessel über dem Lagerfeuer begann gerade zu summen, als ein fernes Beben näher kam. In wildem Galopp sprengten sechs oder sieben Gauchos mit roten Tüchern vor Nase und Mund auf sie zu. Einige der Schwarzen bekamen es mit der Angst zu tun, sie versteckten sich hinter Dornengebüsch. Sophie stand auf, sie sah zum Baron, der Ruhe bewahrte, und blieb wie er aufrecht stehen. Feuchte Lehmklumpen wirbelten durch die Luft, auch ihr Kleid blieb nicht verschont. Wie die Männer ihre Tiere abrupt zum Stehen brachten und dann, scheinbar verwachsen mit den tänzelnden, dampfenden Pferden, kurz angebunden Auskunft verlangten, das flößte Sophie schon gewaltigen Respekt ein. Der intensive Geruch von Leder und Schweiß steigerte noch ihre Verwirrung. Jeder Reiter hatte ein gerolltes Lasso zur Rechten am Sattelknopf, einen Säbel oder ein Waldmesser zur Linken, dazu Messer und Pistole im Gürtel. Sophie konnte den Fremden nicht in die Augen sehen, denn sie wurden von ihren dunklen Hüten überschattet.

Doch der Baron sprach ohne Aufregung mit ihnen, und nach einigen Wortwechseln beruhigte er Sophie. »Sie überbringen uns eine Einladung ihres Herrn, Dom João Braga, auf dessen Landsitz.«

»Aber das wird uns doch nur zusätzlich aufhalten!«, wagte Sophie einzuwenden.

»Eine solche Einladung kann man nicht einfach ablehnen!«, belehrte sie der Baron. »Und vielleicht weiß Dom João ja auch Näheres über Esperança – oder sogar über Euren Karl. Ein Estanciero hat seine Späher überall.« Das leuchtete Sophie ein, deshalb sträubte sie sich nicht länger.

Antonius von Melior bedankte sich bei den Gauchos und lud sie ein, mit ihnen Matetee zu trinken. Nun stiegen sie doch von ihren Pferden, zogen die roten Tücher tiefer und schoben ihre an Kinnriemen befestigten Hüte in den Nacken. So entpuppten sie sich als ganz normale Männer – kleine dunkelhäutige Kerle, die kräftig und zäh wirkten.

Der Baron entschuldigte sich dafür, dass er seine Gäste nicht angemessen bewirten konnte. Daraufhin ritten zwei der Gauchos wieder los, fingen geschwind ein Rind ein und brachten es zum Lagerplatz. Sie durchschnitten dem Tier die Sehnen der Hinterbeine und stachen ihm hinter dem Vorderblatt ins Herz – es blieb stehen, bis es ausgeblutet war. Ein Anblick, der Sophie bis ins Herz rührte. Sie mochte nicht hinschauen und tat es doch immer wieder. Dann wurde das Rind mit einem Lasso zu Boden gerissen und sein Kopf vom Rumpf getrennt. So etwas hatte Sophie noch nicht gesehen. Unglaublich, wie schnell die Gauchos das Tier häuteten! Und wie brutal. Sophie spürte den Blick des Barons auf sich ruhen. Jaja, sie verstand schon – keine Zimperlichkeiten!

Wenig später steckte das Fleisch auch schon an Spießen überm Lagerfeuer. Ab und an rieb es einer mit Salz und Wasser ein, und so wurde es langsam knusprig gebraten. Trotz der rohen Zubereitungsart lief allen das Wasser im Mund zusammen.

Selbst Sophie aß schließlich mit Appetit. Die Gauchos hockten sich hin und ließen ein Kürbisgefäß mit silbernem Trinkrohr kreisen. Immer wieder wurde heißes Wasser auf die Blätter des Erva-Mate-Strauchs nachgegossen. Alle mussten davon trinken, auch Sophie, der Matetee überhaupt nicht schmeckte, weil sie ihn zu bitter fand und weil er ihr auf den Magen schlug. Doch sie zwang ihn hinunter wegen der Gemeinschaft und weil angeblich sonst die großen Mengen an Fleisch, die sie aßen, nicht zu verdauen waren.

Es war zu spät, um jetzt noch aufzubrechen, und so verbrachten sie eine weitere Nacht auf dem Campo. Das Abendgespräch der Männer kreiste um die wirkungsvollste Methode, sich einer Dasselfliege zu entledigen. Dieses Insekt hatte die Neigung, Larven unter der menschlichen Haut abzulegen, die dann langsam heranreiften und lebensbedrohlich werden konnten, wenn sie erst anfingen, sich von den inneren Organen zu ernähren. Sophie unterdrückte ihren Ekel. Sie merkte sich zwei Tricks, wie man das Tier am Köpfchen aus der Haut ziehen konnte, nachdem man die erhabene Stelle angeritzt hatte. Die Gauchos behaupteten, Kautabak, der im Urin eines Menschen getränkt war, müsse drei Tage auf die betroffene Stelle gelegt werden. Der Baron dagegen schwor darauf, dass man die Dasselfliege am besten mit einer Scheibe Speck herauslocken könne.

Bei Sonnenaufgang, als die Expedition unter Führung der Gauchos aufbrach, kreisten über dem, was vom geschlachteten Rind übrig geblieben war, bereits drei Aasgeier. Sie kamen gut voran. Der Wind war nicht so schneidend wie an den Vortagen. Nach ein paar Stunden tauchte in der Ferne auf einer sanften Anhöhe ein Gebäude auf. Sophie traute ihren Augen kaum. Stück für Stück wuchs inmitten dieser unberührten Natur, in dieser weiten Leere, ein weißer Palast aus der Kolonialzeit empor.

Einen Tag später fand Sophie sich wie eine hochwohlgeborene Dame als Gast in diesem Palast, der Estancia Braga, wieder und fühlte sich wie in einem Traum. Der Landsitz des Großgrundbesitzers und Viehzüchters glich fürwahr einem Fürstenhof. Sophie zweifelte keine Sekunde daran, dass hier einzig das Wort Bragas Gesetz war. Rio de Janeiro lag in weiter Ferne, welche Gesetze die Regierung Brasiliens oder selbst die der Provinz Rio Grande do Sul in Porto Alegre erließ, das spielte in diesem Gaucho-Fürstentum kaum eine Rolle.

Sophie bekam ein eigenes Zimmer zugewiesen. Eine schwarze Magd brachte Wasser und wusch ihr die Füße. Der Hausherr Dom João Braga nahm die Expedionsteilnehmer mit Freude auf und lud sie am Abend zum Essen in seinen Salon. Sie waren eine reizvolle Abwechslung für den Hausherrn, dessen Frau gerade bei Verwandten weilte.

»Kein Mensch reist im Winter in die Serra«, sagte er, als der Baron, seine Assistenten und Sophie Platz genommen hatten und mit portugiesischem Rotwein anstießen.

Beeindruckt musterte Sophie die Umgebung. So luxuriös wie hier war es nicht einmal bei den Eltern von Christine in Oberstein. Das Interieur bestand aus feinen portugiesischen Antiquitäten, ergänzt durch Möbel aus dem rötlichen Brasilholz, das diesem Land seinen Namen gegeben hatte. Es gab schweres silbernes Besteck, ausladende Kerzenleuchter und Servietten aus feinem Damaststoff.

»Bitte, greift zu«, bat Braga, ein kleiner kräftiger Mann um die vierzig mit straffer Haltung und einem scharf geschnittenen, wettergerbten Gesicht, in dem der imposanteste Schnauzbart prangte, den Sophie je gesehen hatte.

Wäre sie nicht getrieben gewesen von dem Wunsch, endlich zu Karl zu finden, hätte sie dem Großgrundbesitzer sicher mehr Aufmerksamkeit geschenkt, denn er verkörperte auf seine Art ein Idealbild. Er wirkte unbeugsam, stolz, ehrenhaft und machte den Eindruck, dass er mit Frauen ebenso gut umgehen konnte wie mit Waffen und Pferden.

Sophie brannte darauf, ihn nach dem Vale da Esperança und Karl zu fragen, doch Antonius von Melior hatte ihr eingeschärft, nur über Unverfängliches zu plaudern. Sie sollte abwarten und es ihm überlassen, das Thema zu gegebener Zeit anzuschneiden. Der Baron und seine beiden deutschsprachigen Assistenten übersetzten einige Sätze der Konversation für Sophie, während sie sich darauf konzentrierte, die Berge von Fleisch, die aufgetischt wurden, manierlich zu verspeisen. Sie fragte sich dabei, ob es wohl an der Jahreszeit lag oder ob die Leute hier schlicht verlernt hatten, Obst und Gemüse zu schätzen.

»Weshalb reist niemand im Winter ins Oberland?«, erkundigte sich Graf Franzl.

»Morgens ist es zu kalt, die Tage sind zu kurz, die Wege zu schlecht und die Tiere zu mager. Außerdem regnet es oft und stark.« Braga lachte. »Schaut nach draußen. An ein Weiterziehen ist nicht zu denken. Seid meine Gäste. Bleibt, solange Ihr möchtet.«

Entsetzt schaute Sophie auf. Nicht eine Stunde länger als unbedingt erforderlich wollte sie bleiben. Karl brauchte ihre Hilfe! Verstand das denn kein Mensch?

»Leider, leider …« Zu ihrer Erleichterung schob der Baron mit großem Bedauern einen engen Zeitplan vor, aber er bedankte sich wortreich.

Aus dem weiteren Verlauf der Unterhaltung bekam Sophie mit, dass die Azoren-Brasilianer sich als alte weiße Führungsschicht des Landes begriffen und auf die deutschen Kleinbauern herabsahen. Schließlich bewirtschafteten die Deutschen auf wesentlich kleineren Grundstücken mit eigener Muskelkraft die Äcker statt dafür, wie es in seinen Augen angemessen war, Sklaven zu beschäftigen.

Und dann redete der Großgrundbesitzer sich in eine erregte Stimmung. Es ging um Politik. Er schimpfte darüber, dass er und seinesgleichen Zoll auf Salz zahlen sollten, während die konkurrierenden Viehzüchter in den Nachbarländern Uruguay und Argentinien dies nicht mussten und deshalb ihr Geschäft viel günstiger betreiben könnten. Sie alle brauchten große Mengen Salz, um das Rindfleisch als Pökelfleisch haltbar zu machen.

»Es gärt in unseren Kreisen!«, donnerte Braga. »Wir werden uns das nicht mehr lange bieten lassen. Viele Estancieros sind ohnehin der Meinung, dass wir uns vom Kaiserreich lossagen und eine eigene Republik ausrufen sollten!« Er beugte sich vor und blickte mit erhobener Hand bedeutungsvoll in die Runde. »Glaubt mir, Senhores, Senhorita – schon bald wird in dieser Provinz Geschichte geschrieben.«

Alle am Tisch hörten auf zu essen. Was bedeutete diese Ankündigung? Revolution? Krieg im Süden Brasiliens? Eine seltsam feierliche, aber auch beklemmende Stimmung machte sich breit. Sie legte sich erst, als der Gastgeber Wein nachschenkte und sie aufforderte, doch bitte weiter kräftig zuzulangen.

Dom João Braga wechselte das Thema und legte eine unerwartete Großzügigkeit an den Tag. Er bot ihnen an, sich auf seinem Anwesen umzusehen und ihm mitzuteilen, ob es etwas gebe, was sie für ihre weitere Expedition benötigten.

Sophie schlief in dieser Nacht tief und traumlos. Am Morgen kam die schwarze Magd, um ihr ein heißes Bad zu bereiten. Sie räumte ihr Zimmer auf und machte ihr Bett. Noch nie hatte Sophie erlebt, dass jemand sie bediente.

Den Tag verbrachte sie mit der Besichtigung der Nebengebäude und Stallungen. Alles prüfte sie auf seine Verwertbarkeit hin. Vorräte lagerten in Körben aus geflochtenem Bambusrohr, über den Balken hingen Riemenwerk, Fangseile, Lassos, Zaumzeug und Bindfäden.

Wenn sie nur gewusst hätte, was außer ihrer Medizin für Karl eine Hilfe sein würde? Was mochte er am meisten vermissen? Vielleicht einen gewalkten Poncho? Auch sie selbst hätte gern ein solches Kleidungsstück, das die Gauchos tagsüber als Regenschutz und nachts als Schlafdecke nutzten. Kleine Glasfläschchen benötigte sie auf jeden Fall, um das Chinin vor dem Regen zu schützen.

Nachdenklich schritt Sophie unter der umlaufenden Überdachung zum nächsten der weiß gekalkten Bauten. Sie zog ihr Schultertuch enger um sich. Die fürchterliche Feuchtigkeit war schon schlimm, aber die Kälte kroch ihr richtig unter die Haut. Sophie blickte hinaus auf die Prärie, und ihr Herz wurde schwer. Im Dauerregen verschwammen Land und Horizont zu einer einzigen grauen Masse. So hatte sie sich Brasilien nicht vorgestellt.

»Vamos, vamos!«

Eine *carreta* hatte sich sogar auf dem Hauptweg festgefahren, der unter einem Torbogen, der in die Umzäunung eingelassen war, auf die Estancia zuführte. Sklaven trieben mit ihren Stangen vergeblich acht Ochsen an. Je mehr sie die Tiere piesackten, desto schneller drehten die

Räder auf der Stelle. Sie gruben sich immer tiefer in den Morast. Während Sophie zusah, spürte sie wieder Panik aufwallen. Dieser Anblick der durchdrehenden Räder! Genau so fühlte sie sich auch! Als wäre sie kurz davor, aus Angst in der schlammigen Masse zu versinken. Ihr brach kalter Schweiß aus, sie begann zu zittern. Sie zwang sich, ruhig zu atmen. Karl brauchte sie. Sie musste ihren Verstand benutzen. Nach und nach wich das bedrohliche Gefühl. Langsam ging Sophie weiter. Eigentlich musste sie doch sogar dankbar sein, dass die Gauchos sie hierhergebracht hatten, wo es trocken und warm war.

Ein Streit holte Sophie aus ihren Gedanken zurück. Sie schaute um die Ecke des Geräteschuppens. Ein Indio, der offensichtlich auf der Estancia arbeitete, verlangte etwas von einem Mann, der wie ein Vorarbeiter wirkte. Der Vorarbeiter lehnte ab, und der Indio wurde zornig. Als der Vorarbeiter eine Pistole zog, ergriff der Indio die Flucht. Doch es war zu spät. Ein Schuss hallte von den Mauern wider. Der Indio sank, tödlich getroffen, zusammen. Der Vorarbeiter rief mit lauter, beherrschter Stimme zwei schwarze Sklaven, die in der Nähe arbeiteten, herbei. Was er ihnen eiskalt befahl, verstand Sophie auch ohne Übersetzung. *Schafft ihn fort!*

Erschüttert lehnte sie sich in ihrem geschützten Winkel gegen die Wand. Ein Menschenleben galt hier nichts. Jedenfalls nicht, wenn es nicht das eines Weißen war. Die Hierachie der Rassen, das hatte der Baron ihr erzählt, spiele in diesem Land eine unglaubliche Rolle, die unterschiedlichen Abstufungen von Mischlingen seien kaum zu verstehen. Selbst für Viertelgrade gebe es noch Spezialbezeichnungen.

Sophie eilte zum Wohnhaus. Aufgebracht klopfte sie an die Tür des Barons.

»*Entrez!*«

Unter anderen Umständen hätte Sophie gelächelt ob der vornehmen französischen Begrüßung. Ganz konnte und wollte Antonius von Melior seine höfische Erziehung nicht ablegen. Der Leiter der Expedition bewohnte ein besonders prächtiges Zimmer. Als Sophie mit einem Blick die Annehmlichkeiten registrierte, die ihn umgaben, schoss ihr durch den Kopf, dass es dem Baron doppelt hoch anzurechnen war, dass er Bragas Angebot zum Bleiben abgelehnt hatte. Auf einem schweren, mit Eisenscharnieren beschlagenen Tisch vor dem Kamin lagen Blumenpressen, unvollendete Zeichnungen und ein aufgeschlagenes Reisejournal neben einem Fässchen Tinte mit Schreibkiel. Das Bett war zerwühlt. Von Meliors erster Assistent Graf Franzl knöpfte sich den Rock zu und fuhr sich durchs verwuschelte Haar.

»Verzeiht«, sagte Sophie immer noch fassungslos und schloss die Tür von innen, »aber ich habe da gerade eine ungeheuerliche Szene beobachtet.« Sie schilderte, was sie gesehen hatte.

Der Baron breitete mit hochgezogenen Schultern bedauernd die Hände aus. »Andere Länder, andere Sitten. Es ist nicht unsere Aufgabe zu richten. Wir beobachten und dokumentieren.«

»Aber man kann doch nicht einen Menschen, der offenbar nur seinen Lohn gefordert hat, einfach erschießen und verscharren lassen!«

»Was erwartet Ihr, Gnädigste?«, fragte der Wissenschaftler mit vor Spott triefender Stimme. »Soll ich etwa unseren Gastgeber anklagen? Ein Tribunal in der Pampa fordern? Und woher weiß ich, ob es tatsächlich so war, wie Ihr es Euch zusammenreimt? Vielleicht war es ganz anders!«

»Ja, aber ...« Hilflos und empört zugleich stand Sophie vor ihm. »... das ist doch ungerecht!«

»Ihr werdet Euer Ziel gewiss nicht schneller erreichen, wenn Ihr Euch für einen Indio einsetzt, der eh schon tot ist«, erwiderte der Baron zynisch. Es schien Sophie, als spräche er an diesem Tag stärker als sonst im Wiener Dialekt. »Die Ungerechtigkeit auf der Welt werden wir zwei nicht beseitigen. Im Übrigen, falls es Euch tröstet ... Ich weiß aus sicherer Quelle, dass brasilianische Estancieros auch schon deutschstämmige Arbeiter erschlagen statt entlohnt haben, ohne dass sie dafür je zur Rechenschaft gezogen wurden.«

Eine eiskalte Hand umfing Sophies Herz. Einfach so umgebracht... Wie furchtbar! Dieses Schicksal konnte auch Karl schon längst getroffen haben ...

Nein, hatte es nicht! Sofort wehrte sich in ihr alles dagegen, diese Möglichkeit weiter in Erwägung zu ziehen.

Die Magd klopfte und bat zu Tisch.

Braga erwartete sie bereits. An diesem Abend erkundigte er sich, weshalb denn eigentlich eine Frau die Expedition begleite. Der Baron wollte diplomatisch antworten, doch Sophie ergriff das Wort.

»Bitte übersetzt Ihr für mich«, sagte sie aufgeregt, aber selbstbewusst.

»Verehrter Dom João, ich suche meinen Verlobten. Wahrscheinlich ist er verletzt oder krank und braucht meine Hilfe. Er heißt Karl Kreuzer, vermutlich lebt er an einem versteckten Ort, der auch das Tal der Hoffnung genannt wird.« Sophie legte ihre Handinnenflächen gegeneinander, sie wollte ihre Frage ruhig und gefasst stellen. »Bitte, habt Ihr von diesem Ort gehört? Und könnt Ihr uns sagen, wie wir dorthin kommen?«

Sophie blickte ihren Gastgeber an, offen, flehentlich, sie wagte kaum zu atmen.

»Das Vale da Esperança?«, wiederholte Braga mit zusammengezogenen Augenbrauen. »Ja, davon habe ich gehört.«

Wieso sprach er denn nicht weiter? »Wo ist es? Ist es noch weit bis dorthin?«, fragte Sophie.

»Es ist nicht sehr weit entfernt. Knapp einen Tagesritt bei günstiger Witterung. Es liegt nordöstlich von hier. Aber …« Er zwirbelte seinen Bart.

Sophie spürte, dass etwas nicht in Ordnung war. »Was«, hauchte sie, »was ist damit?«

»Meine Männer meiden das Tal, alle meiden es.«

»Warum denn?« Sophie konnte es kaum ertragen, die Übersetzung abwarten zu müssen.

»Weil dort die Blattern wüten. Die Indios haben einige ihrer Leute mit allem Hausstand im Tal ausgesetzt, wie sie es in solchen Fällen tun. Seit ungefähr einem Jahr leben dort auch zwei weiße Männer und eine weiße Frau, habe ich gehört.«

»O Gott, wie schrecklich! Die Blattern, das sind die Pocken, nicht?« Sophie schlug eine Hand vors Gesicht. »Und die Weißen, das müssen Karl, sein Freund Juan und diese Mizzi sein.« Tausend Gedanken schossen ihr gleichzeitig durch den Kopf.

»Also, Gnädigste«, ließ sich nun der Baron gedehnt vernehmen, »bei Blattern muss ich passen. Da betrete ich das Tal der Hoffnung nicht. Soll die Mitzi bleiben, wo sie ist.«

Sophie sprang auf, warf die Serviette auf den Tisch und lief hinaus. Sie schloss sich in ihrem Zimmer ein, schmiss sich aufs Bett und weinte. Die Blattern! Wenn man diese furchtbare Krankheit erst einmal hatte, half nichts. Ungefähr einer von drei Erkrankten starb daran. Viele der Überlebenden konnten nicht mehr sehen oder hören, manche litten unter Lähmungen. Und die meisten waren anschließend entstellt wie Baumann. Sophie weinte, ja sie schrie vor Verzweiflung. Das konnte doch nicht wahr sein! Beim Wechselfieber durfte man noch auf Besserung hoffen. Aber bei den Blattern …

Den nächsten Tag verbrachte Sophie in ihrem Zimmer. Ab und zu klopfte jemand an die Tür. Sie antwortete nicht, mochte nichts essen und keinen Menschen sehen. Abends war sie leer geweint und erschöpft.

Endlich mochte sie sich wieder gerade aufsetzen. Es nützte ja alles nichts. Hauptsache, Karl lebte noch! Sophie fasste einen Entschluss. Wenn der Baron sich nicht ins Vale da Esperança traute, sollte er sie in der Nähe absetzen. Sie würde allein zu dem Mann gehen, den sie liebte. Egal, in welcher Verfassung er war. Bestimmt würde sie helfen können.

Jetzt ging es ihr besser. Sophie stand auf, wusch sich das Gesicht mit kaltem Wasser, richtete ihre Kleidung und machte sich auf den Weg in den Salon. Die Männer rauchten Zigarren und tranken Zuckerrohrschnaps, sie sahen sie wortlos an.

»Trotz allem«, sagte Sophie mit fester Stimme, »ich will und muss nach Esperança.«

Am folgenden Tag hörte der Regen auf. Braga schickte einen Reiter hinaus auf den Campo, um zu erkunden, wie die Reisebedingungen waren. Doch er versank schon nach wenigen Hundert Metern in den Niederungen bis zum Sattelgurt im Morast. Mehrere Männer mussten helfen, Pferd und Reiter zu befreien. Sophie begriff, dass sie zu Fuß und selbst mit ihrem Muli nicht weit kommen würde. Sie bat Braga mithilfe des Barons, ihr ein Pferd zu verkaufen, und er zögerte nicht lange, sondern bot ihr einen Azulego-Wallach zu einem fairen Preis an. Sicherlich, überlegte Sophie, ist es auch für die Expedition von Nutzen, wenn ich besser Schritt halten kann.

Zum Glück hatte die Sonne ein Erbarmen. Nach drei weiteren Tagen waren die überschwemmten Wege so weit ausgetrocknet, dass der Trupp endlich aufbrechen konnte.

Dom João Braga schenkte Sophie zum Abschied zwei Ponchos. »Liebe braucht Wärme«, sagte er.

Sie lächelte ihn dankbar an, warf sich gleich eines der wollenen Capes über, das wirklich ganz wunderbar wärmte, zog die Kapuze über den Kopf und bestieg ihr Reitpferd. Sie nannte es Braga.

Nach stundenlangem Ritt durch die Prärie traf die Gruppe auf den Fluss, an dessen Ufer sie eine Richtungsänderung ins bewaldete Gebirge vornehmen mussten. Der Standpunkt, den Braga dem Baron auf der Landkarte gezeigt hatte, wich um etwa zehn Kilometer von jenem ab, den sie ursprünglich für den richtigen gehalten hatten.

Die Serra erinnerte auf den ersten Blick an den Hunsrück oder ein anderes deutsches Mittelgebirge. Innerhalb der weit geschwungenen Berglandschaft überraschten jedoch tiefe Schluchten und schroffe Canyons. Vor allem Araukarien, eine Pinienart, die Sophie bereits hier und dort vereinzelt gesehen hatte, prägten hier das Bild des Waldes, durch den sie ritten. Im milchigen Licht des kühlen Wintertages wirkten die Bäume unheimlich. Denn erst ganz oben an den langen geraden Stämmen wuchsen Äste. Sie formten Dolden wie Blüten von Giersch oder Sellerie, nur sehr viel größer. Und wenn der Wind hindurchfuhr, rauschte es ganz schaurig. Sophie bekam eine Gänsehaut. Immer wieder mussten sie nun vom Pferd steigen und zu Fuß hintereinandergehen, denn es war gefährlich, über die gerölligen Pfade, die zum Hochplateau emporführten, zu reiten. Endlich erreichten sie einen felsigen Platz, von dem aus sie wieder weit über wellenförmiges Hügelland schauen konnten.

Der Baron holte sein Fernglas hervor. Er reichte es Sophie. Es war zwar diesig, aber sie konnte an einer Lichtung, vor der ein kleiner schlammiger Fluss in einen größeren mündete, einige Hütten ausmachen. Zwischen ihnen bewegten sich eine Indiofrau und zwei Indiomänner. Die Hütten bestanden aus zusammengebundenen Stangen, getrockenetes Gras diente als Dach. Ein Stück davon entfernt erkannte Sophie auf zwei kleinen Erhebungen zwei solider gebaute Blockhütten. War das ihr Tal der Hoffnung? Jetzt ging eine üppige weiße Frau mit einem Äffchen auf der Schulter zum Fluss. Sie bewegte sich ruhig und entspannt. Geschmeidig schöpfte sie Wasser in eine Schüssel und verschwand wieder unter Bäumen.

»Wir haben's gefunden! Das muss die Mitzi sein!«, rief Sophie aufgeregt. »Wollt Ihr nicht doch mitkommen und wenigstens mit ihr sprechen, damit Ihr Eurem Mäzen eine Botschaft von ihr ausrichten könnt?«

Der Baron schüttelte den Kopf. »Das Ansteckungsrisiko ist mir zu groß.« Er wandte sich an Baumann. »Aber du mein Freund, hattest doch die Pocken schon als junger Mann. Willst du nicht die Sophie begleiten, dich ein wenig umschauen in dem Blatternnest und uns später Bericht erstatten?«

Baumann erklärte sich einverstanden. Der Baron und seine Männer schlugen ihr Lager auf. Sophie überreichte Antonius von Melior das Chinin.

Der staunte. »Doch die versprochene Menge auf einmal? Ihr hattet es die ganze Zeit dabei?« Fasziniert blickte er auf die Medizin. »Ihr habt gar nicht einen Teil in São Leopoldo zurückgelassen?«

Sophie lächelte, obwohl sie fürchterlich nervös war. Sie war fast am Ziel, die Begegnung mit Karl stand ja unmittelbar bevor.

»Na, sicher ist sicher«, erwiderte sie.

Der Baron kniff ein Auge zu. »Und wenn's gar zu arg ist dort unten, dann kehrt gleich wieder zurück, ja? Wir warten hier noch ein Weilchen, bevor wir zu den Wasserfällen weiterziehen.«

Sophie antwortete mit einem Nicken. »Kommt Ihr denn auf Eurem Rückweg wieder hier vorbei?«, fragte sie, nun auch ein wenig gerührt, dass ihr Weg mit diesem manchmal hochnäsigen, knurrigen, aber doch zuverlässigen und ungeheuer klugen Mann zu Ende war.

»Auf jeden Fall!«, versprach er und zog die Nase hoch. »Ich wünsche euch alles Glück der Erde. Grüßt mir die Mitzi. Adieu, Sophie!« Zart umfasste er ihre Schultern, hauchte ihr einen Kuss neben die Wange. »Der Karl ist ein Glückspilz.«

Sophie blinzelte ihm noch einmal zu, dann nahm sie ihr Pferd mit dem angebundene Lastenmuli und setzte sich in Bewegung.

»Kommt, Baumann!«, forderte sie den Assistenten auf.

Sie bemühten sich auf ihrem Weg ins Tal nicht sonderlich darum, unsichtbar zu sein. Sophie rutschte immer wieder den Abhang zwischen Gebüsch und Bäumen hinunter und löste damit kleine, aber weit vernehmbare Erdrutsche aus. Und so war es kein Wunder, dass sich die Bewohner der kleinen Ansiedlung in heller Aufregung befanden, als Sophie und Baumann die Lichtung erreichten. Der weiße Mann hielt ein Gewehr im Anschlag, zwei nackte, am ganzen Körper mit Pockennarben übersäte Indios hielten Pfeil und Bogen gespannt.

Baumann verkündete in einer Mischung aus Bauernportugiesisch und Eingeborenensprache, dass sie Freunde seien.

»Wir kommen in friedlicher Absicht!«, rief Sophie auf Deutsch mit über den Kopf erhobenen Händen.

Zwei weitere, ebenfalls pockennarbige Indios eilten herbei. Langsam sah Sophie sich um. Ihr Herz raste, trotz der Kälte schwitzte sie. Verdammt, die Indios waren wirklich schlimm verunstaltet. Der eine so scheußlich, dass sie kaum hinschauen mochte, um ihn nicht zu beschämen. Aber frisch sahen die Narben nicht aus.

»Ja mei, a Weibsbüild!«, rief die Frau. Das Äffchen sprang vor Schreck von ihrer Schulter. Sie war in mittleren Jahren, ihr honigblondes Haar trug sie nachlässig zusammengesteckt. Jetzt raffte sie ihren zerschlissenen Rock und kam näher. Ihr Mund rundete sich vor Erstaunen. »Du musst die Sophie sein!«, rief sie aus.

»Mitzi!« Sophie hatte keine Ahnung, weshalb die Österreicherin sie erkannte. Aber etwas anderes, viel Wichtigeres beherrschte all ihr Denken. »Wo ist Karl?«

21

Nach der Landung im Küstenstädtchen Torres holte Rico da Silva zwei Reisetaschen aus seinem Flieger. »Die hab ich immer dabei«, erklärte er. »das lernt man in meinem Job. In einer sind Sportsachen und Handtücher, in der anderen Instrumente, mit denen ich unterwegs jederzeit Edelsteine einem ersten Qualitätscheck unterziehen kann.«

»Du hast nicht zufällig auch noch einen Damenbadeanzug im Kofferraum?«, fragte Josie. Im Dunkeln, dachte sie, konnte ihr Begleiter wenigstens nicht so gut erkennen, dass ihr Po zu dick und ihr Busen zu klein war.

»Bedauere«, er lächelte. »Daran habe ich vorhin nicht gedacht. Bist du in der Lage zu improvisieren? Vielleicht finden wir am Strand auch noch einen fliegenden Händler. Doch ganz ehrlich«, er sah zum Sternenhimmel empor, »nachts geht's auch ohne.«

Josie, die neben ihm zu dem kleinen Flughafengebäude ging, schaute ebenfalls hoch – und unterdrückte ein Glucksen. Es war fast Vollmond! Na ja, dann eben in der dunkelblauen Unterwäsche, die sah wirklich sportlich aus.

Im Eingangsbereich wartete schon der Schürfer, dessen Angebot Rico hergelockt hatte. Der brauchte nicht lange, um die Turmaline einzuschätzen. Sie besprachen sich und verabschiedeten sich dann zufrieden voneinander.

»So, und jetzt auf zum Meer!«

Sie nahmen ein Taxi, die Fahrt war kürzer, als Josie erwartet hatte. Schon nach zehn Minuten standen sie am Strand einer Bucht, deren Schönheit sie sprachlos machte.

»Wahnsinn!«, sagte sie nach einer Weile. Ihre Stimme klang höher als sonst. »Dass es so was überhaupt gibt!«

Silbrige Lichter tanzten auf dem weiten Meer. Hohe Wellen mit Schaumkronen brachen sich an vereinzelten kleineren Felsen und rollten dann auf einem breiten weißgelben Strand aus.

Josie streifte ihre Schuhe ab. Sie lief durch die Dünenlandschaft in Richtung Brandung, spürte warmen mulligen Sand unter den Füßen, das Rieseln feinster Körnchen zwischen ihren Zehen und ab und zu das Kratzen von Strandhafer an den Knöcheln. Eine angenehme, nach Salzwasser duftende Brise wehte vom Meer her und drückte frischen Sauerstoff in ihre Lunge. Zwei große Felsen erhoben sich rechts und links der Bucht. Sie muteten an wie mächtige Trutzburgen. Einer glich Ayers Rock in Australien. Nach hinten zur Dünenlandschaft hin fiel er sanft ab und war grün bewachsen.

Rico ging ein Stück voraus. In einer windgeschützten Sandmulde neben einem Granitbrocken breitete er sein Badehandtuch aus. Josie hörte das Meer rauschen. Von einer entfernten Windsurfstation klangen Sambarhythmen und Gelächter, vereinzelt schrien Möwen. Im Norden sah man die Lichter der Stadt. Der Strand war fast menschenleer, nur einige Pärchen spazierten im Mondlicht am Wasser entlang.

Josie atmete tief durch. Jetzt gab es für sie kein Halten mehr. Sie zog ihr Kleid über den Kopf, warf es auf das Handtuch. Mit ausgebreiteten Armen lief sie ins Meer und stürzte sich in die Wellen. Im ersten Moment war es kühl, doch wunderbar erfrischend. Josie juchzte. Sie hielt sich die Nase zu und tauchte unter, dann schwamm sie unter ein paar Wellen hindurch. Prustend kam sie wieder hoch – ach, war das herrlich! Sie schmeckte das Salz, drehte sich wie ein Delfin um die eigene Achse, ließ sich von den Wogen hochtragen und wieder ins Wellental senken.

Ganz in ihrer Nähe vernahm sie einen Freudenschrei. Rico kraulte durchs Wasser gleich auf die größten Wellen zu. Er war ein sehr guter Schwimmer. Josie kraulte weiter hinaus, hier war das Meer ruhiger. Sie ließ sich auf dem Rücken treiben, sah zum Mond, nahm den Anblick der Lichtreflexe auf dem Meer und an den Felsen in sich auf. Brasilien! Wie gut, dass sie es gewagt hatte!

Fast zur gleichen Zeit verließen sie und Rico das Wasser. Die Luft fühlte sich jetzt noch wärmer an.

»*Que dia lindo!*« Er strahlte sie an. »Was für ein schöner Tag!«

»Ja!«, erwiderte Josie. Die Anspannung der letzten Tage war von ihr abgefallen, einfach fortgespült von der Urkraft des Meeres. Sie fühlte sich erfrischt, gestärkt, gelassener. Ihre Haut prickelte, ihr ganzer Körper war wach. Sie legte den Kopf in den Nacken, drehte sich auf der Stelle, um die Sterne zu sehen. »Es ist wunderbar!«

Rico erreichte als Erster die Mulde. Er griff nach dem Handtuch, drehte sich zu Josie um, hielt es ihr hin – und stoppte mitten in der Bewegung. Während sie auf ihn zukam, wurde ihr bewusst, dass ihre Badebekleidung in diesem feuchten Zustand nichts verbarg. Ihre Brüste wippten bei jedem Schritt, ihre Knospen waren aufgerichtet. Der Mond, so kam es ihr vor, begleitete sie wie ein Scheinwerfer. Rico starrte sie an, unwillkürlich bewegte sie sich langsamer, geschmeidiger.

Sein Gesicht wirkte jünger nach dem Bad. Wassertropfen perlten von seinem gebräunten Oberkörper, sein wohlgeformter Bizeps fiel ihr ins Auge, und sie stellte sich kurz vor, wie es sich wohl anfühlen mochte, wenn sie über die feste glatte Haut strich …

Sie sahen sich in die Augen, jeder erkannte darin das Begehren des anderen. Es war nur eine Armeslänge, eine Sekunde, die sie noch trennte. Josie atmete schwerer. Sie traute sich kaum, das Handtuch anzunehmen, als könnte er dann nach ihr schnappen wie der Mähnenwolf nach seiner Beute. Auch Rico spürte dieses Zögern, ebenso wie die erotische Spannung – das brauchte er ihr nicht zu sagen, sie wusste es auch so.

Er warf ihr das Handtuch zu. »Ich bin sehr für Treue«, stieß er hervor.

Überrascht fing Josie das Tuch auf und drückte es an sich.

»Ja«, sagte sie, der Trommelwirbel ihres Herzens wurde leiser, sie war erleichtert und gleichzeitig enttäuscht, aber die Enttäuschung wog schwerer. »Ich bin auch für Treue.«

Niemals würde sie in eine Ehe oder eine feste Beziehung eindringen wollen. Sie rieb sich die Nase, warf das Handtuch über ihre Schultern und begann, sich betont burschikos trockenzurubbeln. Dabei mied sie Ricos Blick.

Er atmete heftig aus. »Unbedingt«, bekräftigte er dann noch mal, »Treue ist enorm wichtig.«

Blödmann, dachte sie gereizt. Ich hab's verstanden. Er tat ja gerade so, als hätte sie versucht, ihn zu verführen. Wer hatte denn bitte mit Mrs. Schulz im Garten herumgemacht?

»Eben«, setzte Josie noch eins drauf. »Ich würde keinen Mann wollen, der mich betrügt.«

Josie ging hinter den Felsen, um ihre nassen Sachen

auszuziehen. Sie warf sich ihr Kleid über den nackten Körper. Ihre ausgewrungene Unterwäsche wickelte sie ins Handtuch, den Pferdeschwanz löste sie auf, damit die Haare besser trocknen konnten.

Rico taxierte sie, als sie zurückkam. Josie guckte achselzuckend an sich hinunter, ihre Figur zeichnete sich mehr als deutlich unter dem Kleid ab. Er fing ihren Blick auf und lachte leise, warm und humorvoll.

»Vielleicht müssen wir noch mal ins Wasser …«

Sie lächelte verschmitzt. »Vielleicht sollten wir auf den Berg dort klettern!«, schlug sie vor.

Für sie als Norddeutsche waren die vielleicht zwei- oder dreihundert Meter hohen Erhebungen bereits Berge.

»Gute Idee!«

Sie erklommen eine Klippe und setzten sich schließlich nahe an den Abgrund mit Blick aufs Meer in das grüne Gras. Josie schlang die Arme um ihre Knie. Sie bewunderte die Aussicht auf die Felsen und die traumhaften Badebuchten und seufzte hingerissen.

»Was für eine grandiose Landschaft!«

Rico schien absichtlich Abstand zu ihr zu halten. Er lehnte sich zurück und erklärte ihr, lässig auf seine Ellbogen aufgestützt, dass sie sich hier an der Nahtstelle des einstigen Superkontinents Gondwana befänden.

»Genau hier drifteten der ursüdamerikanische und der urafrikanische Kontinent aufeinander. Als sie aufeinandertrafen, muss es gewaltig gekracht haben. Gebirge wurden hochgeschoben, Vulkane spien glühendes Magma aus dem Erdinneren. Dabei entstanden diese Granitfelsen.«

»Echt?« Josie hatte im Erdkundeunterricht nie besonders gut aufgepasst. Gondwana … Der Name gefiel ihr, er klang so poetisch und geheimnisvoll. »Wie lange mag das wohl her sein?«

»Fast ewig.« Rico lächelte verschmitzt. »Vor neunhundert Millionen Jahren zerfiel Gondwana ja schon wieder. Aber immerhin, dreihundert Millionen Jahre lang waren die Kontinente miteinander verbunden. Südamerika und Afrika bildeten eine Einheit, bis sie brutal auseinandergerissen wurden …«

»Oje … Was war so stark, dass es sie trennen konnte?«, fragte Josie mit einer winzigen Spur Spott. »Und woher will man das eigentlich so genau wissen?«

»Es hängt mit der Kontinentaldrift zusammen«, erklärte Rico nun ernst, »und mit tektonischen Platten, es ist kompliziert. Vieles, was damals geschehen ist, kann man anhand von Gesteinen nachweisen.«

»Warum kennst du dich damit so gut aus?«

»Das ist wichtig für die Edelsteinsuche.«

»Ach ja, stimmt.«

Josie fielen die Paraíbas wieder ein, die es in Brasilien und Afrika gab – dort, wo sie Nachbarn gewesen waren. Ähnlich verhielt es sich mit Rohdiamantenvorkommen.

Ob auch Kontinente einander vermissen konnten? Fehlte Afrika Südamerika oder umgekehrt? Und ob es auch gewaltig krachen würde, wenn Rico und sie … Nachdenklich sah sie ihn an, und er erwiderte ihren Blick. Er machte sie konfus, alles um ihn herum verschwamm. Nach ewigen Sekunden gelang es Josie, ihren Blick erneut auf den Horizont zu richten. Tief atmete sie ein, füllte ihre Lunge mit der frischen Meeresluft.

»Wo lebst du eigentlich hauptsächlich?«, fragte sie.

»Schwer zu sagen«, wich er aus. »Meine Frau und die Kinder in unserem Haus in Rio, das heißt …« Er zögerte. »Na ja, die Kinder sind ja schon groß, meine Tochter lernt Sprachen in Europa, mein Sohn studiert … Ich bin viel unterwegs …« Josie spürte, dass da noch etwas war, was ihn belastete. »Vor drei Jahren bin ich in unser Ferienhaus nach Paraty umgezogen. Das liegt am Meer zwischen Rio und São Paulo. Ist eine hübsche kleine Kolonialstadt mit viel Flair.«

»Ach, davon habe ich gelesen!«, sagte Josie. »Lebt dort nicht sogar ein Nachkomme des Kaisers von Brasilien?«

»Ja richtig. Wir begegnen uns manchmal.«

»Und warum bist du dorthin gezogen?«

Rico zögerte, bevor er antwortete. »Meine Frau will sich endlich selbst verwirklichen«, sagte er schließlich bitter. »Sie hat angefangen, wieder Rollen als Schauspielerin zu übernehmen und …«, er räusperte sich, »… nun ja, sie hat sich in einen anderen Mann verliebt.«

»Ach, du Sch…ande!« Josie fühlte mit ihm. »Das tut natürlich weh.« Er schwieg. »Ist sie noch mit ihm zusammen?«

»Ich weiß es nicht genau«, erwiderte er. »Ich glaube, sie weiß es selbst nicht genau. Scheint keine einfache Beziehung zu sein.«

»Und liebst du sie noch?«

Wieder entstand eine Pause. Rico kniff die Augen zusammen und fixierte den Horizont. Er schluckte. »Ich glaube schon. Jedenfalls … ich kämpfe um sie.«

Jetzt musste Josie schlucken. Ein Mann, der um seine Frau kämpfte … wie romantisch! Aber gefiel ihr das? Sie spürte einen heftigen Stich der Eifersucht in ihrer Brust. In dieser Sekunde wurde ihr klar, dass sie sich hoffnungslos in Rico verliebt hatte.

»Und Mrs. Schulz?«, fragte sie unsicher.

Er schnaubte leise, seine Miene verzog sich zu einem resignierten Lächeln. »Na ja, ich bin auch nur ein Mann, oder? Und wenn einem da am Wegesrand eine reife Frucht in den Schoß fällt …«

Josie ertappte sich dabei, dass sie an ihren Fingernägeln knabberte, wie sie es zuletzt als Teenager getan hatte. Schnell schob sie ihre Hände unter die Oberschenkel.

»Ah, verstehe.« Sie nickte und wippte mit dem Oberkörper vor und zurück. »Klar, warum auch nicht?«

Wäre jetzt der richtige Zeitpunkt, so ganz nebenbei einfließen zu lassen, dass sie und Edgar sich schon vor Monaten getrennt hatten? Etwa, damit Rico auch sie für eine reife Frucht … Nein! Natürlich nicht!

»Mrs. Schulz ist okay«, verteidigte Rico die scharfe Lady. »Sie ist erwachsen, sie will sich derzeit nicht binden, sondern die Welt kennenlernen. Wir treffen uns manchmal auf internationalen Messen …« Noch einmal räusperte er sich. »Es ist völlig unverbindlich.«

»Ich sag doch gar nichts gegen sie!« Josie verschränkte ihre Arme. »Mrs. Schulz ist eine toughe junge Frau.«

»Das ist sie wohl.« Rico legte den Kopf schräg. »Bist du auch eine von diesen toughen modernen Frauen?«, fragte er. Es klang nicht spöttisch oder anzüglich, sondern ehrlich interessiert.

»Ich weiß es nicht genau«, erwiderte Josie nachdenklich. »Es ist einiges in Bewegung geraten in meinem Leben, seit ich das Amethystcollier geerbt habe.«

»Ach, inwiefern?«

»Zuerst habe ich mein Fernweh entdeckt und gemerkt, dass ich etwas anderes wollte, als ich bislang hatte und anstrebte«, antwortete sie. »Ich wollte plötzlich Aufbruch, meinen Horizont erweitern …« Aufmerksam hörte er ihr zu. »Na ja, und jetzt frage ich mich zum Beispiel – darauf wäre ich früher nie gekommen –, ob ich nicht vielleicht in einer anderen Epoche besser aufgehoben gewesen wäre. Könnte doch sein … Natürlich vorausgesetzt, ich hätte nicht zu den ganz armen Leuten gehört, die nur schuften mussten, um zu überleben.«

»Was meinst du denn, wäre dann anders?«, wollte Rico wissen.

»Vielleicht hätte man mehr Romantik und Weiblichkeit leben können, mehr mit schönen Dingen oder in unverfälschter Natur … Vielleicht gab es in bestimmten Kreisen einen feineren und ehrlicheren Umgang miteinander.« Erst als Josie diesen Gedanken aussprach, wurde ihr bewusst, dass er sie beschäftigte und eine tiefere, hinter dem Fernweh liegende Sehnsucht enthüllte. »Allerdings nur«, fügte sie rasch hinzu, »wenn ich nicht das Risiko eingehen müsste, im Gegenzug dafür meine Selbstbestimmung und Freiheit beschneiden zu lassen.«

Was wird das hier? Josie wunderte sich über sich selbst. Geständnisse und Erkenntnisse am Atlantik, dachte sie selbstironisch. Sie war froh, dass Rico die Intimität dieses Augenblicks nicht mit einem unbedachten Kommentar zerstörte. Er betrachtete sie nur versonnen. Sie erzählte ihm von ihrer Kindheit in Oldenburg, dass sie manchmal im Schlossgarten Prinzessin gespielt hatte, und er verriet, dass er als Junge Gaucho hatte werden wollen und es im Lassowerfen zu einiger Meisterschaft gebracht hatte.

»Dabei war eigentlich immer klar, dass ich das Familienunternehmen übernehmen würde«, sagte er dann. »Ich mag das Geschäft auch wirklich. Unter uns – die Jagd nach Edelsteinen kann süchtig machen.«

»Bist du deshalb so viel unterwegs?«

»Ja, auch deshalb.«

»Und deine Frau?«

»Interessiert sich nur für fertige Geschmeide«, er lächelte ironisch, »wenn überhaupt. Den Rohsteinen und ihren Herkunftsorten konnte sie nie viel abgewinnen.«

»Was war dein größter Traum als Junge?«

»Ich wollte eine richtige Familie.«

»Was war denn mit deiner Familie?«

»Meine Eltern haben sich scheiden lassen, als ich sieben war.«

»Oh …«

»Woher wusstest du, dass etwas mit meiner Familie …«

»Weil man sich als Kind nicht wünscht, was man für selbstverständlich hält.«

Josie rieb sich die fröstelnden Arme. Es wurde langsam etwas kühl.

Rico sah auf sein Handy. »Es wird Zeit«, sagte er mit belegter Stimme, »wir müssen los, wenn wir heute noch nach Porto Alegre zurückwollen.«

Während des Rückflugs sprachen sie nicht viel, und im Hotel angekommen, verabschiedeten sie sich schon in der Lobby voneinander.

Ebenso wortkarg verlief am folgenden Vormittag ihr gemeinsamer Besuch im historischen Museum. Josie hatte unruhig geschlafen, auch Edgar und Rico waren in ihren wirren Träumen vorgekommen. Heute trug sie einen bequemen weiten Rock, Ballerinas und ein Shirt. Sie wollte die erotische Spannung auf keinen Fall weiter anheizen. Gegen die Klimaanlagen, die sie immer noch gewöhnungsbedürftig fand, hatte sie ein bunt gemustertes Baumwolltuch in ihren Umhängebeutel gestopft.

Josie freute sich, dass die wissenschaftliche Hilfskraft sich schon durch das letzte der drei Journale arbeitete.

»Ich habe noch einige geschäftliche Angelegenheiten

zu regeln«, sagte Rico. »Ist es dir recht, wenn wir uns um vier im Café an der Ecke treffen?«

»Ja gern, einverstanden.« Josie war ganz erleichtert, als er verschwand. So konnte sie sich in Ruhe auf die Lektüre konzentrieren.

Im zweiten Reisetagebuch erwähnte der Baron Sophie nur am Anfang noch in ein paar Abschnitten, die sich vor allem auf Baumanns Beobachtungen stützten. Dann folgten ausschweifende botanische und geografische Aufzeichnungen. Doch im dritten Journal wurde es erneut spannend. Die Expeditionsteilnehmer waren zu den Iguazú-Wasserfällen gereist. Als sie Wochen später zurückkamen und wieder das Vale da Esperança erreichten, stieg auch der Baron ins Tal hinunter. Er verbrachte dort einige Tage, die selbst bei ihm, der schon so viel gesehen hatte, einen starken Eindruck hinterließen. Sophie berichtete ihm ausführlich von ihren Erlebnissen seit ihrer Ankunft.

Josie saß am Nachmittag draußen vor dem Café an der Ecke und konnte es kaum erwarten, Rico zu erzählen, was sie über Sophies Leben im Tal der Hoffnung in Erfahrung gebracht hatte. Als er endlich eintraf, ließ sie ihm gerade noch Zeit, Platz zu nehmen und einen Matetee zu bestellen, bevor sie lossprudelte.

22

Vale da Esperança
Juli 1835

Mitzi zeigte auf eine der beiden Blockhütten, die stabiler und anders als die übrigen im Indiostil errichteten Unterkünfte aus Holzstämmen erbaut waren. Sie lag vielleicht zehn Meter erhöht in der Nähe des kleinen Flusses, halb von einem Mangobaum beschattet, und hatte vier kleine Fenster.

Sophie holte tief Luft, dann setzte sie sich langsam in Bewegung. Schritt für Schritt ging sie den Pfad hinauf und näherte sich der verschlossenen Tür. Welchen Anblick mochte Karl bieten?

Auf das Schlimmste gefasst, klopfte sie. Als keine Antwort kam, nickte Mitzi ihr zu, und Sophie öffnete die Tür. Trotz der Fenster war es so zwielichtig, dass sie nicht sofort erkennen konnte, ob sich darinnen jemand befand. Von dem mit Matten ausgelegten Boden schrak ein Lebewesen auf, Sophie sah nur langes dunkles Haar und dunkle Haut. Ein Kind? Es stieß einen Angstschrei aus und huschte an ihr vorbei nach draußen. Sophie drehte sich um, es war ein junges Indiomädchen. Hübsch und schlank und offenbar nackt unter einem wärmenden Überwurf. Das Mädchen flüchtete sich zu Mitzi, die einen Arm um es legte und mit ihm näher kam.

»Er hat einen Rückfall«, sagte Mitzi bedauernd. Sie

sprach in ähnlich weichem Singsang wie der Baron. »Heute ist der vierte Tag.«

Sophie trat ein. Langsam gewöhnten sich ihre Augen an das Dämmerlicht in der Hütte. Zwischen zwei Baumstämmen, die als Stützpfeiler dienten, war eine Hängematte befestigt, und darauf lag ein zitternder Haufen Wolldecken. Leises Stöhnen und Zähneklappern drangen darunter hervor.

»Karl!«, flüsterte Sophie beklommen. Ihre Brust fühlte sich an wie eingeschnürt unter einem viel zu engen Korsett. Mit beiden Händen umklammerte sie den Rand der Hängematte, beugte sich vor, neigte den Kopf. »Karl, ich bin da. Hörst du mich?« Sie wollte lauter sprechen, es ging nicht.

Sophie wartete auf eine Reaktion. Doch die blieb aus. Sie überlegte, ob sie dort, wo sie Karls Kopf vermutete, die Decke zurückziehen sollte. Sie wagte es nicht. Minutenlang stand sie einfach so da.

»Es beginnt immer mit Schüttelfrost«, hörte Sophie hinter sich an der Tür Mitzis Stimme. »Zuerst friert er zum Erbarmen …«

Auch Baumann stellte sich nun in die Tür und schaute schweigend zu. Es roch schlecht in der Hütte. Nach menschlichen Ausdünstungen, nach Erbrochenem, nach Krankheit. Sophie atmete flach. Was sollte sie tun?

»Karl …«, flüsterte sie.

Jetzt hoben sich ihre Hände von ganz allein – und verharrten in der Luft über ihm. Was, wenn er von Pocken verunstaltet war? Wenn ihre Berührung ihm Schmerzen verursachte? Was, wenn sie sich ansteckte, wollte sie wirklich das Risiko eingehen? Jetzt war die allerletzte Chance fortzulaufen, ihre eigene Haut zu retten und ihn seinem Schicksal zu überlassen. Vielleicht hat er auch nicht die Blattern, überlegte sie, sondern wieder einen Malariaschub.

In diesem Moment kam Leben in die eingerollte Gestalt. Sophie zuckte zurück. Arme wühlten sich durch die Decken, warfen sie zur Seite, Beine strampelten sich frei.

»... und dann schlägt's um in Hitze«, sagte Mitzi.

Also doch das Wechselfieber, Malaria.

Karls Kopf tauchte auf. Er sah erschöpft und abgemagert aus, Bartstoppeln verschatteten die eingefallenen Wangen, seine Lippen schimmerten bläulich, aber nirgendwo waren Pocken zu erkennen. Karl schob sich mit den Ellbogen höher, blickte auf zu Sophie. In seinen Augen leuchtete helle Freude auf – ein Wissen vor dem Erkennen. Denn gleich darauf trübten Schmerzen seinen Blick. Er wandte sich ab und stöhnte kurzatmig.

»Meine ... Haut ... brennt!« Sophie konnte zusehen, wie nun die blaue Farbe aus Karls zitternden Lippen schwand und seine Haut immer rötlicher wurde. »Durst!«, ächzte er.

Auf dieses Stichwort huschte das Indiomädchen wieder hinein. Es beugte sich ins Dunkle unter die Hängematte, wo ein Krug stand, zog einen feuchten Lappen heraus und begann, damit Karls verkrustete Mundwinkel abzuwischen. Ohne zu überlegen, nahm Sophie ihr den Lappen aus der Hand.

»Bringt mir einen Stuhl und abgekochtes Wasser«, bat sie. »Und etwas geröstete Brotrinde, falls ihr welche habt.« Baumann schleppte ihr Gepäck herein, stellte es neben sie.

»Ich habe immer einen Kessel Wasser überm Feuer hängen«, sagte Mitzi eilfertig, verschwand und brachte kurz darauf das Gewünschte.

Sophie spürte nicht, dass sie furchtbar müde von der langen Anreise war und dass ihr vom ungewohnten Ritt zu Pferde sämtliche Glieder wehtaten. Sie ignorierte den bösen Blick des Indiomädchens. Sie empfand nicht einmal Wiedersehensfreude, sie tat einfach, was zu tun war. Setzte alles, was sie über die Behandlung von Malaria in Erfahrung gebracht hatte, soweit es ihr in diesem Stadium sinnvoll erschien, um. Sie dirigierte alle Anwesenden, als wäre es das Selbstverständlichste von der Welt. Bei jeder Berührung seiner Haut fuhr Karl zusammen, seine Knöchel waren geschwollen. Als das abgekochte Wasser abgekühlt war, tauchte Sophie einen sauberen Lappen, den sie ihrem Gepäck entnommen hatte, darin ein, wrang ihn aus und betupfte sanft Karls Lippen. Immer wieder träufelte sie Wassertropfen in seinen durstigen Mund.

Karl redete wirr. Sophie legte ihre Hand auf seine Stirn – sie glühte! Was er sagte, ergab keinen Sinn. Aber immer wieder hörte sie ihren Namen. Sophie, Sophie, Sophie …

»Ich bin doch hier, bei dir, Karl«, sagte sie beruhigend. »Alles wird gut.« Dann wandte sie sich wieder an Baumann. »Bringt mir bitte kaltes Wasser aus dem Fluss. Dann kann ich ihm Wadenwickel machen.«

Karl war zu weggetreten, um zu reagieren oder um richtig trinken zu können. Sophie verabreichte ihm vorsichtig die erste Dosis Chinin. Dann legte sie ihm einen wassergetränkten, nur leicht ausgewrungenen Stoffzipfel in seinen Mund, damit er daran saugen konnte. Mitzi und das Indiomädchen, das vielleicht schon eine Frau war, halfen ihr ohne viele Worte. Einmal fragte Sophie Mitzi, was aus Karls Beinbruch geworden sei. Sie versicherte ihr, der sei bestens verheilt.

»Woher wusstest du eigentlich gleich, wer ich bin?«, fragte Sophie.

Mitzi zeigte auf ein ovales kleines Ölbild, das den Baumstamm am Fußende von Karls Hängematte zierte.

»Du bist das Erste und Letzte, was sich der Karl jeden Tag anschaut«, sagte sie.

»Oh!« Erstaunt sah Sophie sich selbst auf einem der kleinen Porträts, die Christine von ihr gemalt hatte. Sie schluckte. »Und ... und wie ist seine Verfassung sonst?«

»Ach, er hatte sich gerade ganz gut erholt«, sagte Mitzi. »Er wollte doch los und dich holen. Aber dieses verdammte Fieber, das kommt wie aus heiterem Himmel und wirft den stärksten Mann nieder. Immer gibt's einen Tag Schüttelfrost und Schweißausbrüche, zwei Tage sind beschwerdefrei, und am vierten geht das ganze Elend von vorn los. Wieder und wieder.«

»Der medizinische Extrakt, den ich ihm gerade verabreicht habe, ist Chinin. Ich hab es aus Deutschland mitgebracht«, erklärte Sophie zuversichtlich. »Es wird den Teufelskreis durchbrechen.«

»Wenn's nur hilft ...« Mitzi seufzte.

»Wie heißt du?«, fragte Sophie das Indiomädchen.

»Vanori«, antwortete es schüchtern.

»Vanori hat den Karl nach seinem Beinbruch im Urwald gefunden und hergeschleppt«, erklärte Mitzi. »Ohne sie wäre er sicher umgekommen. Sie ist vom Stamm der Kaingang-Indios und von ihren Leuten ausgesetzt worden, weil sie die Pocken hatte. Genau wie die vier Indiomänner und eine weitere Frau. Sie alle haben die Seuche überstanden und leben und arbeiten jetzt hier mit uns.«

Sophie betrachtete die vielleicht sechzehnjährige Vanori verstohlen. Das junge Mädchen musterte sie verlegen mit leicht gesenktem Kopf aus seinen weit auseinanderstehenden mandelförmigen Augen und biss sich auf die Unterlippe. Einen sehr schön geschwungenen Mund hatte Vanori. Sie blickte ein paarmal zu dem Gemälde und dann wieder zu Sophie, als wollte sie zeigen, dass sie verstand, wer Sophie war. Dieses hübsche Kind hatte die Blattern gehabt und wirkte nicht entstellt! Im Gegenteil! Wunderbar glatte Haut verschönte noch die ausgewogenen Gesichtszüge mit einer breiten Stirn, flächigen Wangen, einem zarten spitzen Kinn und einer wohlgeformten flachen Nase.

»Sie sieht ganz gesund aus«, bemerkte Sophie.

»Ja, sie hatte Glück. Bei ihr verlief die Krankheit glimpflich, es sind nur drei oder vier kleine Narben zurückgeblieben.«

»Sprichst du unsere Sprache, Vanori?«, fragte Sophie freundlich auf Deutsch.

»Kleines bisschen«, antwortete sie ernst. »Wir reden so, so …« Sie gestikulierte mit Händen und Füßen.

»'s passt scho'«, sagte Mitzi gutmütig. »Wir sprechen ein wildes Kauderwelsch aus Bauernportugiesisch, Wienerisch, Deutsch, Hunsrückisch und Kaingang.« Sie ließ sich auf einem Stuhl nieder, der ebenso wie der Tisch, ein Schrank, eine Kiste und mehrere Regale in der Einraumhütte aus auffallend gelblich braungrau gescheckten Holz zusammengezimmert worden war. Mitzi blickte nach draußen. »Ah, da kommt Juan. Juan, schau, das ist Karls Sophie.«

Mitzis Mann, ein Haudegen von vielleicht Anfang vierzig, kam herein und bot ihnen etwas zu essen an. »Wir haben gegrilltes Bisamschwein, heute frisch erlegt«, sagte er mit portugiesischem Akzent. »Willkommen, Sophie. Ich hoffe, mein Empfang vorhin war nicht zu grob.«

»Nein, natürlich nicht. Vielen Dank, Juan.« Er wollte auch für Karl etwas davon dalassen. Doch Sophie lehnte ab. »Er sollte vorerst nichts vom Tier essen und keine Bohnen. Nur leichte Kost.«

Es dauerte fast drei Stunden, bis das Medikament endlich eine erste Wirkung zeigte. Da war es schon dunkel.

Karls Zustand veränderte sich abermals. Er begann, intensiv zu schwitzen. Es war warmer, säuerlich riechender Schweiß, der ihm aus allen Poren brach. Schweißperlen standen ihm auf der Stirn, doch gleichzeitig ging das glühende Fieber zurück.

»Gott sei Dank!«, stieß Sophie erleichtert aus.

Sie wusste, jetzt hatte er das Schlimmste überstanden. Wenn er das Medikament weiternahm, würde er hoffentlich auch nicht von einem neuen Schub heimgesucht werden.

Baumann kam zur Tür, um ihr mitzuteilen, dass er das Zelt für ihr Nachtlager aufgebaut habe. »Ich leg mich mit dem Sattel ans Lagerfeuer«, sagte er. »Und Juan hält Nachtwache bei Karl.«

»Ich bleib bei ihm.«

»Er wird doch über den Berg sein«, erwiderte Baumann. »Ihr solltet jetzt mal an Euch denken und in Ruhe schlafen.« Er lächelte. »Ihr wollt doch schön aussehen morgen.«

Schwach lächelte Sophie zurück. »Na gut«, sagte sie und erhob sich mit steifen, schmerzenden Gliedern. »Vielen Dank, lieber Baumann.« Ihr wurde schwindlig, sie schwankte. Baumann eilte herbei und stützte sie. »Oh, danke«, wiederholte sie nur.

Sie fühlte sich ganz leer. Zu erschöpft, um darüber jubeln zu können, dass sie rechtzeitig gekommen war und Karl gerettet würde, aber doch unendlich erleichtert. Sie ging nach draußen, wankte zum Zelt, kroch mit letzter Kraft hinein und ließ sich auf die Decken fallen. Sie schlief sofort ein.

Es war schon hell, als Sophie erwachte. Einen Moment brauchte sie, um sich zu orientieren. Sie war im Tal der

Hoffnung, sie hatte endlich Karl gefunden! Und war das Karls Stimme, die sie da hörte? Sie klang ja schon viel kräftiger! Es ging ihm so gut, dass er fast normal reden konnte!

Ihr Herzschlag beschleunigte sich. Wie sah sie denn nur aus? Hektisch setzte sie sich auf und versuchte, das Haar zu ordnen. Sie klopfte sich auf die Wangen, damit sie ein frisches Aussehen bekamen. Wo war ihr Bürstchen für die Zähne, wo das Pulver mit den getrockneten Minzeblättern? Eigentlich müsste sie sich waschen und umziehen. Aber … ach … Alles wirbelte durcheinander in Sophies Kopf. War da tief unten in ihrer Tasche nicht noch ein Duftwasser? Valentina hatte es aus Blüten selbst hergestellt und ihr zum Abschied geschenkt. Sophie griff sich an die Stirn. Ruhig, mahnte sie sich. Ganz ruhig, tief ein- und ausatmen.

»Guten Morgen!«, hörte sie Karl vom Fluss her rufen, »ich fühle mich wie neugeboren, Mitzi! So gut hab ich den Fieberschub noch nie überstanden. Und diesmal hatte ich auch einen wunderbaren Traum!« Die Stimme kam näher. »War sogar schon baden.«

»Und du bist bereits rasiert, mein Lieber?«, antwortete Mitzi kieksend. »Das ist gut, denn auf dich wartet eine Überraschung!«

Sophie lugte durch einen Spalt ihres Zeltes. Sie sah, wie Karl sich umschaute. Sein Blick blieb an dem fremden Mann am Lagerfeuer hängen.

»Wir haben einen Gast!«, rief er aus.

»Grüß Gott!«, antwortete Baumann.

»Ein Landsmann, wie schön!«, entgegnete Karl.

»Wir haben nicht nur einen Gast, Karl«, Mitzi unterdrückte ein ebenso nervöses wie vergnügtes Kichern, »da gibt es einen weiteren …«

Karl schaute stirnrunzelnd hinüber zur kleinen Pferdekoppel, wo jetzt auch der Wallach Braga und das Muli standen. Sophie öffnete die Verschnürung des Zelteingangs und krabbelte alles andere als damenhaft heraus. In diesem Augenblick fiel Karls Blick fiel auf sie. Sie erhob sich und richtete rasch den zerknautschten Rock, schnappte nach Luft. Auf einmal war ihr vor lauter Aufregung zum Weinen zumute. Ihre Blicke trafen sich – ungläubig, fassungslos, überwältigt starrten sie sich an. Karls Gesicht war gezeichnet von den Strapazen der Krankheit, doch lag darin zugleich auch eine über das Körperliche hinausreichende Klarheit. Ein Abglanz von Güte und Weisheit, wie ihn nur Menschen ausstrahlten, die schon auf der Schwelle zum Jenseits gestanden hatten und doch noch einmal glücklich zurückgekehrt waren. Wie hypnotisiert gingen sie aufeinander zu. Nichts von dem, was Sophie sich immer ausgemalt hatte, trat ein. Sie rannten nicht, sie riefen nicht laut ihre Namen, sie lachten und jubelten nicht!

Kurz voreinander blieben sie stehen.

Karl sah sie unendlich liebevoll an. Er nahm ihr Gesicht in seine Hände und legte seine Stirn gegen ihre. Endlichendlichendlich.

Nach einer Weile strich Sophie ihm tastend über sein Haar und die Wange. Sie brachte kein Wort heraus. Karl nahm ihre Hände in seine.

»Du bist wirklich da«, flüsterte er, »es war kein Fiebertraum …«

23

Josie unterbrach ihre Erzählung, um in ihrem Beutel nach einem Papiertaschentuch zu suchen. »Ist das nicht unglaublich?«, sagte sie den Tränen nahe. »Wie diese Frau an ihre Grenzen gegangen ist? Und dass sie ihren Liebsten wirklich gefunden hat?« Mit feuchten Augen schaute sie Rico an. Er versuchte, es zu verbergen, aber sie merkte, dass ihn ihre Rührung bewegte. »Trotz aller Hindernisse!«

Josie schniefte. Sie wühlte weiter in ihrem Beutel, fand aber nicht, was sie suchte. Rico stubste sie an. Er reichte ihr ein perfekt gebügeltes Stofftaschentuch über den Tisch.

Josie musste leise lachen. »Dass es so was noch gibt! Ein Kavalierstuch!« Sie nahm es, tupfte ihre Augen trocken und putzte möglichst dezent ihre Nase. »Vielen Dank.«

»Na, ganz so tough scheinst du ja dann doch nicht zu sein«, neckte Rico sie.

Sie streckte ihm die Zunge raus. »Dich rührt die Geschichte doch auch, gib's zu.«

»Na ja«, gestand er ein, »ist ja auch wirklich ergreifend. Wie ging es weiter?«

»Also, der Assistent Baumann ließ Sophie beruhigt bei Karl und den anderen im Tal der Hoffnung zurück. Er versprach ihnen, wie ja zuvor schon der Baron angekündigt hatte, auf der Rücktour mit der gesamten Expedition vorbeizukommen. Mitzi schlug vor, einen Geistlichen mitzubringen.«

Rico unterbrach sie. »Was, so eine Art Pastor to go oder was?« Er lächelte spöttisch.

»Gewissermaßen«, bestätigte Josie ihm. »Es müssen damals etliche Wanderprediger in Südbrasilien unterwegs gewesen sein. Jedenfalls wollten Karl und Sophie so schnell wie möglich heiraten.« Sie schüttelte den Kopf. »Man kann es sich ja heute nicht so recht vorstellen, aber Sophie bestand darauf. Sie wollte unbedingt den Segen Gottes, bevor sie mit Karl … na … du weißt schon …«

24

Vale da Esperança
Juli bis November 1835

»Ich fasse es nicht, Sophie«, sagte Karl. »Eigentlich ist es unmöglich …«

Er schloss sie in seine Arme, ganz behutsam, als könnte sie sonst entschwinden wie ein Trugbild. Sophie schmiegte sich an seine Brust und ließ sich einfach fluten von ihrem Glück.

Baumann war der Erste, der sich traute, etwas zu sagen. »Wenn ich das richtig einschätze, wollt Ihr wohl nicht mit uns weiterziehen«, sagte er zu Sophie.

Karl und Sophie standen Arm in Arm da, sie lächelten nur selig.

»Respekt«, bemerkte Juan, »das ist sehr gut beobachtet.«

Mitzi zwinkerte. »Ich höre schon die Hochzeitsglocken läuten!«

»Gibt's denn eine Kirche in der Nähe?«, fragte Baumann verwundert.

Mitzi schüttelte den Kopf. »Nur eine zerstörte Jesuitenmission. Im nächsten Dorf hausen ein paar gestrandete unglückliche Gestalten und Abschaum. Das ist alles sehr armselig hier.« Ein Einfall stimmte sie plötzlich vergnügt. »Aber Ihr könntet doch bei Eurer Rückkehr einen Geistlichen mitbringen, gewiss läuft euch unterwegs ein Wanderprediger über den Weg.«

Mitzi lud alle zur Feuerstelle auf dem zentralen Platz ihrer kleinen Ansiedlung ein. »Ich verstehe schon, dass ihr jetzt lieber allein sein wollt …«, sagte sie zu Sophie und Karl, die in ihrem eigenen Kosmos schwebten, obwohl sie sich mitten unter den anderen befanden, »… aber ihr kippt mir ja beide gleich um. Also setzt euch und esst erst mal. Hört ihr?«

Die resolute Wienerin schob sie mit sanfter Gewalt ans Lagerfeuer. Sie lud auch Vanori ein, doch die wollte lieber mit ihren Leuten essen.

Sophie fühlte sich immer noch wie gelähmt, sie stand ähnlich wie Karl unter Schock. Endlich war ihr Ziel erreicht. Sie konnte nichts mehr tun, sie wollte nichts mehr tun. Was hätte sie denn noch tun sollen, können, wollen – nun, da sie an Karls Seite war?

Vanori kam schon bald zurück, sie trug ein glimmendes Kräuterbündel und ging damit in Karls Hütte. Von innen schloss sie die Tür und die Fenster. Nach einer Weile drang Qualm aus den Ritzen.

»Was macht sie da?«, fragte Sophie verwundert. Wollte Vanori etwa das Häuschen anstecken?

»Sie reinigt den Raum, sie räuchert ihn aus«, erklärte Juan beiläufig.

Er schien nicht überrascht zu sein. Baumann, der gerade ein wenig über den Zweck und Verlauf der Expedition erzählt hatte, erkundigte sich gleich nach der Zusammenstellung der Kräuter und machte sich Notizen. Der Baron war sicherlich mehr als interessiert daran, alles über den Kampf gegen die schreckliche Krankheit herauszufinden.

Der Tag verging damit, dass Karl und Sophie einander ansahen, berührten, nicht voneinander wichen, nur um sich zu vergewissern, dass der andere auch wirklich da war. Sie sprachen kaum. Die Nacht verbrachten sie Arm in Arm in der Hängematte. Karl war noch sehr erschöpft, doch allein seine Nähe und selbst winzige Zärtlichkeiten, ein Streicheln, ein zarter Kuss, ein Blick machten Sophie selig. Im Schlaf lächelte er. Sie wagte es kaum, ihre Position zu verändern, weil sie ihn nicht wecken wollte. Gegen Morgen legte sie sich auf den Boden, wie gewohnt mit dem Sattel als Kopfstütze, um wenigstens ein wenig zur Ruhe zu kommen.

Als sie sich nach dem Aufstehen die Haare zum Seitenzopf flocht, schlief Karl immer noch den tiefen Schlaf des Genesenden. Sophie trat vor die Blockhütte. Bela Vista hatte Karl sie genannt, schöne Aussicht. Nun wusste sie auch, warum. Von hier aus hatte man einen wunderbaren Blick auf die Mündung des kleinen Flusses in den Rio Mistico und auf eine von Mischwald überzogene Hügellandschaft. Oberhalb des Tales bedeckte Raureif die Natur. Die Sonne verzauberte die Konturen der Urwaldriesen mit silbigem Glitzern. Sophie hörte unbekannte Vögel rufen, Papageienschwärme flatterten auf. Ich bin in einem Märchen gelandet, dachte Sophie. Sie warf sich den wärmenden Poncho über, nahm ihr Waschzeug, ein dickes Leinentuch und ging zum kleinen Fluss hinunter.

»Guten Morgen, Sophie!«, rief Mitzi ihr zu. Sie badete nahe den Stromschnellen, neben ihr planschte Vanori. »Komm rein, das tut gut!«

»Iih! Das ist doch viel zu frisch!« Und hieß es nicht immer, dass Wasser krank machte?

»Nein, ist es nicht. Die Indios baden jeden Morgen im Fluss, egal, wie kalt es ist«, rief Mitzi und schwamm ein paar Züge. Sophie konnte ihre üppigen Brüste sehen, als sie wieder auftauchte. »Das sorgt dafür, dass man gesund bleibt.« Mitzi strahlte übers ganze Gesicht.

Da überlegte Sophie nicht länger. Sie verspürte ja auch den dringenden Wunsch, sich gründlich zu reinigen, und sprang nun tapfer trotz der lausigen Temperatur ins Wasser. Sie hüpfte und kreischte, die anderen Frauen lachten. Schnell wusch Sophie ihren Körper und auch das Haar mit einem Stück Lavendelseife von Christine, das sie aus Deutschland mitgebracht und seit Monaten für ihre Begegnung mit Karl aufgehoben hatte. Hinter einem Gebüsch rubbelten die Frauen sich gegenseitig trocken.

Vanori war wirklich ein hübsches Kind. Sie wäre noch ansehnlicher, dachte Sophie, wenn sie ihren Bauch nicht so herausstrecken würde. Mitzi kam ihr vor wie ein schöner Strudelteig, ihr Leib versprach einem Mann Süße und Wonne.

Eingemummelt in ihren wärmenden Poncho, lief Sophie erfrischt zu Karl zurück. Er schlief noch immer. Sie machte Feuer, zog einen dunklen Wollrock und eine weiße Kattunbluse mit weiten Ärmeln an, darüber eine bestickte Weste – das Schönste an Kleidung, was sie mitgenommen hatte. Als Karl erwachte, kroch sie zu ihm und kuschelte sich an ihn. Auch beim Frühstück konnten sie nicht anders, als sich immer wieder zu berühren oder wenigstens an den Händen zu halten.

»Du musst mir alles berichten!«, sagte Karl.

»Du auch!« Sophie lachte. »Wer fängt an?«

So begannen sie, sich abwechselnd von ihren Erlebnissen zu erzählen. Karl ging es viel besser als am Tage ihrer Ankunft, trotzdem war er noch wacklig auf den Beinen, und ihn plagten Kopfschmerzen. Das Chinin senkte zwar das Fieber und dämpfte den Schmerz, ganz ohne Nebenwirkungen half es allerdings nicht. Sie setzten sich deshalb auf die Holzbank vor Karls Blockhütte. An diesem geschützten Platz war es trotz der Winterwitterung warm genug. Sophie ließ ihr Haar in der Vormittagssonne trocknen. Karl nahm eine der feuchten Strähnen, wog sie in seiner Handfläche, kämmte sie mit den Fingern und betrachtete die feinen goldenen Löckchen, die sich daraus lösten.

»Hast du mich vermisst?«, fragte Sophie. Ihre Blicke versanken ineinander.

»Jeden Tag!«

»Hast du gespürt, dass ich komme?«

»Nein.« Mit Nachdruck schüttelte Karl den Kopf. »Das hätte ich für völlig ausgeschlossen gehalten.«

»Wie kam es zu deinem Beinbruch?«

»Mir wurde schwindlig, es war schon der Ausbruch des Wechselfiebers, das ich mir im Hafen von Rio eingefangen haben muss. Sonst wäre ich wohl kaum im Wald einen Hang hinuntergestürzt.«

»Tat es sehr weh?«

»Ich weiß es nicht mehr. Muss völlig weggetreten gewesen sein. Meine erste Erinnerung danach ist, wie Vanori mir aus einem großen zusammengerollten Blatt Quellwasser zu trinken gab.«

»Ich möchte mich unbedingt bei ihr für deine Rettung bedanken!«, sagte Sophie. »Womit könnte ich ihr eine Freude machen?«

»Keine Ahnung. Mit Tand vielleicht, Mädchenkram …«

»Wie lange warst du krank?«

»Ja, weißt du, die Krankheit kommt und geht. In einer neuen Krankheitsphase kriegt man alle vier Tage, alle zweiundsiebzig Stunden, um genau zu sein, einen Fieberschub. Das hab ich beim letzten Mal genau zwanzigmal hintereinander erlebt.«

»Oh, wie schrecklich!« Mitfühlend drückte Sophie seinen Arm.

»Insgesamt dauerte es also acht Wochen. Das Verrückte ist, dass man immer zwei Tage zwischen den Fieberschüben hat, an denen es einem ganz normal gut geht. Und jedes Mal hofft man wieder, das war's, jetzt ist die Krankheit überstanden …« Er versuchte, zuversichtlich zu lächeln. »Auch heute hab ich das Gefühl, es müsste vorbei sein … Aber Gewissheit haben wir erst übermorgen …«

»Ich bin mir sicher, dass dir das Chinin helfen wird«, sagte Sophie mit fester Stimme. »Dem Baron hat es auch geholfen.«

Sie erzählte Karl, auf welche Weise sie es in die Expeditionsmannschaft des Antonius von Melior geschafft hatte. Und wie sie mit dem Verkauf der Rohdiamanten, die er ihr geschickt hatte, die Medikamente und ihre Überfahrt hatte finanzieren können.

»Ich wusste ja, dass du ein schlaues Mädchen bist«, sagte Karl beeindruckt, »aber dass du so schlau und auch noch so mutig bist …«

»Ach …« Sophie spielte verlegen mit ihrem Zopf. »Woher hast du eigentlich das kleine Porträt von mir?«, fragte sie, um abzulenken.

Karl lächelte. »Von deiner Freundin Christine. Meister Severin hat es mir geschickt.«

»Jetzt verstehe ich«, sagte Sophie. Sie erinnerte sich an Karls Postskriptum in einem Brief an Meister Severin. »Christine hat übrigens noch ein schönes Porträt gemalt, auf dem ich deinen Schmuck trage. Als Hochzeitsgeschenk. Ich habe es vorsichtshalber bei Valentina in São Leopoldo gelassen.«

»Hat Valentina ihren Richard geheiratet? Und wie geht's Willi und Grete?« Karl fragte schneller, als Sophie antworten konnte. »Hast du in São Leopoldo was von meiner Familie gehört? Und ist deine Familie daheim wohlauf?«

»Ach … tja …« Sophie seufzte tief. »Also, bei deinen Leuten ist alles in Ordnung, wie mir Dr. Hillebrand sagte. Und Valentina und Richard sind glücklich, sie erwarten ein Kind. Aber meine … Oh Karl, das weißt du ja noch gar nicht! Willi ist kurz nach dem Tod seiner jungen Ehefrau …«

»Was, Grete ist tot?«

Sophie nickte betrübt. »Sie hatte eine Fehlgeburt kurz vor unserer Ankunft, sie konnte Rio noch sehen. Willi ist wenig später über Bord gegangen. Ich glaube, aus Kummer …«

Plötzlich stand alles wieder so lebendig vor ihr, dass sie weinen musste.

Karl hob sie auf seinen Schoß wie ein Kind. Er legte seine Arme um sie und ließ sie weinen. Sophie schluchzte auf, alles brach jetzt aus ihr heraus – der Kummer, die Trauer, die Anstrengungen. Sie schmeckte das Salz ihrer Tränen.

Vanori kam herbei und starrte sie verwundert an. »Geh!«, bat Karl, »lass uns allein.«

»Und dann ist da noch etwas«, schniefte Sophie. »Mein Vater ist überhaupt nicht mein Vater! Zufällig habe ich es herausgefunden. Mein leiblicher Vater war ein Franzose, wohl der, bei dem meine Mutter in Diensten stand, während ihr Ehemann für Napoleon kämpfen musste. Und das ist auch schon alles, was ich über ihn weiß.«

Karl legte seine Hand auf ihren Kopf. »Ist doch egal, Sophie!«, sagte er voller Überzeugung. »Du bist du.«

»Es fühlt sich aber irgendwie noch heimatloser an …« Sie schmiegte sich an ihn.

»Ich bin jetzt deine Heimat«, flüsterte er ihr ins Ohr.

Sophie legte ihre tränenfeuchte Wange an seine, und allmählich beruhigte sie sich.

»Was hast du alles durchgemacht, meine süße Sophie!«

»Na ja«, wehrte sie verlegen ab. »Du hast deine Zeit auch nicht gerade lustwandelnd durch Schlossgärten verbracht ... Ich wünsche mir allerdings wirklich, dass endlich mal Ruhe in unser Leben einkehrt.«

»Ja, das wünsche ich mir auch.« Karl drückte sie an sich.

»Eigentlich sollte ich böse sein«, sagte er dann vorwurfsvoll, »dass du solche Risiken auf dich genommen hast. Und im Grunde war ich ja schon auf dem Weg zu dir! Dieser Rückfall hat mich gehindert. Ich wäre, wenn alles nach Plan gegangen wäre, jetzt vielleicht schon auf dem Schiff nach Deutschland, während du hier durch den Urwald läufst!« Entsetzt über diese Vorstellung, setzte er sich aufrechter. »Sophie, wir hätten uns verfehlen können!«

»Haben wir aber nicht!« Ein spitzbübisches Lächeln huschte über ihr verweintes Gesicht. »Das ist doch alles, was zählt.«

»Da ist ...«, begann er zögernd, »... da ist aber noch etwas, wovon ich dir nicht geschrieben habe, um dich nicht zu ängstigen ... Und du solltest es auch jetzt nicht ...« Beunruhigt sah Sophie ihn an. »Tja also, es gab hier einige Banditen, die es auf unsere Edelsteine abgesehen hatten. Sie haben versucht, uns zu überfallen. Es gelang uns, sie mit Waffen zu verjagen.« Er kratzte sich hinterm Ohr. »Dummerweise sind uns aber alle weißen Arbeiter weggelaufen – diese feigen Hunde! Das hat den Aufbau unserer Mine verzögert. Eigentlich hätte ich deswegen auch sowieso noch etwas länger hierbleiben müssen.«

»O Gott ... !« Konnte nicht einfach mal alles gut sein? »Glaubst du, die Banditen kommen wieder?«

Karl atmete tief durch. »Die Kerle sind schon eine ganze Weile nicht mehr in der Gegend gesichtet worden.« Er grinste. »Wir haben überall ein Gerücht gestreut. Nämlich dass im Vale da Esperança die Blattern grassieren. In der nächsten Ansiedlung mit Gasthaus und Vende, wo wir gelegentlich einkaufen, kursieren schlimme Schauergeschichten über die Zustände bei uns im Tal.« Jetzt lachte er. »Unsere Indios wirken ja auch schön abschreckend. Dabei sind ihre Narben schon Jahre alt, sie sind längst nicht mehr ansteckend.«

Sophie musste schmunzeln. Natürlich beunruhigte sie die Nachricht von den Banditen, doch sie dachte auch ganz pragmatisch. »Bedeutet das denn, du hast genug Edelsteine zusammen?«

Karl erhob sich. »Komm mit!« Er führte sie in sein Häuschen. In der hinteren Ecke lag eine geflochtene Matte, die er nun aufrollte. Er nahm eines der Bodenbretter heraus und beförderte aus dem unterirdischen Versteck zwei Lederbeutel. Einen großen schweren und einen kleinen. Damit ging er zum Tisch. Er legte ein helles Leinentuch auf die grob gezimmerte Tischplatte, sodass nichts durch die Ritzen fallen konnte, und schüttelte mit leisem Klickern aus dem großen Beutel ungezählte violett glitzernde Kristalle – Amethyste wie in Sophies Collier, einer schöner als der andere.

»Oh!«

Stolz blickte Karl Sophie an. »Greif zu!«

Mit zusammengelegten Händen schöpfte sie die Steine wie Quellwasser und ging damit ans Fenster. »Sind die … sind die schön!«, stammelte sie. »Lauter verzauberte Pyramiden!« Mit diesem Schatz fühlte sie sich wie das Sterntalermädchen. Angesichts solcher Perfektion verlor ihr Herz jeden Zweifel, jede Enge. »Wie das Licht sich darin bricht!

Und sieh mal, die meiste Farbe steckt vorn in den Spitzen!« Sophie schloss die Augen, um auch ohne das Funkeln die Energie der Amethyste wahrzunehmen. Ja, sie spürte ihre Kraft! »Ach, wie hat mir das gefehlt!« Sie seufzte glücklich. »Ich hab mich nicht getraut, den Schmuck von dir mit auf die Expedition zu nehmen«, erklärte sie.

»Und wo ist er jetzt?«, fragte Karl verwundert.

Sophie lächelte listig. »Ich hab das Collier und die Ohrgehänge mit Valentina auf dem Grundstück der Böhmers vergraben – neben Richards Werkzeugkate. Darauf haben wir Gretes kleine Hortensie gepflanzt. Du erinnerst dich, Grete war eine Gärtnerstochter. Sie liebte besonders Hortensien und hatte eine in einem Topf mit an Bord genommen. Jetzt wächst sie in São Leopoldo weiter, für uns ist diese Stelle eine Erinnerungsstätte an Grete und Willi – als Grabersatz …« Schon wieder kamen Sophie die Tränen. »Bitte entschuldige, sonst bin ich nicht so eine Heulsuse …«

Sie konnte sich nicht die Augen wischen, weil sie immer noch die Amethyste in den Händen hielt. Karl legte zwei Finger unter ihr Kinn, hob es leicht an und küsste ihr sanft die Tränen von den Wimpern. Dankbar hauchte sie einen Schmetterlingskuss auf seine Lippen.

»Wie blank poliert«, murmelte er. »Deine Augen glänzen wie die Kristalle!« Dann allerdings runzelte er die Stirn. »Ist das nicht eine große Versuchung für Richard?«

»Ganz bestimmt nicht.« Sophie schüttelte den Kopf. »Es war ja eine Nacht-und-Nebel-Aktion unter Freundinnen. Richard hat vom Vergraben des Schmucks nichts mitgekriegt. Was er nicht weiß, macht ihn nicht heiß, hat Valentina gesagt.«

»Na, hoffentlich bleibt's dabei«, erwiderte Karl skeptisch.

Sophie versank erneut in den Anblick der Amethyste. Noch nie hatte sie so viele und so schöne Edelsteine gesehen.

»Ist es nicht verrückt?«, fragte sie nachdenklich. »Was ich hier in den Händen halte, ist unsere Zukunft.«

Karl trat einen Schritt zurück und sah sie an, als wollte er sich diesen Anblick tief einprägen. »Ja, eine Handvoll Hoffnung«, sagte er bewegt. »Davon können wir uns in Porto Alegre ein Haus leisten, Sophie.« Karl ging wieder zum Tisch. »Und sieh mal, was ich hier noch habe!« Er ließ aus dem kleinen Beutel andersfarbige Steine rieseln, darunter grüne und gelbe in verschiedenen Schattierungen. »Die habe ich außerdem gefunden. Die gelben lagen ein ziemliches Stück weiter flussaufwärts im Geröll bei den großen Wasserfällen.«

»Etwa bei den Iguazú-Wasserfällen?«, fragte Sophie aufgeregt. Auf dem Weg dorthin befand sich doch jetzt Antonius von Melior.

»Nein, gar nicht so weit weg. Es gibt hier viele andere Wasserfälle!«

Fasziniert kam Sophie näher. Karl lächelte. »Ich weiß selbst nicht, was das alles genau ist. Die gelben sind Citrine, glaube ich, dieser hier ist ein grüner Amethyst, ja, auch das gibt es. Der hier ist wahrscheinlich ein Topas, und da sind noch ein paar Rohdiamanten. Die werden auch einiges bringen. Wir müssen sehr viel investieren in unsere Mine.« Er unterbrach sich. »Die Mine! Du kennst ja die Mine noch gar nicht! Komm, ich zeig dir alles.«

»Ist das nicht zu anstrengend für dich?«, fragte Sophie besorgt. Vorsichtig füllte sie die Amethyste zurück in den Beutel.

»Nein, wir machen nur die kleine Runde.« Karl versteckte die beiden Beutel wieder, dann gingen sie nach draußen, wo er ihr ein großes durchgearbeitetes Feld zeigte, das an Mitzis kleinen umzäunten Gemüsegarten grenzte. »Hier haben wir am Anfang viele einzelne Amethyste gefunden. Man konnte sie einfach so mit der Hand aufsammeln – fast wie bei der Kartoffelernte!« Er lächelte. »Die waren wohl im Laufe der Zeit durch Brüche und Erosion, also durch Wind und Wetter, locker geworden.« Inzwischen hatten die Männer einen Tunnel in den Hügel gegraben. Grüner Farn, Bäumchen, Gestrüpp und Schlingpflanzen tarnten ihn. »In diesem Basaltgestein liegen noch ungezählte intakte Amethystdrusen!«, schwärmte Karl.

Einige der freigelegten länglichen Fundstücke waren mannshoch. »So große gab es bei uns im Hunsrück wirklich nicht!«, staunte Sophie. Sie umfasste ein kleineres Exemplar, versuchte vergeblich, es anzuheben. »Meine Güte, ist das schwer!«

»Das Problem«, erklärte Karl, »besteht darin, dass wir die zersägten Hälften oder Teile eigentlich nur als Kabinettstücke an Sammler verkaufen können. Doch die leben weit entfernt, und der Transport ist sehr aufwendig. Das Gewicht, die Größe, es gibt keine vernünftigen Verkehrswege …«

»Dann lohnt es sich doch gar nicht«, wandte Sophie ernüchtert ein.

»Noch lohnt es sich nicht«, erwiderte Karl, und das Leuchten in seinen blaugrauen Augen verriet, dass er bessere Zeiten kommen sah. »Aber das wird schon noch. Eines Tages wird eine Eisenbahn quer durch den Dschungel bis hierher dampfen. In England fahren jetzt schon Güter und Menschen auf Schienen!«

Er führte Sophie in das Lager, das halb im Hügel lag und halb in einem von Trichterwinden überwucherten hölzernen Vorbau. Ein unglaubliches Glimmern und Funkeln erfüllte den Raum – ringsum an den Wänden lehnten aufgesägte oder angebohrte Amethystdrusen. Karl stellte sich hinter eine und war vollständig verborgen. Er sprach, aber Sophie konnte ihn kaum verstehen. Das Gestein dämpfte die Geräusche.

»Es soll Drusen geben, die fünf Meter lang sind!«, sagte Karl, als er wieder hervorkam. »Ich traf einen Mann, der davon träumte, die Innenwände einer Kirche damit auszukleiden.« Unter einem Schindeldach vor einem zweiten Tunneleingang befand sich eine halb offene Werkstatt. »Hier arbeiten Juan und ich an der Lösung des Problems«, erklärte Karl. Ganz offensichtlich probierten sie unterschiedliche Schneidetechniken aus, hämmerten mit diversen Geräten, tüfelten mit Meißeln und Zahnrädern. »Leider haben wir schon eine Menge kaputt gehauen«, gab Karl zu. »Amethyste sind nun mal nicht spaltbar. Sie splittern. Meist gibt's muscheligen Bruch.«

Juan schaute kurz herein, er trug eine selbst gefertigte Schutzbrille. Offenbar hatte er Karls letzten Satz mitbekommen, jedenfalls grinste er. »Wer nicht wagt, der nicht gewinnt!« Er holte einen Hammer und ließ die beiden wieder allein.

Auf einem Werkbrett vor dem Fenster standen Vorrichtungen zum Schleifen von Amethysten. Sophie ließ ihre Finger über die Feilen, Schleifscheiben, Bohrer und Fräser gleiten, sie befühlte das feine Schmirgelpapier, und Erinnerungen an ihre Heimat wurden wach. Kurz empfand sie Sehnsucht nach ihrer Mutter und den Geschwistern. Doch sie wünschte sich nicht zurück. Ihr Platz im Leben war bei Karl.

»Sind hier die Steine für mein Collier geschliffen worden?«, fragte sie andächtig.

Karl nickte. »Sie wurden hier vorgeschliffen. Aber die Feinarbeit und die Goldfassungen hat ein Experte in Porto Alegre gemacht.« Er setzte sich auf einen Schemel und blickte hinaus durch die offene Tür über den Rio Mistico in die Ferne.

»Jetzt, da du hier bist …«, begann er schließlich.

»Worüber denkst du nach?« Sophie spürte, dass ihn etwas sehr beschäftigte.

»Nun ja, ich wollte aufbrechen, um dich nicht länger warten zu lassen – und weil ich dich endlich wiedersehen musste!«, sagte er. »Aber es reizt mich sehr, noch einmal an der Stelle bei den Wasserfällen zu suchen. Dort, wo ich vor Monaten fündig geworden bin …« In seinen Augen blitzte schon wieder dieselbe Abenteuerlust auf wie damals, als sie von der Felsenkirche in Oberstein aus den Zug der Brasilienauswanderer beobachtet hatten. »Es ist ein unglaubliches Naturschauspiel, Sophie. Eigentlich müsstest du es auch unbedingt einmal sehen. Dann wirst du dieses Land für immer lieben!«

Einerseits freute Sophie sich riesig, dass Karls Lebensgeister zurückgekehrt waren, andererseits ging ihr das alles viel zu schnell. Noch wussten sie ja nicht einmal, ob er den vierten Tag wirklich ohne Fieber überstehen würde. Und sie war doch auch gerade erst angekommen.

»Also, nach Ruhe klingt das nicht«, bemerkte sie und unterdrückte ein Lächeln.

Karl lachte und umfasste ihre Taille. »Ach Sophie! Wir müssen ja nichts überstürzten. Jetzt haben wir doch alle Zeit der Welt!«

Karl nahm weiter das Chinin. Mit großer Spannung erwarteten sie die zweiundsiebzigste Stunde seit Ausbruch des letzten Schüttelfrosts. Vanori stand bereit, um wie gewohnt mit Kräutertees und Decken zu helfen. Sophie bedankte sich bei ihr.

»Es ist nicht mehr nötig, Vanori«, sagte sie. »Karl bekommt kein Fieber mehr, und falls doch, dann kümmere ich mich um ihn.« Und an Karl gewandt fügte sie hinzu: »Beim Baron ist das Fieber nicht zurückgekommen.«

»Ich bete, dass es bei mir genauso sein wird.«

Vanoris Augen verengten sich zu Schlitzen. Sie sagte etwas, das patzig klang, und ging erst, nachdem auch Karl sie darum gebeten hatte.

Karl befestigte eine zweite Hängematte für Sophie im Blockhäuschen. Sie lagen aber doch eng umschlungen in seiner Matte, als es so weit war. Sophie hatte das Gefühl, sie könnte durch ihre Umarmung das Böse von Karl fernhalten. Die zweiundsiebzigste Stunde begann – Karls Temperatur veränderte sich nicht, er fror nicht, er schwitzte nicht. Minute um Minute verging. Die zweiundsiebzigste Stunde verrann, ohne dass die Malaria zurückgekehrt war! Karl und Sophie sprangen aus der Hängematte, sie hüpften und tanzten vor Freude, erst in der Hütte und dann davor.

»Es wirkt, es wirkt auch bei dir!«, jubelte Sophie. Mitzi, Juan und Vanori kamen herbeigeeilt. Sie feierten mit ihnen, sogar die Indiomänner ließen sich von der freudigen Stimmung auf Bela Vista anstecken.

Karl erholte sich schnell. Die ungesunde gelblich fahle Gesichtsfarbe wich, er aß gut, und sein Gewicht normalisierte sich bald wieder. Seine Küsse wurden leidenschaftlicher. Er wollte mehr, sein Körper bewies, dass er wieder bei Kräften war. Doch sosehr Sophie ihn auch liebte und ihre Vereinigung herbeisehnte, irgendetwas hielt sie davon ab, sich ihm ganz hinzugeben.

»Ich möchte dafür Gottes Segen«, sagte sie. »Und außerdem …« Sie stockte.

Karls Mund berührte ihre Wange, er knabberte an ihrem Ohrläppchen, glitt mit den Lippen an ihrem Hals tiefer, öffnete die Knopfleiste ihres Hemdes und setzte kleine Küsse auf ihr Dekolleté. »Hm …«, seine Stimme klang tiefer als sonst, »… und außerdem?« Er presste sie an sich, ihr wurde ganz heiß.

»Ich … ich hab mir meine Hochzeitsnacht anders vorgestellt«, sagte Sophie errötend. »Nicht in so einer Hängematte. Manchmal ist es ja ganz schön, zu zweit darin zu liegen. Aber eigentlich finde ich das Ding furchtbar unbequem.«

Karl lächelte belustigt. »So schläft man im Urwald – in der Luft schwebend.« Er ließ seine Fingerspitzen über ihren Körper tippeln. »Es hat sich bewährt. So können nämlich keine Tierchen am Bettpfosten hochkrabbeln. Wenn du dich auf eine Insektenstraße legst, kann es nachts sehr lebhaft werden.«

Sophie musste kichern, weil es kitzelte. Doch sie schob halb kokett, halb beleidigt ihre Unterlippe vor. Sie fand die Hängematte trotzdem unangemessen. »Man rollt immer aufeinander zu, mal ist es zu warm, und man schwitzt, mal zieht es von unten.«

Sie wollte neben Karl liegen und ihre Arme und Beine entspannt weit ausstrecken können. Sie wollte Karl umarmen, wenn ihr danach war, und sie wollte ihn, wie die Heldinnen in französischen Romanen, stundenlang mit aufgestütztem Ellbogen ansehen können.

In Karls Augenwinkeln kräuselten sich kleine Lachfältchen. »Meine Geliebte …« Er küsste sie so, dass es ihr schwerfiel, bei ihrem Vorsatz zu bleiben. Karls Finger glitten unter ihr Hemd, sie begannen, ihre Haut zu streicheln und ihre Brüste zu liebkosen. »Du bist so schön wie eine Lilie …«, raunte er.

Prickelnde Schauer überliefen Sophie. Trotzdem drängte sie Karl schließlich sanft, aber bestimmt zurück. »Wenn wir verheiratet sind …«, sagte sie.

»Sophie, ehrlich gesagt verstehe ich dich nicht.« Karl stöhnte ungeduldig. »Du hast dein Leben aufs Spiel gesetzt, um mich zu finden, und lässt dich nun von Konventionen abhalten, die hier in der Wildnis niemand interessieren … Wir könnten jetzt schon so glücklich sein, meine Lilie …« Er drückte seinen Unterleib gegen ihren. Sie spürte die Verlockung, sah die Erregung in seinen Augen – er war der Mann, der es schaffen konnte, sie nur mit Blicken zu verführen.

»Aber … aber wir sind doch schon glücklich!«, erwiderte Sophie hin- und hergerissen. Sie spürte, sie brauchte einfach noch etwas Zeit. Ihre Augen wurden feucht. »Bitte, Karl«, sagte sie leise, fast verzweifelt. »Lass uns jetzt erst einmal unsere Verlobungszeit genießen. Daheim hatten wir ja kaum Gelegenheit dazu.«

Sophie verstand sich selbst nicht ganz. Vielleicht war es eine Ausrede aus jungfräulicher Scheu. Oder hatte sie zu große Angst, in der Wildnis ein Kind zu gebären? Sie erinnerte sich voller Schrecken daran, wie sie, fast selbst noch ein Kind, ihrer Mutter bei der Geburt des Jüngsten hatte helfen müssen. Vielleicht wollte sie erst sicher sein, dass Karl völlig gesund war und sich nicht durch diese Aufregung schwächte. Möglicherweise sah sie noch zu deutlich die Bilder vom kranken, nicht gerade heldenhaften Karl vor sich …

Hinzu kam, dass sie sich nach all den Anstrengungen auch mit sich selbst noch nicht wieder im Lot befand. Anflüge von Panik überfielen sie zwar nicht mehr, seit sie Karl gefunden hatte, ihre Periode hatte sich seit der Abreise in Antwerpen jedoch noch nicht wieder normalisiert. Mal kam sie zweimal im Monat, dann wieder blieb sie viel zu lange aus. Jetzt hatte sie schon seit fast drei Monaten keine Blutung mehr gehabt.

Karl atmete tief ein. Er legte seine Hände auf Sophies Schultern. »Gut. Wenn es dir so wichtig ist«, sagte er bedauernd. »Ich liebe dich, Sophie. Du zeigst es mir, wenn du so weit bist.«

Nun gab es nur noch eines, was Sophie bedrückte. Vanori hing wie eine Klette an Karl und verhielt sich ihr gegenüber fast feindselig. Sie schickte ihr böse Blicke, und wenn es niemand bezeugen konnte, warf sie kleine glühende Kohlestücke nach Sophie. Sie trieb sich gern in der Nähe von Bela Vista herum und betrat ungebeten die Blockhütte, sobald die Tür offen stand. Vanori irritierte Sophie allein durch ihre Anwesenheit. Sie fragte deshalb Karl, ob er das Indiomädchen nicht ganz fortschicken könne. Doch er lehnte vehement ab.

»Sie hat so viel für mich getan!«, sagte er. »Das wäre nicht in Ordnung. Außerdem wartet sie darauf, dass ihr Clan durch diese Gegend zieht und sie wieder aufnimmt.«

»Vanori ist eifersüchtig«, sagte Mitzi, als sie um das Lagerfeuer saßen und eine Suppe aus Araukarienfrüchten löffelten, die ein wenig nach Esskastanien schmeckte. »Ist doch klar. Sie hat Karl gerettet. Immer wachte sie bei ihm, wenn er krank war. Und jetzt bist plötzlich du da.«

»Für Karls Rettung werde ich ihr auf ewig dankbar sein«, sagte Sophie. »Aber ich hoffe, sie hört langsam mal auf, mich als Eindringling zu betrachten.«

Sie gab sich Mühe, freundlich zu Vanori zu sein, schenkte ihr sogar ihre schönste Haarspange. Das junge Mädchen wohnte in einer der drei Indiohütten mit einer älteren Kaingang-Frau zusammen, die den Kontakt zu den Weißen mied. Vanori suchte als Einzige ihre Nähe. Die Indiomänner – die Juan nach den vier Aposteln Markus, Lukas, Johannes und Paulus benannt hatte, weil er sich ihre richtigen Namen nicht merken konnte – halfen zwar in der Mine, allerdings nur ab und zu. Meist hielten sie sich von Karl, Sophie, Juan und Mitzi fern. Sie bewegten sich lautlos und vorsichtig. Wenn sie miteinander sprachen, wisperten und murmelten sie und gaben seltsame Nasenlaute von sich. Sophie machte einen Bogen um sie. Die Männer erschienen ihr finster und verschlossen.

Beim morgendlichen Bad im Fluss fiel Sophie auf, dass Vanoris aufgedunsener Bauch immer dicker wurde. Wahrscheinlich ernährte sie sich ungesund. Hoffentlich war Vanori nicht doch noch krank. Sie übergab sich manchmal hinter den Hütten.

Niemand schien so recht die Verhältnisse der Indios untereinander und zu Vanori zu durchschauen. Sophie erinnerte sich, dass Baumann, der viel über die Sitten verschiedener Indiostämme wusste, einmal etwas von Gruppenehen erzählt hatte. Vielleicht praktizierten die Kaingang so etwas? Manchmal rauchten sie abends berauschendes Kraut. Einmal spuckte Vanori in diesem Zustand Sophie vor die Füße.

Karl sprach daraufhin ein ernstes Wort mit ihr. »Vanori, sei nett zu Sophie!«, schloss er.

Das schien zu helfen. Karl bat Vanori außerdem, Sophie mit auf ihre regelmäßigen Ausflüge in die Wildnis zu nehmen und ihr zu zeigen, was sie an Essbarem sammeln konnten. Das Fleisch für ihre Mahlzeiten jagten die Männer, sie fischten auch. Dafür sorgten die Frauen für

Früchte und Brennmaterial. Mitzi war hocherfreut über die Verstärkung.

»Es ist viel besser, dass wir nun zu dritt in den Wald gehen«, sagte sie, als sie sich bewaffnet mit Stock und Gewehr auf die Suche machten. »Kleine Gruppen greift der Jaguar nämlich nicht an.«

Sophie schluckte. Sie musste sich überwinden mitzugehen.

Vanori sammelte Äste, die sie zu einem Bündel zusammenband und auf dem Kopf zu den Hütten balancierte. Sie flocht später kunstvolle Körbe aus dem gesplissten Material. Nach und nach lernte Sophie, die Bäume und deren Früchte zu unterscheiden. Feigen, Pomeranzen, Apfelsinen, Sternfrüchte, Pfirsiche, Ananas, Bananen gediehen hier, doch reife Früchte fanden sie in dieser Jahreszeit vor allem an Araukarien.

Die Wochen vergingen, der Frühling war nicht mehr fern. Bald wurde es wärmer und angenehmer. Eines Nachmittags stiegen die drei Frauen auf das Hochplateau und gingen durch einen Wald, in dem sich zunächst Laub- und Nadelbäume mischten, dann sah man nur noch Araukarien – jene Bäume, die Sophie anfangs so unheimlich gewesen waren. Doch an diesem Tag wirkten sie anders auf sie, fast wie verzaubert. Wegen ihrer ausladenden, schirmförmigen Kronen standen sie in weiten Abständen voneinander und ließen viel Licht hindurch. Gelbliche Flechten überzogen ihre Stämme. Die Sonne fiel schräg in Strahlenbündeln in den Wald, sie tauchte ihn in ein senfgelbes Licht und verlieh ihm etwas Zeitloses.

Langsam trat Sophie ganz nahe an einen Baum heran, befühlte die dicke, feinschuppige graubraune Borke. Sie legte ihre Arme um den mächtigen Stamm und sog seinen harzigen Geruch ein. Mitzi tat es ihr auf der anderen Seite des Stammes gleich, sie reckten sich beide, bis sich ihre Fingerspitzen berührten. Es kitzelte ein wenig. In diesem Augenblick spürte Sophie eine besondere Verbindung zu Mitzi. Ohne ein Wort darüber zu verlieren, waren die beiden Frauen von nun an Freundinnen. Sie wussten, dass sie einander vertrauen konnten. Sophie lächelte leise vor sich hin und legte ihren Kopf in den Nacken. Schier endlos ragte der Stamm in die Höhe. Ganz oben wuchsen die Früchte.

Plötzlich schoss Vanori ohne Vorwarnung einen Pfeil nach oben und gleich darauf den nächsten. Sophie hörte ein Knacken. Sie sprang gerade noch rechtzeitig zur Seite, kurz darauf landete neben ihr eine große Frucht auf dem Waldboden. Sie hatte den Durchmesser eines mittelgroßen Kürbisses, das Ding hätte sie umbringen können! Vanori grinste nur. Kein Zweifel, sie hatte das absichtlich gemacht!

Mitzi war das kleine Attentat offenbar entgangen. Sophie sagte nichts, doch sie ärgerte sich sehr über diese Gemeinheit und beschloss, Vanori eine Lektion zu erteilen. Sie wusste noch nicht, wie, aber ihr würde schon etwas einfallen!

Der Baum hatte gleich mehrere Früchte auf den weichen Waldboden plumpsen lassen. Geübt öffneten Vanori und Mitzi die Kugeln. Sie enthielten bauchige Samen, die übergroßen Pinienkernen ähnelten.

»*Piñónes!* Essen!«, sagte Vanori und rieb sich den dicken Bauch.

»Aus Araukarienholz haben Juan und Karl unsere Blockhütten und die Möbel gebaut«, erklärte Mitzi. »Dieser Baum ist wirklich wichtig für uns.« Sophie sah die Einrichtung mit dem auffallend gescheckten Holz vor sich. »Vor jedem Fällen mussten wir die Baumgeister um Erlaubnis bitten«, erinnerte sich Mitzi augenzwinkernd. »Mit Tanz, Musik und Gebeten. Sonst hätten die vier Apostel uns nicht beim Transport geholfen.«

Je später es wurde, desto milder wurde das Licht. Es sickerte herab, als wäre es flüssig. In dieser eigenartigen Stimmung erschien es Sophie gar nicht so abwegig, dass es etwas wie Baumgeister geben könnte. Sie sah einen azurblauen Raben, dessen Gefieder wunderschön war. Er flog näher heran. Vanori beobachtete ihn voller Ehrfurcht. Der Vogel schien keine Angst vor ihnen zu haben. Er landete auf dem Waldboden, hüpfte näher an die geöffneten Araukarienfrüchte.

In diesem Moment hatte Sophie eine Eingebung. Sie ließ den blauen Raben sprechen. »Vanoriii! Sei nett zu Sophiiie! Sei nett zu Sophiiie!«, krächzte sie mit ihrer Bauchrednerstimme.

Das Indiomädchen fuhr zusammen. Zitternd, Augen und Mund weit aufgerissen, starrte Vanori auf den Vogel. Der Rabe schnappte sich zwei Araukariensamen und hob wieder ab.

Seit diesem Nachmittag verhielt Vanori sich respektvoll und freundlich Sophie gegenüber.

Mitzi hatte den Trick natürlich durchschaut. Am Abend, als Vanori bei ihren Leuten war, sprach sie Sophie darauf an. »Ich hab einige Minuten gebraucht, um es zu verstehen! Ich war zuerst völlig perplex.« Sie kicherte. »Das ist ja ein ganz herrliches Talent!«

Sophie lächelte. »Ja, manchmal ist es zudem ganz nützlich.«

Wenn Sophie Mitzi draußen vor deren Blockhaus in der offenen Küche half, die gemeinsamen Mahlzeiten vorzubereiten, lauschte sie gern deren Geschichten. Mitzi liebte es, aus ihrer Zeit als Zofe bei Kaiserin Leopoldine am Hofe Dom Pedro I. zu erzählen.

»Ich bin als junges Ding mit ihrem Hofstaat aus Wien zu ihrer Hochzeit nach Rio de Janeiro mitgekommen. Wir hatten uns ja wer weiß was von Brasilien versprochen! Das Fest war traumhaft! Die ganze Stadt war auf den Beinen, die Hauptstraße mit weißem Sand, mit Blumen und Zweigen bestreut! Überall hingen Girlanden, Papierlaternen, leuchtende Fahnen. Und die Zuschauer stützten sich in den Fenstern auf Damastkissen! In jeder Ecke standen Pfannen, in denen wohlriechende Kräuter verbrannt wurden!« Während Mitzi erzählte, bekam sie rote Wangen. Und Sophie sah alles bildhaft vor sich.

»Ich möchte auch, dass zu meiner Hochzeit Blumen gestreut werden«, sagte sie verträumt.

Mitzi lächelte resigniert. »Die Ernüchterung ließ allerdings nicht lange auf sich warten. Nach diesem aufwendigen Fest entwickelte sich das Leben der Herrschaft so erbarmungswürdig und gewöhnlich.«

Sophie schmunzelte in sich hinein. Die Umgebung, in der Mitzi nun lebte, konnte auch nicht direkt als vornehm bezeichnet werden.

»Nein, der erste Kaiser von Brasilien war kein feiner Herr«, entrüstete sich Mitzi, während sie frisches Obst schnitt. »Gut, dass er zurückgetreten ist. Er stellte sich auf die Palastmauer und erleichterte sich vor seinen Truppen! Und er prügelte die Leopoldine, als sie schwanger war! Ich hab's mit eigenen Augen gesehen. Dann holte er seine Mätresse an den Hof. Und die Leopoldine ließ trotzdem nichts auf ihn kommen. Sie war so eine edle Frau und musste doch viel zu früh sterben.« Mitzi wischte sich eine Träne von der Wange. Immer mehr Adlige hatten noch zu Lebzeiten der Kaiserin die Flucht ergriffen und ein Schiff zurück in die alte Heimat bestiegen. »Unsere Löhne wurden nicht mehr gezahlt. Der Staat war finanziell ruiniert. Vor einigen Jahren hat die Regierung ja deshalb auch alle Förderungen von Einwanderern gestrichen.« Sophie, die nach Mitzis Anweisungen Araukariensamen zu Mehl zerstampfte, fragte sie, wovon sie denn damals gelebt hätten. »Die Kaiserin griff manchmal in ihre Privatschatulle, weil die Not ihrer Hofdamen sie selbst bestürzte. Aber auch sie, die Höchste im Staate, war ständig illiquid und konnte uns nicht immer etwas geben.«

»Warum bist du dann nicht auch zurück nach Österreich gereist?«

»Jesses! Ich habe so fürchterliche Erinnerungen an meine Überfahrt! Drei Monate lang war ich seekrank! Das mag ich nimmer mehr erleben!« Mitzis üppiger Busen wogte. »Außerdem war da dieser schöne Mann aus der Leibgarde, mein Juan …« Sie lächelte verschmitzt. »Er hat im Krieg in Uruguay für Brasilien gegen die Argentinier gekämpft. Ein fescher Kerl, ein Abenteurer. Nur leider nicht von Stand.« Mitzi seufzte. »Da bin ich mit ihm durchgebrannt. Er wollte Edelsteine suchen. Darüber bin ich alt und dick geworden.«

»Aber du bist doch nicht alt und dick!«, widersprach Sophie.

»Ach, ich weiß schon, wie ich ausschau«, sagte Mitzi munter. »Aber der Juan liebt mich trotzdem. Und weißt du was? Ich möchte mein Blockhäuschen und meine Viecherl gegen keinen Palast der Welt eintauschen!«

Mitzi kümmerte sich mit Hingabe um kranke wilde Tiere. Sie pflegte sie gesund und entließ sie wieder in die Freiheit. Doch manche Kreatur blieb freiwillig in ihrer Nähe oder ließ sich regelmäßig blicken. Derzeit hatte sie ein Agutibaby in Pflege, das Sophie wie eine Mischung aus

Meerschweinchen, Wiesel und Hase erschien. Es bewegte sich hüpfend vorwärts und knabberte recht possierlich auf den Hinterbeinen sitzend Nüsse. Außerdem kurierte Mitzi gerade eine flügellahme Eule, die tagsüber meist schlief und einen mutterlosen kleinen Brüllaffen, der jeden Morgen alle vor der Zeit weckte.

Sophie vertraute sich Mitzi wegen ihrer unregelmäßigen Menstruation an. »Was kann ich da nur tun?«, fragte sie.

Die Ältere beruhigte sie. »Das hört man oft von Frauen auf der Flucht und von Einwanderinnen, Sophie«, tröstete sie. »Das pendelt sich von ganz allein wieder ein.«

»Seid ihr eigentlich … verheiratet?«, fragte Sophie sanft errötend.

»I wo«, entgegnete Mitzi gleichmütig. »Ich weiß auch ohne Pfaffen, dass Juan mein Mann ist, und ich bin seine Frau. Hier lernt man, ohne Kirche mit seinem Gott klarzukommen.« Sophie war befremdet. Doch unbekümmert fuhr Mitzi fort. »Der kirchliche Segen ist nach meiner Meinung nicht wichtig. Jedenfalls nicht, wenn man keine Nachbarn und keine Kinder hat so wie wir.« Sie zuckte mit den Schultern. »Der liebe Gott kennt mich auch ohne Vermittler. Die Kirche will nur ihre Schäfchen unter Kontrolle behalten!«

»Also Mitzi, was du für aufrührerische Ansichten von dir gibst!« Sophie schüttelte den Kopf. Aber irgendwie gaben sie ihr doch zu denken. »Warum habt ihr eigentlich keine Kinder?«, fragte sie dann.

»Juan meint, dass es mit einer Kriegsverletzung zusammenhängt«, sagte Mitzi. »Er kann keine Kinder zeugen, und ich hab mich damit abgefunden.« Dann lächelte sie vielsagend. »Seine Manneskraft ist zum Glück nicht beeinträchtigt.«

Karls Manneskraft meldete sich ebenfalls regelmäßig. Doch er beherrschte sich. Vor allem abends, wenn sie in ihrer Hütte allein waren und Sophie sich zum Schlafen umzog, litt er tapfer seine Qualen der Entsagung. Manchmal war es so kalt, dass Sophie sich fröstelnd bei ihm aufwärmte, bevor sie in ihre Hängematte wechselte. Sie hörte Karl dann später im Dunkeln noch stöhnen.

»Warte, mein Engel, eines Tages werde ich mich für diese Behandlung rächen«, drohte er, bevor er endlich einschlief.

Karl hämmerte und sägte seit Tagen. Er verstärkte die Dachkonstruktion der Hütte, was Sophie nicht ganz einleuchtete, doch sie äußerte sich dazu nicht. Oft werkelte er jetzt im Stollen, er untersagte ihr allerdings den Besuch dort. Sicher hat Karl gute Gründe dafür, dachte Sophie. Und so ganz geheuer war es ihr unter der Erde ohnehin nicht.

Sie einigten sich darauf, dass sie noch eine Weile im Vale da Esperança blieben. So konnte Karl weiter Edelsteine sammeln und sich erholen. Vor allem waren sie sich einig, dass sie versuchen wollten, sich für die Rücktour durch die Wildnis Antonius von Meliors Expeditionstruppe anzuschließen – das wäre gewiss sicherer, als sich zu zweit auf den Weg zu machen.

Sophie genoss diese Zeit. Zwei der Indios, Lukas und Markus, stocherten immer wieder mit Eisenstangen im Bodenschotter herum, denn die oberen Schichten des Basaltgesteins waren stark verwittert. Sobald es hohl klang, begannen sie zu graben. Sophie sah ihnen gebannt zu. Manchmal durfte sie dabei sein, wenn Juan und Karl in der Werkstatt neue Versuche unternahmen, besonders schöne große Amethyste aus ihrem Verbund zu lösen, zu beschneiden und zu behauen. Doch nur selten hatten sie Glück, meist legten sie dabei alles in Trümmer.

Gelegentlich suchte Sophie auf dem Feld allein nach Amethysten, ab und zu wurde sie auch mit einem Fund belohnt. Sie hielt sich besonders gern im Lager mit den Amethystdrusen auf. Die großen Bruchteile erfüllten den Raum nicht nur mit ihrem Glitzern und Strahlen, sondern auch mit Energie. Es bereitete Sophie Freude, die Kristalle um sich zu haben, sie zu bewundern und zu spüren. Für sie waren sie ein kleines Stück vom Paradies, das ihr zu mehr Ausgeglichenheit verhalf.

Und Mitzi behielt recht. Eines Morgens bekam Sophie ihre Menstruation, danach fühlte sie sich gereinigt und erleichtert. Ihr Körper hatte Altes abgestoßen.

Sophie lebte sich immer besser ein. Sie begleitete Karl gern mit seinem selbst gebauten Kanu zu den Gummibäumen, die am Flussufer wuchsen. Sie hatten Blätter, die wie grüne Finger aussahen. Karl ritzte die scheckigen schlanken Stämme schräg an und hängte Auffanggefäße darunter. Nach ein paar Tagen paddelten sie wieder hin, um die ausgetretene Milch abzuholen. Paulus, jener Indio, der durch seine Pockenerkrankung taub geworden war, übernahm die weitere Verarbeitung des dicken weißen Baumsaftes. Er vermengte die Milch mit Ruß, trocknete die Masse über stark qualmenden Palmnussfeuern und knetete sie dann zu einer Art Paste. Vanori und Mitzi kleideten damit Gefäße aus, bestrichen auch Decken und Kleidungsstücke, die auf diese Weise wasserdicht wurden. Karl erklärte, dass *kautschu* übersetzt »tränender Baum« bedeute und dass die Bäume deshalb auch Kautschukbäume hießen.

Bei diesen Ausflügen zeigte Karl Sophie auch immer

verborgene Schönheiten. Er machte sie auf Orchideen, Fuchsien, Kakteen und exotische Früchte aufmerksam, die sie nie zuvor gesehen oder gegessen hatte.

Einmal brachen sie auf, als noch Nebelschleier über dem Fluss lagen. Die Morgensonne färbte sie rosig. Karl saß hinter Sophie im Kanu. Sie hörte das friedliche Plätschern und Glucksen des Wassers im Gleichklang ihrer Paddel. Sie schnupperte süße, liebliche und würzige Aromen von Petunien, Lilien, Hölzern, Wasser und Moos … Und auf einmal spürte Sophie, dass sie wieder Kraft hatte. Es war eine Lust, das Paddel durchzuziehen, die Lunge mit Luft zu füllen – zu leben!

Was will ich mehr?, dachte sie. Ein Haus in Porto Alegre kann mich nicht zufriedener machen, als ich es in diesem Augenblick bin. Spontan drehte sie sich zu Karl um.

»Es ist so schön, bei dir zu sein!«, sagte sie. »Was bin ich froh, dass ich nicht aufgegeben hab!«

Karl strahlte übers ganze Gesicht. Er lenkte das Kanu zur nächsten Sandbank und half Sophie heraus. Dann küsste er sie innig. Sophie bekam weiche Knie, sie vergaß alles um sich herum. Seine Umarmung fühlte sich so richtig an, sie musste genau so sein. Sophie presste sich an Karl, ihre Küsse wurden immer leidenschaftlicher.

»Du machst mich noch wahnsinnig«, stöhnte Karl.

»Jetzt!«, hauchte Sophie im Rausch.

Karl wusste sofort, was sie meinte. Vor Freude packte er sie um die Taille und stemmte sie hoch. Wie das Blau in seinen Augen jetzt leuchtete! Was für ein schöner Mann er doch war! Dieses Kinn mit dem Grübchen, der herrliche Schwung seiner Oberlippe! Sophie taumelte, als er sie wieder aufsetzte.

Doch auf einmal hielt Karl inne. Aufmerksam blickte er

um sich. Sie standen auf der Sandbank des Flusses mitten im Urwald wie auf einer Bühne. Es gab keinen Baum, keinen Strauch. Die Sonne brach durch, die Nebel lösten sich auf.

»Was meinst du, wie viele Augen uns jetzt sehen!« Gegenüber am Ufer sprang eine Affenherde von Wipfel zu Wipfel. Im Unterholz auf der anderen Seite rauften zwei Tapire. »Wir wollen doch nichts überstürzen«, sagte Karl zu Sophies großer Überraschung. »Weißt du, ich habe es mir eigentlich auch ganz anders vorgestellt. Warten wir noch etwas ab. Bis du dir wirklich ganz sicher bist.«

Sophie schluckte. Das war ja unglaublich! Wieso nutzte er nicht seine Chance? Warum riss er sie jetzt nicht in seine Arme, zog sie aus und liebte sie? Genau hier, genau in diesem Moment. Beleidigt wandte sie sich ab. Und dabei erhaschte sie einen Blick auf seine Miene – es sah aus, als unterdrückte Karl ein amüsiertes Lächeln. Oh! Ohne ein Wort setzte Sophie sich ins Kanu. Sie fuhren weiter zu den Gummibäumen und zapften sie an. Zurück im Tal der Hoffnung, verkroch Sophie sich im Lagerraum. Enttäuscht und verärgert nahm sie einen Hammer und schlug gegen ein Stück Amethystbruch, um sich abzureagieren. Da kam sie Karl endlich entgegen – und dann so was … Was für ein Dummkopf! Er hatte keinen Sinn für Romantik, gar keinen!

Sie grummelte vor sich hin, griff nach einem neuen Stück und begann, nun schon etwas ruhiger, es mit kleinen gleichmäßigen Schlägen von hinten zu bearbeiten. Ihr Blick schweifte durch den Raum. Auch an diesem Tag verfehlte die Ausstrahlung der Kristalle nicht ihre beruhigende Wirkung auf sie. Gedankenverloren hämmerte Sophie weiter gegen die Rückseite. Plötzlich unterbrach sie ihre Arbeit. Irgendetwas hatte sich verändert. Sie schaute auf ihren Schoß – dort lag der schöne Amethyst, losgelöst von seiner Ummantelung! Sie hatte ihn herausgeklopft! Es gab einen Weg, an die besten der tiefvioletten Kristalle zu kommen! Man könnte sie jetzt schleifen und ein Vermögen mit ihnen verdienen!

»Ich hab's! Ich hab's!« Sophie hob ihren Rock und rannte nach draußen. Sie lief, so schnell sie konnte, zur Blockhütte. Es wurde schon dunkel. Keuchend riss sie die Tür auf. »Karl, ich weiß jetzt, wie es …«

Doch was sie sah, verschlug ihr die Sprache.

Karl hatte ein richtiges breites Bett in die Hütte gebaut – und es schwebte. Nein, es schwebte natürlich nicht. Er hatte es mittels einer genialen Holzkonstruktion ans verstärkte Gebälk gehängt, sodass es keine Beine benötigte, die auf dem Boden standen. Ein Fischernetz war darüberdrapiert, und darin steckten Hunderte wilder Lilien und duftender Orchideen in Weiß, Hellgelb und Pink, einige mit Sprenkeln im Schlund.

»Karl … das ist ja …«

Sophie schlug die Hand vor den Mund. Daran hatte er heimlich im Stollen gezimmert! Mit ein paar großen Schritten war Karl bei ihr, er hob sie auf seine Arme und trug sie über die Schwelle. Sie spürte seine Lippen an ihrem Ohr.

Er legte sie auf das Laken. Mit einer Hand löste er ihr Haar, mit dem Daumen der anderen fuhr er langsam über ihre Lippen. Sophie öffnete leicht den Mund, ihr Herz klopfte schneller. Sie sehnte sich nach seinen Küssen. Und nach mehr. Langsam beugte Karl sich zu ihr hinunter. Sophie spürte ein Pulsieren, das sie atemlos machte. Ihr Becken drängte sich ihm entgegen.

»Hast du es dir ungefähr so vorgestellt?«, fragte er mit rauer Stimme.

»Ja!«, flüsterte Sophie ungeduldig. Sie schloss vor Aufregung die Augen. »Ja, ja …«

Nach dieser Nacht machte sich in Sophies Leben eine nie gekannte Leichtigkeit und Unbeschwertheit breit. »Wenn ich das gewusst hätte«, sagte sie nur, als Mitzi sie später fragte, wie ihre ›Hochzeitsnacht‹ denn gewesen sei, »dann hätte ich es schon viel früher getan.«

Mitzi freute sich mit ihr. »Die Blumen haben übrigens Vanori und ich gepflückt.«

Karl und Juan waren natürlich begeistert von Sophies durch Zufall entdeckter Methode, die Einzelkristalle herauszuklopfen. Sie beschäftigten sich nun hauptsächlich damit, Amethystsolitäre zu gewinnen, die es verdienten, geschliffen zu werden.

Nach wie vor begleitete Sophie Karl gern auf die Tour zu den Gummibäumen. Sie gewann dadurch auch immer mehr Kraft und größere Sicherheit im Umgang mit dem Kanu. Nach und nach verlor sie ihre Scheu vor den von Pockennamen gezeichneten Aposteln. Je mehr sie über die Männer erfuhr, desto mehr löste sich ihr Unbehagen ihnen gegenüber auf. Paulus galt nicht nur als Experte für die Kautschukgewinnung, er machte sich auch nützlich, indem er Papageien in Baumfallen fing. Die Indios schmückten sich gern mit ihren bunten Federn – die roten benutzten sie, um Piranhas zu angeln. Johannes hatte gerade erst geheiratet und war wie bei den Kaingang üblich, für sein neues Leben in das Elternhaus seiner Frau gezogen, als ihn die Pocken erwischt hatten und er ausgestoßen werden musste. Sophie lernte, dass normalerweise immer ein älteres Ehepaar mit seinen unverheirateten Kindern sowie den verheirateten Töchtern, Schwiegersöhnen und Enkelkindern um sich herum lebte, meist in einer Ansiedlung von zwanzig bis fünfzig Menschen. Sie betrieben Brandrodung, säten Mais, ließen das Feld drei Monate unberührt, bis sie ernten konnten, und zogen nach einer Weile weiter.

Die Kaingang beteten zu den Sternen. Ihre Oberhäupter hatten mehrere Frauen. Sie fürchteten ihre Ahnen und gingen nie allein in den Urwald, denn alles war für sie beseelt. In Ameisen und Moskitos lebten die Seelen Verstorbener weiter. Kaingang-Indios gerieten in Aufregung, wenn sich ein Ameisenbär zeigte, denn sie hielten ihn für einen entfernten Verwandten. Der Ameisenbär Tamandua, so glaubten sie, habe einst ihr Volk tanzen und singen gelehrt. Tiere, Pflanzen und Menschen waren in ihren Augen alle Kinder der mythischen Ureltern Kairu und Kamé. Erst jetzt begriff Sophie, weshalb der azurblaue Rabe Vanori mit seiner Botschaft so tief hatte beeindrucken können.

Lukas und Markus waren Brüder und verdankten ihre Erkrankung Uniformen brasilianischer Soldaten, die kurz zuvor an Blattern gestorben waren. Die Regierung hatte sie ihnen geschenkt. Von allen Mitgliedern ihrer Familie hatten nur sie beide überlebt und sich später mit den anderen ausgesetzten Leidensgenossen zusammengetan. Allein wäre jeder von ihnen verloren gewesen. Lukas versorgte die Gemeinschaft mit Honig, während Markus besonders geschickt darin war, Vogeleier aus Nestern zu sammeln.

Die ältere Kaingang-Frau, die nicht mit den Weißen sprach, war die einzige Überlebende einer Großfamilie, die der Blutrache zum Opfer gefallen war. Denn die Kaingang kämpften nicht nur gegen feindliche Stämme wie Guarani oder weiße Siedler, sondern auch gegen andere

Kaingang-Gruppen. Behörden und Estancieros, behauptete Juan, stachelten sie mit Zahlungen gegeneinander auf. Sie machten sich dabei die grausame Sitte der Blutrache zunutze. Die verlangte nämlich von jedem Kaingang, dass er für einen Mord in seiner Gruppe einen Kaingang einer anderen Gruppe umbrachte – bis zum bitteren Ende, der völligen Vernichtung.

»Aber auf diese Weise werden sie sich doch eines Tages gegenseitig auslöschen!«, entrüstete sich Sophie, als sie davon hörte.

Juan nickte. »So ist es. Nächstenliebe kennen sie nicht.«

»Das ist doch grausam! Kein Verzeihen, kein Friedensschluss, niemals?«

»Niemals. Traue nie einem Friedensangebot der Kaingang, sie sind hinterlistig und durchtrieben.«

»Moment! Früher waren sie nicht so. Sie lebten auch nicht immer im Wald«, warf Mitzi zur Verteidigung ein. »Sie betrieben Ackerbau auf dem Hochplateau. In die Wälder haben sie sich nur verzogen, um Schutz vor Sklavenjägern zu suchen. Jetzt rücken ihnen die Siedler auf den Leib. Und sie wehren sich.«

Sophie war irritiert. Es klang alles so widersprüchlich! Von den Hütten der vier Apostel drang Gelächter zu ihnen. Die Männer schnitten ihre Tonsuren nach und bemalten mit Holzkohle ihre Haut, dabei machten sie allerlei Späße. Sophie hatte inzwischen schon mitbekommen, dass vor allem Johannes und Lukas gern scherzten.

»Vor unseren Indios muss niemand Angst haben«, sagte Karl, der Sophies Verwirrung spürte. »Wir brauchen und schützen uns gegenseitig.«

»Und wenn erst das Kleine von Vanori da ist …«, sagte Mitzi schmunzelnd, »… dann werden sich gewiss alle freuen.«

Einen Augenblick herrschte eine seltsame Stille in der Runde. Sophie sah die anderen ungläubig an.

»Das Kleine?«, wiederholte sie und schüttelte den Kopf. Ein Baby! Vanori war schwanger, natürlich! Wie hatte sie so blind sein können, so dumm? »Warum hat mir das vorher niemand gesagt?«, fragte Sophie aufgebracht.

Juan schaute sie beschwichtigend an. »Sicher dachte jeder, du wüsstest es. Als Frau und überhaupt ... Das sieht doch jeder ...«

Deshalb war Vanori manchmal so launisch! Sophie verstand nun das Verhalten der jungen Indiofrau. Schwangere führten sich leicht mal merkwürdig auf und reagierten unberechenbar. Aber seit Sophie den blauen Raben hatte sprechen lassen, benahm sich Vanori ihr gegenüber wirklich tadellos. Ein Baby, wie schön! Sophie wünschte sich auch ein Kind, doch sie hoffte, es in der Zivilisation auf die Welt bringen und aufziehen zu können.

Jedenfalls bemühte sich Sophie nun um noch größere Freundlichkeit Vanori gegenüber. Keiner erwähnte den Vater, das Thema schien entweder ein Tabu oder nicht wichtig zu sein. Also sprach auch Sophie es nicht an. Vielleicht wusste Vanori selbst nicht, von wem das Baby war. Sie begleitete Juan gelegentlich in das nächste Dorf. Dort hausten, wie Sophie gehört hatte, viele entlassene Sträflinge, arbeitsscheue Caboclos ... Und wer wollte schon so genau wissen, was Vanori dorthin trieb?

Es wurde von Tag zu Tag wärmer. Der Sabia, ein kleiner schlanker Vogel mit orangefarbenem Bauch, flötete direkt hinter der Blockhütte im Mangobaum seine Balzakkorde. Karl sagte, jetzt sei die beste Zeit, noch einmal den Wasserfall aufzusuchen. Sophie war durch seine Schilderungen inzwischen so neugierig, dass sie unbedingt mitkommen wollte.

Zwei Tage waren sie im Kanu unterwegs, dann hörten sie das Brausen der Kaskaden. Über dem Wald schwebte weißer Dunst.

»Es sind bestimmt noch zehn oder fünfzehn Kilometer«, rief Karl, »aber wir müssen jetzt schon aufpassen.«

Die Strömung des Rio Mistico wurde stärker. Dunkelgrüne Araukarien überschatteten den Fluss, immer öfter erforderten Wasserstrudel ihre Aufmerksamkeit, sie konnten nur versuchen, mit den Paddeln dagegenzulenken. Das aufgeschäumte Wasser brandete gegen Felsbrocken. Verfangen zwischen Böschung und Gestein lag manch umgestürzter Urwaldriese, der blitzschnell zum Hindernis werden konnte. Das Brausen ringsum spürte Sophie auch innerlich, es rauschte durch ihre Adern, gefährlich und aufregend und wunderschön!

Dann endlich näherten sie sich der Schlucht, von der im Wassernebel kaum wirklich etwas zu erkennen war. Mit großer Kraftanstrengung steuerten sie das Ufer an und zogen ihr Kanu übers Geröll an Land.

»Wo genau hast du denn die gelben Steine gefunden?«, brüllte Sophie gegen das Donnern des herabstürzenden Wassers an. Ein Baumstamm schoss krachend in die Tiefe.

»Dort unten!« Karl wies mit dem Zeigefinger hinunter, sie las seine Antwort an den Lippenbewegungen ab. »Wir müssen klettern!«

Vor ihnen tat sich ein Abgrund auf. Das Hochplateau war hier weit aufgerissen zu einem tiefen und breiten Canyon. Sie versteckten das Kanu im Gebüsch. Sophie trug eine Hose von Karl. Er hatte ihr vor Reisebeginn dazu geraten. Du wirst dich darin besser bewegen können, Sophie, hatte er gesagt, und es stimmte.

Mit ihren Ranzen auf den Rücken stiegen sie in gebührendem Abstand zum Wasserfall einen zerklüfteten Pfad hinunter. Sie brauchten fast zwei Stunden.

Sophie ächzte. Es war sehr anstrengend, aber sie jammerte nicht. Karl reichte ihr immer wieder die Hand. Und unten angekommen, wurden sie für die Mühe belohnt.

Hand in Hand standen sie auf dem bebenden Boden. Das Wasser, das lotrecht in die Tiefe schoss, verursachte heftige Luftströme. Sie umbrausten das Gebüsch. Doch während hier unten alles toste, tobte und gurgelte, sah es oben völlig ruhig und heiter aus. Der Himmel war klar, wolkenlos, von einem intensiven Blau, gegen das sich die Araukarienbäume scharf abzeichneten.

An den braunroten Felswänden, gegen die das schneeweiß aufgeschäumte Wasser schlug, wucherten dunkelgrüne Inseln. Am beeindruckendsten an dieser majestätischen Kulisse aber fand Sophie die Regenbogen – sie schwebten vor, über und in den Wassernebeln!

Still drückte sie Karls Hand, und er erwiderte den Druck.

Plötzlich rief er so laut er konnte ihren Namen. »Sophiiiee! Ich liiebe dich!«

Und sie drehte sich vor Freude, begann zu tanzen und zu singen – ebenfalls so laut sie konnte. Das Donnern des Wasserfalls schluckte alle anderen Geräusche. Immer wagemutiger sangen sie beide sämtliche Lieder, die ihnen in den Sinn kamen. Da es niemand hören konnte, machte es auch nichts aus, schief zu singen. Aus Leibeskräften variierten sie die Melodien, Sophie tirilierte in den höchsten Tönen, wie sie es noch nie ausprobiert hatte. Karl japste schließlich vor Lachen nach Luft. Nach einiger Zeit waren sie heiser und hungrig und zogen weiter. Karl ging voran.

»Wie lange noch?«

Sophie stöhnte. Alles, was sie am Leibe trugen, war klatschnass. Auch ihre Haare trieften vor Nässe, die Gesichter waren feucht. Karl drehte sich zu ihr um. In seinen Wimpern hingen kleine Wasserperlen. Über seiner Oberlippe glitzerten Tröpfchen, und Sophie bekam große Lust, ihn zu küssen. Er senkte die Augenlider ein wenig, wie um seine Gedanken zu verbergen, das stachelte ihr Begehren noch mehr an. Sie ging weiter, an ihm vorbei, warf ihm über die Schulter einen vielsagenden Blick zu.

Als die Sprühnebel des Wasserfalls sie nicht mehr erreichten, blieb Karl stehen und suchte Holz für ein Lagerfeuer.

»Wir sollten unbedingt die Kleidung trocknen«, ordnete er im Tonfall des versierten Expeditionsleiters an. »Du holst dir sonst den Tod, Sophie.«

Sie unterdrückte ein Lächeln. Karl sammelte ein paar Araukarienfrüchte, um sie zum Rösten ins Feuer zu werfen. Sophie holte aus ihrem Ranzen eine auf der Unterseite mit Kautschuk abgedichtete Decke, die zum Glück ziemlich trocken geblieben war, und breitete sie über einer moosigen Mulde aus. Sie zogen sich aus, im hellen Tageslicht immer noch etwas schüchtern. Ihre nassen Sachen spannten sie über Äste. Nackt legten sie sich auf die Decke. Sophie schloss ihre Augen. Die Atmosphäre vibrierte vor Lebenskraft.

Ach, wie angenehm, die Glieder auszustrecken! Und wie schön warm die Sonnenstrahlen auf ihrem Bauch kitzelten! Karl rollte sich auf Sophie.

»Du nimmst mir die Sonne«, sagte sie neckisch.

Es ging unter im Getöse des Wasserfalls. Karl streichelte ihre Haut von der Achselhöhle seitlich hinunter bis zu den Schenkeln und küsste sie. Sophie überließ sich wohlig kribbelnden Schauern. Ein Gefühl wie Schweben erfasste sie. Die ganze Welt schien rund, sie beide ein Teil davon am richtigen Platz, nichts Böses konnte geschehen, alle guten Mächte lächelten ihnen zu.

Zärtlich flüsterte sie Karl etwas ins Ohr: »Ich liebe dich.«

Ob er es verstanden hatte? Verzückt lächelte er. Sie versank in seinen Augen. Ja, sagten sie, ich weiß es, und es macht mich glücklich.

Sie liebten sich. Langsam, innig.

Anschließend zogen sie die Decke ein Stück weiter in den lichten Schatten eines Laubbaumes, die Sonne stand nun hoch und brannte zu sehr. Entspannt ruhten sie auf dem Rücken. In der Ferne sahen sie einen Schwarm gelber Schmetterlinge aufflattern und davonfliegen wie eine Wolke. Sie leuchtete vor dem Weiß des Wasserfalls, zog weiter vor das Grün des Dschungels und schien sich schließlich im Blau des Himmels irgendwann aufzulösen. Wenn ich sterbe, dachte Sophie, möchte ich mich an diesen Moment erinnern.

Sie zogen sich an, aßen die gerösteten Früchte und brachen gestärkt wieder auf.

»Es ist nicht mehr weit bis zu jener Stelle, an der ich die gelben Edelsteine gefunden habe«, sagte Karl. Er orientierte sich an einer bizzaren Felsformation, die wie ein Hasenkopf aussah. Doch kurz bevor sie diese erreichten, hielt er Sophie zurück. Er lauschte angestrengt, ging in Deckung und beobachtete ganz genau. »Du bleibst hier!«, sagte er. »Rühr dich nicht vom Fleck.«

Er schlich sich durch Ufergras und Gebüsch. Nach einigen Minuten kehrte er zurück. Sein Gesichtsausdruck verriet Ärger. »Da sind Männer«, flüsterte er. »Bestimmt zehn. Sie sieben und suchen genau an meiner Stelle! Mist, verdammter!« Er hockte sich neben Sophie. »Sie sehen nicht vertrauenswürdig aus. Und sie sind stärker als wir.«

»Was machen wir jetzt?«

»Wir ziehen uns zurück. Gegen die haben wir keine Chance.« Noch etwas schien Karl zu bedrücken.

»Was ist?«, fragte Sophie.

»Einige gehören zu den Banditen, die uns überfallen wollten. Und einer von ihnen war früher als Arbeiter in unserer Mine beschäftigt.« Karl presste die Lippen aufeinander. »Er hat sich diesen Verbrechern angeschlossen.«

»Hast du ihm denn von der Stelle erzählt?«, fragte Sophie.

»Natürlich nicht«, erwiderte Karl gereizt. »Jedenfalls nicht absichtlich, aber vielleicht hat er ein Gespräch zwischen Juan und mir belauscht. Kann sein, dass ich Juan gegenüber den Hasenkopffelsen erwähnt habe … Oh verdammt!« Karl sah nun wirklich beunruhigt aus. »Wir müssen so schnell wie möglich nach Esperança zurück!«

»Warum?«, fragte Sophie beklommen, obwohl sie eigentlich keine Antwort brauchte, sie wusste es auch so.

»Weil ich annehme, dass sie ihre Fundstücke in Porto Alegre zu Geld machen wollen, weil sie auf dem Weg dorthin an unserem Tal vorbeikommen und weil ich den Kerlen jede Schandtat zutraue«, sagte Karl. »Der frühere Arbeiter kennt das Gelände und unser Lager. Die anderen wären ihnen jetzt bei einem Überfall hoffnungslos unterlegen. Wir müssen sie warnen und uns wappnen.«

Zwei Tage später erreichten sie das Vale da Esperança. Dort herrschte große Aufregung, weil bei Vanori die Wehen eingesetzt hatten und sie sich in ihrer Hütte verbarrikadiert hatte. Die ältere Indiofrau, die mit Vanori zusammenlebte, wollte Mitzi nicht hineinlassen.

»Sie braucht doch Hilfe!«, rief Mitzi. »Sie hockt da, das hab ich gesehen! Sie hockt! Aber man muss sich hinlegen bei einer Geburt!«

Doch Vanori bestand darauf, ihr Kind nach Sitte der Kaingang allein und in der Hocke zur Welt zu bringen.

»Im Liegen bin ich zu schwach, hat sie gesagt«, erklärte Mitzi Sophie aufgebracht. »So kann ich sehen, wie das Köpfchen stückchenweise hervorkommt, und die Freude darüber wird mir Kraft für den Rest der Geburt geben.«

»Vielleicht stimmt das ja«, entgegnete Sophie verstört.

»Also gut!« Mitzi stemmte die Fäuste in ihre Hüften. »Soll sie sehen, wie sie klarkommt!« Während Vanori in ihrer Hütte schrie, aber sich weiter weigerte, Hilfe anzunehmen, bereitete Mitzi süßen Maispudding für sie zu. »Der ist gut für die Muttermilch«, behauptete sie und strich sich mit dem Unterarm eine Locke, die sich aus ihrem aufgesteckten Haar gelöst hatte, aus dem Gesicht. »Uns wird er auch beruhigen, Sophie.« Die Nachricht von den Banditen am Hasenkopffelsen beunruhigte sie mehr, als sie zugeben wollte.

Die Männer taten, als ginge die Geburt sie überhaupt nichts an, sie befanden sich jedoch in erhöhter Alarmbereitschaft. Karl beriet sich mit Juan. Sie überprüften ihre Waffen, versteckten die bereits ausgelösten Amethyste und übernahmen nun abwechselnd mit drei der Aposteln einen Wachdienst rund um die Uhr. Der vierte, Paulus, wurde damit beauftragt, schwarze Kerne aus wilden Bananen zu sammeln und zu trocknen. Sie wurden sehr hart und konnten, falls die Munition ausging, als Ersatz für Schrotkugeln dienen.

Endlich hörten sie das Baby schreien. Vanori ließ erst die ältere Kaingang-Frau zu sich und erlaubte dann auch den anderen, sie zu besuchen. Sie lag in ihrer Hängematte, ein kräftiges kleines Wesen an sich gedrückt. Es war ein Junge.

»Was für ein hübsches Kind!«, sagte Sophie ergriffen.

Auch Mitzi war gleich ganz verliebt in den Säugling. »Vanori, können wir denn jetzt etwas für dich tun?«

Vanori wollte, dass Karl die Nabelschnur durchtrennte, nach alter Sitte mit einem dünnen festen Seil aus gedrehten Bambusblättern. Sie hatte es schon bereitgelegt, wie sie auch sonst gut auf die Geburt vorbereitet war. Die junge Mutter trank einen Sud aus Kräutern und Blättern, die sie zuvor im Dschungel geerntet hatte. Mitzis süßen Maispudding nahm sie gern an.

»Warum soll denn Karl das machen?«, fragte Sophie leise, als sie die Hütte verließen. »Warum nicht einer der Indios?«

»Es liegt sicher daran«, meinte Mitzi nach kurzer Überlegung, »dass sie Karl als den Häuptling unserer Gemeinschaft betrachtet.«

Sophie konnte Karl ansehen, wie unangenehm ihm die Angelegenheit war. Als er zögerte, in Vanoris Hütte einzutreten, lächelte Sophie ihm aufmunternd zu. Du schaffst das schon!, sagte ihr Blick. Tu ihr den Gefallen. Schließlich hat sie dir das Leben gerettet! Karl lächelte dankbar zurück und verschwand in der Hütte.

Sophie staunte, wie schnell Vanori wieder auf den Beinen war. Sie vergrub die Plazenta mit der Nabelschnur unter einem hohen Baum am Fluss.

»Wird Junge groß und stark«, erklärte Vanori mit ernstem Blick. »Wird nicht ängstlich. Später gut arbeiten.«

Die Tage und Nächte vergingen, ohne dass sich Verdächtige dem Tal der Hoffnung näherten. Alle begannen, sich ein wenig zu entspannen. Der Säugling war die Freude der Indios und der Weißen. Vanori hatte ihn immer bei sich, meist in einem geflochtenen Korb auf dem Rücken, den sie mithilfe eines breiten, um die Stirn gewundenen Tuches trug.

Sophie erntete gerade Maiskolben, als Lukas Alarm schlug. Er hatte in der Ferne Männer erblickt. Alle griffen nach ihren Waffen, auch Mitzi und Sophie. Bald stellte sich allerdings heraus, dass nicht die gefürchteten Banditen anrückten – sondern Antonius von Melior mit seinen Leuten. Welche Erleichterung!

»Selbst wenn die Banditen jetzt noch kämen«, stellte Karl zufrieden fest, »würden sie es nicht wagen anzugreifen. Wir sind in der Überzahl!«

Die Bewohner des Vale da Esperança bereiteten der Expedition einen begeisterten Empfang. Diesmal hatte der Baron keine Scheu, mit hinunter in die Ansiedlung zu kommen. Karl hatte auch Baumann anvertraut, dass die Blattern in der kleinen Siedlung nur mehr ein Gerücht waren.

In von Meliors Gefolge befand sich auch tatsächlich ein Geistlicher. Er trug einen schwarzen Chorrock, am Kragen ein weißes Beffchen und ein Barett auf dem Kopf – und er hatte eine Schnapsfahne. Doch Bibel und Gesangbuch fehlten nicht in seinem Gepäck.

»Er ist vielleicht nicht gerade erste Wahl«, sagte von Melior und nahm Karl zur Seite. »Aber immerhin ein Pfaffe, der Euch trauen kann.« Als Gebühr für die Vermittlung handelte er Chinin aus.

Sophie freute sich so darüber, Antonius von Melior gesund und munter wiederzusehen, dass sie ihn wie einen Bruder umarmte. Auch der Baron war froh, sie wohlauf zu sehen. Juan und Mitzi gefiel die Abwechslung, die zugleich Abschreckung der Feinde bedeutete. Und selbst die Kaingang-Indios reagierten erfreut. Vielleicht auch deshalb, weil Baumann sich ihnen mit kleinen Geschenken und viel Interesse näherte, um sie für seine völkerkundlichen Forschungen auszufragen.

Während des gemeinsamen Essens erkundigte sich Karl, ob Antonius von Melior sie auf der Rücktour nach Porto Alegre mitnehmen könne.

»Ja, wisst Ihr denn nicht, dass die Revolution ausgebrochen ist?« Erstaunt ließ der Baron das Stück Grillfleisch sinken, in das er gerade herzhaft hineinbeißen wollte.

»Wie? Was für eine Revolution?« Konsterniert blickte Karl in die Runde.

Sophie erinnerte sich daran, dass Braga ihnen erzählt hatte, die Großgrundbesitzer in Rio Grande do Sul wollten sich vom Kaiserreich Brasilien lossagen. Nun war es also wirklich so weit!

»In Porto Alegre haben zwei aufständische Hauptleute mithilfe abtrünniger Soldaten den Präsidenten gezwungen, sich nach Rio Grande zurückzuziehen.«

Mit knappen Worten gab ihnen von Melior, ergänzt durch Einwürfe von Baumann und Graf Franzl, eine Zusammenfassung dessen, was passiert war. Der zündende Funke war eine neue Grundsteuer gewesen. Ein Regierungsrat, der Dom Pedro II., den noch unmündigen Sohn und Nachfolger des Kaisers bis zu dessen Volljährigkeit vertrat, hatte diese Steuer beschlossen. Der zurückgetretene Dom Pedro I. war im Jahr zuvor gestorben.

Mitzi schaltete sich in das Gespräch ein. »Ich hab früher mit dem kleinen Pedro gespielt!«, sagte sie wichtigtuerisch. »Als Sohn Leopoldines ist er ein Enkel des österreichischen Kaisers Franz I. Da hege ich große Hoffnung! Er wird gewiss einmal ein g'scheiter Herrscher. Pedro war schon als kleines Kind auffallend ruhig und klug.«

»Na ja«, sagte Antonius von Melior, »vor allem lebt er noch – als Einziger der drei Söhne von Dom Pedro I.« Er schaute Mitzi scharf an. »Wollt Ihr denn nicht wieder mit nach Europa zurückkehren? Euer Bruder, mein Mäzen, wäre außer sich vor Freude!«

»Geh!«, rief sie ebenso entrüstet wie belustigt aus. »A Weibsbüild wie ich, das gelernt hat, ohne die feinen Sitten nach eigenem Verstand und Gutdünken zu leben, das passt nicht mehr in die höfischen Kreise von Wien. Grüßt meinen Bruder ganz herzlich von mir. Ich bleib hier!«

Juan warf ihr einen dankbaren Blick zu.

Der Baron zuckte mit den Achseln. »Nun, es ist Eure Entscheidung.«

»Also jedenfalls«, nahm Baumann nun den Gesprächsfaden wieder auf, »wollen die Großgrundbesitzer nicht zahlen, sie wollen außerdem endlich freien Handel, ohne die Steuern auf Salz. Wir hörten unterwegs, dass die Revolutionäre damit begonnen haben, eigene Ministerien einzurichten und eine eigene Armee aufzubauen.«

»Sie haben übrigens am 20. September eine neue Zeitrechnung eingeführt«, sagte der Baron spöttisch, »wie damals bei der Französischen Revolution. Wir leben im Jahre 1. Lächerlich!«

»Die Republikaner versprechen außerdem Sklaven, die freiwillig auf ihrer Seite kämpfen, nach dem Sieg die Freiheit«, wusste der blonde Graf. »Sie holen sich aber auch weiße Männer und zwingen sie mitzumarschieren.«

Diese Vorstellung erfüllte Sophie mit Angst und Schrecken. Was wäre, wenn sie Karl aufforderten, sich ihnen anzuschließen?

»Der Handel und Verkehr zwischen São Leopoldo und den Märkten an der Küste ist unterbrochen«, fuhr der Baron fort. »Truppen ziehen plündernd und mordend durch die Schneisen von São Leopoldo.«

»Wessen Truppen?«, wollte Juan wissen, der doch selbst lange genug Soldat gewesen war.

»Sowohl die republikanischen als auch die kaiserlichen«, antwortete von Melior verächtlich. »Wir haben mit Zeugen gesprochen. Viele der Aufständischen laufen in Lumpen herum. Deshalb heißen sie beim Volk auch längst die *farrapos,* Lumpenträger.«

»Und auf welcher Seite stehen die deutschen Siedler?«, fragte Sophie gespannt.

Wie mochte es jetzt Valentina und Richard gehen? Sie konnte sich nicht vorstellen, dass sie für die eine oder andere Seite kämpften. Bestimmt wollten sie nur in Frieden ihr Land bewirtschaften.

»Soweit ich gehört habe«, antwortete Antonius von Melior, »geht der Riss quer durch die Kolonie. Dr. Hillebrand verlangt Gesetzestreue und hält zum Kaiserhaus, Pastor Klingelhöfer und sein Sohn dagegen kämpfen für die Revolution.«

»Ach verd...« Karl unterdrückte, wohl angesichts des anwesenden Geistlichen, einen kräftigen Fluch. Er sprach dann aus, was alle dachten. »Unter diesen Umständen scheint es mir keine gute Idee zu sein, ausgerechnet jetzt das Tal der Hoffnung zu verlassen. Schon gar nicht in Richtung Porto Alegre.«

Sophie verging der Appetit. Die tapferen Kolonisten, die schon so viel überstanden hatten, taten ihr furchtbar leid. Aber auch ihre eigenen Zukunftspläne mussten geändert werden, sie war enttäuscht. Als sie an diesem Abend im Bett mit Karl die Situation besprach, wurde ihr jedoch bewusst, dass sie es nicht weiter schlimm finden würde, noch ein paar Wochen oder Monate im Vale da Esperança zu bleiben. Wenigstens so lange, bis die Revolution vorüber war.

Sophie fühlte sich wohl in diesem Tal. Nie in ihrem Leben war sie irgendwo glücklicher gewesen. Natürlich genoss sie es, sich mit einem gebildeten Menschen wie Antonius von Melior oder mit seinen Assistenten zu unterhalten – sie hatte an diesem Tag schon ausgiebige Gespräche mit ihnen geführt und gedachte, diesen Austausch in den kommenden Tagen intensiv fortzuführen –, aber den Komfort der zivilisierten Welt vermisste sie nicht sonderlich. Seit der Geburt von Vanoris Kind war zudem ihre Furcht vor einer Entbindung hier draußen geringer geworden.

Sophie legte ihren Kopf auf Karls Schulter. »Esperança steht auf keiner Landkarte. Hier werden sie dich hoffentlich in Ruhe lassen. Diese *farrapos* ebenso wie das kaiserliche Militär.«

Karl zog sie enger an sich. »Hier besteht die Gefahr, dass uns die Banditen überfallen«, wandte er nachdenklich ein. »Allerdings, wenn jetzt im Land alles drunter und drüber geht, werden sie wie Schmeißfliegen dahin ziehen, wo es am meisten stinkt, damit sie einfach mitplündern und morden können.«

An einem Sonntag Ende Oktober heirateten Karl und Sophie. Es war inzwischen Frühling und sehr warm. Sophie besaß natürlich weder ein Hochzeitskleid noch einen Schleier, aber Mitzi schenkte ihr einen zauberhaften Haarkranz aus zarten weißen Lilien mit rosafarbenem Schlund. Sie schmückte auch Karls Blockhütte und den kleinen Dorfplatz festlich. Vanori half ihr dabei. Sie und Sophie bemühten sich Karl zuliebe um Frieden. Und über das Kind, das sie alle entzückte, normalisierte sich der Kontakt zunehmend.

Der Geistliche, der als Seelsorger mit vierhundert Mecklenburger Strafgefangenen nach Südbrasilien gekommen war, begann schon vormittags zu trinken. Seine Alkoholseligkeit ließ sich nicht ignorieren, er hielt dennoch eine sehr anständige kleine Predigt, die alle rührte. Mitzi, der das zahme Aguti auf der Schulter saß, vergoss ein paar Tränen. Sie sangen drei Kirchenlieder, die Juan mit einer Maultrommel begleitete. Manchmal spielte er etwas falsch, und doch war es eine würdige Zeremonie. Sophie und Karl sprachen ihren Schwur mit heiligem Ernst.

»Ja, ich will«, sagte Karl mit fester Stimme.

»Ja, ich will«, sagte auch Sophie.

Ich verspreche es dir, mir, Gott und allen, die hier sind und es später bezeugen können, gelobte sie auch innerlich. Bis dass der Tod uns scheidet.

»Hiermit erkläre ich euch zu Mann und Frau.«

Karl zauberte zwei selbst gefertigte Ringe aus seiner Jackentasche. Sie steckten sie sich mit zittrigen Händen gegenseitig an, dann gaben sie sich einen Kuss. Zum Schluss der Zeremonie sangen alle *Großer Gott, wir loben dich* und gingen hinüber zum Lagerfeuer. Sie feierten mit einem Schmaus, der auch das Abschiedsessen für den Baron und seine Leute war. Ein paar Männer aus der Expeditionstruppe improvisierten einen Hochzeitswalzer für das Brautpaar. Anschließend spielte Karl noch eine Polka auf der Mundharmonika. Der Baron und Mitzi vollführten ein altmodisches Menuett, die anderen hüpften und sprangen, wie ihnen zumute war, und jeder durfte einmal mit der Braut tanzen.

Vanoris Baby quiekte vergnügt, als die Expeditionsteilnehmer bereitstanden für den Abmarsch.

»Liebste Sophie, alles Glück der Welt!«, wünschte Antonius von Melior.

»Ich danke Euch«, erwiderte Sophie. Sie gab ihm sogar noch etwas mehr Chinin, als er mit Karl ausgehandelt hatte. »Ihr seid immer ein Ehrenmann gewesen – und ein guter Freund geworden.«

Der Baron verneigte sich tief. »Gäbe es auf dieser Welt doch mehr Menschen wie Euch!«

Sophie lächelte spitzbübisch. »Wer weiß, mein Lieber … Vielleicht geht der Wunsch bald in Erfüllung. Vielleicht bin ich schon guter Hoffnung.« Ihre Regel war seit Wochen überfällig. »Wenn es ein Junge wird, werden wir ihn Carlos Antonius nennen.«

»Bitte schickt mir regelmäßig Post nach Porto Alegre«, bat er gerührt. »Berichtet mir vom Großen und vom Kleinen aus dem Tal der Hoffnung.«

Sophie konnte einem durchreisenden Händler im nächsten Dorf die Post mitgeben.

»Aber wohin soll ich die Briefe schicken?«, fragte sie.

Karl schaltete sich in das Gespräch ein, er nannte die Adresse eines Advocatus namens Guihaume. »Dorthin lasse auch ich mir all meine Post schicken.«

Einige Wochen später schrieb Sophie einen ebenso offenen wie poetischen Brief an Antonius von Melior. Sie gestand darin, dass sie letztlich sogar richtig froh darüber sei, dass die Farrapen-Revolution sie zwang, noch eine Weile in Vale da Esperança zu bleiben. Zwischen den Zeilen ließ sich deutlich herauslesen, dass sie das Kaiserreich wenig kümmerte. Sie und Karl lebten in einem Schwebezustand zwischen Zivilisation und Wildnis in ihrer eigenen Welt.

Sophie lernte mehr und mehr die Freuden der körperlichen Liebe zu genießen. Nun, da sie mit Gottes Segen verheiratet war, durfte sie es schließlich ganz ohne schlechtes Gewissen. Karl und sie sprachen nicht viel von Liebe. Sie lebten sie. Kleine Gesten und Zärtlichkeiten im

Vorübergehen verbanden sie. Wenn Karl im Stollen oder in der Werkstatt zu tun hatte oder zur Jagd unterwegs war, konnte Sophie seine Rückkehr kaum erwarten. Sie sah ihm so gern zu, wenn er an etwas werkelte. Eine stille, tiefe Zufriedenheit erfüllte sie, wenn er herzhaft in ein Maisbrot biss, das sie gebacken hatte.

Die beiden Hängematten, die ihrem Ehebett hatten weichen müssen, hingen nun zwischen der Blockhütte und dem Mangobaum. Manchmal ruhten sie darin nach der Arbeit oder an heißen Tagen während einer Siesta nebeneinander, schauten in den Himmel, reichten einander die Hand und sagten nichts. Sophie spürte ein Strömen, eine Kraft, die von Karl zu ihr floss, durch sie hindurch, einmal hoch bis zu den Sternen und wieder zurück. Sie konnte dieses Gefühl nicht in Worte fassen. Es weitete ihr Inneres, es machte sie glücklich.

Der Beutel mit Amethysten wurde immer praller. Hier und da versuchten sich die Männer bereits am Grobschliff herausgeklopfter Steine.

Eines Tages ging ein grünes Glasgefäß kaputt. Karl schliff aus dem Boden zwei Augen für eine Puppe, die Sophie mehr zufällig abends aus Kautschukresten geformt hatte. Vanori steuerte ein paar Haare bei, Mitzi häkelte aus Bast ein Kleidchen, Juan stach ihr einen Mund und färbte ihn mit Pflanzensaft rot. Die Figur lächelte zwar schief, aber dadurch gewann sie nur an Charakter. Vanoris Baby, das außer den zahmen Tieren aus Mitzis Urwaldlazarett keine kleinen Spielgefährten hatte, schloss sie sofort in seine Ärmchen und sein Herz. Abgeleitet vom portugiesischen Wort für Puppe, boneca, wurde sie bald »Bonni« genannt.

»Weißt du noch?«, fragte Sophie Karl, als sie auf der Bank vor ihrer Hütte saß und einen kleinen Hut für Bonni bastelte, »damals in Oberstein, als Anna-Klara mir ihre feine französische Puppe hinhielt und sie, als ich danach greifen wollte, wieder wegriss?« Diese Kränkung hatte sich ihr tief eingeprägt.

Karl lächelte. »Wie könnte ich diesen Tag vergessen? Du warst noch ein halbes Kind, aber ich glaube, damals habe ich mich in dich verliebt. In deinen Trotz.« Er küsste sie auf die Nasenspitze. »Und du hast an jenem Tag verkündet, dass deine Kinder einmal viel schönere Puppen als dieses Pariser Zuckerpüppchen haben würden!«

Lachend setzte Sophie der Puppe das Hütchen auf. »Genau. Ich übe schon mal.«

Sie hoffte so sehr, dass sie schwanger war.

25

Josie hörte auf zu erzählen. Es war schon spät und dunkel, auf dem Fluss blinkten Schiffslichter. Sie und Rico spazierten am Ufer des Rio Guaíba entlang, nachdem sie vorher eine Runde durch den Parque da Redenção gedreht und durch die angeblich schönste Straße der Welt, die Rua Gonçalo de Carvalho, geschlendert waren. Rico hatte noch einen Abstecher zum In-Viertel nahe des historischen Stadtzentrums vorgeschlagen. Dort an der Rua Padre Chagas lag Bar an Bar, da lärmten fröhliche gut aussehende und überraschend viele blonde Menschen. Doch Josie brauchte Ruhe, um weiterzuerzählen. Dreimal waren sie dann die Rua da Redencar, die von märchenhaften moosbewachsenen Urwaldbäumen beschattet wurde, auf und ab gegangen. Der grüne Tunnel erschien Josie besonders passend für die Wiedergabe dessen, was sie in den Reisejournalen gelesen hatte. In den Bäumen, die lila oder gelb blühten, wuchsen auch Orchideen und Bromelien. Mitten in der Stadt mit fast anderthalb Millionen Einwohnern existierten diese verzauberten fünfhundert Meter und wirkten ein wenig wie ein Zeitentunnel.

Josie hielt an, um Rico im Schein einer Straßenlaterne den letzten Satz vorzulesen, den Antonius von Melior in seinem dritten Journal Ende Oktober 1835 notiert hatte.

»Als wir vom Vale da Esperança aufbrachen, ließen wir dort die glücklichsten Menschen zurück, die man sich nur denken kann.«

Josie seufzte tief. »Ist das nicht eine Wahnsinnsgeschichte? Das müsste man doch verfilmen. Oder einen Roman darüber schreiben.«

Rico kickte einen Kiesel aus dem Weg. »Die entscheidende Frage haben wir aber immer noch nicht beantwortet: Was ist passiert? Worüber wollte Sophie später nie reden?«

»Ich hoffe, dass wir ihrem Geheimnis in São Leopoldo auf die Spur kommen.« Josie zuckte mit den Schultern. »Was ich nicht so recht verstehe«, sagte sie nachdenklich, »das ist, wie sie so blind gegenüber Vanoris Schwangerschaft sein konnte. Ich meine, so was sieht man doch …«

»Och, ich weiß nicht«, meinte Rico abwägend, »wenn man mit einem Menschenschlag konfrontiert wird, bei dem der Körperbau vom eigenen abweicht … Manchen Frauen sieht man die Schwangerschaft kaum an.« Er lachte bitter auf. »Im Übrigen … Wenn man etwas nicht sehen will, kann man sehr lange blind bleiben, selbst und gerade gegenüber Menschen, die einem nahestehen!«

Verunsichert betrachtete Sophie ihn von der Seite. »Wie meinst du das?«

Einen Moment schien es ihr, als ärgerte er sich darüber, dass ihm etwas herausgerutscht war, das er eigentlich nicht hatte aussprechen wollen. »Meine Frau …«, sagte er und räusperte sich, »… sie hatte sechs Monate lang eine Affäre mit ihrem Schauspiellehrer, bevor ich es erfuhr.«

»Autsch!« Josie wusste nicht recht, wie sie darauf reagieren sollte. »Du hast wirklich die ganze Zeit nichts mitgekriegt?«

»Na ja. Ich habe wahrgenommen, dass sie sich von mir entfernte. Innerlich irgendwie. Ich kam nicht mehr richtig an sie heran …« Er holte schwer Luft. »Ich schob es darauf, dass sie eben viel zu tun hatte in dieser Phase, weil sie wieder zurück ins Schauspielgeschäft wollte. Und ich war ja auch – wie immer – ziemlich viel unterwegs.«

»Verstehe«, sagte Josie, »und wenn man dann zu Hause ist, will man nicht unbedingt die große Aussprache und Stress riskieren, sondern in Ruhe seine Batterien aufladen.«

Rico nickte. »Als sie es mir dann endlich sagte, wusste ich es seltsamerweise. In der Sekunde wusste ich, wer es war und sogar wann es begonnen hatte.« Seine Stimme klang gepresst. »Ich hatte es die ganze Zeit über gewusst, aber nicht wahrhaben wollen.«

Josie fing den Blick auf, mit dem er den Horizont fixierte. Sein Schmerz saß tief. Rico tat ihr aufrichtig leid. Sie fragte sich, ob sie mehr über seine Ehe und ihre Probleme wissen wollte. Ja, es interessierte sie brennend. Nein, befahl sie sich selbst. Es wird dir nur schaden. Frag ihn nichts mehr. Es ist sein Problem. Jetzt fang bloß nicht an, noch die Eheberaterin zu spielen!

So gingen sie schweigend nebeneinander zum Hotel.

Am nächsten Tag, während sie mit einem Leihwagen nach São Leopoldo fuhren, erwähnten sie beide Ricos Ehe mit keinem Wort mehr. Er verschanzte sich hinter der Attitüde des Fremdenführers.

»Als die deutschen Siedler 1824 hierherkamen, hatte Rio Grande do Sul, das übrigens etwa so groß wie die alte Bundesrepublik ist, nur einhunderttausend Einwohner.«

»Aha, das ist ja interessant.«

Sie brauchten nur eine halbe Stunde für die Strecke, für die Sophie damals drei Tage benötigt hatte.

»Die meisten Urwälder sind heute gerodet, es stehen nur noch fünf Prozent der Araukarien von einst«, fuhr

Rico fort. »Die Weinberge wurden von italienischen Einwanderern angelegt. Der Süden ist ja anders als der Rest Brasiliens, ein Mix aus deutschen, portugiesischen und italienischen Einflüssen.«

»Hm.«

»Es gibt auch Felder, da sieht man heute nur Sojapflanzen, so weit das Auge reicht«, sagte er, »übrigens alles gentechnisch verändert, was ich persönlich für eine Katastrophe halte.«

»Aha.«

Sollte sie sich jetzt empören? Josie spürte Ricos Nähe körperlich, er kam ihr vor wie ein Magnet, der Eisenspäne anzog. Sie hatte nicht gewusst, dass in ihrem Körper so viele Eisenspäne steckten. Mit größter Konzentration arbeitete sie gegen diese Anziehungskraft an, sie lehnte schon halb an der Beifahrertür.

»Tja. Und natürlich hat sich São Leopoldo auch verändert«, fuhr Rico fort.

»Darauf bin ich gefasst.«

Josie lächelte distanziert. Sie hatte gelesen, dass in São Leopoldo mittlerweile über zweihunderttausend Menschen lebten.

Als Erstes besuchten sie das Museu Histórico Visconde. Josie fand es rührend, wie liebevoll jeder Schnürsenkel aus den Anfängen der Kolonisierung im alten Gebäude der einstigen Leinenfabrik Feitoria Velha aufbewahrt wurde – dort, wo 1824 die ersten Siedler aus Deutschland gewohnt hatten. Instrumente und Gemälde, Holzkrüge und Jojos, Zinnsoldaten, Gewehre, ein Spinnrad, Weihnachtsschmuck, Silberbesteck in einem deutschen Originalkarton.

»Was man eben so braucht als Deutscher, wenn man in den Urwald geht …«, bemerkte Rico amüsiert. »Hätte nie geglaubt, dass mir Ahnenforschung mal so viel Spaß machen würde.«

Fasziniert gingen sie durch die Reihen alter verglaster Holzvitrinen, in denen Meerschaumpfeifen, Stoffbeutel, Fächer aus Straußenfedern, Schreibfedern und alte Fotos lagen. Josie studierte sie eingehend. Diese ernsten Gesichter! Bitterkeit, Entschlossenheit, Stolz, eine gewisse Begrenztheit sprachen aus ihnen. Seltsamerweise zeigten die Aufnahmen kaum Frauen, als wäre das Land von Männern allein erschlossen worden. Leider waren die Bilder alle zu spät entstanden, denn während Sophies Zeit in Brasilien gab es ja noch keine Fotografie. Immer wieder waren auch Darstellungen von Überschwemmungen des Ortes durch den Rio dos Sinos zu sehen. Und ringsum in den Ausstellungsschränken geschliffene Weingläser, Geschirr, Hausrat, Werkzeug, geklöppelte Spitze, Unterwäsche, liebevoll selbst gebastelte und intensiv bespielte Puppen.

Josie schauderte es ein wenig. Hier hauchte einem die Geschichte ins Gesicht, die Vergangenheit war keine theoretische Angelegenheit mehr, sondern gelebtes und erlittenes Leben, dieser Atem roch nicht nur gut.

Um die alten Akten und Einwohnerregister einsehen zu können, mussten sie in ein modernes Gebäude. Dort trafen sie auf hilfsbereites Personal. Josie war erfreut, wie genau und sorgfältig man die Geschichte der Einwanderer und ihrer Nachkommen auch hier dokumentiert hatte. Das ließ sie hoffen. Doch über Sophie war dort auf Anhieb nichts in Erfahrung zu bringen. Eine sehr freundliche Frau versprach, noch tiefer im Archiv zu forschen. Bei ihren Recherchen zu Ricos Vorfahren präsentierte sie allerdings überraschend schnell ein Ergebnis. Sie sprach Portugiesisch mit Rico, aber Josie verstand trotzdem, was sie sagte: Die ältesten nachgewiesenen deutschen Vorfahren von Rico da Silva hießen Richard und Valentina Böhmer!

»Das ist ja unglaublich!«, rief Josie aus.

Sie hatte Rico noch nie so perplex gesehen. Er fragte noch einmal nach, die Dame nickte und zeigte ihm einen alten Eintrag in geübter brauner Tintenschönschrift auf vergilbtem Papier. Dort stand es: Richard und Valentina Böhmer, vier Kinder, eines später nach Gramado verzogen. Rico verglich die Angaben mit den Namen und Daten, die er auf einem Zettel notiert hatte. Und sie stimmten überein.

Er wechselte einen langen Blick mit Josie. Beeindruckt, irgendwie ratlos, aber auch erfreut darüber, mit den Nachforschungen endlich auf etwas Konkretes gestoßen zu sein. Was für eine seltsame Verbindung … War das nun Schicksal? Hatte das irgendwelche Auswirkungen auf sie, auf ihre Beziehung?

Rico schaute auf seinen Zettel. »Meine Mutter hat mir die Namen und Daten durchgegeben«, erklärte er verwirrt, »ich hab mich ja früher nie für die alten Familiengeschichten interessiert.«

»Ha!«, rief Josie aus. »Wahrscheinlich bist du sogar nach Richard Böhmer Rico genannt worden …«

Er lächelte. Rico telefonierte später im Vorraum mit seiner Mutter und bat sie, nach weiteren Unterlagen zur Familiengeschichte zu schauen.

»Sie sagt, wenn, dann könnte nur ihre Schwester Ana noch alte Briefe, Bilder oder so was haben. Sie will sie anrufen, wenn die Gelegenheit günstig ist.«

»Was heißt, wenn die Gelegenheit günstig ist?«

»Die beiden haben ein etwas, na, sagen wir, gespanntes Verhältnis. Aber sie wird sie schon fragen.«

»Ich hab hier noch etwas entdeckt!« Die Archivmitarbeiterin kam durch die Tür auf Josie zu. »In der Chronik steht, dass im August 1836 eine deutsche Frau namens Sophie mit einem kleinen Kind am Rande des Campo aufgefunden und im Kirchspiel Tolina zu einem katholischen Geistlichen gebracht wurde.«

»Haben Sie noch mehr Informationen darüber? Steht da irgendwo, was aus der Frau wurde?«, fragte Josie auf Englisch. »Oder wie sie mit Nachnamen hieß?«

Die Archivarin schüttelte den Kopf. »An Ihrer Stelle würde ich direkt bei der Kirchengemeinde von Tolina nachfragen.«

Rico sah auf seine Uhr. »Tolina liegt nicht weit von unserer Amethystmine entfernt …«

Josie blickte nach unten, sie flogen recht niedrig über eine hübsche Stadt mit Fachwerkbauten und großzügigen Hotelanlagen hinweg. Überall blühten Büsche mit üppigen kugeligen Blüten in Hellblau, Rosa und Weiß.

»Das ist Gramado, hier lebte meine Familie einige Jahrzehnte. Ist heute ein beliebter Urlaubsort und sehr deutsch – halb Schwarzwald, halb Bayern.« Rico lachte. Er flog eine Extraschleife, Josies Magen machte einen Salto. »Manchmal schneit es hier sogar. Und es ist die Region der Hortensien, Einwanderer haben sie … Ach!« Rico unterbrach sich, auch ihm fiel offenbar Gretes Hortensientopf ein.

Josie sah Rico an. Und ihr Magen drehte sich schon wieder. Dieser Zustand ist nicht gesund, dachte Josie verzweifelt.

»Was meinst du? Sollen wir noch einen Abstecher zu den Wasserfällen von Iguazú machen?«, fragte Rico. »In drei Stunden könnten wir …«

Sie schüttelte nur den Kopf. Merkte er denn nicht,

dass die Spannung zwischen ihnen allmählich unerträglich wurde?

Erneut verschanzte Rico sich hinter den Erläuterungen des Touristenführers. »Der Rio Iguazú entspringt in Brasilien. Er wird von dreißig Flüssen gespeist, ist zweieinhalb Kilometer breit, und die Hauptattraktion sind zweihundertfünfundsiebzig einzelne Wasserfälle.«

»Unglaublich! Ich bezweifle ja nicht, dass es ein Wahnsinnsanblick sein muss«, antwortete Josie, »und im Prinzip möchte ich ihn auch gern mal sehen, aber meine Urlaubszeit ist begrenzt, mein Rückflug gebucht, und ich möchte jetzt endlich alles über Sophie herausfinden, was ich hier noch entdecken kann.«

»Schade«, sagte Rico bedauernd. »Weißt du, was Mrs. Eleonor Roosevelt gesagt hat, als sie vor den Wasserfällen von Iguazú stand?«

»Keine Ahnung.«

»Poor Niagara!«, Rico lachte. »Arme Niagarafälle!«

Josie musste auch lachen. Langsam entspannte sie sich.

Als sie endlich die Amethystmine besichtigten, interessierte sie Josie kaum noch. In einem angegliederten Laden standen Hunderte kleiner, meist blasslilafarbener Amethystdrusen zur Auswahl. Josie erfuhr, dass vierhundert Amethystminen in Rio Grande do Sul in Betrieb waren, die meisten zwischen den Städten Soledade und Ametista do Sul.

»Kennst du das Vale da Esperança?«, fragte sie Rico.

»Nie gehört«, antwortete er. »Viele Orte hießen allerdings früher anders. Aber unsere Mine wird erst seit den Neunzigerjahren des 19. Jahrhunderts professionell betrieben, die Gramado-Böhmers haben damit begonnen, nachdem die Eisenbahnlinie fertiggestellt war.«

Im offenen Jeep fuhr sie ein Mitarbeiter zum Schacht. Schlamm, Schubkarren und schlecht gelaunte Männer in kurzärmligen Hemden erwarteten sie. Mit Schutzhelmen, die eine Lampe hatten, wurden Rico und Josie am Seil mit einer Winde in die Tiefe gelassen. Aus einem entfernten Tunnel hörten sie eine kleine Sprengung. Vor ihren Augen prüfte ein Arbeiter eine Druse durch Abklopfen auf Risse und bohrte sie dann an.

»Willst du mal hundertfünfzig Millionen Jahre altes Wasser probieren?«, fragte Rico.

Er ließ etwas davon in seine Hand fließen. »Es gibt Leute, die überzeugt sind, dass dieses Wasser besonders rein ist, noch frei von irgendwelchen schädlichen Schwingungen. Dass es Körper und Seele reinigt und Energie gibt.« Er klang ironisch.

Josie zögerte. Vielleicht war es giftig? Doch als Rico davon kostete, tippte sie todesmutig mit einem Finger hinein und leckte ihn ab. Sie konnte nichts Besonderes feststellen, es schmeckte vielleicht etwas abgestanden und nach Stein, eine Spur bitter und metallisch.

»Die hier bringt locker zehntausend Euro das Kilo«, meinte der Facharbeiter, nachdem er mit einem Endoskop ins Innere der Druse gesehen hatte.

Sie gingen weiter. »Glaubst du überhaupt, dass Amethyste eine besondere Energie besitzen?«, fragte Josie. Sie erwartete eine nüchterne Antwort.

Ricos Helmstrahler warf einen Lichtschein über die Tunnelwand, an der es hier und dort glitzerte. »Wenn man bedenkt, welche Energie da reingegangen ist …«, antwortete Rico nachdenklich. »Es ist hundertfünfzig bis hundertzwanzig Millionen Jahre her, da ergoss sich aus dem Erdinneren durch die Vulkane Lava über das Land, mehrere Decken übereinander. Dieser Vorgang dauerte zehn Millionen Jahre …« Josie konnte überhaupt nicht denken in solchen zeitlichen Dimensionen.

»Die Drusen waren urspünglich nur große, lang gezogene Gasblasen in der Lavamasse. In ihren Hohlräumen bildeten sich dann über eine sehr lange Zeit die Amethystkristalle.« Rico blieb stehen und sah Sophie ernst an. »Diese Power, diese halbe Ewigkeit – darin muss doch auf irgendeine Weise eine besondere Kraft stecken! Es wäre viel erstaunlicher, wenn nicht, oder?«

Josie nickte beklommen.

Ein Telefonat mit dem Kirchenbüro von Tolina ergab, dass es erst am folgenden Tag geöffnet sein würde. Ein Mitarbeiter der Mine fuhr sie in das kleine Hotel des Ortes. Es war nicht besonders komfortabel, aber sie mussten froh sein, überhaupt eine Unterkunft gefunden zu haben. Sie waren die einzigen Gäste, und die gestrenge untersetzte Wirtin machte ihnen gleich klar, dass sie mit den Nachbarn Papierblumen für eine Hochzeit zu basteln gedenke und keine Zeit habe, sich um ihre Gäste zu kümmern.

Gemeinsam aßen Rico und Josie zu Abend an einem Imbiss Feijoada, Fleischbohneneintopf mit kräftiger Wurst. Es gab nur Kunststofftische und -stühle, das Ambiente war alles andere als schön. Diesen weißen Monobloc, dachte Josie, findet man also selbst in den hintersten Ecken der Welt. Scheußlich!

»Ob es von diesen Stühlen mehr gibt oder weniger«, sinnierte sie dann, »das macht den Stuhl an sich nicht hässlicher oder schöner, oder?«

Rico hörte auf zu löffeln. »Worauf willst du hinaus?«

»Ich sehe eigentlich überhaupt nicht ein, dass dieselben schönen Amethyste weniger wert sein sollen, nur weil man plötzlich große Vorkommen entdeckt hat«, sagte sie trotzig. »Schönheit ist doch Schönheit. Egal, wie oft sie einem begegnet.«

»Die Marktgesetze sind nun mal so«, erwidert Rico gereizt. »Man braucht Regeln. Und eine dieser Regel lautet: Je seltener, desto wertvoller.«

»Aber das ist doch ungerecht!«

»Synthetisch hergestellte Steine sind auch schön«, sagte Rico beschwichtigend. »Trotzdem sind sie weniger wert als echte. Weil man davon beliebig viele produzieren kann. Ein Maßstab für die Bewertung von Schönheit ist eben ihre Seltenheit.«

»Aha«, sagte Josie, »du findest also, dass man Schönheit messen kann …«

»Ich mache die Gesetze nicht, ich beachte sie nur!«

»Schönheit muss man doch auch fühlen«, erwiderte Josie schwärmerisch und zugleich streitlustig. »Wenn man sie vermessen will, wird man sie nicht erfassen.«

»Du vermischst hier zweierlei«, stellte Rico klar. Er lehnte sich zurück und verschränkte die Arme. »Eine schöne Frau wird durch einen kleinen Makel sicher nur noch schöner.« Er lächelte charmant. »Aber für Menschen gelten andere Regeln als für Edelsteine.«

Sie aßen eine Weile schweigend weiter. »Eigentlich schade«, sagte Josie dann.

»Was?«

»Dass man Menschen nicht mit Edelsteinen vergleichen kann.«

»Wieso das jetzt?« Rico betrachtete sie verwundert. »Gerade eben wolltest du noch genau das Gegenteil!«

»Wollte ich? Phh!«

»Ja …«

Eigentlich hatte Josie vorgehabt, überzuleiten zu einem anderen Thema. Sie wollte Rico von ihrer neuen Angewohnheit erzählen, den Charakter, das Wesen eines Menschen, mit einem bestimmten Stein zu vergleichen. Aber daraufhin würde er sie vermutlich fragen, als was sie ihn denn sehe. Und wenn sie ehrlich wäre, müsste sie antworten: als graublauen Diamanten, so elegant, scharf, unerbittlich, tja – und selten. Als Nächstes müsste sie ihn dann fragen, welcher Stein sie in seinen Augen sei und … Nein! Alles viel zu verfänglich. Er liebt seine Frau, rief Josie sich ins Gedächnis zurück, er kämpft um sie. Treue ist ein hohes Gut. Es hatte keinen Sinn.

»Du, sorry, aber …«

Josie griff sich an den Kopf, sie täuschte eine anrollende Migräneattacke vor und zog sich zurück.

Ihre Zimmereinrichtung bestand praktisch nur aus einem durchgelegenen französischen Bett mit einer quietschbunten Folkloredecke. Durch das einzige Fenster sah man eine vertrocknete Palme auf einem Parkplatz. Josie legte sich hin, sie ließ den Fernseher noch eine Weile leise laufen, ohne ein Wort zu verstehen, und schlief bald ein.

Über Nacht war das Wetter umgeschlagen. Drückende Schwüle lag über dem Örtchen Tolina. Beim Aufstehen hatte Josie tatsächlich Kopfschmerzen.

»Alles gut?«, fragte Rico am Frühstückstisch besorgt.

Sie zwang sich zu einem Lächeln. »Ja, alles okay.« Nach dem Kaffee ging es ihr zum Glück etwas besser, manchmal fehlte ja auch einfach nur ein bisschen Glukose. »Von mir aus können wir los.«

»Ich hab mich bei unserer Wirtin erkundigt«, sagte Rico, »es ist nicht weit. Das schöne alte weiße Haus neben der Kirche. Wir können zu Fuß hin.«

Der Pfarrer persönlich nahm sie in Empfang und bat sie in ein mit Büchern und Antiquitäten vollgestopftes, halb verdunkeltes Studierzimmer, in dem eine raschelnde, wurmstichige Atmosphäre herrschte. Eine Mitarbeiterin servierte ihnen vorzüglichen, wie sie erwähnte, selbst gerösteten Kaffee und entschwand gleich darauf wieder.

Der Pfarrer hatte bereits am Vorabend, nach Ricos Anruf, ein Faksimile der Chronik seines Pfarrbezirks für das Jahr 1836 herausgesucht. Wieder war Josie beeindruckt von der Wertschätzung, die der Vergangenheit entgegengebracht wurde. Selbstverständlich wurden alte Unterlagen aufbewahrt. Selbstverständlich gab es sie. Bei uns müsste man damit rechnen, dass die eine Hälfte im Zweiten Weltkrieg verbrannt ist und die andere Hälfte unzugänglich in irgendeinem Archivstahlschrank liegt, dachte sie.

Der Geistliche sprach mit Rico auf Portugiesisch, ein weiteres Mal wurde Josies Geduld auf eine harte Probe gestellt. Ihr Puls beschleunigte sich, als er den Namen »Sophie« aussprach und in der Chronik auf eine Reihe von Eintragungen hinwies, die Mitte August 1836 begonnen hatten und über drei Wochen bis in den September hineinreichten. Er machte eine besorgte Miene. Eine unangenehme Ahnung beschlich Josie. Die Migräne, die sie womöglich selbst heraufbeschworen hatte, machte sich nun wirklich immer stärker breit.

Selbst Rico benötigte die Hilfe des Geistlichen, um die alte Handschrift zu entziffern. Er übersetzte für Josie.

»Pfarrei Tolina, Mariä Himmelfahrt, 15. August 1836. Heute am Nachmittag stand ein portugiesischer Bauer namens Rodrigo Garcia mit seinem Ochsenfuhrwerk vor unserem Tor und läutete die Glocke. Er brachte eine völlig entkräftete, verwirrte Frau mit einem Kind. Sie war nur

notdürftig in ein grobes Leinengewand gekleidet. Er habe sie fiebernd und bewusstlos am Rande des Urwalds in seinem Maisfeld gefunden, sagte Garcia mit dem Kind im Arm. Das Kind habe die Puppe um den Bauch gebunden gehabt. Er sei nicht in der Lage, sich angemessen um die Erbarmungswürdigen zu kümmern.« Rico sah Josie an. Dann las er weiter. »*Die Frau muss Schreckliches erlebt haben. Wir nahmen uns der bedauernswerten Person an. Sie sprach mit fremder Zunge, sagte immer wieder die gleichen Sätze. Uns schien sie nicht zu verstehen. Wir vermuten, dass es sich um eine Deutsche handelt. Zumindest sieht die blonde Frau aus, als käme sie ursprünglich aus dem Norden. Meine Haushälterin brachte sie in unser Gästezimmer, wusch sie, flößte ihr eine Suppe ein, gab dem Kind süßen Milchbrei und wickelte es. Die Frau und ihr Sohn schliefen tief und fest und lange. Ich schickte nach einem meiner Schäfchen, dem aus Deutschland stammenden Schuster Matthias Breckwoldt. Gemeinsam gingen wir dann ans Krankenbett. Die Frau fieberte immer noch, doch sie richtete sich auf, als wir das Zimmer betraten, und wiederholte die gleichen Sätze wie zuvor. Der Schuster verstand sie und übersetzte. ›Sie sagt, das Kind sei nicht ihr Kind. Es soll bei uns bleiben oder in ein Kloster kommen und christlich erzogen werden. Sie will allein weiter.‹ Wir alle konnten es nicht glauben. Wie kann eine Mutter so sprechen! Aber die Frau fantasierte ja im Fieberwahn. Sie stieß immer wieder hervor: Lauf weg, lauf weg! Meine Haushälterin glaubt, dass die Frau, die sich Sophie nennt, Wilden in die Hände gefallen ist. Zumindest ließen die Zurichtung und Reste einer Bemalung ihres Körpers solches vermuten. Ihr fehlen auch alle Wimpern.*«

Josie spürte Übelkeit in sich aufsteigen. Ob von der Migräne oder der Chronik, konnte sie nicht sagen. Sie hatte auf einmal das Gefühl, dass sie jetzt, in dieser Stunde, nicht bereit war, die ganze Wahrheit zu hören. Schon gar nicht, wenn sich die Sache durch das mühselige Entziffern und Diskutieren zwischen dem Pfarrer und Rico auch noch derart zäh in die Länge zog. Die Schwüle vor dem Gewitter tat ihr Übriges.

»Es tut mir sehr leid«, unterbrach sie deshalb und erhob sich mit einem entschuldigenden Blick. »Ich fürchte, meine Migräne schlägt nun doch voll zu. Der Wetterumschwung … Am besten nehme ich eine Tablette und lege mich etwas hin. Rico, du kannst mir ja dann hinterher alles erzählen.« Josie gab dem Pfarrer die Hand und bedankte sich sehr höflich. Dann flüchtete sie nach draußen.

Josie wurde von einem Klopfen wach. Sie schlug die Augen auf. Aus der Ferne war Donnergrollen zu hören. Doch nun klopfte es erneut, jemand war an der Tür ihres Hotelzimmers.

»Ja?«, rief sie.

»Hast du Hunger?«, hörte sie Ricos Stimme. »Es gibt nicht viele Restaurants in Tolina, und die haben noch geschlossen.« Josie stand auf, schloss das weit geöffnete Fenster und ließ Rico herein. Rico lächelte sie an, in den Händen hielt er Papiertüten. »Ich hab beim Imbiss Tapioka-Chips und Empadinhas gekauft.« Er hob die andere Hand. »Ich hoffe, du magst Hühnchenpastete. Und hier sind noch ein paar Maniokbällchen und etwas zu trinken.«

Sophie schaute sich ratlos in dem winzigen Zimmer um, doch dann zuckte sie mit den Achseln. »Komm rein und setz dich, wenn du Platz findest. Oder warte einen Augenblick …« Sie richtete rasch das Bett, warf die Folkloredecke darüber und klopfte einladend darauf.

»Wirkt deine Tablette?«, erkundigte Rico sich fürsorglich, als er sich auf die Matratze setzte.

»Ja, zum Glück!« Josie seufzte erleichert auf. Sie trug eine bequeme helle Leinenhose und ließ sich am Kopfende Rico gegenüber im Schneidersitz nieder. Sie hatte vor dem Hinlegen ihren unbequemen BH ausgezogen und hoffte, dass es unter dem weiten Shirt nicht auffiel. »Lass uns erst mal essen, bevor du erzählst«, bat sie, »sonst krieg ich vor Aufregung nichts runter.«

Das Grollen kam näher, am Himmel dräute es graugrünlich. »Der Pfarrer ist mit mir sämtliche Eintragungen durchgegangen, die Sophie betreffen«, sagte Rico. »Ich hab sie mit meinem Handy fotografiert. Vielleicht laden wir sie auf dein iPad, dann kann man besser lesen.«

Josie nickte und reichte ihm ihr Gerät. Während er die Fotos übertrug, langte sie zu. »Hm, die sind lecker!«, lobte sie die Empadinhas. Nicht nur die Pastetchen waren ratzfatz verspeist, auch die Chips schmeckten prima. Josie schnappte sich ihr Kopfkissen. Sie schob es sich vor den Bauch, legte ihre Unterarme darauf ab und lehnte sich gegen das Kopfbrett. »Leg los!«

»Deine Augen strahlen gerade besonders grün«, sagte Rico.

»Das liegt am Licht.«

»Wie Smaragde …« Sein Blick löste in ihr eine unterschwellige Unruhe aus.

»Ach!« Verlegen drückte sie das Kissen fester gegen ihren Bauch und schaute weg.

»Doch … Wenn du ein Edelstein wärst, dann wärst du ein Smaragd!«, behauptete er.

Josie schüttelte den Kopf. Das war doch ihre Idee gewesen, aber sie hatte ihm nicht davon erzählt. Wieso sagte er so was? Und hatte er nicht vor Kurzem selbst noch gesagt, man dürfe Menschen und Steine nicht vergleichen?

»Du hast …«

Bevor sie ihn darauf aufmerksam machen konnte, dass er sich soeben selbst widersprochen hatte, glitten Ricos Finger schon über die aufs iPad übertragenen Chronikeinträge.

»Es ist ziemlich harter Stoff, Josie«, sagte Rico nun wieder sehr ernst. »Mach dich auf einiges gefasst.« Er vergrößerte einen Ausschnitt. »Der Pfarrer, der Sophie damals aufnahm, schreibt, dass sie teilweise unter Gedächnisverlust litt. Sie war nicht in der Lage, ihm zu schildern, was genau sich im Vale da Esperança zugetragen hatte. Allerdings kehrte noch in Tolina stückweise Sophies Erinnerung an ihre Flucht zurück. Hier schreibt der Pfarrer: *Beim Anblick der Puppe, die das Kind ständig bei sich haben musste, weil es sonst zu schreien begann, fiel Sophie wieder ein, was sie auf ihrer Flucht erlebt hatten. Sie sprach hastig, oft mit geschlossenen Augen, zeigte jedoch kaum eine Regung. Und dann, nach einem Schwall von Satzfetzen, versiegte ihr Redefluss plötzlich wieder. Der Schuster Breckwoldt kam fortan an mehreren Tagen und übersetzte mir ihre Geschichte, welche ich protokollartig festgehalten habe.*«

26

Rio Grande do Sul
August – September 1836

Das Kind schrie. Es durfte nicht schreien. Das Geschrei würde sie beide verraten. Grün, Urwald, Unterholz … Gefahr. Weglaufen. Flüchten. Ihre Kleidung verfing sich im Dornengestrüpp, sie zerrte daran, der Stoff riss. Sophie konnte nicht klar denken. Gleich würde sie selbst auch schreien müssen, schreien aus Leibeskräften. Sie war verwirrt, ihr Verstand rotierte, drehte durch-durch-durch wie große Wagenräder im Schlamm. Sie wiegte das Kind im Arm, versuchte, es zu beruhigen. Aber wie sollte ihr das gelingen, wo sie doch selbst nur aus Angst bestand?

Sie schob dem Kind ihren Finger in den Mund. Das Kind streckte die Hand aus, es plärrte. Im Gras unter einem Erva-Mate-Strauch lag die Puppe, Sophie griff danach, drückte sie dem Kind in die Arme.

»Hier, sei endlich ruhig!«, zischte sie und schmiegte ihre Wange an das Gesichtchen.

Endlich war es ruhig. Gott sei Dank. Sophie holte tief Luft.

Ach, diese Puppe! Aus Kautschuk geformt, mit echtem Haar, glänzenden Glasaugen und gehäkelter Kleidung, irgendwie missraten, aber heiß geliebt, immer musste sie dabei sein. Das Kind schlief nicht ohne die Puppe, das Kind aß nicht, wenn die Puppe nicht vorkostete. Die Puppe war sein Beschützer und sein Baby, und wenn das Kind brabbelte, dann brabbelte es zuerst die Puppe an. Sophie pflückte Blätter vom Matestrauch, zerkaute eines und spie es dem Kind vorsichtig in den Mund. Das würde seinen Hunger stillen und es beruhigen. Sie mussten weiter. Weg von hier.

Sie erreichten den Fluss. Sophie rupfte vertrocknetes Gras, bestieg das Kanu, bettete das Kind darauf und paddelte, möglichst lautlos. Wie lange? Sie hatte kein Zeitgefühl.

Einmal wurden sie von einem leeren Kanu überholt. Als sie endlich gleichmäßig mit der Strömung trieben, legte Sophie sich flach hin, nahm das Kind auf den Bauch. Hoffentlich sah sie niemand.

Was war geschehen? Ihr fehlten Stunden oder sogar Tage. Einmal sah sie ausgebleichte Überreste eines menschlichen Skeletts, angeschwemmt an eine Steininsel. Piranhas und Urubus hatten keine Spur eines möglichen Verbrechens zurückgelassen.

Die nächste Erinnerung setzte ein, als sie schon länger unterwegs waren. Sophies Magen meldete Hunger. Die Sonne stand sehr hoch. Scheint die Sonne noch?, dachte Sophie fassungslos. Wie kann sie einfach weiterscheinen nach allem, was geschehen ist! Was war denn geschehen? Sie wusste es nicht genau, wollte das Schreckliche, das Ungeheuerliche, auch gar nicht wissen. Es war zu groß zum Erinnern.

Sie steckten fest mitten im Strom auf einer Sandbank. Das war ihr Glück. Sophie stand auf, sie verscheuchte eine Anaconda, die sich auf der kleinen Insel sonnte, und erkannte, dass die Strömung ein Stück voraus gefährlich stark war. Weiß aufschäumende Stromschnellen verhießen nichts Gutes. Wahrscheinlich war ein Wasserfall in der Nähe. Sie mussten ans Ufer, sonst würden sie mit dem Fluss in die Tiefe hinabstürzen. Aber auf welche Seite? Sie konnte sich nicht entscheiden. Nie zuvor hatte der Urwald auf sie so laut und bedrohlich gewirkt.

Sophie lauschte. Aus dem dunklen Grün erklang ein Konzert aus Summen, Gackern, Quäken, Pfeifen, Trillern, Plätschern, Kreischen, Schnurren, Piepen, Zwitschern, Rufen, Glucksen, Fauchen, Knurren. An ihren Unterarmen und im Nacken richteten sich die Haare auf. Sie hatte keine Waffe dabei und nichts zu essen. Sie musste eine Entscheidung treffen. Keine Entscheidung zu treffen und nichts zu tun bedeutete den Tod. Alles andere barg zumindest eine Chance.

Sophie riss Stoffstreifen von ihrem Rock. Damit band sie sich das Kind auf dem Rücken fest. Das Kind hielt seine Puppe an sich gedrückt. Sophie nahm das Paddel mit, um sich abzustützen. Dann watete sie durch den Fluss, sie entschied sich für die Richtung, in der er seichter aussah, schlug mit dem Holz nach Getier, das um ihre Beine schwamm, sprang auf Felsenbrocken, stakste sich durch zwei heftige Stromschnellen hindurch bis zum Ufer.

Das Kind warf die Puppe weg, Sophie hob sie auf, das Kind warf die Puppe wieder weg, Sophie hob sie auf, das Kind warf sie wieder weg. Sophie war mit ihren Nerven am Ende. Sie ließ die Puppe liegen und ging weiter. Das Kind fing an zu schreien. Sie kehrte um. Sophie riss sich noch einen Streifen von ihrem Rock und band dem Kind die Puppe auf den Bauch. Das Kind drückte sie an sich.

Von den Bäumen tropfte es. Sophie entdeckte wilde Bananen. Sie schlug mit dem Paddel Früchte aus der Staude, aß davon, gab dem Kind etwas Vorgekautes, mischte noch ein Mateteeblatt in den Bananenbrei. Sie kämpfte sich durch das Unterholz, balancierte über umgefallene

Baumstämme, rutschte ab. Dornen rissen ihre Füße blutig. Es war kalt. Es regnete. Es wurde dunkel.

Sophie fand Unterschlupf in einer kleinen Höhle unter einem Felsvorsprung, sie tarnte mit Gestrüpp den Eingang. Hier verbrachten sie eine Nacht.

Stunden später schleppte Sophie sich weiter. Sie spürte, dass ihr Kopf zu heiß war. Der Urwald öffnete sich. Fieberbilder ließen sie daran zweifeln, ob sie noch lebte. Sah sie das Himmelstor? Träumte sie? Die Abendsonne übergoss mit rot glühendem Licht eine mächtige Kirchenfront, gewaltige Portale und Rundbogen, umgestürzte Riesensäulen.

Sophie sah Palmen, geschnitzte Holzfiguren, Engel und Heilige standen da erhöht, lächelten sie an. Eine Allee aus Orangenbäumen führte auf sie zu, es duftete paradiesisch. Sophie glaubte sich im Himmel. Sie wankte näher. Eine irrwitzige Vorfreude auf das Paradies überwältigte sie. Die Riesensäulen hatten so wunderbar reich verzierte Kapitelle. Begann gleich für sie das Jüngste Gericht? Sophie merkte, dass sie am ganzen Körper zitterte. Ob Gott es ihr übel nahm, dass sie schon vor ihrer Trauung mit Karl …

Doch je näher Sophie kam, desto kälter wurde ihr ums Herz. Die Engel und Heiligen waren nur aus Stein gehauen. Schlingpflanzen überwucherten dicke Mauern, und hinter ihnen taten sich keine himmlischen Säle auf, nur leere Räume ohne Wände. Und Abstiege in düstere Geheimgänge. Langsam begriff Sophie. Es war eine Ruine. Sie befand sich auf Erden. Wahrscheinlich waren das die Überreste einer Jesuitenmission. Hier wartete kein Gott, keine jubilierende Engelsschar auf sie. Nicht einmal ein einziger Christenmensch. Das einzige Lebendige hier waren die Eidechsen zwischen den Steinen.

Enttäuscht und tränenblind stolperte Sophie über die grüne Weide vor der zerstörten Kathedrale, sie fiel, konnte gerade noch das Kind vor dem Aufprall schützen. Es begann zu wimmern und hörte nicht mehr auf. Sophie brach zusammen.

Als sie wieder zu sich kam, befand sie sich eingerollt in einem großen Netz. Das Kind lag in ihrem Arm. Wie ein großes gefangenes Tier wurde sie von Indios getragen. Je zwei liefen vorn und hinten, hielten sie mittels langer Bambusstäbe, die durch das Netz gezogen waren. Sophie begann zu zappeln. Sie protestierte, wollte raus aus ihrem Gefängnis. Doch sie erhielt einen Schlag auf den Hinterkopf und verlor erneut das Bewusstsein.

Die Indios verpflegten sie, päppelten sie und das Kind auf. Sie gaben ihnen selbst gebraute Medizin und etwas zu essen. Mehrere Frauen kümmerten sich um Sophie. Sie wusste nicht, zu welchen Stamm diese Indios gehörten. Als ihr Fieber nachließ und sie wieder zu Kräften kam, begutachtete der Kazike, der Häuptling, seine Gefangene. Er gab den Frauen Anweisungen, woraufhin sie begannen, Sophie nach ihren Vorstellungen schön zu machen. Sophie wollte schreien und sich wehren, als die eine Frau begann, ihr die Körperhaare mit einem Schaber aus Piranhazähnen zu entfernen. Zwei andere Frauen hielten sie jedoch fest, eine vierte stand hinter ihr, sie konnte nicht entkommen. Hätte sie Vanori und die andere Kaingang-Frau nicht schon bei ihren Ritualen beobachtet – Sophie wäre vor Scham vom Schlag getroffen worden. Sie atmete heftig, ihr Puls hämmerte, das Blut rauschte in ihren Ohren, aber sie versuchte, die scheußliche Prozedur möglichst ruhig über sich ergehen zu lassen. Sie wusste, dass zu heftige Bewegungen ihr Verletzungen zufügen könnten. Eine falsche Reaktion, und sie hatte einen tiefen Schnitt im Fleisch.

Die Indiofrauen rissen ihr jede Wimper einzeln aus. Es tat fürchterlich weh, Sophie fürchtete um ihr Augenlicht. Auch dem Kind rupften sie die Wimpern aus, das war noch viel schwerer zu ertragen. Es schrie aus Leibeskräften. Als sie Sophie die Schamhaare mit einem Endchen Lanzengras rasierten, sah sie blutige Kratzer auf ihrer Haut. Mit Ausnahme der Augenbrauen waren ihr sämtliche Körperhaare entfernt worden.

Sophies Brustkorb hob und senkte sich schneller. Ungerührt schmierten die Frauen eine Pflanzenpaste auf die wunden Stellen, es brannte sehr. Dann bemalten sie die Haut mit grellen Farben. Sophie fühlte sich so gedemütigt, doch die Frauen lachten nur, als wäre sie ein dummes, unartiges Kind. Manchmal redeten sie auf Sophie ein, als wollten sie sie davon überzeugen, dass diese Maßnahmen doch nur zu ihrem Besten seien. Sorgfältig suchten sie ihren Kopf nach Läusen ab. Mit einem Gerät aus geflochtenen Bambusstäbchen kämmten sie Sophies Haar, dessen Goldschimmer viel Bewunderung hervorrief, und bestrichen es schließlich mit rotem Öl.

Die Männer ließen sich die ganze Zeit über kaum blicken. Sie lagen in ihren Hängenetzen in den Hütten. Sophie zitterte und fragte sich, ob sie ihr vielleicht auch noch die Haut durchbohren oder ein Muster hineinritzen würden. Sie erinnerte sich daran, dass Baumann einmal erklärt hatte, die Indios machten mit ihrer Haut, was zivilisierte Menschen aus Gefallsucht an ihrer Kleidung tun könnten. Doch zumindest für diesen Tag war das Werk offenbar vollendet. Die Frauen banden ihr Arme und Beine zusammen. Sophie ruckelte an ihren Fesseln. Zur Strafe musste sie sich sitzend an einen Baumstamm lehnen, an den sie zusätzlich festgebunden wurde.

Einige Indiofrauen kauten Maiskörner und spuckten sie in ein irdenes Gefäß. Es roch wie das gegorene, berauschende Zeug, das die vier Apostel so gern tranken. Sophie konnte sich denken, was bald passieren sollte. Die Indios würden ein Fest feiern. Und sie, die Weiße, war für das Vergnügen des Häuptlings hergerichtet worden.

Blankes Entsetzen überkam Sophie bei dieser Vorstellung. Was konnte sie nur tun, um dem zu entgehen? Wenigstens vernebelte das Fieber nicht mehr völlig ihren Kopf. Sie musste ihren Verstand gebrauchen.

Sophie überlegte, dass es klüger war, einen friedlichen Eindruck zu erwecken. Sie beobachtete die Umgebung und sah einen Pfad, der in den Urwald führte. Waren sie von dort gekommen? Ging es auf diesem Weg zurück aufs offene Grasland?

Das Kind weinte. Sophie zwang sich, die Indiofrauen anzulächeln, und hörte auf, an ihren Fesseln zu zerren. Mit leiser, beruhigender Stimme redete sie auf das Kind ein, das in ihrer Nähe lag. Noch immer war die Puppe um seinen Bauch gebunden. Am Verhalten der Indios konnte Sophie erkennen, dass ihnen die Puppe nicht ganz geheuer war.

Als das Kind zu schreien begann, schaute Sophie die Indiofrau, die am meisten zu sagen hatte, mit einem Blick von Mutter zu Mutter an. Daraufhin nahm man ihr die Fesseln von den Handgelenken, und sie durfte das Kind auf den Arm nehmen. Es hörte auf zu weinen.

Sophie legte es an ihre Brust. Aber es kam keine Milch. Sophie wusste, dass keine Milch kommen würde, doch sie versuchte trotzdem, das Kind zu stillen. Mit einer Hand band sie die Puppe los und setzte sie zwischen ihre Beine. Niemand wagte es, die Figur zu berühren. Die Indios schienen ihm Zauberkraft zuzutrauen.

Das Kind weinte erneut, es fand ja keine Milch, und hatte doch großen Hunger. Sophie nahm mit den Fingern etwas von dem, was man ihr zum Essen hingestellt hatte. Sie zerkaute etwas Herbes mit Mais und Gemüse und küsste es dem Kind in den Mund, doch das Kind nahm es nicht an. Es schrie und spuckte alles wieder aus. Ermattet lehnte Sophie sich zurück. Das Kind streckte die Ärmchen nach einer hübschen jungen Indiofrau aus, die einen Säugling an der Brust trug. Die Frau reagierte spontan. Sie nahm einfach das Kind, legte es an ihre andere Brust und stillte es.

Fassungslos sah Sophie zu. Eine Wilde war besser als sie! Ungeheuerlich!

Aber das Kind war ruhig und trank. Die hübsche Indiofrau lächelte. Und plötzlich empfand Sophie einfach nur Dankbarkeit. Sie lächelte zurück. Als die Indiofrau ihr das Kind satt und zufrieden wieder in den Arm legte, weinte Sophie. Die Frauen ließen sie nun in Ruhe.

Sophie musste eingeschlafen sein. Als sie, immer noch mit dem Kind auf dem Schoß, erwachte, war es dunkel geworden. Ein Lagerfeuer brannte, die Männer tranken von dem berauschenden Gebräu, die Frauen nicht. Sie reichten nur Trinkschalen weiter. Es sah aus, als würden sie aufpassen, dass die betrunkenen Männer sich nicht stritten oder irgendeinen Unsinn anstellten. Es gab etwas zu essen, auch für Sophie.

Man schnitt ihr die Fesseln auf. Die Männer begannen zu tanzen, dabei stampften sie immer mit dem rechten Fuß auf. Rasseln gaben den Rhythmus vor.

Jetzt näherte sich der Häuptling Sophie. Er stand vor

ihr. Sie musste aufstehen, hatte das Kind auf dem Arm, die Puppe lag am Boden zwischen ihren Beinen. Der Kazike, der einen Kopf kleiner war als Sophie, betrachtete sie siegesgewiss von oben bis unten. Er leckte sich die Lippen und entblößte die gelblichen Zähne. Auch sein Geschlechtsteil zeigte Vorfreude.

Jetzt oder nie, dachte Sophie. Ganz langsam hob sie die Puppe auf. Gebannt schauten die Indios auf diesen fremden Fetisch, dessen grün funkelnde Augen das Lagerfeuer spiegelten. Eine hohe laute Stimme durchschnitt die Stille.

»Sei nett zu Sophiiie!«

Der Häuptling wich zurück, zwei Heißsporne unter den Jungmännern preschten vor, doch der Kazike hielt sie mit beiden Armen hinter sich zurück. Jetzt ließ Sophie ein fürchterliches Geheul durch die Puppe ertönen, sie umklammerte Kind und Puppe und rannte los. Zu dem Pfad, an den sie sich erinnerte. Sie rannte und rannte und hörte nach Sekunden des Schweigens Aufregung und Empörung, sie hörte Pfeile durch die Luft schwirren, das Laub in der Nähe durchbrechen. Sie rannte weiter, bis sie vor Seitenstichen und Atemnot nicht mehr konnte. Und lauschte.

Offenbar war ihr keiner der Indios gefolgt. Oder schlichen sie lautlos heran? Nein, zu groß war wohl deren Angst vor dem nächtlichen Wald und den umhergeisternden Seelen ihrer Ahnen.

Langsam tastete sich Sophie nun weiter. Sie konnte kaum etwas erkennen im schwachen Mondlicht, das durch das dichte Blätterdach drang. Es gruselte sie. In der Nacht klang der Urwald anders als tagsüber. Unheimlicher, gefährlicher, überhaupt war es ein Riesenunterschied, ob man diese Geräusche geschützt im Bett vernahm, oder ob man allein mitten im Wald umherirrte.

Sophie wusste nicht, wie sie diese Nacht überstanden hatte. Sie hatte ein sagenhaftes Glück gehabt, dass sie nicht von Tieren angegriffen worden war. Ihre nächste Erinnerung setzte ein, als sie im Morgengrauen essbare Früchte an einem Baum hängen sah. Sie war immer noch nackt. Sie legte das Kind ab. Es atmete regelmäßig. Mit großen dunkelgrünen Blättern und einer Rankpflanze improvisierte Sophie eine Schutzhülle um ihren Leib.

Dann kletterte sie den Baumstamm empor, zum Glück war es ein guter Kletterbaum, für alles andere hätte ihr die Kraft gefehlt. Sie warf Früchte nach unten. Als sie ziemlich weit oben war und zum Himmel hochschaute, sah sie in nicht allzu weiter Ferne einen Geier kreisen. Ein gutes Zeichen! Im Urwald blieb kein Aas liegen, also musste sich dort hinten freies Feld befinden! Und wo freies Feld war, würde sie eher auf weiße Siedler stoßen.

Hastig kletterte Sophie hinunter. Sie verschlang ein paar Früchte, betrachtete dabei das Kind. Sie hatte böse Gedanken. Da wachte das Kind auf und lächelte sie an! Wieder musste Sophie weinen.

Die Puppe beschäftigte das Kind. Der Kautschuk nahm, wenn man ihn länger in den warmen Händen hielt, die Temperatur eines Lebewesens an. Also band Sophie die Puppe wieder dem Kind um den Bauch. Sie gab ihm etwas von den Früchten und schlug die Richtung ein, in der sie den Geier ausgemacht hatte. Bald stieß sie auf einen Pfad mit aufgewühlter Erde – Spuren von Rindern. Der Campo konnte nicht mehr fern sein! Sophie folgte dem Pfad, aber sie ging rückwärts, um mögliche Verfolger durch ihre Fußspuren in die falsche Richtung zu lenken.

Endlich lichtete sich der Wald. Sophie drehte sich um und lief wieder vorwärts, so schnell sie konnte, hinaus ins Licht und in die Weite. Sie erblickte eine Bauernkate mit

Gemüsefeldern und steuerte darauf zu. Gleich hatte sie es geschafft.

Doch lautes Getrappel kündigte eine Herde von Rindern an. Die Tiere galoppierten ihr entgegen. Sophie erschrak fast zu Tode, sie rannte, aber das Kind war so schwer, sie konnte es kaum noch tragen. Und es schrie wie am Spieß. Im letzten Augenblick flüchtete Sophie sich mit einem Satz in ein Maisfeld. Keuchend blieb sie liegen.

Wie lange sie dort gelegen hatte? Sie wusste es nicht.

Das Fieber kehrte zurück. Wieder konnte Sophie nicht unterscheiden zwischen Wahn und Wirklichkeit. Einmal rüttelte jemand an ihrer Schulter. Sie schlug die Augen auf. Ein alter Bauer mit sonnenverbranntem Gesicht beugte sich über sie.

»*Chinoca, acordar!*«, rief er.

Sophie schloss die Augen wieder. Das Nächste, woran sie sich erinnerte, war, wie eine portugiesische Bauersfrau ihr ein kratzendes Leinenhemd überzog. Später erwachte sie auf einem ruckelnden Ochsenkarren. Irgendwann blieb die *carreta* stehen, es duftete nach Orangenblüten. Sophie hörte den tiefen Klang einer Türglocke. Man bedeutete ihr auszusteigen. Ein Pfarrer und eine dicke Frau mit Schütze erwarteten sie im Toreingang.

Sophie zeigte auf das Kind, das der Bauer ihr in die Arme drückte. »Es ist nicht meines!«

Sie sollten es ihr abnehmen! Sie konnte die Verantwortung für das Kind nicht länger tragen. Aber die Leute schienen sie nicht zu verstehen. Ihre Beine gaben nach.

Der Pfarrer nahm sie und das Kind in sein Haus auf. Die dicke Frau, des Pfarrers Haushälterin, versorgte sie. Sophie sank in ein richtiges Bett. Sie wollte nur noch Ruhe. Ihr Gefühl sagte ihr, dass die Gefahr vorbei sei. Doch ein tiefer Schrecken steckte ihr in den Gliedern, in ihrer Seele lauerte eine grauenvolle Wahrheit, die sie nicht wissen wollte.

Erst nach Tagen brachte der Anblick der Puppe, ein Aufblitzen in den Glasaugen, Sophie die Erinnerung an ihre Flucht zurück. Nach und nach vermochte sie davon zu erzählen. Ein Schuster, der ursprünglich aus Pommern stammte, wurde gerufen. Er sprach eine ganz andere Mundart als sie, doch er übersetzte für den Pfarrer. Der Geistliche wollte immer noch mehr wissen. Was vorher gewesen sei vor allem. Aber Sophie wollte es nicht wissen, auf keinen Fall.

Ein Redakteur von einer Zeitung besuchte und befragte sie. Er sagte, er wolle ihre Geschichte veröffentlichen. Sophie nickte nur. Sie nahm ihre Umgebung wahr, als würde ein unsichtbarer Kokon aus Wolle sie von allen trennen.

Eines Tages brachte die Haushälterin einen Mann in das Studierzimmer, in dem Sophie sich aufhielt, während sie erzählte, was der Schuster übersetzte und der Pfarrer mitschrieb. Ihr Herz schlug schneller. Diesen Mann erkannte sie. Es war ihr alter Freund Richard, Richard Böhmer.

»Sophie, wir haben uns solche Sorgen gemacht!«, sagte er und schloss sie in seine Arme. »Wir haben es in der Zeitung gelesen – den Artikel über die blonde deutsche Frau, die Sophie heißt, die den Wilden entkommen ist und sich allein durch den Urwald geschlagen hat … Wir haben befürchtet … und gleichzeitig gehofft, dass du es bist.« Bewegt hielt er inne. »Wo ist Karl? Hast du ihn denn nicht gefunden? Wo warst du so lange?«, fragte er dann.

»Ach Richard!«

Mehr brachte Sophie nicht heraus, aber ihr war, als öffnete ihr ein heller Blitz einen lange verhangenen Horizont.

»Hier im Pfarrhaus kannst du nicht ewig bleiben. Du kommst mit zu uns nach São Leopoldo. Valentina wartet schon ungeduldig!« Richard wies auf das Kind, das auf einer Decke auf dem Boden saß, mit der Puppe spielte und brabbelte. »Und wer ist das?«

»Ein Junge …« Der Pfarrer zuckte ratlos mit den Schultern. »Sie behauptete bei ihrer Ankunft, es sei nicht ihr Kind. Sie wollte es abgeben.«

Richard trat näher und hockte sich zu dem Kleinen hinunter. »Er hat Ähnlichkeit mit Karl …«, er blickte erst zu Sophie, dann zu dem Pfarrer hoch, »… mit meinem Freund Karl Kreuzer!«

Das Kind lachte Sophie an, es streckte ihr die Ärmchen entgegen.

»Ja.« Sophie hob es auf ihren Arm. Sie strich ihm die dunklen Löckchen aus dem Gesicht und betrachtete seine bernsteinfarbenen Augen, als würde sie erst in diesem Augenblick etwas begreifen. »Das … das ist mein Sohn Carlos, das ist Carlos Antonius Kreuzer.«

27

Dass ihr dicke Tränen über die Wangen rollten, merkte Josie nur, weil Rico aufhörte zu erzählen und sie so seltsam ansah.

»Ach.« Schnell wischte sie sich mit einem entschuldigenden Lächeln übers Gesicht. »Merkwürdig, dass sie das Kind nie beim Namen nannte«, sagte sie.

»Außer am Schluss.« Rico, der auf dem Bett mit dem Rücken an die Längsseite der Wand gelehnt saß, streckte seinen Arm nach Josie aus und zog sie an seine Schulter. »Heul doch«, sagte er verständnisvoll.

Josie musste unter Tränen lächeln. Als Rico ihr nun auch noch seine warme Hand in den Nacken legte und über ihr Haar strich, war es endgültig aus mit ihrer Beherrschung. Sie ließ den Tränen freien Lauf. Sophie tat ihr so leid! Was hatte diese Frau durchgemacht! Natürlich war Josie klar, dass alles schon ewig lange zurücklag, aber das Schicksal ihrer Vorfahrin berührte sie zutiefst. So als wäre es eben erst durchlebt worden. Dieses endlose Kämpfen und sich durchschlagen müssen. Was hatte sie selbst dagegen schon erlebt?

Nur, was war vor Sophies Flucht geschehen? Sie wussten es immer noch nicht. Vielleicht würden sie es nie erfahren. Josie drückte ihr Gesicht an Ricos Schulter und seufzte. Die Tränen sickerten wie dicke Regentropfen in sein Baumwollhemd.

Rico hielt sie einfach nur, ab und zu drückte er sie tröstend an sich. Und es war überhaupt nicht peinlich, sondern schön und vollkommen in Ordnung. Auch das Gewitter draußen entlud sich. Die Himmelsfarbe wechselte zu Grafitbläulich. Es blitzte und donnerte. Josie weinte lange. Es war wohl auch die Anspannung der letzten Tage, die sich in ihr löste. Wenn es heftig donnerte, schrak sie zusammen und klammerte sich instinktiv enger an Rico.

Er legte seine Hand auf ihren Kopf. »Alles wird gut«, murmelte er. Prasselnder Regen setzte ein, so heftig, dass man die Palme auf dem Parkplatz nicht erkennen konnte. »Auf dem Campo kann es in der Trockenzeit blitzen, ohne zu regnen«, sagte Rico wie ein Vater, der seiner kleinen Tochter etwas erzählte, um sie zu beruhigen. »Und dann liegt so viel Staub in der Luft, dass die Sonnenaufgänge mächtig und glühend rot sind. Das Licht wird ganz unwirklich …«

Josie bekam kaum mehr Luft. Sie musste verquollen aussehen, bestimmt hatte sie eine dicke Nase und kleine, rot verweinte Augen. Doch allmählich beruhigte sie sich.

Auf einmal spürte sie, wie Rico sich zu ihr neigte, sie fühlte seine Wange an ihrer, die noch feucht von Tränen war, und die salzige Feuchte sorgte für ein besonderes geschmeidiges Gleiten von Haut auf Haut. Seine Bartstoppeln streiften ihre geschwollenen Lippen, und dann berührte sein Mund ihren. Sophie hielt die Augen geschlossen, als könnte sie damit verhindern, dass Rico sie in diesem jämmerlichen Zustand sah. Sie fühlte und roch ihn. Nahm wieder diesen faszinierenden Duft wahr, in dem sie am liebsten baden würde!

Ricos Zunge öffnete ihre Lippen, stieß gegen ihre Zahnreihe, berührte ihre Zungenspitze – und damit sprang ein Funke auf sie über, der ihren Körper schlagartig unter Strom setzte. Auch Rico stand augenblicklich in Flammen. Seine Körperspannung veränderte sich, er riss sie an sich, drückte sie auf die Matratze. Josie öffnete die Augen, sein Gesicht war dicht über ihrem. Der sinnliche Ausdruck seiner Augen, erstaunt, wild, ernst, fordernd, steigerte ihre Sehnsucht, stachelte ihre Begierde an. Sie schloss wieder die Augen. Immer leidenschaftlicher küssten sie sich.

»Halt!«, stöhnte Josie irgendwann. »Ich krieg keine Luft mehr!«

Sie musste sich dringend die Nase putzen. Beim Küssen erstickt!, dachte sie kurz und kicherte innerlich nervös. Was für ein Schicksal! Sie ging ins Badezimmer, putzte sich die Nase. Dann ließ sie sich kaltes Wasser über den Puls laufen und spritzte es sich mit beiden Händen ins Gesicht. Ihr Spiegelbild bestätigte ihre Vermutung, sie sah wirklich scheußlich aus.

Und was mache ich hier?, fragte sie sich. Was passiert hier gerade? Hatten wir uns nicht geeinigt, dass Treue ein hohes Gut ist? Es geht nicht. Auf keinen Fall!

Sie kehrte zurück, mit entschlossenem Blick. Sie musste Rico daran erinnern. Er lag noch auf dem Bett, lächelte sie an.

»Wir haben doch …«, begann sie. In seinen dunkelbrauen Augen glommen gefährliche Lichter. Rico nahm ihre Hände und zog sie langsam auf sich. Sie spürte seinen Herzschlag. »Rico, wir …«, begann sie noch einmal. Seine Hände glitten unter ihr T-Shirt und umfassten ihre Brüste.

»Komm«, sagte er mit rauer Stimme.

Er schob das Shirt hoch, begann ihre Knospen zu küssen. Was hatte sie noch sagen wollen? Ach, das hier war so aufregend und prickelnd! Rico zog ihr das Hemd über den Kopf, setzte sie auf seinen Schoß. Wie er sie ansah!

Als wäre sie die begehrenswerteste Frau der Welt! Zwischen ihnen flogen knisternde Funken. Ihre Sinne waren aufs Äußerste sensibilisiert. Josie schmolz dahin. Sie wollte ihn, unbedingt, sofort. Sie wollte seine Haut auf ihrer spüren.

Ungeduldig zerrten sie sich gegenseitig die Kleidung vom Leib. Josie dachte an überhaupt nichts mehr. Sie tastete, schmeckte, fühlte, roch, schwitzte, spürte nur noch seine und ihre Lust.

Als Rico in sie eindrang, hatte sie das Gefühl, dass es genau so sein musste. Ganz genau so, schon vor Urzeiten festgelegt. Als wäre sie die eine Hälfte eines Urkontinents und er die andere, als bildeten sie beide Gondwana. Als wären sie schon einmal Millionen Jahre lang ein Ganzes gewesen – und endlich wieder vereint. Während sie sich liebten und erkannten, blieben Josies Empfindungen in urgewaltigen Dimensionen. Nicht nur jede Zelle ihres Körpers, auch ihre Seele erinnerte sich zum ersten Mal in diesem Leben an etwas lange Vergessenes. Sie spürte Feuer, Lava und Eruptionen, die sie mit etwas Größerem verbanden, das über sie beide hinausreichte.

Mitten in der Nacht wachten sie auf. Es war dunkel. Der Regen klopfte nur noch sanft an die Scheiben. Rico öffnete das Fenster ganz weit. Klare frische Luft drang in den Raum. Josie, immer noch berauscht von einer zeitlosen Energie und im langsamen Hinabgleiten begriffen, glaubte, die positiven Ionen in der Luft spüren zu können. Sie wagte nicht, das Licht anzumachen oder Rico anzusehen.

»Wir waren noch nicht einmal betrunken«, sagte sie leise.

»Wir waren mehr als das«, antwortete Rico.

Am Morgen lag er nicht mehr neben ihr. Josie richtete sich halb auf. Sie war durcheinander. Ihr Körper fühlte sich wunderbar an, erfüllt von einer zufriedenen Süße, die sie so nicht kannte. Ihr Innerstes war durcheinandergewirbelt, erschüttert, beglückt, und zugleich schlich etwas Pechkohlrabenschwarzes näher … Ihr Gewissen meldete sich.

Du wolltest niemals einer Frau ihren Mann wegnehmen. Er kämpft noch um ihre Liebe, also bilde dir ja nichts ein. Vielleicht warst du für ihn ja auch nur eine reife Frucht, die sich zufällig am Wegesrand bot wie Mrs. Schulz. Eigentlich mochte Josie das nicht glauben. Doch selbst wenn es für ihn ebenso umwerfend und einzigartig gewesen ist wie für mich, dachte sie dann, hat die Sache einen Haken. Denn war sie nicht gerade deshalb verliebt in ihn, weil er um seine Liebe kämpfte? Gäbe er diesen Kampf auf, würde sie ihn auch nicht mehr so umwerfend finden, oder? Komplizierte Logik, zu viel für diese Morgenstunde.

Josie duschte, nahm sich vor, die Nacht nicht überzubewerten. Und Rico auf keinen Fall unter Druck zu setzen. Bevor sie sich in der Lage fühlte, den Frühstücksraum zu betreten, ging sie draußen ein wenig spazieren. Ein Hund lief auf sie zu, beschnupperte sie, trollte sich wieder. Die Luft war immer noch klar und frisch, Neroliduft wehte aus einem Obstgarten mit blühenden Orangenbäumen herüber. Heute Nacht … das war eine schöne Erfahrung gewesen, genau. So wollte sie es sehen. Und nun hatte sie Hunger.

Rico saß am gleichen Tisch wie am Vortag. Offenbar hatte er bereits gefrühstückt. Er trank noch einen Kaffee und las die Zeitung. Als sie hereinkam, faltete er das Blatt sofort zusammen.

»Guten Morgen, Josie!« Seine Augen leuchteten auf, doch seine Miene war ernst.

»Morgen!« Mist, warum klang ihre Stimme so unnatürlich? Unschlüssig blieb sie stehen.

»Setz dich doch«, sagte er. Die Wirtin wollte wissen, was Josie zu trinken wünschte. »Wieder Kaffee?«, fragte Rico. Josie nickte und nahm Platz.

»Du …« begann sie.

»Was ich …«, sagte er zur gleichen Zeit.

Sie lachten verlegen. Sein Anblick weckte in ihr schon wieder den Wunsch, ihn zu küssen.

»Erst du«, bat sie.

»Nein, du!«

Josie schluckte. »Also … das mit der Treue, also das habe ich aber schon ernst gemeint …«

Ricos Blick verdunkelte sich. »Ja. Ich auch.«

Josie nickte. Dann war ja alles geklärt. Wie hatte er doch über sein Verhältnis zu Mrs. Schulz gesagt? … völlig unverbindlich.

»Dabei sollten wir es dann auch belassen«, fügte Josie hinzu.

»Gut.« Rico setzte sein Pokerface auf.

Josie fröstelte plötzlich ob der Nüchternheit der Situation. Das war's dann also. In zwei Tagen ging ihr Rückflug. Es kam so plötzlich.

»Ich fliege übermorgen ab Porto Alegre via Rio nach Hamburg zurück«, sagte Josie möglichst neutral. »Es wäre schön, wenn du mich bis dort mitnehmen könntest.«

Rico musterte sie nachdenklich. Josie glaubte beinahe hören zu können, wie es in seinem Hirn ratterte. Bevor er etwas sagen konnte, klingelte sein Handy. Er sprach Portugiesisch. Seine Miene hellte sich auf. Strahlend wandte er sich Josie zu, nachdem er das Gespräch beendet hatte.

»Du musst deine Pläne noch mal ändern! Meine Tante hat tatsächlich in ihrer Kiste mit alten Familienschätzen ein paar Tagebücher von Valentina Böhmer gefunden und kommt damit morgen nach Paraty.«

»Aber mein Flug ab Porto Alegre?«, wandte Josie verdattert ein.

»Den stornierst du und fliegst dann eben direkt ab Rio. Wegen dieser Geschichte bist du doch überhaupt hierhergekommen, oder?«

Nach ihrer Ankunft in Paraty, das man Para-tschi aussprach, wurde Rico von einigen seiner Mitarbeiter erwartet, die ihn dringend wegen einer geschäftlichen Angelegenheit sprechen mussten. Josie zog es sowieso vor, ohne Rico durch die schön restaurierte Altstadt zu bummeln. Sein Ferienhaus im portugiesischen Stil lag direkt am Meer. Sie bezog das Gästezimmer mit Blick auf einen kleinen Garten voller Orchideen.

Sie und Rico gingen sich aus dem Weg, bis seine Tante Ana endlich eintraf und auf der Terrasse im ersten Stock unter einer berankten Pergola ein Tagebuch auf den Tisch legte. Valentina Böhmer hatte es in der Zeit nach Sophies Rückkehr aus dem Urwald geschrieben.

Ricos Tante war eine elegante blondierte Dame von Anfang siebzig, die den Schönheitschirurgen Ivo Pitanguy persönlich kannte. Sie trug einen mondänen Designerkaftan, sprach kaum Deutsch, allerdings gut Englisch und sagte gleich, wie sehr sie bedauere, dass sie die Sprache ihrer Vorfahren nicht erlernt habe. Deutsch, so erklärte sie Josie, sei während des Zweiten Weltkrieges in Brasilien verboten worden.

»Deutschsprachige Lehrer durften keinen Unterricht mehr erteilen, aber andere Lehrer hatten sie damals nicht, und deshalb gibt's viele Analphabeten aus jener Zeit.«

Deutsch wurde von den Kanzeln verbannt, die deutsche Presse verboten. Als Brasilien 1942 in den Krieg eintrat, drohte schon allein für das Sprechen der deutschen Sprache eine Gefängnisstrafe – eine Katastrophe für viele Nachkommen deutscher Einwanderer, die bis dahin hauptsächlich in ihrer Mundart miteinander kommuniziert hatten. Besonders stark vertreten war das Riograndenser Hunsrückisch, das heute zwar noch oder wieder etliche Brasilianer in Rio Grande do Sul beherrschten – die hochdeutsche Schriftsprache allerdings nicht.

Aus all diesen Gründen war Ricos Tante nicht in der Lage gewesen, die Tagebücher von Valentina Böhmer zu lesen. Nur aufgrund der Jahreszahlen und Namen habe sie diesen Band heraussuchen können und mitgebracht.

Neugierig stürzten sich Rico und Josie auf die Kladde. Valentina hatte eine schwungvolle, verschnörkelte Handschrift. Sie schrieb teilweise so, wie sie damals in ihrem Dialekt gesprochen hatten. Beides erschwerte das Entziffern. Solange Rico neben Josie saß, konnte sie sich zudem nicht richtig konzentrieren.

»Darf ich mal allein?«

Sie nahm das Tagebuch und setzte sich in einen alten geflochtenen Verandastuhl ein paar Meter von Rico entfernt. Wenn man die hunsrückischen Worte laut sprach, so stellte Josie nun fest, erschloss sich ihre Bedeutung doch recht leicht. Sie las also, wenn auch stockend, vor und übersetzte immer gleich ins Hochdeutsche.

28

São Leopoldo
30. September 1836

Ich bin so froh, dass Richard heil mit Sophie zurückgekehrt ist. Überall sind Soldaten und Farrapen-Kämpfer unterwegs. Man hört nur schreckliche Dinge. Ich steige gar nicht mehr durch, wer gerade wo an der Macht ist. Im Juli gab es eine Gegenrevolution in Porto Alegre, die Stadt fiel wieder in die Hand der kaiserlichen Truppen, doch am 11. September verkündeten die Aufständischen, unser Rio Grande do Sul sei jetzt Republik. Die Stadt Piratini, etwa zweihundertfünfzig Kilometer südlich von uns nahe der Grenze zu Uruguay gelegen, wurde zur Hauptstadt ernannt, weshalb viele Republik Piratini sagen. Ob wir uns daran gewöhnen werden?

Sophie verhält sich die meiste Zeit apathisch. Wir wissen nichts über Karls Schicksal. Sie spricht nicht darüber. Wir sind sehr besorgt. Zwar kümmert Sophie sich vorbildlich um Carlos, der für sein Alter schon ein kräftiger kleiner Bursche ist und wohl durch seine ersten Lebensmonate im Dschungel eine milchkaffeebraune Haut hat. Auch hilft sie mir in Haushalt und Garten. Aber sie zeigt keine normalen Regungen wie Lachen oder Weinen.

Ich weiß nicht, ob sie sich nicht erinnern will oder nicht erinnern kann. Dr. Hillebrand war hier und sagte, man solle sie nicht drängen zu erzählen. Eines Tages werde es von selbst kommen.

Unsere kleine Elsa hat einen neuen Zahn. Sie lächelt ganz allerliebst. Sie ist unser Sonnenschein und freut sich über ihren neuen Spielkameraden Carlos.

3. November 1836
Die Farrapen ziehen durch die Schneisen und zünden Häuser an. Sie töten Vieh und zerstören Felder, weil sie die Siedler zwingen wollen, sich ihnen anzuschließen. Die meisten Deutschen, ich schätze zwei von drei, halten es mit den Kaiserlichen, aber unter dem Druck der Drohungen entscheidet sich mancher anders. Unser Nachbar hatte sich mit einer Gabel das Zahnfleisch blutig gestochen, damit er bei der Musterung vor der Rekrutierung Blut spucken und eine schwere Krankheit vortäuschen konnte. Die Aufständischen wollten aber nicht ohne einen weiteren Kämpfer gehen, so gab er ihnen seinen zwölfjährigen Adoptivsohn mit. Dabei ist der Junge noch ein Kind!

Wie man hört, plündern die Kaiserlichen die Geschäfte in Porto Alegre. Die Farrapen stehlen die gegerbten Felle aus der Estancia Velha, manche von ihnen laufen tatsächlich halb nackt in Fetzen. Dem Vieh auf der Weide schneiden sie die Zunge heraus, die angeblich als Leckerbissen gilt, doch sie tun es nur, um denjenigen, die nicht auf ihrer Seite sind, Schaden zuzufügen. Und alle Verbrechen auf beiden Seiten geschehen ungestraft. Ein Hauptmann hat bereits zweimal die Fronten gewechselt. Wer soll sich da noch mit Gut und Böse auskennen!

Die Rechtlosigkeit allerorten fördert auch das Treiben eines gewissen Hauptmanns Menino Diabo, was so viel wie Teufelsbrut heißt. Er hat in Baumschneis einen Mann mörderisch abgeschlachtet und dessen Frau gezwungen, ihm eine Schüssel mit Wasser zu bringen, damit er das Blut ihres Mannes von seinen Händen abwaschen konnte. Sein blutbeflecktes Messer wischte er an ihrer Schürze ab. Woanders sollen sie einen Mann an vier Pfählen ausgestreckt aufgehängt und vier Tage lang gequält haben, bis er endlich starb. Was sind das für grausame Zeiten! Die gesamte deutsche Kolonie wird noch ruiniert! Dafür haben wir doch nicht all die Mühen auf uns genommen …

Sophie steht mit mir früh um fünf auf und hilft auf dem Feld, mittags ist es einfach zu heiß zum Arbeiten. Sie beginnt, etwas mehr zu reden. Sie sagt, dass sie wieder in die Heimat zurückwill. Den ganzen Tag denkt sie darüber nach, wie sie es am besten anstellen kann, denn sie hat keinen Pfennig. Ihr einziger Besitz, das Geschenk Karls, liegt noch an seinem sicheren Ort vergraben. Ob sie versuchen wird, daraus Geld für ihre Überfahrt zu machen? Doch als Erstes muss sie die Strapazen ihrer Flucht überwinden, vor allem muss ihre Seele wieder gesund werden.

5. Januar 1837

Wir sind überfallen worden. Richard war unterwegs, um in der Vende Munition zu besorgen. Wir waren also allein, Elsa, Sophie, Carlos und ich. Ich dachte schon, jetzt schlägt unser letztes Stündchen. Drei abgerissene Kerle, die eines ihrer sicherlich gestohlenen, zuschanden gerittenen Pferde direkt vor unserem Grundstück auf der Schneise krepieren ließen, stürmten in unser Haus. Sophie war gerade in der Werkstatt damit beschäftigt, Tabakblätter zum Trocknen aufzuspannen, ich kochte am Herd, die Kinder spielten unter dem Küchentisch mit Bonni.

»*Cavalos!*«, brüllten die Kerle.

Sie wollten frische Pferde, wir haben jedoch nur eines, und damit war Richard in São Leopoldo. Der Essensgeruch stieg diesen ungewaschenen Wüstlingen wohl in die Nase, einer hielt mir sein Messer an den Hals und forderte Bewirtung. Sie gaben sich aber damit nicht zufrieden, sondern plünderten auch noch unsere Vorratskammer und rafften alles Sattel- und Lederzeug zusammen, das sie finden konnten. Dann kam der stinkende Anführer auf mich zu. Mit einem Ruck wischte er das Geschirr vom Küchentisch und hob mich darauf, seine Kumpane grölten. Er schob mir den Rock hoch, riss mein Hemd über der Brust entzwei, öffnete seine Hose. Ich schrie, wehrte mich. Unser Hund wollte mich verteidigen. Sie erschossen ihn. Zwei der Kerle packten mich an den Armen und hielten mich fest, ich schloss die Augen, roch ihren schlechten Atem, ihren Gestank, wovon mir übel wurde. Dann hörte ich einen schweren Schlag, wie wenn Metall auf Holz trifft. Und dann noch einen. Sophie hatte sich von hinten angeschlichen und zweien unseren Spaten, der noch aus guter deutscher Fertigung stammt, über den Kopf gezogen. Die Kerle kippten sofort um, der dritte griff sie an. Sophie ging zu Boden.

Aber nun war ich frei. Ich rammte ihm ein Knie in seine empfindlichsten Teile, er taumelte, Sophie griff nach dem nächsten Gegenstand, den sie zu fassen bekam. Es war Carlos' Puppe. Sophie packte sie an den Beinen und schleuderte den Puppenkopf mitten ins Gesicht des Banditen. Die Glasaugen trafen ihn hart, sein Nasenbein brach und begann zu bluten. Grauslig heulte der Mann auf, aber Sophie schlug weiter wie von Sinnen auf ihn ein. Eine unglaubliche Wut brach aus ihr heraus. Sie hörte erst auf, als der Puppenkopf abriss.

Mit letzter Kraft fesselten wir die drei Männer aneinander. Wir warteten auf die Rückkehr von Richard. Während dieser Stunden machten wir es uns mit dem Gewehr auf dem Küchentisch und mit einer großen Kanne Kaffee gemütlich. Sophie sagte, jetzt könne sie sich wieder genau an ihre letzten Monate im Tal der Hoffnung erinnern. Und endlich fühle sie sich in der Lage, über ihren letzten Tag, den Tag des Überfalls, zu reden.

29

»Mist!«, sagte Josie. Irritiert blätterte sie in Valentinas Tagebuch. Da stimmte etwas nicht. Sie sah sich genauer die Heftseiten und die Heftbindung an. Tatsächlich! »Hier hinten fehlen ein paar Seiten!«, rief sie ärgerlich. »So was Dummes ...«

Auch Rico und Ana prüften das alte Tagebuch. Achselzuckend gaben sie Josie das Heft zurück.

»Vielleicht hat sie sich verschrieben und die Seiten rausgerissen?«, überlegte Ana. »Oder sie brauchte einen Einkaufszettel«, scherzte sie.

Josie war zu enttäuscht, um darüber zu lachen. »Vielleicht hat sie die Geschichte erst aufgeschrieben«, überlegte sie, »und dann Angst bekommen, dass sie jemand liest ...«

»Na, dann mach doch erst mal da weiter, wo es weitergeht«, schlug Rico ganz pragmatisch vor. »Vielleicht erschließt sich das Fehlende dadurch von selbst.«

Sein Handy klingelte, er entschuldigte sich und ging ins Haus, um ungestört sprechen zu können. Josie buchstabierte und las sich durch die nächsten Seiten. Ana machte in der Sonnenliege ein Nickerchen. Als Rico nach einer Weile zurückkehrte, befand Josie sich völlig im Bann der Geschichte.

»Offenbar reicht selbst die größte Liebe irgendwann nicht aus als einziger Lebenszweck«, sagte sie nachdenklich. »Manchmal träumt man doch, alles wäre für immer gut, wenn man erst den einen, einzigen, richtigen Menschen getroffen hätte. Dann bräuchte man nur noch einen Tisch, ein Bett, etwas zu essen …«

Rico lächelte spöttisch. »Deshalb enden Spielfilme ja auch meist beim Happy End.«

Ana wachte auf. Sie richtete ihr Haar und setzte sich gespannt auf. Was für eine interessante Frau, dachte Josie. So elegant und heiter, schillernd und doch undurchsichtig. Wie ein weißer Opal.

»Wie ging's weiter?«, fragte Ana.

30

Vale da Esperança
Januar – August 1836

Nach einigen Monaten im Tal der Hoffnung begann Sophie doch darauf zu drängen, dass sie nun bald ihr neues Leben in Porto Alegre beginnen sollten. Sie sagte Karl, sie sehne sich nach Abwechslung, nach anderen Gesichtern, nach den Errungenschaften der Zivilisation. Wie gern würde sie einmal wieder ein Buch lesen, zur Musik einer Kapelle tanzen und viele herausgeputzte Menschen bei einem Fest treffen! Auch ein Gottesdienst, selbst wenn es keine evangelische Kirche gab, dann eben privat unter Gleichgesinnten, wäre eine Freude! Über einen Wochenmarkt gehen, Stoffe in der Vende aussuchen, sich in einem Lokal bewirten lassen und unterhalten – all das, so gestand sie Karl, fehle ihr zunehmend.

Karl zögerte noch. Er hatte schlimme Geschichten gehört über Orte und Regionen, in denen Kämpfe stattfanden. »In Rio Pardo sollen überall Kriegsspuren zu sehen sein«, berichtete er. »Viele Leichen liegen in den Straßen, sie sind fürchterlich verstümmelt. Man hat ihnen sogar noch die Kleidung vom Leib gestohlen. Ein grauenvoller Leichengeruch soll die Luft verpesten. Ich möchte nicht, dass du so etwas erleben musst, Sophie.«

So blieben sie, Sophie verbrachte ihren zweiten Winter in Esperança. Über ein Jahr war sie nun schon im Tal der

Hoffnung. Erst als Juan mit der Nachricht kam, dass die Farrapen sich in die Wälder zurückziehen müssten, weil sie keine Munition mehr hätten, dass sie an Verpflegung nichts als einen Schnaps und zwei Zoll Tabak pro Tag erhielten und daher auch für sie zu einer immer größeren Bedrohung würden, da hielt auch Karl es für besser aufzubrechen.

»Ich muss nur noch einige Vorbereitungen treffen«, sagte er.

An einem hellen, für die Jahreszeit recht schwülen Tag im August wuschen Sophie und Mitzi am Fluss ihre Kleidung. Mit einem Korb voll nasser Wäsche kehrten sie zur Blockhütte zurück, und während sie die Sachen zum Trocknen aufhängten, sah Sophie Karl bei den Hängematten von Bela Vista mit dem Kind und Bonni spielen. Karl hatte der Puppe neue grüne Augen geschliffen, eines war kürzlich kaputtgegangen. Ein heftiges Gefühl der Eifersucht wallte in Sophie auf. Sie kämpfte dagegen an.

Sophie wandte sich um und ging zum Amethystlager. Es war ihr Rückzugsort. Die Ausstrahlung der Amethystdrusen beruhigte sie immer, stimmte sie friedlich. Die vier Apostel hatten ein paar Tage zuvor ein besonders großes Fundstück hergeschafft und ein Loch hineingeschlagen. Das Prachtexemplar lehnte an der Bergwand, sodass man die Öffnung nicht sehen konnte. Da würde bequem ein erwachsener Mensch hineinpassen, dachte Sophie, als sie die Amethystgrotte prüfte. Vielleicht war ja die ausgleichende Wirkung auch stärker, wenn man hineinkroch?

Sie schlug ihren Rock enger um die Beine und stieg hinein. Da die Druse nicht ganz gerade gewachsen war, musste sie ihren Oberkörper etwas zur Seite neigen. Mit geschlossenen Augen spürte sie hier und da einige Amethystspitzen sanft in ihre Haut drücken. Sophie atmete ein paarmal tief ein und aus. Sie begann sich zu entspannen. In ihrem Haus in Porto Alegre wollte sie unbedingt auch eine Amethystdruse haben, am besten zwei Hälften. Vielleicht im Salon. Oder lieber im Schlafzimmer?

Ein schreckliches Brüllen und Knallen riss sie aus ihren Gedanken. Schüsse, fremde Männerstimmen, Schreie von Frauen und Tieren – ein Überfall! Starr vor Schreck lauschte Sophie dem Tumult. Das Blut strömte ihr plötzlich eiskalt durch die Adern, ihr Magen krampfte sich zusammen. O Gott, was sollte sie tun?

Es dauerte eine Weile, bis sie sich wieder rühren konnte. Als sie endlich versuchte hinauszuklettern, hörte Sophie die Männerstimmen deutlicher. Sie klangen heiser und grob, wurden von rohem Gelächter unterbrochen. Die Kerle riefen sich etwas auf Portugiesisch zu, sie schienen sich dem Lagerraum zu nähern. Sophie schlüpfte rasch wieder in die Druse. Ihr Puls raste, in ihren Schläfen hämmerte es. Die Männer traten die Holztür ein und stürzten sich auf die Amethysthälften. Sie schlugen wie von Sinnen um sich, zertrümmerten etliche Geoden, stürzten andere um. Kalter Schweiß brach Sophie aus. Jetzt durchsuchten sie anscheinend den Arbeitsbereich, wühlten in Kisten und Schubladen. Sophie wagte kaum zu atmen. Hoffentlich fiel kein Licht auf sie, hoffentlich kam keiner der Männer noch näher an sie heran! Ihr Körper steckte in der Höhlung, vielleicht schaute ihre Kleidung heraus … Sophie hörte, dass die Banditen alles zerstörten, was sich auf die Schnelle zerstören ließ – und dann verschwanden sie wieder.

Draußen war es jetzt ruhig. Keine Schüsse, kein Gebrüll, keine Schreie mehr. Nur die Geräusche des Aufsattelns, knapp hingehustete Befehle, Hufgetrappel. Dann folgte gespenstische Stille. Sophie zitterte am ganzen Leib. Nach einer kleinen Ewigkeit traute sie sich aus ihrem Versteck. Sie schlich zum Ausgang, schaute hinaus. Nirgendwo eine Menschenseele. Das Gatter der Koppel stand offen. Ihre Pferde waren fort, gestohlen.

Sophie lief zu ihrer Blockhütte. Auch hier stand die Tür offen, alles war verwüstet und durchwühlt, der Fußboden herausgerissen – und in der Ecke lag Karl. Blut durchtränkte sein weißes Hemd, sein Gesicht kreidebleich.

»Karl!« Sophie stürzte neben ihn auf die Knie, ihre Hände umschlossenen sein Gesicht. »Karl …«, flüsterte sie fassungslos.

Er schlug die Augen auf, versuchte vergeblich hochzukommen. »Lauf weg, Sophie, lauf … lauf weg!«, keuchte er mit letzter Kraft.

Sie hob sein Hemd, in seiner Brust klaffte eine tiefe, breite Wunde. Sophie sah sein offenes Herz zucken. Das konnte kein Mensch überleben. Sie versuchte, ihn anzulächeln und all ihre Liebe in ihren Blick zu legen.

»Karl …«

Er sank zurück. »Ich … ich liebe dich!«, stammelte er.

Sie nahm seine Hand und küsste sie, ohne ihren Blick abzuwenden. »Ich liebe dich auch.«

Ein winziges Zucken in seinen Augenwinkeln und um den Mund verriet ihr, dass er zu lächeln versuchte. »Ich … liebe dich … immer, Sophie«, wiederholte er. »Immer! Auch … auch wenn ich tot …«

Karl hörte auf zu atmen. Sophie sah, dass sein Herz nicht mehr schlug.

Voller Entsetzen blickte sie um sich. In der anderen Ecke der Blockhütte lag Vanori mit durchschnittener Kehle. Wie in Trance ging Sophie vor die Tür. Sah hinüber zur Hütte von Juan und Mitzi. Beide hingen aufgeknüpft an einem Baum, schon blau im Gesicht, mit gebrochenem Genick, ihre Zungen hingen ihnen aus dem Mund.

Sophie stieß einen durchdringenden Schrei aus. Er brach aus ihr heraus. Lang und andauernd. Er klang nicht menschlich, sondern wie der eines Tieres. Als sie wieder zu Atem kam, vernahm sie ein seltsames Geräusch. Ein Wimmern … Es kam aus der Hängematte.

»Ach … du lebst!«

Kopflos stand Sophie da und starrte das unverletzte Kind an. Sie konnte nicht denken. Aber sie hörte etwas. Die Männer kehrten zurück! Ihr Rufen und das Pferdegetrappel wurden wieder lauter. In Panik packte Sophie das Kind, das seine Puppe umklammerte, und rannte fort. Im Laufen schaute sie zu den Hütten der vier Apostel – keine Spur von den Indios. Die Reiter galoppierten näher, die Pferde rutschten den Hang hinunter. Sophie rannte um ihr Leben.

31

»*Meu Deus!*«, unterbrach Ricos Tante Ana. Erschöpft strich sie ihr schulterlanges Haar zurück. »Ich wusste nicht, dass Familienforschung so aufwühlend sein kann.« Sie wandte sich an Josie. »Kind, Sie sind ja ganz blass. Lasst uns erst mal einen Kaffee trinken.«

Sie instruierte die Haushälterin und deckte selbst den Tisch auf der Terrasse. Rico und Josie berichteten ihr abwechselnd, was sie bereits über die Flucht und Rettung Sophies in Erfahrung gebracht hatten.

Im Gegenzug erteilte Ana ihnen Nachhilfeunterricht in Geschichte. »Die Republik Piratini der Farrapen bestand zehn Jahre lang, erst 1845 kam sie wieder offiziell zum Kaiserreich Brasilien. Da war das Land wirtschaftlich ziemlich ruiniert. Aber dann folgte die zweite Einwanderungswelle aus Deutschland, und es ging wieder bergauf mit Rio Grande do Sul.«

Rico fragte Josie, ob sie vielleicht noch einmal schwimmen gehen wolle, bevor sie weiter aus Valentinas Tagebuch lese. Er schien ihre Erregung zu bemerken.

»Nein danke«, erwiderte sie lächelnd, »ist zwar verlockend …« Sie erinnerte sich an ihre Nacht am Strand von Torres. War das wirklich erst ein paar Tage her? »… aber da ich morgen definitiv zurückfliegen muss, möchte ich keine Zeit vergeuden. Ich muss alles erfahren, bevor ich abreise.«

»Ach, bevor ich es vergesse, Rico«, sagte Ana. »Deine Frau rief heute Vormittag an. Sie will nächste Woche kommen. Sie hat sich wohl überlegt, dass sie deine Einladung doch annehmen möchte.«

»Oh«, Rico räusperte sich überrascht. »das ist schön, ja …«

Josie sackte das Herz tiefer, augenblicklich verwandelte es sich in einen Wackerstein. Natürlich ließ sie sich nichts anmerken.

»Wollen wir weiterlesen?«, fragte sie in die Stille.

»Ja. Ich bin gespannt, wie Sophie es nach Deutschland zurückgeschafft hat«, sinnierte Rico. »Und wie sie ohne einen Pfennig Geld ihr Unternehmen aufbauen konnte. Lies doch ab da weiter, wo sie und Valentina die Eindringlinge in São Leopoldo überwältigt haben. Was unmittelbar nach der Flucht geschah, wissen wir ja schon …«

32

São Leopoldo
Januar 1837

Als die drei Männer gefesselt, entwaffnet und zusammengebunden auf dem Küchenfußboden saßen, trat Sophie zu. Sie boxte und kratzte und riss an ihren Haaren. Sie fluchte wie noch nie in ihrem Leben! Bis dahin hatte sie nicht einmal gewusst, dass sie solche Wörter kannte. Sie schrie all ihre Wut hinaus.

»Ihr seid Abschaum, ihr Bestien! Ich lass mir nichts mehr gefallen!« Jedem Einzelnen schlug sie ihre Fäuste gegen die Schläfen und unters Kinn. »Ich hasse dieses Land!«, rief sie inbrünstig. »Es ist so voller Gewalt! Ich will weg von hier. Und dann kann mir keiner mehr was. Nie wieder!« Tränen strömten über ihre Wangen.

Valentina unternahm keinen Versuch, sie zu hindern. Einer der Banditen verhöhnte sie mit unflätigen Worten, er spuckte sie an. Noch einmal packte Sophie Bonni an den Beinen, mit aller Kraft schlug sie den Kerlen den Leib der kopflosen Puppe um die Ohren. In diesem Moment platzte der Kautschukbauch auf – und heraus purzelten ungezählte Steinchen in vielen verschiedenen Farben.

»Guck doch!«, rief Valentina. »Das sind Edelsteine!«

Geistesgegenwärtig klaubten sie alle Steine, die in die Nähe der Verbrecher geschliddert waren, zuerst auf. Auch im Kautschukkopf von Bonni entdeckten sie noch kostbare Citrine, Amethyste, Smaragde und Rohdiamanten.

Sophie warf den Kopf in den Nacken. »Danke, Karl!«, rief sie gen Himmel.

Das also hatte er gemeint, als er von Vorkehrungen sprach, die er noch vor ihrer Abreise nach Porto Alegre treffen wollte! Diese Steine waren die schönsten und, soweit sie es beurteilen konnte, wertvollsten aus Karls Besitz.

Richard kehrte erst spät zurück, er war entsetzt über das Geschehene. Besorgt schloss er Valentina in seine Arme, doch sie versicherte, dass es ihr gut gehe. Aufgewühlt bedankte sich Richard bei Sophie. Dann sperrte er die gefesselten Banditen in den Schweinestall.

»Ich hätte nicht übel Lust, diesen verdammten Kreaturen sämtliche Knochen zu brechen!«, fluchte er. Es gab keine Polizei, keine ordentliche Gerichtsbarkeit, jeder Ritt nach São Leopoldo barg das Risiko, in Kämpfe zu geraten. Viele Siedler übten Selbstjustiz. Doch Richard zügelte seinen Zorn, er wollte sich nicht versündigen. Am nächsten Morgen ließ er die Kerle frei. »Wenn ich euch noch einmal sehe«, schwor er ihnen, als sie auf ihre Pferde stiegen, wobei sich zwei von ihnen einen Zossen teilen mussten, »dann erschieße ich euch! Wagt es nicht, je wieder mein Grundstück zu betreten. Verschwindet aus dieser Gegend!« Er drohte mit seinem Gewehr und feuerte ihnen eine Schrotladung hinterher.

Als alles vorbei war, sagte Sophie zu Valentina, dass sie aus ihrer inneren Erstarrung erwacht sei, als sie ihre Schreie gehört habe. Und dass sie in der Sekunde zu gesunden begonnen habe, als Bonni kaputtgegangen sei.

»Jetzt hält mich nichts mehr, Valentina«, versicherte Sophie. Überschwänglich umarmte sie die Freundin. »Hier, das ist für dich.« Sie drückte ihr einige Edelsteine in die Hand.

»Nein«, weigerte sich Valentina. »Die gehören dir. Und Carlos. Ich will sie nicht. Ganz ehrlich, Sophie.«

»Es wird dir später vielleicht leidtun«, erwiderte Sophie.

»Oder dir«, antwortete Valentina.

»Aber mit irgendetwas möchte ich mich erkenntlich zeigen für eure Freundschaft und Hilfe!«

Sophie meinte es ernst. Schließlich hatten Carlos und sie monatelang bei den Böhmers leben dürfen, sie hatten sie aus Tolina geholt und liebevoll umsorgt, hatten Carlos und sie in der Küche ihres kleinen Häuschens schlafen lassen. In der Vende oder im Gasthaus hätte Sophie in ihrem Zustand und mit dem Kind weder Arbeit noch Unterkunft bekommen können.

»Dann lass dir was anderes einfallen.« Valentina schien sich sicher zu sein. »Diese Steine hat Karl für dich und seinen Sohn bestimmt.«

Sophie traf mit den Böhmers eine Vereinbarung. Sie wollte ihnen die Schürfrechte an der Amethystmine überschreiben. Das Problem war nur, dass sie keine Heiratsurkunde besaß. Sie fuhren nach Porto Alegre. All ihre Trauzeugen bis auf Antonius von Melior waren umgebracht worden. Und über den Aufenthaltsort des Barons hatte sie keinerlei Informationen.

Bei ihren Nachforschungen in Porto Alegre stellte sich heraus, dass der Mann, der sie getraut hatte, kein von der evangelischen Kirche anerkannter Geistlicher, sondern ein Laie, ein sogenannter Schnapspfarrer gewesen war. Sophie galt also nicht als rechtmäßige Ehefrau beziehungsweise Witwe Karls und konnte deshalb auch kein Erbe beanspruchen.

Niedergeschlagen spazierten sie an den besseren Häusern von Porto Alegre vorüber. Seit die kaiserlichen Soldaten in der Stadt die Macht zurückerobert hatten, waren wenigstens hier, anders als im Rest der immer noch umkämpften Republik, wieder einigermaßen Ruhe und Ordnung eingekehrt. Die Aufständischen versuchten, von der Stadt Piratini aus zu regieren. Doch wichtige Ämter und Anlaufstellen befanden sich immer noch in Porto Alegre. Während Sophie in Gedanken versunken die Schilder an den Hauseingängen studierte, stach ihr ein Name ins Auge: Advocatus Guihaume.

Spontan bat Sophie Valentina und Richard, in einer Schenke in der Nähe auf sie zu warten. Sie trat in die Kanzlei ein und verlangte, vorgelassen zu werden. Obwohl sie keinen Termin hatte, machte ihr entschiedenes Auftreten so viel Eindruck, dass sie nicht lange warten musste. Der Jurist, ein untersetzter grauhaariger Mann, war der deutschen Sprache mächtig. Er erinnerte sich daran, dass er als Briefsammelstelle für Karl Kreuzer und später auf dessen Empfehlung hin auch für Antonius von Melior gedient hatte. Der Baron, so erfuhr Sophie zu ihrer Bestürzung, war erst kürzlich ertrunken beim Versuch, mit einem Kanu einen Fluss zu überqueren.

»Ach, wie schrecklich!«

Er hatte sich doch so darauf gefreut, in Europa die Fundstücke seiner Expeditionen endlich wissenschaftlich auswerten zu können! Und er war ihr einziger überlebender Trauzeuge gewesen.

»Auch er ist viel zu früh gestorben«, sagte der Advocatus salbungsvoll. Sophie nickte entmutigt. Damit sah sie auch ihre letzte Möglichkeit, rechtmäßig das Erbe von Esperança antreten zu können, verloren. Die Zeit der Hoffnungen war vorüber ... Sie tupfte sich mit einem Taschentuch Tränen aus den Augenwinkeln. »Ihr Gatte ... oder Verlobter ...«, sprach Guihaume weiter, »... war aber trotz seiner Jugend ein vorausschauender, verantwortungsbewusster Mann.«

Verwundert schaute Sophie wieder hoch. Was wollte der Advocatus damit andeuten? Senhor Guihaume eröffnete ihr mit sichtlichem Genuss ob der Tatsache, dass er auch einmal eine gute Nachricht übermitteln durfte, dass Karl Kreuzer bei seinem letzten Besuch anno 1834 bei ihm sein Testament hinterlegt hatte.

»Das muss dann ja gleich nach seiner Rückkehr aus Deutschland gewesen sein«, sagte Sophie, nun doch aufgeregt.

Der Advocatus nickte, wobei er bereits eifrig in seinen Akten kramte. »Damals hat er in weiser Voraussicht die Rechte an seiner Amethystmine seiner Verlobten Sophie Irgendwas, ich schau gleich mal, wohnhaft in einem kleinen deutschen Dorf nahe Idar und Oberstein hinterlassen. Hier! Da steht es schwarz auf weiß, Senhorita.«

»Das ... das ... ist ... wunderbar!«, stammelte Sophie erleichtert und dankbar. »Können Sie bitte heute noch einen Beurkundungstermin für mich und meine Freunde einrichten?«

Wenige Stunden später hatte Sophie ihre Rechte an der Amethystmine Valentina und Richard Böhmer zu gleichen Teilen überschrieben. Außerdem hatten sie einen Vertrag aufgesetzt, wonach sie, Sophie stets alle Vorkaufsrechte an den geförderten Amethysten zu fairen Sonderkonditionen erhalten würde, solange sie es wünschte. Die Böhmers hatten das Recht, den Beginn des Minenbetriebs nach ihrer Einschätzung der Lage zu bestimmen. Außerdem vereinbarten sie eine enge Geschäftsbeziehung, die

Lieferung von Achaten an Sophies baldigst in Deutschland zu gründende Achatschleiferei betreffend.

Bei diesem Besuch in Porto Alegre ließ Sophie auch Schiffspassagen erster Klasse für sich und Carlos nach Hamburg reservieren. Sie fuhr noch einmal mit Richard und Valentina nach São Leopoldo zurück, um ihre wenigen Habseligkeiten zu packen. Valentina gab ihr das Porträt zurück, das Christine als Hochzeitsgeschenk für Karl gemalt hatte.

»Wenn du die Edelsteine vorschriftsmäßig beim Zoll angibst«, gab Valentina zu bedenken, »dann wirst du ein Vermögen zahlen müssen. Und außerdem, fürchte ich, bist du als allein reisende Dame mit derartigen Kostbarkeiten im Gepäck keine Minute mehr sicher.«

»Ja, darüber habe ich auch schon nachgedacht«, sagte Sophie. »Deshalb sollte ich meine Steinsammlung wohl besser verbergen. Ich bin eine Witwe, die mit ihrem Sohn zurück in die Heimat will. Fertig.«

Um im Falle eines Verlustes oder Diebstahls unterwegs nicht sämtliche Steine auf einmal zu verlieren, teilte Sophie ihre Schätze vorsorglich auf. Einige ummantelte sie mit Stoff und tarnte sie so als Knöpfe, andere nähte sie in den Saum ihrer Trauerkleidung ein. Auch die mit Leder geflickte Bonni erhielt wieder eine wertvolle Magenfüllung. Ein paar weniger aufsehenerregende Steine hatte Sophie bereits in Porto Alegre verkauft, weil sie Bargeld benötigte.

Einige Tage vor ihrer Abreise, als Richard schon schlief, gruben Sophie und Valentina heimlich den Amethystschmuck aus. Die Hortensie, unter der er lag, hatte sich schon zu einem kleinen Busch entwickelt. Wehmütig gedachten die beiden Freundinnen bei dieser Gelegenheit

Gretes und Willis. Anschließend saßen sie flüsternd im Tabakschuppen beisammen und tranken ein Gläschen selbst gemachten Kräuterschnaps. Jetzt verriet Sophie ihrer Freundin ihr größtes Geheimnis. Valentina sagte nur, sie habe schon so etwas vermutet, und von ihr würde niemand je ein Sterbenswörtchen erfahren. Darauf tranken sie noch einen Schnaps.

Als auch Valentina schlafen gegangen war, legte Sophie in der Küche ihr Collier und die Ohrgehänge an. Dabei musste sie weinen. Doch es waren sanfte Tränen der Trauer. Endlich konnte sie ihren Verlust annehmen.

Sophie holte die beiden grünen Steine hervor, die Bonni zuletzt als Augen gedient hatten. Versunken betrachtete sie die lebendigen Lichter. Die Puppenaugen funkelten im Kerzenlicht ebenso intensiv wie bei Tage. Und erst jetzt begriff sie, dass es sich um Smaragde handelte. Auch deshalb hatte die sprechende Puppe eine solche Wirkung auf die Indios gehabt! Karl hatte das Flaschenglas gegen Edelsteine ausgetauscht, als eines der Augen der Puppe kaputtgegangen war!

Sophie schaute genauer hin. Einer der grünen Edelsteine hatte einen tiefen Riss bekommen – so wie ihr Herz. Nun betrachtete sie auch die kleinen Einschlüsse darin. Diese Jardins glichen ihrem Schmerz. Sie wollte ihn einschließen. Er gehörte jetzt zu ihrem Leben. Aber er sollte es nicht kaputtmachen, sondern nur wertvoller. Sophie beschloss, die Smaragde später in Oberstein von einem Goldschmied gegen die beiden tropfenförmigen Amethyste in ihren Ohrgehängen austauschen zu lassen.

Sie verabschiedete sich von allen in der deutschen Kolonie, die ihr ans Herz gewachsen waren. Einige erzählten, dass sie überlegten, woandershin zu ziehen. Andere sagten, es stecke schon zu viel Blut und Schweiß ihrer Familien in ihren Plantagen, sie würden bleiben und hoffen, dass sich bald alles zum Besten füge.

Am Abend vor ihrer Abreise stand der Vollmond über São Leopoldo. Wieder kam er Sophie hier größer und glänzender vor als im Norden. Sie trat noch einmal vor das Haus auf die Schneise. Die Luft fühlte sich weich und milde an. Von Weitem sah sie Valentina mit Richard, die über ihr Land schritten, Arm in Arm. Am Horizont zeichneten sich die Konturen der Serra scharf gegen das tiefblaue Firmament ab. Das Paar blieb vor seinem Orangenhain stehen. Auf den Blättern spiegelte sich das silbrige Licht. In der Ferne rauschte ein Bach über Kieselsteine, am Wegesrand zirpten Grillen, eine Kuh muhte, und Leuchtkäfer zogen ihre Kreise. Ein friedlicher Abend, ein glückliches Paar. Wie schön könnte es hier sein, dachte Sophie – ein Land, in dem Milch und Honig fließen!

Sie wünschte Valentina und Richard von Herzen Glück und Frieden. Doch für sie selbst würde es künftig keine Romantik mehr geben. Sie hatte jetzt nur noch ein Ziel – stark und unabhängig zu werden. Nur Geld und Einfluss halfen, sich gegen Gier und Ausbeutung zu schützen. Die Gierigen kamen immer wieder an die Macht, sie verloren ihr Mitgefühl, ihre Menschlichkeit, sie wurden gewalttätig und grausam, wenn man ihnen nichts entgegenzusetzen hatte.

»Ich will nie wieder arm und schwach sein!«, sagte sie laut in die Nacht hinein.

33

Rico räusperte sich. »Früher hat man versucht, Risse in Smaragden mit Öl auszuheilen, heute gibt's wirkungsvollere Methoden und Füllsubstanzen wie Kunstharz.«

Ana sah ihren Neffen vorwurfsvoll an. Dann wechselte sie mit Josie einen Blick, der auch ohne Worte entrüstet »Männer!« sagte. Sie überlegten immer gleich, wie sie etwas praktisch reparieren konnten. Aber es ging in dieser Geschichte um ein gebrochenes Herz, und das konnte man eben nicht einfach mit Kunstharz kitten.

Rico schmunzelte verhalten. »Ah, *românticas!*«, murmelte er, stand auf und streckte seine Glieder. »Hat doch völlig recht, die Sophie. So ist das Leben nun mal.«

»Ich finde, da sind noch einige Fragen offen«, sagte Josie.

Rico hörte auf zu lächeln. Die Art, wie er sie nun betrachtete, machte sie unruhig. »Ja, stimmt wohl …«

Ana zog eine Augenbraue hoch, was angesichts ihrer Gesichtsstraffung sicher nicht einfach war, dann bedankte sie sich bei Josie. Sie sagte ihr, dass ihre Schwester, die sie sonst nie anrief, sich ja nun wegen der Suche nach den alten Familienunterlagen endlich einmal bei ihr gemeldet habe und dass sie sich dadurch nach Jahren versöhnt hätten.

»Ehrlich gesagt wussten wir beide nicht mehr richtig, weshalb wir überhaupt verkracht waren!« Ana lachte.

Josie freute sich, dass ihre Nachforschungen am Rande solch positive Nebenwirkungen zeitigten.

»Damit steht ja nun auch wohl endgültig fest, dass die Mine aus dem Vale da Esperança identisch ist mit unserer ersten Amethystmine in Rio Grande do Sul«, sagte Rico nachdenklich. »Es gibt tatsächlich eine Verbindung, die aus der Vergangenheit bis in die Gegenwart reicht.«

»Tja«, sagte Josie. »Die Freundschaft von Sophie und den Böhmers hat unser Leben mitbestimmt, ohne dass wir es wussten …«

»Darauf müssen wir anstoßen!«, rief Ana. Rico schenkte ihnen einen köstlichen gekühlten Weißwein ein. Aus der Anlage im Hintergrund klang Gitarrenmusik von Luiz Bonfa und Baden Powell. »Meine Glanzzeit!« Ana schnipste mit den Fingern. »Diese Musik war Mitte der Sechziger sehr populär – Bossa Nova mit Jazz, Swing und ein bisschen Samba …« Sie schwelgte in Erinnerungen.

Josie lauschte und merkte, wie sie vom Wein einen leichten Glimmer bekam. Dieses brasilianische Lebensgefühl gefiel ihr. Leise swingte sie mit. Eine zufällige Berührung von Rico jagte ihr schon wieder Schauer über den Körper. Sie musste verdammt aufpassen, dass ihre Gefühle heute nicht noch einmal über ihren Verstand siegten.

Es begann dunkel zu werden. Ana zeigte sich überrascht, dass die Zeit so schnell verflogen war. Nun müsse sie aber dringend los, sagte sie und wollte sich verabschieden. Immerhin bräuchte sie anderthalb Stunden bis nach Rio.

»Du bist doch so gut wie nachtblind, Ana!«, sagte Rico. »Außerdem hast du Alkohol getrunken. Willst du nicht einfach hierbleiben und morgen früh fahren?« Ana hob die Schultern, unschlüssig blickte sie von einem zum anderen. »Ich bringe Josie morgen ohnehin nach Rio zum Flughafen«, fuhr Rico fort, »dann kann ich dich auch gleich mitnehmen.«

»Du vergisst, mein Lieber, dass ich mit meinem Auto hier bin«, antwortete seine Tante.

Josie mochte sie. Ana war eine feinfühlige Frau. Sicher hatte sie längst gespürt, dass zwischen Rico und ihr etwas flimmerte. Sie wusste aber auch, dass Rico und seine Frau versuchten, ihre Ehe zu retten. Es schien Josie, als würde Ana kurz abwägen.

»Einverstanden«, sagte sie schließlich zu ihrem Neffen. »Ich nehme dein Angebot an und übernachte hier. Und ich kann morgen gern deinen Gast zum Flughafen mitnehmen, es ist ja wirklich kein großer Umweg für mich.«

Sie leerten noch eine Flasche. Dabei gestand Josie dann doch, dass sie bisweilen überlege, welcher Edelstein zu welchem Menschen passe.

»Manchmal kommt es spontan, dann muss ich überhaupt nicht nachdenken«, sagte sie, »und bei einigen muss ich lange grübeln, oder mir fällt überhaupt nichts ein.«

»Es ist eben nicht jeder Mensch edel«, bemerkte Ana trocken.

»Josie ist ein maigrüner Smaragd«, sagte Rico. Seine Stimme klang leise, warm, darin schwang eine Anspielung mit, die Josie verwirrte.

»Und was bin ich?«, fragte Ana neugierig.

»Du bist ein Opal, meine Liebe!«, antwortete Rico lachend, »eine schillernde Persönlichkeit!«

Josie lächelte erstaunt. Das war ja unglaublich! »Ein weißer Opal«, ergänzte sie.

»Natürlich«, sagte Rico in einem Ton, als hätte das ja wohl nie außer Frage gestanden. Er sah sie herausfordernd an. »Und was bin ich?«

Josie war nicht mehr ganz nüchtern und fürchtete, sie würde deshalb vielleicht etwas Verräterisches preisgeben, also antwortete sie nicht sofort.

»Ein Feueropal«, schlug Ana amüsiert vor.

Josie schüttelte den Kopf. »Ein blauer Diamant«, rutschte ihr heraus. Zu spät.

Rico hob eine Augenbraue. »Der berühmteste blaue Diamant, der Hope-Diamant, soll allen Besitzern Unglück gebracht haben.«

Nun lächelte Josie milde. »Ich dachte auch eher an ein helles Blaugrau.«

»Ah … vielen Dank.«

Sie schäkerten und plänkelten noch ein wenig herum, begaben sich dann aber alle drei zeitig zu Bett.

Josies Abschied von Rico am nächsten Vormittag verlief unter den Augen von Ana recht kontrolliert.

»Ich möchte mich noch mal sehr für alles bedanken«, sagte sie etwas zu förmlich, nachdem sie ihr Gepäck im Kofferraum von Anas Limousine verstaut hatte.

»De nada!« Rico küsste sie flüchtig auf die Wangen. »Es war mir doch ein Vergnügen! Grüß Reinhard und Gisela von mir.«

»Mach ich!«

Ana setzte sich hinters Steuer, sie ließ schon den Motor an.

Josie drehte sich noch einmal um. »Ich wünsch dir Glück«, sagte sie.

»Das wünsch ich dir auch«, erwiderte Rico ernst.

Am liebsten wäre sie ihm noch einmal um den Hals gefallen, hätte sich an ihn gedrückt, ihre Wange an seine geschmiegt und ihn geküsst. Aber natürlich ging das nicht. Ihr Lächeln geriet etwas schief.

»Also dann … *obrigada*«, brachte sie gerade noch heraus, »danke.«

Josie hatte einen dicken Kloß ihm Hals, als sie auf dem Beifahrersitz Platz nahm und Rico ein letztes Mal zuwinkte.

Nach ihrer Rückkehr aus Brasilien stürzte Josie in ein tiefes Loch. Das Geheimnis um Sophies Schmuck war enthüllt, das Rätsel um ihre Erlebnisse in Brasilien gelöst – und sie fühlte sich so leer wie nie zuvor in ihrem Leben. Der November begann, ein Monat, in dem sie ohnehin immer gegen depressive Verstimmungen kämpfen musste. Im kommenden Jahr würde sie vierzig werden, aber sie war jetzt schon sicher, dass sie diesen Geburtstag nicht feiern wollte.

Mit ihrem Arbeitgeber fand sie eine Regelung, die es ihr ermöglichte, weniger Stunden zu arbeiten, damit sie mehr Zeit für ihre gemmologische Zusatzausbildung hatte. Dadurch verdiente sie allerdings auch weniger und hatte zugleich mehr Ausgaben. Sie musste sehr sparsam leben. Josie landete nach ihrem Höhenflug auf dem Boden der Tatsachen, merkte, dass sehr viel mehr dazugehörte, sich in die komplizierte Materie einzuarbeiten, als nur ein paar Kurse zu belegen und Seminare zu besuchen. Unbedingt musste sie sich auch Fertigkeiten aneignen, die Goldschmiede erst in einer langen Lehre erwarben. Und wann sie dann eine Chance erhalten würde, eigene Entwürfe zu realisieren, das stand noch in den Sternen.

Über Reinhard und Gisela erfuhr sie, dass Rico mit seiner Frau eine Reise nach Paris zu ihrer Tochter unternommen hatte. Dann war die Familie also wieder glücklich vereint.

Josie träumte nachts von Rico, sie sehnte sich nach ihm. Nicht nur hatte die eine Nacht mit ihm ihr ungeahnte Gefühle geschenkt. Sie vermisste es, mit ihm zu reden, ihn in ihrer Nähe zu spüren, seine Meinung zu hören, mit ihm zu tanzen, neben ihm im Auto oder im Flugzeug zu sitzen, mit ihm im Meer zu schwimmen, über Edelsteine zu fachsimpeln, durch Minen zu stapfen, kurz – Teil seines Lebens zu sein. Dabei hatten sie doch nur wenige Tage miteinander verbracht!

Josie vernachlässigte ihre Freunde und Verwandten, zog sich immer mehr zurück. Tagsüber ging es, doch nachts wurde aus einem Ast eine Schlange. Josie begann, unter Existenzängsten zu leiden. Immer hatte sie fest daran geglaubt, dass sie ihr Leben meistern würde. Dass selbstverständlich alles zu einem erstrebenswerten Ziel führen würde. Selbstverständlich. Doch jetzt, zum ersten Mal, zweifelte sie daran, und dieser Zweifel fraß an ihrem Gemüt. Es war möglich, dass ihr Leben misslang. Sie würde irgendwo einsam, arm und krank in einer Einzimmerwohnung in der Provinz enden. Oder in einem Hochhausghetto.

Halt, stopp!

Josie versuchte, sich selbst zu motivieren. Wenn das Schlimmste zu Befürchtende erst eingetreten sein würde, dann lebte es sich vermutlich wieder einfacher. Oder starb man vor Gram darüber? Ach, Hauptsache sie blieb gesund. Auch seelisch. Sie musste sich ihre Begeisterungsfähigkeit erhalten. Dann würde ihr schon ein Weg einfallen, irgendetwas würde sich ergeben. Sie musste mehr das Positive sehen.

Ach, Kalendersprüche! Ihr Gedankenkarussell machte sie noch wahnsinnig!

Eines Abends besuchte Tania sie unangemeldet. »Hi,

Süße, wollte mal gucken, was meine alte Wohnung so macht. Bin zum Geburtstag meiner Mutter nach Hamburg gekommen.«

»Schön, dich zu sehen, komm doch rein«, bat Josie so herzlich sie konnte, obwohl es ihr gar nicht gut passte. Sie war gerade dabei ihre Steuererklärung zu machen und überhaupt fühlte sie sich einfach niedergedrückt, überfordert. Wie sollte sie da spontan interessiert und mitfühlend auf einen vor Glück strotzenden Menschen, der ein ganz neues Leben begonnen hatte, eingehen können? »Schickes Tuch. Selbst entworfen?«

Tania nickte.

»Wie geht's dir denn so mit deinem Jachtbesitzer?«

»Alles gut!«

»Und Marbella?«

»Viel Schickimicki, aber trotzdem ein Traum!«

Josie hörte gerade Hildegard Knef. *Für mich soll's rote Rosen regnen … Ich will, will alles oder nichts.*

Tania sang gleich laut mit. »*Ich will, will alles oder nichts!* Herrlich, oder?«, und ließ sich aufs Sofa fallen.

»Tja, das singt sich so schön«, erwiderte Josie und stellte Teetassen auf den Tisch. »Aber ist doch doof, wenn dann am Ende das Nichts bleibt … Die mit den Reihenhäusern haben wenigstens das Etwas.«

»Hey, Josie!«, rief Tania. »Du haderst? Ist es die Midlife-Crisis?«

»Vielleicht …« Josie machte dicke Backen. »Sieh mich an. Kein Mann, keine Kinder, keine Immobilie, kein Job, der mich ausfüllt. Was hab ich falsch gemacht?«

»Oje, Weltschmerz …« Tania packte einen Portwein aus, den sie als Gastgeschenk mitgebracht hatte. »Du arbeitest auf deinen Traumjob hin!«, sagte sie aufmunternd. »Das ist doch was.«

»Vielleicht wird es ja nie was Richtiges …«, zweifelte Josie. »Und vielleicht war es falsch, Edgar zu verlassen.«

»Das glaubst du doch wohl selbst nicht«, entgegnete Tania ungerührt. »Tief in deinem Innern weißt du, dass es für dich keinen anderen Weg gegeben hätte. Es hätte dich todunglücklich gemacht, wenn du's nicht wenigstens versucht hättest. Wahrscheinlich wärst du erstickt oder irgendwie krank geworden.«

»Meinst du?« Sie kosteten den Portwein. »Hm, ist der gut …« Josie schenkte nach. »Weißt du, es ist mir direkt peinlich, aber jetzt, da ich es mir nicht mehr leisten kann, ertappe ich mich dabei, ständig von einem Reihenendhaus mit Gärtchen zu träumen.«

»Na und?« Tania schenkte die Gläser wieder voll. »Es gibt Schlimmeres. Meine Güte, ich dachte schon, jetzt käme was wie ›Ich muss unbedingt auf Domina umschulen‹.« Tania sprang auf. »Pass mal auf!« Sie nahm ihr Tuch ab und band es Josie um die Augen. »Setz dich«, befahl sie. »So, dreimal tief durchatmen.«

Josie atmete hörbar.

»Und jetzt stell dir vor, Edgar klingelt unten an der Tür. Siehst du es vor dir? Du gehst hinunter. Er hat einen großen Strauß roter Rosen im Arm und er fragt dich: ›Liebste Josie, willst du nicht doch mit mir leben? Ich hab uns auch ein Häuschen gekauft.‹«

Josie brauchte nicht zu überlegen. »Nein!«, rief sie. Das wollte sie nicht!

»Dann wäre das ja geklärt«, konstatierte Tania zufrieden.

Josie nahm das Tuch wieder ab. Sie lächelte erleichtert. »Ach, du bist eine wahre Freundin. Prost!«

»Auf uns!«

»Ein bisschen bin ich ja auch stolz auf mich«, gestand

Josie dann. Feige war sie jedenfalls nicht gewesen. Sie hatte ihren eigenen Weg gewählt. Sie hatte sich für ein eigenverantwortliches Leben entschieden. »Tja, solche Durchhänger sind wohl der Preis dafür.«

»Na siehste! Da ist gerade wieder jemand ein Stück reifer geworden!«, lobte Tania.

Ein Kinderspruch ging Josie durch den Kopf. »Hätte, hätte, Fahrradkette!« Kam es nicht ohnehin nur, wie es kommen musste, weil sie eben so gestrickt war? »Ich glaube, die Wahlmöglichkeiten des Einzelnen sind gar nicht so groß, wie man in seiner Jugend glaubt«, sinnierte sie.

»Ich weiß echt nicht, was dein Problem ist …«, sagte Tania kopfschüttelnd.

»Ich hab keine Sicherheiten.«

»Das war dir früher auch egal.«

»Früher war ich nicht fast vierzig.«

»Also doch die Midlife-Crisis. Das geht vorbei.« Tania sah sie aufmunternd an. »Und du hast immer noch diesen kostbaren Schmuck von deiner Großtante«, sagte sie. »Wenn alle Stricke reißen, kannst du den doch verkaufen.«

»Auf gar keinen Fall!«, erwiderte Josie entrüstet.

Im Januar fuhr Josie zu einem gemmologischen Blockseminar nach Idar-Oberstein. Sie durfte wieder bei ihren Verwandten wohnen, und obwohl sie ihnen schon gleich nach ihrer Rückkehr am Telefon von der Reise berichtet und einige Brasilienfotos gemailt hatte, musste sie nun noch einmal ausführlich erzählen. Martina fand alles superspannend. Sie war schwanger und zog in Erwägung, eine Tochter Sophie oder einen Sohn Carlos zu nennen. Reinhard und Gisela lauschten Sophies Geschichte gebannt, fanden sie aber nicht so weltbewegend wie Josie selbst. Sie bekundeten viel mehr Interesse an den gegenwärtigen Minen der Unternehmensgruppe da Silva.

Bei dieser Gelegenheit besuchte Josie natürlich auch Ada, die nach der Reha wieder in ihr Apartment in der Seniorenresidenz zurückgekehrt war. Ihre Sprachfähigkeit war fast wiederhergestellt, mental ging es ihr gut. Die beiden Frauen begrüßten sich herzlich. Ada merkte Josie jedoch an, dass sie irgendetwas bedrückte.

»Und jetzt erzähl! Was ist mit dir? Hat dir Brasilien nicht gefallen?«

»Doch! Es war großartig.«

»Du musst mir noch mal alles haarklein berichten!«, verlangte Ada.

»Ja, das mach ich«, versprach Josie. »Manchmal hab ich allerdings so ein Gefühl, als ob mir noch ein entscheidendes Mosaiksteinchen für Sophies Geschichte fehlt.« Die wichtigsten Erkenntnisse ihrer Reise hatte sie Ada bereits in einem Brief und einem Telefongespräch mitgeteilt.

»Zuerst will ich wissen, was dich so traurig macht.«

»Ach, Tante Ada«, sagte Josie verlegen, »wie käme ich dazu, dir etwas vorzujammern, da du doch gerade einen Schlaganfall überstanden hast! Meine kleinen Kümmernisse bewegen sich auf hohem Niveau. Eigentlich geht's mir prima.«

Ada bestand darauf, mehr über Josies Seelenzustand zu erfahren. Und so trug sie nun ein paar dumme Gedanken über ihre Lebenszweifel im Allgemeinen und das Wohnen in Reihenhäusern im Speziellen vor – wie ein Kind, das dem Pfarrer zur Beichte unbedingt ein paar passable Sünden präsentieren möchte.

Ada lächelte nachsichtig. »Ach Kind, alles hat seine Zeit! Sei nicht so streng mit dir. Vielleicht war ein Reihenhaus vor einem Jahr verkehrt für dich, und nun ist es richtig. Das ist doch kein Problem! Was kümmert uns unser Geschwätz von gestern!« Die alte Dame klopfte sich gegen ihren Kopf.

»Ja, du hast völlig recht«, pflichtete Josie ihr bei.

»Gut«, sagte die alte Dame. »Und was ist wirklich los?«

Aha, ertappt. Ada konnte man nichts vormachen.

»Gar nichts«, machte Josie noch einen schwachen Versuch. »Na ja, vielleicht ist meine Innenbrillanz ein wenig eingetrübt.«

Ada prüfte sie mit einem scharfen Blick. »Kann es sein, dass diese plötzliche Schwermut nur eine versteckte Verliebtheit ist?«

»Hm …«

»Rico?«

»Ja.«

»Oh!« Ada hob ihre Brauen. »DAS ist ein Problem.«

Gut erkannt, dachte Josie überrascht. Ich hab Liebeskummer. Natürlich. Alles andere, die Existenzangst, die Sehnsucht nach Sicherheit … sind in Wirklichkeit nur Nebenkriegsschauplätze. Aber sprechen wollte sie jetzt trotzdem nicht weiter darüber

»Ich hab dir übrigens die alten Bücher wieder mitgebracht, die du mir geliehen hast.« Josie packte die Bücher aus ihrer Beuteltasche.

Ada griff nach der Firmenchronik und blätterte darin. »Seit ich weiß, was Sophie in Brasilien durchgemacht hat, ist mein lebenslanger Groll gegen sie weg«, sagte sie. »Ich kann sie heute verstehen. Auch wenn ich immer noch ihre Erziehung zumindest mitverantwortlich dafür mache, dass Martha und ich nicht …« Sie unterbrach sich. Ihr Blick blieb an einer Abbildung hängen. Sie zeigte die Einladungskarte zur Eröffnung der Achatschleiferei im

Herbst 1838. Sie wies mit dem Finger darauf. »Das war ja auch ein Ding! Sie haben es ihr wirklich nicht leicht gemacht.« Ada seufzte. »Hab ich dir das eigentlich schon erzählt? Wie es damals bei der Einweihung zuging?«

»Nein!«

Josie machte es sich erwartungsvoll auf dem Sofa bequem.

34

Idar-Oberstein
Oktober 1838

Sophie hatte ganz Idar und Oberstein eingeladen zur Eröffnung ihrer Achatschleiferei und weder Kosten noch Mühen gescheut. Die Einladungskarten auf feinstem gerissenem Büttenpapier hatte sie durch einen Boten verteilen lassen, ein festliches Büfett erwartete ihre Gäste, die künftigen Geschäftspartner und die Honoratioren der Region. Sophie trug eine neue strenge Frisur. Ihr hochgeschlossenes Kleid aus dunkelgrünem Seidentaft ließ sie trotz ihrer jungen Jahre respektabel aussehen. Carlos hatte seinen ersten kleinen Anzug an. Sophie hatte ihm auch eine wertvolle Puppe aus Paris geschenkt, doch der Junge spielte lieber mit den zusammengeflickten Überresten seiner geliebten Bonni.

Stolz ließ Sophie den Blick durch ihre neu gebaute Werkstatt schweifen. Sie war hell und modern, mit besten neuen Maschinen, Schleifsteinen und Werkzeugen ausgestattet. Sonnenlicht erreichte durch die hohen Sprossenfenster jeden Arbeitsplatz. Und sie selbst würde in ihrem holzvertäfelten Kontor im Wohn- und Geschäftsgebäude nebenan gut arbeiten können. Sie freute sich so auf ihre Gäste!

Die Uhr schlug drei Mal. Drei Uhr. Jetzt sollte ihre Einweihung offiziell beginnen. Doch es hatte sich noch kein

Gast eingefunden. Dabei war das Wetter gut, Verzögerungen wegen schlechter Witterung konnte sie ausschließen. Die Zeit verging. Sophie kontrollierte den Sitz ihrer Frisur. Sie wartete. Rekapitulierte die kleine Rede, die sie sich zurechtgelegt hatte. Die Uhr schlug halb vier, vier, halb fünf, fünf. Sie hoffte. Vielleicht hatte es ein allgemeines Missverständnis wegen der Uhrzeit gegeben, und man kam um fünf statt um fünfzehn Uhr? Erst als die untergehende Sonne die Werkbänke mit rotgoldenem Licht übergoss, begriff Sophie.

Kein Mensch würde heute noch kommen. Irgendjemand hatte ihr einen Strich durch die Rechnung gemacht. Sie schickte das Personal nach Hause, sie erlaubte den Leuten noch, für ihre Familien etwas zu essen mitzunehmen.

Sophie fuhr mit ihrem Einspänner zu Meister Severin. Sie klopfte an seine Tür. »Was ist los, Meister Severin?«

Der alte Mann, der als Einziger beizeiten »aus gesundheitlichen Gründen« abgesagt hatte, schaute betreten drein. »Hab dich schon erwartet«, brummte er und bat sie in die alte Laube.

Ach, was für Erinnerungen wollten da wach werden! Sophie wischte sie schnell beiseite. Wie früher schenkte der Hausherr ihr ein Glas Most ein. Die Meisterin erschien und fragte augenzwinkernd, ob Sophie wohl ein Pflaumenmusbrot wolle. Sie lehnte ab. Nein, für Sentimentalitäten war sie nicht mehr zu haben.

»Also bitte, sagt mir die Wahrheit!«

»Anna-Klara hat, nachdem sie von der Eröffnungsfeier erfuhr, selbst ein großes Fest arrangiert, zur gleichen Zeit in ihrer Villa«, sagte Meister Severin verlegen. »Ihre Familie ist nun mal der größte Auftraggeber am Ort. Sie hat allen ziemlich deutlich zu verstehen gegeben, dass sie auf ein Nichterscheinen angemessen zu reagieren wisse. Wir haben auch dort ›aus gesundheitlichen Gründen‹ abgesagt. Wären wir zu dir gekommen, hätten wir mehr als die Hälfte unserer Aufträge riskiert. Das kann ich unseren Mitarbeitern nicht antun. Sophie, ich hoffe, du verstehst, in welcher Lage wir uns befinden …«

»Aber natürlich, Meister Severin!« Sophie drückte dem alt gewordenen Meister die Hand. Er hatte in seinem Leben schon so viel Gutes für sie getan, dass sie ihm beinahe alles verzeihen würde. »Und danke für die ehrliche Auskunft.«

Sophie wandte sich zum Gehen. »Das hätte Anna-Klara besser nicht getan«, sagte sie nur noch.

35

»Oje«, warf Josie ein, »mir schwant Übles. Das war also die Fortsetzung einer lebenslangen Feindschaft!«

Ada nickte. »Die beiden haben sich jahrzehntelang getriezt, geärgert und auszustechen versucht. Sophie betrieb neben der Achatschleiferei auch immer mehr Großhandel mit Edelsteinen und machte der Familie von Anna-Klara damit Konkurrenz.« Sie schmunzelte. »Wer weiß, vielleicht sogar in erster Linie, um ihre Feindin zu ärgern.«

»Dann steckte Anna-Klara wahrscheinlich auch hinter der üblen Nachrede, gegen die Sophie damals ihre Zeitungsanzeige aufgegeben hat«, vermutete Josie. »Ich schätze, Anna-Klara ist über die Kontakte zu Auswanderern in São Leopoldo auch so manches Gerücht zugetragen worden. Und das hat sie dann bösartig verdreht und weiterverbreitet.«

»Das glaube ich inzwischen auch«, stimmte Ada ihr zu. »Jedenfalls wusste Martha von ihrer Großmutter, dass Sophie es bis ins hohe Alter sehr genoss, jeweils am Ersten eines Monats in ihrem Salon zu residieren und ihre Mieter zu empfangen.«

»Das versteh ich jetzt nicht ganz …«

Ada grinste. »Sie war eben doch auch ein Biest. Aber ich verstehe sie.«

»Kannst du mich mal aufklären?«, fragte Josie ungeduldig.

36

Idar-Oberstein
1838–1847

Sophie durfte mit der Entwicklung ihres Unternehmens sehr zufrieden sein. Die Achatlieferungen der Böhmers aus Brasilien trafen ein wie verabredet. Es war beste Qualität, Sophie erhielt sie stets günstiger als andere Schleifereien, und sie durfte ihre Auswahl immer schon vor der öffentlichen Versteigerung treffen. Die Nachfrage nach ihren Schalen, Bechern, Pokalen, Kugeln und Schmuckstücken stieg in ganz Deutschland und sogar Europa, besonders in Kurorten.

Seit Richard beim Beladen Sophies Rat befolgte und wie die Gauchos Rinderfelle zum Einwickeln benutzte, zerbröselten die Achatbrocken auch nicht mehr während der langen Überfahrt. Die Felle stanken zwar fürchterlich, aber sie schützten das Gestein im Schiffsbauch wochenlang vor dem Austrocknen.

Von ihrem Gewinn konnte Sophie ihre Mutter und die Geschwister großzügig unterstützen. Das alte Häuschen der Eltern wurde renoviert und erweitert. Dass ihr »Vater« während ihrer Abwesenheit gestorben war, berührte sie kaum.

Ihre Freundin Christine kehrte nach wenigen Jahren Ehe mit dem Schweizer Maler zurück in ihr Elternhaus. Ihr Gatte hatte mehr als einmal ein Verhältnis mit einer

Malschülerin angefangen, Christine konnte es, obwohl sie zwei kleine Kinder hatte, nicht mehr ertragen, mit ihm in einem Haus zusammenzuleben. Sie richtete sich wieder das Atelier ihrer Mädchenzeit ein und betrieb ihre Kunst ernsthafter denn je. Die Freundinnen waren glücklich, sich wiederzusehen und die jeweils andere wie früher ganz in ihrer Nähe zu wissen.

Eines Tages allerdings erschien Christine aufgelöst bei Sophie. Sie vertraute ihr an, dass ihr Vater, immer noch der alte Idealist, denunziert worden sei.

»Es ist nicht das erste Mal«, gestand Christine, die durch ihre Schwangerschaften etwas an Umfang zugenommen hatte. »Es liefen bereits mehrfach Untersuchungen wegen revolutionärer Umtriebigkeit. Mein Vater musste schon empfindliche Geldstrafen bezahlen.« Man beschuldigte ihn, an Unternehmungen gegen die Verfassung des deutschen Bundes teilzunehmen. Aber das war nicht das Schlimmste. Nun scheuten sich auch immer mehr Leute aus Sorge um ihren Ruf, mit ihm Geschäfte zu machen, denn er lebte schon seit geraumer Zeit unter Polizeiaufsicht. »Und jetzt …«, schluchzte Christine, »jetzt wollen sie ihn wegen Aufreizung zum Umsturz der Staatsregierung sogar vorsorglich in Beugehaft nehmen!«

Sophie ging in ihrem Wohnzimmer auf und ab. Dann blieb sie stehen und legte den Arm um die Freundin. »Ach, es wird schon nicht so schlimm kommen.«

»Mein Vater im Gefängnis … das würde ihn umbringen!« Christine konnte sich nicht wieder beruhigen. »Doch, es wird so schlimm kommen, Sophie. Die Staatsanwaltschaft eröffnet nächste Woche vor dem Schwurgericht einen Prozess gegen ihn. Wir müssen etwas unternehmen!«

Sophie setzte sich mit Christine an den Tisch. »Also gut«, sagte sie. »Du kennst doch sicher noch ein paar vertrauenswürdige Leute in der Schweiz, oder?«

Christine nickte mit tränenverschleiertem Blick. »Ja natürlich.«

»Dann nimm Papier und Feder und schreib …«

Sophie sorgte dafür, das Christines Vater mit einem Brief seiner Tochter an gute Freunde nahe Zürich und mit einem kleinen Startkapital ausgestattet, das Sophie, wie sie sagte, ihm vorschoss, noch in der gleichen Nacht mit einer Kutsche ins sichere Ausland aufbrach. Damit war er gerettet, sein Unternehmen allerdings ohne Leitung.

Christine schrieb ihrem Bruder Lorenz nach Paris. Er hatte es dort als gefragter Gemmenschneider und Graveur zu Ansehen gebracht. Lorenz kam nach wenigen Wochen, um die Firma seines Vaters zu übernehmen. Er war ein gut aussehender Mann geworden, eher ruhig und verinnerlicht, elegant und fein. Doch Forderungen der Staatsanwaltschaft und die Zurückhaltung der früheren Kunden und Geschäftspartner bewirkten, dass er bald Konkurs anmelden musste.

In der Zwangsversteigerung erwarb Sophie das Haus. Sie setzte ihrer Freundin Christine, die weiter darin wohnte, eine monatliche Rente aus. Als Christine sich bei ihr dafür bedanken wollte, erinnerte Sophie sie an eine Absprache in ihrer Jugendzeit. Sie waren Freundinnen, sie stützten sich gegenseitig, und über Geld mussten sie nicht sprechen. Aber es gehörte doch zu den wenigen wirklich glücklichen Augenblicken, die Sophie seit Karls Tod erlebt hatte, dass sie sich revanchieren konnte bei der treuen Freundin, die einst ihren Horizont erweitert und damals zum Überleben ihrer Familie beigetragen hatte.

Sophies Firma prosperierte weiter. Sie kümmerte sich um das Geschäftliche und das Unternehmerische. Das lag ihr. Sie hatte vor niemandem Angst, war eine vorausschauende und ebenso gefürchtete wie geschätzte Verhandlungspartnerin. Aber sie brauchte einen Mann für das Fachliche, für das anspruchsvolle Handwerkliche, zuweilen fast Künstlerische. Deshalb bot sie Lorenz an, ihr Werkstattleiter zu werden.

»Allerdings unter einer Bedingung«, sagte sie.

»Und die wäre?«

Voller Bewunderung sah Lorenz Schneider Sophie an. Ganz offensichtlich hatte sich an seiner Schwärmerei für sie über die Jahre nichts geändert.

»Dass du mich nicht anguckst wie ein verliebter Esel, mir keine Komplimente machst und mich als deine Chefin akzeptierst.«

»Einverstanden.« Lorenz nahm ihr Angebot an, ohne eine Sekunde zu zögern.

Durch einen Zufall fand Sophie heraus, dass es stimmte, was sie seit Längerem vermutet hatte. Dass auch hinter der Denunziation von Christines Vater die verhasste Anna-Klara steckte. Daraufhin beschloss Sophie, es ihr heimzuzahlen. Sie suchte eine Schwachstelle im Umfeld ihrer Erzfeindin. Und fand sie. Anna-Klaras nicht minder großspuriger Ehemann war ein Spieler. Sophie heuerte einen auswärtigen Berufsspieler an, der beim Pokern mit Tricks arbeitete. Er erhielt von ihr den Auftrag, Anna-Klaras Mann auszunehmen, ab und an wieder gewinnen zu lassen, zu manipulieren und großzügig seine Schuldscheine anzunehmen. Dabei zeigte Sophie, dass sie über einen langen Atem verfügte. Der Prozess zog sich über Jahre hin. Sie legte noch einen und noch einen Schuldschein in ihren Tresor, bis es schließlich ausreichte, um die Villa zu kaufen.

War das ein Triumpf! Eine Genugtuung, die Sophie jeden Monat aufs Neue auskostete. Sie erlaubte nämlich Anna-Klara großmütig, weiter in der Villa zu wohnen. Für einen lächerlich geringen Mietzins, den ihr Anna-Klara jedoch an jedem Ersten eines Monats persönlich zu überbringen hatte. Sophie saß dann in ihrem Lehnstuhl am Ende des Salons wie auf einem Thron und genoss jeden Schritt, den Anna-Klara von der Eingangstür auf sie zugehen musste, um ihr dann auf dem Seitentischchen die Miete vorzuzählen. Ihre Blicke duellierten sich dabei, aber sie sprachen in über drei Jahrzehnten bei dieser Prozedur kaum je mehr als »Guten Tag«, »Ach, ist es schon wieder so weit?«, »Bitte« und »Danke«.

Lorenz hielt sich an sein Versprechen. Jedenfalls soweit es in seiner Macht stand. Den Glanz in seinen Augen, wenn Sophie in seiner Nähe war, die Hingabe in seinen Geschäftsbesprechungen mit ihr konnte er schwerlich verbergen. Sieben Jahre vergingen so. Er und Sophie wuchsen zusammen. Sie aßen zusammen, sie arbeiteten zusammen. Meist in Ruhe und Harmonie. Und wenn sich einer aufregte, dann war es Sophie, die jedoch kein Mensch durch seine bloße Anwesenheit besser beruhigen konnte als Lorenz. Er kümmerte sich auch um Carlos, unternahm mit ihm Dinge, die ein Vater mit seinem Sohn tun sollte.

Sophie arbeitete von frühmorgens bis spätabends. Selbst Menschen, die sie nicht mochten, zeigten Achtung vor ihrer unermüdlichen Energie und Disziplin. Sie arbeitete auch, um schlafen zu können. Wenn sie nicht müde genug war und häufig selbst dann, wenn sie mehr als erschöpft war, lag sie wach und spürte etwas Fremdes in sich zirkulieren. Etwas, das durch die grausamen Erlebnisse in Brasilien wie ein Gift in ihren Körper, in ihre Seele eingedrungen war. Sie wurde es nicht wieder los. Viele Nächte sorgte es dafür, dass sie ins Dunkle starrte, einen schweren Kloß oberhalb der Brust spürte und große Angst und Wut empfand.

So ging es, bis eine junge hübsche Hausangestellte begann, Lorenz schöne Augen zu machen. Er reagierte nicht ablehnend. Zu ihrem eigenen Erstaunen empfand Sophie heftige Eifersucht. Die Vorstellung, dass Lorenz, der ihr inzwischen doch so vertraut war, eine andere Frau lieben könnte, gefiel ihr überhaupt nicht.

»Wir sind nun schon in vielerlei Hinsicht ein gutes Gespann, Lorenz«, begann Sophie während eines gemeinsamen Abendessens, als das kokett mit ihrem Hinterteil wackelnde Dienstmädchen den Raum wieder verlassen hatte. »Da wäre es doch eigentlich nur vernünftig …« Verlegen hielt sie inne.

Lorenz blickte konsterniert auf. »Verstehe ich dich richtig, Sophie?« In seinem Blick mischten sich Erschrecken und freudige Überraschung.

Sophie spürte, wie ihre Wangen heiß wurden. Tapfer hielt sie Lorenz' Blick stand.

»Es wäre doch nur vernünftig …«, begann sie erneut, betont sachlich, als müsste sie ihn von einer geschäftlichen Unternehmung überzeugen, und führte den Satz nicht zu Ende.

Lorenz stand auf. Er ging zu ihrem Platz, nahm ihre Hand und küsste sie. »Liebste Sophie«, sagte er mit einem feinen Lächeln, »ich war schon immer ein großer Freund vernünftiger Entscheidungen.«

So heirateten sie. Und Sophie empfahl sicherheitshalber das Dienstmädchen einer Bekannten, die auch einen großen Haushalt führte.

37

Josie schmunzelte. »Die Unerbittlichkeit, die Sophie in ihrem Leben erfahren musste, ist ja offenbar später doch noch hier und da gemildert worden.«

Ada zuckte mit den Achseln. »Nun, immerhin bekamen Sophie und Lorenz noch zwei Kinder. Aber andererseits …«

»Was meinst du?«

»Da ist so ein Ausspruch von ihr überliefert …«

Neugierig beugte Josie sich vor. »Sag schon! Was?«

»Sie sagte: ›Ich war im Paradies. Ich weiß nicht, was schlimmer ist – nie dort gewesen zu sein oder es erlebt und wieder verloren zu haben.‹«

»Weißt du, wem sie das gesagt hat?«

»Ihrer Enkelin Emma«, erwiderte Ada, »das war auf ihrem Sterbebett … Emma hat ja später ihrer Enkelin Martha davon erzählt. Es müssen sehr prägende Stunden für Emma gewesen sein.«

38

Idar-Oberstein
Februar 1888

Als Sophie spürte, dass es mit ihr zu Ende gehen würde, ließ sie ihre neunzehnjährige Enkelin Emma zu sich rufen. Das Mädchen verhielt sich ihr gegenüber immer noch etwas verstockt, weil Sophie ihm ein Jahr zuvor verboten hatte, sich weiter mit dem erfolglosen jungen Dichter zu treffen, der sie unbedingt heiraten wollte.

Sophie gönnte dem Mädchen alles Glück der Erde. Aber sie hatte den Zeilenkünstler einmal gesehen und gleich erkannt, dass er es nie im Leben zu etwas bringen würde. Er hatte es nur auf Emmas Vermögen und auf ihre Jugend abgesehen. Carlos war auch ihrer Meinung, das hatte der unpassenden Romanze zum Glück ein jähes Ende beschert. Und dafür nahm Sophie gern in Kauf, dass die geliebte Enkelin nun manchmal widerspenstig war.

Als Emma an ihr hohes Bett trat, bat Sophie sie, die dunkelblauen Vorhänge zur Seite zu ziehen und die unterste Schublade ihrer Kommode zu öffnen.

»Darin liegt eine Schatulle, mein Kind«, sagte Sophie. »Bring sie mir bitte.« Neugierig erfüllte Emma die Bitte und kam mit dem altmodischen Kästchen näher. »Komm, setz dich auf die Bettkante zu mir.« Sophie klopfte auf die Matratze. Emma nahm brav Platz. Mit einer Hand warf sie ihr langes dunkles Haar nach hinten. »Mach sie auf.«

Sie ist so ein hübsches, aber auch eigenwilliges Mädchen geworden, dachte Sophie. Karl wäre stolz auf sie! Wie schade, dass er seine Nachkommen nicht kennenlernen durfte.

Emma öffnete die Schatulle und nahm auf einen ermunternden Blick Sophies hin ehrfürchtig das Collier heraus. »So schöne Amethyste habe ich noch nie gesehen!«, rief sie aus. »Und diese Smaragde in den Ohrgehängen! Sind das deine, Großmutter? Warum habe ich dich nie damit gesehen?«

»Ja, es sind meine«, sagte Sophie matt. Ihr schwaches Herz setzte ihr immer mehr zu. »Aber es sollen deine werden. Ich möchte sie dir schenken.«

»Warum hast du sie nie getragen?«, fragte Emma erneut. »Damit hättest du jede Dame in der weiteren Umgebung ausgestochen!«

»Ich habe sie oft getragen«, antwortete Sophie, »doch meistens nur für mich. Es stecken Erinnerungen in diesem Schmuck, traurige, wilde und schöne, eigentlich die wichtigsten und tiefsten Gefühle meines Lebens.« Sie lächelte ironisch. »Und die kann man nun mal nicht jeden Tag ertragen. Was einem wirklich wichtig ist, das schützt man besser.« Sophie schluckte bewegt. »Dieser Schmuck war das Verlobungsgeschenk deines Großvaters an mich.«

»Er ist von Großvater Lorenz?«, fragte Emma verwundert. Er war zwei Jahre zuvor gestorben.

»Nein, von deinem leiblichen Großvater Karl, der in Brasilien umgekommen ist.« Emmas grünbraune Augen leuchteten vor Aufregung. Nie sprach ihre Großmutter Sophie über ihre frühen Jahre in Brasilien. Es war ein Tabu, an das man auf keinen Fall rühren durfte. »Ich will dir die Geschichte erzählen, denn ich werde wohl nicht mehr lange leben.«

Emma traten Tränen in die Augen. Sie griff nach der Hand ihrer Großmutter. »Ach bitte … sag so etwas nicht!«, stammelte sie hilflos.

Sophie tätschelte den Handrücken ihrer Enkelin. »Du musst mir zwei Dinge versprechen.«

»Ja?«

»Behalte das, was ich dir anvertrauen werde, für dich.«

»Wenn du es wünschst, Großmutter.« Emma nickte gehorsam. »Und das andere?«

»Versprich mir, dass du niemals aufgibst. Sei stark. Das Leben ist unerbittlich, es kann sehr grausam sein. Aber wie schlimm es auch kommen mag – gib nie die Hoffnung auf, dass es besser wird. Behalte die Hoffnung, Emma!«

Sophie erzählte ihrer Enkelin Tag für Tag ein Stückchen mehr von ihren Erlebnissen, und Tag für Tag wurde sie ein wenig schwächer. Der Arzt kam regelmäßig vormittags und am frühen Abend, sie hörte ihn auf dem Flur, wie er mit Carlos sprach. Er machte der Familie keine Hoffnung mehr.

»Ihr Herz ist schwach. Sie selbst empfindet, dass es einen Riss hat. Und so ist es auch im medizinischen Sinn. Eigentlich ist es erstaunlich, dass sie so lange durchgehalten hat.«

Sophie hörte auf zu kämpfen. Sie wusste, sie konnte beruhigt sterben. Ihren Lieben ging es gut, ihr Unternehmen machte hervorragende Gewinne. Seit Carlos vor wenigen Jahren Granatschleifer aus Böhmen angestellt hatte, hatten sich der Firma dank deren Facettierkunst ganz neue Geschäftsfelder erschlossen.

Als Emma das letzte Mal das Schlafzimmer ihrer Großmutter betrat, hatte sie ein vom Weinen verquollenes Gesicht. Sie versuchte zu lächeln und half Sophie, ihren

Oberkörper etwas gegen das dicke Paradekissen aufzurichten.

Sophie lächelte zurück. »Was versuche ich, dir einzutrichtern?«, mahnte sie liebevoll. »*Esperança,* Emma! Nie die Hoffnung aufgeben!«

»Aber du stirbst, Großmutter!« Zornig und verzweifelt begehrte Emma auf, sie konnte ihre Tränen nicht mehr zurückhalten. »Wie kann man da noch Hoffnung haben?«

Sophies Lächeln vertiefte sich. »Gerade jetzt«, sagte sie leise.

Emma sah sie nachdenklich an. »Glaubst du, dass du Großvater Lorenz wiedersiehst?«, fragte sie dann.

»Das hoffe ich, aber wer weiß das schon?«

Emma wischte sich die Tränen aus dem Gesicht. »Und wie mag das wohl sein, wenn du auch deinen ersten Mann Karl wiedertriffst? Dann hättest du ja zwei Männer im Himmel!«

Sie mussten beide lachen. »Ach Kind«, sagte Sophie. »Das ist zum Glück ein Problem, das nicht wir zu lösen haben. Ich bin sicher, der liebe Gott hat auch dafür eine Regelung geschaffen.«

»Und wenn nicht? Was ist, wenn es Gott nicht gibt?«

»Dann kann ich endlich in Ruhe schlafen, mein Kind«, antwortete Sophie. »Das wäre nicht das Schlechteste.«

»Du hast immer schlecht geschlafen, nicht?«

»Ja, leider.«

»Hatte Großvater Lorenz deshalb sein eigenes Schlafzimmer?«

»Ja, auch.« Sophie hing eine Weile ihren Gedanken nach. Es tat ihr aufrichtig leid, dass sie nicht in der Lage gewesen war, ihm die Liebe zu geben, die er verdient gehabt hätte. Die Schwäche kroch ihr aus der Körpermitte in alle Glieder, sie hatte plötzlich das Gefühl, nicht einmal ihren kleinen Finger noch bewegen zu können. War es nicht stickig hier im Raum?

»Emma«, flüsterte sie. »Bitte mach das Fenster weit auf.«

»Aber Großmutter, wir haben Februar, es friert.«

»Bitte Emma, tu, was ich dir sage. Und dann geh.«

Emma öffnete beide Flügel des großen Schlafzimmerfensters. Sie kehrte zurück und gab Sophie einen Kuss auf die Wange.

»Geh, mein Kind«, flüsterte Sophie. »Lass mich noch ein wenig träumen … von den gelben Schmetterlingen.«

39

Josie war noch lange Zeit ganz weggetreten nach dem Besuch bei Ada. Auch sie hatte die Erfüllung gefunden und gleich wieder verloren. Als sie wenig später durch das weihnachtliche Idar-Oberstein bummelte, staunte sie noch einmal darüber, wie klar Ada wieder erkannt hatte, was wirklich los war mit ihr. Liebeskummer. Aber es half ja nun alles nichts. Rico war glücklich versöhnt mit seiner Frau.

Josie fuhr zurück nach Hamburg und konzentrierte sich auf ihre Weiterbildung. Immerhin war der Tiefpunkt ihrer Krise im Frühjahr, als die Tage länger wurden, überschritten. Mit den zunehmenden Sonnenstunden hellte sich auch ihr Gemüt wieder auf. Und die Arbeit mit den Edelsteinen faszinierte sie nach wie vor. Sie bereitete ihr sogar immer mehr Freude, je besser sie sich auskannte. Ende April hatte Josie eine wichtige Prüfung in Idar-Oberstein. Sie wohnte dieses Mal bei Martina und Max, weil das Gästeapartment von Gisela und Reinhard von einem Geschäftsfreund belegt war.

Wie erhofft, bestand Josie ihre Prüfung mit hervorragenden Ergebnissen. Sie war glücklich, dass sie diesen Weg eingeschlagen hatte. Alle Seminarteilnehmer wollten sich zum Feiern auf Schloss Oberstein treffen. Josie nahm ein Taxi zum Schloss, das eigentlich eine Burg war und sich auf der Bergspitze direkt neben der Felsenkirche erhob. Sie hatte noch Zeit, so lief sie durch die mittelalterliche Anlage, die 1855 niedergebrannt war. Einige restaurierte Räume standen für Feierlichkeiten zur Verfügung. Josie genoss die Aussicht auf die Ruine von Burg Bosselstein, deren Turm sich malerisch auf einem Felshuckel über der Kirche erhob. Ein zarter hellgrüner Flaum lag über den Bäumen, und sie dachte zurück an Sophies ersten Gang ganz allein nach Oberstein, ebenfalls an einem Apriltag, im Jahre 1827.

»Josie!«, hörte sie jemanden ihren Namen rufen.

Sie erkannte die Stimme sofort. Ihre Knie gaben nach, Adrenalin schoss durch ihren Körper. Josie stützte sich an der Burgmauer ab und drehte sich langsam um.

»Rico!« Er stand unter einem Sandsteinbogen, beide Hände in den Taschen seines hellen Trenchcoats. Ihr Herz flog ihm zu wie Winnetous Indianergruß über die Weiten der Prärie. »Was machst du denn hier?« Mein Gott, wie fantastisch er aussah! Josie musste sich beherrschen, ihm nicht um den Hals zu fallen. »Warum hat mir kein Mensch gesagt, dass du …«

Er lachte strahlend und beschleunigte seinen Schritt. »Josie! Wie schön, dich zu sehen!« Nun standen sie voreinander, verlegen und erfreut zugleich. »Ach komm!« Rico nahm sie in die Arme und küsste sie auf die Wangen. Steif und unbeholfen ließ Josie es geschehen. »Ich wohne doch bei Gisela und Richard«, sagte er. »Sie haben mir verraten, dass du hier bist. Gratuliere zur bestandenen Prüfung!«

»Danke!«

Sie gingen ein Stück auf dem Burgwall nebeneinanderher, sahen sich immer wieder überwältigt an. Josie riss ihren Blick los, schaute angestrengt in die Ferne über die Stadt ins frühlingshafte Land. Sie wollte nicht, dass Rico merkte, wie aufgewühlt sie war. Sie wollte unkompliziert und fröhlich wirken.

»Hast du Zeit für einen Kaffee?«, fragte er ein wenig heiser.

»Ja klar!« Sie suchten sich einen Platz auf der glasüberdachten Terrasse der Burggaststätte. Josie spürte ihr Herz bis zum Hals hoch schlagen. »Wie geht's dir so?«, begann sie, um einen unverfänglichen Plauderton bemüht. »Alles geregelt mit deiner Frau?«

»Ja. Alles klar.«

»Das ist schön.«

Wie sie die Lachfältchen um seine Augen vermisst hatte! Sie sah seine Lippen und erinnerte sich, dass sie fest und weich zugleich waren, überhaupt brachte dieser Mann sie wieder auf sinnliche, verwirrende Gedanken. Seine Augen sagten Unglaubliches … Von Sehnsucht und Liebe war darin zu lesen, ganz deutlich. Aber das konnte doch nicht wahr sein! Josie spürte ein flirrendes Kribbeln im Bauch und in der Brust, eine süße Anspannung in ihren Muskeln.

»Josie«, sagte Rico, sein Blick verfing sich in ihrem. »Du hast doch in Paraty gesagt: … ›da sind noch einige Fragen offen‹ …«

»Ja«, antwortete sie wie hypnotisiert, »das finde ich eigentlich immer noch …« Was genau meinte er?

»Hier sind die fehlenden Seiten aus dem Tagebuch«, sagte Rico. »Ich hab sie mir in São Leopoldo ins Hochdeutsche übersetzen lassen. Valentina hat diesen Teil der Geschichte aus Sophies Sicht festgehalten. Das ist das Kapitel, das uns fehlte.«

»Ehrlich?« Josie setzte sich gerader, ihr fehlten die Worte. Darauf hatte sie nicht mehr zu hoffen gewagt. Ein Kellner brachte ihren Kaffee. »Und … wo hast du die Seiten gefunden?«

»Sie steckten im doppelten Boden von Valentinas

Schmuckschatulle. Ana kam auf die Idee, dort nachzusehen, nachdem wir sie mit Sophies Geschichte neugierig gemacht hatten. Bei ihr sammelt sich ja der ganze alte Familienkram.«

Rico schaute Josie jetzt sehr ernst an. »Es geht um die Zeit vor dem Überfall im Vale da Esperança, bei dem Karl und die anderen umgebracht wurden.« Rico holte die ins Hochdeutsche übersetzten getippten Seiten aus seiner Brieftasche. »Vorher berichtet Valentina von dem Gespräch, in dem Sophie ihr alles anvertraut. Ich habe eine Gänsehaut bekommen, als ich es las.«

»Warum?«

Rico begann, aus Valentinas Aufzeichnungen vorzulesen.

40

São Leopoldo
28. Januar 1837

Es ist so viel passiert in den letzten Wochen, dass ich kaum Zeit hatte, alles niederzuschreiben. Von den Übeltaten der Revolution mag ich nicht mehr berichten. Die Scheußlichkeiten wiederholen sich, man weiß aber immer noch nicht, welche Seite gewonnen hat. Mir ist es fast egal, die Hauptsache wäre doch, wir könnten endlich wieder in Frieden leben! Es gäbe schließlich auch so vieles zu tun und anzupacken, worauf nur in friedlichen Zeiten ein Segen liegen kann. Wer zur Unzeit sät, verliert am Ende mehr, als er gewinnt.

Sophie hat uns verlassen und befindet sich jetzt mit Carlos auf dem Weg zurück in die alte Heimat. Wir wollen gemeinsam einen Achathandel aufbauen. Wir liefern, sie bearbeitet und verkauft. Außerdem hat sie, unsere großzügige Freundin, uns die Rechte an Karls Amethystmine überschrieben. Wann wir damit anfangen können, die Edelsteine im fernen, unwegsamen Hinterland aus der Erde zu holen und damit Geld zu verdienen, das ist noch ungewiss.

Wie immer komme ich auf das Wichtigste erst spät. Du musst entschuldigen, liebes Tagebuch, so mache ich es ja immer – dass ich erst vom Alltäglichen breit und ausführlich berichte, bis alles abgearbeitet und auserzählt ist, und von dem, was mein Herz am stärksten bewegt, erst am Schluss und oft nur kurz schreibe. Mögen Nachgeborene, die einst dieses lesen, bitte nicht glauben, mein Leben sei so gewesen, wie es sich hier darstellt. Die Schwergewichte liegen ganz anders. Aber das ist vermutlich mit jedem Tagebuch so.

Derzeit befinde ich mich in einem Zwiespalt. Denn einerseits habe ich Sophie versprochen, mit keinem Menschen über ihr Geheimnis zu reden, und andererseits halte ich es für wichtig, es zu bewahren. Denn vielleicht wird das Wissen um diese Umstände einmal wichtig für die Nachkommen der Familie Karl Kreuzer oder auch für einen Schriftsteller, der in einem Roman von unseren Anfängen in Brasilien ein lebendiges Bild zeichnen möchte. So schreibe ich es jetzt erst einmal auf, damit es nicht verloren geht, und dann werde ich überlegen, wo ich es am besten aufbewahren kann.

Kurz vor Sophies Abreise half ich ihr, ihren Schmuck auszugraben. Es wurde sehr spät. Wir setzten uns in den Tabakschuppen, um noch einmal ungestört miteinander reden zu können. Und auf einmal machte Sophie mir ein Geständnis.

»Ich hätte Carlos beinahe umgebracht«, sagte sie.

Erschrocken ließ ich Nadel und Faden in den Schoß sinken. »Das kannst du nicht ernst meinen!«

»Doch«, erwiderte sie. »Mehr als einmal habe ich während der Flucht nach dem Überfall im Vale da Esperança überlegt, dass ich das Kind doch einfach irgendwo liegen lassen könnte.«

Das wollte ich nicht glauben. Ich überlegte, ob sie nicht vielleicht durch ihre Erlebnisse auf eine Art wahnsinnig geworden sei. Und dann erzählte Sophie, wie sie sich als Gefangene der Wilden mit ihrem Bauchrednertrick befreit hatte und frühmorgens auf einen Baum gestoßen war, dessen reife Früchte sie gelockt hatten. Sie hatte das Kind ins Gras gelegt. Dort war es gänzlich ungeschützt, ein gefährlicher Platz in einem Urwald mit Schlangen und Raubtieren.

»Als es dort so mit seinen Beinchen strampelte, dachte ich: Warum soll ich es noch weiter mit mir herumschleppen? Es behindert mich nur«, fuhr Sophie fort.

»Nein! Das hast du nicht gedacht!« Ich stritt es für sie ab.

»Doch«, beteuerte sie. »Es war reiner Instinkt, dass ich es überhaupt gepackt und mitgenommen habe. Aber an diesem Morgen sah ich das Kind an und dachte: Ich kann dich hier liegen und verhungern lassen, kein Mensch wird es je erfahren. Dann kletterte ich auf den Baum. Ich warf ein paar Früchte auf den Boden. Von dort oben aus erblickte ich ein Stück entfernt in den Lüften einen kreisenden Aasgeier. Schnell rutschte ich den Stamm wieder hinunter. Ich wollte ohne das Kind weiterfliehen. ›Ich lass dich jetzt hier liegen‹, sagte ich, ›und geh allein weiter.‹ Und was macht dieses Kind? Es lächelt mich an! Da brachte ich es nicht über mich.«

Sophie sah mich an, sie erwartete wohl eine Beschimpfung von mir. Ich war wirklich fassungslos, aber was sie da sagte, lag außerhalb meiner Vorstellungskraft. »Sophie, du warst völlig erschöpft, nicht mehr ganz bei Sinnen. Niemals hättest du …«

Sie unterbrach mich. »Da ich nun ahnte, dass wir uns bereits in der Nähe des rettenden Campo befanden, änderte ich meinen Plan. ›Gut‹, sagte ich zu dem Kind, ›ich rette dich nur noch aus dem Urwald. Dann gebe ich dich in einem Kloster oder bei einer christlichen Gemeinde ab‹.«

Mir fiel wieder ein, was der Pfarrer in Tolina Richard erzählt hatte. »Hast du deshalb nach deiner Rettung anfangs immer behauptet, Carlos sei nicht dein Kind?«, fragte ich sie.

Sophie nickte. »Das ist er auch nicht. Oder richtiger gesagt, das war er zu jenem Zeitpunkt nicht.«

»Jetzt verstehe ich es noch weniger.«

»Es war vor ungefähr einem Jahr in Esperança. Der Urwald dampfte in jenen Tagen …«, begann Sophie.

Es war sehr heiß, und es hatte viel geregnet, die Flüsse schwollen an. Das Wasser lief schon bis nahe an die Indiohütten. Deshalb hatte Vanori ihr Baby vorsorglich in ein Körbchen gelegt und nach Bela Vista hochgebracht. Sie versorgte gerade mit Mitzi einen Nasenbären, der seinen großen geringelten Schwanz nicht mehr aufrichten konnte. Karl verbrachte seine Siesta in der Hängematte im Schatten des Mangobaumes. Sophie wollte nur noch schnell ein paar Guaven ins Blockhäuschen bringen. Als sie wieder hinausging, sah sie, dass Karl das Baby aus seinem Körbchen genommen hatte. Er hielt das freudig brabbelnde Kind hoch und sprach ihm vor.

»Babababa … ja, sag mal, bababa …«

Wie Karls Augen leuchteten! Er würde sicher ein guter Vater werden. Sophie legte eine Hand auf ihren Bauch, mit der anderen schirmte sie ihre Augen vom blendenden Licht ab. Wenn sie sich nicht täuschte, dann würde in einigen Monaten ihr Kind zur Welt kommen. Carlos Antonius. Oder eine Carla Antonia.

»Bababa!«, gab Karl geduldig vor. Sophie stutzte, und plötzlich wurde ihr ganz flau. Baba?

»Bpf!«, machte Vanoris Baby und giggelte, sodass kleine Spuckebläschen an den Mundwinkeln quollen. »Bpf … bababa …«

»Ha!« Karl lachte auf. »Ja, jetzt hat du's, kleiner Mann!«

Er strahlte vor Freude, Zärtlichkeit und … Vaterstolz. Wie ein eiskalter Guss traf Sophie die Erkenntnis. Natürlich! Warum hatte sie es nicht schon viel früher gesehen! Aus diesem Grund hatte Karl die Nabelschnur durchtrennen müssen! Deshalb scharwenzelte Vanori noch immer um ihn und ihre Hütte herum. Deshalb war das Kind nicht so dunkel wie andere Indiobabys.

Jetzt wurde Karl auf sie aufmerksam. »Komm doch, Sophie!«, sagte er freundlich. »Schau mal, was für ein kluges Kerlchen wir hier haben.«

Sophies Augen schleuderten Giftpfeile. »Du bist der Vater!«, stieß sie hervor. »Stimmt's?«

Karl ließ das Baby auf seinen Schoß sinken. Er antwortete nicht sofort.

Sie schnaubte wütend. »Kluges Kerlchen … ph!«

Karl hangelte sich aus der Hängematte, er legte das Kind behutsam ins Körbchen zurück. »Sophie, lass uns in Ruhe über alles reden …«

»Stimmt's?«, wiederholte sie. Ihre Stimme überschlug sich.

Karl holte ganz tief Luft. »Ja, aber …«

»Ich fass es nicht!« Sophie schlug sich mit der flachen Hand vor die Stirn. »Es ist ja auch so offensichtlich! Wahrscheinlich haben es alle gewusst, nur ich nicht!«

»Aber …«

»Was aber?«, fragte sie wütend, innerlich dennoch inständig hoffend, er möge ihr jetzt gleich einen schlagenden Gegenbeweis liefern.

»… ich dachte die ganze Zeit über, du wüsstest längst Bescheid!« Enttäuscht, fast beleidigt sagte er das.

»Warum, zum Teufel? Was bitte hat dich darauf gebracht?«

»Nun ja …« Karl starrte verlegen auf seine Füße.

»Damals, als ich nach der Geburt zu Vanori in die Hütte ging … da hast du mich so wissend und aufmunternd angelächelt.«

Sophie schüttelte heftig den Kopf. »Warum hast du nie mit mir darüber geredet?« Sie fühlte sich doppelt hintergangen.

»Na, weil ich dachte, du wüsstest es, und wir wären uns einig, dass wir es nicht weiter aufbauschen.«

»Aufbauschen? Er ist dein Sohn!«

Als wäre das eine Kleinigkeit! Ihr kamen die Tränen vor Entrüstung.

»Beruhige dich erst einmal, Sophie.« Karl wollte auf sie zugehen, doch sie hielt ihn mit beiden Händen auf Abstand.

»Fass mich nicht an!«, drohte sie.

»Es ist doch nichts Schlimmes passiert, eigentlich …« Karl schluckte, das schlechte Gewissen war ihm deutlich anzusehen. »Es hat sich einfach so ergeben. Mein Gott, das ist eben …«

»Rede dich jetzt nicht um Kopf und Kragen, Karl Kreuzer!«, fauchte Sophie.

Die vier Apostel standen plötzlich vor Bela Vista und beobachteten den Streit wie eine Theateraufführung. Mitzi kam mit dem Nasenbären auf dem Arm, Vanori huschte scheu näher, um ihren Sohn aus der Gefahrenzone zu holen.

Und Sophie hatte das Gefühl, dass soeben ihre Welt zusammenbrach. Sie alle mussten es gewusst haben! Warum hatte nie einer das Thema angesprochen? Aus Scham, aus Feigheit? Aus Angst, etwas Falsches zu sagen?

Auch ich sollte aufpassen, nichts Falsches zu sagen, rief Sophie sich selbst zur Ordnung. Bevor ich Dinge ausspreche, die ich mein Leben lang bereuen werde und die man vielleicht nie wiedergutmachen kann. Sie musste jetzt allein sein.

Zornig stapfte Sophie davon, über das Geröllfeld und dann in den Urwald hinein. Sie vergaß alle Vorsichtsmaßnahmen. Doch es schien, als würden sogar die Tiere ihre Energie spüren und lieber einen Bogen um sie machen.

Sophie weinte hemmungslos. Wie hatte Karl ihr das antun können! Wie sollte sie jetzt noch mit ihm leben? Nie wieder würde sie mit ihm das Bett teilen! Aber sie konnte ihn auch nicht einfach verlassen. Allein durch den Urwald ziehen – das kam einem Selbstmord gleich. Wo sollte sie in Zukunft schlafen? Sie lief und lief. Das Laufen hatte ihr doch immer in ihrem Leben geholfen.

Dieses Mal half es nicht. Es trug nur dazu bei, dass der Schmerz in ihrem Innern sich stärker ausweiten konnte. Er nagte und biss und brannte, bis sie überhaupt nicht wusste, wohin mit sich selbst, und am liebsten aus ihrer Haut gefahren wäre. Erst nach einiger Zeit bemerkte sie zwei der Apostel, Lukas und Paulus, die ihr mit Pfeil und Bogen folgten. Offenbar nur, um sie im Notfall zu beschützen. Unter Tränen lächelte sie ihnen gequält zu. Paulus zeigte zum Himmel. Er verdüsterte sich, ein heftiger Regen war zu erwarten. Lukas machte eine Geste, mit der er sie zur Rückkehr aufforderte. Geschüttelt von den letzten Wallungen ihres Weinkrampfs, fügte sich Sophie und ging mit ihnen zurück.

Karl und Mitzi erwarteten sie bereits unruhig. »Gott sei Dank, ich hab mir schon Sorgen gemacht!« Karl kam ihr entgegen.

»Geh mir aus den Augen!«, zischte Sophie. Sie kniff ihre Augen zusammen, und er wich einen Schritt zurück.

»Lass, Karl«, sagte Mitzi, »sie braucht noch a bisserl.«

Der Regen setzte ein. Nicht irgendein Schauer, sondern ein Sturzbach. Sophie hatte vorgehabt, diese Nacht draußen in der Hängematte zu verbringen. Sie konnte unmöglich mit diesem, diesem … Ihr fiel kein passendes Wort ein, aber es wäre ein sehr hässliches gewesen.

Juan drängte Mitzi und sie in seine Hütte, die die größte war. Karl folgte, ebenso die vier Apostel, wenig später kamen auch die ältere Indiofrau und Vanori mit ihrem Baby – die Indiohütten unten am Fluss waren binnen kürzester Zeit von den Fluten fortgeschwemmt worden.

Sophie kochte innerlich. Diese Situation war unerträglich! Mit so vielen Menschen auf engem Raum! Vor allem mit Karl und Vanori!

»Ihr habt es alle gewusst, oder?«, fragte Sophie mit funkelnden Augen in die Runde.

Mitzi nickte beschämt, Juan gab es mit seinem Blick zu, die Indios taten, als ginge sie das Ganze nichts an. Vanori drückte ihr Kind fester an sich.

»Und hast du …«, Sophie fragte Karl leise, aber in der Enge des Raumes hörten es natürlich trotzdem alle, »… habt ihr … auch noch, als ich schon …« Sie brachte den Satz nicht zu Ende. Wenn sie sich das nur vorstellte! Während sie noch gezögert hatte, weil sie vorher von einem Geistlichen getraut werden wollte, war dieses Indiomädchen ständig halb nackt und zu allem bereit gewesen … Und wenn Karl es einmal mit ihr … Ihre Fantasie malte ihr den Geschlechtsakt zwischen den beiden sogleich aus. »Karl!«, rief sie empört.

Er sah sie aufgebracht an, seine Augen waren gerötet, aber er sagte gar nichts.

Sophie bekam keine Luft mehr in der stickigen Hütte. Sie riss die Tür auf und rannte wie durch einen Wasserfall hinüber in ihr Blockhäuschen. Triefend erreichte sie die

Tür. Kaum war sie eingetreten, spürte sie einen stechenden Schmerz im Unterleib. Hastig zog sie die patschnasse Kleidung aus, hüllte sich in eine trockene Decke und legte sich zusammengerollt aufs Bett. Wenig später begannen fürchterliche Krämpfe. Sophie keuchte und schwitzte, glaubte, ohnmächtig vor Schmerz zu werden. Sie fühlte, wie etwas Warmes, Feuchtes an ihren Oberschenkeln entlanglief … Blut? Nein, es war nicht nur Blut. Ihr Körper stieß das kleine Wesen, das in ihr heranwuchs, einfach ab. Es war nun nicht mehr als ein warmer, klebriger Blutklumpen. Und sie konnte nichts dagegen tun. Sie hatte eine Fehlgeburt. Die Enttäuschung, nicht schwanger zu sein, empfand sie wie eine zusätzliche Kränkung.

Völlig ermattet stand Sophie auf. Ihr war schwindlig, doch sie wusch sich und reinigte die blutigen Laken, dann legte sie sich schlafen.

Karl kam spät. Sie wurde wach.

»Ich bin nicht schwanger«, begrüßte sie ihn erschöpft. »Ich bin nur noch wütend.«

Karl weinte. »Sophie, es tut mir so leid.« Er nahm sie in seine Arme. Sie weinte auch. »Ich liebe nur dich, Sophie. Natürlich war da nichts mit Vanori seit deiner Ankunft. Ich kann mich nicht einmal richtig an das eine Mal erinnern. Wahrscheinlich war es in einer meiner Krankheitsphasen, während der ich kaum richtig wach war. Sie hat manchmal versucht, mich zu wärmen …«

Sophie glaubte Karl kein Wort. Dieses eine Mal! Für wie dumm hielt er sie? Sie befreite sich aus seiner Umarmung.

»Lüg mich nicht an!«, rief sie.

Nun wurde er zornig. Er setzte sich auf. »Mein Gott, Sophie, ich bin doch auch nur ein Mann! Dass ihr Weiber immer gleich so ein Drama machen müsst!«

Sophie sah Karl ungläubig an. Ihr fehlten die Worte.

Sie drehte sich einfach um und wartete darauf, dass die Nacht zu Ende ging.

Solange es in Strömen regnete, sprach Sophie nicht mit Karl. Sie zog ins Amethystlager, befestigte zwischen den Drusen ihr Hängenetz und bestand darauf, hier allein zu übernachten. Tagsüber ging sie Karl aus dem Weg, sie aß nach ihm oder vor ihm, und wenn sich seine Nähe partout nicht vermeiden ließ, wandte sie ihm den Rücken zu.

»Wie lange soll das noch gehen?«, fragte er einmal, als sie Rücken gegen Rücken am Feuer saßen. »Wir sind hier draußen aufeinander angewiesen.«

Sie antwortete nicht.

Es folgten schreckliche Tage und Nächte. Wie hatte sie nur so dumm sein können, ihre gesamte Existenz von diesem Mann abhängig zu machen? Ihre Gedanken und Gefühle stritten miteinander, doch irgendwann begannen sie auch, nach einer Lösung zu suchen.

Vanori hatte bei ihm gelegen, bevor sie aus Deutschland gekommen war. Wahrscheinlich hatte sie sich zu diesem Zeitpunkt gerade auf See befunden. Sie waren zwar bereits verlobt gewesen, aber Karl musste sie damals noch auf einem fernen Kontinent gewähnt haben. Und er war eben wirklich nur ein Mann. Sie wusste doch am besten, wie sinnlich und leicht entflammbar Karl war, irgendwie musste der Trieb sich anscheinend entladen. Doch was war mit ihren Trieben? Hatte sie etwa daran gedacht, ihn zu betrügen, nur weil er so weit weg gewesen war? Sie hatte sich durchaus beherrschen können. Das unterschied doch wohl den Menschen vom Vieh!

Andererseits … Verlangte ihre Religion nicht auch Liebe und Verzeihen? Standen Christen mit diesem Gefühl und dieser Fähigkeit nicht auch über den scheußlichen

Moralvorstellungen der Indios, die Blutrache bis zum Auslöschen einer Familie forderten? Was wäre denn, fragte Sophie sich schließlich, wenn sie einmal alle Konventionen, alle Vorschriften beiseiteließ und einfach nur in sich hineinhorchte?

Was sagte ihr Herz?

Diese Botschaft war eindeutig. Sie sagte, dass ihr Leben ohne Karl keinen Sinn hatte. Dass sie im Unfrieden mit ihm nie wieder froh sein könnte. War es denn wirklich so schlimm, dass Vanoris Baby sein Sohn war? Und überhaupt, wenn es vorbei war mit dem jungen Indiomädchen und wenn es ohnehin nur etwas Körperliches gewesen war … Sogar der Kaiser von Brasilien und ihre Mutter waren untreu gewesen! Sophie selbst verdankte schließlich ihr Leben der Untreue.

Worum ging es eigentlich? Um enttäuschte Erwartungen, gekränkte Eitelkeit oder um Liebe? Karl war nun nicht mehr der makellose Held, aber immer noch der Mann, den sie liebte.

In der sechsten oder siebten Nacht ohne Karl an ihrer Seite wurde Sophie von ungewöhnlichen Lichteffekten wach. Im Dunkeln verbreiteten die Amethysthälften um sie herum millionenfach glitzernd einen sanft flackernden Schein. Mitten im Raum brannte eine Kerze. Karl kniete neben ihr. Er betrachtete ihr Gesicht, strich über ihr aufgelöstes Haar.

»Sophie«, sagte er leise. »Du bist die einzige Frau, die ich je geliebt habe und die ich je lieben werde. Das musst du doch spüren …« Er sah ihr tief in die Augen. Seine schönen blaugrauen Augen, sie schimmerten so voller Liebe und Güte. Sophie versank darin. Ja, sie spürte, dass er die Wahrheit sprach. Und nur mit ihm konnte sie doch die Sterne erreichen! Karl schloss seine Arme um sie. Seine Lippen berührten ihre Schläfe. »Du bist die Welt für mich, Sophie.«

»Ja.« Sie legte den Kopf zurück, und sie sahen sich lange an, selig, dass sie einander wiedergefunden hatten.

»Küss mich«, flüsterte sie. »Halt mich. Lieb mich.«

Als der Regen vorüber war, stand Vanori mit ihrem Baby und einem Bündel gepackter Sachen vor der Blockhütte. Juan wartete mit zwei Pferden.

»Vanori geht«, sagte die junge Indiofrau, »will keinen Streit bringen.«

Juan rief ihnen zu, er werde sie in die nächste Ansiedlung bringen.

Karl sagte nichts.

»Aber was kann sie denn dort tun?«, fragte Sophie. »Ihre einzige Überlebenschance bestünde darin, sich für wenig Geld zu verkaufen …« Aufgebracht sah sie Karl an. Und welche Chance hätte das Baby dann im Leben? Das Kind traf ja überhaupt keine Schuld. Doch Karl unternahm nichts, um Vanori zurückzuhalten. Nur sein Blick verriet seine Erregung. »Karl, das können wir nicht zulassen«, sagte Sophie entschieden. »Meinetwegen muss sie jedenfalls nicht gehen. Sag doch was, Karl!«

»Bist du dir auch ganz sicher?«, fragte er. »Nicht dass es später ewig Unfrieden gibt …«

Sophie stemmte ihre Hände in die Seiten. »Für wie kleinlich hältst du mich eigentlich?«

So blieben Vanori und ihr Baby im Vale da Esperança. Abends im Bett fragte Sophie ihren Mann, ob er die beiden wirklich hätte ziehen lassen.

»Jedenfalls bin ich glücklich darüber, dass du ein so großes Herz bewiesen hast.«

Wochen und Monate vergingen. Immer mal wieder holten Juan oder Karl bei Ausritten Erkundigungen ein. Doch die Revolution war noch in vollem Gang, Sieger und Besiegte wechselten monatlich, manchmal wöchentlich, ein Ende der Scharmützel war nicht in Sicht. Es schien das Beste zu sein, mit der Abreise nach Porto Alegre noch zu zu warten.

Meist verlief das Zusammenleben im Tal der Hoffnung harmonisch. Doch es gab auch immer wieder Tage, an denen Sophie gegen ihre Eifersucht ankämpfen musste. Ihre Blutung kam jetzt regelmäßig mit dem Neumond. Da sie nicht mehr schwanger war und auch nicht noch einmal schwanger wurde, tat der Anblick von Vanoris niedlichem Baby ihr mehr und mehr weh. Sophie musste sich eingestehen, dass sie selbst ihre Fähigkeit zum Großmut überschätzt hatte. Die Existenz des Kindes wurde zu einem Stachel in ihrem Herzen. Natürlich fand sie es süß und unschuldig, aber manchmal ertrug sie es einfach nicht. In ihren schlimmsten Momenten hasste sie es sogar. Dann bekam Sophie Angst vor sich selbst. Das war der wahre Grund, weshalb sie Karl drängte, nun doch bald gemeinsam in ihr neues Leben nach Porto Alegre aufzubrechen.

41

»Ach, du meine Güte«, sagte Josie erschlagen. »Vor diesem Hintergrund versteht man Sophies Geschichte ja noch mal ganz anders!«

Rico zog ein Taschentuch aus seiner Hosentasche und bot es ihr an. Josie musste trotz allem lächeln. Nein, sie schüttelte den Kopf, dieses Mal musste sie nicht weinen. Sie war einfach zu perplex.

Mit einer eleganten Geste schob er das Tuch zurück in seine Tasche. »Jetzt pass auf«, sagte er, und nahm Valentinas Aufzeichnungen wieder zur Hand. »Valentina schreibt am Schluss: *Wir saßen im Tabakschuppen, nachdem wir den Schmuck ausgegraben hatten und tranken einen Kräuterschnaps auf Grete und Willi. Uns war klar, dass wir zum letzten Mal so vertraut miteinander reden konnten. Da sagte Sophie, die Wende sei für sie gekommen, als Richard im katholischen Pfarrhaus von Tolina aufgetaucht war, um sie abzuholen. ›Plötzlich habe ich Karl in den Gesichtszügen des Kindes erkannt‹, erklärte sie. ›Karl sah mich durch die Augen des Jungen an. Und da liebte ich ihn mehr als alles andere auf der Welt.‹ In dieser Sekunde hat Sophie innerlich Vanoris Baby adoptiert. ›Er ist jetzt der Sohn, den ich Karl nicht habe gebären können‹, fuhr sie fort. ›Ich werde für ihn sorgen und ihm ein schönes Leben bereiten.‹ Während sie sprach, spielte der Kleine zu ihren Füßen. ›Dieser kleine Junge ist mein Sohn Carlos Antonius, und jeder der etwas anderes behauptet, wird es mit mir zu tun bekommen.‹*«

»Puh!« Josie lehnte sich zurück. »Ich hab doch die ganze Zeit das Gefühl gehabt, dass da noch ein Mosaikstein fehlt!«

Rico sah sie trumphierend an, sichtlich stolz, dass er es war, der ihr die fehlenden Informationen verschafft hatte. Dann wurde er nachdenklich.

»Sag mal, wie ist eigentlich genau dein Verwandtschaftsverhältnis zu Sophie?«

Josie musste einen Moment überlegen. »Also, meine Großtante Martha war die Enkelin von Sophies Enkelin Emma.«

»Und Sophies Enkelin war die Tochter von wem?«

»Ups!« Josies Hirn stellte plötzlich ungewohnte Verbindungen her, sie nahm es wahr wie das Aufleuchten einiger Kontaktstellen in einem dreidimensionalen Computermodell. »Von Carlos …« Sie stutzte. »Mein Vater war ein Nachfahre von Carlos Antonius Kreuzer, und das heißt: Ich bin überhaupt nichts blutsverwandt mit Sophie.« Ein Groschen nach dem anderen fiel. »Ich habe kein französisches Blut in meinen Adern, sondern das von Indios!« Josie bekam den Mund vor Staunen kaum zu. »Ist ja irre! Vanori war Carlos' leibliche Mutter, also ist sie meine Vorfahrin – nicht Sophie!«

»Und fast zweihundert Jahre lang hat es kein Mensch in eurer Familie gewusst!«, ergänzte Rico. »Tolle Frau, diese Sophie!« Er lächelte anerkennend. »Respekt! Ich glaube, du hast doch etwas von ihr. Die Energie, den Eigensinn – manches überträgt sich ja auch nur durch Erziehung …«

»Mann, das muss ich erst mal verdauen«, sagte Josie. Vielleicht hatte Rico nicht ganz unrecht. Etwas von Sophie steckte wohl trotz allem in ihr. Ihre Wertvorstellungen zumindest hatten die nachfolgenden Generationen beeinflusst. Josie sprang auf. »Ich muss mich bewegen!«

»Sag ich doch.«

Rico bezahlte und hatte Mühe, mit ihr Schritt zu halten, als sie schnell das Burggelände durchquerte und vor Schloss Oberstein auf einen Waldweg zusteuerte. Eine Weile liefen sie zügig nebeneinanderher und sagten nichts.

»Warum hat mir niemand verraten, dass du hier bist?«, fragte Josie unvermittelt.

»Ich habe darum gebeten«, erwiderte Rico. »Warum hast du mir eigentlich nicht gesagt, dass du dich von Edgar getrennt hast?«

Sie zuckte mit den Schultern. Weil es nichts geändert hätte. Weil er um seine Frau kämpfen wollte.

»Woher weißt du das überhaupt?«

»Von Gisela.« Sie sah ihn fragend an, drosselte aber ihr Tempo nicht. »Kannst du nicht mal stehen bleiben?«

»Warum?«

»Weil ich dir was zeigen will.«

Sie hielt an. Rico friemelte ein kleines Etui aus seiner Jackeninnentasche. »Nimmst du eigentlich schon Aufträge an als Schmuckdesignerin?«, fragte er beiläufig.

Normalerweise hätte Josie sich riesig über ihren ersten Auftrag gefreut, doch ausgerechnet jetzt tosten schon so viele Gefühle in ihrem Innern, dass sie dafür keinen Platz mehr hatte

»Ja sicher ...«, antwortete sie lediglich irritiert, »im Prinzip jedenfalls. Es kommt darauf an.«

Er ließ den Deckel aufspringen, und sie erkannte gleich, was in dem gepolsterten Etui lag.

»Ein blauer Diamant!« Ausgerechnet!

»Es ist eher ein helles Blaugrau«, korrigierte er.

Was sollte das? Wollte er ihr absichtlich wehtun? Josie bemühte sich um Fassung.

»Und was soll daraus werden?«, fragte sie.

»Das darf die Designerin entscheiden. Ein Freundschaftsring oder ein Verlobungsring …«

Das war nun doch zu viel! Erbost lief sie weiter. »Danke, dafür bin ich nicht die Richtige.«

»Josie!« Er packte sie am Arm und brachte sie zum Stehen. »Meine Frau und ich … wir haben es versucht. Aber es ging nicht mehr. Es ist vorbei.«

»Ach.« Was für ein blöder Kommentar, dachte Josie im selben Moment. Warum sag ich nichts Intelligenteres? »Aber ihr wart doch zusammen in Paris, der Stadt der Liebe …«

»Um unserer Tochter gemeinsam unsere endgültige Trennung zu erklären. Wir wollten ihr versichern, dass wir trotzdem jederzeit für sie da sind.«

»Ah …«

Rico legte seine Hände auf ihre Schultern. »Josie, ich hab immer an dich gedacht!«

»Wirklich?«

Das klingt ja noch dämlicher, schimpfte sie insgeheim mit sich selbst. Er hat an mich gedacht. Ihr Herz bekam Flügel, es wurde ganz leicht, und eine silbrig flirrende Freude erfüllte sie. Immer … Das hieß …

»Unsere Zeit war kurz, aber so intensiv. Ich …«

»Ja?«

Josie sah in seine Augen, die so zärtlich und liebevoll und warm und offen und verletzlich leuchteten, und es war einfach alles ganz selbstverständlich.

»Ich … möchte nicht«, sagte Rico mit rauer Stimme, »dass Gondwana noch einmal getrennt wird.«

»Ja …«

»Muss ich hier eigentlich die ganze Zeit allein reden?«

»Ja.« Sie räuperte sich. Ihre Augen wurden feucht, doch sie lächelte auch. »Du … musst ja nicht … reden.«

Sie hob langsam ihre Hand und betastete mit den Fingerspitzen die Konturen seiner Lippen. Jetzt veränderte sich sein Gesichtsausdruck. Das gefährliche Glitzern in seinen Pupillen war wieder da, es weckte ihre Sehnsucht, ihre Lust. Rico nahm sie fest in seine Arme, und Josie schloss die Augen, weil sie die erwartungsvolle Spannung kaum mehr ertragen konnte. Und dann endlich küsste er sie, und sie küsste ihn, und es fühlte sich wieder genau richtig an – ganz genau so, wie es schon vor Urzeiten bestimmt worden war.

– ENDE –

Nachwort

Es ist seltsam. Gerade fällt mir auf, dass die Initialzündung zu diesem Roman wie schon für meine beiden anderen bei Blanvalet erschienenen Bücher *Die Rose von Darjeeling* (2013) und *Die Glücksbäckerin von Long Island* (2014) auf zwei Einflüsse zurückgeht. Wieder funkte es, als die Recherchen zu einer journalistischen Arbeit mit etwas Privatem zusammentrafen. Vor Jahren durfte ich für das exklusive *Wempe-Magazin* in Idar-Oberstein Schmuck- und Farbsteinexperten befragen und darüber hinaus die Bearbeitung kostbarer Edelsteine in allen Produktionsschritten vom Rohstein bis zum perfekt geschliffenen Juwel beobachten. Bis dahin hatte ich mir nicht viel aus Schmuck gemacht. Bei diesem Besuch jedoch überkam mich mehrmals das Gefühl, in einer Schatzkammer aus Tausendundeiner Nacht zu stehen, und seitdem faszinieren mich besonders Farbedelsteine. Ihre Entstehung über einen unvorstellbar langen Zeitraum beeindruckt mich ebenso wie das Abenteuer rund um das Suchen und Finden und die damit verbundenen menschlichen Schicksale. Genauso bewunderungswürdig wie die manchmal versteckte, manchmal schon auf den ersten Blick überwältigende Schönheit dieser Naturwunder ist das, was Handwerker oder Künstler daraus zu machen verstehen. Und die alten Mythen um Edelsteine finde ich mindestens so spannend wie die philosophische Frage nach Wert und Bewertung.

In Idar-Oberstein hörte ich zum ersten Mal davon, dass in den Zwanzigerjahren des 19. Jahrhunderts viele Menschen aus dem Hunsrück in den Süden Brasiliens ausgewandert seien und dass sie dort Achate, Amethyste und andere Edelsteine entdeckten. So entwickelten sich Geschäftsbeziehungen zwischen Brasilien und Idar-Oberstein, die bis heute gepflegt werden. Immer wenn die Auswanderer auf (Geschäfts-) Besuch in der alten Heimat weilten, so erzählte mir eine der Schmuckexpertinnen augenzwinkernd, seien die Töchter im heiratsfähigen Alter besonders herausgeputzt und jede Menge Einladungen ausgesprochen worden. Diese Geschichte hatte sich wohl irgendwo bei mir im Hinterkopf festgesetzt.

Dann zog ich innerhalb Hamburgs um und bekam einen neuen, schon sehr alten Nachbarn – Rudolfo Scheele. Er war fast neunzig, dafür erstaunlich fit und immer gut gelaunt, ein großer Mann mit blaugrauen Augen, dem man ansah, dass er ein stattlicher Kerl gewesen war. Nur konnte er seit einem Schlaganfall nicht mehr gut reden, je nach Tagesform reichte es für wenige Sätze oder einen Gruß. Wenn ich »Guten Tag« sagte, korrigierte er mich, wie alle anderen Nachbarn oder Passanten, mit *bom dia* oder *boa tarde*, und wir mussten es stets wiederholen, bis es in seinen Ohren fehlerfrei klang. Es war ein nettes kleines Spiel, meist von viel Gelächter begleitet. In regelmäßigen Abständen klopfte Rudolfo Scheele an meine Tür, um mir zerknitterte Schwarz-Weiß-Fotos aus den Zwanzigerjahren des vergangenen Jahrhunderts zu zeigen, die er immer bei sich trug. Ein Fachwerkhäuschen in einer Mittelgebirgslandschaft war darauf zu sehen, eine ernst blickende Bauernfamilie, die Frau mit Schürze über dem langen Rock, ein freundliches Kind, Zäune, Weiden, Kühe. »Brasilien!«, sagte er dann immer stolz. »Da bin ich aufgewachsen.«

Ich habe das damals nicht gleich richtig verstanden. Die Fotos hätten irgendwo mitten in Deutschland aufgenommen worden sein können. Hatte er als Kind ein paar Jahre in Brasilien verbracht? Erst nach einer Weile begriff ich, dass er einer der Nachfahren jener nach Brasilien ausgewanderten Deutschen war. Ich erinnerte mich an die Reportage in Idar-Oberstein, plötzlich machte es klick, und ich hatte eine Idee. Als ich dann auch noch herausfand, dass Idar und Oberstein (die erst 1933 mit mehreren Dörfern zur Stadt Idar-Oberstein vereinigt wurden) mehr als hundert Jahre lang als Teil der Exklave Fürstentum Birkenfeld zum Großherzogtum Oldenburg gehört hatten – meiner alten Heimat, in der auch das Ammerland liegt, wo *Die Rose von Darjeeling* teilweise angesiedelt ist – da erschien es mir, na gut, nicht gerade wie ein Wink, doch wie ein Zwinkern des Schicksals, und es war klar, dass ich *Die Lilie von Bela Vista* unbedingt schreiben wollte.

Mit zunehmender Begeisterung arbeitete ich mich in die Vergangenheit Idar-Obersteins und in die komplexe Historie der deutschen Kolonien in Rio Grande do Sul ein. Allen, die gern mehr über die Emigration aus dem Gebiet des heutigen Bundeslandes Rheinland-Pfalz wissen möchten, empfehle ich die Internetseite www.auswanderung–rlp.de/auswanderung-nach-brasilien.

Bei den Recherchen unterstützte mich der Stadtarchivar von Idar-Oberstein, Manfred Rauscher, so kenntnisreich und vorbildlich mit seinem Wissen, mit gezielter Nachforschung, mit Kopien alter Artikel und Quellen, dass ich mich bei ihm zuallererst und sehr herzlich bedanken möchte. Manche Fachfrage zum Thema Edelstein beantwortete mir die Leiterin des Deutschen Edelsteinmuseums in Idar-Oberstein, Anette Fuhr, stets ebenso unkompliziert wie kompetent. Auch ihr danke ich sehr.

Wahrscheinlich werden Sie sich beim Lesen dieses Romans manches Mal fragen, was Dichtung und was Wahrheit ist. Deshalb finden Sie am Schluss des Buches eine kleine Übersicht über historische Ereignisse, die verbürgt sind und die für die Handlung eine Rolle spielen.

Alle Romanfiguren der Gegenwart – Josie und Rico da Silva ebenso wie alle Wahrings und Tante Ada – sind erfunden. Die von Sophie gegründete Firma hat nie existiert. Die Seniorenresidenz, in der die alte Dame Ada lebt, ist ebenfalls nur am Schreibtisch erdacht.

Fiktiv sind auch die Hauptpersonen in der Vergangenheitserzählung – Sophie und ihre Familie, Karl, Meister Severin, Anna-Klara, die Schneiders, die Böhmers, Mitzi, Juan, Carlos, Baron von Melior und die rothaarige Wirtin in São Leopoldo. Es tauchen allerdings am Rande Menschen auf, die wirklich gelebt haben, so der Vorsteher der Kolonie, der Arzt Dr. Hillebrand und Pastor Klingelhöfer. Außerdem die Patriarchen dreier anno 1825 aus Idar ausgewanderter Schleiferfamilien: Karl Veeck, Jacob Purper und Friedrich Bohrer. Der erste Fund von Achaten im Jahr 1827 spielte sich fast so ab wie geschildert, nur dass Karl zur Musikantengruppe um Veecks Schwiegersohn Crusius dazuerfunden wurde.

Manchmal ist es für einen Roman besser, Dinge, die sich wirklich ereignet haben, zeitlich und personell anders anzusiedeln. Zugunsten der Spannung habe ich deshalb gelegentlich etwas geschummelt. So traf die erste Achatlieferung aus Rio Grande do Sul (zwar wirklich mit dem erwähnten Dörnte, einem Schwiegersohn von Jacob Purper, aber logischerweise ohne den erfundenen

Karl) möglicherweise erst anderthalb Jahre später in Idar ein als im Roman geschildert. Das erste Spießbratenessen auf brasilianische Art in der Region wurde vermutlich erst 1861 von Karl Becker »auf der Platt in Dietzen« zubereitet.

Im Roman entdeckt Sophie, wie man die schönsten und reinsten Amethysteinzelkristalle aus den Drusen herausklopfen, herausbrechen und schleifen kann. Prof. Dr. Hermann Bank schreibt im Heimatkalender des Landkreises Birkenfeld von 1992, dass dieses Geheimnis zunächst nur ein einziger Schleifer in Idar, Karl Becker Sohn (Christines Karl), kannte, später sei auch ein August Schupp darauf gekommen, und ein Zufall habe das Versteckspiel beendet. Auf einer Versteigerung im Jahre 1896 sei Frau August Becker, die damals mit ihrem Mann in Uruguay lebte, aufgegangen, wie man die schönsten Amethyste als Solitäre gewinnen konnte. Sie habe dann veranlasst, dass in größerem Umfang nach dieser Methode gearbeitet wurde.

Übrigens steht manchmal wegen der flüssigeren Lesbarkeit in den Zwischentiteln Idar-Oberstein mit Bindestrich zu einer Zeit, als die Orte noch nicht vereint waren. Obertiefenbach existiert heute nicht mehr, es wurde 1909 mit dem Nachbarort Hettstein zu Tiefenstein zusammengelegt.

In Rio Grande do Sul habe ich den Rio Mistico erfunden, ebenso das Tal der Hoffnung (Vale da Esperança) mit dem Bela-Vista-Hügel und -Häuschen. Auch Tolina existiert nur in der Fantasie.

Viele wunderbare Anregungen für die Handlung verdanke ich meiner Lektorin im Verlag Blanvalet, Eva Schubert, die auch schon *Die Rose von Darjeeling* und *Die Glücksbäckerin von Long Island* begleitet und inspiriert hat. Für den Feinschliff – die akribische Prüfung von Fakten, Logik, Verständlichkeit und die stilistische Überarbeitung – kann ich der Textredakteurin Margit von Cossart gar nicht genug danken. Auch sie hat hiermit meinen dritten Blanvalet-Roman bearbeitet.

Es gibt noch mehr Menschen, die auf die eine oder andere Weise zur Fertigstellung dieses Romans beigetragen haben – danke! Ich hoffe, dass es keiner von Ihnen bereut.

Hamburg, Januar 2015
Sylvia Lott

Zeittafel

7.3.1808: Die portugiesische Königsfamilie flieht vor Napoleon in ihre Kolonie Brasilien nach Rio de Janeiro.

1813: Napoleon ist besiegt.

1814/15: Der Wiener Kongress beschließt die Neuordnung der Länder und Staaten in Europa.

1817: Das Fürstentum Birkenfeld (mit Idar und Oberstein) gehört von nun an (bis 1937) zum Großherzogtum Oldenburg.

12.10.1822: Brasilien wird zum von Portugal unabhängigen Kaiserreich erklärt. Die Gemahlin des Kaisers Dom Pedro, Leopoldine, stammt aus Wien und setzt sich sehr für die großzügige Förderung von deutschsprachigen Einwanderern ein.

1823: Der Apotheker Friedrich Koch in Oppenheim am Rhein beginnt mit der industriellen Herstellung von Chinin.

25.7.1824: Ankunft von 39 Deutschen in São Leopoldo, Gründung der ersten deutschen Kolonie in Rio Grande do Sul (RGdS).

1825: Uruguay (die südlich an RGdS angrenzende Provincia Cisplatina) spaltet sich in blutigen Kämpfen von Brasilien ab.

1827: Siedler aus Idar entdecken in RGdS Achatvorkommen.

Dezember 1830: Bereits 5000 deutsche Siedler in RGdS. Neues Gesetz in Brasilien verbietet weitere Ausgaben an/für Einwanderer.

Herbst 1833 oder 1834: Erste Achatfracht aus RGdS erreicht Idar-Oberstein (die Heimatforscher sind sich nicht ganz einig über den Zeitpunkt).

27.5.–1.6.1832: 20000 bis 30000 Teilnehmer beim Hambacher Fest nahe Neustadt an der Weinstraße fordern ein vereinigtes deutsches Reich in einem von Demokratie und Freiheit geprägten Europa.

20.9.1835: Rebellion in RGdS beginnt, Anfang des Farrapen-Krieges.

15.7.1836: Gegenrevolution, Porto Alegre wieder in kaiserlicher Gewalt.

11.9.1836: Farrapen rufen in RGdS die Republik Piratini aus. Unruhen, Gräuel in den deutschen Kolonien.

1845: Ende der Rebellion, Auflösung der Republik, RGdS wird wieder eine Provinz Brasiliens, Generalamnestie.

1846: Beginn der zweiten Einwanderungswelle.

Kennen Sie schon Sylvia Lotts
köstlichen Roman
über Liebe, Träume und den
besten Käsekuchen der Welt?

ISBN 978-3-442-38181-4

Auf den folgenden Seiten finden Sie
eine Leseprobe zu diesem Roman.

Prolog

Long Island

Juni 2002

Marie war schon hoch in den Achtzigern, als sie spürte, wie es bei ihr begann. Sie hatte es häufig bei anderen alten Menschen beobachtet. Wie sie mehr und mehr in ihrer Vergangenheit lebten, sich an längst vergessen geglaubte Kindheitserlebnisse erinnerten – und plötzlich durch Konflikte von einst bedrängt fühlten, als duldeten sie keinen weiteren Tag Aufschub mehr.

Zuerst blitzten ganz unvermittelt Bilder und Szenen aus ihrer Kindheit auf, dann auch Szenen aus ihrer Jugend, meist ausgelöst durch aktuelle Ereignisse. An diesem Junitag war es besonders stark. Ein paar Jungen prügelten sich auf dem Gehweg vor ihrem Fenster – und vor ihrem geistigen Auge sah sie eine Rangelei auf dem Schulhof in ihrem Heimatdorf, die über siebzig Jahre zurücklag.

Holt Fräulein Wiemkes!, rief der Lehrer, statt selbst einzugreifen. Marie war damals nur wenige Jahre älter als die Jungen und erteilte als Aushilfslehrerin einmal in der Woche in der Dorfschule Handarbeitsunterricht. Sie war bestimmt nicht kräftig, aber sie brauchte sich nur vor das balgende Knäuel zu stellen, einmal »Hey, Jungs, seid doch vernünftig!« zu rufen, dann hielten sie beschämt inne, und es herrschte wieder Frieden. Marie schaute jeden Einzelnen an, nicht vorwurfsvoll, sondern eher ernst, vernünftig. Wie man eben so guckte, wenn man sagen wollte: Das hast du doch überhaupt nicht nötig, lass doch den Unsinn. Diese Wirkung hatte Marie schon immer auf Menschen gehabt.

Jetzt fielen ihr die ersten Beispiele wieder ein. Wie Werbespots im Fernsehen immer ihre Lieblingsserien unterbrachen, so schoben sich ungebeten immer öfter Einblendungen aus der Vergangenheit in Maries Alltag. Das irritierte sie. Sie hatte ja nichts gegen Erinnerungen, aber doch bitte auf Einladung!

Ihre Haushaltshilfe kam und begrüßte sie. Doch Marie war noch so in Gedanken versunken, dass sie deren Stimme für die einer verstorbenen Nachbarin in Deutschland hielt.

»Marie, ich hab Ärger mit meiner Schwiegermutter. Kannst du mir nicht deinen Käsekuchen backen? Ich bring dir auch die Eier und alle Zutaten.«

Alle Zutaten? Marie lächelte versonnen. Wie viel Aufregung es doch später um die entscheidende, geheime Zutat gegeben hatte …

Du hast deinem jüngsten Bruder seine Zukunft gestohlen, dachte sie dann wie aus heiterem Himmel. Sie versuchte, den Vorwurf wieder in eine dunkle Ecke des Vergessens zu drängen – es war lange her. Aber er bohrte sich in ihren Kopf und zwang sie zu weiteren unangenehmen Überlegungen. Sein Leben wäre völlig anders verlaufen, wenn sie damals nicht … Grollte ihr Jonny, wie sie ihn nannte, seit sie in Amerika lebte, noch? Nie hatte sie sich getraut, ihn zu fragen. Solche Fragen konnte man nicht in Briefen stellen oder in einem teuren Telefonat über den großen Teich.

Außenstehende sahen es völlig falsch. Man vergaß nicht im Alter, im Gegenteil, man erinnerte sich nur. Mehr als einem manchmal lieb war.

Marie suchte Halt in ihrer täglichen Routine. Um acht Uhr aufstehen, sich waschen und anziehen, die lila getönten Haare frisieren. Noch vor dem Frühstück zog sie sorgfältig ihre Lippen nach und ging an die frische Luft. Wer anfängt, sich zu vernachlässigen, ist schon verloren, lautete eine ihrer goldenen Regeln. Den Weg von ihrem Häuschen zum See pflegte Marie zu Fuß und ohne Rollator zu gehen. Es dauerte immer länger, aber sie schaffte es noch.

So ließ sie sich auch an diesem Junimorgen auf der von Linden beschatteten Holzbank am See nieder, öffnete einen Stoffbeutel mit Brotresten und fütterte die Enten. Es duftete angenehm. Marie sog tief die Luft mit den lieblichen Aromen ein. Sie assoziierte Farben – Hellgrün mit gelblichen Einspritzern. Im kommenden Jahr würde sie neunzig werden. Neunzig!

Die ungebetenen Gedanken ließen ihr keine Ruhe mehr. Ich muss mich mit Jonny aussprechen. Und noch dringlicher: Was wird aus meinem Rezept? Warum habe ich es bislang nicht weitergegeben? Natürlich wegen Anna. Sie hätte längst, vor Jahren schon, eine Lösung finden sollen. Warum nur hatte sie diese Dinge, die sie so bewegten, so lange vor sich hergeschoben?

Marie schnupperte wieder. Weshalb rollten ihr Tränen die Wangen hinunter? Es war dieser Duft … Er löste etwas in ihr aus, sie spürte ein sehnsüchtiges Ziehen in der Herzgegend. Er roch nach Heimat, Honig und verliebten Küssen … Das altbekannte Heimweh, ihr lebenslanger Begleiter – die Sehnsucht nach zu Hause, nach ihrer Kindheit in Ostfriesland. Heute war sie vermischt mit einer schmerzlichen Vorfreude. Darauf, dass sie bald im Jenseits ihren ge-

liebten Mann, ihre Tochter Anna und hoffentlich auch Tante Frieda, ach, und ihre Eltern und die anderen Geschwister wiedersehen würde. Ich habe solche Sehnsucht nach euch, dachte sie, ich vermisse euch schon so lange …

Die Tränen tropften auf die Weißbrotkugeln in ihrer Hand. Was passierte da mit ihr?

Marie, du lebst nicht ewig, sagte sie sich. Das ist auch gut so. Aber die Zeit drängt. Solange du lebst, solltest du endlich Ordnung schaffen. Klären, was noch geklärt werden muss.

Ihr Kleid knisterte, es haftete an der Bank. Marie legte den Kopf in den Nacken und blinzelte nach oben. Ach, das war's! Die Linden blühten, wie wunderbar! Zum ersten Mal! Sie hatte sie pflanzen lassen, als sie vor Jahren ihren Ruhesitz auf Long Island bezog, obwohl der Gärtner sie gewarnt hatte, dass es lange dauern könnte, bis sie blühen würden. Jetzt versprühten die Linden ihren Nektar. Und wie sie dufteten! Marie atmete noch einmal tief durch. Genau wie früher …

Eilig wackelte sie dann zurück in ihr Haus. Sie suchte das Luftpostbriefpapier, setzte sich auf ihre Veranda und schrieb einen Brief an ihren einzigen noch lebenden Bruder, an Jonny in Deutschland. Dieses Mal hielt sie sich nicht mit dem üblichen Geplänkel – dem Dank für den letzten Brief, irgendwelchen Glückwünschen nachträglich und guten Wünschen im Voraus – auf, sondern kam gleich zur Sache.

Lieber Jonny,
im nächsten Mai werde ich nun neunzig Jahre alt. Es wäre mein allerschönstes Geschenk, wenn wir zwei uns noch einmal wiedersehen könnten. Willst Du mich nicht besuchen kommen? Bitte versprich mir, dass Du ernstlich darüber nachdenkst.
Platz habe ich genug, eine Begleitperson könnte im

Gästehaus unterkommen, falls Du jemanden mitbringen möchtest. Ich schreibe Dir früh, damit Du Zeit genug hast zu buchen.

Auf ein baldiges Wiedersehen hoffend grüßt Dich
Deine Schwester Marie

Marie ging an ihren Wohnzimmerschrank. Sie suchte ein Foto von ihrem Häuschen, das sie dem Brief beilegen wollte. Ihr jüngster Sohn, der in Florida lebte, hatte bei seinem letzten Besuch schöne Aufnahmen gemacht. In einer großen alten Pralinenschachtel hob sie die Fotos auf, die sie irgendwann, wenn sie einmal Zeit hatte, sorgfältig in ein Fotoalbum einkleben wollte. Marie lachte auf. Wenn sie einmal Zeit hatte … Wann würde das je sein?

Plötzlich hielt sie ein altes Foto von sich selbst in den Händen. Ihr fiel ein, dass es sich neulich aus einem alten Album gelöst hatte. Es musste aus ihren letzten Monaten in Deutschland stammen, aus dem Jahr 1932. Aufmerksam studierte Marie das nachträglich colorierte Bild wie das einer entfernten Bekannten.

Die Neunzehnjährige mit den kinnlangen blonden Haaren war gut genährt. Das Erste, was auffiel, war ihr Blick. Die tiefliegenden, eng zusammenstehenden hellblauen Augen schauten eindringlich. Sie hatte rosige Wangen und einen hellen Teint, dessen Reinheit vermutlich, außer auf ihre Jugend, auf den Gebrauch von Regenwasser zurückzuführen war. Marie hatte das schmale ovale Gesicht ihres Vaters geerbt, auch den Mund mit der ausgeprägten Oberlippe, und seinen entschlossenen Ausdruck, allerdings nicht dessen Strenge. Von der Mutter hatte sie die hohen Wangenknochen. Dass ihr damals schon gern mal der Schalk im Nacken saß, verriet diese Aufnahme nicht – sie blickte ernst. Dass man für Fotos lächelte, hatte Marie erst in Amerika gelernt. Aber wie alle Wiemkes-Kinder besaß sie von Natur aus ein offenes Lächeln, das sie den meisten Menschen auf Anhieb sympathisch machte.

Marie legte das Foto zur Seite. Wie hübsch – und wie naiv sie gewesen war! Wie viel von dieser Frau mochte heute noch in ihr stecken? War man am Ende seines Lebens ein ganz und gar anderer Mensch als am Anfang?

Sie legte sich auf ihr Sofa und schloss für einen Moment die Augen. Ja, es existierte immer noch eine geheimnisvolle Verbindung zwischen der jungen und der alten Marie. Die Enten, die duftenden Linden … ein Junitag, der viele Jahrzehnte zurücklag … Sie sah ihn genau vor sich – so deutlich, als wäre alles erst gestern geschehen.

Long Island

Mai 2003

Schon vor meiner Einschulung habe ich oft auf der Kanalbrücke am Ortsausgang gestanden und sehnsüchtig den Autos nachgeschaut, die unser kleines Moordorf verließen. Vielleicht hielt ja endlich mal eines an und nahm mich mit? Hinaus in die große weite Welt! Nach Oldenburg … Oder noch weiter, nach Bremen. Oder in die richtig weite Ferne bis nach Amerika, wohin die älteren Geschwister meines Großvaters vor langer Zeit, noch vor dem Zweiten Weltkrieg, ausgewandert waren, um ihr Glück zu machen. Sie schickten regelmäßig Fotos und Briefe aus den Vereinigten Staaten. Obgleich ich sie nur selten zu Gesicht bekam, wuchs ich doch mit ihnen auf, sie prägten mein Leben.

Und nun befand ich mich tatsächlich auf dem Weg zu ihnen oder, um genau zu sein, zu meiner Großtante Marie. Rona, hatte mein Großvater erst vor wenigen Wochen gesagt, ich würde gern zum neunzigsten Geburtstag meiner Schwester nach Amerika fliegen. Willst du mich nicht begleiten? Mir ging es gerade ziemlich schlecht, privat und beruflich. Vielleicht bringt die Reise mich auf andere Gedanken, hatte ich gedacht und deshalb Ja gesagt. Ich war mir sicher, dass wir drei sehr intensive Wochen miteinander erleben würden.

Nun saßen wir schon einige Stunden im Flieger, der uns von Hamburg nach New York bringen sollte. Über Neufundland schlief mein Großvater endlich ein. Seit dem Start hatte er von seinem Fensterplatz aus die Welt von oben bestaunt und Fotos gemacht, die vermutlich hauptsächlich den linken Tragflügel in verschiedenen Lichtverhältnissen zeigten. Es war sein erster Flug. Den mit dem zerschossenen Bein, als die Verletzten aus dem Kessel von Stalingrad geflogen wurden, hatte er gemeint, kann man ja nicht mitzählen, damals war ich bewusstlos.

Die Nacht zuvor hatten wir in meinem Hamburger Loft verbracht, schon dort hatte mein Großvater vor Aufregung kaum geschlafen. Gut, dass er vor der Reise bei seinem Hausarzt gewesen war, sonst hätte ich mir vielleicht langsam Sorgen um seine Gesundheit gemacht. Doch der Doktor hatte ihm bestätigt: »Johann Wiemkes, du bist fitter als mancher Sechzigjährige.«

Ich hörte Opa leise und regelmäßig schnarchen, ich selbst konnte überhaupt nicht schlafen. Denn ich war wütend. Immer noch. Es hörte gar nicht wieder auf. Ein dicker Wutball rotierte in meinem Bauch. Unsere Medizinredakteurin hatte einmal in einer Themenkonferenz erklärt, scheinbar grundlose Wut sei das vorherrschende Gefühl der Wechseljahre. Unser Gehirn fängt Feuer, hatte sie referiert. Die Hormone sorgen dafür, dass im Hirn ähnlich wie in der Pubertät die Leitungen umgestöpselt werden.

Begannen jetzt etwa schon meine Wechseljahre? Frechheit! Dafür fühlte ich mich mit Mitte vierzig noch viel zu jung.

Abgesehen davon hatte ich sehr berechtigte Gründe, wütend zu sein. Ich hatte vor Kurzem meinen Job als Fotochefin eines Frauenmagazins verloren. Ohne Vorwarnung war ich von der Überholspur in einer Sackgasse gelandet und hatte keine Ahnung, wie und wohin es weitergehen sollte. Der Rauswurf nagte noch gewaltig an mir, auch wenn ich mich inzwischen mit dem Verlag auf eine Abfindung geeinigt hatte. Wie konnten die nur einfach so auf mich verzichten? Wegen einer neuen Anstellung hatte ich schon mal meine Fühler ausgestreckt und nur Entmutigendes erfahren. Die alte Clique aus meiner Zeit als freie Fotografin, die ich, zugegeben, in den zurückliegenden beiden Redaktionsjahren sehr vernachlässigt hatte, existierte praktisch nicht mehr. Ein Kollege war nach Berlin zu seiner Wochenendbeziehung gezogen, weil er so wenigstens die Miete sparen konnte. Ein anderer, einst Vielflieger mit diversen Business-Lounge-Zugangsberechtigungen, war in seine schwäbische Heimat zurückgekehrt, um nun für die regionale Tourismuszentrale zu arbeiten. Eine Kollegin hatte in Hamburg eine Tagesbar mit Galerie eröffnet, die sich aber nicht rentierte. Eine andere war nach einer Auszeit in Australien dabei, in einem Bauernhaus an der Ostsee ein Yogastudio zu eröffnen. Von den vielen arbeitslosen Journalisten, die nun fast alle irgendetwas mit Coaching versuchten, hatte mindestens jeder Zweite geheiratet. Offenbar brachte die Krise locker verbandelte Paare enger zusammen. Alle, außer Robert und mich! Ich musste die Hand auf meine blubbernde Galle legen, um sie zu besänftigen.

Noch wütender als auf die Redaktion, den Verlag oder die Krise im Allgemeinen war ich schließlich auf Robert. Auf diesen undankbaren, faulen, schwanzgesteuerten Betrüger! Natürlich auch auf seine kurzhaarige Schlampe!

Andererseits, so lange wie mit Robert war ich noch nie mit einem Mann zusammen gewesen. Deshalb wollte ich jetzt nichts überstürzen, sondern in Ruhe ergründen, wie viel gekränkte Eitelkeit in meiner Wut steckte und ob es sich lohnte, um unsere Beziehung zu kämpfen.

Wir befanden uns im Landeanflug. Ich schloss die Augen.

Tante Maries ältester Sohn Jim und seine Frau Cora holten meinen Großvater und mich am JFK-Airport in New York mit einem schicken Geländewagen ab und fuhren uns in das Easy Village genannte Rentnerdorf auf Long Island, in dem Tante Marie seit dem Tod ihres Mannes lebte. Mein Großvater saß vor mir. Seine großen Ohren leuchteten rot vor Aufregung. Fünfunddreißig Jahre lag die letzte Begegnung der Geschwister zurück.

»Mom hätte euch gern hier schon in Empfang genommen. Aber sie ist nicht mehr so mobil und wartet zu Hause auf euch«, erklärte Jim, ein gut aussehender grauhaariger Mann, der als Arzt gearbeitet hatte und jetzt im Ruhestand lebte.

Ich fühlte mich zerschlagen, die Klimaanlage im Auto gab mir den Rest. Aber mein Großvater war wieder hellwach, Entdeckerfreude und Neugier blitzten aus seinen Augen, und er zeigte sich hervorragend vorbereitet.

»Long Island ist hundertneunzig Kilometer lang und bis zu zweiunddreißig Kilometer breit«, erklärte er mir. »Was sie die Hamptons nennen, das ist ein fünfzig Kilometer langer Landstrich mit einem Dutzend Ortschaften an der Ostspitze der Insel. Viele von denen enden auf -hampton, wie Southhampton oder Westhampton.«

Ich nickte gelehrig. Zwei- oder dreimal war ich für Fotoreportagen auf Long Island gewesen, einmal in einem Ferienhaus im Shabby Chic und das andere Mal in einem supercoolen Designerhaus. Jedes Mal hatte der schreibende Kollege die Termine so eng gesetzt, dass keine Zeit für Verwandtenbesuche geblieben war.

»Verstehe. Westhampton und Southampton, das ist so wie Westrhauderfehn oder Südrhauderfehn.«

»Genau.« Großvater schmunzelte. »Nur kosten die Häuser und das Land hier etwas mehr.«

Jim verstand Deutsch, doch er konnte es nicht sprechen, und so übersetzte ich, als er aufzählte, welche Promis Sommerhäuser in den Hamptons besaßen, eine beeindruckende Liste von Millionären, Künstlern, Designern, Schauspielern. Seine Frau berichtete stolz, dass sie neulich im Kino neben Barbra Streisand gesessen habe. Sie bot sich an, uns das Walfängermuseum in Sag Habour zu zeigen und mit uns und Tante Marie bis an die äußerste Spitze der Insel zu fahren, zum Leuchtturm von Montauk. »Der ist wirklich ururalt«, sagte Cora begeistert, »von 1797! Wir wandern dort gern.«

Der Höhepunkt, so versprach Jim, würde das Festessen zum neunzigsten Geburtstag seiner Mutter im früheren Restaurant seiner Eltern in den Hamptons sein.

»Wir haben es verpachtet, es ist immer noch in Betrieb, direkt am Wasser gelegen. Alle Verwandten werden kommen, es wird eine große Familienfeier.«

Cora nickte. »Und es hat immer noch eine hervorragende Küche!«

Ich hoffte inständig, dass ich nicht jeden Tag diesen ominösen Käsekuchen würde essen müssen, von dem ich immer wieder gehört hatte. Wenn der nur halb so gehaltvoll war wie die selbst gemachte Buttercremetorte meines Großvaters, dann würde ich die nächsten drei Wochen nicht überleben.

Je länger wir fuhren, desto ländlicher wurde die Umgebung. Manchmal konnten wir einen Blick auf den Atlantik und endlos lange Sandstrände werfen, dann wieder kamen wir durch gemütliche Ortschaften mit Boutiquen und Cafés.

»Das waren früher Fischerdörfer«, erklärte Cora, die ebenfalls als Ärztin gearbeitet hatte. »Heute liegen hier mehr Segelboote als Kutter.«

Wir streiften Naturschutzgebiete und durchquerten weite Kartoffeläcker. Am Straßenrand boten Farmer ihr Obst, Gemüse und selbst gemachte Marmelade zum Verkauf an.

Endlich hielt Jim vor einem eingezäunten parkähnlichen Areal an einem Schlagbaum. Er winkte dem Uniformierten in einem Kontrollhäuschen zu. Der erkannte ihn, salutierte und ließ die Schranke hochfahren. Bremsschwellen auf der Straße sorgten dafür, dass wir nur im Schritttempo durch Easy Village rollen konnten, ein Bilderbuchdorf für gut betuchte Menschen im Ruhestand. Weiße Holzhäuschen, Gemeinschaftseinrichtungen in einheitlichem Stil, Swimmingpool und ein Golfplatz – eingebettet in gepflegte Gartenanlagen.

»Hier brauchen ältere Herrschaften keine Angst vor Einbrüchen oder Überfällen zu haben«, erklärte Jim. »Je nach Bedarf stehen auch Ärzte und Pfleger bereit. Es gibt Putz- und Gartenhilfen. Ich bin wirklich froh, dass Mom hier lebt. Sie ist weiter selbstständig, aber bestens versorgt.«

Jim parkte an einem mit Blumenrabatten umpflanzten Rasenrondell. Wir stiegen aus und hörten eine helle Frauenstimme.

»Jonny! Endlich bist du da!«

Auf der Veranda eines hübschen Häuschens saß eine alte Dame mit lilafarbenen, sorgfältig toupierten Haaren, die sich nun umständlich erhob, mit unsicheren Schritten auf uns zuging und meinem Großvater die Arme entgegenstreckte.

»Marie! Mensch, Mariechen!«

Opa Johann eilte die Stufen zum Holzdeck empor, die beiden fielen sich in die Arme, sie drückten sich und küssten sich auf die Wangen. Dann trat mein Großvater zurück, nahm seine Schwester an den Oberarmen, sie schauten sich ungläubig an – und umarmten sich erneut. Ihre Oberkörper schaukelten wie zu einem schwungvollen Walzer. Die Geschwister lachten und weinten gleichzeitig. Marie nahm ihre beschlagene Brille ab.

»Dat wi dat noch beleevt!« Dass wir das noch erleben dürfen … Sie verfielen in die Sprache ihrer Kindheit, das Plattdeutsche.

Opa und Tante Marie hatten die gleichen blauen Augen, die so verblüffend jung wirkten und in denen jetzt Freudenfünkchen tanzten. Sollte ich je Zweifel gehabt haben, ob unsere Reise sinnvoll wäre – dieser Moment hätte sie ein für alle Mal ausgelöscht. Gerührt putzte ich mir die Nase. Cora wischte sich verstohlen über die Augen, Jim tupfte sich Schweißperlen vom Gesicht. Erst jetzt wurde mir bewusst, wie heiß es hier Mitte Mai schon war. In der schwülen Luft lag der Geruch von frisch gemähtem Rasen, von Ozon und Meer, obwohl der Sund noch einige Kilometer entfernt lag.

»Und du bist Rona. Herzlich willkommen!«

Tante Marie umarmte mich. Ich mochte sie auf Anhieb und war entzückt von ihrem Parfüm. Sie roch wie damals bei ihrem letzten Deutschlandbesuch in den späten Sechzigerjahren. Diesen Duft hatte ich bewundert und später vergeblich in den Duty-free-Parfümerien dieser Welt gesucht.

»So, nun aber rein mit euch!«, sagte Tante Marie.

Für fast neunzig hielt sie sich recht gut. Das fiel mir gleich auf. Ein sommerliches Hemdblusenkleid umspielte locker ihre breiten Hüften und die schmalen vorgebeugten Schultern. Tante Marie führte uns ein wenig herum, ihr Dreizimmerhäuschen war hell und stilvoll eingerichtet. An den Wänden hingen ausdrucksstarke Ölgemälde – Seestücke und Blumenstillleben. Sie hatte sich mit Absicht verkleinert, wie sie betonte. Man müsse sonst nur mehr putzen und fühle sich in einem kleinen Haus doch weniger einsam, hatte sie uns erklärt. Aber es war nicht schwer herauszuhören, dass sie ihr Haus direkt am Meer vermisste.

Für ihren Bruder hatte sie ihr Gästezimmer hergerichtet, ich wurde in ein Apartment im Gästehaus des Easy Village ganz in der Nähe einquartiert. Jim half mir, mein Gepäck dorthin zu bringen. Anschließend saßen wir in Tante Maries Wohnzimmer beisammen. Sie betrachtete mich aufmerksam.

»Ich freue mich so, Rona, dass du mitgekommen bist«, sagte sie bewegt, mit amerikanischer Färbung im Tonfall, und tätschelte meine Hand. »Du hast Ähnlichkeit mit meiner Mutter Tabea. Nicht die Haare, aber das Gesicht und manchmal der Ausdruck in den Augen … Es ist seltsam, in einem jüngeren Menschen etwas von der eigenen Mutter wiederzufinden.«

Sie wies auf ein altes Foto auf ihrem Sekretär, das ich kannte. Im Gegensatz zu Tabea mit ihrem strengen Dutt trug ich meine mittelblonden schulterlangen Haare meist offen.

Der Vergleich mit meiner Urgroßmutter war mir zwar nicht ganz unbekannt, stimmte mich aber irgendwie schüchtern. Man fühlt sich auf einmal verantwortlich für die Gemütslage desjenigen, der jemand anders in einem sieht. Und außerdem wollte ich Tabea posthum keine Schande machen. So verhielt ich mich anfangs zurückhaltender, als es sonst meine Art ist.

In den ersten beiden Tagen, als Tante Marie und Opa sich tausend Dinge erzählten, beschlich mich das Gefühl, ihre Geschichten gingen nur sie etwas an, und ich zog mich häufig zurück. Während meiner Spaziergänge durch das seltsame, gut abgeschirmte Rentnerdorf erhielt ich Dutzende SMS von Robert. Mein Herz blutete, aber ich antwortete nicht.

Ich dachte wieder an das Ende unserer letzten Aussprache in Hamburg. Wir hatten uns so angebrüllt, dass wir schließlich beide weinend auf dem Fußboden hockten, unfähig, eine Entscheidung zu treffen.

Ich wollte erst mal mit meinem Großvater in die USA reisen. Der Abstand würde hoffentlich einiges klären. Aber hier und jetzt auf Long Island merkte ich, dass ich noch nicht bereit war, über unsere Beziehung nachzudenken. Es tat einfach zu weh.

»Bleib doch bei uns, Rona«, forderte mich Tante Marie am dritten Tag auf. Sie saß mit ihrem Bruder beim Nachmittagstee auf der überdachten Veranda. »Es ist gut, dass noch einer in der Familie die alten Geschichten kennt, wenn wir einmal nicht mehr da sind.« Ich nahm in einem bequemen Korbsessel Platz. »Wir sprachen gerade über die Familie von Imke Wilken.«

Ich zuckte mit den Achseln. »Die kenn ich nicht.«

Ich war schließlich in einer Ortschaft zwanzig Kilometer entfernt von Südrhauderfehn aufgewachsen, wo meine Eltern ein Textilgeschäft hatten, und war immer nur zu Besuch oder in den Ferien bei meinen Großeltern im Elternhaus meiner Mutter gewesen – das allerdings sehr gern.

»Wilken«, sagte mein Großvater mit Nachdruck, als müsste ich mich erinnern, »das sind die mit dem verwilderten Fehnhaus!«

»Ach«, jetzt fiel bei mir der Groschen, »diese seltsame Familie, die völlig zurückgezogen lebte, und deren Haus am Ende nur noch vom Efeu zusammengehalten wurde – meint ihr die?«

»Genau. Sie haben eine Tochter verloren«, erklärte Tante Marie, »Imke war ihr Name.«

»Deshalb sind ihre Eltern und die Schwester so komisch geworden«, fügte mein Opa hinzu.

»Ich hab Imke gekannt, sie war derselbe Jahrgang, wir haben zusammen im Chor gesungen.«

»Die Familie ist nie darüber hinweggekommen. Das muss Anfang der Dreißiger gewesen sein. Der Sommer, bevor du nach Amerika bist, oder?«

Ernst schaute Tante Marie in eine imaginäre Ferne. »Ich erinnere mich sehr gut an diesen Tag«, sagte sie bedächtig. »Ich weiß sogar noch, dass es ein Dienstag war, ein Dienstag im Juni 1932 …«

»… und du warst in den lüttje Schoolmester verliebt.«

Tante Marie nickte.

Ostfriesland

Juni 1932

Eigentlich hasste Marie das frühe Aufstehen, die Kälte, das schwere Schleppen, den intensiven Viehgeruch schon vor dem Frühstück. Aber an diesem Morgen machte ihr das Melken überhaupt nichts aus. Sie hatte vor Aufregung kaum schlafen können und war froh gewesen, dass sie in aller Herrgottsfrühe nach draußen hinaus auf die Weide konnte, um die beiden Kühe ihrer Familie und die drei bei ihnen – gegen die Hälfte der Milch – untergebrachten Kühe eines Nachbarn zu melken.

Als Marie die Stalltür neben dem großen Scheunentor öffnete, um ihr Fahrrad hinauszuschieben, leuchtete ihr der Himmel durch den Türrahmen wie ein Gemälde entgegen. Am Horizont über dem Hochmoor kündigte ein ins Lachsrosa spielender Streifen den Sonnenaufgang an, während hoch oben am Firmament noch einige Sterne klar und golden im samtigen Nachtblau funkelten. Die ersten Vögel tirilierten, Amsel, Rotkehlchen, Zaunkönig. Marie nahm die Stimmung als gutes Zeichen. Der liebe Gott war auf ihrer Seite, Schwierigkeiten würde ihr wahrscheinlich nur ihr Vater bereiten. Marie atmete tief durch. Vielleicht schätzte sie ihn falsch ein, vielleicht zeigte ihr Vater ja Verständnis oder wenigstens Einsicht. Und überhaupt, noch hatte der neue Junglehrer sie nicht einmal geküsst. Aber tief in ihrem Innern wusste Marie, dass bald etwas passieren würde. Sie war erst neunzehn und hatte wenig Erfahrung mit Männern. Doch so etwas spürte man einfach.

Der gut ausehende Rudolf Meiners unterrichtete seit dem Winter an der Dorfschule. Seine sanften grauen Augen konnten sie mit einem Blick über die Köpfe der Schüler hinweg so streicheln, dass ihr die Härchen an den Unterarmen und im Nacken zu Berge standen. Manchmal glomm darin auch etwas ganz und gar nicht Sanftes, sondern etwas Geheimnisvolles, Feuriges, das Unruhe in ihr auslöste. Marie seufzte sehnsüchtig. Ach Rudolf. Rudolf Meiners – Marie Meiners … wie herrlich das klang, das passte doch perfekt!

Die Luft roch nach taufrischem Grün und süßlich nach Lindenblüten. Acht Lindenbäume standen um das Vorderhaus herum. Ihre Kronen, rechteckig beschnitten, gingen ineinander über, waren miteinander verflochten und verwachsen – wie Liebende. Und alle Blätter sahen aus wie Herzen. Noch ein Zeichen, dachte Marie lächelnd. Natürlich wusste sie auch, dass Linden viel Wasser brauchten und den Grundwasserspiegel niedrig hielten, dadurch versackten die Häuser in dieser moorigen Gegend nicht so leicht. Jeder Moorkolonist hatte Linden um sein Haus gepflanzt. Ob Rudolf wohl einmal ein Herz mit ihrer beider Initialen in eine Rinde schnitzen würde?

Die beiden großen Milchkannen schepperten an Maries Fahrrad, als sie auf dem Trampelpfad zur Weide fuhr. Sie machte ihre Fahrradlampe nicht an, um Karbid zu sparen. Marie kannte den Weg ohnehin in- und auswendig.

Bodennebel schwebte über den sattgrünen Weiden. Aprikosenfarbene Schwaden tanzten zwischen Wiesenkerbel und Lupinen an den Gräben rechts und links des schmalen Grundstücks. Sie verwandelten auch das Unterholz in fernen Wallhecken zu Kulissen für märchenhafte Begegnungen zwischen Feen und Erdmanntjes. Kurz bevor das Hochmoor begann, schimmerten die Umrisse der aufgestapelten Torfstücke durch den Dunst wie schwarze Iglus. Bei dem Wetter würde es wohl noch dauern, bis sie getrocknet waren. Wenigstens besaß ihre Familie eine kleine Lore für den Transport und musste den getrockneten Torf nicht die gesamte Strecke bis zum Kanal mit der Schubkarre schieben.

»Muuh!«

Die schwarzbunten Kühe kamen Marie schon entgegen. Sie sprang vom Rad, stapfte in den Holzschuhen, die sie mit dicken, selbst gestrickten Wollsocken trug, durch den Matsch, kroch durch das hölzerne Gatter und stellte den Schemel, der wie immer im Melkunterstand neben einem Melkeimer parat lag, an die Seite der ungeduldigsten Kuh. Es war noch empfindlich kalt und etwas windig. Fröstelnd zog Marie den grauen Wollmantel enger um sich.

Die Tiere begrüßten sie mit freundlichen Kopfstupsern, ihre Leiber dampften vor Wärme.

»Guten Morgen, ihr Schönen!«

Marie klopfte jeder Schwarzbunten den Hals, drängte die Tiere etwas zurück. Wie immer rieb sie sich die Hände mit Melkfett ein und stellte den Eimer unter das pralle Euter, bevor sie sich breitbeinig hinhockte. Sie raffte den Rock, stopfte ihn von vorn unters Gesäß, dann klemmte sie den weiß emaillierten Eimer fest zwischen ihre Oberschenkel. Beherzt griff Marie mit beiden Händen um zwei Zitzen, und die Milch traf mit scharfem, rhythmisch wechselndem Strahl den Eimer an seiner Innenwand, sodass er eine blecherne Musik von sich gab. Rudolf, Ru-dolf, Ruu-dolf …

Die anderen Kühe mampften zufrieden das von Löwenzahn durchsetzte Gras und käuten es hingebungsvoll wieder. Die gemolkene Kuh schlug mit ihrem Schwanzende nach einem Insekt und traf Marie am Kopf. Sie tastete nur einmal kurz mit der Hand nach ihrer Frisur – sie hatte ihr Haar am Tag zuvor mit Wellenreitern geformt –, aber sie ließ sich nicht aus der Stimmung bringen. Dort hinten, wo jetzt orangegolden glühend die Sonne aufging, lag der tote Arm des Flusses, auf dem sie und Rudolf sich zum ersten Mal nähergekommen waren.

Es war im Februar gewesen. Die Kanäle, alle überfluteten Weiden und viele Flüsse waren zugefroren. Das junge Volk aus der Nachbarschaft und einige frühere Schulfreundinnen hatten Marie am Abend abgeholt, zum Mondscheinschöfeln. Marie hatte sich ihre von einem Kunstschmied aus Breinermoor gefertigten Schlittschuhe über die Schulter gehängt, sie am Ufer fix um die Schuhe geschnürt, und dann waren sie gemeinsam bei Vollmond übers Eis gelaufen. Marie lehnte ihren Kopf gegen den warmen Bauch der Kuh und schloss die Augen. Während sie unermüdlich weitermolk, erlebte sie diese Nacht noch einmal wie schon so oft seitdem.

Sie, ihre Freundin Soffie und Imke machten den Anfang. Nach alter Sitte verschränkten sie ihre Arme vor dem Bauch, reichten einander über Kreuz die Hände und liefen auf drei mit dem rechten Bein los. Auf diese Art verbunden, konnten sie elegante Kurven ziehen und dabei je nach Bedarf wie eine menschliche Ziehharmonika den Abstand zwischen sich verändern. Unter Johlen und Gelächter schlossen sich rechts und links an den Seiten immer mehr Läufer an, junge Männer, Mädchen und

Frauen. Schließlich glitten sie zu zwölft im Gleichklang mit langen, weiten Schritten übers Eis. Der Vollmond beleuchtete die Eisfläche, ab und zu schoben sich Wolken geheimnisvoll davor, doch das Licht reichte völlig aus. Am Ufer stand Bernd Engelius an einem Lagerfeuer und spielte auf seinem Akkordeon Tanzmusik. Und sie fühlten sich wie ein Schwarm, wie ein einziger Körper … Marie spürte die frische, klare Luft bis tief in die Lunge. Die Bewegung und der dicke Schafwollpullover unterm Mantel sorgten dafür, dass sie nicht fror. Es war wie in einem schönen Traum.

Schließlich ermüdeten einige aus der Zwölferkette und gaben auf, andere liefen zu dritt oder oder fünft oder paarweise weiter. Es hatte, ebenfalls nach alter Sitte, nichts zu bedeuten, mit wem man lief. Es verpflichtete niemanden zu irgendetwas. Aber natürlich flüsterten die Mädchen und die alten Weiber später immer noch tagelang darüber, wer mit wem …

Plötzlich waren von der Läuferkette nur noch zwei Personen übrig: der neue Lehrer und Marie. Er machte eine galante Verbeugung, als wollte er sie zu einem richtigen Tanz auffordern. Gleich darauf fand sich Marie auch schon in seinen Armen wieder, vom Ufer klang jetzt der *Schneewalzer* herüber, und sie drehten sich im Dreivierteltakt auf der weiten Eisfläche. Wie gut sie miteinander harmonierten! Als hätten sie schon viele Winter lang zusammen getanzt. Rudolf Meiners lachte sie voller Begeisterung an, Marie fühlte sich ganz leicht und einfach wunderbar.

Einige Pärchen verschwanden zeitweilig hinter dem mannshohen Reet. Bei diesen Temperaturen konnte nicht viel passieren. Doch die roten Wangen, die man hinterher am Lagerfeuer beim Punsch und noch später in den

Wohnstuben beim Ostfriesentee sah, waren wohl nicht nur auf die Temperaturunterschiede zurückzuführen gewesen.

Der Kuhschwanz streifte Marie erneut und holte sie zurück in die Gegenwart. Sie seufzte erwartungsvoll. Rudolf Meiners hatte sich ihr gegenüber ganz und gar anständig verhalten. Aber in dieser Nacht hatte sich zwischen ihnen eine zarte, angenehm kribbelnde Spannung aufgebaut, die sich seither mit jeder Begegnung verstärkte. Einmal in der Woche sahen sie sich, jeden Dienstag, wenn Marie als Aushilfslehrerin den Mädchen in der Dorfschule Handarbeitsunterricht erteilte. Und heute war Dienstag.